Der Roman spielt hauptsächlich in bekannten Regionen, doch bleiben die Geschehnisse reine Fiktion. Sämtliche Handlungen und Charaktere sind frei erfunden.

FSC
www.fsc.org
MIX
Papier aus verantwortungsvollen Quellen
FSC® C104608

Der CO_2-Ausstoß dieses Druckproduktes wurde mit ClimateCalc berechnet und kompensiert:
www.climatecalc.eu
Cert. no. CC-000094/DK

Bibliografische Information der Deutschen Nationalbibliothek
Die Deutsche Nationalbibliothek verzeichnet diese Publikation in der Deutschen Nationalbibliografie; detaillierte bibliografische Daten sind im Internet abrufbar über http://dnb.ddb.de

Umschlaggestaltung: C. Riethmüller
Der Umschlag verwendet Motiv(e) von 123rf.com
Druck und Bindung: Nørhaven, Viborg
Printed in Denmark
ISBN 978-3-8271-9368-1

Britta Bendixen

List und Lüge

CW Niemeyer

Honesty is such a lonely word
Everyone is so untrue
Honesty is hardly ever heard
And mostly what I need from you
(Billy Joel)

PROLOG

Der Stoß vor die Brust kam überraschend.

Instinktiv bewegte sich sein rechtes Bein nach hinten, um Halt zu finden. Doch sein Fuß ertastete nur gnadenlose Leere. Was kein Wunder war, befand er sich doch weit oben auf der Treppe. Panisch mit den Armen rudernd, bemühte er sich, das Gleichgewicht zu halten. Vergebens.

„Hilf mir!", rief er drängend und streckte einen Arm aus. „Schnell! Halt mich fest!"

Doch die Hände, von denen er sich Hilfe erhoffte, hoben sich nicht. Ballten sich stattdessen zu Fäusten. Fassungslos wanderte sein Blick nach oben, blieb an dem Gesicht hängen, das ihn beobachtete. Die Augen darin waren schmaler als sonst, die Lippen nicht länger geschwungen, sondern zusammengepresst. Ein Strich anstelle eines Mundes.

Ihm sah der personifizierte Hass entgegen.

In dieser Sekunde verlor er den Kampf gegen die Schwerkraft.

Der Versuch, sich abzustützen, misslang. Die Quittung dafür war ein stechender Schmerz in seinem Handgelenk. Schon verprügelten ihn hartkantige Stufen. Sie malträtierten sein Steißbein, den Rücken, die Schultern. Er wollte seinen Kopf schützen, konnte aber nicht mehr verhindern, dass dieser gegen eine Stufe prallte. Er stöhnte auf, sah tiefe Schwärze, dann eine Farbenexplosion. Sterne, Funkenregen, ein Feuerwerk.

Die bunten Punkte verblassten, und die Dunkelheit wich. Er lag nun still, war am Fuße der Treppe angelangt. Die Stufen hatten ihn zermalmt und ausgespuckt. Vorsichtig öffnete er die Augen. Betrachtete seine Umgebung. Alles wirkte verschwommen, die Umrisse flossen ineinander, wurden aber langsam schärfer.

Er wollte seinen linken Fuß, der auf der untersten Stufe liegen geblieben war, herunterziehen, konnte das Bein aber nicht bewegen. Auch die Arme verweigerten ihren Dienst. Sein Hinterkopf fühlte sich an, als hätte er einen Axthieb abbekommen, und sein rechtes Handgelenk pochte unangenehm.

Eigentlich tat ihm alles weh.

Seine Lider wurden schwer. Er wollte schlafen, nur schlafen. Keinen Schmerz mehr spüren. Dann fielen seine Augen zu, und ihn umfing gnädige Dunkelheit.

Ein lauter werdendes Pfeifen in den Ohren und ein Dröhnen in seinem Schädel weckten ihn auf. Er wollte die Augen öffnen, doch seine Lider weigerten sich, sich zu heben. Und jeder Versuch, sich zu bewegen, glich einer Tortur. Also verharrte er still in Finsternis und wartete darauf, dass sich jemand um ihn kümmerte.

Wie aus weiter Ferne vernahm er eine Stimme. „Er ist tot, ich bin sicher.“

Tot! So ein Unsinn, er war nicht tot. Er mochte sich zwar fühlen, als hätte man ihn durch einen Fleischwolf gedreht, aber er lebte, ohne jeden Zweifel.

„Tu es einfach!“, sagte die Stimme.

Einige eindringliche, aber unverständliche Sätze später verstummte sie, und Schritte näherten sich.

Er musste ein Lebenszeichen von sich geben. Jetzt gleich. Also versuchte er, seinen Mund zu öffnen, aber offenbar hatte jemand seine Lippen aneinandergeklebt.

Mit aller Kraft versuchte er, sie zu trennen. Langsam und so zögernd wie die Schalen einer Muschel löste sich die Oberlippe von der unteren. Erleichterung durchflutete ihn, wich jedoch Ernüchterung als er merkte, dass er kein Wort herausbrachte. Keinen verdammten Ton!

Also versuchte er, die Lider anzuheben. Leider fühlten sie sich an wie Vorhänge, in deren Saum Bänder mit Bleiperlen eingearbeitet waren, damit sie glatt und schwer herunterhingen.

Sein ganzer verdammter Kopf ließ ihn im Stich.

Wut und Enttäuschung machten sich in ihm breit. Aber so leicht gab er nicht auf. Er schaffte doch immer alles, was er sich vornahm!

Also konzentrierte er sich auf seine Hände. Die rechte Hand fühlte sich taub an, sie rührte sich nicht. Seine linke jedoch konnte er spüren. Und so versuchte er, seinen Fingern mit aller Energie, die er aufbringen konnte, Leben einzuhauchen.

Und es funktionierte! Es war nur ein Zittern, aber das reichte aus.

Die Schritte kamen immer näher. Hielten abrupt inne.

„Oh, mein Gott!“

Die Schritte entfernten sich eilig. Gewiss, um Hilfe zu holen.

Er lächelte. Glaubte zumindest, dass seine Mundwinkel sich auseinanderzogen. Ob sie es wirklich taten oder sein Gesicht noch immer jede Mitarbeit verweigerte, wusste er nicht. Es war ihm auch egal, denn nun strömte Zuversicht durch seine Adern. Alles würde gut werden.

Er spürte, dass die Bewusstlosigkeit erneut ihre Arme nach ihm ausstreckte. Willig ließ er sich umklammern und in ihre Tiefen hinabziehen.

Als sein Kopf sich plötzlich vom Boden hob, tauchte er wieder an die Oberfläche des Bewusstseins, denn diese Bewegung tat brutal weh. Ein Ton des Protestes entrang sich seiner Kehle, ging jedoch in einem merkwürdigen Knistern und Rascheln unter. Er kannte das Geräusch, konnte es bloß nicht zuordnen.

Irgendwas geschah mit ihm. Nur was?

Vermutlich war die Hilfe gekommen. Der Notarzt. Er würde alles in Ordnung bringen. Ein paar Stunden oder Tage noch, dann würde er an die letzten qualvollen Minuten zwar mit einem Schaudern, aber auch mit Erleichterung, sie überstanden zu haben, zurückdenken.

Das Atmen wurde mühsam. Etwas drückte seinen Hals zusammen. Schnürte ihm die Kehle zu. Was zum Teufel …?

An seinen Lippen klebte etwas Widerliches. Atmete er aus, verschwand es, kehrte jedoch mit jedem mühsamen Einatmen unerbittlich zurück, um immer länger zu verharren.

Die Bleibänder in seinen Lidern waren verschwunden. Er riss die Augen auf, konnte jedoch nichts erkennen. Nur hellen, undurchdringlichen Nebel.

Ein Hilfeschrei formte sich in seinem Inneren, kroch die verengte Kehle hinauf, erreichte seine Zunge, dieses nutzlose Ding, verkümmerte und erstarb.

Er wollte sich wehren. Sich aufrichten, befreien, losreißen.

Seine Arme und Beine gehorchten nicht. Als wären sie nicht mit Muskeln und Sehnen, sondern mit gekochten Spaghetti gefüllt. Sein Kopf dagegen fühlte sich an, als wäre er ein knallroter Ballon, kurz vor dem Zerplatzen.

Farben explodierten vor seinen Augen. Rot, Gelb, Blau, Grün.

Alles war bunt.

Er verwandelte sich in einen beschissenen Kindergeburtstag!

Wie hatte er seine Geburtstage damals gehasst! Seine Eltern hatten alles getan, damit er glücklich war, trotzdem konnte er diese Feiern nie genießen. Wie ein Video im Zeitraffer sah er eine mit Kerzen geschmückte Torte, lachende Gesichter, Girlanden, lustige Hüte und farbenprächtig verpackte Geschenke. Doch er verband keine Glücksgefühle mit diesen Bildern. Nur Zorn und das Gefühl, betrogen worden zu sein.

Das eklige Zeug klebte immer noch an seinen Lippen, saugte zugleich die Luft aus seinen Lungen. Ihm war, als küsse er den Tod.

Dann verschmolzen die bunten Farben, wurden zu einer dunklen, lilagrauen Masse.

Schließlich verschwand auch sie, und nichts blieb mehr übrig.

KAPITEL 1

„Carsten, wo bleibst du?", rief Daniela Mücke aus dem Flur. „Wir müssen los!"

Im Schlafzimmer hockte Kriminalhauptkommissar Carsten Andresen im Unterhemd am Fußende des breiten Bettes, sein Handy in der Hand. Er schloss die Facebook-App, wo er sich einige Kommentare zu einem Post in der SG-Fan-Gruppe durchgelesen hatte.

„Komme gleich!", rief er lustlos, legte das Smartphone neben sich und stand auf, um ein frisches Hemd aus dem Schrank zu holen.

An seinem letzten Urlaubstag würde er sich viel lieber mit Daniela und einem Bier vor den Fernseher setzen oder auf der Terrasse die letzten Sonnenstrahlen genießen, als zu Verenas Lesung zu gehen.

Aber Daniela freute sich nun mal darauf, und obendrein hatte sie seinem Kollegen Lutz Weichert fest zugesagt, dass sie kommen würden. Allerdings ohne es vorher mit ihm, Carsten, abgesprochen zu haben. Gegen den bittenden Blick seiner Freundin war er jedoch machtlos gewesen. Wie so oft. In ihren Händen wurde aus dem hartgesottenen Kommissar ein weicher Klumpen Wachs. Normalerweise konnte er damit gut leben, doch heute …

Seufzend schaute er aus dem Fenster, während er das zugeknöpfte Hemd in seine Hose stopfte. Die Sonne strahlte von einem blauen Himmel. Ein Septemberabend wie aus dem Bilderbuch. Dieses Phänomen häufte sich in der letzten Zeit. Tagsüber blieb es bedeckt und trüb, abends jedoch verschwanden alle Wolken, als hätten sie Feierabend. In seiner Vorstellung steckte sich die Sonne jetzt gerade die Daumen in die Ohren, wedelte mit den Fingern und streckte feixend die Zunge heraus.

„Carrr-sten!"

Wenn Daniela seinen Namen mit drei R aussprach, wurde es ernst. Mit einem brummelnden „Komme ja schon!" trat er auf den Flur.

Direkt vor der Wohnungstür standen die ausgehfein gemachte Daniela, ihre Tochter Antonia, genannt Toni, sowie Andresens eigener Nachwuchs. Desirée hatte sich zu einer jungen Dame entwickelt, stellte er wieder einmal fest. Die blonden Locken hatte sie mit einem Zopfgummi gebändigt, der hartnäckige Babyspeck, unter dem sie lange gelitten hatte, war verschwunden, und statt löchriger Jeans und ausgelatschter Turnschuhe trug sie eine schwarze Hose, ein lässiges Blusenshirt und dazu goldglitzernde Sandalen mit Keilabsatz.

Andresen seufzte leise. Wo waren die Jahre geblieben? Und wozu hatte sie sich so in Schale geworfen? Desirée kam nicht mit zur Lesung, sondern sollte an diesem Abend den Babysitter machen. Oder vielmehr den Pubertier-Sitter.

Auch Antonia hatte sich entwickelt. Sie war vom aufgeweckten Grundschulkind zum Kaktus mutiert. Stachelig und unnahbar. Die Zwölfjährige und ihre Mutter zofften sich bei jeder Gelegenheit. Zuletzt hatte sich Toni darüber beschwert, dass sie nicht allein zu Hause bleiben durfte. Da sie es aber genoss, wenn sie Zeit mit der so erwachsenen und coolen Desirée verbringen durfte, war der Streit nicht eskaliert.

Carsten Andresen war dankbar dafür, dass er diese anstrengende Phase bei seiner Tochter damals nicht so hautnah mitbekommen hatte. Zu jener Zeit lebten seine Ex-Frau Marianne und er bereits lange getrennt. Aber er erinnerte sich deutlich an die Telefonate mit Marianne, in denen sie ihm das unangemessene Verhalten des Teenagers in den buntesten Farben geschildert hatte. Beneidet hatte er sie keine Sekunde lang. An den Wochenenden, die sie bei ihm verbrachte, war Desirée recht pflegeleicht gewesen. Vermutlich, weil er ihr mehr erlaubt hatte als ihre Mutter.

„Carsten, ich und Desirée wollen den dritten Harry-Potter-Film gucken!", rief eine begeisterte Antonia ihm zu. „Auf Netflix."

„Desirée und ich", verbesserte Daniela automatisch, während sie sich im Spiegel betrachtete und eine widerspenstige dunkle Haarsträhne zur Räson brachte.

„Nee, du bist doch gar nicht da", feixte Antonia.

Andresen begrüßte seine Tochter mit einem Küsschen auf die Wange. „Hallo, Liebes. Toni hat sich schon den ganzen Tag auf den Abend mit dir gefreut."

„Hi, Paps." Desirée zwinkerte der Zwölfjährigen zu. „Wir werden es uns so richtig gemütlich machen."

Er nickte wissend. „Davon bin ich überzeugt. Auf dem Tisch steht Knabberzeug, und im Kühlschrank findet ihr Limo."

„Cola?“, fragte Antonia begierig.

Andresen nickte. „Selbstverständlich.“

„Aber du trinkst nicht mehr als zwei Gläser, verstanden?“ Daniela fixierte ihr Töchterchen mit strengem Blick. „Sonst kannst du nicht schlafen.“

Desirée legte einen Arm um Antonias Schultern. „Ich pass auf, keine Sorge.“

„Ja, Mama, keine Sorge. Sag mal, wann fängt diese Vorlesung eigentlich an?“

„Du kannst es wohl nicht erwarten, dass wir verschwinden“, bemerkte Andresen.

Antonia grinste nur.

„Es heißt Lesung, mein Schatz“, belehrte Daniela ihre Tochter, „nicht Vorlesung.“

„Aber da wird doch vorgelesen, oder etwa nicht?“

„Doch, schon.“

„Und wieso heißt es dann Lesung und nicht Vorlesung?“

„Weil man Unterricht an Universitäten Vorlesungen nennt und das zu Verwechslungen führen könnte“, antwortete Daniela. Sie nahm Andresens Jackett vom Garderobenhaken und warf es ihm zu. „Nehme ich jedenfalls an.“

Antonia verschränkte die Arme, und obwohl sie kleiner war als ihre Mutter, gelang es ihr, sie von oben herab anzusehen. „Also du weißt es nicht.“

Daniela ging nicht darauf ein. Sie warf einen Blick auf die Uhr und wandte sich an Andresen. „Wir müssen jetzt wirklich los, Carsten, Margarete wartet.“

„Ich weiß.“

„Ach, Oma kommt auch mit?“, wunderte sich Desirée. „Ich wusste gar nicht, dass sie neuerdings auf Krimis steht. Sonst liest sie doch nur Liebesschmonzetten und so was.“

Daniela lächelte. „Sie kam selten genug raus in der letzten Zeit. Ich habe sie also gefragt, ob sie mitkommen möchte, und sie schien großes Interesse zu haben.“

„Grüßt sie ganz lieb von mir, ja?“, bat Desirée. „Ist viel zu lange her, dass ich sie gesehen habe. Ich rufe sie morgen mal an.“

„Gute Idee“, meinte Andresen und stieß seinen rechten Arm durch den Jackettärmel. „Mann, hab ich eine Lust!“

Danielas Hand legte sich auf die Türklinke. „Es wird bestimmt nett. Immerhin spielt Verenas neuer Krimi auf dem Campingplatz in Holnis. Wir sind also ganz dicht am Tatort.“

„Hoffentlich hat sie sich nicht unseren Fall damals als Vorlage genommen“, unkte Andresen. Vor wenigen Jahren hatten seine Kollegen und er im Ostseecamp auf der Halbinsel Holnis in einem kniffligen Mordfall ermittelt, und Verena Christen hatte an der Seite von Andresens Kollege Weichert alles hautnah mitbekommen.

„Bestimmt nicht“, beruhigte ihn Daniela. „Schriftsteller verfügen doch über eine blühende Fantasie. Sie wird sich etwas Eigenes ausgedacht haben. Und nun komm.“ Sie öffnete die Tür und schenkte den beiden Mädchen ein Lächeln. „Viel Spaß, ihr zwei. Und denkt dran, nach dem Film ist Kinderbettzeit.“

„Ja-ha!“, stöhnte Antonia. „Das hast du jetzt schon dreimal gesagt. Und ja, bevor du es zum zwanzigsten Mal wiederholst: Ich werde mir artig die Zähne putzen, ehe ich ins Bett gehe. Und mich waschen."

„So ist es recht, mein Goldkind." Daniela drückte ihrer Tochter einen Kuss auf die Wange und winkte Andresen. „Gehen wir."

Sie traten aus der Hausscheibe, in der sie seit einem Jahr zusammenlebten. Andresen mochte die Gartenstadt Weiche, die ihre gemeinsame neue Heimat geworden war. Es war eine ruhige, sehr grüne Gegend, in der mehrere Kinder in Antonias Alter wohnten. Die Busanbindung war gut, es gab Einkaufsmöglichkeiten, Spielplätze und sogar ein Freibad in unmittelbarer Nähe. Wenige Jahrzehnte zuvor hatte sich hier die Briesen-Kaserne befunden, die deutsche und amerikanische Soldaten beherbergte. Daran erinnerte allerdings nichts mehr.

Auch die Straßennamen in der Gartenstadt hatten mit der militärischen Geschichte der Gegend rein gar nichts am Hut. Sie orientierten sich stattdessen an Getreidesorten und Schmetterlingsarten. Sie selbst wohnten im Distelfalterhof, einer ruhigen Sackgasse. Daniela genoss besonders das kleine Stück Garten, das zu dem Reihenhaus gehörte. Dort pflanzte sie Blumen und Kräuter, zupfte Unkraut und stutzte die Büsche. Einzig aufs Rasenmähen hatte sie keine Lust, das war seine Aufgabe. Carsten übernahm das ganz gern, zumal das Rasenstück eine überschaubare Größe hatte und die Arbeit daher schnell erledigt war.

„Jetzt fehlt uns nur noch ein Hund", hatte er gesagt, nachdem sie eingezogen waren, doch Daniela hatte dieses Ansinnen sofort im Keim erstickt, obwohl auch Antonia von dem Gedanken begeistert gewesen war.

„Kommt nicht infrage. Früher oder später bleibt die Arbeit an mir hängen, das kenne ich noch aus meiner Kindheit. Wir hatten ebenfalls einen Hund, und nach kürzester Zeit wollten weder mein Bruder noch ich bei jedem Wetter mit ihm rausgehen. Es gab ständig Zoff deswegen. Außerdem machen Hunde Dreck und Lärm. Nein, vielen Dank, das könnt ihr vergessen."

Margarete Andresen stand wartend am Straßenrand, als sie den Twedter Plack erreichten. Die Rentnerin bewohnte hier eine freundliche und altersgerechte Zwei-Zimmer-Wohnung mit kleinem Balkon. Carsten hielt direkt neben ihr, und prompt tauchten graue Locken an der offenen Autotür auf.

„Ihr seid ja beinahe pünktlich", sagte seine Mutter zur Begrüßung, und kletterte mit leisem Stöhnen auf die Rückbank. Es klang, als quäle sie sich in einen Mini-Cooper, dabei war Andresens Mercedes eigentlich sehr geräumig.

„Hallo, Mama", sagte er trocken. „Wir freuen uns auch, dich zu sehen."

„Nu fahr endlich los, mien Jung!", schalt sie ihn. „Du stehst den anderen Autos im Weg. Hallo, meine Liebe."

Das galt Daniela, die die alte Dame gut gelaunt begrüßte.

Andresen gab Gas. Es war merkwürdig. Obwohl er inzwischen über fünfzig war, kam er sich in Gegenwart seiner Mutter stets wie ein Schuljunge vor.

„Wie geht's dir?", fragte er, als sie die baumbestandene Straße Richtung Glücksburg entlangfuhren.

„Gut so weit. Nur mein Rücken macht Fisimatenten. Verschleiß, sagt der Arzt. Ich soll Pillen schlucken, mich ordentlich bewegen und so alberne Übungen machen."

„Bewegung kann nie schaden", meinte Daniela.

Sie schnaubte. „Helfen tut es aber auch nicht."

„Hast du das schon deinem Arzt gesagt?"

„Natürlich! Er meint nur, ich soll Geduld haben. Aber ein geduldiger Mensch war ich noch nie, stimmt's, mien Jung?"

„Stimmt. Doch ich fürchte, in diesem Fall wird dir nichts anderes übrig bleiben. Aber mal was anderes, Mama. Hast du deinen Impfausweis dabei?"

„Ach, verflixt", ärgerte sich Margarete Andresen. „Den hab ich vergessen. So langsam werd' ich tüdelig."

„Für die Lesung brauchst du ihn aber", meinte Daniela. „Carsten, dreh doch eben um. Das kostet uns nur ein paar Minuten."

Andresen setzte den Blinker, um in einer Stichstraße zu wenden, doch seine Mutter widersprach. „Nee, fahr weiter, Carsten, zurück ist doch Quatsch."

„Ohne Impfausweis oder aktuellen Test lassen sie dich aber nicht rein."

„Dann mach ich eben einen Test."

„Es ist nach sechs, Mama. Um diese Uhrzeit haben die Teststationen schon geschlossen. Wir müssen also auf jeden Fall umdrehen."

„Müssen wir nicht", kam es trotzig von der Rückbank.

Andresen schöpfte Hoffnung. „Dann hast du den Ausweis doch dabei?"

„Nee." Nach einer kurzen Pause fügte seine Mutter kaum hörbar hinzu: „Ich hab mich noch gar nicht impfen lassen."

„Was?!" Andresen fuhr an den Straßenrand und machte den Motor aus. Verärgert wandte er sich zu ihr um. „Sag mal, willst du mich verarschen?"

„Du sollst nicht so ungehobelt reden, Junge."

„Schon vor Wochen hast du behauptet, du wärst geimpft", sagte er erbost. „Wieso hast du mich angelogen?"

„Weil ich Spritzen nun mal nicht leiden kann. Und wer weiß, was sie einem da in die Venen jagen? Ich bin doch kein Versuchskaninchen!"

„Nee, aber offensichtlich ein Aluhut-Träger", brummte Andresen und fügte ungläubig und an Daniela gewandt hinzu: „Meine Mutter ist im gleichen Klub wie Xavier Naidoo und dieser komische Koch!"

„Vergiss den Wendler nicht", erinnerte Daniela ihn. Dann drehte sie sich nach hinten. „Margarete, die Impfung ist zu deinem eigenen Schutz. Solange nicht alle gegen Corona geimpft sind, besteht immer noch Gefahr. Und die kann tödlich enden."

Doch die alte Dame winkte ab. „Papperlapapp! An irgendwas sterben wir doch sowieso. Und wenn es mich erwischt, dann ist es eben so."

„Mama!" Andresen sah seine Mutter erschrocken an. Solche Reden kannte er nicht von ihr. „Den Piks merkst du gar nicht. Ich gehe mit dir hin, wenn du willst. Aber versprich mir bitte, dass du dich impfen lässt. Bald, hörst du?"

Sie winkte ab. „Ja, ja."

Was das heißt, weiß ich genau, dachte Andresen mutlos.

„Was machen wir denn jetzt?“ Daniela wirkte ratlos. „Ohne Test oder Impfpass kann sie nicht an der Lesung teilnehmen.“

„Ich könnte Johanna anrufen. Vielleicht macht sie mir zuliebe eine Ausnahme.“

„Ganz sicher nicht. Carsten, überleg doch mal: Es wäre ein Risiko, das nach hinten losgehen kann. Du willst doch nicht, dass Johanna wegen euch womöglich in Schwierigkeiten gerät.“

„Du hast ja recht“, gab er zu. „War ’ne dumme Idee.“

„Es ist so ein schöner Abend“, meldete sich seine Mutter zu Wort. „Ich setze mich draußen hin, an ein offenes Fenster. Dann kriege ich genug mit.“

Andresen verdrehte die Augen. „Oh, Mama, du machst mich wahnsinnig!“

„Schön, machen wir es so“, beendete Daniela das Thema. „Wenn es dir ernst ist, dass du draußen sitzen willst. Es könnte kühl werden“, fügte sie warnend hinzu.

Margarete fegte den Einwand mit einer Handbewegung fort. „Ich bin nicht aus Zucker.“

„Bestimmt hat Johanna eine Decke für dich.“ Carsten ließ den Motor an und fuhr kopfschüttelnd los. „Mensch, Mama, du machst vielleicht Sachen …“

Als sie beim Strandcafé in Holnis, das direkt an der Promenade lag, ankamen, ließ sich Andresens Mutter an einem Tisch nieder, der nahe an einem Fenster stand, das man auf Kipp gestellt hatte. „Geht ihr ruhig, hier sitz ich gut. Viel Spaß.“

Andresen blickte durch die Scheibe ins Innere des Cafés. Die Einrichtung aus hellen, rustikalen Möbeln, angenehmer Beleuchtung und maritimem Ambiente wirkte gemütlich und einladend.

Er entdeckte Verena Christen. Sie stand vor einem Tisch, auf dem sie mehrere Exemplare ihrer beiden bisher erschienenen Bücher dekorativ ausgestellt hatte und alles ein wenig hin- und herschob, bis sie mit dem Ergebnis zufrieden war.

Immer mehr Gäste strömten ins Café und suchten sich Sitzplätze.

„Was ist?", fragte Daniela, „gehen wir rein?"

Andresen nickte ihr zu und wandte sich dann an seine Mutter. „Ich komm gleich noch mal zu dir raus."

„Nur keine Umstände", meinte sie abwinkend. „Genießt den Abend."

„Schnutenpullis raus", sagte Daniela, ehe er etwas erwidern konnte.

Er zog gehorsam eine hellblaue Maske aus seiner Jacketttasche und verhüllte seine untere Gesichtshälfte.

Dass man nur noch medizinische Schutzmasken oder diese grässlichen FFP2-Dinger benutzen durfte, unter denen Andresen immer entsetzlich transpirierte, nervte ihn gewaltig. Zum letzten Weihnachtsfest hatte er von Daniela eine sehr bequeme und schicke Maske mit dem Logo der SG Flensburg-Handewitt bekommen und sich ehrlich darüber gefreut. Wenngleich er selbstverständlich darüber gescherzt hatte, dass es merkwürdige Zeiten seien, in denen man sich über so ein absurdes Geschenk wie eine Gesichtsmaske freute.

Getragen hatte er seinen SG-Schnutenpulli allerdings nur kurze Zeit, denn seit Ende Januar waren nur noch die medizinischen Masken erlaubt. Wer auch immer die herstellt, dachte Andresen, verdient sich derzeit garantiert eine goldene Nase.

Es war warm im Inneren des Gebäudes, sodass er bereits jetzt unter der Maske schwitzte. Wie er diese Dinger verabscheute! Wenn sie endlich nicht mehr nötig waren, das hatte er sich fest vorgenommen, würde er damit ein schönes Lagerfeuer im Garten machen.

Am Eingangsbereich stauten sich die Besucher. Die erforderlichen anderthalb Meter Abstand hielt kaum jemand ein.

Andresen gelang es dank seiner knapp zwei Meter Körpergröße, über die vor ihm Stehenden hinweg einen Blick in den Veranstaltungsraum zu werfen. Ein Angestellter überprüfte an der Tür zum Café den Impfstatus der Gäste. Das nahm Zeit in Anspruch, sodass es nur langsam voranging.

Neben Verena entdeckte Carsten seine Bekannte Johanna Marquardsen. Ihr gehörten sowohl das Café als auch der angrenzende Campingplatz.

Endlich waren Daniela und er an der Kontrolle vorbei. Sie betraten den Raum und steuerten Verena und Johanna an.

„Ich hätte nicht gedacht, dass so viele kommen würden", hörte Carsten Verena sagen. Ihre Wangen glühten hellrot. Ob vor Freude oder Nervosität, wusste Andresen nicht.

„Ist doch wunderbar!", erwiderte Johanna. Im nächsten Moment fiel ihr Blick auf Carsten Andresen und Daniela.

Strahlend ging sie ihnen entgegen. „Hallo, ihr Lieben! Schön, dass ihr da seid."

Üblicherweise stellte sie sich auf die Zehenspitzen, wenn sie auf den ungleich größeren Andresen traf, und begrüßte ihn mit einem flüchtigen Wangenkuss. Diesmal hielt sie ihm lediglich den Ellenbogen hin. Corona-Begrüßung. Er stieß mit seinem dagegen. „Hallo Johanna. Wie geht's?"

„Prächtig", antwortete sie, sichtlich gut gelaunt.

„Daniela kennst du ja", sagte Andresen, „und das da draußen, vor dem Fenster, ist meine Mutter. Sie hat ihren Impfpass vergessen."

Dass sie noch ungeimpft war, brauchte Johanna nicht zu wissen, fand er.

„Willkommen!" Johanna wiederholte die Ellenbogen-Prozedur bei Daniela und winkte Andresens Mutter, die die Szene von der anderen Seite des bodentiefen Fensters beobachtete. Sie wedelte huldvoll mit der Hand und lächelte freundlich.

„Soll sie da draußen sitzen bleiben?", fragte Johanna irritiert.

„Geht ja nicht anders", antwortete Andresen. „Sie hat auch keinen aktuellen Test dabei. Es war ihr Vorschlag, mach dir keinen Kopf."

„Na dann", meinte Johanna achselzuckend. „Ich sorge dafür, dass sie eine Decke und einen Becher Tee bekommt."

„Das ist lieb von dir, danke."

Daniela schaute sich um. „Ich hätte nicht gedacht, dass es so voll wird."

„Die Werbung im Bistro, in der Zeitung und am Schwarzen Brett des Campingplatzes hat was gebracht, wie man sieht“, meinte Johanna zufrieden. „Kommt, ihr setzt euch am besten da drüben hin.“ Sie führte Andresen und Daniela zu einem Tisch, der nur einen knappen Meter von seiner draußen sitzenden Mutter entfernt war.

Am größeren Nebentisch entdeckte Andresen seinen Kollegen Lutz Weichert zwischen zwei Paaren. Das eine Pärchen war Carsten bekannt. Es handelte sich um Prof. Dr. Christen, den Vater von Verena, und dessen Lebensgefährtin. Andresen hatte ihren Namen allerdings vergessen. Soweit er sich erinnerte, war sie Oberärztin in der Diako, der Klinik, in der Prof. Dr. Christen auf dem Chefarztsessel der Chirurgie saß.

Das andere Pärchen, das Weichert gegenübersaß, war jüngeren Alters. Der Mann wirkte wie Anfang vierzig, die Frau schätzte Andresen auf Mitte dreißig. Sie hatte eine rotbraune Kurzhaarfrisur und ein hübsches schmales Gesicht, das von auffälligen Ohrringen eingerahmt wurde. Die Bluse, deren Farbe Andresen stark an Lachs erinnerte, gab ihrer von der Sonne gebräunten Gesichtshaut einen rosigen Anstrich. Sie unterhielt sich angeregt mit der Oberärztin. Der Mann dagegen redete auf Prof. Dr. Christen ein und hielt höchstens einmal inne, um an seinem Weißwein zu nippen. Er trug trotz des Sommerabends einen schwarzen Rolli und auf der Nase eine Brille mit auffälligem rotem Rahmen, was ihm einen extravaganten Touch verlieh.

„Das ist Maximilian Jacoby“, raunte Johanna Marquardsen, die Andresens Blick offenbar gefolgt war, ihm zu. „Der Künstler.“

Die Ehrfurcht in ihrer Stimme war nicht zu überhören.

„Ist es sehr peinlich, wenn ich sage, dass ich den Namen noch nie gehört habe?"

„Von dir habe ich nichts anderes erwartet", gab sie mit sanftem Spott zurück. „Siehst du die Bilder an den Wänden? Die sind alle von ihm. Er hat mich gefragt, ob er die Veranstaltung dafür nutzen dürfe, ein paar seiner Werke auszustellen, und natürlich habe ich ihm das gern erlaubt. Wir sind alte Bekannte."

„Interessant." Daniela ließ ihren Blick über die Kunstwerke schweifen. „Da sind so einige Hingucker dabei."

„Das denke ich auch", stimmte Johanna ihr zu.

Andresen betrachtete die Gemälde und schaute dann ungläubig von Johanna zu Daniela. „Macht ihr Witze? So was hat Desirée früher aus dem Kindergarten mit nach Hause gebracht, um damit unseren Kühlschrank zu dekorieren. Ihre Bilder waren zwar kleiner als die hier, aber sonst …"

„Oh Carsten, du bist ein solcher Kulturbanause!" Daniela sah ihn strafend an.

Johanna lachte. „Das war er schon immer. Carsten, das nennt man moderne Kunst. Es ist die Stilrichtung Picassos. Im Übrigen", fügte sie mit einem Augenzwinkern hinzu, „hast du durchaus etwas mit Jacoby gemein."

Andresen betrachtete den Urheber der Bilder und hob zweifelnd eine Braue. „Ach, tatsächlich?"

„Wenn ich es dir sage. Er ist genau wie du ein großer SG-Fan. Soviel ich weiß, hat er eine Dauerkarte für einen Platz, für den andere sich einen Arm ausreißen würden. Außerdem kennt er mehrere Spieler und den SG-Geschäftsführer persönlich."

„Mach den Mund wieder zu, Carsten", bat Daniela und stieß ihn sacht in die Rippen. „Dir steht der Neid ins Gesicht geschrieben."

„Ich bin absolut nicht neidisch", log Andresen, dessen Dauerkarten-Sitzplatz sich in einer der vier Hallenecken befand, noch dazu auf einem der oberen Ränge und somit weit weg vom Geschehen auf der Spielfläche.

Johanna sah auf ihre Armbanduhr. „Gleich geht's los. Ich denke, es sind jetzt alle da. Viel Spaß euch beiden!"

„Danke." Andresen merkte, dass Weichert auf ihren Tisch zukam und sich dabei umständlich eine FFP2-Maske vor Mund und Nase fummelte. Wie üblich hatte er seine dünnen Beine in eine enge Jeans gezwängt. Statt eines zitronengelben oder laubfroschgrünen Jacketts trug er an diesem Abend jedoch nur ein kurzärmeliges, farbenfrohes Sommerhemd.

„Zurück aus dem Urlaub?", erkundigte er sich. „Sind Sie gut erholt? Wie war Österreich?"

„Wunderbar!", antwortete Daniela mit einem breiten Lächeln. „Ich konnte mich an den Bergen gar nicht sattsehen. Mal was anderes, wenn man von der Küste kommt."

„Aber diese Kraxelei ...", fügte Andresen mit einem leichten Stöhnen hinzu. „Das war wie ewiges Treppensteigen. Und bei Ihnen? Irgendwas Besonderes passiert?"

Weichert winkte ab. „Nein, alles ist wie immer. Sie haben nichts verpasst."

„Dann ist es ja gut." Andresen bemerkte die Motive auf dem Hemd seines Kollegen. Er gluckste. „Sind ... sind das lauter bunte Fische da auf Ihrem Hemd?"

„Ja, es sind Fische", erwiderte Weichert verstimmt. „Das Hemd erschien mir zu dem Anlass passend. Haben Sie ein Problem damit, Herr Kollege?"

„Hat er nicht", antwortete Daniela schnell. „Sagen Sie, ist Ihre Verlobte sehr nervös wegen der Lesung?"

Andresen warf ihr mit erhobener Augenbraue einen Blick zu. Sie schaute hochmütig zurück. Es war die Art stummer Wortwechsel, den die zwei über die letzten Jahre perfektioniert hatten.

„Ja, sie ist ziemlich aufgeregt." Lutz Weichert sah über die Schulter zu Verena hinüber, die nun an einem Rednerpult mit Mikrofon stand und in einem Buch blätterte, in dem viele bunte Zettel steckten. „Es ist zwar nicht ihre erste Lesung, aber die erste aus dem neuen Buch."

Daniela wies lächelnd auf den Büchertisch, der links von ihnen an der Wand aufgebaut war und der das Kaufinteresse der Anwesenden wecken sollte.

„Später werde ich mir den Krimi auch holen. Meinen Sie, Ihre Verlobte könnte ihn signieren?"

Er nickte überzeugt. „Das macht sie bestimmt gern. Ich weiß, dass sie sich einen Kugelschreiber eingesteckt hat."

Andresen starrte noch immer auf das Hemd seines Kollegen und versuchte, ein Lachen zu unterdrücken.

Weichert bemerkte dies, seufzte und verschränkte die Arme. „Also los, lassen Sie ohne Hemmungen raus, was Ihnen auf der Zunge liegt. Man soll bekanntlich nichts unterdrücken, sonst bekommt man Verstopfung."

Andresen fing Danielas warnenden Blick auf. „Es ist nichts", sagte er tonlos, ohne den Blick von den bunten Meeresbewohnern abzuwenden. „Gar nichts."

„Na, dann ist es ja gut." Weichert hob verabschiedend eine Hand. „Wir sehen uns später. Viel Spaß." Damit kehrte er zu seinem Platz zurück und setzte sich.

„Wieso wünschen uns alle viel Spaß?", wunderte sich Andresen. „Ist das eine Krimi-Lesung oder eine Comedyshow?"

Daniela musterte ihn verärgert. „Manchmal bist du ein solcher Klotz."

„Ich bitte dich! Er sieht aus wie ein wandelndes Aquarium." Andresen lachte leise vor sich hin.

„Wolltest du nicht noch mal nach deiner Mutter sehen?"

Er schaute durch das Fenster nach draußen. Johanna hatte Wort gehalten, auf dem Tisch vor Andresens Mutter stand ein dampfender Becher, und auf ihren Knien lag eine Decke. Sie fing seinen Blick auf, lächelte ihm zu und hob einen Daumen. Er nickte zufrieden, winkte kurz und wandte sich an Daniela. „Alles gut, es geht ihr prima."

Dann fiel ihm auf, dass im Gegensatz zu ihr und ihm selbst alle Gäste ein Glas vor sich stehen hatten. Prompt überfiel ihn gewaltiger Bierdurst.

„Ich hole uns rasch etwas zu trinken", beschloss er und machte Anstalten, aufzustehen, doch Daniela hielt ihn zurück. „Psst! Es geht los."

„Aber ich will doch nur –"

„Bleib sitzen, Carsten!"

Enttäuscht ließ er die Schultern nach unten sacken und blieb, wo er war.

Johanna Marquardsen stand am Mikrofon. „Herzlich willkommen zu unserer Krimi-Lesung am Tatort, und danke, dass Sie so zahlreich erschienen sind. Es ist mir eine große Freude …“

Neidisch die anderen Gäste betrachtend, die sich an ihren Getränken labten, hörte Andresen mit halbem Ohr zu, wie die Gastgeberin die Autorin ankündigte, und klatschte brav mit, als die anderen Gäste applaudierten.

Verenas sichtliche Nervosität war bei der Begrüßung spürbar, verschwand aber rasch, nachdem sie angefangen hatte zu lesen. Ihre Stimme wurde fester, und sie schien Spaß daran zu haben, ihre Zuhörer mit in die Handlung zu nehmen.

Sein Durst sorgte in der folgenden halben Stunde zwar dafür, dass Andresens Konzentration hin und wieder nachließ, doch bekam er genug mit von Verenas Vortrag, um entgegen seiner Erwartung angenehm überrascht zu sein. Natürlich musste die Polizeiarbeit in ihrem Roman zugunsten der Unterhaltung von der Realität ein gutes Stück abweichen, doch sie verstand es, spannend, interessant und zuweilen gar humorvoll zu erzählen.

Als sie ihre Zuhörer in die Pause entließ, sprang Andresen sofort auf und zupfte seine Maske aus der Hosentasche. „Was möchtest du trinken?“

„Ich nehme einen Aperol Spritz.“ Daniela lächelte ihm mitleidig zu. „Hast du sehr gelitten?“

„Weniger, als ich befürchtet habe, muss ich zugeben. Aber trotzdem … Bin gleich wieder da.“

„Du, ich gehe raus zu deiner Mutter.“

„Alles klar! Ich finde dich schon.“

Sein Leiden fand kein so rasches Ende, wie er gehofft hatte. Bis er sich zur Bar durchgekämpft hatte, standen dort bereits viele andere an. Da die Gäste den erforderlichen Abstand nun einhielten, wirkte die Schlange noch länger. Andresen trat ungeduldig von einem Fuß auf den anderen.

Mit einem großen Bier in der einen und einem bauchigen Glas, das mit einer quietschorangenen Flüssigkeit gefüllt war, in der anderen Hand, bahnte er sich einige Minuten später einen Weg durch die plaudernde Menge nach draußen.

Es erwies sich als etwas umständlich, mit vollen Händen die Maske vom Mund zu entfernen, doch es gelang. Carsten hob das Bierglas an die Lippen. Endlich!

Als die herbe Flüssigkeit durch seine Kehle rann, schloss er genießerisch die Augen und spürte jedem Tropfen nach. Himmel, tat das gut! Zufrieden setzte er das Glas ab und schaute sich um.

In offenkundig bester Laune umringten mehrere Gäste die vor dem Café aufgestellten Bistrotische, rauchten, lachten und schwatzten.

Zunächst steuerte Andresen seine Mutter an. Sie hatte an ihrem Tisch Gesellschaft bekommen. Ein Pärchen im mittleren Alter saß ebenfalls dort und ließ sich gerade erzählen, dass Margarete Andresen ihren Impfausweis „vergessen“ hatte und deshalb von hier aus zuhörte. „Aber das stört mich überhaupt nicht“, behauptete sie gerade. „Man kann alles gut verstehen, und das Wetter ist ja heute sehr angenehm.“

Andresen trat an ihre Seite, beugte sich hinunter und fragte, ob er ihr etwas zu trinken besorgen solle.

„Nee, lass man, mien Jung“, wehrte seine Mutter ab. „Ich trinke abends nicht mehr so viel, der Tee reicht mir völlig.“

„Ah, Sie san oiso der Sohn, der Herr Hauptkommissar?", erkundigte sich der Herr am Tisch. Ganz offensichtlich ein Urlauber aus dem Süden der Republik.

„Das stimmt", bestätigte Andresen.

„Wie aufregend!", quietschte seine Begleiterin, die ein wenig zu tief ins Make-up-Tiegelchen gegriffen hatte. Die knallroten Lippen glänzten unnatürlich, und auch die rosa Wangen waren definitiv kein Ergebnis von zu viel Sonne.

Andresen lächelte gezwungen und wandte sich an seine Mutter. „Ich bin bei Daniela, wenn irgendwas ist", sagte er.

Sie nickte. „Geh nur, mien Jung. Mir geht es gut."

Als Andresen seine Lebensgefährtin endlich entdeckte, seufzte er leise. Sie unterhielt sich mit diesem Künstler und seiner Begleitung. Außer den dreien befand sich noch ein dicklicher Mann im Business-Anzug in dieser Gruppe. Der Anzugträger starrte den Maler aus wasserblauen Augen bewundernd an. Der wiederum sonnte sich offensichtlich in dessen schwärmerischem Blick.

Andresen konnte es nicht ändern, er mochte diesen Maximilian Jacoby nicht. Und bisher hatte sein Instinkt ihn in dieser Hinsicht nie getrogen. Auch dass sie ein Hobby teilten, änderte den ersten Eindruck nicht.

Es gab nach Andresens Meinung zwei Sorten von SG-Fans in der Flens-Arena: die, die den Sport liebten und ebenso leidenschaftlich wie lautstark die Spieler anfeuerten, ihre Siege feierten und nach einer Niederlage sowohl tiefe Enttäuschung und Trauer verspürten als auch eine tiefe Loyalität zu ihrem Team. Und dann gab es noch die, denen es hauptsächlich darum ging, bei einem Glas Wein in der VIP-Lounge gesehen zu werden, das hochklassige Catering zu genießen, und im besten Falle wertvolle Kontakte zu knüpfen.

Jene Fans konnten nach Andresens Vermutung einen Tempogegenstoß nicht von einem Kempa-Trick unterscheiden, aber viele von ihnen unterstützten die SG finanziell. Dafür durften sie am nächsten Tag in ihrem Freundeskreis damit prahlen, sie hätten mit dem Trainer ein Bierchen geschlürft.

Andresen war davon überzeugt, dass Jacoby zu der zweiten Sorte Fan gehörte.

„Ihre Bilder sind wirklich wunderschön", sagte Daniela gerade zu dem Künstler, als Andresen neben sie trat und ihr das orangefarbene Getränk reichte. Sie nahm es, dankte ihm beiläufig und widmete ihre Aufmerksamkeit dann wieder Max Jacoby. „Diese Farbgewalt, diese Energie, diese lebendige Leichtigkeit, das ist durchaus was Besonderes."

Max Jacoby deutete eine Verbeugung an. „Vielen Dank."

Sie scheint ihr Lob tatsächlich ernst zu meinen, schoss es Andresen durch den Kopf. Dabei sah in seinen Augen jedes einzelne dieser sogenannten Kunstwerke aus, als wäre auf der Leinwand ein Farbkasten explodiert. Auf einigen Exponaten waren zwar mit etwas Mühe Motive zu erkennen, doch gingen diese in den bunten Feuerwerken beinahe unter.

Nee, dachte Carsten Andresen abfällig, schön geht echt anders. Er mochte Bilder wie das mit den Uhren von Dalí, vielleicht noch die Sonnenblumen von van Gogh, aber weiter, musste er einräumen, reichte sein Kunstwissen nicht.

„Herr Jacoby, darf ich Ihnen meinen Lebensgefährten vorstellen“, sagte Daniela nun und wies auf ihn. „Carsten Andresen.“

„Max Jacoby“, sagte der Künstler und nickte Andresen mit einem kleinen Lächeln zu. „Und dies ist meine Lebensgefährtin, Eliana Nowak.“

Die Dame mit dem kecken roten Haarschopf begrüßte Andresen höflich, und er nickte ihr zu. „Sind Sie ebenfalls Künstlerin?“, fragte er.

Sie schüttelte den Kopf. „Nein, leider bin ich in dieser Hinsicht ohne jedes Talent.“

Andresen hörte aus ihren Worten einen leichten polnischen Akzent heraus.

„Dafür haben Sie andere Qualitäten, nehme ich an“, meinte der Geschäftsmann schmeichelnd.

„In der Tat.“ Jacoby legte einen Arm um die Taille seiner Begleiterin. „Eliana ist sehr belesen, spielt ganz anständig Klavier und ist auch eine passable Schachspielerin. Außerdem hat sie früher als Model gearbeitet.“

„Vielseitig talentiert, ich habe es geahnt“, behauptete der Typ im Anzug.

„Weit kommt man aber nur, wenn man sich auf eine Sache konzentriert“, erwiderte Eliana bescheiden.

„Wie man ja an Herrn Jacoby sehen kann“, hakte sich Daniela ins Gespräch. „Je länger man seine Bilder betrachtet, umso mehr kann man in sie hineininterpretieren, finden Sie nicht auch?“, erkundigte sie sich bei dem Mann im Anzug.

Der nickte eifrig. „Man spürt die immense Leidenschaft, die dahintersteckt. Bei uns hängt eines seiner Bilder im

Wohnzimmer über der Couch, und ich freue mich jedes Mal, wenn mein Blick darauf fällt. Es wertet den gesamten Raum auf." Er hob sein Sektglas und stieß mit dem Maler an, der sichtlich geschmeichelt das Lob entgegennahm.

„Ich versuche, in meiner Arbeit die verborgenen Schichten von Mensch und Gesellschaft zu erkunden", tönte Maximilian Jacoby, „und freue mich immer, wenn mir dies gelingt."

Andresen rollte unauffällig mit den Augen und versuchte Danielas Blick einzufangen, doch ihrer hing an Jacoby fest. „Ihre Werke sind so ... dunkelbunt", meinte sie gerade, „das gefällt mir sehr."

Andresen starrte sie ungläubig an und trank dann einen großen Schluck. Daniela offenbarte ihm gerade eine Seite ihres Wesens, die ihm völlig neu war.

„Dunkelbunt ...", wiederholte Jacoby nachdenklich und schenkte Daniela ein breites Lächeln. „Diese Bezeichnung ist durchaus passend, scheint mir."

„Ja, in der Tat", ließ sich Eliana Nowak vernehmen. „Das Wort kannte ich noch nicht, aber es gefällt mir."

„Es kam mir plötzlich in den Sinn", sagte Daniela mit kaum verborgenem Stolz. Sie wies auf die Kette um Elianas Hals, an der ein tropfenförmiger Anhänger mit einer Perle baumelte. „Sehr hübsch. Ist die Perle echt?"

„Ich glaube ja." Mit einem fast zärtlichen Lächeln berührte Eliana den Anhänger. „Die Kette bedeutet mir sehr viel. Ich habe sie bereits seit vielen Jahren."

„Ein Erbstück?"

Eliana schüttelte den Kopf. „Nein. Ich habe sie von meinem ersten selbst verdienten Geld gekauft."

„Interessant“, sagte Daniela. „Und was für eine gute Idee. Ich habe mir für meinen ersten Lohn als Auszubildende ein Paar Stiefel geleistet. Die sind natürlich längst hinüber.“

„Bei mir war es ein Pinselset“, erinnerte sich Max Jacoby, der, wie Andresen vermutete, es gar nicht schätzte, nicht Mittelpunkt der Unterhaltung zu sein. Prompt begann er zu berichten, was für atemberaubende Werke mit jenen Pinseln entstanden waren.

Carsten hatte endgültig genug von dem Kunstgeschwafel. Es wurde Zeit, das Thema zu wechseln. Er wartete, bis der Künstler Luft holte, und sagte rasch: „Stimmt es, was mir Johanna Marquardsen erzählt hat? Sie sind SG-Fan?“

Jacoby stutzte kurz, dann nickte er, und seine Augen begannen zu leuchten. „Schon seit vielen Jahren, ja. Ich freue mich sehr auf die neue Saison. Sobald Zuschauer wieder live dabei sein können, werde ich in der Halle sein.“

Die Ablenkung hat funktioniert, freute sich Andresen. „Auch bei Maskenpflicht?“, hakte er nach. Denn darauf hatte er nicht die geringste Lust. In dem Fall schaute er sich die Spiele doch lieber im Fernsehen an.

„Natürlich“, antwortete der Künstler, in einem Ton, als hätte Andresen gefragt, ob er ein menschliches Wesen sei. „Ein richtiger Fan lässt sich doch wegen solch einer Lappalie nicht abschrecken.“

Andresen schluckte die Kröte mit einiger Mühe und wusste nichts zu erwidern. Aber er bemerkte aus dem Augenwinkel, dass Daniela sich mühsam ein Grinsen verkniff.

„Was meinen Sie?", wollte Jacoby wissen, „werden wir dieses Jahr wieder Meister?"

„Nun, die Zugänge sind vielversprechend", antwortete Andresen bedächtig. „Allerdings weiß man nicht, wie lange Möller und Semper verletzt sein werden. Und Göran Søgard war zuletzt ebenfalls angeschlagen. Dazu die knappe Pause wegen Olympia … Leicht wird es sicherlich nicht werden."

„Ja, da stimme ich Ihnen zu. Die Spieler brauchen dringend mehr Regenerationszeit. Aber die Hoffnung stirbt zuletzt, nicht wahr?"

Andresen lächelte pflichtschuldig.

Als sich das Gespräch dank des Businesstypen wieder dem Thema Kunst zuwandte, ließ Carsten den Blick schweifen und entdeckte Lutz Weichert, der just in diesem Moment durch die Tür nach draußen trat. Unauffällig zog sich Andresen von der Ansammlung aus Kunstfans zurück und steuerte seinen Kollegen an.

„Du liebe Güte", sagte er mit einem Seitenblick auf den umschwärmten Künstler, „das ist vielleicht ein Fatzke."

„Max Jacoby?" Weichert lächelte wissend. „*Sie* können mit Kunst natürlich nichts anfangen, das war mir von vornherein klar."

„Kunst an sich gefällt mir durchaus. Aber das!" Er schüttelte den Kopf. „Mögen Sie etwa diese Klecksereien?"

Sein Kollege zuckte die Achseln. „Ich würde nicht jedes davon in mein Wohnzimmer hängen, das gebe ich zu, aber einige Bilder sind gar nicht so übel. Es sind außerdem echte Wertanlagen. Wissen Sie, wie viel eins seiner Gemälde kostet?"

„Sie denken immer nur an Geld", warf Andresen seinem Kollegen vor, und betrachtete die Kunstwerke, die er durch die Glasfront erkennen konnte. Einige waren nicht viel größer als eine DIN-A4-Seite, andere waren fast so groß wie ein Flachbildfernseher.

Er schüttelte den Kopf. „Ich habe keine Ahnung, was man für so einen Schinken hinblättern muss."

„Für die Kleineren müssten Sie sechs- bis siebenhundert Euro berappen. Und jetzt raten Sie mal, wie viel ihm die Größeren einbringen."

„Das will ich mir lieber gar nicht vorstellen", brummte Andresen. „Und er verkauft die wirklich? Ich meine, es gibt Leute, die dafür eine Summe auf den Tisch legen, für die man in den Urlaub fliegen könnte?"

„Mehr, als Sie sich vorstellen können. Maximilian Jacoby verdient in manchen Monaten so viel wie wir in einem Jahr. Er ist echt angesagt. Und zwar nicht nur in Flensburg und Umgebung, sondern in ganz Schleswig-Holstein, in Hamburg, Niedersachsen und in Süddänemark."

Das erklärt die exklusive VIP-Dauerkarte, dachte Andresen.

„Übrigens signiert Verena gerade ihre Bücher", meinte Weichert. „Wollten Sie nicht auch eins kaufen, bevor die Lesung weitergeht?"

„Daniela wollte das", korrigierte Andresen, doch dann gab er nach. „Da ich aber ein fürsorglicher Mensch bin, erledige ich das für sie. Und meine Mutter möchte bestimmt auch eins. Außerdem ist mein Bier alle. Kommen Sie mit hinein? Die Fische auf ihrem Hemd wirken so deprimiert, vermutlich, weil sie das Meer sehen, aber nicht hineinspringen dürfen."

„Witzig!" Weichert zog seine Maske vom Handgelenk, wo er sie griffbereit aufbewahrt hatte, band sie um und folgte Andresen zurück ins Café.

Mit einem frischen Bier und zwei signierten Büchern kehrte Andresen an seinen Tisch zurück und nahm mit einem Seufzer der Erleichterung seine Schutzmaske ab. Daniela war inzwischen ebenfalls wieder da. Er reichte ihr das für sie bestimmte Exemplar. „Hier, für dich. Signiert."

Erfreut nahm sie das Buch entgegen und schlug es auf. *„Für Daniela. Spannende Unterhaltung wünscht Verena Christen"*, las sie vor und drückte Andresen einen Kuss auf die Lippen. „Danke, mein Schatz."

„Sehr gern." Er hob das zweite Buch. „Und eins ist für Mama. Ihr gebe ich es später."

Verenas Vater, Prof. Dr. Christen, hatte Andresen entdeckt und steuerte auf ihn zu. „Ah, Herr Hauptkommissar", begrüßte er ihn leutselig. „Was sagen Sie als Profi denn bisher zu Verenas Roman?"

„Nun ja, ich denke, er –"

„Ach, sind Sie auch bei der Kripo?", fiel ihm Jacoby ins Wort, der plötzlich hinter dem Professor auftauchte. „Wie der liebe Lutz?"

„In der Tat", bestätigte Andresen. „Wie der liebe Lutz."

„Ich stelle mir das schrecklich vor", meinte der Maler. „Ständig mit Leichen zu tun zu haben. Und mit Verbrechern. Lutz erzählt ja nicht viel, aber leicht ist das bestimmt nicht. Das Ganze geht doch sicher sehr auf die Psyche, oder?"

„Wissen Sie", erwiderte Andresen lächelnd, „wir Kripobeamte sind allgemein ein seltsames Völkchen. Verschwiegen, schwarzhumorig … Aber vor allem sind wir diskret. Im Gegensatz zu manch anderem reden wir nur selten von unserer Arbeit."

Er konnte zwar nur die Augen von Jacoby sehen, doch er war sicher, unter der Maske kräuselten sich seine Lippen zu einem mühsamen Lächeln.

„Ich verstehe, das ging gegen mich", erwiderte er. „Und Sie haben recht, ich gebe es zu. Wir Künstler sprechen gern und viel von unserer Tätigkeit. Vermutlich, weil wir sie mit Leidenschaft ausüben."

„Das wird der Unterschied sein", stimmte Andresen dem Künstler zu. „Ich kann nicht behaupten, dass mich eine Art von Leidenschaft packt, wenn wir zu einem Tatort gerufen werden, an dem ein Mensch auf brutale Weise sein Leben verloren hat. Das wäre reichlich pietätlos, finden Sie nicht auch?"

Lutz Weichert gesellte sich zu ihnen und ergriff das Wort. Offenbar hatte er Andresens Antwort mitbekommen.

„Da hat mein Kollege absolut recht", stimmte er ihm zu. „Was wir jedoch entwickeln, wenn es darum geht, einen Verbrecher seiner gerechten Strafe zuzuführen, ist eine gesunde Portion Ehrgeiz."

Ehe Jacoby darauf eingehen konnte, erklang Verenas Stimme durch das Mikrofon und läutete damit das Ende der Pause ein. Der Künstler und sein Gefolge verabschiedeten sich eilig.

Andresen hielt Weichert am Arm zurück. „Gut gesprochen, Herr Kollege", sagte er. „Wie üblich ein wenig zu schwülstig für meinen Geschmack, aber treffend."

„Zu viel der Ehre." Weichert grinste unter seiner Maske. „Ich muss wieder rüber", fügte er hinzu, nickte Daniela zu und kehrte zu seinem Tisch zurück.

Vor dort warf der Künstler Carsten Andresen einen kühlen Blick zu, den dieser ebenso frostig erwiderte. „Ich kann den Kerl nicht ausstehen", flüsterte er in Danielas Richtung.

„Ach tatsächlich?" Ihr Tonfall klang schnippisch. „Ist mir gar nicht aufgefallen."

„Sag bloß, du findest den nett."

„Schsch! Ich will zuhören." Sie legte einen Zeigefinger auf ihre gespitzten Lippen.

Andresen nippte an seinem Bier. Der einzige Gedanke, der ihn aufheiterte, war, dass er den arroganten Bilderkleckser nach diesem Abend vermutlich nie mehr wiedersehen würde.

KAPITEL 2

Schwungvoll schlug Oliver Fröhlich die Autotür zu und schloss den BMW ab. Kühler Ostwind spuckte ihm Nieseltropfen ins Gesicht. Es war November und das Wetter entsprechend. Mit hochgezogenen Schultern strebte er dem Bürogebäude zu.

Der zweigeschossige, modern gestaltete Bau mit den vielen Giebeln war Mitte der Neunzigerjahre entstanden. Der Eingangsbereich bestach mit dunkelgrünen Rahmen, farblich passenden Schriftzügen und viel Glas.

Mit energischen Schritten trat er auf den Empfangstresen zu, den seit etwa eineinhalb Jahren eine Plexiglasscheibe zierte. Eine Corona-Schutzmaßnahme. Bis vor Kurzem hatten sie innerhalb der Kanzlei zusätzlich einen Mund-Nasen-Schutz tragen müssen. Zu Olivers Erleichterung war diese Anordnung inzwischen hinfällig, da sämtliche Angestellten geimpft waren.

Hinter dem Plexiglas saß wie in einem Terrarium Frau Herzog. Deren blonde, mit viel Haarspray fixierte Hochsteckfrisur machte die Empfangssekretärin älter, als sie eigentlich war. Die Gleitsichtbrille auf der spitzen Nase unterstrich das Gouvernantenhafte, das sie ausstrahlte, und wie immer schien Monika Herzog auch jetzt äußerst beschäftigt. Im Augenblick füllte sie mit ihrer engen, schräggestellten Handschrift einen Telefonzettel aus. Name des

Anrufers, Aktenzeichen des Vorgangs, Datum und Uhrzeit waren bereits vermerkt, wie Oliver mit einem raschen Blick konstatierte. Nun gab Frau Herzog auf den darunter liegenden Zeilen an, was genau der Anrufer gewollt hatte. Das konnte dauern. Oliver beschloss daher, sie zu unterbrechen, und räusperte sich vernehmlich.

Die Herzogin, wie einige Kollegen sie nannten, hob den Kopf und schob ihre Brille höher den Nasenrücken hinauf. Ihr hellrot bemalter Mund mit den schmalen Lippen blieb unbewegt. Oliver vermutete bereits seit Langem, dass die Herzogin zum Lachen in den Keller ging. Oder sie verbot sich jede fröhliche Anwandlung, um keine Falten zu bekommen.

„Hallo, Frau Herzog", begann er.

Sie nickte knapp. „Herr Fröhlich."

Warum der Chef ausgerechnet diese humorlose Ziege am Empfang beschäftigte, war Oliver ein Rätsel. Wenn er hier das Sagen hätte, würde er dafür sorgen, dass eine Mitarbeiterin die Mandanten begrüßte, die Wärme und Freundlichkeit ausstrahlte und nicht den Charme einer Flasche Essig.

„Gab es irgendwas Wichtiges?", fragte Oliver.

„Ein paar Anrufe. Ich habe sie zu Frau Lechner durchgestellt."

„Danke." Oliver nickte und wollte sich schon abwenden, als Frau Herzog mit kaum verborgener Süffisanz hinzufügte: „Ach ja, und Dr. Hoffmann möchte Sie sprechen."

Oliver hielt inne. „Er ist da?"

„In seinem Büro."

„Hat er gesagt, was er will?"

„Tut mir leid, nein.“

„Gut, danke.“

Langsam machte er sich auf den Weg in sein Büro. Vorbei am Wartezimmer, in dem ein einzelner Herr auf einem Stuhl am Fenster saß, einen zusammengerollten Schnellhefter in den Händen. Mit leerem Blick starrte der Mann aus dem Fenster.

Oliver ging weiter. Vorbei an dem leeren Besprechungsraum I, der bis zu acht Personen Platz bot. Besprechungsraum II im Obergeschoss war fast doppelt so groß, weshalb er gern für kleine interne Feiern der Kanzlei genutzt wurde. Zuletzt war das vor Corona der Fall gewesen. Vielleicht, dachte Oliver, gibt es dieses Jahr endlich wieder ein gemütliches Weihnachtsfrühstück. Aber er rechnete nicht wirklich damit.

Frau Lechner saß an ihrem Schreibtisch und hämmerte mit flinken Fingern auf ihre Tastatur ein.

„Guten Morgen, Frau Lechner.“

Sie sah auf. „Guten Morgen. Einen Kaffee?“

„Gern.“ Er lächelte ihr knapp zu und verschwand in seinem Büro.

Nachdenklich ließ er sich in seinen Bürosessel fallen und schaute aus dem Fenster, das zum Parkplatz hinausging. Was, grübelte er, wollte der Alte wohl von ihm?

Dr. Hans-Jürgen Hoffmann war derjenige, der die Kanzlei Dr. Hoffmann, Schmitt & Vogel vor über dreißig Jahren gegründet hatte. Ein Teil von ihm steckte noch immer tief im vorigen Jahrhundert, doch beruflich war der Alte stets auf dem Laufenden, das musste man ihm lassen. Noch immer genoss er vor Gericht und bei vielen Kollegen hohes Ansehen und größten Respekt. Doch er wurde alt und zog sich mehr und mehr aus dem Geschäft zurück. Inzwischen war er Ende siebzig und gesundheitlich angeschlagen. Öfter als zweimal wöchentlich schaute er nur selten vorbei. Und dass er freitags auftauchte, war äußerst ungewöhnlich.

Frau Lechner kam herein und stellte mit einem kurzen „Ihr Kaffee" einen dampfenden Becher vor Oliver ab.

„Danke", sagte er und fügte hinzu: „Dr. Hoffmann hat nach mir gefragt?"

Sie stutzte. „Ach, Sie wissen es schon? Ich wollte Ihnen gerade ausrichten, dass er Sie in seinem Büro erwartet."

„Die Herzogin hat es mir gesagt. Sie können sich vorstellen, in welchem Tonfall."

„So schlimm wird es sicher nicht werden." Sie lächelte ihm ermutigend zu und schloss wenig später die Tür hinter sich.

Oliver warf einen Blick auf seine Armbanduhr. Jetzt war es Viertel nach elf. Wenn Hoffmann vormittags im Haus war, ging er meist gegen zwölf nach Hause. Oliver beschloss, die Audienz beim Alten gleich nach dem Kaffee hinter sich zu bringen.

An dem Becher nippend ging er die eingegangenen Anrufe durch. Nichts Wichtiges, stellte er beruhigt fest. Eine Mandantin bat um Rückruf, Rechtsanwalt Schaller, Vertreter der Gegenpartei in einem Nachbarschaftsstreit, hatte einen Besprechungstermin bestätigt, und ein Mandant wollte später noch einmal anrufen, um über die Behauptungen im Schriftsatz der gegnerischen Anwälte zu reden. Oliver rollte mit den Augen. Diese

Sache kostete mehr Zeit und Nerven als zehn andere zusammen.

Er schob die Zettel zur Seite, schaute Kaffee schlürfend aus dem Fenster und grübelte darüber nach, was der Alte von ihm wollte.

Dr. Hoffmann stand neben dem Schreibtisch von Frau Gerlach, die für ihn und für den anderen Seniorpartner, Robert Schmitt, das Sekretariat erledigte, und besprach etwas mit ihr, als Oliver nähertrat. Sein Chef sah auf, bemerkte ihn und lächelte breit. „Ah, Herr Kollege Fröhlich", begrüßte er ihn. „Zurück vom Arbeitsgericht? Wie ist es gelaufen?"

Die offensichtliche gute Laune des Alten beruhigte Oliver. „Sehr gut", sagte er. „Die Klage der Gegenseite wurde abgewiesen."

Dr. Hoffmann holte angestrengt Luft. Er litt unter Asthma, das war in der Kanzlei bekannt. Außerdem wurde er wegen Arthrose, Bluthochdruck und Diabetes behandelt. Wenn ich so krank wäre, dachte Oliver nicht zum ersten Mal, würde ich mich in den Ruhestand verabschieden, damit ich noch was habe vom Rest meines Lebens.

„Was meinen Sie?", erkundigte sich der Alte, „werden Balke und Schröder Berufung einlegen?"

Oliver schüttelte den Kopf. „Ich denke nicht. Zumindest hat der Kollege Schröder den Eindruck erweckt, als hätte ihn jeder Kampfgeist verlassen. Kein Wunder, nach den neuesten Erkenntnissen liegen die Erfolgsaussichten seines Mandanten praktisch bei null."

„Wunderbar." Dr. Hoffmann nickte zufrieden. „Kommen Sie herein, wir haben etwas zu besprechen."

Alle Anwaltsbüros der Kanzlei waren modern und stylisch eingerichtet. Edles Holz, Designer-Schreibtische, viel Glas, dezente Grünpflanzen und geschmackvolle Kunstdrucke an den Wänden. Die Tür zum Büro des Alten jedoch war wie ein Wurmloch, das einen in die späten Achtzigerjahre katapultierte. Dunkelgrüne, altmodisch gemusterte Auslegeware, Möbel aus dunklem Eichenholz, Gardinen am Fenster, und an den Wänden hingen Trophäen von Jagdausflügen. Dr. Hoffmann war ein passionierter Jäger. Auf einem Foto stand er neben einem erlegten Hirsch, einen Fuß auf dem toten, massigen Körper. Das Bild war für Oliver das Schlimmste in diesem Sammelsurium der Geschmacklosigkeiten. Ein modernes Telefon und der Computer-Flatscreen wirkten hier wie futuristische Fremdkörper.

„Setzen Sie sich", bat Dr. Hoffmann jovial und ließ sich selbst hinter seinem wuchtigen Schreibtisch auf einem Ledersessel nieder, der protestierend schnaufte. Oliver nahm auf einem der beiden Besucherstühle Platz. Hohe Rückenlehne, Brokatpolsterung, ebenfalls in Grün. Wo hatte der Chef diese Relikte bloß her? Aus dem Keller seiner Eltern?

„Das war kein einfacher Fall", sagte Dr. Hoffmann und holte tief Luft.

„Stimmt. Ich habe mich gewundert, dass Sie ihn mir gegeben haben und nicht Rechtsanwalt Vogel."

Der jüngste Seniorpartner, immerhin bereits Ende fünfzig, war Fachanwalt für Arbeitsrecht. Oliver dagegen bearbeitete hauptsächlich Zivilrecht. Doch heute war er als Vertreter einer großen Flensburger Baufirma aufgetreten, die von einem ehemaligen Angestellten verklagt worden war.

„Um ehrlich zu sein, habe ich Sie gebeten, die Sache zu übernehmen, um zu sehen, wie Sie sich schlagen“, sagte Dr. Hoffmann und ließ Oliver dabei nicht aus den Augen.

Der runzelte die Stirn. „Sie meinen, Sie haben mich einer Art Test unterzogen?“

Er gab sich keine Mühe, seine Verärgerung zu verbergen. Oliver war lange genug im Job und in der Kanzlei. Er hatte längst bewiesen, dass er ein verdammt guter Anwalt war. Daher erschien es ihm unangemessen, noch immer wie ein Anfänger behandelt zu werden.

Dr. Hoffmann lehnte sich zurück und legte seine Fingerkuppen gegeneinander, sodass seine Hände ein schmales Zelt bildeten. „Keinem simplen Test, lieber Kollege, nein. Schließlich erwarten unsere Mandanten von uns allerhöchste Professionalität. Ich hätte Ihnen den Fall nicht zugeteilt, wenn ich Sie nicht für fähig gehalten hätte, das Bestmögliche für unseren Mandanten herauszuholen. Um ehrlich zu sein, hatte ich damit gerechnet, dass es bei der Verhandlung doch noch auf einen Vergleich hinausläuft.“

Er machte eine kurze Pause, um Luft zu holen. Dann verzog sich sein Mund zu einem Lächeln. Seine blaugrauen Augen ruhten auf Oliver, der sich unter diesem Blick vorkam wie ein Insekt unter dem Mikroskop. „Stattdessen haben Sie einen wichtigen Zeugen aufgetrieben, den Fall dank dessen Aussage gewonnen und mich so endgültig davon überzeugt, dass Sie der Richtige sind. Wie sagt man so schön? Das Glück des Lebens besteht nicht darin, wenig oder keine Schwierigkeiten zu haben, sondern sie alle siegreich und glorreich zu überwinden."

Oliver presste die Lippen aufeinander. Der Alte und seine klugen Sprüche! Er hatte für jede Gelegenheit einen auf Lager. Inzwischen hatte Oliver gelernt, sie zu überhören und sich auf den Teil von Dr. Hoffmanns Monolog zu fokussieren, der für ihn wesentlich war. „Der Richtige? Wofür?", hakte er nach.

Sein Chef antwortete nicht sofort. Er liebte es, sein Gegenüber zappeln zu lassen, das wusste Oliver. Also gab er sich so gelassen wie möglich, um sich seine Neugier und seine Ungeduld nicht anmerken zu lassen.

Der Alte ließ ihn nicht aus den Augen. „Der richtige Kandidat für eine Partnerschaft."

Olivers Puls beschleunigte sich. Er sollte Partner werden?

Sein Name würde im Firmenlogo auftauchen, er würde ein größeres Büro bekommen und natürlich auch mehr Gehalt. Für all das hatte er in den letzten Jahren viel und hart gearbeitet. Doch hatte er nicht damit gerechnet, so bald schon die Früchte dieser Arbeit zu ernten. Nach all dem Frust in der letzten Zeit war dies endlich einmal eine gute Nachricht.

„Das … das wäre fantastisch", brachte er hervor. „Danke, Dr. Hoffmann."

Der Alte erhob sich mühsam. Sofort stand auch Oliver auf. Sein Chef hob warnend den linken Zeigefinger. „Sie sollten sich jetzt keinesfalls auf diesen Lorbeeren ausruhen, Herr Kollege. Die Ernennung tritt erst Anfang des nächsten Jahres in Kraft. Falls Sie sich bis dahin etwas zuschulden kommen lassen … Es gibt durchaus andere Kollegen, die ähnlich ehrgeizig und fleißig sind wie Sie."

„Das ist mir bewusst", sagte Oliver ernst. „Machen Sie sich keine Gedanken, an der Qualität meiner Arbeit wird sich selbstverständlich nichts ändern."

Dr. Hoffmann brachte ihn zur Tür. „Davon bin ich überzeugt. Allerdings …" Er blieb stehen und schaute Oliver prüfend an. „Es gibt da noch etwas, das mir Sorgen bereitet. Ich hörte kürzlich von Ihrer … Wohnsituation."

Oliver war perplex, damit hatte er nicht gerechnet. „Meine Wohnsituation?", wiederholte er.

„Ja. Es geht das Gerücht, Sie würden neuerdings in einer Art … Kommune leben."

Die zögerliche Art, mit der sein Chef Worte wie ‚Wohnsituation' und ‚Kommune' aussprach, machten Oliver deutlich, dass jegliche alternative Lebensformen ihm suspekt waren. Jäh wurde ihm klar, dass dieses Thema neben der Beförderung der eigentliche Grund für ihre Unterredung war. Dass Dr. Hoffmann es nun wie nebenbei im Rahmen des Abschieds zur Sprache brachte, war ebenso typisch für den Alten wie seine Lebensweisheiten. Oliver kannte ihn inzwischen gut genug, um derlei Finten zu durchschauen.

„Es handelt sich keinesfalls um eine Kommune, Herr Dr. Hoffmann", sagte er und bemühte sich, in ruhigem Tonfall zu sprechen, obwohl es in ihm brodelte. „Meine drei Freunde und ich haben vor einigen Monaten beschlossen, gemeinsam in meinem Haus zu leben. Für mich allein ist es zu groß, seit meine Kinder aus dem Haus sind und meine Frau und ich getrennt leben."

„Aha, hm", machte Dr. Hoffmann. „Also vier Männer unter einem Dach?"

„Genau. Meine Freunde sind ebenfalls alleinstehend."

„Ach! Das ist ungewöhnlich. Darf man fragen, wie es dazu gekommen ist?"

Oliver hob die Achseln. „Wie das eben heute so ist. Der eine ist geschieden, der andere verwitwet und der Dritte ein Junggeselle, der nichts von der Ehe hält."

„Ich hörte aber auch von einer Frau, die bei Ihnen ans Telefon geht und ..."

„Das ist unsere Haushälterin", sagte Oliver schnell. „Wir sind beruflich stark eingespannt und in Sachen Haushalt nicht sehr versiert. Frau Engelkamp macht deshalb sauber, kümmert sich um die Wäsche, das Einkaufen und Kochen. Aber sie lebt nicht im Haus."

„Ich verstehe." Der Alte machte eine halbe Drehung von der Tür weg, trat an das bodentiefe Fenster und schaute durch den dünnen Gardinenstoff nach draußen. Ein Sonnenstrahl, der sich durch die graue Wolkendecke gekämpft hatte, machte den tanzenden Staub im Zimmer sichtbar, der sich in dieser spießigen Umgebung sehr wohlzufühlen schien.

Oliver schaute an seinem Chef vorbei ebenfalls hinaus. Die Kanzlei hatte ihren Sitz am Rande von Flensburg, sodass man von hier aus ins Grüne und auf ein Biotop blicken konnte, an dessen Rändern Schilf wuchs. Im Sommer sah man dort hin und wieder Reiher, die auf ihren langen Beinen im Wasser herumstaksten. Jetzt, im Herbst, wirkte das kleine Gewässer trostlos.

„Was, ähm, was sind das für Herren, die bei Ihnen wohnen?", wollte Dr. Hoffmann wissen und fügte rasch hinzu: „Wenn es erlaubt ist, danach zu fragen."

„Das ist kein Geheimnis", antwortete Oliver. „Es handelt sich um einen Kinderarzt, einen Steuerberater und einen Tischler."

„Ein Tischler?" Die Augenbrauen des Chefs hoben sich amüsiert.

„Es ist sehr praktisch, einen Handwerker im Haus zu haben", erwiderte Oliver und ärgerte sich, dass es klang, als müsse er sich für irgendetwas rechtfertigen. Er mochte Tom, wenn der Freund auch hin und wieder etwas feinfühliger sein könnte. Aber er war eine ehrliche Haut, erfrischend bodenständig und hatte Humor.

„War das dann alles?", fragte Oliver.

Dr. Hoffmann wandte sich wieder zu ihm um. „Ja, das war fürs Erste alles. Verstehen Sie mich nicht falsch, Herr Kollege, aber Sie werden Verständnis dafür haben, dass wir nur jemanden als Partner ins Auge fassen können, dessen Lebenswandel untadelig ist."

„Natürlich", sagte Oliver. Dann fiel ihm etwas ein. „Darf ich fragen, wer Sie über meine ‚Wohnsituation' aufgeklärt hat?" Er ahnte zwar, wer es gewesen war, doch er wollte es genau wissen.

„Oh, das Thema kam im Laufe einer Unterhaltung auf, die ich mit Dr. Thede führte. Er erwähnte es ganz beiläufig."

Beiläufig am Arsch, dachte Oliver grimmig. Dr. Magnus Thede spekulierte bereits länger darauf, endlich Partner zu werden. Einen anderen Kandidaten zu diskreditieren passte zu dem intriganten Sack wie die berühmte Faust aufs Auge.

„Nun, jetzt wissen Sie ja Bescheid", sagte Oliver in bemüht höflichem Tonfall. „Es ist ganz und gar nichts Anrüchiges oder Unmoralisches an unserer Wohngemeinschaft, im Gegenteil."

„Ich weiß, dass Sie für eine Partnerschaft der geeignete Mann sind. Obwohl die Konkurrenz natürlich nicht schläft." Er zwinkerte Oliver zu. „Denken Sie immer daran, was Henry Ford sagte: Wenn alles gegen dich ist, dann erinnere dich: Ein Flugzeug hebt ab, weil es gegen den Wind fliegt, nicht mit dem Wind."

„Ich verstehe", sagte Oliver. „Sie können sicher sein, dass ich der richtige Pilot bin."

Der Alte schmunzelte. „Das hoffe ich. Eine Bruchlandung wäre äußerst bedauerlich." Er öffnete die Tür und trat nach Oliver aus dem Büro. „Wir sehen uns. Frohes Schaffen, Herr Kollege."

„Danke, Dr. Hoffmann." Nur weg von diesem antiquierten Flugplatz, um bei der albernen Metapher zu bleiben, dachte Oliver, verabschiedete sich knapp von Frau Gerlach und machte, dass er fortkam.

Unterwegs kam er an einem leeren Büroraum vorbei. Seit dem Schlaganfall von Dr. Kraus vor zwei Wochen stand er leer. Da gerade niemand zu sehen war, trat er ein und schaute sich um. Eckfenster, bestimmt zehn Quadratmeter mehr als sein jetziges Büro und ein Blick ins Grüne. In Gedanken richtete Oliver den Raum nach seinen Vorstellungen ein. Sah sich im Geiste vor dem Fenster an seinem Schreibtisch sitzen. Ja, hier könnte er sich wohlfühlen.

Einzig der Gedanke an Dr. Magnus Thede trübte seinen Enthusiasmus. Dass es dem Kollegen gelingen könnte, ihn aus dem Rennen zu werfen, glaubte Oliver nicht. Bis zu seiner Ernennung zum Partner waren es nur noch acht Wochen, und er machte einen verdammt guten Job.

Daran würde auch Thede nichts ändern können.

Ich habe auch wirklich ein bisschen Glück verdient, fand Oliver. Die Sache mit Annette hatte ihm für eine Weile den Boden unter den Füßen weggerissen, und es war ein enormer Kraftakt gewesen, seinen privaten Kummer während der Arbeit zur Seite zu schieben.

Oliver lächelte, als er sein zukünftiges Büro verließ und seinen Weg fortsetzte. Es geht endlich wieder bergauf, dachte er zufrieden. Als er um die Ecke bog und er den Ausdruck im Gesicht von Frau Lechner sah, schwante ihm Böses. Seine Sekretärin hielt den Telefonhörer in der rechten Hand, die Sprechmuschel deckte sie mit der Linken ab.

Er wappnete sich und trat näher. „Wer ist es?“

„Ihre Frau.“ Sie wisperte die Antwort, als könne Annette sie hören.

Oliver rang sich ein Lächeln ab, ehe er seine Bürotür ansteuerte. „Stellen Sie sie bitte durch.“

Er schloss die Tür sorgsam, ließ sich in seinen Sessel fallen und zählte bis zehn, ehe er den Hörer aufnahm.

„Hallo, Annette“, sagte er kurz angebunden. „Was gibt's?“

„Hi. Wieso hat das so lange gedauert? Übrigens, deine Sekretärin klingt reichlich schnippisch, seit wir uns getrennt haben. Vielleicht könntest du ihr sagen, dass –“

„Entschuldige, aber *du* hast dich getrennt. Nicht ich.“

Oliver sah förmlich vor sich, wie seine Frau mit den Augen rollte.

„Ach, vergiss es“, gab sie nach. „Ich habe eine Bitte an dich. Morgen will Bea mich in Berlin besuchen, und ich habe sie gebeten, bei dir vorbeizufahren und meine Bücher und DVDs mitzunehmen. Du weißt schon, die aus dem kleinen Regal im Schlafzimmer. Ich dachte, du könntest sie in einen Karton packen und Bea in die Hand drücken. Sie kommt morgen im Laufe des Vormittags bei dir vorbei.“

„Von mir aus“, sagte Oliver lustlos.

„Danke. Hast du kürzlich was von den Kindern gehört?“

„Ja, allerdings.“ Er konnte nicht verhindern, dass ein zufriedenes Lächeln seine Lippen umspielte. Ihre gemeinsame Tochter und auch ihr Sohn nahmen ihrer Mutter übel, dass sie den Vater verlassen hatte und nach Berlin gezogen war. Zu einem Mann, den sie nur virtuell kannte. Daher meldeten sie sich so gut wie nie bei ihr.

„Leah gefällt ihr Jura-Studium sehr“, berichtete Oliver, „sie ist frisch verliebt und kommt Weihnachten für eine Woche nach Hause. Und Noah hat ein tolles Angebot von einer Werbeagentur bekommen, das er annehmen will. Er wird voraussichtlich Anfang des nächsten Jahres nach Hamburg ziehen.“

„Das ist wunderbar“, sagte Annette, doch er konnte die Traurigkeit hören, die sie empfand. Schließlich kannte er sie sein halbes Leben lang. Es schmerzte sie, dass ihre Kinder keinen Kontakt zu ihr suchten.

„Und?“, wollte sie wissen. „Wie geht es dir sonst?“

Er rieb sich mit Daumen und Zeigefinger die Nasenwurzel. „Gut“, antwortete er knapp. „Wieso? Willst du hören, dass ich noch immer Nacht für Nacht in mein Kissen heule, nur weil du mich für eine Internetbekanntschaft verlassen hast?“

„Blödsinn, dafür bist du nicht der Typ.“

„Stimmt genau. Und wie geht es dir und deinem … Guru?“

Er hörte sie spöttisch auflachen. „Jonathan ist kein Guru, Oliver. Er schreibt Ratgeber und gibt Kurse, um Menschen dabei zu helfen, Harmonie in ihr Leben zu bringen. Du ahnst ja nicht, wie hilfreich Yoga, Ayurveda und Meditation sein können. Ich bin ein völlig neuer Mensch, seit ich ihn kenne. Ich habe endlich zu mir gefunden.“

Nun war es an Oliver, die Augen zu verdrehen. „Ja, ja, ich weiß. Hör zu, ich habe gleich einen Besprechungstermin. Du kannst Bea sagen, dass ich mich um die Bücher kümmere.“

„Und um die DVDs“, erinnerte ihn Annette. „Ich werde meine ‚*Sex & the City*‘-Staffeln jetzt unter völlig anderen Gesichtspunkten sehen.“

„Was immer dich glücklich macht. Also, bis irgendwann.“

„Namaste, mein Lieber.“

Er grunzte nur und schmiss den Hörer auf die Gabel.

*

Dr. Björn Steiner verabschiedete sich von der kleinen Maya und ihrer Mutter, der man trotz der Gesichtsmaske ohne Mühe ansehen konnte, dass sie erschöpft und einigermaßen ratlos war. Auf ihrer Stirn hatten sich sogar kleine Schweißperlen gebildet.

„Sonst kann sie das alles", versicherte sie ihm, „ich weiß auch nicht, was heute mit ihr los ist. Normalerweise plappert sie den lieben langen Tag."

„Ich glaube Ihnen", versicherte Björn ihr. „Machen Sie sich keine Sorgen. Maya hat sich gut entwickelt, sie ist eine typische Zweijährige. Dass sich die Kinder in einer fremden Umgebung anders verhalten als zu Hause, ist vollkommen normal. Glauben Sie mir, es ist alles in Ordnung."

Er war froh, als die zwei sich verabschiedeten. Mayas Mutter hatte sich eine halbe Stunde lang bemüht, dem Kinderarzt zu beweisen, dass ihre Tochter nicht nur zeitgemäß entwickelt, sondern ein wahres Wunderkind war. Zu ihrem Bedauern hatte Maya nicht mitgespielt. Der Kleinen war kaum ein Wort über die Lippen gekommen, und sie hatte sich beharrlich geweigert, die Bewegungsspiele mitzumachen. Für Björn war das nicht ungewöhnlich. Gerade in dem Alter verhielten sich Kinder selten so, wie die Eltern es sich wünschten. Die U7 war immer wieder ein Abenteuer. Er schaute auf die Uhr. Ihm knurrte der Magen, und das wunderte ihn nicht, denn es war bereits deutlich nach eins.

Seine Sprechstundenhilfe Tamara kam herein. „Der nächste Patient kommt um zwei", unterrichtete sie ihren Chef. „Mika Hansen, er hat mal wieder Ohrenschmerzen."

Björn zog seinen Kittel aus. „Dann besorge ich mir jetzt was zum Mittagessen."

Sie trat an die Behandlungsliege und wechselte routiniert die Papierunterlage aus. „Alles klar. Bis gleich."

Er hatte kaum das Gebäude verlassen und die nur wenige Meter entfernte Bäckerei angesteuert, als sein Handy klingelte. Der Blick aufs Display ließ ihn entnervt aufstöhnen. Da es wieder einmal zu nieseln begann, stellte er sich für das Telefonat in einen der Hauseingänge.

„Was gibt's?", fragte er knapp.

„Was für eine reizende Begrüßung", erwiderte seine Ex-Frau spröde. „Hör zu, ich rufe wegen Tims Klassenfahrt an. Du hast mir versprochen, den Betrag zu überweisen. Jetzt höre ich aber von seinem Klassenlehrer, dass das Geld noch immer nicht eingegangen ist."

„Verdammt, ich hab's vergessen. Tut mir leid. Ich überweise es noch heute."

„Am besten an mich", sagte Simone. „Ich leite es weiter. Dann kannst du noch etwas drauflegen. Tim und Tabea brauchen dringend neue Wintersachen, sie sind aus allem rausgewachsen."

Björn knirschte mit den Zähnen. „Dafür ist eigentlich der Unterhalt gedacht, das weißt du genau."

„Der reicht bei Weitem nicht aus. Weißt du, was Kinderkleidung heutzutage kostet, wenn man nicht gerade Billigklamotten im Ramschladen kauft?"

„Es muss doch wohl auch nicht das Teuerste vom Teuersten sein, oder?" Er sprach mit gedämpfter Stimme, damit nicht jeder, der an ihm vorbeikam, Zeuge dieser unschönen Unterhaltung wurde. „So schnell, wie die Kinder wachsen, lohnt es sich wirklich nicht …"

„Ich lege nun mal Wert auf Fairtrade", unterbrach ihn Simone eisig. „Die Kleidung unserer Kinder soll nicht unter menschenunwürdigen Bedingungen zusammengeschustert werden, womöglich noch aus fragwürdigen Materialien."

„Wenn du so viel Wert darauf legst, dann musst du eben an anderer Stelle sparen. Ich zahle mehr, als ich müsste, das weißt du genau. Noch mehr kann ich mir nicht leisten."

„Die Nummer kenne ich, und ich glaube dir kein Wort", erwiderte sie. „Als Arzt verdienst du genug. Und obendrein wohnst du doch jetzt schön billig bei deinem Kumpel."

„Ich musste mir doch was Günstigeres suchen", sagte er scharf, „weil du mich aussaugst mit deinen ewigen Forderungen."

„Und du hast etwas gefunden", gab sie triumphierend zurück. „Hör zu, ich brauche mindestens dreihundert Euro für die Kinder. Zusammen mit den Kosten für die Klassenfahrt macht das –"

„Ich kann selbst rechnen!"

„Umso besser. Also, entweder du überweist mir die Summe, und zwar zeitnah, oder ich sehe mich leider gezwungen, ein paar Leuten zu erzählen, dass –"

„Ist ja schon gut!", zischte er und packte das Handy fester. Am liebsten hätte er es mit Schwung auf den Asphalt geschmettert, doch damit schadete er nur sich selbst, nicht seiner Ex-Frau, die sich mit dem Extrageld vermutlich selbst neu einkleiden würde. „Ich überweise es nachher."

„Na also, geht doch", sagte sie zufrieden. „Ciao, mein Lieber."

Wütend steckte Björn das Handy zurück in seine Hosentasche. Er hatte es so satt, dass Simone ihn manipulierte, wann immer sie wollte. Aber leider blieb ihm nichts anderes übrig, als nachzugeben.

Er erreichte den Bäcker, verhüllte seine untere Gesichtshälfte und trat ein. Die kleine rothaarige Verkäuferin hatte an diesem Tag Dienst. Natürlich, dachte Björn genervt. Wie sonst auch leuchteten ihre Augen auf, als sie ihn begrüßte, und ihre Wangen färbten sich rosiger, als sie ohnehin waren. Bereits vor Wochen hatte er bemerkt, dass sie ihn anziehend fand. Seither benahm er sich so kühl und distanziert, dass es fast an Unhöflichkeit grenzte. Allerdings ohne nennenswerten Erfolg. Nach wie vor himmelte sie ihn an und versuchte krampfhaft, ein Gespräch mit ihm in Gang zu bringen.

„Oh, hallo, Herr Doktor. Was kann ich Ihnen Gutes tun?"

„Tag. Ich hätte gern ein belegtes Brötchen mit Ei, und eins mit Käse, bitte."

„Darf es sonst noch etwas sein?", fragte die Rothaarige mit weichgespülter Stimme. „Mal wieder ein paar von unseren Kokosmakronen? Ihre Mitarbeiter freuen sich doch immer so, wenn Sie ihnen welche mitbringen."

„Nein, heute nicht", gab er knapp zurück und zückte sein Portemonnaie. Er würde den Gürtel mal wieder enger schnallen müssen. Naschereien für seine Sprechstundenhilfen konnte er sich dank Simone vorerst nicht leisten. „Was macht das?"

„Dreineunzig.“ Sie legte die leise knisternde Tüte mit den Brötchen auf den Tresen. „Haben Sie was Schönes vor am Wochenende? Also ich werde endlich mal wieder ins Kino gehen. In den neuen James-Bond-Film. Wie wär's, hätten Sie nicht Lust –?“

„Nein, vielen Dank.“ Er legte zwei Zweier auf die kleine Plastikschale, griff nach der Brötchentüte und floh aus der Filiale, ohne auf das Wechselgeld zu warten.

KAPITEL 3

Sibylle Moosbach kam gerade von ihrer Freundin, bei der sie gemütlich eine Tasse Kaffee getrunken und köstlichen Käsekuchen gegessen hatte. Letzteren hatte sie allerdings nicht wirklich genießen können, da es an diesem Nachmittag in erster Linie um Sibylles Ehe gegangen war, und darum, dass sie unaufhaltsam ihrem Ende entgegensteuerte.

Sie selbst steuerte ihren kleinen Nissan gerade durch Harrislee – und auf einen dunklen, großen Wagen zu, der plötzlich aus einer Parklücke rückwärts auf die Straße rollte.

„Scheiße", entfuhr es Sibylle, ehe sie hart auf die Bremse trat. Doch einen Zusammenstoß konnte sie damit nicht mehr verhindern. Der robuste Volvo ließ die Motorhaube ihres Kleinwagens so eklig quietschen, dass es ihr in den Ohren schmerzte. Sie selbst wurde hart nach vorn geschleudert. Der Aufprall war zwar nicht stark genug, um den Airbag zu aktivieren, doch der Schreck war Sibylle heftig in die Glieder gefahren. Keuchend und mit rasendem Herzschlag hockte sie hinterm Steuer, unfähig, sich zu rühren.

Aus den Lautsprechern klang weiterhin Musik. Statt des schnellen Popsongs, den RSH eben noch gespielt hatte, gab es nun eine ruhige Nummer, die Sibylle half, wieder in den normalen Atemmodus zurückzukommen.

Als sie den ersten Schreck überwunden hatte, wurde sie sauer. Was für ein Idiot rollte denn so mir nichts, dir nichts, über die Straße?

Sie schnallte sich ab, riss die Fahrertür auf und stieg aus. Dieselbe Idee hatte ihr Unfallgegner. Mit besorgter Miene eilte er auf Sibylle zu. Es handelte sich um einen großen, kräftig gebauten Mann mit dunklem, etwas zu langem Haar und sanft dreinblickenden Augen. Sibylle reichte ihm nur knapp bis zur Schulter. Sie musste den Kopf heben, um ihm ins Gesicht zu sehen, dessen untere Hälfte von einem leicht gelockten Bart bedeckt wurde. Eine Mischung aus Wikinger und Teddybär, schoss es ihr durch den Kopf.

Einschüchtern ließ sie sich von seiner Statur allerdings nicht. Sie öffnete schon den Mund, um ihn zu fragen, ob sein Wagen nicht über etwas so Elementares wie einen Rückspiegel verfügte, doch er war schneller.

„Geht es Ihnen gut?“, erkundigte er sich besorgt. „Es tut mir so leid, ich habe Sie nicht gesehen.“

„Vielleicht haben Sie die Augen zugemacht?“, fragte sie bissig und wies auf ihren kaputten Nissan. „Sehen Sie sich meinen Wagen an!“

Er betrachtete den Schaden und schnalzte bedauernd mit der Zunge. „Das sieht wirklich nicht gut aus. Es tut mir schrecklich leid, ich komme natürlich für den Schaden auf.“ Sein Blick fiel auf sie, er musterte sie von oben bis unten. Nicht auf anzügliche Weise. Vielmehr schien er sich davon überzeugen zu wollen, dass an ihr noch alles dran war. „Ihnen ist aber nichts passiert, hoffe ich“, sagte er und bestätigte damit ihren Eindruck.

Sie winkte müde ab. „Ich glaube nicht.“ Ihr angeborener Pragmatismus meldete sich. Sie holte ihr Handy aus dem Wagen und begann, Fotos von der Unfallstelle und den beiden ineinander verkeilten Fahrzeuge zu schießen.

„Wir sollten die Versicherungsdaten austauschen“, sagte sie, da ihr Unfallgegner anscheinend überfordert war. Er stand an der Stelle, wo sein Volvo ihren Kleinwagen knutschte, und kratzte sich am Kopf.

„Versicherung“, murmelte er, ließ die Hand sinken und zog den Reißverschluss seines Anoraks höher. „Ja, klar, das sollten wir tun.“

Der Wind pustete ungemütlich, fuhr durch sein Haar und spielte damit. Sibylle war froh, dass sie sich trotz blauen Himmels und elf Grad Außentemperatur für ihre Steppjacke und die Wollmütze entschieden hatte. Bei Wind war es gefühlt immer ein paar Grad kälter, und ihr Haar wurde mit Mütze nicht so zerzaust.

Ein SUV-Fahrer hupte, ließ sein Beifahrerfenster heruntersurren und verlangte erbost, sie sollten „zusehen, dass Sie Ihre Blechbüchsen von der Straße entfernen“. Dann fuhr er umständlich und vor sich hin schimpfend um ihre Wagen herum und brauste davon, ehe sie etwas erwidern konnten.

„So ein Rüpel!“, meinte der Volvo-Fahrer mit gerunzelter Stirn und sah dem SUV konsterniert hinterher.

„Wir sollten unsere Autos wirklich aus dem Weg schaffen“, schlug sie vor, denn es näherte sich bereits ein weiterer Wagen, und Sibylle hatte wenig Lust, noch mal angeschnauzt zu werden.

Der Teddy-Wikinger nickte. „Einverstanden."

Er fuhr seinen Volvo zurück auf den Parkplatz, und Sibylle parkte ihren Nissan in der nächsten freien Lücke. Beim Aussteigen betrachtete sie den Schaden ausführlich. Es war ein trauriger Anblick. Der rechte Kotflügel war stark zerbeult und wies eine Fülle an Kratzern auf. Sibylle sah auf ihre Armbanduhr und fluchte leise. Die Werkstatt würde in zehn Minuten schließen. Sie würde ihren Wagen erst am Montag hinbringen können.

Der Mann, dem sie den Ärger verdankte, trat neben sie und reichte ihr eine Visitenkarte zum Aufklappen. „Auf die Rückseite habe ich meine Versicherung und die Nummer geschrieben", sagte er. „Ich werde sie gleich morgen anschreiben und natürlich angeben, dass ich allein die Schuld an dem Unfall trage."

„Das wäre prima." Sie warf einen Blick auf die Karte. Finn Rohloff hieß der Wikinger also. Die Karte wies ihn als Steuerberater aus. Sie drehte sie um und betrachtete die handgeschriebenen Daten. Seine Schrift war wie er, groß, kräftig und irgendwie sympathisch.

Sie hob den Blick. „Danke. Einen Augenblick, ich revanchiere mich sofort." Sie holte ihre Handtasche aus dem Nissan, entnahm ihrem Portemonnaie die Karte ihrer Kfz-Versicherung und suchte nach Stift und Papier. Einen Kugelschreiber hatte sie rasch zur Hand, und der zusammengefaltete alte Einkaufszettel, den sie in ihrer Tasche fand, musste zum Notieren genügen. Über den unversehrten linken Kotflügel gebeugt schrieb sie die erforderlichen Angaben nebst ihrem Namen und ihrer Handynummer darauf. Dabei musste sie das Blatt Papier gut festhalten, weil der Wind daran zerrte. Schließlich überreichte sie den Zettel an Finn Rohloff.

„Haben Sie sich eigentlich was getan bei dem Aufprall?", erkundigte sie sich.

„Glücklicherweise nicht", antwortete er, bewegte aber prüfend seinen Kopf hin und her, ließ ihn kreisen und lächelte dann. „Keine Sorge, es knackt nicht mehr als sonst. Mir geht es gut, alles okay."

„Kein Wunder", bemerkte Sibylle mit einem neidischen Blick auf seinen Straßenkreuzer. „Ihr Wagen scheint auch nicht viel abbekommen zu haben."

Er hob die Schultern, es wirkte beinahe schüchtern. „Tja, was soll ich sagen? Schwedische Wertarbeit."

„Gegen japanisches Blech", fügte sie hinzu. „Kein Wunder, dass ich den Kürzeren gezogen habe."

„Es tut mir wirklich sehr, sehr leid", versicherte er nochmals. „Kann ich irgendwas tun? Sie zu einem Kaffee einladen?"

„Danke, nicht nötig. Ich hatte mehr als genug Kaffee für heute. Außerdem muss ich jetzt weiter." Sie nickte ihm zu. Gern hätte sie sich mit Handschlag von diesem Herrn Rohloff verabschiedet, doch seit Corona wurden körperliche Berührungen auf ein Minimum beschränkt. Einem praktisch Unbekannten die Hand zu schütteln war momentan schlicht zu riskant. Dabei hätte sie gern gewusst, wie sich sein Händedruck wohl anfühlte. Vermutlich warm, fest und trocken, dachte sie mit leisem Bedauern. Laut sagte sie: „Wir hören dann über unsere Versicherungen voneinander."

Er nickte. „Alles Gute. Und danke, dass Sie mir nicht den Kopf abgerissen haben."

Stimmt, dachte Sibylle. An sich war sie ein impulsiver und leicht aufbrausender Typ, doch irgendwas an Finn Rohloff hatte dafür gesorgt, dass sie relativ gelassen geblieben war. Vielleicht lag es daran, dass er selbst eine gewisse Ruhe ausstrahlte. Das hatte wohl auf sie abgefärbt.

Sie lächelte ihm noch einmal zu, seufzte beim Anblick ihrer kaputten Motorhaube, und stieg in ihr Auto. Finn Rohloff winkte ihr hinterher, als sie davonfuhr.

Plötzlich bedauerte sie, nicht auf seinen Vorschlag, noch einen Kaffee zusammen zu trinken, eingegangen zu sein. Es hätte nicht unbedingt Kaffee sein müssen. Sie hätte sogar Baumharz getrunken, wenn sie dafür nicht allein in ihrer Wohnung hocken musste. Ihr lieber Ehemann musste angeblich mal wieder Überstunden machen. Und Sibylle konnte sich bildlich vorstellen, wie die wohl aussahen. Seit Gerald diese neue Assistentin eingestellt hatte, kam er kaum noch nach Hause. Sie ahnte, dass es nicht mehr lange dauern würde, bis er Nägel mit Köpfen machte und ihr die Scheidung vorschlug. Vielleicht, dachte Sibylle in Gedanken an ihre Unterhaltung beim Käsekuchen heute Nachmittag, hat Petra recht und ich sollte ihm wirklich zuvorkommen. Das, was wir haben, ist sowieso keine Ehe mehr.

Sie startete den Motor und rollte ihren Wagen vorsichtig auf die Straße. Es wäre bestimmt nett gewesen, diesen Herrn Rohloff näher kennenzulernen. Zumal er von ihr vermutlich keinen allzu guten Eindruck bekommen hatte. Bei einer unbefangenen Unterhaltung hätte sie sich von einer anderen Seite zeigen können. „Aber die Chance hast du ja vertan", schalt sie sich selbst.

Es war schon immer ihre Art gewesen, Menschen, die sie nicht kannte, kühl und distanziert zu begegnen. Eine Eigenschaft, über die sie sich nicht das erste Mal ärgerte.

Vielleicht, so hoffte sie, sehe ich ihn ja irgendwann wieder.

*

„*It's a kind of magic*", schmetterte Freddie Mercury, und Finn sang fröhlich mit. Erstaunlich fröhlich, wenn er bedachte, dass er gerade einen selbst verschuldeten Unfall gebaut hatte und diese Sibylle Moosbach vermutlich nie wiedersehen würde. Ihren Namen hatte er dem Zettel entnommen, den sie ihm gegeben hatte.

Auf den ersten Blick schien sie das komplette Gegenteil von Karina zu sein, deren gesamte Erscheinung warm, weich und nachgiebig gewesen war. Sibylle Moosbach dagegen wirkte auf den ersten Blick selbstbewusst, praktisch und auch ein wenig distanziert. Trotzdem gefiel sie Finn, weil er das Gefühl hatte, dass sie eigentlich nicht so kratzbürstig war, wie sie sich heute gegeben hatte. Immerhin hatte er ihr ziemliche Unannehmlichkeiten bereitet. Da war es kein Wunder, dass sie nicht gut auf ihn zu sprechen gewesen war.

Schade, dachte er, dass sie seinen Vorschlag abgeschmettert hatte. Es wäre schön gewesen, sie näher kennenzulernen. Wer weiß, vielleicht traf er sie mal wieder. Unter erfreulicheren Umständen.

Er klappte den Sonnenschutz herunter, denn es war ein zwar kühler und windiger, aber sonniger Nachmittag mit vielen Lücken in der Wolkendecke, und die Sonne stand – wie im Spätherbst üblich – so tief, dass sie ihn blendete. Als er die Kreuzung beim Citti-Park überquert und die Schnellstraße erreicht hatte, drückte er aufs Gaspedal und sauste Handewitt entgegen. Im Radio war das Lied von Queen zu Ende, und das Thema Krankenhaus-Neubau wurde erörtert. Die beiden Flensburger Kliniken Diako und Franziskus wollten sich zusammenschließen und eine große moderne Zentralklinik schaffen. Doch eine Forderung des katholisch geprägten Malteser Krankenhauses, das von den Flensburgern „Franziskus" genannt wurde, sorgte in der Stadt für Ärger. Die Katholiken weigerten sich nämlich, in der Klinik Schwangerschaftsabbrüche durchzuführen, was zu diversen Protesten geführt hatte. Finn schüttelte den Kopf. Die Kirche war in seinen Augen antiquiert, und ihre Vertreter waren ein Haufen Heuchler. Er hatte das Thema satt und wechselte auf NDR 2, wo ein Song von Adele gespielt wurde. Das gefiel ihm deutlich besser.

Hinter dem Scandinavian Park bog er rechts Richtung Ellund ab und erreichte wenig später die ruhige Wohngegend im Meynautal, in der er mit seinen Freunden lebte.

Jedes Mal, wenn sein Blick auf sein neues Zuhause fiel, war er Oliver unendlich dankbar.

Ohne es zu realisieren, war Finn Anfang dieses Jahres in einem Sumpf aus Trauer versunken, aus dem er es ohne Olivers Initiative vielleicht niemals herausgeschafft hätte.

Kaum zu glauben, dachte Finn, dass jener historische Abend, an dem sie beschlossen hatten, zusammenzuziehen, bereits mehr als neun Monate her war.

Finn erinnerte sich noch ganz genau. Es war Mitte Januar gewesen, ein kalter, nasser und ungemütlicher Freitag. Olli hatte eine Textnachricht herumgeschickt, dass er etwas zu berichten hätte. Seit einigen Jahren trafen Finn, Oliver, Tom und Björn sich an jedem dritten Freitag im Monat zum Kartenspielen, und so auch an jenem Januarabend.

Tom hatte an diesem Tag die Kündigung seines Vermieters erhalten und war entsprechend genervt gewesen.

„Er macht Eigenbedarf geltend. Also, ich kann dir von einem Rechtsstreit nur abraten", hatte Oliver gesagt, nachdem er das Schreiben überflogen hatte. „Falls du verlierst – und das befürchte ich –, bleibst du auf den Kosten sitzen."

„Schöne Scheiße", murmelte Tom. „Was mach ich denn jetzt?"

„Du hast ja ein paar Monate Zeit. Bis dahin suchst du dir eben eine andere Bleibe."

Tom seufzte lang anhaltend und begann die Karten zu mischen. „Die wird dann entweder deutlich kleiner oder deutlich teurer sein als meine jetzige."

„Wir alle werden uns umhören", versprach Björn. „Jeder von uns kennt genügend Leute. Wir finden bestimmt was für dich."

„Wo ist eigentlich Annette?", fragte Tom, während er die Karten verteilte.

„In Berlin", antwortete Oliver knapp.

Björn hob seine Bierflasche und trank einen Schluck. „Was macht sie denn in Berlin?"

Oliver holte tief Luft, sah aber nicht auf, sondern hielt den Blick auf seine Karten gerichtet, die er gerade sortierte. „Nun, ich nehme an, sie vögelt sich mit ihrem Liebhaber die Seele aus dem Leib."

Finn starrte seinen Freund an, unsicher, ob er sich nicht verhört hatte.

Björn löste seine Lippen vom Flaschenhals und räusperte sich. „Wie bitte? Was?"

„Heilige Scheiße!", murmelte Tom und ließ die Karten sinken.

Sie alle starrten Oliver an, als sei diesem plötzlich ein zweiter Kopf gewachsen.

Der legte beide Hände um die Flasche Flensburger, die vor ihm auf dem Tisch stand. „Sie hat mich verlassen", sagte er und hob in einer hilflosen Geste die Schultern. „Als die Kinder nach Weihnachten wieder abgereist waren, teilte sie mir mit, dass sie übers Internet einen Mann kennengelernt und sich in ihn verliebt hätte. Noch am selben Tag hat sie ihre Sachen gepackt und ist nach Berlin abgehauen."

Björn blinzelte. „Ich fasse es nicht."

„War das die Neuigkeit, von der du geschrieben hast?", fragte Finn ahnungsvoll.

Oliver nickte. „Exakt."

Tom schüttelte ungläubig den Kopf. „Alter, ich jammere dir die Ohren voll wegen meiner Kündigung, und du sagst keinen Ton davon, dass deine Frau die Biege gemacht hat?"

„Beruhigt euch, Leute!“ Oliver hob besänftigend beide Hände und nahm seine Karten auf. „Jeden Tag gehen etliche Ehen in die Brüche. Und zwischen Annette und mir war längst nicht mehr alles eitel Sonnenschein. Ich war zwar überrascht, hätte es aber eigentlich nicht sein müssen. Im Nachhinein ergibt nun vieles einen Sinn.“

„Was denn zum Beispiel?“, fragte Björn interessiert.

„Na, dass sie ständig an ihrem Laptop hing, zum Beispiel. Oder mit ihren Gedanken sonst wo war. Nicht zu vergessen ihre neue Frisur. Kurz vor Weihnachten hat sie sich einen Kurzhaarschnitt und eine rote Tönung verpassen lassen. Sie sah aus wie Pumuckl.“

Tom gab einen amüsierten Grunzer von sich.

„Wenn Frauen ihre Frisur ändern, ist meist was im Busch“, bestätigte Björn.

„Sag ich ja.“

„Wie lief es denn bei euch im Schlafzimmer?“, wollte Tom wissen.

Oliver runzelte die Stirn, dann hob er die Rechte und presste Zeigefinger und Daumen aufeinander. „Das geht euch ungefähr so viel an.“

„Also tote Hose“, konstatierte Tom nickend. „Hab ich mir schon gedacht.“

„Wir waren fast fünfundzwanzig Jahre verheiratet“, verteidigte sich Oliver, hörbar genervt. „Was erwartest du denn?“

„Deshalb bin ich nicht scharf auf eine Beziehung, die auf die Ewigkeit ausgerichtet ist“, erklärte Tom. „Wenn der Alltag einzieht, zieht der Sex meist aus. Mir ist es aber lieber, wenn sich meine Partnerin auszieht.“

„Du bist unglaublich", meinte Finn. „Und du hast keine Ahnung, was du verpasst."

Tom sah seine Freunde nacheinander an. „Wenn ich mir euch drei so anschaue, wohl nicht allzu viel."

Finn öffnete gerade den Mund, um Tom zu widersprechen, doch die Türklingel kam ihm zuvor. Oliver warf seine Karten auf den Tisch und sprang auf. „Die Pizza ist da. Ich schlage vor, wir wechseln das Thema. Schließlich ist das hier ein Pokerabend und kein Kaffeekränzchen."

Doch das Thema ließ sie auch während des Essens nicht los.

„Glaubst du, dass sie wiederkommt?", fragte Björn mit vollem Mund.

„Keine Ahnung." Oliver spülte einen Bissen mit einem Schluck Bier herunter. „Ich weiß nicht einmal, ob ich sie zurückhaben will."

„Das kann ich verstehen." Björn nickte. „Sie hat dich betrogen, alleingelassen und gedemütigt. So was ist mit einem ‚Tut mir leid' nicht erledigt."

„Ganz sicher nicht!", bestätigte Oliver. „Nee, das Thema ist durch. Soll sie mit diesem Typen doch glücklich werden. Ich weine ihr keine Träne nach. Lieber lebe ich allein, als sie wieder hier einziehen zu lassen."

„Ich könnte ja bei dir einziehen", sagte Tom leichthin. „Schließlich bin ich bald obdachlos."

Oliver schwieg und kaute. Dann schluckte er und fragte sinnend: „Wieso eigentlich nicht?"

Tom kniff die Augen zusammen. „Ist das dein Ernst? Ich meine … das wäre natürlich genial, aber –"

„Ich meine es absolut ernst." Oliver machte eine umfassende Geste. „Sieh dich um, das Haus ist viel zu groß für mich alleine. Ohne Shanty würde ich glatt eingehen." Sein Blick fiel auf die Golden-Retriever-Hündin, die neben der Couch auf dem Teppich vor sich hin döste. „Wirklich, Tom, ich finde die Idee klasse. Wir zwei wären doch ein cooles Gespann."

„Olli, Tom ist ein totaler Chaot", warnte Finn. „Du weißt, ich kümmere mich um seine Steuerunterlagen."

Oliver winkte lachend ab. „Hier haben zwei Teenager gelebt", erinnerte er seinen Freund. „Dass Tom deren Unordnung toppt, ist schwer vorstellbar. Aber wir könnten zusammenlegen für eine Haushälterin, die den Kram übernimmt, für den wir weder Zeit noch Talent haben", fügte er an Tom gewandt hinzu. „Was meinst du?"

Tom hielt ihm grinsend die Hand hin. „Einverstanden. Ich fände es genial, nicht mehr alleine zu wohnen und obendrein weder sauber machen noch kochen zu müssen."

„Als ob du in deiner Bude je den Herd benutzt hättest", sagte Björn mit einem spöttischen Unterton, wurde dann aber nachdenklich. „Ehrlich gesagt, hört sich das geradezu paradiesisch an" Er warf den Rest seiner angebissenen Pizzaecke zurück in den flachen Karton. „Hast du für mich vielleicht auch ein Zimmer übrig, Olli?"

Finn sah überrascht zu seinem Freund hinüber. Genau wie Oliver und er selbst hatte Björn noch bis vor wenigen Jahren das normale Dasein eines zweifachen Familienvaters gefristet. Die Trennung von seiner Frau Simone vor knapp zwei Jahren kam für seine Freunde völlig überraschend. Björn war nie damit herausgerückt, was genau geschehen war. Jedenfalls hatte Simone mit den Kindern Tim und Tabea Hals über Kopf das gemeinsame Haus in Harrislee verlassen, und wenig später war Björn das erste Anwaltsschreiben ins Haus geflattert.

Seitdem gab es ständig Streit um Unterhalt und Umgangsrecht. Oliver vertrat seinen Freund in diesen Rechtsstreitigkeiten, doch auch ihm gegenüber hatte Björn über den Grund der abrupten Trennung angeblich nie ein Wort verloren.

Es sei Simones Entscheidung gewesen, ihre Gefühle für ihn hätten sich im Laufe der Zeit eben geändert, und sie habe beschlossen, einen Schlussstrich zu ziehen; das war alles, was Björn sich zu diesem Thema entlocken ließ.

Finn wurde jedoch das Gefühl nicht los, dass es ein auslösendes Moment gegeben haben musste. Wenn Björn die Sache aber für sich behalten wollte, dann war das sein gutes Recht. Finn vermutete einen Seitensprung, denn Björn war ein attraktiver Mann, der vermutlich von vielen Müttern seiner kleinen Patienten angehimmelt wurde. Und wenn es zwischen Simone und ihm nicht mehr so gut gelaufen war, konnte Finn sich durchaus vorstellen, dass sein Freund Trost bei einer anderen gesucht und gefunden hatte. Doch falls es so war, schwieg er sich darüber aus.

„Einverstanden", rief Oliver und riss Finn damit aus seinen Gedanken. Er breitete gut gelaunt die Arme aus. „Wir gründen eine Männer-WG! Das ist eine geniale Idee. Finn, was ist mit dir? Machst du auch mit? Ein Zimmer wäre noch da."

„Ich? Nein, wieso auch?"

„Wohnst du etwa gern allein?", fragte Björn ungläubig.

„Das nicht, aber mit dem Haus verbindet mich zu viel, es ist voller Erinnerungen. Ich habe nie einen Gedanken daran verschwendet, von dort wegzuziehen."

„Nun, dann denk jetzt mal drüber nach", sagte Tom.

Oliver nickte zustimmend, und auch Björn lächelte Finn aufmunternd zu. Doch der wehrte ab. „Lasst mich da raus, Jungs."

Die anderen schwiegen, bis Björn sich an Oliver wandte und fragte: „Schön. Wann können wir einziehen?"

Oliver schob die leere Pizzaschachtel von sich. „Wenn die Zimmer von Leah und Noah geräumt und renoviert sind, würde ich sagen. Die paar Möbel, die die beiden behalten möchten, stelle ich vorerst in der Garage unter, der Rest landet im Sperrmüll. Dann streichen wir die Wände und fertig."

„Das könnten wir bis zum ersten März schaffen", überlegte Tom. Seine Augen funkelten vor Unternehmungslust. „Das Streichen übernehme ich, wenn ihr wollt."

Tom war ein Allround-Handwerker, was man von den anderen nicht behaupten konnte. Dankbar nahmen Björn und Oliver das Angebot an.

„Stellt euch das mal vor", sagt Oliver verträumt. „Keine abendlichen Diskussionen mehr, ob Fußball oder Rosamunde Pilcher eingeschaltet wird. Kein Streit darüber, was schlimmer ist: *Alarm für Cobra 11* oder Heidis bekloppte Modelsendung."

Die anderen lachten.

„Männer und Frauen sind viel zu verschieden, sie sollten eigentlich gar nicht zusammenleben", meinte Björn überzeugt.

„Spätestens, seit es das Fernsehen gibt“, stimmte Tom ihm zu.

„Also, Karina und ich waren uns da meistens einig“, wagte Finn zu widersprechen. „Wir hatten einen ähnlichen Geschmack.“

„Gut für dich“, meinte Björn grinsend, dann hob er seine Karten auf und sah in die Runde. „Spielen wir weiter, oder was?“

„Einen Moment noch“, sagte Tom und sah Finn ernst an. „Überleg es dir nochmal“, sagte er. „Du lebst momentan in einem Mausoleum, mein Freund. Statt dich lebendig zu begraben, solltest du dich wieder den Lebenden zuwenden. Karina ist tot. Finde dich endlich damit ab! So, jetzt können wir weiterspielen.“

Finn biss die Zähne aufeinander und schwieg.

Es war bereits Viertel vor eins, als Finn an jenem Abend nach Hause gekommen war und das Licht im Hausflur angeknipst hatte. Die anderen waren wegen des bevorstehenden Umzugs so ausgelassen gewesen, dass sie kein Ende hatten finden können. Finn aber war während des restlichen Abends nachdenklich gewesen. Und unkonzentriert. Was vermutlich der Hauptgrund dafür war, dass er haushoch verloren hatte.

Karina lachte ihn trotzdem von der Kommode aus an.

Er hängte seine Jacke auf einen Bügel, trat auf das Bild zu und nahm es in die Hand. Mit dem Zeigefinger fuhr er zärtlich über Karinas Wange. Dann stellte er das Bild zurück, seufzte lang anhaltend und ging weiter ins Schlafzimmer. Dort kickte er die Schuhe von seinen Füßen und ließ sich auf seine Seite des Bettes fallen. Das Flurlicht brannte noch, sodass ein schmaler Lichtstreifen ins Zimmer fiel und für gerade genug Helligkeit sorgte, dass Finn die Einrichtung erkennen konnte. Den breiten Kleiderschrank mit dem eingelassenen Spiegel in der Mitte, in dem noch immer Karinas Sachen den meisten Platz beanspruchten. Die Kommode mit den fünf großen Schubladen. Auch darin befand sich nur wenig, das ihm gehörte. Er hatte ja nie viel benötigt. Vier der Schubladen waren voll mit Karinas Unterwäsche, ihren Badesachen, Strümpfen, Schals, Tüchern und Schmuck. Einzig die unterste Schublade beherbergte Finns Socken und Unterwäsche.

Die altrosafarbenen Vorhänge hatte Karina ausgesucht, ebenso den hellgrauen Teppich, das Bett und die passenden Nachttische. Im Grunde war dies ihr Raum. Aber er wohnte darin. Fühlte sich ihr hier besonders nah und deshalb auch sehr wohl. Zumindest bisher.

Er stand auf und betrat das angrenzende Bad. Auch hier war Karina allgegenwärtig, denn er hatte in den vergangenen zweieinhalb Jahren so gut wie nichts verändert. Da er selten Besuch hatte, der dieses Bad betrat – dafür gab es das Gästebad am anderen Ende des Flurs –, stand sogar noch ihre Zahnbürste in dem dafür vorgesehenen Behälter. Er hielt sie hin und wieder unter den Wasserhahn, um den Staub abzuspülen, warf sie aber nicht weg. Er brachte es schlicht nicht fertig. Obwohl es idiotisch war, sie aufzubewahren.

Sein Blick fiel auf sein Spiegelbild über dem Waschbecken. ‚Traurig', war das erste Wort, das ihm einfiel. Er sah unglücklich aus. Und das vermutlich seit dem Tag, an dem Karina gestorben war.

Als ihm das bewusst wurde, verspürte er einen Kloß im Hals, und Tränen schossen ihm in die Augen.

Tom hatte Recht. Er lebte in der Vergangenheit. Weil er sich nicht damit abfinden wollte, dass Karina unwiderruflich gegangen war. Dass sie ihn mit ihren Kleidern und Strümpfen, ihren Bildern und ihrer Zahnbürste alleingelassen hatte.

Sie war nicht weit weg und doch unerreichbar. Sobald er den Thomas-Lorck-Weg, wo ihr gemeinsames Haus stand, verließ, konnte er über die Straße hinweg zum Friedhof ‚Am Friedenshügel' hinübersehen. Die Tatsache, dass sich Karinas Grab in unmittelbarer Nähe befand, hatte ihn in der letzten Zeit oft getröstet. In jeder freien Minute war er dort gewesen, um bei ihr zu sein, mit ihr zu reden und die eine oder andere Träne zu vergießen.

Doch an der Ecke zum Thomas-Lorck-Weg befand sich ein Geschäft für Grabdenkmäler. Der Anblick der auf dem Grundstück ausgestellten Grabsteine und der Friedhof direkt gegenüber, das hatte etwas Bedrückendes. Finn kam es immer häufiger so vor, als lebe der Tod in der Nachbarschaft. Doch der Gedanke, von hier fortzuziehen, war ihm nie gekommen. Bis zu diesem Abend.

Am nächsten Vormittag gegen elf rief er Oliver an. Der klang etwas zerknittert, seine Stimme war so rau, als wäre er stark erkältet. Kein Wunder, denn um die zukünftige Männer-WG zu begießen, hatte er zu späterer Stunde eine Flasche Whisky auf den Tisch gestellt. Finn hatte sich im Gegensatz zu Olli und Björn zurückgehalten. Ein Kater war ihm daher erspart geblieben. Und Tom sowieso, der trank ohnehin keinen Alkohol.

„Olli, ich habe nachgedacht", begann er. Das stimmte. In der vergangenen Nacht hatte er mehr gegrübelt als geschlafen. Er fuhr fort, ehe ihn der Mut verließ. „Ich wollte dich fragen, ob dein Angebot noch steht."

Pause. Dann: „Welches Angebot?"

Finn schmunzelte. Oliver befürchtete wohl, irgendeine Erinnerung mit dem Whisky fortgespült zu haben.

„Na, ebenfalls bei dir einzuziehen."

„Warte … Du willst doch mitmachen bei unserer Männer-WG?"

„Ja, wenn ihr einverstanden seid?"

„Klar, warum sollten wir nicht?" Er stöhnte auf. „Oh, verdammt, mein Kopf! Wieso hast du deine Meinung geändert?"

„Das, was Tom gesagt hat, ging mir nicht mehr aus dem Kopf. Nach gestern Abend fühle ich mich in meinem Haus wie lebendig begraben. Und dafür bin ich noch zu jung." Er holte tief Luft. „Ich muss hier weg. Neu anfangen. Karina wäre bestimmt derselben Meinung. Das Leben geht weiter, ob man will oder nicht. Das ist mir im Laufe der Nacht klar geworden."

Oliver lachte leise. „Das freut mich, Finn, ehrlich. Du bekommst dann das Arbeitszimmer, und wir zwei teilen uns das Bad im Erdgeschoss. Ich wollte sowieso das breite Ehebett rausschmeißen. Mit einem Einsvierziger-Bett passen der Schreibtisch und das Regal locker mit in mein Schlafzimmer." Er machte eine kurze Pause. „Mensch, Junge, ich freu mich."

„Ich mich jetzt auch", gab Finn zu und musste grinsen. „Wir gründen die wahrscheinlich einzige Reife-Männer-WG in der Stadt."

„Oder in ganz Deutschland. Pass auf, ich habe zu den beiden anderen gesagt, dass wir uns morgen Abend zusammensetzen, um die Einzelheiten zu besprechen. Wir treffen uns um acht und bestellen lecker Futter beim Chinesen."

„Gut. Ich komme. Und Olli …"

„Ja?"

Finn räusperte sich. „Ich … ich danke dir!"

KAPITEL 4

Planmäßig waren Björn, Tom und er nach kurzer Renovierungsphase, bei der Tom den Hauptanteil erledigt hatte, am letzten Februar-Wochenende bei Oliver eingezogen. Und bereits am nächsten Tag, dem 1. März, der praktischerweise auf einen Montag fiel, hatte Alba Engelkamp ihren Dienst als Haushälterin angetreten. Sie war die Bekannte einer Sprechstundenhilfe in Björns Praxis. Mitte Februar war sie zu einem Vorstellungsgespräch erschienen, und nachdem sie gegangen war, schauten sich die vier Männer an und waren sich einig, ihre Haushälterin gefunden zu haben. Alba Engelkamp war sympathisch, machte einen ehrlichen und unkomplizierten Eindruck und schien ihrer Aufgabe gewachsen zu sein. Ja, mehr noch, sie vermittelte sogar das Gefühl, sich auf den Job zu freuen.

Das Zusammenleben der vier so unterschiedlichen Männer verlief entspannt und ohne größere Konflikte. Vermutlich deshalb, weil sie sich unter der Woche nur wenig sahen. Es war völlig in Ordnung, sich abends in sein Zimmer zurückzuziehen, wenn man allein sein wollte. Manchmal fanden sie sich aber auch zu zwei, zu dritt oder gar alle vier im Wohnzimmer ein, um gemeinsam einen Film zu schauen oder Karten zu spielen.

So gingen die Monate ins Land. Noch immer besuchte Finn seine Frau regelmäßig auf dem Friedhof, und das

Haus hatte er noch nicht verkauft, doch er fühlte sich in Gottrupel längst heimisch.

Als er an diesem Freitagnachmittag nach seinem Autounfall dort eintraf, fand er Oliver in dessen Zimmer. Er stand vor einem Regal und räumte DVDs in einen Karton.

„Hi“, sagte Finn von der Tür her.

Oliver sah kurz hoch und fuhr dann mit seiner Beschäftigung fort. „Hi.“

„Was machst du da?“

„Meine liebe Noch-Ehefrau hat angerufen und mich gebeten, ihre letzten Sachen zusammenzupacken. Morgen Vormittag kommt eine Freundin von ihr vorbei und holt den Krempel ab.“ Er griff sich ein paar Bücher, doch es war wohl eins zu viel, denn mehrere davon entglitten ihm und fielen polternd zu Boden. „Scheiße!“, fluchte Oliver, bückte sich und begann, die Bücher aufzuheben.

„Ich hatte eben einen Unfall“, berichtete Finn, der über das Erlebte unbedingt sprechen musste. Die Reaktion seines Freundes war jedoch niederschmetternd. Er rührte sich nicht, sagte auch nichts, sah nicht einmal auf. Stattdessen starrte er auf ein entfaltetes Stück Papier, das wohl aus einem der Romane gefallen war.

„Olli? Ich sagte, ich hatte einen Unfall.“

Nun hob Oliver doch den Kopf. „Ach ja?“

Es war offensichtlich, dass er mit seinen Gedanken woanders war. Finn trat neugierig näher. „Was ist das?“, fragte er und wies auf das Papier.

Oliver erwachte aus seiner Starre. Er lächelte knapp und faltete den Zettel wieder zusammen. „Das hier? Ach, das ist nichts. Nur eine Notiz von Annette.“

Er schob das Papier wieder zurück zwischen die Seiten des Romans und steckte ihn zu den anderen Büchern in den Karton, aber Finn entging nicht, dass seine Hände leicht zitterten.

„Du hattest also einen Unfall?", fragte Oliver und klang plötzlich besorgt. Aufmerksam betrachtete er Finn vom Kopf bis zu den Füßen. „Geht es dir gut? Wer war schuld?"

„Definitiv ich", gab Finn zu. „Und ja, ich bin in Ordnung. Blöderweise war ich mit den Gedanken woanders und habe ein anderes Auto beschädigt. Die Dame war aber sehr verständnisvoll."

„Das ist schön." Oliver stopfte die letzten Bücher in den Karton und hob ihn auf. „Was ist mit deinem Wagen? Hat es ihn sehr erwischt?"

Mit Annettes Sachen in den Armen trat er an Finn vorbei in den Flur.

Der folgte ihm. „Ach, es geht. Ihr Wagen sieht wesentlich schlimmer aus. Ein Japaner."

Olli gab ein abfälliges Schnauben von sich. Bei der Garderobe neben der Haustür stellte er den Karton ab und fuhr sich durch das kurze, rötliche Haar. Stirnrunzelnd blickte er auf die Sammlung an Büchern und DVD-Plastikhüllen hinunter.

„Ist alles okay?", fragte Finn.

„Was?" Oliver wandte den Blick von den Sachen ab. „Ja, klar, alles gut." Die horizontalen Furchen, die seine hohe Stirn gerade noch durchzogen hatten, glätteten sich wieder. Er legte Finn eine Hand auf die Schulter. „Was hältst du von einem Bier, um das Wochenende einzuläuten? Ich habe nämlich einen Grund zum Feiern. Der Alte hat heute angekündigt, dass ich nächstes Jahr zum Partner ernannt werde."

„Das ist ja super!", freute sich Finn. „Gratuliere. Du hast es dir ehrlich verdient."

„Das finde ich auch. Also, ein Bierchen?"

Finn nickte. „Sicher, wieso nicht? Ist Björn noch in seiner Praxis?"

Oliver nickte. „Er arbeitet doch jeden Freitagnachmittag so lange. Vor sieben kommt er bestimmt nicht nach Hause."

„Und was ist mit Tom? Er ist wahrscheinlich in seiner Werkstatt, oder?"

„Nein, er ist mal wieder mit Shanty unterwegs. Die zwei sind losgefahren, kurz bevor du gekommen bist."

Da Tom momentan keine Arbeit hatte, kümmerte er sich tagsüber um Olivers Hündin. Die zwei verstanden sich so prächtig, dass Oliver zeitweise einen Stich Eifersucht verspürte, das hatte er Finn mal gestanden. Doch im Grunde war er froh darüber, dass die zwei einander hatten.

*

Dr. Jürgen Mischewski schloss die Praxis ab und warf einen Blick auf die Uhr. Es war kurz nach halb fünf. Wie jede Woche um diese Zeit schlug sein Herz schneller, aus Vorfreude auf die folgenden Stunden. Das Treppenhaus war leer. Immer zwei Stufen auf einmal nehmend eilte er bis ins Dachgeschoss. Vor der links befindlichen Wohnung blieb er stehen und zog einen Schlüssel hervor, den er ins Schloss schob und umdrehte.

Stille erwartete ihn, und der winzige Flur roch ein bisschen muffig. Jürgen machte Licht, dann riss er für einige Minuten sämtliche Fenster auf. Während die frische Herbstluft durch die zwei Zimmer strömte, knipste er einige Lampen an und schüttelte das Bettzeug auf. Dann schloss er die Fenster wieder und stellte die Heizung an.

Als Nächstes machte er Musik. Die kleine Anlage im Wohnzimmer hatte er vor einiger Zeit günstig bei Aldi erworben. Sie funktionierte mit Bluetooth, sodass er seine Romantik-Playlist abspielen konnte.

Als Erstes erklang der Song ‚*Shallow*' von Lady Gaga im Duett mit Bradley Cooper aus ihrem gemeinsamen Film. Jürgen summte ihn leise mit, zündete im Wohn- und im Schlafzimmer einige Kerzen an und tänzelte dann in die Küche, um zwei Gläser mit Rotwein zu füllen.

Als er sich umdrehte, erschrak er für einen Augenblick, dann lachte er befreit auf.

„Du bist schon da. Wie schön!"

Björn stand im Türrahmen und lächelte. Jürgen trat auf ihn zu und reichte ihm eines der gefüllten Gläser. Sie stießen an und tranken, ohne sich aus den Augen zu lassen. Dann gingen sie wortlos ins Wohnzimmer hinüber.

Durch die in die Dachschräge eingebauten Velux-Fenster schaute die Dämmerung in den Raum. Es wurde inzwischen sehr früh dunkel. Die Kerzen und die wenigen Tischlampen tauchten das Zimmer aber in gemütliches

Licht. Diese kleine Wohnung war wie eine geheime Höhle, und er liebte sie dafür.

„Ich hab schon gedacht, die Woche nimmt nie ein Ende", sagte Jürgen leise.

Björn nahm ihm sein Glas ab und stellte beide auf den kleinen Couchtisch. „Mir ging es genauso, glaub mir."

Er nahm Jürgens Hände, beugte sich zu ihm und gab ihm einen zärtlichen Kuss. Jürgens Knie wurden weich. Er konnte sein Glück noch immer nicht fassen. Jeden Freitag um diese Zeit fragte er sich, wie es ihm gelungen war, einen Mann wie Björn für sich zu gewinnen. Er war ausgesprochen attraktiv, intelligent und humorvoll. Obendrein war er ein unwahrscheinlich guter Küsser, und im Bett ... Jürgen seufzte vor Wonne und schlang die Arme um Björns Hals.

„Komm", hauchte er wenig später, nahm Björns Hand und zog ihn hinter sich her ins Schlafzimmer.

Eine gute halbe Stunde später lagen sie nebeneinander im Bett und hielten wieder ihre Weingläser in den Händen.

„Ein guter Tropfen", sagte Björn lobend, stellte das Glas auf dem schlichten Nachttisch ab, und legte sich hin. Sein Kopf ruhte nun auf Jürgens Oberschenkel. Der betrachtete verliebt den männlichen Bartschatten auf Kinn und Wangen, die schön geschwungenen Lippen und die gerade Nase, während seine Hand sanft durch Björns volles dunkles Haar fuhr.

Sie hatten sich kennengelernt, als Jürgen vor einem knappen Jahr seine Urologie-Praxis im selben Gebäude eröffnet hatte. Sie waren sich sofort mehr als sympathisch gewesen. Jürgen war verheiratet, doch die Ehe bestand nur noch auf dem Papier. Deshalb hatte er sich diese Wohnung zugelegt. Sie war klein und nicht sehr teuer, aber hier konnte er diskret sein Doppelleben führen, ohne Angst vor Entdeckung haben zu müssen.

Selbst seine Frau ahnte nichts von seiner Vorliebe für Männer. Sie hatte sich damit abgefunden, dass sich zwischen ihnen nichts mehr abspielte, und widmete sich mit Feuereifer ihren Hobbys: der Fotografie, dem Joggen und der Gartenarbeit.

„Mir ist klar, dass es ein bisschen so ist, als wären wir noch in den 1950er-Jahren", hatte Jürgen gesagt, als er Björn sein kleines Refugium das erste Mal gezeigt hatte, „doch ich bin Urologe. Wenn herauskommt, dass ich homosexuell bin, kann ich meine Praxis zumachen. Auch im Jahr 2021. Und ich bin sicher, du weißt, wovon ich rede."

„Natürlich", hatte Björn geantwortet. Ein schwuler Kinderarzt war denselben Vorurteilen ausgesetzt. Mochten sich die Heteros noch so offen und tolerant geben, wenn es um ihre Kinder ging, wurden sie zu Homophobikern. Als ob Björn sich an Kindern vergreifen würde! Der Gedanke war absurd.

Um zu verhindern, dass ihre Patienten sich nach anderen Ärzten umsahen, hielten Björn und er die biedere Fassade aufrecht.

Jürgen war bekannt, dass nicht einmal Björns beste Freunde von seinem Geheimnis wussten. Und so sollte es auch bleiben, wenn es nach Björn ging.

„Je weniger es wissen, desto besser", sagte er immer. Und Jürgen konnte das nachvollziehen, weil es ihm genauso ging.

Seine gespreizten Finger fuhren wie ein Kamm über Björns Kopfhaut, sacht und anregend zugleich. Björn genoss die Berührung sichtlich. Er hatte die Augen geschlossen und gab leise wohlige Laute von sich.

„Wie war deine Woche?", fragte Jürgen.

„Ganz okay", sagte Björn und machte die Augen wieder auf. „Aber eins macht mir Sorgen."

„Was denn?"

„Tom", antwortete Björn und setzte sich auf. „Er macht neuerdings ständig Bemerkungen, die ... Wie soll ich sagen? Ich fürchte, er weiß Bescheid."

Jürgen schnalzte mit der Zunge. „Autsch! Was für Bemerkungen sind das?"

„Oh, er hält sie allgemein, keine Frage. Es geht um Freundschaft und Geheimnisse, und ob wir uns nicht alles sagen sollten, weil wir schließlich zusammenleben. Ob es eine Art von Lüge oder Verrat wäre, wenn wir wichtige Dinge für uns behielten. Oder ob wir völlige Offenheit leben sollten, selbst wenn das unangenehme Konsequenzen hätte. So was eben."

„Was sagen denn die anderen beiden dazu?", wollte Jürgen wissen.

Björn lehnte sich in sein Kissen, rutschte tiefer und zog die Decke bis über seine Brust, als wäre ihm auf einmal kalt. „Das ist es ja", gab er bedrückt zurück. „Tom bespricht diese Dinge nur mit mir, unter vier Augen. Von den anderen beiden war nie einer dabei. Genau das ist es ja, was mich so nervös macht."

„Verständlich." Jürgen griff zu der Zigarettenschachtel auf dem Nachttisch und zündete sich eine an. Aus dem

Augenwinkel bemerkte er, dass Björn die Nase rümpfte. Aber er sagte nichts, denn Jürgen rauchte ihm zuliebe bereits ausgesprochen wenig, wenn sie zusammen waren.

„Was hast du denn auf seine Fragen geantwortet?“, wollte er wissen und stieß eine silbergraue Rauchwolke aus.

„Dass jeder für sich entscheiden müsse, was er seinen Freunden anvertraut und was nicht. Niemand solle gezwungen sein, Dinge zu erzählen, die er lieber für sich behalten wolle.“

„Hört sich doch vernünftig an.“ Jürgen öffnete die Schublade seines Nachttisches und zog einen kleinen Aschenbecher aus Porzellan heraus. Ein Urlaubs-Souvenir mit der Aufschrift ‚I love Sylt‘, wobei das mittlere Wort durch ein Herz dargestellt wurde. Ein Andenken an seinen früheren Freund Axel, der in List lebte. „Und?“, fragte er, „Hat Tom sich damit zufriedengegeben?“

„Er wirkte nachdenklich, und sein Blick war merkwürdig“, berichtete Björn und fühlte sich sichtlich unbehaglich. „Als hecke er etwas aus.“

„Das bildest du dir bestimmt nur ein“, meinte Jürgen beruhigend und zog genüsslich an der Zigarette. Mit einem leisen Knistern glühte die Spitze auf. „Wäre es denn so schlimm, wenn er Bescheid wüsste? Ich meine, er würde doch wohl kaum eine Annonce ins Tageblatt setzen, oder?“

„Das wohl nicht“, räumte Björn ein. „Aber was ist, wenn er sich überlegt hat, dass er damit vielleicht etwas … verdienen könne?“

Jürgen sah ihn überrascht an. „Du traust ihm zu, dass er dich erpresst? Ich dachte, er wäre dein Freund.“

„Das ist er auch! Aber der Gedanke war plötzlich da. Vielleicht, weil Simone mich für ihr Schweigen bereits bluten lässt, oder weil er durch seine Arbeitslosigkeit chronisch pleite ist …" Björn knibbelte mit den Zähnen an seinem Daumennagel, ließ ihn jedoch rasch wieder sinken, als er sich dessen bewusst wurde. Er seufzte auf. „Ach, ich weiß auch nicht."

„Aber dieser Tom hat bisher kein Geld von dir verlangt, oder?"

„Nein", erwiderte Björn und wedelte mit der Hand den Qualm weg. „Kannst du bitte in die andere Richtung …?"

„Sorry, natürlich." Jürgen drehte den Kopf nach rechts und pustete den Rauch in Richtung des angrenzenden Wohnzimmers.

„Du bist doch Mediziner", wunderte sich Björn nicht zum ersten Mal. „Du weißt genau, wie schädlich das ist. Wieso hörst du mit diesem stinkenden Schwachsinn nicht auf?"

Jürgen drückte die Kippe aus. Dann fischte er ein Pfefferminz aus einer kleinen Tüte und schob es sich in den Mund. Lächelnd wandte er sich Björn zu. „Weil ich nun einmal ein schwacher Mann bin", murmelte er und begann, Björns nackte Schulter zu küssen. Sekunden später spürte Jürgen verzückt, dass Björns kräftige Hand unter der Decke seinen Oberschenkel entlangfuhr.

*

Kriminaloberkommissar Lutz Weichert hatte eine Schwäche für Sonntage. Ausschlafen konnte er in der Regel auch am Samstag, wenn nicht gerade ein dringender Fall zu bearbeiten war, aber die Sonntage empfand er als gemütlicher. Meist lag nichts an, sodass Verena und er an grauen, regnerischen Tagen bis zum Abend im Gammellook blieben, irgendwann im Laufe des Vormittags ausgedehnt frühstückten, am Nachmittag einen Hollywood-Blockbuster anschauten und dabei Kekse knabberten, den frühen Abend für ein gemeinsames Puzzle oder eine Partie Schach nutzten, gemeinsam kochten und nach dem Essen zusammengekuschelt auf der Couch den neuesten *Tatort* verfolgten. An diesen Tagen klappte sie nicht einmal ihr Notebook auf, um an ihrem neuesten Krimi weiterzuschreiben.

War das Wetter schön, rafften sie sich gegen Nachmittag zu einem ausgedehnten Spaziergang durch die Marienhölzung, an der Glücksburger Promenade oder am Flensburger Hafen auf.

An diesem Sonntag blieb die Sonne hinter dicken grauen Wolken verborgen, sodass Lutz Weichert sich nicht die Mühe machte, seinen Jogginghosen-T-Shirt-Look gegen etwas auszutauschen, mit dem man unter Leute treten konnte. Verena war so lieb gewesen, frische Brötchen zu besorgen. Er hatte währenddessen Eier gekocht, für Verena die Kaffeemaschine angeworfen, für sich selbst Ingwertee aufgesetzt und den Frühstückstisch gedeckt.

Nun lehnte er sich satt und zufrieden zurück und überlegte, ob er lieber ein heißes Bad nehmen oder ein gutes Buch lesen sollte. Er konnte natürlich auch beides kombinieren.

Verena war aufgestanden, hatte fröhlich plappernd den Tisch abgeräumt und kam nun mit einer großen Schachtel zu ihm zurück. „So", sagte sie, stellte das Pappungetüm vor ihn auf den Tisch und wirkte insgesamt, als hätte sie ein großes Glas Tatendrang auf Ex getrunken, „dann wollen wir mal."

„Dann wollen wir mal was?", fragte er argwöhnisch und musterte den Karton vor sich.

„Hast du mir mal wieder nicht zugehört?"

Lutz schwieg schuldbewusst. Verena hob seufzend den Deckel der Schachtel an und hielt ihn sich erst vor den Bauch, dann über den Kopf und ließ ihn zu guter Letzt vor ihrem Körper kreisen, als wäre der Deckel ein Zylinder und sie selbst eine Tänzerin aus dem Musical ‚The Chorus Line'. „Hochzeitsplanung", trällerte sie.

„Heute?", ächzte er. „Aber heute ist Sonntag."

„Eben. Heute haben wir beide Zeit dafür."

„Och nööö! Dazu hab ich wirklich gar keine Lust."

Sie ließ sich auf den Stuhl neben ihm fallen und setzte ihren Dackelblick auf. „Muss ich dich daran erinnern, dass du mir versprochen hast, alles zu tun, was in deiner Macht steht, um mich glücklich zu machen?"

Verena hatte ein erstaunliches Gedächtnis, wenn es darum ging, wann er was gesagt hatte – allerdings nur, wenn es zu ihrem Vorteil war. An seine Bitte – vor zwei Tagen vorgebracht -, fleischfreie Leberwurst zu besorgen, hatte sie sich bei ihrem Einkauf angeblich nicht erinnern können.

An das eben zitierte Versprechen erinnerte auch er sich lebhaft. Ihre Verlobungsfeier in Holnis lag allerdings eine Weile zurück. Ursprünglich hatten sie vorgehabt, die Hochzeit in Ruhe zu planen und dann im Frühjahr 2020 zu heiraten. Zunächst hatte auch alles wie am Schnürchen geklappt. Der Termin beim Standesamt war vereinbart, der Raum für die Feier gebucht und das Menü ausgewählt. Im Februar verschickten sie die geschmackvoll gestalteten Einladungen an Familie und Freunde, und Verena erwarb in Begleitung ihrer Mutter ein Hochzeitskleid, das offensichtlich ein Knaller war, weil es sie zum Strahlen brachte, wann immer das Thema darauf fiel. Lutz selbst hatte es noch nicht bewundern dürfen.

„Es bringt Unglück, wenn du es vor der Hochzeit siehst", war Verena überzeugt.

Das Unglück ereilte sie trotz ihrer Vorsicht, denn sechs Wochen vor dem festgelegten Datum machte ein Virus namens Covid-19 all ihre Pläne zunichte.

Der Anblick von Verena, die auf dem Bett im Schlafzimmer saß und bitterlich weinte, nachdem sie und Lutz alles hatten rückgängig machen müssen, war tief in seine Hirnrinde eingebrannt. Mehrere Tage lang war sie immer wieder in Tränen ausgebrochen, war antriebslos und schweigsam gewesen.

Im Laufe der folgenden Wochen beruhigte sie sich langsam, doch das Thema Hochzeit hatte seither etwas von einem Minenfeld. Jeder Schritt konnte explosive Folgen haben.

„Ich finde, wir sollten noch damit warten", wagte Lutz trotzdem vorsichtig einzuwenden, als sie nun voller Euphorie vor ihm stand. „Die Zahlen steigen schon wieder an, und auch geimpfte Personen haben sich mit dem Virus angesteckt. Womöglich geht bald alles wieder von vorne los. Willst du die Enttäuschung vom letzten Jahr noch einmal durchmachen?"

„Natürlich nicht", sagte Verena. „Aber bis zum nächsten Frühling sollte dieses verflixte Virus ja wohl endlich unter Kontrolle sein. Was hältst du vom 21. Mai? Das ist doch ein schönes Datum."

„Der 22. wäre noch besser", widersprach Lutz. „Die Gefahr, den Hochzeitstag zu vergessen, ist beim 22. Mai 22 geringer als beim 21. Mai 22."

„Völlig richtig", stimmte Verena ihm zu.

Lutz musterte sie misstrauisch, denn sie hatte warnend eine Augenbraue angehoben. Er brauchte auf den Grund nicht lange zu warten.

„Doch du ahnst ja nicht", fügte sie prompt hinzu, „was für eine Hölle über dich hereinbricht, falls du unseren Hochzeitstag trotz dieser Eselsbrücke vergessen solltest."

Lutz schwieg. „Der 21. Mai klingt super", sagte er schließlich.

„Dachte ich's mir doch." Mit einem triumphierenden Lächeln zog Verena einige Blätter aus dem Karton. „Wollen wir das Menü so lassen wie geplant? Oder doch lieber etwas anderes?" Sie legte nacheinander auf dickes Papier gedruckte Speisenvorschläge auf den Tisch. „Die Einladungen müssen wir natürlich neu drucken lassen, aber das kann ich nächste Woche erledigen."

„Lass uns bitte noch warten", meinte Lutz eindringlich. „Ich weiß, du magst es nicht, wenn ich schwarzsehe, doch momentan ist mir die Lage noch zu unsicher. Es ist längst nicht jeder geimpft, und man hört immer mal wieder von neuen Virus-Varianten. Abgesehen davon ist mir die Vorstellung, unsere Gäste um ihren Impfausweis oder einen Coronatest zu bitten, ein Graus. Ich schlage vor, wir warten bis Januar, ehe wir ein Datum festlegen."

Verena runzelte die Stirn und schaute Lutz böse an. Dann feuerte sie die Menüvorschläge zurück in den Karton und knallte den Deckel obendrauf. „Schön! Lassen wir es! Wir können ja auch in zehn Jahren noch heiraten!"

„Verena …"

„Oder wir lassen es ganz!" Sie nahm den Karton auf und funkelte ihren Verlobten so zornig an, dass er zusammenfuhr. Dann drehte sie sich ruckartig um und verließ die Küche.

Er seufzte. War er zu pessimistisch? Zu ängstlich? Oder war Verena zu naiv? Beim derzeitigen Stand der Dinge fiel es ihm schwer, das zu beantworten. Natürlich wollte er Verena – so zickig sie manchmal auch sein konnte – nach wie vor heiraten. Er liebte sie, wollte mit ihr eine Familie gründen und alt werden. Aber auf eine Corona-Hochzeit hatte er nicht die geringste Lust.

Womöglich verschlimmerte die Lage sich wieder. Er stellte sich vor, wie sie mit Mund-Nasen-Schutz vor dem Standesbeamten standen und wie ihnen nach der Trauung statt mit herzlichen Umarmungen nur mit zaghaften Ellenbogen-Anstupsern gratuliert wurde. So eine Hochzeit wäre garantiert unvergesslich – allerdings im negativen Sinne.

Mit diesem Argument im Hinterkopf stand Lutz auf und suchte seine Verlobte. Die Schlafzimmertür war zu, und dahinter vernahm er ihre Stimme. Er runzelte die Stirn. Heulte sie sich bei ihrer Freundin oder ihrer Mutter über sein unsensibles Verhalten aus?

„Nein, ich bin okay, Mama", sagte sie. Lutz konnte an ihrer Stimme hören, dass sie versuchte, möglichst normal zu klingen. Bestimmt hatte Amelie Christen ihrer Tochter angemerkt, dass sie etwas bedrückte. „Was gibt es denn?"

Lutz überlegte gerade, ob er sich vor den Fernseher lümmeln sollte, bis Verena das Gespräch beendet hatte, doch die nächsten Worte, die an sein Ohr drangen, ließen ihn aufhorchen.

„Nein, wir haben nichts vor. Ja, sicher, warum nicht? Danke, wir kommen gern. Um halb acht? Das passt gut. Okay, bis später."

Lutz zählte bis drei, dann öffnete er die Tür. „Was ist um halb acht?", wollte er wissen.

Mit finsterer Miene musterte sie ihn. „Du hast gelauscht?"

„Anstrengen musste ich mich nicht, du hast ja laut genug gesprochen."

Ihre Schultern sanken nach unten. „Mama hat uns für heute Abend zum Essen eingeladen. Sie will kochen."

Die Kochkünste von Verenas Mutter waren nicht gerade eine Offenbarung. Sie servierte als zusätzliche Beilage fast immer Entschuldigungen.

„Ich glaub, die Nudeln hätten noch ein oder zwei Minuten länger kochen können, sorry!"

„Keine Ahnung, warum das Hühnchen noch nicht gar ist. Ich hab mich streng ans Rezept gehalten."

„Verzeiht, Kinder, ich hab vergessen, die Kartoffeln zu salzen. Hier habt ihr einen Salzstreuer."

Lutz stöhnte auf und fuhr sich durch seinen kurzen blonden Schopf, der heute, am Sonntag, ohne jedes Gel auskam. „Mir bleibt auch nichts erspart."

Verenas Miene wurde noch um ein paar Grade frostiger. Verflixt, offenbar hatte er heute seinen „Was-ich-auch-sage-ist-falsch"-Tag.

„Du brauchst ja nicht mitzukommen", sagte sie schnippisch. „*Ich* werde auf jeden Fall hinfahren."

„Entschuldige, so hab ich das doch nicht gemeint. Natürlich freue ich mich …", versuchte er lahm zu retten, was noch zu retten war, doch Verena riss den Kleiderschrank auf und zerrte eine Sporthose und ein atmungsaktives Shirt heraus.

„Ich gehe laufen", verkündete sie. „Wenn ich nicht gleich an die frische Luft komme, ersticke ich."

Lutz wusste, wann er verloren hatte. Er drehte sich um und schlich ins Wohnzimmer. Kurz darauf knallte die Wohnungstür mit solcher Wucht zu, dass er zusammenzuckte.

*

„Leon, beeil dich!" Eilig stopfte Alba Engelkamp die Brotbox ihres Sohnes in den Schulranzen und warf zum wiederholten Mal einen Blick auf die große Küchenuhr. Jeden Morgen dieses Gehetze! Leider hatte Leon nicht ihren Sinn für Pünktlichkeit geerbt. Gerade kam er aus seinem

Zimmer gestolpert, der dunkle Schopf und ein Arm steckten im Pullover fest. „Mama, hilf mir!"

Alba seufzte und befreite ihren Sprössling. „Kämm dir rasch die Haare und zieh deine Schuhe an", trug sie ihm auf. „Wir sind spät dran. Wie immer."

Als sie aus der Haustür traten, schaute Alba sich automatisch um. Alles schien normal zu sein. Die Emil-Nolde-Straße, in der sie eine Wohnung im dritten Stock eines Mehrfamilienhauses gemietet hatte, lag in unmittelbarer Nähe zur Marienallee und war gut einzusehen. Doch wenn sich jemand verbergen wollte, würde er auch hier eine Möglichkeit finden. Heute verspürte Alba dennoch ein Gefühl der Sicherheit. Sie atmete erleichtert aus und eilte mit Leon zu ihrem kleinen Fiat, der auf dem nahen Parkplatz stand.

Da Alba eine zügige Fahrerin war, schaffte sie es, rechtzeitig an der Falkenbergschule anzukommen.

„Tschüss, Mama", sagte Leon und öffnete die hintere Autotür, die zum Bürgersteig ging.

„Hast du deine Maske?"

Er hielt mitten in der Bewegung inne. „Ups", sagte er kleinlaut. „Vergessen."

Alba öffnete ihr Handschuhfach, wo sie in weiser Voraussicht eine Packung mit Schutzmasken aufbewahrte. Sie zog eine hervor und reichte sie Leon. „Hier. Viel Spaß."

„Bis später."

Die Tür fiel hinter ihm ins Schloss, und er winkte ihr noch einmal zu, ehe er auf das Schultor zuging.

Sie sah ihrem Sohn nach, wie er, den großen Ranzen mit Fußballmotiven auf dem noch so zierlichen Rücken, sich mit einem Mitschüler, der zeitgleich mit ihm angekommen war, dem Schulhof näherte.

Zu Albas Freude machte ihr Sohn sich trotz der unschönen Erlebnisse in der Vergangenheit gut im Unterricht. Er besuchte die zweite Klasse, war aufgeweckt, interessiert, und die Lehrer mochten ihn.

Sie sah ihm hinterher, und wie jeden Morgen wurde ihr dabei die Brust eng. Wie konnte man dieses Kind auch nicht in sein Herz schließen? Alba jedenfalls liebte ihren hübschen Sohn innig.

Als Leon in einer Traube aus Grundschülern eingetaucht und ihren Blicken damit entschwunden war, setzte sie den Blinker und fädelte sich wieder in den Verkehr ein. Ihr Arbeitsbeginn war um Viertel nach acht, um halb vier hatte sie Feierabend. Da sie Leon um vier Uhr abholte, gelang es ihr meistens, vorher noch einzukaufen. Der Rest des Tages gehörte dann ihrem Sohn. Um seine Hausaufgaben brauchte sie sich nicht zu kümmern, die erledigte er bereits in der Schule. So konnten sie bei schönem Wetter etwas unternehmen, bei Regen Spiele spielen oder sich zusammen einen Film anschauen, ehe es Zeit wurde fürs Abendessen und die obligatorische Gute-Nacht-Geschichte.

Alba ließ ihren Fiat Panda zu einem Song von Wincent Weiss über die B 199 brausen. Um fünf vor acht verkündete der Sender RSH die Nachrichten. Es ging mal wieder um die Regierungsbildung nach den Bundestagswahlen, bei denen die großen Parteien abgestraft worden waren. Vermutlich würde alles auf eine Ampel-Koalition hinauslaufen. Seit langer Zeit eine Regierung ohne die CDU.

Alba war das egal. Sie verstand nicht viel von Politik und interessierte sich auch nicht sonderlich dafür. Gut, sie war selbstverständlich zur Wahl gegangen und hatte ihr Kreuz gemacht. Bei den Grünen, denn den beiden größten Parteien traute sie noch weniger über den Weg. Angela Merkel hatte in Albas Augen einen guten Job gemacht. Sie würde nun nicht länger Kanzlerin sein. Nach sechzehn ereignisreichen und zum Teil sehr schwierigen Jahren verabschiedete sie sich in den wohlverdienten Ruhestand.

Vermutlich würde Olaf Scholz von der SPD ihr Nachfolger im Kanzleramt werden. Die Zeit würde zeigen, ob er der Aufgabe gewachsen war. Der Nachrichtensprecher palaverte immer noch über die Regierungsfrage. Gelangweilt wechselte Alba den Sender, obwohl sie inzwischen ihr Ziel fast erreicht hatte. Sie bog in den Gottrupeler Weg ein und steuerte wenig später zu den Klängen von „Dancing Queen“ von Abba die Auffahrt ihrer Arbeitgeber an.

Das Haus von Oliver Fröhlich, in dem er mit seinen Freunden lebte, war eins der schönsten in dieser ruhigen Wohngegend, fand Alba. Die weiße Farbe leuchtete unter dem dunklen Walmdach mit den Solarreflektoren. Mehrere Giebel lockerten den Gesamteindruck auf, und die gepflegte Rasenfläche perfektionierte den Anblick. Besonders gefiel Alba, dass der schmale Weg, der von der Straße zur Haustür führte, von zwei großen Eichen eingerahmt wurde. Sie gaben dem Grundstück etwas Erhabenes. Die Autoauffahrt befand sich weiter links, neben der Garage.

Seltsamerweise stand Toms alter Golf an diesem Morgen nicht wie sonst vor der Tür. Die Auffahrt war vollkommen leer. Verwundert drehte Alba den Motor ab. Die

Stimmen von Agnetha und Anafrid verstummten abrupt, und einige Wimpernschläge lang umgab Alba völlige Stille. Dann knatterte ein Motorradfahrer die angrenzende Straße entlang. Alba stieg aus und sah sich um. Das Haus und das Grundstück wirkten seltsam verlassen.

Herr Fröhlich, Herr Rohloff und Dr. Steiner waren natürlich wie immer bei der Arbeit. Alba sah die drei fast nie, da sie auch mittags nur selten nach Hause kamen und sie selbst bereits fort war, wenn die drei Männer ihren Feierabend einläuteten.

Seit ihrem Vorstellungsgespräch im Februar hatte sie ihre Chefs nicht mehr alle zusammen gesehen. Einmal war Herr Rohloff wegen einer Magen-Darm-Erkrankung zu Hause geblieben, und Herr Fröhlich hatte eine Woche Urlaub, die er eigentlich auf Menorca hatte verbringen wollen, aber wegen Corona nicht antreten konnte, damit ausgefüllt, dass er mit Toms Hilfe die Garage ausgemistet und den Flur gestrichen hatte.

Bei der Gelegenheit hatte Alba den Rechtsanwalt endlich ein wenig besser kennengelernt, und ihr war aufgefallen, dass Oliver Fröhlich längst nicht so unnahbar war, wie sie nach ihrer ersten Begegnung vermutet hatte. Allerdings schaute er stets ein wenig ernst drein, und es schien ihm schwerzufallen, seinem Namen alle Ehre zu machen.

Tom hatte Alba im Vertrauen erzählt, dass Herr Fröhlich im Dezember überraschend von seiner Frau verlassen worden war und die Trennung noch an ihm nagte.

Dr. Steiner war sie seit dem einmaligen Zusammentreffen nicht mehr begegnet. Eine Tatsache, die sie bedauerte, denn Björn Steiner war eindeutig der attraktivste der vier

Männer, obendrein geschieden und Kinderarzt. Für eine alleinstehende Mutter wie sie also eine Partie wie aus dem Bilderbuch. Nicht, dass sie auf der Suche wäre, aber wenn sich etwas Passendes ergab …

Bisher war sie mit Leon stets nach Harrislee gefahren, wenn ein Besuch beim Kinderarzt fällig war. Das kam aber selten vor. Ihr Sohn war robust, litt an keiner Allergie und hatte höchstens mal einen Schnupfen, der auch ohne ärztliche Hilfe auskuriert werden konnte. Aber wenn auch kleinere Kinder gegen Corona geimpft werden durften, würde sie Dr. Steiner fragen, ob er das erledigen könnte.

Finn Rohloff, der wie ein großer, trauriger Teddybär aussah, hatte Alba bei dessen kurzer Erkrankung im April zuletzt im Haus angetroffen. Sie wusste, dass er verwitwet war und seiner Frau sehr nachtrauerte. Tom ließ manchmal abfällige Bemerkungen darüber fallen, die Alba jedoch nicht kommentierte.

Es verwirrte sie, dass Tom, der sonst freundlich und mitfühlend war, der Trauer seines Freundes nur wenig Verständnis entgegenbrachte. Sie selbst mochte den Steuerberater und fand es romantisch, dass er so an seiner Frau hing. Aber sie wünschte ihm, dass er bald wieder glücklich werden würde. Um für den Rest seines Lebens allein zu bleiben, war er nun doch noch zu jung, fand sie.

Der Einzige, mit dem sie während ihrer Arbeit Kontakt hatte, war Tom Jakobs. Außer ihm duzte sie auch niemanden von ihren Arbeitgebern. Tom hatte es ihr recht schnell angeboten.

„Wir werden vermutlich viel Zeit miteinander verbringen“, hatte er gesagt. „Ich käme mir reichlich dämlich vor, wenn wir uns siezen, während wir mittags gemeinsam Spaghetti essen, oder ich dir meine schmutzigen Klamotten zum Waschen in die Hand drücke."

Sie hatte gelacht und ihm zugestimmt. Überhaupt brachte Tom sie oft zum Lachen. Er war ein charmanter Mann mit einer fast jungenhaften Ausstrahlung, der nie um den heißen Brei herumredete, sondern sagte, was er dachte.

Anfangs hatte er mit ihr geflirtet, und da er ein sympathischer Typ war, war sie darauf eingegangen. Nach über einem Jahr mit Kontaktbeschränkungen und Lockdowns war es himmlisch gewesen, mal wieder als Frau wahrgenommen zu werden. Erst da war ihr aufgegangen, wie sehr sie diese Gefühle vermisst hatte.

Manchmal, wenn sie mit ihrer Arbeit frühzeitig fertig wurde, gingen sie gemeinsam mit Shanty eine Runde in der Umgebung spazieren.

Bei einer dieser Gelegenheiten, an einem sonnigen Julitag, hatte Tom sie bei dem verwitterten Wartehäuschen an der Bushaltestelle, nur wenige Minuten vom Haus entfernt, an sich gezogen und sie geküsst. Er konnte verdammt gut küssen. Alba waren direkt die Knie weich geworden. Sekunden später war ihr noch dazu das Herz in die Hose gerutscht, erinnerte sie sich. Denn als sie sich von Tom löste, fuhr ein Wagen vorbei, und zwar ausgerechnet der Mazda ihres Ex-Freunds, der sie durch die Windschutzscheibe wütend anstarrte. Was Niklas in dieser Gegend verloren hatte, war ihr nach wie vor ein Rätsel. Seither hatte sie ihn hier nie wieder gesehen. Zum Glück!

Tom hatte gleich gemerkt, dass irgendwas mit ihr los war. Sie hatte abgewiegelt und nur gesagt, dass ihr der Mann am Steuer bekannt vorgekommen sei, sie sich aber wohl geirrt habe.

Als Tom sie daraufhin erneut in seine Arme ziehen wollte, hatte sie freundlich, aber bestimmt den Kopf geschüttelt und gesagt, dass es besser wäre, wenn sie Freunde blieben. Schließlich sei er ihr Chef, und sie würde sich niemals am Arbeitsplatz mit jemandem einlassen. Aus Prinzip.

Das war natürlich eine Ausrede. Sie mochte Tom gern, doch als Partner konnte sie ihn sich nicht vorstellen. Alba brauchte einen Mann, der ihr Sicherheit bot, auf den sie sich hundertprozentig verlassen konnte. Schon wegen Leon war sie nicht an einer Beziehung interessiert, die von vornherein zum Scheitern verurteilt war. Ein unsteter Typ wie Tom, der – wie sie diversen Gesprächen mit ihm entnommen hatte – keinen großen Wert auf Ehe und Familie legte, war für sie eindeutig nicht der Richtige.

Tom hatte auf ihre Zurückweisung mit einem schelmischen Grinsen reagiert. „Das verstehe ich. Aber ich hätte es mir nie verziehen, es nicht wenigstens versucht zu haben."

Seitdem gingen sie rein freundschaftlich miteinander um, und Alba hatte seine Gesellschaft zu schätzen gelernt. Zwar verbrachte er viel Zeit in dem kleinen Anbau, der eine Werkstatt beherbergte, und sie war mit ihrer Arbeit beschäftigt, doch es fand sich neben dem gemeinsamen Mittagessen immer mal eine halbe Stunde, um zusammen einen Kaffee zu trinken oder mit Shanty spazieren zu gehen.

Heute aber würde sie wohl auf ihn verzichten müssen. Wo er wohl steckte? Vielleicht, dachte sie hoffnungsvoll, hat er ein Vorstellungsgespräch.

Alba ging auf die Haustür zu. Als sie aufschloss, hörte sie ein kurzes Bellen, dann kam Shanty mit fröhlich wedelndem Schwanz angetrabt.

„Guten Morgen", begrüßte Alba die Hündin, froh, nicht völlig allein im Haus zu sein. Sie schloss die Haustür und kraulte die Golden-Retriever-Dame hinter den Ohren. Shanty setzte sich jedoch nicht wie sonst ruhig hin, um die Liebkosung zu genießen, sondern tänzelte unruhig und bellte wiederholt.

„Was hast du denn?", murmelte Alba. „Ist denn heute noch niemand mit dir draußen gewesen?"

Als hätte sie die Worte verstanden, lief Shanty zur Tür und bellte. Alba nahm die Leine, die an der Garderobe hing. „Na komm", rief sie der Hündin fröhlich zu und öffnete die Tür wieder. „Raus mit dir."

Erleichtert rannte Shanty an ihr vorbei nach draußen.

Es war ein ruhiger Morgen und noch dämmrig, doch bis es hell wurde, konnte es nicht mehr lange dauern. Niemand war zu sehen, sodass Alba sich die Leine zunächst um den Hals hängte und die Hündin laufen ließ. Nachdenklich schlenderte sie den üblichen Weg entlang und gelangte nach wenigen Minuten zu der Alpaka-Koppel. Zwei der Tiere, die in einiger Entfernung grasten, hoben die Köpfe und schauten zu ihnen herüber, mit neugierigem Blick und aufgestellten Ohren. Alba mochte die putzigen Alpakas. Schade, dass sie so scheu waren und stets auf Abstand blieben. Im Sommer waren sie geschoren worden, und das dichte Fell begann jetzt im Herbst wieder nachzuwachsen.

Tom fiel ihr wieder ein. Vermutlich, weil sie diese Strecke so oft gemeinsam gegangen waren. Wo mochte er stecken? Alba war beunruhigt, denn dass er Shanty vernachlässigte, war ungewöhnlich. Tom war ein großer Tierfreund, und es sah ihm überhaupt nicht ähnlich, zu verschwinden, ehe Shanty zumindest kurz draußen gewesen war.

Alba wich einer Pfütze aus, in der sich die eilig vorbeiziehenden Wolken spiegelten. Es hatte kräftig geschüttet in der vergangenen Nacht. Sie war gegen vier Uhr wach geworden, weil der Regen so laut rauschte.

Sie erreichte die Schautafel, die hier aufgestellt war. Alba hatte keine Muße, sie sich anzuschauen. Das hatte sie bei anderen Gelegenheiten gemacht und durchaus interessant gefunden, was dort stand. Zum Beispiel, dass dieser kleine Ort, Gottrupel, übersetzt bedeutete: Gottes Dorf im Erlengehölz. Seit sie das wusste, fiel ihr dieser Name jedes Mal ein, wenn sie am Ortsschild vorbeifuhr. Es klang sowohl schön als auch ein wenig gruselig, fand Alba, ohne erklären zu können, was sie an der Bezeichnung beunruhigte. Vielleicht war es die andere Info, die sie sich gemerkt hatte, nämlich, dass man in und um Gottrupel einst viele Gräber und Grabhügel gefunden hatte.

Alba schauderte und bohrte die Hände tiefer in die Jackentaschen. An einem stillen, dämmrigen Morgen wie heute hatten solche Gedanken etwas Beängstigendes. Sie beschleunigte ihren Schritt und dachte lieber wieder an Tom. Bestimmt war er zu einem Vorstellungsgespräch gefahren. Alba wusste, dass er unter seiner Arbeitslosigkeit litt. Er war als Tischler angestellt gewesen, doch die Firma war insolvent gegangen.

„Nicht wegen Corona, oder weil es nicht genug zu tun gegeben hätte“, hatte Tom ihr einmal verraten, und sie sah noch immer das zornige Aufblitzen in seinen Augen. „Aber der Chef hatte ein Spielproblem und trug einen großen Teil der Einnahmen in die Spielhalle. Bis halt nichts mehr da war und wir unseren Hut nehmen konnten.“

Fast anderthalb Jahre war Tom nun ohne Arbeit. Er verdiente sich ein bisschen dazu, indem er bei den Nachbarn in der Umgebung Reparaturen ausführte, bei Renovierungen half oder ihnen Bänke, Vogelhäuser und Terrassenmöbel aus Paletten zimmerte. So war er zwar beschäftigt, doch Alba ahnte, dass es Tom wurmte, keine neue Anstellung zu finden. Manchen potenziellen Chefs war er mit Mitte vierzig bereits zu alt, andere stießen sich an seinem Lebenslauf.

Vielleicht, so hoffte sie, klappt es diesmal. Gut möglich, dass er bereits zurück war, wenn sie und Shanty von ihrem Spaziergang heimkehrten.

Eigentlich wäre er ja gern Schauspieler geworden, hatte Tom ihr einmal anvertraut. So wie James Dean, den er bewunderte. Während seiner Zeit in Spanien war er viel aufgetreten, natürlich nur in kleinen albernen Shows oder dilettantischen Musicals, doch, wie er schwärmerisch erzählte, „dieser Moment, wenn das Publikum dir applaudiert, ist wie ein Orgasmus. Davon kannst du einfach nicht genug haben!“

Sie hatte ihm vorgeschlagen, sich beim Theater zu bewerben, doch Tom, sonst immer mutig bis verwegen, hatte abgewunken. Dafür habe er zu wenig Erfahrung und außerdem keinerlei richtige Ausbildung. Kurz: Er traute sich nicht.

Alba warf einen Blick auf die Uhr. Es wurde Zeit, mit der Arbeit anzufangen, denn sie wurde nicht dafür bezahlt, dass sie den Hund ausführte. Gottlob hatten sie es nicht mehr weit.

Auf dem letzten Abschnitt ihrer Runde benahm sich die Hündin plötzlich seltsam. In der nächsten Kurve gab es auf der linken Seite einen schmalen Weg, der durch ein Stück Gehölz führte. Alba und Shanty waren ihn bereits hin und wieder entlanggegangen. Heraus kam man an einer befestigten Straße, die linker Hand zu einer Brücke führte, unter der sich die A7 erstreckte.

Heute wollte Alba auf diesen Weg aber lieber verzichten. Zum einen hatte sie es eilig. Außerdem war es noch immer dämmrig und das Waldstück unbeleuchtet. Zudem trug sie helle Turnschuhe, die auf dem vom Regen durchgeweichten Waldboden schmutzig werden würden.

Shanty aber verschwendete keinen Gedanken an derartige Überlegungen. Sie blieb stehen, starrte in das Waldstück hinein und begann zu kläffen.

„Shanty, aus!", rief Alba. „Komm her! Du weckst ja die Nachbarn auf." Sie nahm die Leine von ihrem Hals, um die Hündin daran festzubinden, doch Shanty schien sie nicht einmal zu hören. Stattdessen verschwand sie mit großen Sprüngen zwischen den Bäumen.

„Shanty! Komm sofort zurück! Ach, verdammt!" Alba folgte ihr verärgert und bemühte sich, den Golden Retriever nicht aus den Augen zu verlieren und gleichzeitig ihre

Schuhe zu schonen. Nasses Laub und ein aufgeweichter Weg. Früher war ihr dieser Pfad, der vermutlich nicht mehr als fünfzig Meter maß, nie so lang vorgekommen. Missmutig bemerkte Alba im schwachen Morgenlicht diverse Dreckspritzer auf dem hellen Turnschuhstoff. Am besten steckte sie die Dinger in die Waschmaschine, sobald sie zurück waren. Sie musste sich ohnehin um die Wäsche kümmern.

Als sie sich dem Ende des Waldstücks näherte, blieb sie abrupt stehen. Shanty lief aufgeregt um einen Wagen herum, der dort am Straßenrand parkte. Er sah aus wie ein dunkler VW Golf. Genau so ein Fahrzeug besaß auch Tom.

Alba beobachtete, dass die Hündin an der Fahrertür hochsprang und bellte. Ein mulmiges Gefühl beschlich sie, als sie den Wagen erreichte. Sie warf einen Blick aufs Nummernschild und schnappte nach Luft. Dies war eindeutig der Wagen von Tom! Was hatte der hier verloren?

Unsicher schaute Alba sich um. Irgendwas musste passiert sein. Aber was? Vorsichtig näherte sie sich der Fahrertür und spähte hindurch, darauf gefasst, womöglich etwas Grausiges zu entdecken. Doch der Wagen war zu ihrer unendlichen Erleichterung leer. Sie versuchte, die Fahrertür zu öffnen. Vergeblich, der Golf war verschlossen.

Unschlüssig stand sie da. Bedeutete die Tatsache, dass sein Auto hier stand, dass Tom sich irgendwo in der Nähe aufhielt? Vermutlich ja, doch Alba hatte nicht den leisesten Schimmer, wo er sein könnte oder aus welchem Grund er den Wagen hier und nicht beim Haus abgestellt hatte. Das Ganze war ausgesprochen seltsam.

Ihr Blick fiel auf den Kofferraum.

Erst neulich hatte sie einen Krimi gesehen, in dem jemand einen Kofferraumdeckel angehoben und darunter jemanden entdeckt hatte, furchtbar zugerichtet – und tot.

Alba musste schlucken. Allein der Gedanke war so gruselig, dass ihr übel wurde. Dennoch tasteten sich ihre zitternden Finger um das Schloss des Deckels. Drückten zu. Sie verspürte eine tiefe Erleichterung, als sich auch der Kofferraum nicht öffnen ließ. Natürlich bedeutete das nicht, dass er leer war, doch zumindest blieb ihr ein grausiger Anblick erspart.

Sie schüttelte ungeduldig den Kopf, um diese albernen Gedanken zu verscheuchen. Was redete sie sich da ein? Bestimmt gab es eine logische Erklärung dafür, weshalb der Wagen hier stand. Tom würde jeden Moment auftauchen, mit fröhlicher Stimme Shanty begrüßen und Alba unbeschwert angrinsen.

Sie würde eben ein paar Minuten hier warten.

Shanty lief währenddessen die Brücke, die die A7 überspannte, entlang.

Bereits nach wenigen Metern hörte Alba sie winseln. Die Hündin war stehen geblieben, schaute in Richtung des Geländers und bellte mehrmals. Dann drehte sie abrupt um und rannte auf Alba zu. Blieb in einigen Metern Entfernung stehen, kläffte, als wolle sie Alba etwas mitteilen, rannte wieder zurück und hielt dort inne, wo sie zuvor angehalten hatte. Sie bellte immer wieder, wirkte richtig aufgeregt.

Alba ging zögernd in ihre Richtung, und als die Hündin erneut kläffend auf sie zulief, folgte sie ihr bis zu der

Stelle, die Shanty so nervös zu machen schien. „Was hast du denn?", fragte Alba, beugte sich zu dem Golden Retriever hinunter und streichelte den weichen Kopf des Tieres, während unter ihnen der Verkehr vorbeirauschte. „Du benimmst dich ja heute völlig verrückt."

Erneutes Bellen und Winseln. Shanty hob die Vorderpfoten auf den schmalen und hohen Bürgersteig, der fast unmittelbar an das Geländer angrenzte, und schob ihren Kopf durch den Spalt zwischen zwei silberfarbenen Metallstreben, die zum Teil mit einer grünen Patina beschichtet waren. Dabei tänzelte sie auf der Stelle, kläffte wiederum und wedelte mit dem Schwanz. Einige große Lieferwagen brausten vorbei. Das Auf- und Abschwellen des Verkehrslärms übertönte zeitweise das erregte Bellen der Hündin.

Mit einem unguten Gefühl im Bauch betrat Alba die Stufe, an deren Kante sich nasses Laub gesammelt hatte, und stellte sich an das Geländer. Ihre Hände umklammerten das kalte Metall, ehe sie sich zaudernd vorbeugte.

Unter ihr rauschten Transporter und Kraftfahrzeuge vorbei, die von Dänemark kommend in Richtung Flensburg fuhren. Die Reifen ließen das Wasser auf der regennassen Straße in kleinen Fontänen aufspritzen. Scheinwerfer schnitten Lichtkegel in den dämmrigen Morgennebel.

Rechts von Alba kämpfte sich die Sonne durch eine Lücke in der dichten Wolkendecke und blendete sie, sodass sie instinktiv die Augen verengte. Und dann sah sie, was Shanty so aufgebracht hatte: Neben der Fahrbahn, auf dem Grünstreifen, lag etwas. Albas Verstand benötigte einige Sekunden, um zu erkennen, was es war.

Ein großer Lkw mit Anhänger donnerte auf der Fahrbahn Richtung dänische Grenze vorbei, und nur einen Herzschlag später löste sich ein gellender Schrei aus Albas Kehle.

KAPITEL 5

Einen dampfenden Kaffeebecher in der Hand betrat Hauptkommissar Carsten Andresen an diesem Montagmorgen das Büro. Mirja saß bereits an ihrem Platz und schaute vom Computer auf, als er eintrat. „Guten Morgen, Chef."

„Morgen. Gibt's was Neues?"

„Bisher nicht."

„Ist Weichert noch nicht da?"

„Doch, natürlich. Allerdings geht es ihm nicht besonders, vielleicht hat er etwas Falsches gegessen. Zumindest hatte er es eilig, zur Toilette zu kommen. Das ist ungefähr eine Viertelstunde her. Außerdem erschien er mir reichlich blass um die Nase."

„Blass um die Nase?" Andresen setzte sich und hob den Becher an die Lippen. Köstlicher Kaffeeduft kitzelte seine Nase, und das Gefühl, als die heiße Flüssigkeit seine Kehle herabrann, war unvergleichlich. „Sie meinen, er ist noch blasser als sonst?"

Mirja schaute ihn tadelnd an. „Chef!"

Er setzte den Becher wieder ab und schmeckte dem Kaffee nach. „Was denn?", fragte er, sich keiner Schuld bewusst.

„Ich finde es nicht nett, dass Sie sich immer über ihn lustig machen. Es kann schließlich nicht jeder so eine gesunde Gesichtsfarbe haben wie Sie."

„Ich bitte Sie! Gegen Weichert sieht ein Vampir wie ein Karibikurlauber aus."

In diesem Moment kam besagter Kollege durch die Tür geschlurft. Er hatte leidend das Gesicht verzogen, unter seinen Augen lagen dunkle Schatten, und auf der Stirn glänzte ein dünner Schweißfilm.

„Nanu, Herr Kollege", sagte Andresen mitfühlend, „hat Ihre Verlobte ein neues Rezept ausprobiert?"

Weichert winkte ab und setzte sich. Ermattet lehnte er den Kopf zurück, stöhnte leise vor sich hin und schloss die Augen.

„Vielleicht hatten Sie zu viel Ingwertee", mutmaßte Andresen weiter und handelte sich damit einen weiteren strafenden Blick von Mirja ein.

„Sehr witzig." Weichert klang kraftlos. „Wir waren gestern Abend bei Verenas Mutter zum Essen eingeladen. Irgendetwas habe ich wohl nicht vertragen."

„Was gab es denn?", fragte Mirja.

„Einen Auflauf. Pute, Brokkoli und Kartoffeln in Sahnesoße. Es schmeckte gar nicht übel, doch wenn ich jetzt daran denke, dann …" Er brach ab und hielt sich eine Hand vor den Mund.

„Auflauf, aha", wiederholte Andresen. „So richtig schön mit Käse überbacken?"

„Aufläufe sind meistens überbacken, oder?"

„Vielleicht haben Sie eine Unverträglichkeit entwickelt", überlegte Mirja. „Gegen Laktose zum Beispiel."

„Mirja, hören Sie auf", bat Andresen dringend. „Sobald Sie in Weicherts Gegenwart eine Krankheit erwähnen, bekommt er sie, das wissen Sie doch."

„Aber Chef, schauen Sie ihn sich doch mal an. Er sieht furchtbar aus, und dafür gibt es bestimmt einen Grund."

„Er soll sich nicht so anstellen, das wird schon wieder."

„Sie sind herzlos, Chef."

„Ich bin übrigens anwesend", erinnerte Weichert seine Kollegen schwach, hob als sichtbares Zeichen eine Hand und ließ sie gleich darauf wieder fallen, als wäre die Anstrengung zu viel für ihn.

„Nicht mehr lange." Andresen nippte an seinem Kaffee. „Ich sehe ein, dass mit Ihnen vorerst nichts anzufangen ist. Daher schlage ich vor, Sie fahren nach Hause und kurieren sich aus. Womöglich haben Sie sich einen Infekt eingefangen, und ich möchte mich nicht anstecken."

„Corona ist es bestimmt nicht", beruhigte ihn Weichert. „Ich habe weder Husten noch Fieber. Nur Magenkrämpfe." Er stöhnte und hielt sich den Bauch. „Und was für welche."

„Trotzdem", beharrte Andresen. „Gehen Sie ins Bett. Wir kommen sicherlich eine Weile ohne Sie klar."

„Also gut. Danke." Lutz Weichert erhob sich langsam, nahm in gekrümmter Haltung sein knallrotes Jackett von der Stuhllehne und zog es über das himmelblaue Hemd, das ihn noch blasser wirken ließ, als er ohnehin war.

„Soll ich Sie lieber fahren?", erkundigte sich Mirja besorgt bei Weichert.

„Gute Idee." Andresen nickte zustimmend. „In Ihrem Zustand fahren Sie womöglich gegen einen Baum."

Weichert sagte nichts, biss sich stattdessen auf die Unterlippe. Mirja eilte zu ihm hinüber, hakte sich bei ihm ein und führte ihn zur Tür. Auf der Schwelle blieb er jedoch abrupt stehen und sah aus, als horche er in sich hinein.

„Oh, oh!“, murmelte er ahnungsvoll. Im nächsten Moment eilte er aus dem Raum und verschwand in Richtung der Waschräume.

„Erst kann er sich kaum bewegen, dann flitzt er davon wie ein gejagter Hase.“ Andresen schüttelte amüsiert den Kopf.

Mirja verschränkte die Arme und musterte ihn verstimmt. „Hatten Sie noch nie Magenprobleme?“, fragte sie säuerlich. „Wenn nicht, dann gönne ich Ihnen welche, damit Sie nachvollziehen können, wie er leidet.“

Ehe Andresen eine bissige Erwiderung formulieren konnte, klingelte das Telefon. Er hätte nur den Arm ausstrecken müssen, um den Apparat zu erreichen, doch erschien es ihm notwendig, Mirja daran zu erinnern, dass sie hier das kleinste Licht war. Auffordernd hob er eine Augenbraue. Sie tat es ihm nach und blieb, wo sie war.

Es klingelte ein zweites und ein drittes Mal. Andresen lehnte sich demonstrativ zurück und erwiderte stoisch ihren Blick.

Beim nächsten Klingeln seufzte sie hörbar, ging zu ihrem Schreibtisch, wobei sie halblaut etwas vor sich hin murmelte, das wie ‚die Klügere gibt nach‘ klang, und griff nach dem Hörer. „Kripo Flensburg, Mirja Sommer am Apparat.“

Andresen beobachtete, wie sie sich einen Notizzettel und einen Stift schnappte und eifrig zu schreiben begann.

„Aha“, sagte sie, „okay. Ja. Alles klar, wir sind gleich da.“ Sie legte auf. „Ein Toter auf dem Standstreifen der A 7. Vermeintlicher Suizid durch Sprung von der dortigen Autobahnbrücke.“

„Die A7 ist verdammt lang“, bemerkte Andresen und trank den letzten Schluck von seinem Kaffee. „Sind wir überhaupt zuständig?“

Mirja tippte mit dem Kuli auf ihre Notizen. „Die Brücke befindet sich in Gottrupel, auf dem Abschnitt zwischen Handewitt und Kruså. Zuständig sind wir also auf jeden Fall. Der Kollege meinte, wenn wir nicht über Dänemark fahren wollen, sollten wir am besten direkt zu der Brücke fahren. Von dort könne man eine Treppe hinuntersteigen zur A7.“

„Das finde ich schon.“ Andresen erhob sich. „Sie bringen Weichert mit seinem Wagen nach Hause und kommen dann damit zum Fundort. Auf dem Rückweg stellen wir das Auto bei ihm ab, und Sie fahren mit mir zurück.“

„Das ergibt Sinn“, musste Mirja zugeben.

„Ja, hin und wieder kann ich ganz auf Zack sein.“ Andresen schnappte sich seine Jacke und verließ das Büro.

Die Wolken vom Morgen verzogen sich langsam, und die Sonne kam immer öfter heraus. Andresen fuhr aus der Innenstadt in Richtung Niebüll. An der Exe ging es nur stockend voran. Wieso, war nicht ersichtlich. Liegt vermutlich an der hirnrissigen Ampelschaltung, dachte Andresen und trommelte ungeduldig auf dem Lenkrad herum.

Im Autoradio verkündete ein Nachrichtensprecher, dass die Polizei die A7 auf dem Teilstück zwischen der dänischen Grenze und Flensburg gesperrt hätte. Der Verkehr werde umgeleitet, man möge bitte auf andere Strecken ausweichen.

Vermutlich ist an der gesperrten Autobahnauffahrt gerade die Hölle los, überlegte Andresen. Er würde lieber einen anderen Weg nehmen.

Am Citti-Park bog er links ab, dann fuhr er über den sogenannten Coca-Cola-Berg. Dieser verdankte seinen Namen dem Umstand, dass der Getränkevertrieb Liebelt hier einst sein Warenlager gehabt hatte. Vom höchsten Punkt des Hügels konnte man damals unzählige rote Coca-Cola-Kisten erblicken. Die Zeiten waren längst vorbei, doch der Name war geblieben.

Im Kreisverkehr unterhalb des Coca-Cola-Bergs hielt sich Andresen rechts, passierte wenig später den Flugplatz Schäferhaus und erreichte kurz darauf Gottrupel. Nahe der besagten Brücke parkten bereits einige Fahrzeuge.

Mitarbeiter der Spurensicherung umringten in ihren weißen Anzügen einen dunklen Golf, der in der Nähe stand, und untersuchten die Brücke samt Geländer.

Andresen stieg aus, trat ebenfalls an die Brüstung und riskierte einen Blick in die Tiefe. Ein Notarztwagen, diverse Streifenwagen und mehrere uniformierte Beamte waren das Erste, was er sah. Dann erblickte er den liegenden Mann im Gras, umringt von mehreren Personen. Die dunkle Kleidung des Toten – Jeans, sowie Kapuzenpulli unter einer schwarzen Jacke hatte wohl dafür gesorgt, dass man ihn nicht früher entdeckt hatte. Zumal es noch nicht allzu lange hell war.

Mitarbeiter der Spusi machten Aufnahmen der unmittelbaren Umgebung und suchten sie gewissenhaft nach Hinweisen ab.

Andresen musste ein niedriges Geländer übersteigen und eine schmale, mit feuchtem Laub bedeckte Steintreppe nach unten steigen. Unten angekommen zog er sich Schützer über die Schuhe und Einweghandschuhe an, dann nestelte er seine Maske vor das Gesicht und ging auf die Menschentraube zu. Nach links und rechts knappe Begrüßungen verteilend trat er näher und sah sich suchend um.

„Dr. Schwarzhaupt nicht da?", fragte er einen der Streifenbeamten.

Der schüttelte den Kopf. „Er ist krankgemeldet. Wir sollen dafür sorgen, dass der Leichnam in die Gerichtsmedizin gebracht wird. Der Notarzt hat den Tod festgestellt." Er zeigte mit dem Kinn in Richtung des Mediziners, der neben dem Leichnam hockte und gerade seine Tasche verschloss.

„Danke." Andresen näherte sich dem Arzt. „Moin. Andresen, Kripo Flensburg. Können Sie mir schon irgendwas sagen?"

Der breitschultrige Mann mit der orangenen Weste wandte sich ihm zu. „Müller, Moin. Auf den ersten Blick würde ich sagen, es handelt sich um einen klassischen Suizid."

„Ja, davon hörte ich bereits."

Gemeinsam betrachteten sie die Leiche. Der Tote lag bäuchlings und mit verrenkten Gliedern auf dem schmalen Grasstück, das die Standspur säumte. Lediglich die in dunklen Sneakern steckenden Füße ragten auf einen asphaltierten Abschnitt hinaus. Der Mann war mittelgroß und hatte eine sportliche Statur. Das Haar war nass, einzelne Strähnen klebten dem Mann im Gesicht, dessen rechte Seite zu sehen war.

„Würden Sie ihn mal umdrehen?", bat Andresen den Arzt.

Der beugte sich hinab und folgte Andresens Bitte. Nun war das gesamte Gesicht zu erkennen. Andresens Augen wurden schmal. Irgendwie kam ihm der Mann bekannt vor. Als wäre er ihm bereits einmal begegnet. Sicher war er sich jedoch nicht.

„Seit wann ist er tot?", wollte er wissen.

„Also, anhand von Körpertemperatur und dem Grad der Leichenstarre würde ich sagen, dass der Tod vor höchstens zwölf Stunden eingetreten ist. Plus minus zwei Stunden. Genauer geht's nicht, schließlich müssen wir auch die Umgebungstemperatur berücksichtigen."

„Natürlich." Andresen warf einen Blick auf seine Uhr und rechnete nach. Der Tod war demnach zwischen sieben und elf Uhr am vergangenen Abend eingetreten. Das war eine ziemlich großzügige Zeitspanne. Um den Zeitraum eingrenzen zu können, musste er wohl die Obduktion abwarten. „Sonst noch etwas?"

„Er hat mehrere Prellungen, Abschürfungen und Hämatome."

„Die Verletzungen hat er sich durch den Sturz zugezogen, nehme ich an."

Der Arzt hob die Schultern. „Möglich. Aber diese Kopfverletzung hier …", er beugte sich vor, drehte den Kopf des Mannes zur Seite und schob sachte die dunkelfeuchten Haare am Hinterkopf auseinander, „… scheint einen anderen Ursprung zu haben. Für mich sieht es nach einem scharfkantigen Gegenstand aus. Und so was kann ich hier nicht entdecken."

„Kann die Wunde von einem Schlag herrühren?"

Der Notarzt sah Andresen an. „Ist Ihnen die Hutkrempenregel ein Begriff?"

Der winkte ab. „Doch ja, natürlich! Vergessen Sie die Frage."

Die Regel besagte, dass Kopfverletzungen unterhalb einer gedachten Hutkrempenlinie wahrscheinlich durch Stürze entstanden, oberhalb der Linie jedoch durch Schläge. In diesem Fall befand sich die Wunde eindeutig unterhalb der gedachten Hutkrempe. Also konnte Andresen davon ausgehen, dass die Verletzung von einem Sturz herrührte. War der Mann nicht nur von der Brücke, sondern noch woanders gestürzt? Er sah sich aufmerksam um, doch auch er konnte in unmittelbarer Umgebung nichts finden, das eine solche Wunde verursacht haben könnte.

„Konnten Sie noch mehr feststellen?"

„Auf die Schnelle nicht." Der Arzt erhob sich. „Ich sorge dafür, dass der Leichnam in die Gerichtsmedizin kommt."

„Danke." Andresen wandte sich an einen der Polizisten. „Was wissen wir von ihm? Hatte er Papiere dabei?"

„Ja. Er heißt Tom Jakobs." Der Kollege hielt Andresen eine Plastiktüte entgegen. Darin befand sich die Geldbörse des Toten, in der, wie Andresen rasch feststellte, sein Ausweis und sein Führerschein steckten, außerdem eine geringe Menge Bargeld.

„Vierundvierzig Jahre alt", fügte der Beamte hinzu. „Wohnhaft in Handewitt. Sein Kraftfahrzeug haben wir in der Nähe der Brücke sichergestellt." Er wies nach oben, und Andresen folgte seinem Blick. „Die Spusi untersucht es gerade."

„Hab ich gesehen. Halteranfrage wurde gestellt?"

„Ja. Der Wagen ist auf Tom Jakobs zugelassen."

„Was ist mit seinem Handy?"

„Davon wurden bisher nur Bruchstücke sichergestellt. Es ist ihm vermutlich beim Sturz aus der Tasche gefallen und auf der Fahrspur gelandet. Dort wurde es dann von diversen Autos zu Konfetti verarbeitet." Er reichte Andresen eine Tüte mit dem, was von dem Telefon aufgelesen worden war. Mit dem Konfetti-Vergleich lag der Kollege nicht falsch, fand Andresen, als er sich die Plastiksplitter anschaute.

„Die Spusi hat bestimmt noch nicht alles gefunden", ergänzte der Beamte. „Die SIM-Karte zum Beispiel fehlt bisher."

Das Wichtigste. „Na, super", sagte Andresen reichte beide Tüten zurück. „Ab ins Labor damit."

Er bezweifelte stark, dass mit den Handyresten etwas anzufangen war. Mit sehr viel Glück konnte die SIM-Karte noch gefunden werden. Aber ausgehen wollte er davon lieber nicht.

„Wer hat die Leiche entdeckt?", wollte er wissen.

Der Beamte bemühte seinen Notizblock. „Eine Frau Engelkamp. Sie kannte den Toten, hat einen Schock erlitten und wurde von einer Streife zu dieser Adresse gebracht." Er riss einen Zettel von seinem Block und gab ihn Andresen. „Das ist hier ganz in der Nähe."

„Danke."

„Da sind Sie ja, Chef!"

Er drehte sich um. Mirja kam auf ihn zu. „Wo soll ich denn sonst sein?", fragte er.

Sie schwieg und betrachtete die Szenerie. Ihr Blick glitt von dem Toten, der gerade in einen Zinksarg gehoben wurde, hinauf zu der Brücke. Nachdenklich runzelte sie die Stirn unter dem frechen schwarzen Kurzhaarschnitt.

„Gehen Sie von Suizid aus?", fragte sie.

„Solange keine anderen Erkenntnisse vorliegen, ja. Aber ich persönlich glaube nicht so recht daran."

„Das glaube ich gern", sagte sie. „Wieso ist er zum Beispiel auf den Grünstreifen gesprungen, wenn er sich umbringen wollte?" Sie schaute noch einmal zur Brücke hinauf. „Hätte ich vor, mich irgendwo hinunterzustürzen, würde ich garantiert etwas nehmen, das höher ist", überlegte sie. „Wie hoch mag die Brücke sein? Sechs, sieben Meter?"

„Eher fünf", widersprach Andresen. „Vielleicht sogar weniger. Die Wahrscheinlichkeit, dass man sich lediglich schwer verletzt, wäre mir persönlich auch zu groß. Es sei denn, man landet gezielt auf der Fahrbahn, dann erledigt der Verkehr den Rest."

Mirja verzog bei der Vorstellung kurz das Gesicht. Dann sah sie Andresen an. „Sie glauben also, da hat jemand nachgeholfen?"

Er hob die Achseln. „Dafür spricht so einiges." Er erzählte ihr von der Wunde am Hinterkopf. „Noch weiß ich aber nichts Genaues", fügte er hinzu. „Wir müssen den Obduktionsbericht abwarten. Und jetzt klettern wir wieder nach oben und schauen uns dort um."

Sie steuerten auf die Treppe zu und stiegen achtsam die mit feuchtem Laub bedeckten Stufen hinauf.

„Ziemlich ruhige Gegend hier", bemerkte Mirja, als sie oben anlangten. „Nicht gerade jetzt natürlich, aber normalerweise sagen sich hier vermutlich Fuchs und Hase gute Nacht."

In Gedanken stimmte Andresen ihr zu. Vor und hinter der Brücke wurde die Straße von viel Grün gesäumt, Häuser entdeckte er in der unmittelbaren Umgebung nicht.

„Spätabends oder nachts ist hier garantiert tote Hose", meinte er. Zudem gab es keinerlei Straßenlaternen. In dieser Jahreszeit musste es an einem ruhigen Ort wie diesem ab sechs Uhr stockdunkel sein, wenn man vom Licht der Scheinwerfer, das von der Autobahn nach oben drang, absah.

Er teilte Mirja seine Gedanken mit, trat an das Geländer und sah hinab. „Ich kann mir vorstellen, dass auf diesem Teil der A 7 nach Mitternacht nicht mehr allzu viel Betrieb herrscht. Da ist es gut möglich, dass man im Dunkeln versehentlich danebenspringt." Andresen schaute prüfend nach rechts, schätzte den Abstand zur befestigten Straße.

„Man könnte meinen, ich stünde jetzt direkt über der Autobahn", sagte er, „aber da das Geländer bereits bei der Treppe beginnt, stehe ich stattdessen direkt über dem Grünstreifen." Er machte einige Schritte nach links. „Erst von hier aus würde ein Sprung vermutlich tödlich enden. In der Nacht der perfekte Ort für einen Suizid. Die Dunkelheit macht einen nahezu unsichtbar, und mit Fußgängern ist hier nachts kaum zu rechnen."

„Vorteile, die man auch schätzen würde, wenn man jemanden von der Brücke werfen will“, wandte Mirja ein. „Vor Zeugen wäre man hier ziemlich sicher.“

„Okay, gehen wir mal davon aus, dass Fremdeinwirkung im Spiel war.“ Andresen wies auf den Golf, der am anderen Ende der Brücke am Straßenrand stand. „Wie passt der Wagen in die Theorie?“

Mirja sah ihn irritiert an. „Wieso? Was hat der mit –“

„Das Fahrzeug ist auf den Toten zugelassen.“

„Oh.“

„Genau. Oh“, wiederholte Andresen. „Glauben Sie etwa, der Mörder ist von hier aus zu Fuß verschwunden?“

Mirja überlegte. „Kann doch sein“, erwiderte sie mit der ihr eigenen Sturheit. „Damit es wie Selbstmord aussieht. Oder Jakobs fuhr zufällig hier vorbei, ist Zeuge von irgendwas geworden und ausgestiegen. Es kam zum Kampf, und dabei wurde er von der Brücke geworfen. Das würde auch erklären, warum er auf dem Gras und nicht auf dem Asphalt aufkam.“

„Mirja, ihre Fantasie geht mit Ihnen durch“, mahnte Andresen. „Was, bitte schön, sollte Tom Jakobs nachts in dieser gottverlassenen Gegend zu tun haben?“

„Wie ich schon sagte, er kann zufällig hier vorbeigekommen sein. Auf dem Weg nach Hause zum Beispiel. Wo wohnte er?“

Andresen lenkte ein. „Laut seinen Papieren nicht weit von hier. Lassen Sie aber uns die Ermittlungsergebnisse abwarten, ehe wir weiter spekulieren. Schauen wir uns lieber den Wagen genauer an.“

Mirja nickte. Gemeinsam gingen sie zu dem Fahrzeug hinüber, dessen Türen und Kofferraum weit offen standen. Es war in einer Parkbucht neben der Straße abgestellt worden, die genau Platz für einen Wagen bot. Absperrband flatterte mit einem leisen Knistern, als eine Windböe aufkam.

Andresen wandte sich an einen der in Weiß gekleideten Beamten, der rückwärts aus dem Fondsbereich des Wagens stieg. „Haben Sie bereits etwas gefunden, das für uns interessant sein könnte?"

„Jede Menge DNA-Spuren", antwortete er nickend. „Aber bisher keine Fingerabdrücke, zumindest nicht im Innenbereich."

Andresen runzelte die Stirn. „Sie meinen, die wurden absichtlich entfernt?"

„Es sieht jedenfalls so aus, als wären sie abgewischt worden."

„Ein weiteres Indiz dafür, dass es kein Suizid war", sagte Mirja im Brustton der Überzeugung. „Ich sag doch, da steckt was anderes dahinter."

Die Adresse von Tom Jakobs und die, die auf dem Zettel stand, den Andresen von dem Polizeibeamten erhalten hatte, waren identisch und tatsächlich nur wenige Gehminuten von der Autobahnbrücke entfernt. Andresen erinnerte sich, dass der Kollege erwähnt hatte, dass diese Frau Engelkamp den Toten gekannt hatte. Gab es da eine familiäre Verbindung? Nun, sie würden es bald wissen.

Vor einem großen Einfamilienhaus hielt Mirja inne. „Das muss es sein", sagte sie.

Andresen betrachtete das Gebäude. Es war sicher noch nicht älter als höchstens fünfzehn Jahre. Weißes Verblendmauerwerk unter einem dunkelblauen Dach, auf dem die Solaranlage kaum auffiel. Es gab mehrere Giebel und ein großzügiges Grundstück.

Auf der Auffahrt neben der Garage parkte als einziges Fahrzeug ein kanariengelber Kleinwagen italienischer Herkunft mit Flensburger Kennzeichen. Vermutlich der Wagen dieser Frau Engelkamp.

Sie passierten zwei Eichen, die den gepflasterten Weg zur Haustür säumten, und gelangten zum Eingang. Mirja studierte das Klingelschild.

„Das sind aber viele verschiedene Namen", wunderte sie sich und las vor. „O. Fröhlich, F. Rohloff, T. Jakobs und B. Steiner."

„Was ist mit A. Engelkamp?"

„Nein, der Name steht da nicht." Sie sah hoch. „Glauben Sie, es handelt sich um eine WG?"

„Der Tote ist aus dem Studentenalter definitiv raus gewesen."

„Na und? Müssen Wohngemeinschaften zwangsläufig aus jungen Leuten bestehen?"

„Ach so! Sie meinen, es ist eine Art Ü-40-WG."

Mirja zuckte mit den Schultern. „Kann doch sein." Sie grinste. „Vielleicht handelt es sich um eine Hippie-Kommune wie damals in den Siebzigern."

„Das würde Ihnen bestimmt gefallen", vermutete Andresen, „aber die lebten in irgendwelchen Altbauten oder auf abgelegenen Bauernhöfen, wenn ich mich recht erinnere, nicht in schnieken Hütten wie dieser hier."

„Wir schnuppern einfach, wenn wir reingehen", schlug Mirja vor. „Wenn es nach Haschisch riecht und Woodstock-Musik zu hören ist …"

„Ach, jetzt hören Sie endlich auf mit dem Unsinn", schalt Andresen ungeduldig und drückte auf die Klingel. Mirja schwieg.

Andresen sah, dass sie beleidigt war.

„Wenn es da drin nach Haschisch riechen sollte, lad ich Sie auf 'ne Pizza ein", brummte er ungnädig.

Ihr Gesicht entspannte sich wieder, und das unverwüstliche Grinsen war zurück. „Da bin ich dabei."

Im Haus waren ein Bellen zu hören und das Klackern von Hundekrallen auf Fliesenboden. Gleich darauf öffnete sich die Tür, und eine Frau mit dunklen Haaren, die im Nacken zusammengebunden waren, erschien im Türrahmen. Nur einzelne Strähnen links und rechts des schmalen Gesichts hatten sich nicht bändigen lassen. Die Frau war bleich, die Augen hinter der zu groß wirkenden Brille rotverweint. Andresen schätzte sie auf Mitte dreißig.

„Frau Engelkamp?", fragte er.

Sie nickte wortlos.

Andresen stellte sich und Mirja vor, und beide zückten ihre Dienstausweise. Er räusperte sich. „Glauben Sie, Sie könnten uns ein paar Fragen beantworten?"

„Ich …", sie räusperte sich, „ich denke schon. Kommen Sie bitte herein."

Ihre Stimme klang ein wenig rau, als hätte sie sich zuvor verausgabt.

Sie folgten Alba Engelkamp ins Innere des Hauses. Andresen bemerkte, dass Mirja nach verdächtigen Gerüchen schnupperte, und warf ihr einen scharfen Blick zu.

‚Ist ja gut', schien ihr Blick zu sagen, verbunden mit einem nachgiebigen Schulterzucken.

Andresen schaute sich neugierig in dem Eingangsbereich um. Er hatte die Form einer liegenden Sanduhr. Beim Eingang und am Ende breit und geräumig, dazwischen etwas schmaler. Von dem Flur gingen mehrere Türen ab, die jedoch geschlossen waren.

„Ihr Name steht nicht auf dem Klingelschild", bemerkte Andresen.

„Ich arbeite hier", antwortete Frau Engelkamp. „Als Haushälterin."

„Ach so. Daher kannten Sie Tom Jakobs."

„Ja. Shanty, geh auf deinen Platz." Alba Engelkamp wies auf den Hundekorb, der unter der Treppe stand, die in den ersten Stock führte. Die Hündin gehorchte, ließ sich in das beigefarbene Polster fallen und bettete ihren Kopf auf dem Rand des Korbs. Mit mitleidheischendem Blick sah sie von der Haushälterin zu den Besuchern und wieder zurück.

Frau Engelkamp führte Andresen und Mirja in die Küche. Es roch nach künstlicher Zitrone. Der Raum war blitzblank aufgeräumt, die Arbeitsflächen glänzten feucht. Die Küche war großzügig geschnitten und modern ausgestattet. Hellgrau gestrichene Wände, moderne Einbauküche in mattem Rot. Grünpflanzen und geschmackvolle Bilder sorgten für eine behagliche Atmosphäre. In der hinteren Ecke entdeckte Andresen einen leeren Hundefutternapf neben einer Schüssel mit Wasser.

Frau Engelkamp wies auf den Esstisch, dessen anthrazitfarbene Oberfläche edel schimmerte. In der Mitte stand ein metallener Obstkorb mit Bananen, Äpfeln, Kiwis und einer Ananas.

„Setzen Sie sich doch", bat sie und räumte wie nebenbei eine Flasche Haushaltsreiniger in einen schmalen Schrank. „Hier ist alles schon sauber. Ich musste mich irgendwie ablenken, und Putzen hilft mir dabei ganz gut."

Sie setzten sich.

„Möchten Sie etwas trinken?" Sie lächelte kläglich. „Ich habe gerade einen Schnaps getrunken. So was tue ich sonst nie, aber heute habe ich den einfach gebraucht. Noch nie in meinem Leben habe ich mich so erschreckt."

„Das kann ich gut verstehen, Frau Engelkamp", sagte Andresen. „Aber wir nehmen lieber etwas ohne Alkohol. Vielleicht einen Kaffee?"

„Den muss ich erst aufsetzen." Sie schaute sich um, wirkte fahrig und planlos. Als hätte sie vergessen, wie man frischen Kaffee macht.

„Ein Glas Wasser tut es auch", sagte Andresen milde. „Hat man Ihnen psychologische Hilfe angeboten? In Situationen wie diesen kann es hilfreich sein, sich auszusprechen."

Frau Engelkamp öffnete einen Küchenschrank, nahm zwei Trinkgläser heraus und füllte sie unter dem Wasserhahn. Solange das Wasser lief, antwortete sie nicht, doch kaum waren die Gläser gefüllt, sagte sie: „Eine Polizistin hat mich hergefahren und gefragt, ob ich Hilfe bräuchte. Aber ich komme klar."

„Wenn Sie meinen. Sollten Sie es sich anders überlegen, sagen Sie einfach Bescheid."

„In Ordnung." Sie stellte die Gläser vor Andresen und Mirja ab und setzte sich ihnen gegenüber auf einen der noch leeren vier Stühle.

Andresen trank einen Schluck. „Könnten Sie uns bitte erzählen, was genau heute Morgen passiert ist?"

Stockend berichtete Frau Engelkamp, dass sie wie immer gegen Viertel nach acht angekommen wäre und sich gewundert habe, weil der Wagen von Tom Jakobs nicht an seinem Platz stand und offenbar niemand mit dem Hund draußen gewesen sei.

„Das ist ungewöhnlich", sagte sie, „aber ich dachte mir, dass es bestimmt einen logischen Grund gibt. Dass Tom vielleicht ein Vorstellungsgespräch hat oder so."

„Ach, er war arbeitslos?"

„Ja, schon seit einiger Zeit. Die Firma, bei der er war, musste Insolvenz anmelden."

Andresen nickte und machte eine auffordernde Handbewegung. „Sie sind also mit dem Hund spazieren gegangen?"

„Genau." Sie erzählte, dass der Hund sich seltsam benommen hatte und dass sie erst Toms Wagen und dann ihn selbst gefunden hatte. „Es war schrecklich", schloss sie und umschlang ihren Oberkörper mit den Armen, als fröre sie. „Warum nur hat er das getan?"

„Ich hatte gehofft, Sie könnten uns diese Frage beantworten", meinte Andresen. „Kam Herr Jakobs Ihnen in letzter Zeit verändert vor? Hatte er vielleicht Stimmungsschwankungen?"

Sie schüttelte den Kopf. „Nein, mir ist nichts aufgefallen. Er war wie immer."

„Wann haben Sie ihn das letzte Mal gesehen?"

„Am Freitag. Ich habe an dem Nachmittag Gulasch vorbereitet, damit die Herren für zwei Tage was zu essen haben, und gegen halb vier bin ich in Toms Werkstatt gegangen und hab mich verabschiedet."

„Er hat eine Werkstatt? Hier auf dem Grundstück?"

„Ja, hinter der Garage. Dort ist er oft gewesen, um irgendwas zu bauen oder zu reparieren. Tom war handwerklich sehr begabt. Er hat früher bei einem Tischler gearbeitet. Jedenfalls, er wünschte mir ein schönes Wochenende und klang dabei völlig normal."

In ihren Augen glitzerten Tränen. Eine löste sich, doch ehe sie die Wange erreichte, nahm Alba Engelkamp ihre Brille ab und wischte sie fort.

„Seit wann kannten Sie Herrn Jakobs?", fragte Andresen.

„Seit ich die Stelle hier angenommen habe. Das war am ersten März."

„Dieses Jahr?", fragte Mirja.

Frau Engelkamp nickte.

„Und wie gut kannten Sie ihn?"

„Wir haben uns täglich gesehen, viel miteinander geredet. Außer am Wochenende natürlich." Ihre Unterlippe zitterte.

„Sie waren mit Herrn Jakobs befreundet?", hakte Andresen nach.

Sie zögerte. „Irgendwie ja. Ich meine, er war mein Chef, wie die anderen auch, aber die bekomme ich kaum zu

Gesicht. Tom und ich haben uns oft unterhalten. Er war auch der Einzige, der mir das Du angeboten hat. Er war ein freundlicher und lustiger Mann, und er hatte so einen jungenhaften Charme."

Ihre Stimme brach. Sie stand auf, riss ein Stück Küchenpapier von der Rolle, die in einem Ständer auf der Arbeitsplatte stand, und setzte sich wieder. Die Brille verschwand von ihrer Nase, und sie tupfte sich ihre Augen trocken, ehe sie sich schnäuzte. „Entschuldigen Sie", bat sie näselnd.

„Natürlich. Wer genau wohnt in diesem Haus?", fragte Andresen. Nicht nur, weil er es wissen wollte, sondern auch, um sie abzulenken. Offensichtlich hatte sie diesen Tom Jakobs gerngehabt. Nach den Einzelheiten dieser Freundschaft konnte er sie immer noch befragen.

Alba Engelkamp ließ das Küchentuch sinken und setzte sich ihre Brille wieder auf. „Außer Tom sind da noch Herr Fröhlich, dem gehört das Haus, und außerdem Herr Rohloff und Dr. Steiner."

„Und in welcher Beziehung stehen die Herren zueinander?"

„Sie sind nicht verwandt, wenn Sie das meinen. Sie sind Freunde. Soviel ich weiß, bereits seit vielen Jahren. Tom hat mir mal erzählt, dass sie sich früher regelmäßig zum Kartenspielen getroffen haben. Dann starb die Frau von Herrn Rohloff, Dr. Steiners Ehe ging in die Brüche, und letztes Jahr verließ Frau Fröhlich ihren Mann. Tom war ohnehin ledig. Und da beschlossen sie, zusammenzuziehen."

„Ich verstehe." Andresen fand die Idee einer Männer-WG gar nicht schlecht. Man sparte Geld und hatte

Gesellschaft. „Aber in Sachen Haushalt brauchten die Herren dann doch noch Hilfe“, vermutete er mit einem kleinen Lächeln in Richtung Alba Engelkamp. „Also engagierten sie Sie.“

„Meine Chefs sind berufstätig, also, bis auf Tom natürlich. Und da sie es sich leisten können, für die Hausarbeit jemanden einzustellen …“ Sie hob die Achseln und ließ sie wieder fallen. „Mir konnte das nur recht sein. Es ist ein angenehmer Job und gut bezahlt. Ich habe freie Hand und genügend Zeit für meinen Sohn. Dank Tom hatte ich auch oft was zu lachen.“ In ihren Augen begann es erneut verräterisch zu glitzern. Ihre Hände spielten gedankenverloren mit dem zusammengeknüllten Küchentuch.

„Wissen Sie, ob er Feinde hatte?“, fragte Andresen.

Sie hob den Blick. „Tom? Nein. Nicht, dass ich wüsste.“

„Und wie war das Verhältnis zu seinen Mitbewohnern?“, wollte Mirja wissen.

Frau Engelkamp dachte nach. „Gut, nehme ich an. Tom hat jedenfalls nie schlecht über einen der anderen gesprochen oder von Streit erzählt. Aber ich habe sie nie zusammen erlebt. Wenn die anderen von der Arbeit kommen, bin ich längst zu Hause.“

„Was war Tom Jakobs für ein Mensch?“, fragte Andresen.

Die Haushälterin schaute aus dem Fenster, ein wehmütiges Lächeln umspielte ihre Lippen. „Er war unkompliziert, ein Lebenskünstler, der vieles auf die leichte Schulter nahm. Oft pfiff er vor sich hin. Außerdem sprach er fließend Spanisch, das hat uns verbunden.“

Andresen runzelte die Stirn. „Sie sind Spanierin?“

„Meine Mutter kam aus Argentinien. Ich bin zweisprachig aufgewachsen. Jahrelang habe ich lediglich auf Spanisch geflucht. Als ich erfuhr, dass Tom die Sprache spricht, haben wir uns hin und wieder auf Spanisch unterhalten. Das war schön."

Sie atmete tief durch und blinzelte. Vermutlich, dachte Andresen, um die erneut aufkommenden Tränen zurückzudrängen. „Wo hat er das gelernt?", wollte er wissen.

„Er hat einige Jahre lang als Animateur auf Mallorca und Teneriffa gearbeitet. Von der Zeit hat er häufig geschwärmt. Ich glaube, ein Teil von ihm hat bedauert, wieder nach Deutschland gekommen zu sein."

„Hat er Familie, die wir benachrichtigen müssten?"

Sie schüttelte langsam den Kopf. „Ich glaube nicht. Jedenfalls hat er mir gegenüber nie Familienmitglieder erwähnt. Seine Freunde sind seine Familie."

Andresen trank sein Glas leer. „Wären Sie bitte so nett, meiner Kollegin die Kontaktdaten von den Mitbewohnern zu geben? In der Zwischenzeit würde ich mir gern das Zimmer von Herrn Jakobs anschauen."

„Natürlich. Ich zeige es Ihnen." Sie stand auf und ging voraus. Andresen zog die Einweghandschuhe, die er zwischenzeitlich ausgezogen hatte, aus seiner Jackentasche und folgte Alba Engelkamp.

„Hier habe ich noch nicht sauber gemacht oder gelüftet", entschuldigte sie sich, als sie eine Zimmertür öffnete. „Zuerst kümmere ich mich immer um die Küche."

„Das ist auch gut so", sagte Andresen und bemerkte Erleichterung in ihrer Miene. „Ich möchte Sie bitten, hier vorerst nichts zu putzen oder irgendetwas zu verändern", fügte er mit ernster Miene hinzu. „Am besten betreten Sie das Zimmer erst dann wieder, wenn Sie von uns das Okay bekommen."

Sie sah unschlüssig aus. „Darf ich nicht einmal das Bett machen?"

„Auf keinen Fall. Wenn Sie jetzt so freundlich wären und meiner Kollegin die nötigen Informationen geben ..."

„Selbstverständlich." Ihr Blick schweifte durch den Raum. Mit einem Seufzer, der von sehr tief unten zu kommen schien, wandte sie sich ab und ging wortlos davon.

Andresen sah sich um. Der Raum war etwa achtzehn Quadratmeter groß, schätzte er, und man merkte gleich, dass hier ein Mann lebte. Keine Kissen auf der Couch, kein Schnickschnack auf Fensterbank oder anderen Flächen, keine Pflanzen oder Kerzen. Stattdessen Plakate der drei James-Dean-Filme an den Wänden. Vermutlich hatte dessen rebellisches Image Tom Jakobs angezogen.

Andresen betrachtete die Einrichtung. Auf der linken Seite ein breites, ungemachtes Bett, Kopfkissen und Decke waren in dunkelblaue Bezüge gehüllt. Rechts die kleine Couch, davor ein niedriger weißer Tisch, auf dem ein zusammengeklapptes Notebook lag, gegenüber eine weiße Schrankwand, in der ein Fernseher den Mittelpunkt bildete. Hinter dem Bett stand ein Stuhl, auf dem einige Kleidungsstücke lagen.

Ein typisches Ikea-Regal – ebenfalls in Weiß – beherbergte in den unterschiedlich hohen Fächern einige Bücher und DVDs – auch hier begegnete Andresen dem so früh verstorbenen James Dean –, außerdem CDs, ein paar wenige gerahmte Bilder und ganz unten, im tiefsten Fach, vier beschriftete Aktenordner. Auf einem stand ‚Job', auf einem anderen ‚Versicherungen', ein dritter trug die Bezeichnung ‚Wohnung' und der letzte ‚Diverses'. Die Ordner würden sie allesamt durchgehen müssen.

Andresen ging auf das Fenster zu. Die Aussicht war, so fand er, das Schönste hier. Der Blick ging in den Garten, auf ein mit verschiedenen Büschen und Hecken gesäumtes Rasenstück. Andresen erkannte Rhododendron, Hortensien und Jasmin. In der warmen Jahreszeit war das sicher ein schöner Anblick. Jetzt im Herbst wirkte natürlich alles recht trostlos. Sämtliche Blumen waren längst verblüht und ließen traurig die Köpfe hängen. Der Wind riss Blätter von den Bäumen, sie tanzten in der Luft und landeten auf dem Rasen, wo bereits jede Menge schlaffes braunes Laub das Grün verdeckte.

Mirja trat neben Andresen und sah ebenfalls hinaus. „Schöner Garten", meinte sie.

„Wir sind nicht wegen der Aussicht hier", erinnerte er sie.

Mirja nickte, drehte sich um und nahm das Notebook vom Tisch. „Mitnehmen?", fragte sie.

„Nee, hierlassen. Samt dem Ladekabel."

Sie stutzte verwirrt, bemerkte seinen Blick und seufzte. „Schon gut, war 'ne doofe Frage. Ich hab's kapiert." Sie fand das Kabel in einer Steckdose, rollte es zusammen und legte es auf das Notebook.

Andresen betrachtete unterdessen die Bilder, die in schlichten Silberrahmen das Regal bestückten. Es schien sich um Aufnahmen aus Jakobs' Zeit in Spanien zu handeln. Auf einem Foto sah man ihn mit freiem Oberkörper gemeinsam mit anderen jungen Leuten unter Palmen, auf anderen posierte er mit Freunden an einem Pool oder an einer Bar. Die Bilder strahlten Fröhlichkeit aus. Unbeschwertheit und Urlaubsstimmung. Andresen nahm das Foto, auf dem Jakobs am besten zu erkennen war, in die Hand und studierte es genauer.

„Ich weiß genau, ich habe dieses Gesicht schon mal gesehen", murmelte er. „Ich komm bloß nicht drauf, wo und wann."

„Es fällt Ihnen bestimmt bald wieder ein", meine Mirja. „Und wenn nicht – glauben Sie, es wäre wichtig?"

„Keine Ahnung." Er zuckte mit den Schultern und machte sich daran, das Foto aus dem Rahmen zu lösen. „Das nehmen wir mit. Und die Aktenordner auch." Er bückte sich, um die Ordner aus dem Regal zu nehmen. „Doch bevor wir uns diese spannende Lektüre anschauen, sollten wir uns mit seinen Mitbewohnern unterhalten. Kommen Sie."

Als Erstes fuhren Mirja und Andresen in das Anwaltsbüro, in dem Oliver Fröhlich angestellt war. Am Eingang hing ein Schild, das den Eintritt in die Kanzlei nur mit Maske gestattete. Diese Schilder sah man seit einiger Zeit an vielen Türen; Restaurants, Arztpraxen, Geschäfte, Büros. Fast hatte man sich daran gewöhnt.

Andresen fummelte sich mit einem leisen Seufzen seine hellblaue OP-Maske um die Ohren, öffnete die Tür und ließ Mirja galant den Vortritt. Sie bedankte sich artig.

Nachdem sie sich bis zum Büro von Oliver Fröhlich durchgefragt hatten, verkündete die Sekretärin, die dort hinter ihrem Schreibtisch saß, dass ihr Chef „in einem Meeting“ sei.

„Dann rufen Sie ihn bitte an und teilen Sie ihm mit, er möge dieses Meeting für ein paar Minuten unterbrechen“, sagte Andresen und hielt ihr seinen Dienstausweis unter die Nase. „Es ist wichtig.“

Mit einem Gesichtsausdruck, der ihren Unwillen ausdrückte, nahm sie den Telefonhörer zur Hand und drückte eine Taste.

Nach kurzem Warten sagte sie: „Hier sind zwei Herrschaften von der Polizei. Sie möchten Sie sprechen. Ja, jetzt gleich. Es wäre wichtig. Gut, ich richte es aus.“ Sie legte auf und bedachte Andresen mit einem kühlen Blick. „Er kommt gleich. Sie können so lange im Wartezimmer Platz nehmen.“ Damit wies sie auf eine Tür aus Milchglas, einige Meter entfernt.

Es dauerte nicht lange, bis die Sekretärin wieder auftauchte und sie ins Büro von Oliver Fröhlich bat. Während sie hinter ihr hergingen, betrachtete Andresen die Angestellte. Sie war Mitte vierzig, schätzte er, etwas füllig um die Hüften und hatte eine Vorliebe für helle Erdtöne. Hellbrauner Rock, beigefarbene Bluse, dunkelblondes Haar, passendes, dezentes Make-up. Eine Frau wie eine unauffällige Tapete. Man bemerkte sie zwar, betrachtete sie jedoch höchstens flüchtig, und in der Erinnerung verschwamm sie zu einem hellbraun-beigen Fleck.

Oliver Fröhlich saß bereits hinter seinem Schreibtisch, erhob sich jedoch, als Andresen und Mirja eintraten. Hinter ihnen klackte leise die Tür zu.

„Entschuldigen Sie, dass Sie warten mussten", sagte Fröhlich mit einem unverbindlichen Lächeln und wies auf die Besucherstühle vor dem Schreibtisch, „aber ich war in einem Mandantengespräch und habe Sie nicht erwartet."

„Das konnten Sie auch nicht. Sagen Sie, dürfen wir die Masken abnehmen?"

Der Anwalt machte eine Handbewegung, die Einverständnis signalisierte. „Ich denke, der Abstand ist ausreichend", fügte er hinzu.

Andresen zog den Mundschutz von seinem Gesicht und musterte Fröhlich dabei interessiert. Ein selbstbewusst wirkender Mann, sportlich, ein bisschen versnobt, so sein erster Eindruck. Die hellbraunen Augen hatten etwas Fesselndes und passten hervorragend zu seinem rötlichen, sehr kurz gehaltenen Haar. Gesicht und Hände waren mit Sommersprossen gesprenkelt, die erst auf den zweiten Blick wirklich auffielen. Mit der schmalen Nase, der hohen Stirn und dem etwas überheblich wirkenden Lächeln sah er in Andresens Augen aus wie der Prototyp eines Rechtsanwalts. Ein wandelndes Klischee.

Mirja schob ihre Maske in die Jackentasche und holte einen Notizblock und einen Stift hervor.

„Wir sind wegen Tom Jakobs hier", begann Andresen. „Ihrem Mitbewohner."

Die rotblonden Augenbrauen zogen sich überrascht in die Höhe. „Wegen Tom? Was ist mit ihm?"

„Ich weiß nicht, wie ich es Ihnen schonend mitteilen kann, Herr Fröhlich. Tom Jakobs ist tot."

Der Anwalt starrte Andresen ungläubig an und beugte sich nach vorn. „Wie bitte? Tom ist tot?“

„Leider ja. Er wurde heute Morgen auf dem Standstreifen der A7 entdeckt. Unter der Autobahnbrücke bei Gottrupel. Übrigens von Ihrer Haushälterin.“

„Oh mein Gott!“ Er schlug sich entsetzt eine Hand vor den Mund. „Alba hat ihn gefunden?“

„So ist es.“

„Das ist ja grauenhaft!“ Er schloss für einen Moment die Augen, dann sah er Andresen an. Er wirkte ehrlich erschüttert. „Wie geht es ihr? Wo ist sie jetzt?“

„Sie schien relativ gefasst“, antwortete Andresen. „Und sie bestand darauf, in Ihrem Haus zu bleiben und ihre Arbeit zu machen. Hätten wir sie lieber zu sich nach Hause bringen sollen?“

„Nein, schon gut. Wenn sie es so wollte ...“ Fröhlich lehnte sich in seinem Bürostuhl zurück. Es schien, als hätte ihn die Nachricht körperlich erschöpft. Dann wandte sich mit ernster Miene wieder Andresen zu. „Habe ich Sie richtig verstanden? Sie sagten, wenn ich mich richtig erinnere, Tom hätte sich von der Brücke auf die A7 gestürzt? Das kann ich mir beim besten Willen nicht vorstellen.“

„So habe ich mich auch nicht ausgedrückt. Ich sagte, er wurde unter der Brücke auf dem Grasstreifen neben der Autobahn gefunden.“

„Ach so. Dann war es also ein Unfall?“

„Das wird noch untersucht. Sie können sich also nicht vorstellen, dass er Suizid begangen hat?“

Er dachte kurz nach, schüttelte dann aber den Kopf. „Nein.“

„Wieso nicht?"

„Weil er auf mich keinen lebensmüden Eindruck machte. Selbstmord – das klingt so gar nicht nach Tom. Gut, beruflich lief es für ihn in der letzten Zeit nicht, aber er war der Typ, dessen Glas immer mindestens halb voll ist, wenn Sie verstehen. Von uns allen war er immer der größte Optimist."

„Gab es auch in den letzten Tagen keine Anhaltspunkte dafür, dass ihn etwas bedrückte?"

„Nein, jedenfalls ist mir nichts dergleichen aufgefallen. Er war wie immer."

„Wann haben Sie ihn zuletzt gesehen?"

„Gestern Abend. Wir haben alle gemeinsam Pizza gegessen. Wie fast jeden Sonntag."

„Und danach?"

„Fuhr ich noch einmal ins Büro, weil ich mich auf eine Verhandlung vorbereiten musste. Hier kann ich mich am besten konzentrieren, besonders am Wochenende, wenn alles ruhig ist."

„Von wann bis wann sind Sie hier gewesen?"

Fröhlichs Lippen kräuselten sich, sein Blick wurde abweisend. „Brauche ich ein Alibi?"

„Es kann jedenfalls nicht schaden, wenn Sie eines vorweisen können. Also?"

„Ich bin gegen acht von zu Hause losgefahren und war ungefähr um halb zwölf wieder zurück."

„Kann irgendjemand Ihre Angaben bestätigen?"

„Ich fürchte, nein", bedauerte Fröhlich. „Hier im Büro war niemand außer mir. Und als ich zu Hause ankam, war alles ruhig, die anderen schienen bereits zu schlafen. Ich bin dann auch ins Bett gegangen."

„Gab es während der gemeinsamen Mahlzeit oder davor Unstimmigkeiten?"

„Sie meinen Streit?" Er zögerte, dann schüttelte er den Kopf. „Nein, die Stimmung war normal."

„Was ist mit heute Morgen? Ist Ihnen da etwas Ungewöhnliches aufgefallen?"

„Absolut nicht. Tom schläft länger als wir, darum sehe ich ihn morgens fast nie. Ich habe gegen halb acht das Haus verlassen."

„Was ist mit Ihren übrigen Mitbewohnern? Haben Sie sie gesehen, sich mit ihnen unterhalten, ehe Sie aufgebrochen sind?"

Fröhlich verschränkte die Hände im Schoß. „Nein. Finn steht selten vor halb acht auf, und Björn habe ich nur kurz gesehen, als er sich auf den Weg in die Praxis machte. Wir haben uns lediglich begrüßt. Morgens sind wir alle nicht sehr redselig."

Das konnte Andresen gut nachvollziehen, er tickte genauso. Eine Eigenschaft, die der Morgenmensch Daniela nicht begreifen konnte. Aber sie respektierte es und ließ ihn lieber in Ruhe. Ein Grund mehr, warum er froh war, sie an seiner Seite zu haben.

„Wissen Sie von Familienmitgliedern, die benachrichtigt werden müssten?", fragte Mirja und riss Andresen damit aus seinen privaten Gedanken.

Er runzelte nachdenklich die Stirn. „Leider nicht, nein", meinte er bedauernd. „Tom hat nie viel von seiner Familie gesprochen. Ich weiß nur, dass seine Eltern schon vor Jahren verstorben sind. Und er selbst hat nie geheiratet oder eine Familie gegründet."

„Was ist mit Geschwistern?", hakte Andresen nach.

Oliver Fröhlich hob bedauernd die Schultern. „Ich weiß von keinen weiteren Verwandten, tut mir leid."

„Unterhielt Herr Jakobs eine Beziehung?"

„Nein, er war Single. Kein Zustand, über den er glücklich war, das dürfen Sie mir glauben. Tom liebte Frauen, nur fest binden wollte er sich nicht. Soviel ich weiß, hatte er noch nie eine feste Beziehung. Nach ein paar Wochen war immer Schluss. Und seit Corona lernte er nur selten jemanden kennen. Die letzte Freundin, das muss …", er überlegte, „ … ja, mindestens ein Jahr her sein, eher anderthalb. Sie war geschieden und ließ Tom sitzen, als sie sich wieder mit ihrem Ex versöhnte. Seitdem war er solo. Zumindest, soweit ich informiert bin. Üblicherweise hielt Tom mit seinen Eroberungen nicht hinter dem Berg. Wenn es da jemanden gäbe, müsste ich es wissen."

„Wie war es um seine finanziellen Verhältnisse gestellt?", fragte Andresen.

Oliver Fröhlich winkte ab. „Tom war der Typ, der von der Hand in den Mund lebte. Er bekam staatliche Unterstützung, davon bestritt er die Miete und was sonst noch anfiel. Ansonsten verdiente er sich ein bisschen was dazu, wenn er für Nachbarn oder Bekannte etwas reparierte oder zimmerte. Ersparnisse gibt es nicht, zumindest kann ich mir das nicht vorstellen. Aber er brauchte auch nicht viel. Tom war der genügsamste Mensch, den ich kenne. Von Luxus, Statussymbolen und ähnlichen Dingen hielt er rein gar nichts."

Ein finanzieller Grund für seinen Tod schied damit wohl aus. Andresen erhob sich. „Gut, fürs Erste war das alles. Wir melden uns, wenn es neue Erkenntnisse gibt."

Auch Oliver Fröhlich stand auf, blieb aber hinter seinem Schreibtisch stehen. „Dafür wäre ich dankbar", sagte er.

Andresen und Mirja verließen die Kanzlei und gingen schweigend zum Auto.

Erst nachdem sie sich angeschnallt hatten und Andresen den Motor startete, fragte Mirja: „Was meinen Sie?"

„Schwer zu sagen. Ich hab das Gefühl, dass uns der Herr Rechtsanwalt nicht alles gesagt hat."

„Ging mir genauso. Es hat mich ein bisschen gewundert, dass Sie nicht nachgehakt haben, als er meinte, die Stimmung beim Essen sei ‚normal' gewesen."

Andresen musste grinsen. „Sie haben recht, das hätte ich tun können. Aber ich will zunächst einmal hören, was die anderen Mitbewohner dieser seltsamen WG so zu erzählen haben."

KAPITEL 6

Das Steuerberaterbüro von Finn Rohloff unterschied sich stark von der durchgestylten Kanzlei, in der Oliver Fröhlich arbeitete. Rohloff residierte in einem Altbau in Harrislee, und die Büroräume waren früher offensichtlich eine Wohnung gewesen. Von einem schmalen Flur mit weißen Wänden, an denen Bilder mit floralen Motiven hingen, gingen mehrere Altbautüren ab. Der Parkettboden knarzte unter ihren Schritten. Es roch nach alten Akten und frischem Kaffee.

Am Ende des Flurs befand sich der Empfangsbereich. Ein langgestreckter weißer Tresen teilte den Raum. Dahinter standen sich zwei Schreibtische gegenüber, an denen links eine füllige Frau in den Zwanzigern saß, von oben bis unten in Schwarz gekleidet und Kaugummi kauend. Sie nahm keinerlei Notiz von den Besuchern. Ihr Blick blieb auf ihren Monitor geheftet, während ihre Finger über die Tasten flogen.

Die Dame am rechten Schreibtisch dagegen wandte sich ihnen gleich zu. Sie war deutlich älter, weit über vierzig, schätzte Andresen, trug eine hellblaue Bluse und lächelte ihnen freundlich zu. „Kann ich Ihnen helfen?"

„Wir würden gern Herrn Rohloff sprechen."

„Haben Sie einen Termin?"

Andresen zückte seinen Dienstausweis. „Nein. Aber das ist auch nicht nötig. Mein Name ist Andresen, und das ist meine Kollegin Frau Sommer.“

Die Sekretärin betrachtete den Ausweis, wobei sich ihre Augenbrauen zusammenzogen. „Kriminalpolizei?“

„Ganz richtig. Sagen Sie Ihrem Chef bitte, dass wir ihn sprechen möchten?“

Sie nickte knapp, griff zum Telefonhörer und drückte eine Taste. „Herr Rohloff, hier sind zwei Beamte von der Kriminalpolizei für Sie“, sagte sie. „Nein, sie haben mir nicht gesagt, worum es geht“, fügte sie hinzu und sah Andresen beinahe vorwurfsvoll an. Er erwiderte ihren Blick mit stoischer Ruhe.

Sie legte auf und wies auf eine angrenzende Tür rechts vom Empfangstresen. „Herr Rohloff erwartet Sie.“

„Besten Dank.“ Andresen schenkte ihr hinter seiner Maske ein Lächeln, trat auf die Tür zu, klopfte und drückte die Klinke hinunter.

Der erste Gedanke, der ihm beim Anblick von Finn Rohloff in den Kopf kam, war, dass der Mann etwas von einem großen Teddybären hatte. Groß, breitschultrig, dunkle Haare, die längere Zeit keinen Friseur gesehen hatten, ein freundliches Gesicht, eingerahmt von einem kurzen dunklen Bart. Die grünbraunen Augen lagen weit auseinander und blickten melancholisch drein. Er trug ein rot kariertes Hemd und darunter ein schwarzes T-Shirt.

Der Mann hat eher was von einem Bauarbeiter als von einem Steuerberater, dachte Andresen und fand ihn vielleicht deshalb auf Anhieb sehr viel sympathischer als den Anwalt im Anzug.

„Entschuldigen Sie den Überfall, Herr Rohloff", sagte er.

Finn Rohloff winkte ab. „Kein Problem. Bitte, nehmen Sie Platz." Er wies auf die zwei Stühle vor seinem schlichten Ikea-Schreibtisch, auf dem diverse Akten lagen. „Sie sind von der Kriminalpolizei, sagte meine Sekretärin."

„Das ist richtig." Andresen bemerkte das gerahmte Bild einer Frau neben dem Telefonapparat. Sie lächelte fröhlich in die Kamera.

Andresen sah wieder zu Rohloff. „Sie wohnen mit Tom Jakobs zusammen, nicht wahr?"

„Sie sind wegen Tom hier?", fragte er verwundert. „Hat er etwas angestellt?"

„Nein, so kann man das nicht sagen." Mit wenigen Worten berichtete Andresen, unter welchen Umständen Tom Jakobs am Morgen aufgefunden worden war.

Finn Rohloff starrte einen Moment lang betroffen ins Leere. Er wirkte blasser als noch vor einer Minute. „Das ist ja furchtbar!", stieß er schließlich hervor und sah zu Andresen. „Aber wieso …? Ich meine, wie ist das passiert?"

„Darüber können wir leider noch keine Angaben machen. Hätten Sie dazu eine Theorie?"

Rohloff schüttelte den Kopf. „Absolut nicht, ich kann mir das überhaupt nicht erklären."

„Halten Sie einen Suizid für denkbar?"

Rohloff schüttelte den Kopf. „Tom und Selbstmord? Nein, eher nicht. Aus welchem Grund hätte er sich das Leben nehmen sollen?"

„Wir hatten gehofft, dass Sie uns dazu etwas sagen könnten."

„Da muss ich Sie enttäuschen. Der Gedanke, dass Tom sich etwas antut, wäre mir nie gekommen. Dafür war er nicht der Typ."

Andresen verschränkte die Hände im Schoß. „Was war er denn für ein Typ?"

„Tom kam mir wie eine Katze vor, die nach einem Sturz stets auf den Füßen landet. Hindernisse und Schwierigkeiten machten ihn nur stärker. Er war das, was man einen Lebenskünstler nennt."

Den Ausdruck hatte Alba Engelkamp auch gebraucht, fiel Andresen auf.

„Nach unseren bisherigen Erkenntnissen war Jakobs arbeitslos, hatte finanzielle Schwierigkeiten und keine Partnerin."

„Nichts davon hat Tom je den Schlaf geraubt, da bin ich sicher. Er hatte ein schönes Zuhause, Freunde und ein Hobby, das ihm Freude machte."

„Welches Hobby meinen Sie?", fragte Andresen.

„Seine Werkstatt. Er war oft da drin, zimmerte, sägte und leimte, was weiß ich! Mehr als einmal bin ich auf dem Weg zum Haus oder zum Auto an dem Schuppen vorbeigegangen. Tom hatte immer das Radio an und sang oft mit, wenn er das Lied kannte. Man bekam gute Laune, wenn man zuhörte." Für einen Moment hellte ein kleines Lächeln die Züge Finn Rohloffs auf, doch es verschwand sogleich wieder. Vielleicht, weil dieses fröhliche Singen nie mehr zu hören sein würde?

Der Steuerberater räusperte sich. „Alba hat ihn gefunden, sagten Sie? Das ist furchtbar. Wie geht es ihr?"

Das hatte auch Oliver Fröhlich brennend interessiert.

„So weit ganz gut", erwiderte Andresen. „Sagen Sie, wie war das Verhältnis zwischen Ihrer Haushälterin und Herrn Jakobs?"

„Sehr freundschaftlich, soweit ich weiß. Ich selbst sehe Alba ja fast nie, aber Tom verbrachte viel Zeit mit ihr, weil er tagsüber zu Hause war. Von ihm weiß ich, dass die zwei gemeinsam gegessen haben oder auch mal mit Shanty spazieren gingen. Er mochte sie jedenfalls sehr gern, das war offensichtlich."

„Mehr als Freundschaft war aber nicht zwischen den beiden?"

„Nein, das hätte Tom uns garantiert wissen lassen. In dieser Hinsicht war er nie sehr diskret."

„Gab es jemanden, der nicht gut auf ihn zu sprechen war?", ließ sich Mirja vernehmen.

„Oh, man konnte schnell mit ihm in Streit geraten, wenn Sie das meinen", antwortete Rohloff. „Tom war häufig respektlos, trug sein Herz auf der Zunge und schien sich wenig um die Gefühle anderer zu kümmern. Aber er meinte es nie wirklich böse, sodass man ihm schnell verzieh. Er hatte ein beinahe kindliches Gemüt, verstehen Sie?"

Andresen nickte unverbindlich. „Herr Rohloff, ist Ihnen bekannt, ob Tom Jakobs Familie hatte? Dass seine Eltern verstorben sind, wissen wir bereits, aber vielleicht hat er Ihnen gegenüber mal Geschwister erwähnt?"

Der Steuerberater kräuselt nachdenklich die Stirn, dann schüttelte er den Kopf. „Nein, tut mir leid. Daran kann ich mich nicht erinnern."

„Wann haben Sie ihn das letzte Mal gesehen?"

„Gestern Abend beim Essen. Ich bin danach noch mal weggefahren, und als ich zurückkam, war er in seinem Zimmer – jedenfalls ging ich davon aus. Gesehen habe ich ihn nicht mehr."

Oliver Fröhlichs Aussage hatte sich sehr ähnlich angehört, erinnerte sich Andresen.

„Wohin sind Sie gefahren?", wollte er wissen.

„In mein Haus."

Andresen stutzte. „Sie haben ein eigenes Haus und wohnen bei Ihrem Freund zur Untermiete?"

„Ich weiß, das klingt merkwürdig." Rohloff verschränkte die Hände im Schoß. „Wissen Sie, seit dem Tod meiner Frau …" Sein Blick wanderte zu dem gerahmten Bild, kehrte aber rasch zu Andresen zurück, „… fühlte ich mich in dem Haus einsam. Olivers Angebot, mit Tom und Björn bei ihm zu wohnen, erschien mir daher sinnvoll."

„Ich verstehe. Und was haben Sie gestern Abend dort gemacht?"

„Das, was ich längst hätte tun sollen." Rohloff atmete tief aus. „Jahrelang war ich nicht imstande, die Sachen meiner Frau zu entsorgen. Nun aber muss es sein, denn ich habe einen Makler mit dem Verkauf des Hauses beauftragt. Nächste Woche stehen einige Besichtigungstermine an, und ich möchte, dass bis dahin alles ordentlich aussieht. Tagsüber komme ich nicht dazu, deshalb fahre ich abends und am Wochenende hin. Ich war den Sonntag bis gegen fünf Uhr nachmittags dort, machte dann Pause und fuhr nach dem Abendessen erneut hin. Es ist viel Arbeit."

„Und bestimmt nicht leicht, sich von Dingen zu trennen, die an einen geliebten Menschen erinnern", ließ sich Mirja vernehmen.

Finn Rohloff schenkte ihr ein dankbares Lächeln. „Da haben Sie vollkommen recht. Es ist das Schlimmste, was ich je tun musste."

„Haben Sie die Arbeit ganz allein gemacht?", fragte Andresen.

„Ja. Gerade weil dies für mich eine sehr emotionale Angelegenheit ist, wollte ich dabei für mich sein."

„Falls ich mit meiner Vermutung recht habe, dass Tom Jakobs nicht freiwillig von der Brücke gehopst ist", überlegte Mirja laut, als sie sich auf den Weg in die Innenstadt machten, „dann haben wir jetzt zwei Verdächtige ohne Alibi."

„Aber auch ohne Motiv", erinnerte Andresen seine übereifrige Kollegin. „Zumindest ist uns keines bekannt. Daher würde ich nicht von ‚Verdächtigen' sprechen. Und das Wort ‚gehopst' benutzen Sie zukünftig bitte nur in Gedanken."

„Okay", kam es zerknirscht zurück. „Doch das mit dem Motiv kann sich ja noch ändern. Bisher wissen wir nicht allzu viel über die WG-Mitbewohner und über ihre Verhältnisse zueinander."

„Ehe Sie sich in Spekulationen verheddern, warten wir besser das Ergebnis der Obduktion ab, einverstanden?" Andresen fuhr am Deutschen Haus vorbei und hielt sich links. Ihr nächstes Ziel lag in der Innenstadt.

„Sie sind der Chef. Aber eins ist doch klar: Da hat jemand nachgeholfen, um Tom Jakobs ins Jenseits zu befördern."

Andresen ging nicht darauf ein. Sie hatten das Parkhaus in der Galerie erreicht, und er streckte gerade seinen Arm aus dem geöffneten Seitenfenster, um ein Ticket aus dem Automaten zu ziehen. Wenig später fuhren sie – natürlich maskiert – mit der Rolltreppe eine Etage nach oben und verließen das Einkaufszentrum in der Nähe des Südermarkts.

Majestätisch ragte die Nikolaikirche in den blauen Himmel, ein Anblick, der Andresen immer wieder beeindruckte. Unterhalb der Kirche befand sich die Plattform, erbaut in den späten Siebzigerjahren des vergangenen Jahrhunderts und alles andere als ein Schmuckstück. Dennoch verband Andresen mit ihr einige schöne Erinnerungen. Mit einem wehmütigen Seufzer erinnerte er sich an jenen sonnigen Junitag im Jahr 2014, als die SG-Spieler um Trainer Vranjes und Kapitän Tobias Karlsson hier zum ersten und bisher einzigen Mal den Champions-League-Pokal in die Höhe gereckt hatten. Damals hatte er, Andresen, zwischen vielen anderen Fans gestanden und mit der Menge seine Mannschaft bejubelt.

Heute sah es hier völlig anders aus. Auf der Plattform und auch darunter, nahe den dort befindlichen öffentlichen Toiletten oder auf der Treppe zur Nikolaikirche lungerten Obdachlose sowie Alkohol- und Drogenabhängige herum und waren sowohl der Bevölkerung als auch der Politik ein Dorn im Auge. Nach einer Lösung wurde seit geraumer Zeit gesucht, bisher ohne Erfolg. Irgendwo mussten diese Menschen sich aufhalten. Verbot man ihnen den Aufenthalt hier, würden sie sich eben woanders treffen und dort für Ärger sorgen.

Die „Szene“ war nur einer von mehreren Gründen, weshalb die Innenstadt Flensburgs langsam ausstarb. Ein Geschäft nach dem anderen gab auf. Sogar Karstadt, das einzig verbliebene Kaufhaus, hatte kürzlich seine Pforten geschlossen. Und in der Flensburg-Galerie gab es gefühlt mehr bunte Bilder von schicken Läden als tatsächliche Geschäfte. Die teuren Parkgebühren machten den Einkaufsspaß auch nicht gerade größer. Beim Citti- oder im Fördepark musste man nichts fürs Autoabstellen bezahlen. Die müssen sich echt was einfallen lassen, sonst ist die City bald endgültig tot, dachte Andresen. Und das wäre wirklich schade.

Die Kinderarztpraxis von Dr. Björn Steiner befand sich in der Roten Straße, nicht sehr weit entfernt. Näher aber lag die Kloster-Bäckerei, die nun Andresens Aufmerksamkeit auf sich zog.

„Was halten Sie von einer kleinen Mittagspause, Mirja? Mein Magen knurrt.“

„Sie meinen den Bäcker? Ja, wieso nicht? Ich hätte Lust auf ein Mettbrötchen.“

„Na, dann los!“

Wenig später kamen sie in der Praxis von Dr. Steiner an. Andresen und Mirja blickten sich neugierig in dem Sprechzimmer um, das hell und modern eingerichtet war. Eine freundliche Sprechstundenhilfe hatte sie hierhergeführt und ihnen versichert, der Doktor werde gleich Zeit für sie haben.

Die weißen Wände zierten weiße Regale, und auch der Schreibtisch passte dazu. Einzig die medizinischen Poster, die Knochen oder Muskeln im menschlichen Körper zeigten, eine Grünpflanze auf der Fensterbank und das Foto von zwei Kindern auf dem Schreibtisch sorgten für einzelne Farbtupfer. Andresen betrachtete es genauer. Ein Junge, etwa zwölf Jahre alt, und ein etwas jüngeres Mädchen standen links und rechts von einer Dinosaurierfigur. Andresen war sicher, dass das Bild in der Tolk-Schau aufgenommen worden war. Es lag zwar bereits eine Weile zurück, seit Daniela und er mit Antonia den Freizeitpark besucht hatten, doch an die vielen Saurier erinnerte er sich gut.

Er sah zu seiner Kollegin hinüber und rümpfte die Nase. „Mirja, ich bitte Sie, stecken Sie sich den Rest Ihres Brötchens in den Mund oder verstauen Sie ihn irgendwo. Das Zwiebelmett verströmt einen Duft, der –"

Hinter ihnen öffnete sich die Tür. Ein Mann umrundete im wehenden weißen Kittel den Schreibtisch, wünschte ihnen einen guten Tag und setzte sich ihnen gegenüber in seinen Bürosessel. Neben Andresen knisterte es vernehmlich. Mirja verstaute den Rest ihres Mittagessens in der Brötchentüte und stopfte diese umständlich in ihre Umhängetasche.

Andresen blickte sie scharf an. Sie antwortete mit einem reumütigen „Sorry", war endlich fertig und wandte sich dem Arzt zu. Ihre Augen weiteten sich, und Andresen glaubte gar, sie hätte ein ‚Wow' in ihre Maske gehaucht.

Er folgte ihrem Blick und kapierte schnell. Dr. Björn Steiner hatte dunkles Haar und blaue Augen unter markanten Brauen. Unter der Maske erahnte Andresen ein attraktives Gesicht, das sogar in dieser Jahreszeit eine leichte

Bräune aufwies. Er schien einer von den Männern zu sein, die nie wirklich blass waren. Sozusagen das Gegenteil von Lutz Weichert.

Mirja jedenfalls war offenbar hin und weg. Zuletzt hatte Andresen diesen Blick bei ihr gesehen, als sie im Rahmen ihrer Ermittlungen in einem früheren Fall ihren Freund Philipp kennengelernt hatte.

Der Arzt beugte sich vor, und um seine leuchtenden Augen bildeten sich winzige Fältchen, die anzeigten, dass er lächelte. „Sie sind von der Polizei, sagte mir meine Sprechstundenhilfe. Was kann ich für Sie tun?"

Andresen wies auf seinen Mund-Nasen-Schutz. „Ist es in Ordnung, wenn wir die Masken abnehmen?"

„Sind Sie geimpft?"

„Ja, beide. Sogar doppelt."

„Na dann, nur zu."

Dr. Steiner entledigte sich ebenfalls seiner Maskierung, und darauf hatte Andresen mit seiner Frage spekuliert. Nicht nur die Augen eines Menschen spiegelten seine Gefühle und Reaktionen wider, daher war es ausgesprochen hilfreich, die gesamte Mimik zu beobachten, wenn man jemanden mit einer Nachricht konfrontierte, die Emotionen auslösen könnte. Zuckende Mundwinkel, ein Nagen auf der Unterlippe oder ein schmaler, zu einem Strich gepresster Mund konnten sehr aussagekräftig sein.

„Auf mich warten eine Menge Patienten, ich habe also leider nur wenig Zeit." Der Kinderarzt verschränkte die Hände auf dem Schreibtisch und sah Andresen abwartend an. „Also, worum geht es?"

„Um Ihren Mitbewohner, Herr Tom Jakobs. Er wurde heute Morgen tot aufgefunden."

Andresen ließ Dr. Steiner, während er sprach, nicht aus den Augen. Wie Oliver Fröhlich und Finn Rohloff zuvor wirkte auch Björn Steiner ehrlich entsetzt. „Oh, mein Gott", stieß er hervor, „was ist passiert?"

„Das versuchen wir herauszufinden", sagte Andresen. „Da wir momentan nichts ausschließen können und auch ein Suizid im Bereich des Möglichen ist, wollten wir Sie fragen, ob Ihnen an Ihrem Mitbewohner etwas aufgefallen ist. Wann haben Sie ihn das letzte Mal gesehen?"

„Gestern Abend. Finn und Oliver waren weggefahren, und Tom und ich wollten gemeinsam einen Film auf Netflix sehen. Doch mittendrin erhielt er einen Anruf und meinte, er müsste noch mal fort."

„Mehr hat er nicht gesagt?"

Steiner schüttelte den Kopf. „Nein. Es ging alles sehr schnell. Sein Handy lag im Flur, sodass er zum Telefonieren den Raum verließ und ich von dem Gespräch nichts mitbekam. Dann schaute er nur noch einmal kurz ins Wohnzimmer, sagte, dass er wegfahren müsse, und Sekunden später hörte ich die Tür ins Schloss fallen."

„Um welche Uhrzeit war das?", fragte Mirja, die sich fleißig Notizen machte, aber zwischendurch immer wieder Zeit fand, um dem Arzt einen schwärmerischen Blick zuzuwerfen.

„Ungefähr um halb neun, würde ich sagen. Ich habe nicht auf die Uhr geschaut, aber viel später war es definitiv nicht."

„Hat Herr Jakobs sich noch einmal gemeldet?"

„Nein. Ich habe mir den Film zu Ende angesehen und anschließend noch eine Doku geschaut. Gegen Viertel vor elf bin ich ins Bett gegangen."

„Was für einen Eindruck machte Tom Jakobs unmittelbar nach dem Anruf auf Sie?", wollte Andresen wissen.

„Nun, er wirkte besorgt, würde ich sagen. Irgendwie neben der Spur. Bis zu dem Anruf war er gut drauf. Ich musste davon ausgehen, dass er eine schlechte Nachricht erhalten hat, doch auf meine Frage ging er nicht ein, sondern verließ sofort das Haus."

„Und bis Sie schlafen gingen, hörten Sie nichts mehr von ihm?"

„Genau."

„Haben Sie Ihren Mitbewohnern am nächsten Morgen von diesem ominösen Anruf berichtet?"

Steiner schüttelte den Kopf. „Um ehrlich zu sein, habe ich gar nicht mehr daran gedacht. Ich war mit den Gedanken bereits in der Praxis. Wir sind morgens alle recht hektisch und reden auch nicht viel. Weder Olli noch Finn oder ich sind Morgenmenschen. Wir machen uns fertig und fahren zur Arbeit."

„Hat Tom Jakobs Ihnen je von seinen familiären Verhältnissen erzählt? Von seinen Eltern oder Geschwistern?"

Erneutes Kopfschütteln. „Seine Eltern sind tot. Und Geschwister hat er nicht, glaube ich."

Andresen beugte sich vor. „Herr Dr. Steiner, darf ich fragen, was Sie bewogen hat, in diese WG zu ziehen?"

Er hob die Schultern. „Meine Ehe ist gescheitert, der Unterhalt für meine Frau und die Kinder schränkt mich finanziell mehr ein, als mir lieb ist. Und mit Freunden zusammenzuleben ist angenehmer, als nach Feierabend in eine leere Wohnung zurückzukehren."

*

Alba Engelkamp erledigte ihre Arbeit wie immer, doch führte sie jeden Handgriff wie ein Roboter aus. Mechanisch wischte sie Staub, schrubbte die Bäder und lauschte dem Dröhnen des Staubsaugers. Mit den Gedanken war sie ausschließlich bei Tom. Tom, der immer einen lustigen Spruch auf Lager hatte, dessen Augen so schelmisch aufblitzen konnten, der sie mit seinen Witzen zum Lachen gebracht hatte.

Doch zwischen diesen schönen Erinnerungen erlebte sie auch immer wieder den grausigen Moment, als sie von der Brücke hinunterschaute und seinen leblosen Körper entdeckte. Hörte ihren eigenen gellenden Schrei, so laut, dass es in ihren Ohren schmerzte. Dann hielt sie jedes Mal inne, schloss sie die Augen, schluckte und drängte die Tränen zurück, die hinter ihren Lidern pochten.

Sie war gerade dabei, den Flur feucht durchzuwischen, als sie hörte, dass sich in der Haustür ein Schlüssel drehte. Shanty hob den Kopf, sprang auf und kläffte, ehe sie dem Ankommenden auf dem frisch gereinigten Fliesenboden entgegeneilte.

Für einen aberwitzigen Moment glaubte sie, es könnte Tom sein, der von einer Besorgung oder einem Vorstellungsgespräch zurückkehrte. Ja, vielleicht hatte sie die schrecklichen Szenen des Morgens nur geträumt. Hoffnungsvoll schaute sie zur Haustür.

Doch da stand nicht Tom. Stattdessen füllte ihr Chef, Oliver Fröhlich, den Rahmen der Küchentür aus und betrachtete sie besorgt. „Alba", sagte er leise. „Geht es Ihnen gut? Ich habe gehört, was passiert ist, und wollte nach Ihnen sehen."

In der Sekunde wurde ihr klar, dass es kein Albtraum gewesen war. Tom war tatsächlich tot. Das unsichtbare Stützkorsett, das sie die vergangenen Stunden aufrecht gehalten hatte, zerbröselte zu Staub. Sie schluchzte hilflos auf, ließ den Wischmopp fallen, und ihre Knie knickten ein.

Sie hörte ihren Chef wie von weit her „Alba!" rufen, kräftige Arme packten sie und hielten sie fest. Dann saß sie auf einem Stuhl in der Küche, zusammengesunken und in Tränen aufgelöst.

Herr Fröhlich saß neben ihr, so nah, dass er sie beinahe berührte. Als wolle er zur Stelle sein, wenn sie wieder die Kraft verließ und sie womöglich vom Stuhl rutschte.

„Möchten Sie etwas trinken, Alba? Einen Kaffee oder einen Schluck Wasser? Oder, besser noch, einen Schnaps?"

Sie sagte nichts, aus ihrer Kehle kamen keine Worte, nur Geräusche, die sie nicht steuern konnte.

„Also, ich könnte was vertragen", sagte Oliver Fröhlich, zögerte jedoch noch, als hätte er Angst, sie sich selbst zu überlassen. Sie stützte die Ellenbogen auf dem Tisch ab, legte ihre Brille ab und bettete ihr Gesicht in den Händen.

„Ich bin sofort wieder da", sagte er.

Sie spürte, wie er aufstand, und hörte ihn den Raum verlassen. Dann kam er zurück, Schranktüren gingen auf und zu, und im nächsten Augenblick war er wieder neben ihr.

„Hier", sagte er. „Trinken Sie das. Alba?"

Sie hob den Kopf und wischte sich mit beiden Händen über das Gesicht. Konnte nicht verhindern, dass ihre Unterlippe bebte. Auch ihre Finger zitterten, als sie sich ihre Brille wieder aufsetzte.

Er hielt ihr ein bauchiges Schnapsglas hin, gefüllt mit einer goldbraunen Flüssigkeit.

„Cognac. Der wird Ihnen guttun", sagte er, und als sie ihm das Glas abnahm, hob er ein zweites hoch. „Auf Tom", sagte er mit rauer Stimme.

Sie konnte noch immer nichts erwidern, ließ zu, dass er sein Glas gegen ihres stieß, und auf seinen auffordernden Blick hin hob sie es an die Lippen und trank. Die brennende Flüssigkeit ließ sie erst husten, dann breitete sich eine angenehme Wärme in ihrem Inneren aus. Alba atmete tief ein und aus, mehrmals hintereinander.

„Danke", brachte sie schließlich heiser hervor und versuchte ein Lächeln.

Er betrachtete sie mitleidig. „Sie mochten ihn sehr, nicht wahr?"

Die Frage packte ihr Herz und drückte zu. Atmen, dachte sie verzweifelt. Ein … und aus. Noch einmal.

„Alba?"

Langsam nickte sie. „Ja", brachte sie mühsam hervor. „Ich mochte ihn. Und ich kann noch immer nicht glauben, dass er … tot sein soll."

„So geht es mir auch." Oliver seufzte.

Eine Weile schwiegen sie. Dann fragte Alba: „Haben Sie sich wegen Tom frei genommen?“

Ein kaum wahrnehmbares Lächeln huschte über sein Gesicht. „Nein“, sagte er. „Ihretwegen. Die Polizei sagte mir, Sie hätten Tom gefunden und wollten trotzdem normal weiterarbeiten. Ich habe mir Sorgen gemacht und wollte sehen, ob es Ihnen gut geht. Ich wäre früher gekommen, hatte aber noch einen Termin, den ich leider nicht absagen konnte.“

Seine Fürsorge war ihr unangenehm. „Es war doch nicht nötig, dass Sie nur wegen mir –“, begann sie, aber Oliver Fröhlich unterbrach sie.

„Doch, das denke ich schon.“

Er sagte es so gefühlvoll, so sanft, dass ihr Kinn zu zittern begann. Sie hätte ihn niemals so eingeschätzt. Wenn sie ihn bisher erlebt hatte, dann eher energisch und rational.

Reiß dich zusammen, sagte sich Alba streng. Wenn du jetzt wieder losheulst, denkt er womöglich, du hast einen Nervenzusammenbruch.

„Könnte ich … könnte ich noch so einen haben?“, fragte sie leise und wies auf ihr leeres Schnapsglas.

„Natürlich.“

Sie tranken noch einen Cognac. Doch diesen vertrug sie nicht so gut wie den ersten.

„Entschuldigung“, presste sie hervor, sprang auf und rannte ins Gästebad, wo sie sich kurz, aber heftig übergab. Als sie die Spülung betätigt, sich den Mund ausgespült und ihr bleiches Gesicht mit den rot geweinten Augen im Spiegel betrachtet hatte, ging sie zurück.

Oliver Fröhlich stand mitten in der Küche, im Gesicht den gleichen besorgten Ausdruck wie bei seiner Ankunft.

„Geht es wieder?“, erkundigte er sich.

Sie nickte und wollte sich auf den nächstbesten Stuhl fallen lassen, doch Herr Fröhlich hielt sie am Ellenbogen fest. „Wissen Sie was? Sie legen sich jetzt auf die Couch“, bestimmte er.

Der Gedanke war überaus reizvoll, musste sie sich eingestehen. Widerspruchslos ließ sie sich ins Wohnzimmer und zu dem breiten Sofa führen. Es war ein himmlisches Gefühl, sich auszuruhen, die Füße hochzulegen. Augenblicklich überrollte Alba eine Welle der Müdigkeit. Es kostete sie Mühe, die Augen offen zu halten. Shanty kam angetrottet und ließ sich neben ihr auf dem Boden nieder, als wolle auch sie ihr beistehen. Alba fand das rührend und merkte, dass ihre Augen wieder feucht wurden. Rasch blinzelte sie die aufkommenden Tränen fort.

Ihr Chef legte ihr ein Kissen unter den Kopf und verschwand ohne ein Wort. Sie wusste nicht warum oder wohin, und es interessierte sie auch nicht sehr. Sie war sicher, er würde zurückkommen, und der Gedanke hatte etwas Beruhigendes.

Ihre Lider fielen zu, die Schultern sackten herab. Dann schreckte sie wieder hoch, weil etwas sie berührte. Oliver Fröhlich beugte sich über sie und breitete eine weiche Wolldecke über ihr aus. Wärme umhüllte sie. Es war ein himmlisches Gefühl. Sie fühlte sich müde und beinahe schwerelos. Doch ehe sie wegdämmerte, fiel ihr Leon ein.

„Wie spät ist es?“, fragte sie. Ihr Hals kratzte unangenehm, seit sie im Gästebad gewesen war. Sie hasste es, sich zu übergeben. Zum Glück passierte ihr das nur selten.

Oliver Fröhlich schaute auf die Uhr. „Kurz nach drei."

„Um halb vier muss ich los", flüsterte sie. „Meinen Sohn abholen. Und vorher fürs Abendbrot einkaufen."

„Nicht heute", sagte er, in einem Ton, der keinen Widerspruch zuließ. „Sie ruhen sich jetzt erst einmal aus, dann fahren wir gemeinsam Ihren Sohn abholen, und anschließend lade ich Sie beide zum Essen ein."

Verwundert sah sie ihn an. „Warum wollen Sie das tun?"

„Ich fühle mich für Sie verantwortlich", sagte er leichthin. „Die Vorstellung, dass Sie heute noch Auto fahren oder in einem Supermarkt zusammenklappen … Nein, das könnte ich nicht zulassen. Und für morgen gebe ich Ihnen frei. Sie müssen erst wieder zu Kräften kommen."

„Aber …"

„Keine Widerrede!", unterbrach er sie streng, zwinkerte ihr dabei jedoch zu. „Wonach steht Ihnen der Sinn? Italienisch? Oder chinesisch? Ich kenne ein wunderbares Restaurant mit traditioneller Küche. Gasthof Neukrug. Waren Sie schon einmal dort? Es ist in Maasbüll."

„Nein, das … das kenne ich nicht", sagte sie schwach. „Leon isst am liebsten italienisch. Er liebt Pasta und Pizza."

„Sie auch?"

Sie nickte.

„Schön." Oliver Fröhlich, der auf dem Sessel neben ihr gesessen hatte, erhob sich. „Dann bestelle ich uns einen Tisch im ‚Isabella'."

Alba kannte das Restaurant in Harrislee, war aber erst einmal dort gewesen. Vor einer gefühlten Ewigkeit. Mit Niklas, am Anfang ihrer Beziehung. Als alles noch wunderbar gewesen war.

Seit damals gönnte sie sich und Leon einmal im Monat ein Essen bei dem Griechen in ihrer Nähe, das war alles an Restaurantbesuchen. Dabei ging sie gern auswärts essen. Aber mehr konnte sie sich nicht leisten.

„Herr Fröhlich", rief sie, als Oliver den Raum fast verlassen hatte.

Er drehte sich um. „Ja?"

„Danke", sagte sie gerührt.

„Sehr gern. Ach, und sagen Sie bitte Oliver zu mir."

*

Am Nachmittag kamen Andresen und Mirja in die Dienststelle zurück. Gemeinsam brachten sie die Wandtafel auf Vordermann, statteten sie mit Namen, Aufnahmen von Fundort der Leiche und Fotos, die sie im Netz fanden, aus und fügten alle weiteren Angaben hinzu, die sie bisher zusammengetragen hatten.

In der Mitte prangte das Bild von Tom Jakobs. Seitlich von ihm seine Mitbewohner und Alba Engelkamp. Darunter sein Golf, der einsam auf der Brücke gestanden hatte und nun genauer untersucht wurde.

Sie wussten inzwischen immerhin, dass Tom Jakobs um halb neun am Sonntagabend zuletzt lebend gesehen worden war. Das schränkte den Todeszeitpunkt zumindest etwas ein.

Nachdem er sich die Wand eine Weile angeschaut hatte, rief Andresen bei seinem Freund, dem Rechtsmediziner Dr. Karl-Heinz Schwarzhaupt an. Es meldete sich jedoch seine Assistentin.

„Hallo Frau Möller, hier ist Carsten Andresen von der Kripo Flensburg. Ist Dr. Schwarzhaupt wieder gesund?"

„Leider nein, er ist für den Rest der Woche krankgeschrieben."

„Ach herrje! Was hat er denn?"

„Rückenschmerzen, offenbar ziemlich heftige."

Andresen beschloss, seinen Freund privat anzurufen, um ihm gute Besserung zu wünschen. Doch vorher musste das Berufliche erledigt werden.

„Frau Möller, hatten Sie inzwischen Gelegenheit, sich unseren Toten von der A7 anzuschauen? Tom Jakobs?"

„Oberflächlich, ja, aber mehr habe ich noch nicht geschafft. Es ist zwar eine Vertretung hier, aber … Na ja. Wir kommen nur langsam voran. Ich fürchte, Sie werden sich noch eine Weile gedulden müssen."

„Wie lange denn ungefähr?"

„Vor Mittwoch oder Donnerstag sehe ich schwarz. Aber ein bisschen kann ich Ihnen schon sagen. Zum einen den Todeszeitpunkt. Der Exitus trat gestern Abend zwischen acht und zehn ein."

„Wir wissen, dass er um halb neun noch am Leben war", informierte er Frau Möller. „Ein Zeuge hat ausgesagt, dass Jakobs um diese Zeit das Haus verlassen hat."

„Na wunderbar."

„Was haben Sie noch für mich?"

„Ich konnte eine Fraktur der Fibula am linken Sprunggelenk feststellen, die er sich unmittelbar vor Eintritt des Todes zugezogen haben muss. Das gilt auch für mehrere

Prellungen und eine einen Zentimeter tiefe Wunde am Hinterkopf, vermutlich hervorgerufen durch den Sturz auf einen hartkantigen Gegenstand."

„Von der Kopfwunde weiß ich bereits, ich hab sie gesehen. Aber das andere, was war das mit dem Sprunggelenk? Eine Fraktur der was?"

„Der Fibula. Sie hatten doch Latein in der Schule, oder?"

„Stimmt, aber nur zwei Jahre lang, und außerdem war ich grottenschlecht. Was zum Teufel ist eine Fibula?"

„Er hat sich das Wadenbein gebrochen. Und jetzt das Wichtigste: Die Verletzungen, die vom Sturz von der Brücke herrührten, waren definitiv post mortem."

Also handelte es sich tatsächlich nicht um einen Suizid. Wie sie bereits vermutet hatten. „Er war also bereits tot, als er von der Brücke sprang?"

„Der sprang garantiert nicht aus eigener Kraft", antwortete Frau Möller trocken. „Er ist eindeutig gesprungen worden. Als es nicht mehr darauf ankam."

„Was ist mit der genauen Todesursache?"

„So weit bin ich noch nicht gekommen. Ich habe den Fall in meiner Mittagspause dazwischengeschoben, weil der Chef mich darum gebeten hat, als er vorhin hier anrief. Er hat von dem Toten auf der A 7 im Radio gehört und mich daran erinnert, dass Sie ein ausgesprochen ungeduldiger Mensch sind."

„Er kennt mich eben." Na warte, Kalle, dachte er. Der nächste Besuch in Hansens Brauerei geht auf dich.

„Eigentlich wäre Ihr Fall noch gar nicht dran gewesen", redete Frau Möller weiter. „Wie gesagt, die Arbeit stapelt sich bei uns wegen Dr. Schwarzhaupts Ausfall."

„Das tut mir ehrlich leid. Aber ich brauche die Todesursache. Können Sie da irgendwas tun?"

„Es tut mir leid, ich fürchte, Sie werden einfach Geduld haben müssen."

„Schön. Aber informieren Sie mich so schnell wie möglich."

„Selbstverständlich. Bis dann."

„Ja, tschüss." Nachdenklich legte Andresen auf.

„Hab ich das richtig verstanden?", fragte Mirja mit kaum verhohlenem Triumph in der Stimme, „ich hatte recht, oder? Es war kein Suizid."

Er hob den Kopf und nickte langsam. „So sieht es aus, ja."

„Und was machen wir als Nächstes?"

Er legte seine Rechte auf den Telefonhörer. „Sie versuchen, alles über Tom Jakobs und seine Mitbewohner herauszufinden, was Sie in Erfahrung bringen können. Und ich rufe die Spurensicherung und die KTU an. Vielleicht gibt es ja von dort neue Erkenntnisse."

„Nein, tut mir leid, wir haben sie nicht finden können", sagte Özcan Aksoy von der Spurensicherung. „Und das, obwohl wir wirklich einen großen Radius überprüft haben."

Andresen seufzte. „Aber so eine SIM-Karte kann sich doch nicht in Luft auflösen."

Herr Aksoy gab einen Ton von sich, der wie ein bitteres Lachen klang. „Was soll ich dazu sagen? Diese Biester sind winzig klein, federleicht und gehen verdammt schnell verloren. Vielleicht steckt die Karte im Profil eines Lkw-Reifens, oder ein Absatz hat sie in den vom Regen aufgeweichten Boden gedrückt, wer kann das schon sagen?“

„Ich hab verstanden, wir müssen ohne sie klarkommen. Was gibt es sonst noch?“

„Wir haben die Analyse der DNA-Spuren aus dem Pkw. Sie stammen eindeutig von dem Toten.“

„Wurden doch noch Fingerabdrücke gefunden?“

„Nun, jemand hat das Auto sowohl innen als auch an sämtlichen Außengriffen zwar gründlich gesäubert, doch es waren einige frische Abdrücke da.“

„Die könnten von der Zeugin stammen, die den Toten gefunden hat“, sagte Andresen. „Sie hat versucht, das Fahrzeug an der Fahrertür und am Kofferraum zu öffnen. Fanden Sie dort die Fingerabdrücke?“

„Allerdings.“

„Verstehe. Ich schicke Ihnen zeitnah die Abdrücke der Zeugin zum Vergleich. Wurde sonst noch etwas entdeckt?“

„Wenig, und es ist fraglich, ob die Gegenstände mit dem Fall zu tun haben. Der Regen in der Tatnacht hat viele mögliche Spuren vernichtet, und da es sich um einen öffentlichen Ort handelt, können Faserreste oder Zigarettenkippen, die sichergestellt wurden, bereits länger dort gelegen haben.“

„Was bedeutet, dass sie für unseren Fall nicht relevant sind.“

„Wahrscheinlich. Übereinstimmungen fanden wir jedenfalls keine.“

„Prächtig“, sagte Andresen zynisch, „Sie haben uns wahnsinnig weitergeholfen.“

„He, ich kann nichts für das Mistwetter oder die anderen Umstände", wehrte sich Aksoy. „Vielleicht haben Sie es mit einem Mörder zu tun, der simple Fehler vermeidet."

„Die entfernten Fingerabdrücke im Wagen weisen darauf hin", musste Andresen zugeben. „Danke trotzdem." Enttäuscht legte er auf.

Tom Jakobs, überlegte er, wird am Sonntagabend überraschend angerufen und verlässt daraufhin das Haus. Er fährt irgendwohin, zieht sich – vermutlich im Streit mit dem Anrufer – einen Wadenbeinbruch, Prellungen sowie eine Kopfverletzung zu und stirbt wenig später. Dennoch findet sich sein Fahrzeug nahe der Autobahnbrücke, von der sein toter Körper auf die A 7 stürzt. Es finden sich DNA-Spuren von Jakobs im Fahrzeug, jedoch keine Fingerabdrücke.

„Ich krieg das einfach nicht zusammen", murmelte Andresen missmutig. „Irgendwie ergibt das alles keinen Sinn."

„Was meinen Sie?", fragte Mirja, die gerade ihr Telefonat beendet hatte und den Hörer auflegte.

Er fasste die Sachlage für sie noch einmal zusammen.

„Also, das mit den DNA-Spuren würde ich mir so erklären, dass der Täter diese in der Dunkelheit schlicht nicht gesehen hat. Es wird sich wohl um Haare oder Hautschuppen handeln, die man auch bei Tageslicht kaum sieht. Ich denke nicht, dass der Täter sie absichtlich hat liegen lassen."

„Ja, das klingt plausibel."

Mirja ließ nachdenklich ihren Kugelschreiber klicken. „Wäre es möglich, dass das Treffen und der Streit bereits an der Brücke stattgefunden haben?"

„Ich halte es zumindest für möglich“, erwiderte Andresen und blickte streng von Mirja zum klackenden Kuli und wieder zurück. Leise seufzend legte sie den Stift auf ihre Schreibunterlage.

Andresen stand auf und ging im Büro hin und her. Von seinem Schreibtisch hinüber zu dem leeren von Weichert, am Regal entlang, bei Mirja vorbei. Dann blieb er grübelnd vor der Wandtafel stehen und betrachtete die Bilder von der Autobahnbrücke. „Ich frage mich, wie er sich dort das Wadenbein brechen konnte.“

„Wahrscheinlich hat der Täter ihm die Verletzung beigebracht“, überlegte Mirja und drehte sich mit ihrem Bürostuhl zu Andresen herum. „Mit einem Wagenheber, einem dicken Ast oder etwas Ähnlichem. Ein kräftiger Hieb – zack und knack! Gebrochen.“

„Ich liebe Ihre bildhafte Sprache“, sagte Andresen trocken. „Das klingt ja fast nach Mafiamethoden.“

„Die Prellungen würden dafürsprechen“, spann Mirja ihren Cosa-Nostra-Faden weiter. „Zuerst ein paar Schläge mit der Faust oder einige gezielte Tritte, vielleicht hat Jakobs sich beim Fallen an der Gehwegkante den Kopf aufgeschlagen. Dann der Schlag gegens Schienbein – und zu guter Letzt ein Schubs übers Brückengeländer.“

„Zu dem Zeitpunkt war Jakobs bereits tot, sagt Frau Möller. Die Verletzungen waren einzeln offenbar nicht tödlich. Aber vielleicht in der Summe.“

Mirja schwieg. Dann zuckte sie mit den Achseln. „Um das einordnen zu können, müssen wir wohl den Bericht abwarten.“

„Leider ja. Bis dahin sollten wir uns noch einmal mit

seinen Mitbewohnern unterhalten. Jetzt, da wir sicher wissen, dass es sich nicht um Suizid handelt, ist die Ausgangslage anders. Aber vorher rücken Sie mal damit rüber, was Sie herausgefunden haben."

Sie schaute auf ihre Notizen. „Also, Tom Jakobs hat ein Facebook-Profil, auf dem er aber nicht sehr aktiv war. Offenbar hielt er so lockeren Kontakt mit Freunden aus seiner Zeit in Spanien. Dort ist er bis 2015 gewesen. In dem Jahr starb seine Mutter, und seitdem lebte er wieder in Deutschland. Ab 2016 war er als Tischler bei einem Handwerksbetrieb beschäftigt, der letztes Jahr im Frühling in Konkurs ging. Er ist unverheiratet, keine Kinder. Tja, das ist alles. Mehr konnte ich bisher nicht finden."

Andresen sah auf die Uhr und schnappte sich Jacke und Autoschlüssel. „Es ist gleich sechs. Machen Sie Feierabend, Mirja. Um die Mitbewohner kümmern Sie sich morgen. Ich fahre noch mal in Handewitt vorbei, um mich mit ihnen zu unterhalten. Diesmal aber ein bisschen ausführlicher."

KAPITEL 7

Der kleine Sohn von Alba entpuppte sich als recht schüchterner, aber liebenswerter Siebenjähriger, der ihn, den unbekannten Arbeitgeber seiner Mutter, aus großen dunklen Augen betrachtete. Während der Fahrt nach Harrislee blieb Leon einsilbig. Das änderte sich, nachdem seine Mutter für ihn im ‚Isabella' eine Fanta und eine Kinderpizza mit Salami bestellt hatte. Seine Augen glänzten vor Vorfreude auf den unverhofften Genuss, und nachdem die Fanta gebracht war und er einen Schluck davon getrunken hatte, erzählte Leon ihnen bereitwillig von seinen Erlebnissen in der Schule.

„… und so schwer finde ich das gar nicht mit dem Minusrechnen", berichtete er mit einem Hauch Stolz in der Stimme. „Aber der Oskar hat das gar nicht verstanden."

‚Gar nicht', so merkte Oliver bald, war der Lieblingsausdruck des Grundschülers.

Er plapperte von seinen Mitschülern, von dem Deutschlehrer, der böse geworden war, weil ein paar Schüler immerzu den Unterricht gestört hatten, und vom Fangenspielen während der Pausen. Erst als seine Pizza kam, versiegte die Informationsflut, und Oliver und Alba konnten sich unterhalten.

Oliver aß gern im ‚Isabella'. Einige der Kellner kannte er bereits seit vielen Jahren, er wurde dank großzügiger

Trinkgelder bevorzugt behandelt, und das gefiel ihm. Man wusste hier, wie er sein Steak am liebsten aß und welchen Wein er mochte.

Alba hatte einen Nudelauflauf mit Brokkoli bestellt, Oliver genoss sein Steak mit Gorgonzolasoße.

Bald wandten sie sich dem Thema ‚Tom' zu, und Oliver erfuhr zu seiner Überraschung, dass sein Freund und Mitbewohner davon geträumt hatte, Schauspieler zu werden.

„Das wusste ich nicht", gab er zu. „Uns gegenüber hat er nie etwas erwähnt. Deshalb hingen wohl auch die James-Dean-Poster in seinem Zimmer."

Alba nickte. Ein warmes Lächeln umspielte ihren Mund. „Ja, er war sein Idol."

„Hätte er doch nur mal was gesagt." Oliver schob sich ein Stück Steak in den Mund und fuhr fort, nachdem er es vertilgt hatte. „Ich kenne den Schauspieldirektor des Stadttheaters ganz gut. Vielleicht hätte er was für Tom tun können. Eine Komparsenrolle oder so was."

„Das hätte ihn bestimmt gefreut", war Alba überzeugt. Sie pustete auf den Nudelbissen, der auf ihrer Gabelspitze steckte und von dem nicht nur sämige Käsefäden herabhingen, sondern auch etwas Dampf aufstieg.

„Schmeckt es Ihnen?", erkundigte sich Oliver.

Sie rollte verzückt mit den Augen. „Himmlisch!"

Oliver betrachtete sie schmunzelnd, während er an seinem Chardonnay nippte. Beobachtete, wie sie fürsorglich für ihren Jungen die Pizza in kleine Stücke schnitt, und bemerkte zum ersten Mal bewusst ihre feinen Gesichtszüge, die widerspenstige Haarsträhne, die sie sich immer wieder hinters rechte Ohr schob, und die hübschen Augen hinter der großen Brille, die regelmäßig ein Stückchen die Nase hinunterrutschte und von Alba augenscheinlich unbewusst wieder an ihren angestammten Platz geschoben wurde.

Er stellte fest, dass er Tom um die viele Zeit, die er mit Alba hatte verbringen dürfen, beneidete.

„Sie und Tom haben sich wirklich gut verstanden, oder?", fragte er.

Alba nickte, und ein Schatten huschte über ihr Gesicht. „Ja", sagte sie, „das haben wir."

Oliver zögerte, sprach dann die Frage, die ihm auf der Zunge brannte, doch aus. Mit gedämpfter Stimme, denn Leon musste das nicht unbedingt mitbekommen. „Aber es war doch nur Freundschaft zwischen Ihnen, oder? Ich meine, es war nicht so, dass …" Er stockte, weil ihn das nichts anging und er sich wegen seiner Neugier schämte.

Doch es waren Albas Wangen, die sich leicht rosa verfärbten, und sie war es, die verlegen mit der Gabel in ihrem Essen stocherte und einen großen Schluck von ihrem Roséwein trank, ehe sie antwortete.

„Es war nichts zwischen uns, nicht das Geringste", sagte sie, so leise, dass er sich anstrengen musste, um sie zu hören. Von den anderen Tischen drangen Sprachfetzen und Gelächter herüber, aus den unsichtbaren Boxen erklang italienische Musik, und das Klappern von Geschirr vervollständigte das Restaurantorchester.

„Bis auf das eine Mal", fügte Alba hinzu, und einen Moment lang war Oliver unsicher, ob er sie richtig verstanden hatte.

„Das eine Mal?", wiederholte er. „Welches eine Mal?"

Sie winkte ab und trank noch einen Schluck. Vermutlich lag es am Alkohol, dass sie dieses ‚eine Mal' überhaupt erwähnte. Er ahnte, dass Alba normalerweise wenig trank. Cognac und Rotwein konnten eine Zunge, die nicht daran gewöhnt war, durchaus lockern.

„Mama, ich bin satt."

Sie streichelte dem Jungen sanft über die Wange. „Wie schön, mein Schatz."

„Kann ich dein Handy haben?"

Alba seufzte, zog ihr Telefon hervor und tippte und wischte eine Weile darauf herum. Dann reichte sie es Leon mitsamt Kopfhörern, die sie aus ihrer Tasche hervorzauberte. „Aber nur zehn Minuten."

Dessen Blick hing bereits an dem kleinen Bildschirm. „Jaja", murmelte er und fummelte sich die kleinen Hörer in die Ohren.

„Ein Kindervideo auf Youtube", sagte Alba erklärend zu Oliver. Den interessierte nun wirklich herzlich wenig, ob Leon sich das Sandmännchen oder den Terminator anschaute. Er wollte mehr über das ominöse eine Mal mit Tom hören.

„Sie sagten gerade, zwischen Ihnen und Tom wäre mal etwas vorgefallen", erinnerte er sie und beugte sich neugierig vor.

„Richtig!" Sie lehnte sich ebenfalls ein Stück nach vorn, damit ihr nächster, noch leiser ausgesprochener Satz ihn überhaupt erreichte. Ihre Augen hinter den Brillengläsern funkelten. „Er hat mich einmal geküsst."

Merkwürdigerweise verspürte Oliver eine Art Stich, und Zorn auf Tom wallte in ihm auf. Sein Freund hatte offenbar jede verdammte Gelegenheit genutzt, ohne Rücksicht auf Verluste.

„Geküsst hat er Sie?“ Was Besseres fiel ihm nicht ein.

Alba betrachtete angelegentlich das Weinglas, dessen Stiel sie mit zwei Fingern hin und her drehte. „Ja, auf einem unserer Spaziergänge mit Shanty. Im Sommer war das. Wir haben die übliche Runde gedreht, und bei der Bushaltestelle fing Tom an herumzualbern, und dann … na ja.“ Sie machte eine Geste, als sei das Erzählte im Grunde nicht der Rede wert. „Blöd war nur, dass genau in dem Moment mein Ex-Freund an uns vorbeifuhr.“ Sie schauderte, als würde sie plötzlich frieren.

Oliver runzelte die Stirn. „Ihr Ex-Freund?“

Er glaubte sich vage daran zu erinnern, dass Tom mal von dessen übertriebener Eifersucht gesprochen hatte. Soweit Oliver wusste, hatte Alba sich deshalb von ihm getrennt.

„Ja. Ich weiß gar nicht, was er in der Gegend zu tun hatte.“

„Und er hat Sie und Tom zusammen gesehen?“

Alba nickte und leerte ihr Glas. „Wenn ich daran denke, wie wütend er aussah, als er an uns vorbeibrauste, ja. Ganz bestimmt.“

Oliver legte sein Besteck in der Zwanzig-nach-vier-Stellung auf den Teller, der bis auf einen kleinen Rest Fleisch und Spinat leer war. Alba hatte offensichtlich ebenfalls keinen Hunger mehr, doch hatte sie deutlich weniger gegessen als Oliver. Toms Tod schlug ihr offensichtlich auf den Appetit.

Leon gähnte ungeniert, und Alba bemerkte, dass er langsam ins Bett müsse.

„Dann fahre ich Sie jetzt nach Hause", beschloss Oliver.

„Aber was ist mit meinem Wagen?"

„Morgen bleiben Sie erst einmal zu Hause", erwiderte Oliver in einem Ton, der keinen Widerspruch duldete. „Kann Leon auch zur Fuß in die Schule gehen?"

„Ich werde ihn hinbringen. Es ist nicht weit."

„Gut. Und einer meiner Freunde und ich bringen Ihnen morgen nach Feierabend Ihr Auto. Dann haben Sie es Mittwochfrüh auf jeden Fall zurück."

Alba lächelte ihn dankbar an. „Das ist wirklich nett von Ihnen."

„Im Gegenteil, es ist selbstverständlich. Ich meine, nach dem Schock von heute Morgen müssen wir doch dafür Sorge tragen, dass es Ihnen gut geht."

Albas Blick verschwamm, ihre Mundwinkel zuckten. Oliver schalt sich einen Idioten, weil er sie an diese grässlichen Momente erinnert hatte.

„Entschuldigen Sie", bat er.

Alba versuchte, ihre zusammengepressten Lippen zu einem Lächeln zu verziehen, doch das misslang. Sie nahm ihre Serviette, tupfte sich die Augen hinter den Brillengläsern ab und schüttelte dann den Kopf. „Ist schon gut, Herr Fröhlich. Vergessen können werde ich das Ganze ohnehin nicht."

„Sagen Sie Oliver zu mir", bat er, wie bereits am Nachmittag, was sie anscheinend vergessen hatte. „Mit der Zeit wird es besser werden", fügte er hinzu.

„Ja, wahrscheinlich." Sie legte die Serviette auf ihre halbleere Auflaufform, schniefte einmal und sagte dann: „Wir sollten wohl besser gehen." Sie hangelte ihre Handtasche von der Rückenlehne ihres Stuhls, stöberte kurz darin und hielt Oliver einen Autoschlüssel hin. „Hier, den werden Sie brauchen. Vielen Dank für alles, Herr Fröh- …"

Er hob eine Augenbraue.

Alba korrigierte sich verlegen. „Vielen Dank … Oliver."

Er nahm ihr den Schlüssel ab und lächelte ihr zu. „Geht doch."

KAPITEL 8

Andresen begrüßte erst die Hündin, die sich an der offenen Haustür zwischen ihn und Finn Rohloff drängte. Zu dritt betraten sie das Wohnzimmer. Shanty legte sich auf den Teppich bei der Couch, bettete den hübschen Kopf auf die Vorderpfoten und beobachtete sie.

Dr. Björn Steiner, der attraktive Kinderarzt, saß am Esszimmertisch, in der Rechten eine Flasche Flensburger Bier, und blickte ihnen entgegen. Wünschte Andresen einen guten Abend und verfiel daraufhin sofort wieder in Schweigen.

„Setzen Sie sich", bat Rohloff. „Möchten Sie auch etwas trinken? Ein Wasser, ein Bier oder Kaffee?"

„Haben Sie alkoholfreies Bier?"

Rohloff nickte. „Kann gut sein. Tom hat manchmal eins getrunken. Augenblick."

Er verschwand Richtung Küche.

„Wo ist Herr Fröhlich?", fragte Andresen den Kinderarzt, dessen linker Zeigefinger über das Etikett der Flasche strich. Als der Sinn der Frage ihn erreicht hatte, hob er den Kopf. „Oh, er kümmert sich wohl um Alba. Finn hat ihn angerufen, und Olli meinte, Alba ginge es nicht gut. Kein Wunder", fügte er düster hinzu.

Finn Rohloff brachte Andresen ein Flens Frei und setzte sich dann ebenfalls. „Ich kann es immer noch nicht fassen", meinte er und fuhr sich müde mit beiden Händen durchs Haar.

„Wissen Sie schon etwas mehr?", erkundigte sich Dr. Steiner bei Andresen.

„Nun, die schlechte Nachricht ist, dass wir noch kein Obduktionsergebnis haben. Das wird sich wohl noch ein wenig hinziehen, der leitende Gerichtsmediziner ist erkrankt."

„Auch das noch", murmelte Björn Steiner. „Corona?"

Andresen trank einen Schluck von dem Bier. „Rücken."

„Oh. Übel."

Rohloff sah Andresen abwartend an. „Und die gute Nachricht?"

„Ich habe mich etwas ungeschickt ausgedrückt", gab der zu. „Eine gute Nachricht hab ich gar nicht für Sie. Nur eine Neuigkeit. Nach einer ersten oberflächlichen Untersuchung steht jetzt definitiv fest, dass Tom Jakobs sich nicht selbst das Leben genommen hat."

Die plötzliche Stille auf diese Ankündigung war so vollkommen, dass Shantys leises Hecheln zu hören war. Sonst nichts.

„Dann war es ein Unfall?", fragte Björn Steiner.

„Das erscheint uns eher unwahrscheinlich."

Rohloff räusperte sich. „Dann bleibt ja nur noch … Sie glauben, es war … Mord?"

„Ein Tötungsdelikt", verbesserte Andresen, denn ob es sich um Mord handelte, entschied letztendlich das Gericht. „Aber ja, es gibt jemanden, der für den Tod von Tom Jakobs verantwortlich ist. Und genau den gilt es zu finden. Dafür brauche ich Ihre Hilfe."

Die beiden Männer nickten Andresen zu. „Was können wir tun?", fragte Dr. Steiner.

„Wir brauchen in erster Linie Namen. Von allen Personen, mit denen Ihr Mitbewohner Kontakt hatte." Er zog seinen Notizblock hervor. „Ich hörte, dass er hin und wieder handwerkliche Arbeiten für die Nachbarschaft erledigt hat. Wen gibt es sonst noch?"

„Nun, da fällt mir nur sein Freundeskreis ein", meinte Rohloff und fügte auf Andresens fragenden Blick hinzu: „Er war Mitglied einer Gruppe trockener Alkoholiker, die sich jeden Donnerstag trifft."

„Er hat früher getrunken?"

„Ja, ich glaube, seit seiner Spanien-Zeit", antwortete Björn Steiner. „Aber er ist seit mehreren Jahren darüber hinweg. Ich kenne ihn nur nüchtern."

„Ich auch", fügte Rohloff hinzu.

„Gibt es in dieser Gruppe jemanden, mit dem er auch privat befreundet war?"

Finn Rohloff hob die Achseln. „Keine Ahnung, ich glaube nicht. Tom hat uns gegenüber wenig über diese Gruppe gesprochen. Der einzige Name, an den ich mich erinnere, weil Tom ihn häufiger mal genannt hat, ist Anja. Sie scheint so was wie die Leiterin zu sein."

„Hat er keinen Nachnamen erwähnt?"

Der Steuerberater schüttelte bedauernd den Kopf. „Soviel ich weiß, beschränken sich die Mitglieder dort auf die Vornamen. Tut mir leid."

Andresen seufzte, löschte seinen Durst mit einem weiteren Schluck Flens Frei und kritzelte ein paar Notizen in den Block. Vielleicht, so hoffte er, half die Auswertung von Jakobs' Laptops ihnen in dieser Hinsicht weiter.

„Trotzdem danke. Sonst noch jemand? Was ist mit seinen früheren Arbeitskollegen?"

„Die waren höchstens wütend auf ihren damaligen Chef, weil er die Firma in den Ruin getrieben hat", sagte Finn Rohloff. „Die Mitarbeiter untereinander verstanden sich gut, soweit ich weiß. Ich erinnere mich, dass Tom das mal erwähnte. Ob er aber noch Kontakt zu ihnen hat, weiß ich nicht."

„Was ist mit Frauen?", wollte Andresen wissen. „Hatte Herr Jakobs eine Freundin?"

Die Männer schüttelten einmütig den Kopf. Finn Rohloff erläuterte: „Vor Corona, als Tom noch allein lebte, berichtete er hin und wieder von Frauen, mit denen er sich traf. Doch eine längere Beziehung war nie sein Ding. Und die Pandemie hat ihn natürlich ziemlich ausgebremst. Um ehrlich zu sein, hat Tom in der letzten Zeit den Eindruck vermittelt, als habe er kein großes Interesse mehr daran, sich zu verabreden."

„Und trotzdem wirkte er eigentlich ganz ausgeglichen", bemerkte Björn Steiner mit leichter Verwunderung in der Stimme. „Außer, wenn er sich mit dir anlegte." Dabei lachte er leise, wurde jedoch sofort wieder ernst, als er den vorwurfsvollen Blick seines Freundes sah. „Entschuldige. Das passt nicht hierher."

„Wieso nicht?", fragte Andresen interessiert. „Herr Rohloff? Es gab Streit zwischen Ihnen und Tom Jakobs?"

Der Steuerberater winkte ab, wich aber Andresens Blick aus. „Tom war halt manchmal ziemlich … unsensibel."

„Und provokativ", warf Steiner ein.

„Danke, Björn", erwiderte Rohloff eisig, ehe er sich wieder Andresen zuwandte. „Wir waren hin und wieder unterschiedlicher Meinung, ja. Aber ein Disput ist für mich noch lange kein Grund, jemanden umzubringen. Erst recht keinen Freund."

„Wann haben Sie das letzte Mal mit ihm gestritten?"

„Das weiß ich nicht mehr."

Die Antwort kam verdammt schnell. Andresen tat vorerst so, als hätte er den warnenden Blick, den Rohloff seinem Freund zugeworfen hatte, nicht bemerkt. Aber er machte sich eine entsprechende Notiz, ohne die Befürchtung, einer der beiden anderen am Tisch könnte einen zufälligen Blick darauf werfen. Er hatte manchmal selbst Schwierigkeiten, das, was er fünf Minuten zuvor gekritzelt hatte, zu entziffern. Die entsprechenden Sprüche, die er bereits von Mirja kassiert hatte, würden ein Buch füllen, das so dick war wie ein Big Mac. Bei dem Gedanken an einen großzügig bestückten Burger knurrte ihm der Magen. Um sich abzulenken, fuhr er mit der Befragung fort. „Ihre Haushälterin hat der Tod von Herrn Jakobs sehr mitgenommen", sagte er. „Weiß einer von Ihnen, wie das Verhältnis zwischen den beiden war?"

Nachdenkliches Kopfschütteln. „Freundschaftlich, soviel ich weiß", meinte Dr. Steiner schließlich.

„Wir haben Alba ja nur selten gesehen", fügte Rohloff hinzu.

„Das heißt wiederum, die zwei waren jeden Tag für viele Stunden allein", murmelte Steiner. Dann sah er lächelnd Andresen an. „Ich persönlich glaube aber nicht, dass zwischen den beiden was lief. Sie machte auf mich nicht den Eindruck, als wäre sie der Typ für schnelle Abenteuer. Außerdem hat sie ein Kind. Damit passte sie nicht in Toms Beuteschema."

„Hat sie nicht einen Freund?", fragte Herr Rohloff seinen Mitbewohner.

Dr. Steiner schüttelte den Kopf. „Nein. Tom hat mir mal erzählt, dass sie sich schon vor Monaten getrennt hat. Der Mann hat sie wohl ziemlich eingeengt. Die Trennung verlief kompliziert, wenn ich mich richtig erinnere."

„Inwiefern?", hakte Andresen nach.

„Ihr Ex wollte sich mit dem Ende der Beziehung nicht abfinden. Tom fragte Olli deshalb mal aus wegen einer Einstweiligen Verfügung, aber als der deshalb etwas später noch mal nachhakte, meinte Tom, die Sache habe sich wohl erledigt, zumindest habe Alba seit einiger Zeit nichts mehr darüber gesagt. Das ist das Letzte, was ich gehört habe."

„Interessant", murmelte Andresen und kritzelte Stichworte in seinen Block. „Herr Rohloff, wären Sie so nett, mir die Werkstatt von Herrn Jakobs zu zeigen?"

Sofort stand der Steuerberater auf. „Kein Problem. Kommen Sie."

Es handelte sich um einen Holzschuppen, vielleicht zwölf Quadratmeter groß, mit einem Fenster zum Garten. Darin befanden sich eine Werkbank, ein paar Regale, viel Werkzeug und eine Ecke, in der Gartengeräte aufbewahrt wurden. Ein halb fertiges Vogelhaus wartete darauf, ein Dach zu bekommen. Es roch nach Holz und nach kalten

Zigaretten. Auf einem Regal stand ein voller Aschenbecher neben einem Baustellenradio.

„Herr Jakobs war Raucher?"

„Ja, aber im Haus wird nicht geraucht. Dafür ging er auf die Terrasse. Oder eben hierher, wenn es regnete oder so."

Andresen schlenderte in dem Schuppen herum, durchstöberte Regale und andere Ablageflächen und sah eine Spinne, die sich, als er näher kam, rasch zurückzog.

„Können Sie sich nicht vielleicht doch vorstellen, dass ein Zusammenhang besteht zwischen Ihrer ledigen Haushälterin und der Tatsache, dass Tom Jakobs' Interesse an Verabredungen deutlich nachgelassen hat?", fragte er im Plauderton.

„Puh! Um ehrlich zu sein, habe ich darüber bis heute noch nie nachgedacht."

„Dann tun Sie es doch spaßeshalber jetzt mal."

Finn Rohloff schaute durch das Fenster in den herbstlichen Garten. „Es wäre möglich", sagte er gedehnt. „Ich meine, beide waren solo, und Tom konnte überaus charmant sein, wenn er wollte. Ich könnte mir vorstellen, dass er zumindest sein Glück bei ihr versucht hat. Aber ob er Erfolg hatte …" Er hob beide Hände. „Das kann ich Ihnen nicht beantworten. Und wie Björn vorhin bereits sagte, Tom hielt sich sonst immer an Frauen, bei denen er davon ausgehen konnte, dass die Sache nicht allzu kompliziert werden würde. Deshalb wäre mir nie der Gedanke gekommen, er könnte Interesse an Alba haben. Ich meine, selbst wenn er bei ihr hätte landen können, wäre die Situation im Haus garantiert angespannt und unangenehm gewesen, für den Fall, dass sich die Beziehung wieder zerschlagen hätte. Was, meiner Meinung nach, früher oder später garantiert geschehen wäre." Er lächelte entschuldigend. „Verzeihen Sie diese Konjunktiv-Ansammlung. Aber in diesem Punkt kann ich wirklich nur Vermutungen anstellen."

„Tom Jakobs hatte also keinerlei Interesse an einer festen Beziehung?"

„Nicht, solange ich ihn kenne. Verheiratet war er nie, und uns betitelte er als Idioten, weil wir es getan haben. ‚Das habt ihr jetzt davon', sagte er gern, jedenfalls zu Björn und Olli. Mich provozierte Tom nur damit, dass ich die Toten endlich ruhen lassen und mich wieder, wie er sich ausdrückte, ‚auf dem Markt umsehen' solle."

Jetzt hatte Andresen den Steuerberater dort, wo er ihn haben wollte. „Und Sie wissen wirklich nicht mehr, wann Sie und Tom Jakobs das letzte Mal über dieses Thema gestritten haben?"

Das Gesicht des Steuerberaters verschloss sich. „Nein. Hab ich vergessen."

Andresen ahnte, dass es bei dieser Behauptung bleiben würde, daher lenkte er ein. „Hier habe ich genug gesehen. Von mir aus können wir zurückgehen."

Die Auffahrt war in Dunkelheit getaucht, als Andresen aus dem Haus trat. Von Rohloff und auch von Shanty hatte er sich bereits verabschiedet. „Vielen Dank für Ihre Hilfe", sagte er zu Björn Steiner, der ihn zur Tür gebracht hatte."

Der lächelte vage. „Nicht dafür. Schönen Abend noch. Und viel Erfolg!"

„Danke." Als Andresen die Auffahrt betrat, löste er den Bewegungsmelder eines Strahlers aus, der eine milchige Helligkeit auf die Pflastersteine warf. Er drückte auf die Fernbedienung seines Autoschlüssels, während hinter ihm die Tür ins Schloss fiel.

Als er die Fahrertür öffnete, näherten sich zwei Scheinwerfer. Ein dunkler BMW rollte auf ihn zu und hielt hinter dem Volvo, der sich im Carport befand, und neben dem kleinen gelben Wagen von Frau Engelkamp, die vermutlich nicht in der Verfassung gewesen war, selbst zu fahren. Zumindest schloss Andresen das aus der Tatsache, dass der Fiat noch hier war.

Die Scheinwerfer gingen aus, sodass Andresen nicht länger geblendet wurde, und Oliver Fröhlich kam aus seinem Wagen.

„Hallo, Herr Kommissar", rief er, nachdem er Andresen erkannt hatte. „Kommen Sie oder gehen Sie?"

Perfekt, dachte Andresen zufrieden. „Eigentlich wollte ich aufbrechen, aber ein paar Minuten hätte ich noch", antwortete er. „Wenn Sie so nett wären, mir einige Fragen zu beantworten."

„Natürlich." Fröhlich drückte auf seine Fernbedienung, worauf die Blinker kurz aufleuchteten. „Möchten Sie mit reinkommen?"

„Wenn es Ihnen nichts ausmacht, können wir uns auch kurz hier unterhalten."

Fröhlich lächelte matt. „Ohne Zeugen, meinen Sie?"

„Es dauert nicht lange."

Der Anwalt zuckte mit den Schultern. „Von mir aus. Was wollen Sie wissen?"

„Ich hörte, Sie hätten sich um Frau Engelkamp gekümmert. War mein Eindruck, dass sie mit der Situation zurechtkommt, falsch?“

„Ich fürchte, ja. Weil ich ahnte, dass die Sache sie sehr mitnimmt, bin ich heute früher nach Hause gefahren. Als ich sie antraf, schien sie fast wie in Trance, als wolle sie keinerlei Gefühle zulassen. Doch ich brauchte nur Toms Namen zu erwähnen, da brach sie regelrecht zusammen.“

Andresen war überrascht. „Was Sie nicht sagen!“

„Doch, wirklich. Mir war auch nicht klar, dass sie ihn so mochte, aber sein Tod hat sie wirklich getroffen. Jedenfalls wollte ich nicht, dass sie in ihrem Zustand fährt. Also haben wir gemeinsam ihren Sohn von der Schule abgeholt, und dann hab ich die zwei noch ins ‚Isabella‘ eingeladen. Als ich Alba vor einer Viertelstunde zu Hause abgesetzt habe, hatte sie wieder etwas Farbe im Gesicht.“ Er lächelte, war offenbar hochzufrieden mit seiner Rolle als barmherziger Samariter.

„Ich dachte mir schon, dass Sie sie nach Hause gebracht haben, als ich den Wagen sah.“ Andresen hakte das Thema Haushälterin ab. „Ich hörte von Meinungsverschiedenheiten zwischen Tom Jakobs und Finn Rohloff. Worum ging es beim letzten Streit zwischen den beiden? Und wann war das genau?“

„Vorgestern“, antwortete Fröhlich nach kurzem Überlegen. „Am Samstagabend. Wir haben gemütlich Poker gespielt, bis das Thema Karina mal wieder aufs Tapet gebracht wurde. Ich weiß gar nicht mehr, wer damit anfing.“

„Karina?“

„Finns Frau. Sie starb vor ein paar Jahren, und er trauert noch immer, als wäre es erst eine Woche her."

„Richtig, ich erinnere mich. Was ist denn so schlimm daran, wenn seine Frau erwähnt wird?"

„Im Prinzip gar nichts." Das Licht des Strahlers erlosch, sie standen im Dunkeln. Fröhlich machte ein paar Schritte und löste den Bewegungsmelder damit erneut aus. Dann wandte er sich an Andresen. „Es war so: Finn hat bei einem Auffahrunfall eine Frau kennengelernt, die ihm offensichtlich gefallen hat. Das war Freitag, wenn ich mich nicht täusche. Auf Toms Vorschlag, sie anzurufen und sich mit ihr zu verabreden, wollte Finn jedenfalls nicht eingehen. Er wäre noch nicht so weit, hat er gemeint. Tom hielt dagegen, dass Karina schließlich seit fast drei Jahren tot wäre und es idiotisch von Finn sei, eine Gelegenheit wie diese nicht zu nutzen."

„Und der Ansicht war Herr Rohloff nicht?"

„Überhaupt nicht. Er warf Tom vor, dass dieser keine Ahnung habe, was wirkliche Liebe sei. Also solle er sich aus seinem Leben raushalten. Die Situation eskalierte, Finn verschwand in seinem Zimmer und knallte die Tür so heftig zu, dass wir alle zusammenzuckten."

„Und gab es danach eine Aussprache zwischen den beiden, oder …?"

Der Anwalt schüttelte den Kopf. „Nicht, dass ich wüsste. Am nächsten Tag gingen Finn und Tom sich aus dem Weg, und auch beim Abendessen ignorierten sie sich noch."

„Und wenige Stunden später war Tom Jakobs tot", fügte Andresen hinzu.

Oliver Fröhlich schwieg. Er sah aus, als bereue er, was er gerade erzählt hatte. Doch er war schließlich Anwalt und sich der Wirkung seiner Aussage gewiss bewusst gewesen.

Das Licht erlosch, und als hätte Fröhlich darauf gewartet, sagte er: „Ich weiß, wie das alles auf Sie wirken muss, doch wenn Sie an meiner Meinung interessiert sind: Ich bin fest davon überzeugt, dass Finn keiner Fliege etwas zuleide tun könnte. Er hat sich eigentlich immer im Griff. Ich kenne niemanden, der so beherrscht ist wie er."

„Ich nehme Ihren Eindruck zur Kenntnis", erwiderte Andresen und sah auf die Uhr. „Es ist spät, ich muss los. Wir melden uns wieder."

„Jetzt hätte ich noch eine Frage, Herr Kommissar", hielt der Anwalt ihn zurück.

„Aha. Und welche?"

„Warum haben Sie nicht Finn danach gefragt?"

„Hab ich", erwiderte Andresen. „Er konnte sich angeblich nicht erinnern, wann die letzte Auseinandersetzung mit Herrn Jakobs war."

Oliver Fröhlichs Blick konnte man nur als sparsam bezeichnen. „Oh", machte er.

„Nun weiß ich es ja", sagte Andresen lächelnd. „Also, vielen Dank. Tschüss!"

Als er seine Haustür aufschloss, vernahm er mehrere Stimmen aus dem Wohnzimmer. Sie hatten Besuch? Darauf hatte er nun gar keine Lust. Er sehnte sich danach, seine Jeans gegen eine Jogginghose auszutauschen und die Füße hochzulegen. Leise seufzend zog er Jacke und Schuhe aus und spitzte nebenbei die Ohren. Die eine

Stimme gehörte eindeutig Desirée, seiner Tochter. Was führte sie denn ohne Anmeldung zu ihnen? Neugierig öffnete er die Tür zum Wohnzimmer. „N'Abend!", rief er.

„Paps!" Desirée sprang auf und fiel ihm um den Hals. So herzlich hatte sie ihn ewig nicht mehr begrüßt.

„Hallo, Spätzchen", sagte er und drückte seine Tochter an sich. „Das ist ja eine Überraschung. Was treibt dich um diese Zeit hierher?"

Er hatte den jungen Mann auf der Couch zwar aus den Augenwinkeln bemerkt, sagte jedoch nichts. Daniela saß links von Desirées Begleiter auf einem Sessel und lächelte auf diese gewisse Weise, die bei Andresen stets eine leichte Unruhe hervorrief. Irgendwas war hier im Busch.

„Carsten, Desirée hat mir einen ganzen Karton Sachen mitgebracht!", rief Danielas Tochter Antonia hinter Andresen. Die Begeisterung über die großzügige Gabe war deutlich herauszuhören. „Guck mal." Sie hielt Andresen zwei Bücher unter die Nase. „‚Die unendliche Geschichte' und ‚Momo'. Desirée sagt, die sind super. Und alle ihre Harry-Potter-Bücher hat sie mir auch geschenkt. Und Nagellack!"

„Nagellack? Bist du dafür nicht noch ein bisschen zu jung?", fragte Andresen. Antonia betrachtete ihn, wie man jemanden ansieht, der von nichts eine Ahnung hatte. „Ich bin zwölf, Carsten. Lara lackiert sich schon lange ihre Nägel. Und Merle auch."

„Na, wenn das so ist!"

„Ein paar Haarspangen und DVDs habe ich auch aussortiert", sagte Desirée, löste sich von Andresen und setzte sich neben den jungen Mann. „Die Wilden Hühner, Ostwind, Vorstadtkrokodile und so was."

„Ich hab sie inzwischen durchgeschaut", berichtete Danielas Tochter begeistert. „Die sind echt spitze. Danke!"

„Kein Ding, Kleine." Desirée zwinkerte Antonia zu.

„Gibt es diese Filme nicht auch auf Netflix?", fragte Andresen irritiert.

„Die meisten ja. Aber ohne Extras", klärte ihn Antonia auf. „Making-of, Outtakes und so weiter. Finde ich megaspannend."

„Das wären doch tolle Weihnachtsgeschenke gewesen", meinte Daniela.

„Ach, alles gut. Ich wollte mal gründlich ausmisten." Desirée wandte sich ihrem Vater zu. „Paps, das ist übrigens Mads." Desirée strahlte erst diesen Mads und dann Andresen an. „Er wollte dich und Daniela gern kennenlernen."

Antonia zog einen Flunsch, der Desirée nicht verborgen blieb. „Dich natürlich auch, Toni", fügte sie rasch hinzu. „Tschuldige."

Antonia winkte ab. Sie wollte wohl nicht kleinlich erscheinen, nachdem Desirée sich so spendabel gezeigt hatte.

„Ich habe mir gedacht, wir könnten alle gemeinsam essen", sagte Daniela. „Man muss die Feste feiern, wie sie fallen, oder? Wir könnten zum Griechen gehen. Was hältst du davon, Carsten?"

„Im Prinzip viel. Aber gibt es da denn etwas für dich?", fragte er an seine vegan lebende Tochter gewandt.

„Klar. Salat, Pommes mit Ketchup, Dolmadakia …", zählte Desirée auf.

Antonia horchte auf. „Dolma – was?“

„Mit Reis gefüllte Weinblätter“, erläuterte Daniela ihrer Tochter.

„Igitt.“ Antonia verzog das Gesicht. „Das hört sich ja eklig an.“

Andresen betrachtete unauffällig den jungen Mann, den seine Tochter mitgebracht hatte. Rein optisch gefiel ihm Desirées neuer Freund besser als ihr vorheriger oder der davor. Mads war groß und wirkte sportlich. Weder hatte er eine wilde Mähne noch einen kahl rasierten Schädel. Auch sein Kleidungsstil kam Andresen herrlich normal vor. Jeans, Shirt, Sneaker. Es waren auf den ersten Blick nicht einmal Tattoos zu entdecken.

„Ich liebe griechisches Essen“, meldete der junge Mann sich das erste Mal zu Wort, seit Andresen anwesend war. „Aber ich bezahle für Desirée und mich, wenn das okay ist. Schließlich haben wir uns regelrecht aufgedrängt.“

„Unsinn!“, widersprach Andresen halbherzig. Sehr schön, dachte er zufrieden. So richtig alte Schule. Gefällt mir.

„Es war meine Idee, also seid ihr eingeladen“, verkündete Daniela und holte das Telefon, um einen Tisch zu reservieren. „Mads, sind Sie geimpft? Oder brauchen Sie einen Test?“

„Nein, ich bin doppelt geimpft. Ohne Impfung geht ja inzwischen gar nichts mehr.“

Ich muss meine Mutter anrufen, fiel Andresen ein und hoffte, dass sie ihre störrische Haltung aufgegeben und endlich einen Termin zum Impfen vereinbart hatte. Sonst, nahm er sich vor, regele ich das. Dieses Hinauszögern ohne Grund muss ein Ende haben.

Bald war der Tisch bei ihrem Stammgriechen mit Krautsalat, Pommes frites, Djuvec-Reis, Gyros, Pute, Souvlaki, Bifteki, Metaxa-Soße und Zaziki reichlich gefüllt. Misstrauisch beäugte Antonia die Dolmadakia.

„Du darfst gern probieren", bot Desirée ihr an.

„Nee, lass man." Antonia schob sich eine Pommes frites in den Mund, den sie zuvor tief in Zaziki getaucht hatte.

Mads, dem es sichtlich schmeckte, erzählte auf Andresens Frage, dass er bei der Malerfirma arbeitete, die neben jenem Anwaltsbüro lag, in dem Desirée seit dem Sommer ihre Ausbildung zur Rechtsanwaltsfachangestellten machte.

„Ich habe sie immer mal wieder gesehen und mich erst nicht getraut, sie anzusprechen", sagte er. „Irgendwann hab ich einfach zwei Kinokarten gekauft, meinen ganzen Mut zusammengenommen und sie gefragt, ob sie mich begleiten möchte."

„Und ich wollte", beendete Desirée lachend die kleine Anekdote und gab Mads einen Kuss. Der selige Blick, den die zwei Verliebten tauschten, gefiel Andresen.

Eigentlich hatte seine Tochter nach dem Abitur für ein Jahr ins Ausland gehen wollen, aber wie so viele andere Pläne hatte die ausgebrochene Pandemie auch diesen vereitelt. Andresen war froh darüber, sagte das jedoch nicht. Er hätte seiner Tochter die Erfahrungen zwar von Herzen gegönnt, doch es war ihm lieber, sie in der Nähe zu wissen. Ganz besonders in diesen verrückten Zeiten. Wer konnte denn sagen, wie die medizinische Versorgung in Ländern wie Malaysia oder Kolumbien war? Das waren zwei der

Ziele gewesen, die Desirée sich für ihre Reise herausgepickt hatte.

Als sie hatte einsehen müssen, dass es nichts werden würde mit dem Auslandsaufenthalt, disponierte sie um und entschied sich nach einiger Überlegung für die Ausbildung in einer Kanzlei.

„Streiten tun sich die Leute immer", hatte sie ihren Entschluss begründet. Nach der Ausbildung wolle sie Jura studieren. Sie fand es aber wichtig, hatte sie Andresen erklärt, sämtliche Aspekte der Kanzleiarbeit zu kennen und zu beherrschen.

Seit sie volljährig war, hatte sie sich sehr verändert, fand Andresen. Sie war so vernünftig geworden.

Im Frühling hatte sich ihr damaliger Freund von ihr getrennt, wegen einer anderen. Andresen war nicht sonderlich betrübt gewesen, im Gegenteil. Er hatte den jungen Mann nie sonderlich gemocht. Ein schlaksiger, blasser Kerl mit unreiner Haut, der kaum die Kiemen auseinanderbekam, ohne viel Enthusiasmus BWL studierte und seine Freizeit hauptsächlich mit Videospielen ausfüllte. Dennoch hatte Desirée eine lange Zeit unter der Trennung gelitten. Doch nun ging es ihr offenbar wieder gut. Andresen registrierte das mit väterlicher Genugtuung.

„Mads ist übrigens SG-Fan", verriet Desirée ihrem Vater gerade mit breitem Grinsen. „Genau wie du. Mama meinte, das würde dich bestimmt freuen."

„Tja, deine Mutter kennt mich eben", erwiderte Andresen knapp. Das Verhältnis zu seiner Ex-Frau Marianne war inzwischen beinahe freundschaftlich, aber das lag vermutlich daran, dass sie kaum noch miteinander zu tun hatten. Das Einzige, was sie verband, war ihre gemeinsame Tochter, und die ging inzwischen ihre eigenen Wege.

Die Wahl ihres neuen Freundes jedenfalls sagte Andresen bisher definitiv zu. Er wandte sich an ihn. „Dauerkarte?“

Mads passte sich Andresens Telegrammstil an und nickte. „Stehplatz. Fan-Kurve.“

Schnell waren die zwei in ein anregendes Gespräch vertieft. Sie waren sich einig, dass Aaron Mensing ein guter Griff für den Rückraum war, und waren angetan von den bisherigen Torwartleistungen des Rückkehrers Kevin Möller. Aber die Verletzungsmisere des Teams hatte dafür gesorgt, dass die SG bereits fünf Minuspunkte in der Bundesliga angesammelt hatte und in der Champions League weit unten in der Tabelle festsaß. „Hoffentlich kommen sie in die nächste Runde“, meinte Mads mit sorgenvoller Miene.

„So schlimm wäre ein Ausscheiden nicht“, hielt Andresen dagegen. „Dann können sie sich auf die Liga konzentrieren. Für die Spieler wäre es jedenfalls besser, die laufen zum Teil doch jetzt schon auf dem Zahnfleisch. Gottfridsson braucht dringend Pausen.“

„Auch wieder wahr.“

Die Verabschiedung von Desirée und ihrem Freund verlief regelrecht herzlich. Zurück in ihren vier Wänden fiel Andresen Danielas Grinsen auf.

„Was ist?“, fragte er.

„Du magst diesen Mads, hm?“

„Na, ist das ein Wunder?“, fragte Andresen strahlend. „Endlich mal ein Kerl, der die Bezeichnung verdient. Ich würde glatt selbst mit ihm ausgehen.“

„Häng dein Herz lieber nicht zu sehr an ihn.“

„Wieso nicht? Die beiden verstehen sich doch prächtig. Er hat ihr sogar die Tür aufgehalten und ihr in die Jacke geholfen, hast du das mitbekommen?“

Sie lächelte milde. „Ja, hab ich.“

„Und er wollte die Hälfte der Rechnung übernehmen.“ Natürlich hatte Andresen das nicht zugelassen, doch ihm gefiel, dass Mads dazu bereit gewesen wäre. „Außerdem ist er SG-Fan und spielt obendrein selbst Handball. Und er isst gern Fleisch. Als Desirée auf der Toilette war, hat er mir im Vertrauen erzählt, dass sie neulich mal von seiner Bratwurst abgebissen hat. Vielleicht schafft er es, dass sie bald wieder normal isst!“

„Ja, vielleicht. Ich weiß, damit würde für dich ein Riesenwunsch in Erfüllung gehen.“

„Den Sarkasmus kannst du dir sparen, meine Liebe. Glaub mir, Mads ist absolut perfekt für sie. Und auch noch Handwerker. Denen gehört die Zukunft in unserer digitalen Welt.“

„Das mag alles sein. Doch ich fürchte, das wird nicht lange halten mit den beiden.“

Andresen ließ sich in seinen Lieblingssessel fallen. Fassungslos starrte er Daniela an. „Wieso sagst du so was? Hab ich dir was getan?“

„Aber nicht doch! Aber er ist ein sogenannter Pufferfreund. Der Freund zwischen ihrem letzten und ihrem nächsten. Vertrau mir, der Erste nach ihm, den du am liebsten auf den Mond schießen würdest, wird Desirées nächste Nummer eins sein."

Andresen runzelte die Stirn. „Wie kommst du bloß darauf?"

„Das sagt mir die Erfahrung."

„Aber es kann doch auch mal anders laufen."

Sie wiegte nachdenklich den Kopf hin und her. „Das ist sehr unwahrscheinlich."

Andresen fuhr sich durch sein schütteres Haupthaar. „Jetzt hast du mir diesen schönen Abend verdorben."

Sie ging auf ihn zu und setzte sich auf seinen Schoß. Tröstend legte sie die Arme um seinen Hals und drückte ihm einen Kuss auf die Lippen. „Das tut mir leid, mein Schatz. Ich wollte nur, dass du vorbereitet bist."

„Was treibt ihr denn da?" Antonia stand im Schlafanzug im Türrahmen und musterte ihre Mutter und Andresen mit missbilligender Miene.

Daniela erhob sich. „Ab ins Bett, junge Dame", sagte sie und schob ihre Tochter aus dem Zimmer. „Und vergiss nicht, dein Handy in den Flur zu legen."

Andresen sah ihr deprimiert hinterher. Hoffentlich irrte sich Daniela. Mads wäre der perfekte Schwiegersohn. Es durfte nicht sein, dass sie recht behielt!

KAPITEL 9

Am nächsten Morgen kehrte ein schwach aussehender Weichert ins Büro zurück.

„Sie sehen aus, als könnte ein Lufthauch Sie umpusten", bemerkte Andresen kritisch. „Geht es Ihnen wirklich wieder gut?"

„Gut ist vielleicht übertrieben, aber ich bin in Ordnung."

„Möchten Sie einen Ingwertee?", fragte Mirja in besorgtem Tonfall. „Ich kann Ihnen gern einen holen."

Weicherts Miene hellte sich auf. „Das wäre wunderbar."

Sie nickte ihm lächelnd zu und machte sich auf den Weg in die Kaffeeküche.

„In der Zwischenzeit bringe ich Sie mal auf den neuesten Stand", sagte Andresen und begann zu berichten. Als er fertig war, erschien Mirja mit dem dampfenden Tee.

Lutz Weichert dankte ihr und legte seine Hände um den Becher. Dann nippte er vorsichtig und seufzte schließlich zufrieden. „Ah, das tut gut!"

„Mirja und ich haben uns in dem Zimmer von Tom Jakobs umgesehen, sein Notebook wird gerade ausgewertet", fügte Andresen noch hinzu. „Außerdem haben wir diese Aktenordner mitgenommen." Er wies auf das Regal, in dem sie standen. „Die müssen wir noch durchgehen."

Weichert hatte sich erhoben und betrachtete die Wand. Das Bild von Tom Jakobs schien ihn besonders zu interessieren.

„Ich weiß genau, ich habe Jakobs mal irgendwo gesehen", sagte Andresen grübelnd. „Es fällt mir bloß nicht mehr ein, wann und wo. Geht es Ihnen genauso?"

„Ja, mir kommt er auch bekannt vor", murmelte Weichert. Dann hellte sich sein Gesicht auf. „Ich glaube, ich hab's!" Er wies auf das Bild und sah Andresen an. „Stellen Sie ihn sich mal mit einer Brille vor. Mit einer roten Brille. Und mit Bart."

Andresen trat neben ihn, betrachtete konzentriert das Foto und riss schließlich überrascht die Augen auf. „Natürlich!", rief er. „Der arrogante Pinselschwinger!"

„Die Ähnlichkeit zu Maximilian Jacoby ist frappierend", bestätigte Weichert.

Mirja runzelte die Stirn. „Maximilian Jacoby?"

„Ein regionaler Künstler", klärte Weichert sie auf. „Sehr erfolgreich."

„Ich weiß! Philipps Eltern haben ein Bild von ihm im Wohnzimmer hängen. Scheußlich, wenn Sie mich fragen. Aber ihnen gefällt's. Und der Maler sieht unserem Toten ähnlich? Das ist ja ein Ding!"

„Wir sind Jacoby vor einigen Wochen bei Verenas Lesung in Holnis über den Weg gelaufen", berichtete Weichert.

„Grässlicher Typ", fügte Andresen hinzu. „Der hält sich für den nächsten Picasso, dabei sind seine Bilder eine Ansammlung von Klecksen und Strichen. So was könnte ich auch. Jedes Kindergartenkind kriegt solche Kunstwerke zustande."

„Er ist jedenfalls im Gegensatz zu all den Kleinkindern sehr erfolgreich“, hielt Weichert dagegen.

„Jakobs und Jacoby.“ Mirja schnappte sich das Foto. „Glauben Sie, das ist Zufall?“

„Kaum“, meinte Weichert. „Künstlernamen sind keine Seltenheit. Ich schätze, die beiden sind Brüder, möglicherweise Cousins. Die Ähnlichkeit und die fast identischen Namen weisen eindeutig darauf hin, dass ein verwandtschaftliches Verhältnis besteht.“

„Seltsam“, meinte Andresen nachdenklich, „dass Tom Jakobs niemandem gegenüber erwähnt hat, dass er mit einem doch recht bekannten Flensburger Maler verwandt ist.“

Mirja zuckte mit den Achseln. „Vermutlich hatte er seine Gründe.“

„Wie auch immer, wir sollten diesem Künstler einen Besuch abstatten“, beschloss Andresen, fand über Google die Adresse von Max Jacoby heraus und erhob sich von seinem Schreibtisch. „Wer will mit?“

„Ich!“, rief Weichert.

„Ach, richtig, ich vergaß, dass Sie eine Schwäche für Berühmtheiten haben“, frotzelte Andresen.

„Blödsinn.“ Lutz Weichert schlüpfte in einen knallroten Anorak, der ihn noch käsiger aussehen ließ, und ging zur Tür. „Ich brauche Bewegung und frische Luft, das ist alles.“

„Nee, ist klar“, erwiderte Andresen und zwinkerte Mirja zu. Die grinste verschmitzt. „Viel Spaß! Ich hab ja noch mit den Mitbewohnern zu tun.“

„Finden Sie bitte auch alles über unseren Förde-Rembrandt heraus. Und wenn Sie damit fertig sind, gehen Sie die Aktenordner durch. Schauen Sie, ob sich darin was über diesen Alkoholiker-Treff finden lässt. Wir brauchen Details. Und prüfen Sie, ob was über seinen Telefonanbieter darin abgeheftet ist. Wir brauchen den Verbindungsnachweis. Erledigen Sie das als Erstes."

Mirja nickte. „Wird gemacht."

„Gut. Bis später."

Unterwegs betrachtete Weichert den Zettel, den Andresen ihm in die Hand gedrückt hatte. „Die Adresse sagt mir nichts. Wissen Sie, wo das ist?"

Andresen nickte. „Das ist in der Nordstadt, in der Nähe vom Ostseebad."

„Kennen Sie sich dort aus? Ich höre da so einen nostalgischen Unterton in Ihrer Stimme."

„Ich habe als Kind in der Gegend gewohnt. Bis ich elf war und wir nach Mürwik gezogen sind."

„Es fällt mir seltsam schwer, mir Sie als Kind vorzustellen."

„Sie glauben wohl, ich bin bereits mit schütterem Haar und Lachfältchen geboren worden, hm?"

Weichert sagte nichts. Aus dem Augenwinkel registrierte Andresen einen prüfenden Blick seines Kollegen auf sein eigenes Profil.

„Okay, nennen wir sie Lachfältchen", stimmte Weichert zu, als wäre er um Frieden bemüht.

Andresens Hände umklammerten das Lenkrad fester. „Ich glaube, es ist gesünder für Sie, wenn Sie eine Zeit lang schweigen, Kollege."

Zu den Klängen von ‚Bad' von Michael Jackson fuhren sie am Hafen entlang. Auch heute war es windig, aber sonnig. Andresen liebte den Anblick der Förde bei schönem Wetter. Das Glitzern der Wasseroberfläche, die ankernden Schiffe, die Gebäude auf der anderen Hafenseite, die Kirchen im Hintergrund …

Als er an einer Ampel anhalten musste, brach sein Kollege das angeordnete Schweigen. „Darf ich Sie mal was fragen?"

„Wenn es nichts mit meinem Alter zu tun hat, schon."

Weichert wandte den Blick von den an der Hafenmauer festgemachten Segelschiffen ab und sah Andresen an. „Es geht um die Hochzeit. Also, um die von mir und Verena."

„Oh. Steht endlich ein Datum fest?"

„Das ist ja das Problem. Verena möchte unbedingt einen Tag festlegen und endlich anfangen, alles zu planen. Ich halte das aber für verfrüht, weil die Corona-Lage noch immer zu unberechenbar ist."

Sie bogen in die multikulturell anmutende Apenrader Straße ein, fuhren an Gemüseläden, Kneipen und orientalischen Supermärkten vorbei.

„Schwierig", meinte Andresen. „Ihr Zögern ist ebenso verständlich wie die Ungeduld Ihrer Verlobten. Da die Zahlen wieder steigen, würde auch ich eher abwarten, als etwas zu überstürzen."

„Danke!" Weichert fühlte sich hörbar bestätigt.

„Andererseits kann man wohl davon ausgehen, dass die Lage sich zum Frühjahr hin wieder entspannen wird", fügte Andresen hinzu und setzte den Blinker.

„Genau. Die Menschen fangen erneut an zu feiern und legen damit den Grundstock für die soundsovielte Welle. So kriegen wir Corona nie in den Griff."

„Könnte sein, dass da was dran ist."

„Mit anderen Worten: Sie haben auch keine Lösung für dieses Problem."

„Noch nicht", musste Andresen zugeben. „Aber wenn mir eins einfällt, werde ich es Ihnen mitteilen. Doch nun sollten wir uns auf das konzentrieren, weshalb wir hier sind. Einverstanden?"

Weichert seufzte. „Natürlich."

Kurz hinter der alten Petrischule, gegenüber der steilen Alsenstraße, bog Andresen rechts ab, und sie fanden sich in einer Umgebung wieder, die deutlich weniger belebt und sehr viel grüner war.

„Ganz schön ruhig hier", meinte Weichert, sich umsehend. Die leicht abschüssige Straße wirkte wie eine Allee, denn sie war gesäumt von Bäumen, die sich im herrschenden Herbstwind ihrer Blätter entledigten. Dahinter befanden sich Vorgärten und Einfamilienhäuser, denen man ansah, dass sie aus der frühen Zeit des letzten Jahrhunderts stammten.

„Ja, so sieht es hier überall in der Gegend aus." Andresen merkte selbst, dass seine Stimme einen fast schwärmerischen Klang hatte.

Die Gegend wirkte beinahe ausgestorben. Nur eine ältere Dame war zu sehen. Sie sammelte das Laub von ihrer Grundstücksgrenze und stopfte es in eine faltbare Tonne. Die frische Luft verlieh ihrem Gesicht einen rosigen Teint, und das kurze, graue Haar war vom Wind zerzaust. Sie sah kurz auf, als sie an ihr vorbeifuhren, nickte ihnen zu und widmete sich wieder ihrer Arbeit.

Kurz darauf hatten sie die gesuchte Straße erreicht. Andresen konzentrierte sich auf die Hausnummern, die nicht immer leicht zu erkennen waren.

„Ich hätte es mir denken können“, brummte er, nachdem er die gesuchte Zahl gefunden und seinen Wagen angehalten hatte.

„Was meinen Sie?“

„Das da ist das Haus von Maximilian Jacoby.“ Mit dem Kinn wies Andresen in die entsprechende Richtung. Das Objekt lag in zweiter Reihe und unterschied sich sehr von allen übrigen Gebäuden in der Umgebung, denn es war modern, kantig und gläsern. Besonders das Obergeschoss schien lichtdurchflutet zu sein. Große, bis auf das Dach reichende Velux-Fenster sorgten garantiert für die Helligkeit, die das Atelier eines Künstlers benötigte. Die hellgraue Klinkerverkleidung der Fassade bot eine perfekte Bühne für die knallrote Haustür.

„Wow. Ein echter Hingucker“, meinte Weichert beeindruckt.

„Und ausgesprochen typisch für den arroganten Farbverteiler“, fügte Andresen hinzu. „Rot hat es ihm offenbar besonders angetan.“

„Sie meinen wegen dieser Haustür, seiner auffälligen roten Brille und seiner stets in dieser Farbe gemalten Signaturen, hm?“

„Das mit den Signaturen wusste ich zwar noch nicht, aber Sie haben es mal wieder erfasst.“

„Hat nicht fast jeder Künstler irgendein Wiedererkennungsmerkmal? Miró zum Beispiel hat in seinen Bildern häufig Vögel untergebracht. Und bei Chagall waren es die Farbe Blau sowie schwebende Elemente oder Personen." Weichert machte eine Pause und wirkte etwas verlegen. „Nun glotzen Sie nicht so ungläubig", meinte er. „Ich habe mich eine Zeit lang eben sehr für Kunst interessiert. Da bleibt das eine oder andere hängen."

„Sie erstaunen mich immer wieder."

„Das Kompliment kann ich leider nicht zurückgeben."

Wortlos rammte Andresen den Schaltknüppel in den ersten Gang und setzte den Blinker. Um das Haus von Max Jacoby zu erreichen, mussten sie eine schmale Einfahrt entlangfahren und dabei das Nachbargebäude passieren, das direkt an der Straße lag. Dieses wirkte mit seiner schlichten Bauweise und der schmutziggelben Fassade verglichen mit dem Anwesen des Malers wie ein Straßenköter neben einem reinrassigen französischen Windhund, schoss es Andresen durch den Kopf.

Sie hielten vor dem elektrischen Garagentor Jacobys und stiegen aus. Vor der roten Tür standen große Kübel mit kugelrunden Buchsbaumbüschen sowie ein blauer Opel mit aufgedruckter Werbung für Ferienwohnungen.

„Dann wollen wir mal!" Andresen ging zur Haustür und schaute sich dabei aufmerksam um. Was für ein Schuppen! Da war ein extravaganter Architekt am Werk gewesen, so viel stand fest.

„Kaum zu glauben, dass man sich so was leisten kann", murmelte er, „indem man Striche und Kleckse auf eine Leinwand schmiert."

Er beobachtete, dass Weichert mit beiden Händen nachprüfte, ob seine gegelte Frisur noch perfekt saß, und verdrehte die Augen.

„Es gibt doch in beinahe allen Bereichen diejenigen, die besonders und entsprechend erfolgreich sind", meinte Weichert, offenbar zufrieden mit seiner Optik, denn er ließ die Hände wieder sinken. „Schauspieler, Sänger, Autoren, Sportler – und eben Maler. Es gibt sie wie Sand am Meer, aber nur extrem wenige von ihnen schaffen den Sprung in die Öffentlichkeit."

„Und ein paar von ihnen springen sogar bis ins Dschungelcamp."

„Ich weiß, dass Sie Jacoby dort gern sehen würden, doch meiner bescheidenen Meinung nach stehen die Aussichten dafür denkbar schlecht. So berühmt ist er nun auch wieder nicht."

„Man muss dafür nicht berühmt sein. Es reicht, wenn man als Bachelor Rosen verteilt." Andresen suchte nach der Klingel. Er entdeckte sie unter einem Namensschild aus Plexiglas, auf das in geschwungenen weißen Lettern die Namen ‚M. Jacoby & E. Nowak' eingraviert waren.

Andresen drückte den Knopf. Eine zarte Melodie erklang.

„Maske auf", erinnerte Weichert ihn, zog selbst seine hervor und verhüllte Mund und Nase.

Es dauerte eine Weile, dann öffnete sich die Tür, und sie standen einer attraktiven Frau in den Dreißigern gegenüber. Kurzes, rötliches Haar, grüne Augen, ein schmales, ebenmäßiges Gesicht. E. Nowak, dachte Andresen und erinnerte sich. Dies war die Frau, die den Maler auf die

Lesung begleitet hatte. An ihren Vornamen konnte er sich allerdings beim besten Willen nicht erinnern.

„Ja, bitte?", sagte sie und musterte ihre Besucher, beziehungsweise das, was von ihnen zu sehen war. Ihr Blick blieb an Weichert hängen. „Entschuldigung, kennen wir uns? Die Masken –" Sie machte mit dem Zeigefinger kreisende Bewegungen vor ihrem Gesicht. Wie schon bei ihrer ersten Begegnung fiel Andresen der leichte polnische Akzent auf.

„Ich bin es, Lutz Weichert", sagte Andresens Kollege. „Und das ist –"

„Lutz Weichert!", wiederholte sie erfreut. „Der Freund von Haralds Schriftsteller-Tochter, natürlich! Wie schön, Sie wiederzusehen. Und Sie sind ebenfalls bei der Lesung gewesen, nicht wahr, Herr …" Sie schnalzte bedauernd mit der Zunge. „Entschuldigen Sie, ich habe Ihren Namen vergessen."

Der Name der ‚Schriftsteller-Tochter' war ihr offenbar ebenfalls entfallen. Carsten Andresen musste hinter dem Stück Stoff vor seinem Mund schmunzeln. „Hauptkommissar Andresen", sagte er. „Es ist ja auch einige Wochen her. Guten Tag, Frau Nowak."

„Wie geht es Ihnen, Eliana?", fragte Weichert lächelnd.

Eliana, dachte Andresen. Richtig!

„Gut, gut. Danke." Sie wirkte noch immer reichlich verwirrt. „Wieso … ich meine, … ach, entschuldigen Sie! Möchten Sie hereinkommen?"

„Gern", sagte Andresen.

Sie trat zur Seite und öffnete die Tür so weit, dass sie eintreten konnten.

Drinnen schauten sie sich interessiert um. Ein heller, äußerst geräumiger Eingangsbereich mit großen Topfpflanzen, weiter hinten eine gewundene Marmortreppe. Die großen Fliesen des Bodens – ebenfalls Marmor – glänzten, als wären sie eben feucht gewischt worden. Die cremeweißen Wände waren mit Werken des Hauseigentümers dekoriert. Beim Betrachten fiel Andresen wieder das Wort ein, mit dem Daniela die Bilder Jacobys bezeichnet hatte: dunkelbunt. Das passte wirklich gut, musste er zugeben. Von hellen Farben schien der große Meister nicht viel zu halten. Vermutlich hatte er auch eine düstere Persönlichkeit.

„Ist Herr Jacoby zu Hause?", fragte Weichert. „Wir würden ihn gern sprechen."

„Er ist oben, in seinem Atelier", sagte Eliana Nowak. „Ich werde ihm Bescheid sagen, dass Sie da sind."

„Wir können auch zu ihm gehen", schlug Andresen vor, der sich gern dieses Atelier angeschaut hätte, doch sie schüttelte den Kopf. „Max hat es nicht gern, wenn jemand sein Allerheiligstes betritt", verriet sie. „Ich hole ihn und bin sofort zurück. Im Übrigen können Sie die Masken gern abnehmen, wenn Sie möchten." Sie eilte die Treppe hinauf und verschwand um eine Ecke.

„Tolle Beine", kommentierte Andresen mit gesenkter Stimme, während er seine Maske in die Jackentasche stopfte.

Weichert nahm seinen Schnutenpulli ab und bedachte Andresen dabei mit einem strafenden Blick.

Andresen schnaubte belustigt. „Oh, nun tun Sie bloß nicht so, als hätten Sie ihr nicht hinterhergeguckt!"

„Schon mal den Spruch gehört: Ein Gentleman genießt und schweigt?“

„Ja, hab ich. Allerdings wurde ich noch nie als einer bezeichnet.“

„Das wundert mich überhaupt nicht.“

Andresen fiel keine schlagfertige Erwiderung ein, also schwieg er.

Sie betrachteten die Gemälde. Linsten in die angrenzenden Räume, deren Türen angelehnt waren. Ein Arbeitszimmer, ein Gästebad. Alle Räume hatten was von einer High-Society-Filmkulisse. Selbst die herumliegende Zeitschrift auf der Flurkommode wirkte wie ein Designer-Accessoire.

„Irgendwie steril hier“, meinte Andresen abschätzig.

„Ich finde es stilvoll.“

„Typisch für Sie.“ Andresen warf einen Blick auf seine Uhr. „Das Atelier muss verdammt weit weg sein, so lange wie die Dame braucht.“

Tatsächlich wurde ihre Geduld noch etwas länger strapaziert, doch endlich erschien das Paar am oberen Ende der Treppe. Eliana Nowak kam als Erste die Stufen hinunter, und Andresen kam nicht umhin, sie bewundernd zu betrachten. So sah man höchstens Models eine Treppe hinabgehen. Dabei erinnerte er sich, dass Jacoby beiläufig erwähnt hatte, dass seine Lebensgefährtin früher als Model tätig gewesen war. Offenbar entsprach diese Behauptung der Wahrheit.

Max Jacoby folgte ihr weit weniger elegant. Auch heute trug er die rote Brille, dazu Jeans, einen schwarzen Rolli und darüber einen offen stehenden, mit Farbklecksen gesprenkelten weißen Kittel.

„Lutz!", rief er erfreut. „Wie geht es deiner Verlobten? Was macht ihr neuer Krimi? Verkauft er sich gut?"

„Ich glaube, sie ist ganz zufrieden", antwortete Weichert. „Guten Tag, Herr Jacoby."

„Moin", sagte Andresen. „Wir stören wirklich nur ungern, aber –"

Max Jacobys Zeigefinger richtete sich auf ihn. „Ich erinnere mich an Sie. Wir haben uns auf der Lesung unterhalten, nicht wahr? Sie sind der Kollege von Lutz."

Andresen nickte knapp und entschloss sich, gleich zur Sache zu kommen. „Wir haben leider schlechte Nachrichten für Sie."

„Ach", machte Jacoby und wirkte einen Moment lang irritiert. Vermutlich grübelte er darüber nach, was für Neuigkeiten das sein konnten. Dann wies er auf eine geschlossene zweiflügelige Tür. „Kommen Sie, wir müssen das ja nicht zwischen Tür und Angel besprechen."

Er ging voraus, mit festen Schritten und erhobenem Kopf. Vom Scheitel bis zur Sohle der Mann von Welt, dachte Andresen abfällig. Eine Wolke von abgestandenem Zigarettenrauch wehte hinter dem Künstler her. Die unterschiedlichen Brüder hatten also zumindest eins gemeinsam: Sie frönten demselben Laster.

Sie folgten Jacoby in einen großzügigen Raum mit einem Esstisch aus dunklem Glas und hellen, sesselartigen Stühlen auf Rollen. Der Essbereich ging fließend in ein sehr modern eingerichtetes Wohnzimmer über. An einer Wand hing ein Flachbildschirm von den Ausmaßen einer Tischtennisplatte, jedenfalls kam es Andresen so vor. Der Sitzbereich bestand aus drei hellgrauen Ledersofas mit flauschigen dunkelroten Sofakissen und einem niedrigen Glastisch, auf dem eine Schale aus buntem Glas neben passenden Teelichthaltern stand.

Irgendwie wirkt hier alles gläsern, dachte Andresen. Vermutlich hat er sogar ein Bett aus Kristallglas. Der Flügel, der zwischen Ess- und Wohnbereich stand, war allerdings nicht aus Glas. Ein Bechstein, stellte Andresen fest. Nicht, dass er sich auskannte, aber der Name stand in goldenen Lettern über den verdeckten Tasten.

„Nehmen Sie Platz, meine Herren", sagte Jacoby und wies einladend auf die Rollsessel am Esstisch. „Elli, haben wir noch Kaffee da?"

„Nein, aber ich könnte frischen kochen."

Max nickte ihr zu und setzte sich an die Stirnseite des Tisches. „Tu das, meine Liebe."

Eliana Nowak verließ ohne ein weiteres Wort den Raum.

Kein Bitte, kein Danke, registrierte Andresen. An dem ist noch weniger ein Gentleman verloren gegangen als an mir.

Er setzte sich und sah sich neugierig um. Die riesige Fensterfront ging auf eine mit schicken Lounge-Möbeln ausgestattete Terrasse und den überaus gepflegten Garten hinaus.

„Schön haben Sie es hier", lobte Weichert hörbar beeindruckt.

Jacoby nickte gönnerhaft. „Danke."

Andresen räusperte sich. Es wurde Zeit, mit dem Small Talk aufzuhören und zum Punkt zu kommen. „Herr Jacoby, Sie haben einen Verwandten namens Tom Jakobs, nicht wahr?"

Max Jacoby runzelte die Stirn. „Allerdings. Er ist mein Bruder. Ich habe ihn aber seit einer Ewigkeit nicht mehr gesehen. Was ist mit ihm?"

„Warum heißen Sie nicht Jakobs?"

„Der Name war mir zu gewöhnlich. Er klingt nicht. Als Künstler braucht man einen Namen, der im Ohr bleibt, verstehen Sie? Also habe ich meinen ein klein wenig verändert."

„Ich verstehe. Wie praktisch."

„Sie sprachen von Tom", erinnerte ihn Jacoby.

„Richtig." Andresen ahnte, dass er dem Maler die Neuigkeit nicht behutsam beibringen musste. Also rückte er unumwunden mit der Sprache heraus. „Es tut mir leid, Ihnen das sagen zu müssen, aber Ihr Bruder ist tot."

Max Jacoby verschränkte seine mit bunten Flecken besprenkelten Finger und nickte langsam. „Das dachte ich mir."

„Ach ja?" Andresen musterte ihn scharf. „Und wieso das?"

„Ich schaue sehr gern Krimis, Herr Kommissar. Tatort und so weiter. Und wenn jemand von Ihrem Berufszweig vor der Tür steht und sich nach einem Verwandten erkundigt, dann kann man mit ziemlicher Sicherheit davon ausgehen, dass jenes Familienmitglied nicht im Lotto gewonnen hat oder für den Nobelpreis nominiert wurde, sondern dass es gewaltsam zu Tode gekommen ist, entführt wurde oder Ähnliches."

„Mir scheint, dass Ihnen diese Nachricht – so vorhersehbar sie auch gewesen sein mag – nicht sonderlich nahegeht."

Jacoby lehnte sich zurück und verschränkte die Arme im Nacken. In dieser Haltung wirkte er noch unbeteiligter als zuvor. „Wie gesagt, wir hatten keinen Kontakt mehr, und das seit einer gefühlten Ewigkeit. Besonders gut verstanden haben wir uns nie, schon als Kinder nicht. Wir waren zu verschieden. Es ist traurig, und ich bedauere Toms Tod, glauben Sie mir, doch Tränen brauchen Sie nicht zu erwarten."

„Worin bestanden die Unterschiede zwischen Ihnen?"

Max Jacoby breitete die Arme aus. „Schauen Sie sich um", forderte er sie lächelnd auf. „Ist das nicht offensichtlich? Ich gehe davon aus, dass mein Bruder, der nie wirklich etwas auf die Beine gestellt hat, wesentlich bescheidener lebte. Oder irre ich mich?"

„Nein. Aber versuchen Sie doch spaßeshalber trotzdem, mir zu erklären, was genau Sie von Ihrem Bruder unterschied", bat Andresen. Der Kerl machte ihn wahnsinnig mit seiner Arroganz. „Abgesehen von den finanziellen Umständen."

„Um es kurz zu machen: Tom war sein Leben lang eifersüchtig auf mich. Auf meine sportlichen oder schulischen Leistungen, auf meine Beliebtheit, auf mein Charisma, meine spontane Offenheit und natürlich meinen Erfolg. Er selbst war ein mittelmäßiger Schüler und kein guter Sportler. Nach der Schule ging er nach Spanien und wurde Animateur." Jacoby verzog abfällig das Gesicht. Vermutlich rangierte dieser Beruf bei ihm noch unter Tätigkeiten wie Mafioso, Influencer oder Finanzbeamter.

„Und dann fing er auch noch an zu trinken", fuhr Jacoby kopfschüttelnd fort. „Er ist ein kompletter Versager gewesen, sein ganzes Leben lang."

Und du hast dich neben ihm gefühlt wie der strahlende Held, dachte Andresen angewidert. „Seine Freunde hielten viel von ihm", bemerkte er. „So verkehrt war er vielleicht gar nicht. Für manche Menschen zählen andere Dinge als Geld und Erfolg."

„Mag sein." Max Jacobys Lippen umspielte ein maliziöses Lächeln. „Nun, jeder hat seine eigenen Ansprüche."

Eliana Nowak erschien mit einem Tablett und stellte es auf dem Glastisch ab. Dann goss sie ihnen Kaffee ein und setzte sich. „Zucker und Sahne nehmen Sie sich am besten selbst", sagte sie.

Weichert und Andresen bedankten und bedienten sich. Dann schob Eliana die Kaffeesahne zu Jacoby hinüber, der kaum merklich die Stirn runzelte.

„Ich nehme heute nur etwas Zucker", sagte er und schob die Sahne zu ihr zurück. Sein Blick hatte etwas Vorwurfsvolles, und er verfehlte seine Wirkung nicht. Eliana presste die Lippen zusammen und senkte den Blick.

Was für ein Arsch, dachte Andresen. Während er klingelnd in seiner Tasse rührte, fragte er an Jacoby gewandt: „Wann brach der Kontakt zwischen Ihnen und Ihrem Bruder ab?"

Max Jacoby nahm seine Tasse in beide Hände und lehnte sich zurück. „Das ist schon so lange her. Ich glaube, kurz bevor er nach Spanien ging. Danach haben wir uns nur noch bei den Beerdigungen unserer Eltern gesehen. Nach dem Tod meines Vaters reiste er sogleich wieder ab, doch als unsere Mutter starb, blieb er in Deutschland. Da war er auch längst zu alt, um weiter am Rande eines Hotelpools Wassergymnastikkurse zu leiten oder mit Touristen am Strand Volleyball zu spielen.“ Er lachte höhnisch und verdiente sich damit noch einen Antipathie-Punkt bei Andresen. Es summierte sich.

„Und bei der Beerdigung Ihrer Mutter haben Sie ihn das letzte Mal gesehen?“, hakte er nach.

Jacoby überlegte kurz. „Ja“, sagte er dann. „Stimmt. Das war vor ungefähr sechs Jahren.“

„Was ist mit Ihnen?“, wandte sich Andresen an Eliana Nowak. „Kannten Sie Tom Jakobs?“

Sie schüttelte den Kopf. „Wir sind uns nie begegnet.“

„Eliana und ich sind seit fünf Jahren zusammen“, fügte der Künstler ungefragt hinzu. „Darf ich nun endlich erfahren, was mit meinem Bruder passiert ist?“

Ich dachte schon, du würdest gar nicht mehr fragen, dachte Andresen, der längst darauf gewartet hatte, dass sich Jacoby nach den Einzelheiten erkundigte.

„Er wurde unter einer Autobahnbrücke entdeckt. Auf der Standspur der A7, in Höhe Handewitt.“

„Ist er betrunken gewesen und von der Brücke gefallen?“, erkundigte sich Jacoby, unverhohlene Herablassung in der Stimme.

Ruhig bleiben, mahnte sich Andresen. Trotz seiner guten Vorsätze konnte er nicht verhindern, dass seine nächsten Worte eisig klangen. „Das wird noch untersucht. Wir können jedoch ein Fremdverschulden nicht ausschließen.“

„Sie glauben, er wurde hinuntergeschubst?“ Eliana riss entsetzt die Augen auf. „Das ist ja scheußlich! Wer tut so etwas?“

„Nun, das werden wir noch herausfinden", versicherte ihr Andresen, leerte seine Tasse und stand auf. „Aber jetzt wollen wir Sie nicht länger behelligen."

Auch Jacoby erhob sich. „Danke, dass Sie extra vorbeigeschaut haben, um mich zu informieren."

„Das war doch selbstverständlich", meinte Weichert und schenkte dem Künstler ein gewinnendes Lächeln, während er sich ebenfalls erhob. „Es tut mir nur leid, dass wir keine besseren Nachrichten für Sie hatten."

„So ist das Leben", philosophierte Jacoby achselzuckend. „Irgendwann endet es für jeden von uns. Und für manchen endet es zu früh. Kommen Sie, ich bringe Sie noch zur Tür."

Beim Abschied bat Max Jacoby, auf dem Laufenden gehalten zu werden, und Weichert versprach eifrig, ihn zu informieren, wenn sich Neuigkeiten ergaben.

„Nur der Vollständigkeit halber", sagte Andresen, „muss ich noch fragen, wo Sie vorgestern Abend gewesen sind."

„Am Sonntag? Hier. Wir haben uns den Tatort angesehen, danach war ich noch bis gegen halb zwölf in meinem Atelier."

„Ja, das stimmt", bestätigte Frau Nowak. „Ich habe mir nach dem Krimi noch eine Serie angeschaut."

„Sie verbringen viel Zeit in Ihrem Atelier, nicht wahr?", fragte Andresen an Max Jacoby gewandt.

„Malen entspannt mich eben", gab er zurück. „Nur mit dem Pinsel in der Hand fühle ich mich so richtig ausgeglichen und zufrieden."

„Verstehe." Andresen drückte dem ausgeglichenen und zufriedenen Maler eine Visitenkarte in die Hand. „Falls

Ihnen noch etwas einfallen sollte, das uns weiterbringt, rufen Sie uns bitte an."

„Selbstverständlich, auch wenn Sie damit besser nicht rechnen sollten. Alles, was ich weiß, habe ich Ihnen gesagt. Einen schönen Tag noch, meine Herren!"

„Danke, Ihnen auch." Andresen nickte Eliana Nowak zu und konnte es kaum erwarten, hinter dem Steuer seines Mercedes zu sitzen. Eilig strebte er seinem Wagen entgegen. Weicherts Schritte hinter ihm gingen im Geschrei der Krähen unter, die in den umstehenden Bäumen offenbar eine Art Sammelstelle hatten. Das Krächzen aus mehreren Hundert Vogelkehlen erinnerte Andresen an einen bestimmten Hitchcock-Klassiker.

Als Weichert und er eingestiegen waren, packte Andresen das Lenkrad und ließ erst einmal Dampf ab. „Ich habe den Kerl ja schon bei der Lesung für einen egozentrischen Mistkerl mit Geltungsdrang gehalten, aber ich hatte offenbar eine viel zu hohe Meinung von ihm. Was für ein widerlicher, arroganter …" Ihm gingen die Schimpfworte aus, also schnaubte er bloß und ließ den Motor anspringen.

„Nun ja", räumte Weichert ein, „ich muss zugeben, er ist schon etwas … gewöhnungsbedürftig."

Andresen löste die Handbremse. „Gewöhnungsbedürftig! Pah! Der Typ führt die Top-Ten-Liste der größten Widerlinge nördlich der Elbe an."

Während er den Wagen wendete, schaute er in den Rückspiegel. Hinter einem Fenster links von der Haustür bemerkte er eine Bewegung. Eliana Nowak stand dort und schaute ihnen nach.

„Wir werden beobachtet", sagte er ruhig.

Weichert schaute hinaus. „Von wem?"

„Des Malers Muse."

„Eliana?" Lutz Weichert zuckte mit den Schultern. „Na und?"

„Meiner Erfahrung nach verhalten sich so Menschen, die etwas zu verbergen haben."

Sein Kollege lachte. „Sie haben sich wirklich auf Jacoby eingeschossen, oder? Und wenn der sich nicht verdächtig benimmt, dann muss eben seine Lebensgefährtin etwas auf dem Kerbholz haben. Sie haben es doch gehört, die Brüder hatten seit Ewigkeiten keinerlei Kontakt. Können Sie sich nicht vorstellen, dass die Frau lediglich sehr neugierig ist? Schließlich steht nicht jeden Tag die Kripo vor der Tür."

Andresen schwieg. Weichert hatte schon immer eine gewisse Schwäche für die Schönen und Reichen ausgezeichnet, ihm fehlte Andresens Meinung nach die Objektivität.

Er selbst dagegen würde Max Jacoby und dessen Freundin nicht so rasch von der Liste der potenziellen Verdächtigen streichen.

*

„Da sind Sie ja wieder!", stellte Mirja scharfsinnig fest, als Andresen und Weichert von ihrem Besuch bei dem Flensburger Künstler zurückkehrten.

„Gut erkannt", lobte Andresen.

Sie ging nicht darauf ein. „Wie war's?", fragte sie gespannt.

Andresen gab einen Grunzton von sich. „Die Überheblichkeit ist dem Kleckser-Heini fast aus den Ohren gelaufen."

„Unser lieber Kollege möchte damit zum Ausdruck bringen, dass die Unterhaltung nicht vollkommen frei von Spannungen, sondern vielmehr von der Unvereinbarkeit der unterschiedlichen Charaktere geprägt verlaufen ist", übersetzte Weichert grinsend.

Mirja lachte. „Schön formuliert. Da wäre ich ja zu gern dabei gewesen."

Andresen wollte eben etwas erwidern, als die Bürotür aufflog und die zornbebende Stimme von Mareike Birk-Johannsen ertönte. „*Herr* Hauptkommissar!"

Er bemühte sich um ein Lächeln. „Frau Staatsanwältin, wie nett, uns mal zu besuchen."

Frau Birk-Johannsen, allgemein „die Adlerin" genannt, Enddreißigerin, verheiratet mit einem Strafrichter und ihrem Beruf, verschränkte die Arme. „Ersparen Sie mir den Quatsch", zischte sie. „Mir ist zu Ohren gekommen, Sie würden den Künstler Maximilian Jacoby vernehmen. Ist das wahr?"

„Wir haben ihn lediglich vom Tod seines Bruders in Kenntnis gesetzt", stellte Andresen richtig. „Sollte er es lieber aus dem Radio erfahren?" Er ging zu seinem Schreibtisch hinüber und ließ sich dahinter nieder. „Wir sind im Übrigen gerade erst zurück. Woher wissen Sie davon?"

„Meine Sekretärin hat es mir erzählt."

„Und die hat es wo gehört?“ Er warf Mirja einen prüfenden Blick zu. Sie wurde prompt rot und senkte den Blick.

„Keine Ahnung. Aber Sie wissen doch, wie das läuft: Wenn so ein Gerücht im Umlauf ist, dann landet es früher oder später auch bei der Presse.“

Frau Birk-Johannsen kam auf Andresen zu. Ihr langsamer Gang hatte in Verbindung mit dem stechenden Blick etwas Drohendes. Unwillkürlich lehnte er sich zurück, als wolle er unbewusst den Abstand zwischen sich und ihr vergrößern.

Mareike Birk-Johannsen war eine Frau, an der alles zu groß war. Sie selbst maß fast einen Meter achtzig, und Andresen schätzte ihre Schuhgröße auf mindestens 43. Sie trug ihren Spitznamen zu Recht, denn sie wirkte wie ein überdimensionaler Weißkopfseeadler. Eine schnabelartige Nase, kurz gehaltenes, fast weißes Blondhaar und ein Raubvogelblick, der so manchen Gesprächspartner schlucken ließ.

Als Berufskleidung trug sie jahraus, jahrein weiße Blusen und dunkle Hosenanzüge. Wenn sie die Arme ausbreitete, drängte sich Andresen stets die Vorstellung auf, dass sie sich jeden Moment abstoßen und vom Boden abheben würde.

„Hören Sie zu, Herr Kommissar: Maximilian Jacoby ist ein angesehener Künstler, ein Aushängeschild für unsere Stadt, ach was, für die gesamte Region, und zudem weit über deren Grenzen hinaus bekannt“, sagte sie eindringlich. „Ich weiß, dass Ihnen solche Dinge nicht wichtig sind, deshalb will ich Ihr Versprechen, dass Sie zum einen diesen Fall so schnell wie möglich lösen, und zum anderen, dass Sie Max Jacoby weitestgehend aus den Ermittlungen heraushalten. Das Letzte, was ich sehen will, sind verleumderische Schlagzeilen über einen anerkannten Flensburger Maler!“

„Kein Problem, Frau Staatsanwältin“, mischte sich Lutz Weichert ein. Er schenkte dem Weißkopfseeadler ein beruhigendes Lächeln. „Jacoby hat uns glaubhaft versichert, dass er zu seinem Bruder seit vielen Jahren keinerlei Kontakt pflegte. Die Wahrscheinlichkeit, dass er mit dessen Tod zu tun hat, dürfte gegen null tendieren.“

Birk-Johannsen nickte zufrieden. „Gut. Herr Wichert, ich verlasse mich auf Sie.“

„Weichert“, korrigierte er beleidigt. „Mein Name ist Weichert. Nicht Wichert.“

„Wie auch immer. Enttäuschen Sie mich nicht.“ Sie verzog für den Bruchteil einer Sekunde ihren kleinen Mund zu einem Lächeln, warf Carsten Andresen noch einen warnenden Blick zu und wandte sich zur Tür.

Während Andresen ihr nachsah, ballte er die Hände zu Fäusten, denn hätte er das nicht getan, hätte sein Mittelfinger sich sehr unflätig benommen.

„Da da daaaa!“, kommentierte Mirja grinsend, kaum dass die Tür ins Schloss gefallen war. „So was nenne ich einen Abgang mit Stil.“

Andresen seufzte lang anhaltend. „Na toll. Nun dürfen wir den Pinselschwinger auch noch mit Samthandschuhen anfassen.“

„Müssen Sie ihn immer so nennen?“, fragte Weichert missbilligend.

„Freuen Sie sich lieber darüber, meine anderen Bezeichnungen für ihn sind nicht so wohlwollend." Andresen wandte sich verärgert an Mirja. „Vielen Dank übrigens für Ihre Indiskretion."

„Tut mir leid", gab sie zerknirscht zurück. „Ich hab die Adler-Sekretärin in der Kaffeeküche getroffen und nur beiläufig erwähnt, wo Sie hinwollten. Woher sollte ich wissen, dass sie es gleich herumerzählt?"

„Vielleicht, weil im Adler-Büro ein Werk des Künstlers hängt?", meinte Weichert. „Und darunter steht sogar ein Foto, das unsere liebe Staatsanwältin gemeinsam mit Jacoby bei einem festlichen Empfang zeigt. Die zwei demonstrieren darauf größte Einvernehmlichkeit."

„Ich bin nie in ihrem Büro gewesen, also weiß ich das nicht", verteidigte sich Mirja bockig.

„Schon gut." Andresen klopfte mit einem Kugelschreiber auf seine Schreibtischplatte, um die Aufmerksamkeit der Streithähne auf sich zu lenken. „Passiert ist passiert. Wir sollten uns wichtigeren Dingen zuwenden. Mirja, was haben Sie in der Zwischenzeit herausgefunden?"

„Also, Maximilian Jacoby hat am Alten Gym das Abitur gemacht und noch unter seinem alten Namen Jakobs acht Semester Kunst studiert, an der Kunsthochschule in Kiel. Jacoby hat nie geheiratet und auch keine Kinder. Er lebt seit knapp fünf Jahren mit Eliana Nowak zusammen, und im Internet wimmelt es nur so von Lobpreisungen. Er hat zwei Bildbände veröffentlicht, in denen er seine Kunstwerke vorstellt, und hat Ausstellungen in Städten wie Kopenhagen, Paris und sogar New York gehabt. Seit 2005 ist er freischaffender Künstler und – wie wir bereits wissen

– sehr erfolgreich. Sein Bruder Tom dagegen hat kurz vor Abschluss der Mittleren Reife die Schule geschmissen und ist ins Ausland gegangen. Als er nach Deutschland zurückkehrte, fand er einen Job in einer Tischlerei, die es inzwischen nicht mehr gibt."

„Das Letzte wusste ich schon. Was ist mit den Mitbewohnern?"

„Da gab es tatsächlich etwas Interessantes", sagte Mirja. „Dieser Finn Rohloff, der Steuerberater, ist vorbestraft, und zwar wegen Körperverletzung. Der Mann, den er 1999 verprügelt hat, lag eine Woche im Krankenhaus. Rohloff wurde zu einem Jahr auf Bewährung und einer Geldstrafe verurteilt."

„Das ist interessant", bemerkte Andresen. „Abgesehen von der Statur wirkt er ja nicht gerade gewalttätig." Er warf einen Blick auf die Uhr. „Mit ihm reden wir nach dem Mittagessen. Mein Magen knurrt."

„Und was mache ich?", wollte Mirja wissen.

„Besorgen Sie mir die Strafakte über Finn Rohloff."

„Ist bereits angefordert."

„Prächtig. Dann versuchen Sie herauszufinden, wer Tom Jakobs am Sonntagabend gegen halb neun angerufen hat."

„Schön, ich tu, was ich kann", sagte Mirja lustlos. „Aber vorher werde ich auch etwas essen, wenn es gestattet ist."

„Natürlich", erwiderte Andresen mit seinem freundlichsten Lächeln. „Wir wollen ja nicht, dass Sie vom Fleisch fallen und womöglich zu schwach sind, um Interna zu verbreiten."

Sie musterte ihn prüfend. „Das werde ich mir jetzt öfter anhören müssen, oder?“

„Darauf können Sie wetten.“ Andresen sah zu Weichert. „Kommen Sie mit?“

„Darauf wiederum können *Sie* wetten.“ Weichert grinste und erhob sich. „Wie wäre es mit Chinesisch?“

„Von mir aus. Wenn es Sie nicht stört, dass ich mit Messer und Gabel esse. Mit Stäbchen würde ich verhungern.“

*

„Herr Rohloff, zwei Herren von der Polizei sind hier. Schon wieder.“

Finn Rohloff seufzte, klappte die Akte, die vor ihm auf dem Schreibtisch lag, zu und bat seine Sekretärin, die beiden Beamten eintreten zu lassen.

Zwei Herren, hatte seine Sekretärin gesagt. Das letzte Mal war dieser Kommissar Andresen in weiblicher Begleitung gewesen. Was er wohl diesmal von ihm wollte?

Die Tür ging auf, und hinter dem großen, kräftigen Hauptkommissar betrat ein jüngerer und schmalerer Mann Finns Büro. Ein knallroter Anorak, darunter ein grünes T-Shirt. Enge Jeans und gegeltes Haar. Auf den ersten Blick das absolute Gegenteil seines Kollegen.

„Guten Tag, Herr Rohloff“, begann Andresen. „Das ist mein Kollege, Oberkommissar Lutz Weichert.“

„Freut mich“, sagte Finn knapp. „Setzen Sie sich. Die Masken dürfen Sie abnehmen, wenn Sie möchten.“

„Und ob wir möchten“, kam es erleichtert vom Hauptkommissar, der seinen Worten sogleich Taten folgen ließ.

Finn legte seine Fingerkuppen gegeneinander und musterte seine Besucher. „Also? Was führt Sie heute zu mir?“

„Wir wissen ja inzwischen, dass Sie kurz vor Tom Jakobs' Verschwinden eine Auseinandersetzung mit ihm hatten.“

Finn gab ein kleines bitteres Lachen von sich. „Ich habe von Ihrer Unterhaltung gestern Abend mit Oliver gehört. Sehr clever, mein Respekt. Und nun glauben Sie, dass ich Tom von der Brücke gestoßen habe, ja?“

„Nun ja“, meinte Oberkommissar Weichert, „ein Mann Ihrer Statur hätte damit vermutlich keine Schwierigkeiten.“

„Körperlich vielleicht nicht. Aber ich verabscheue jede Art von Gewalt.“

„Tatsächlich? Das war nicht immer so, habe ich recht?“

Finn stieß einen tiefen Seufzer aus. „Sie wissen also, dass ich vorbestraft bin.“

„Aber natürlich. Wollen Sie uns davon erzählen?“

Widerwillen regte sich in Finn. Er hatte die Sache fast vergessen und keine Lust, sie aufzuwärmen. „Sie können doch die Einzelheiten in der Akte nachlesen“, sagte er abwehrend.

Andresen schlug ein Bein über das andere und verschränkte die Arme. „Ich würde sie aber lieber von Ihnen hören.“

„Also schön!“, sagte Finn seufzend. „Wenn Sie die Zeit haben, sich uralte Kamellen anzuhören.“

„Wir werden sie uns gerne nehmen.“

„Na dann. Es war der 18. April 1999. Ein Samstag. Ich war mit einigen Freunden im Sasa und hatte gerade eine junge Frau kennengelernt. Wir unterhielten uns, tanzten zusammen, und ich gab ihr ein Getränk aus. Wir waren uns sehr sympathisch, und alles war gut. Doch dann tauchte dieser Typ auf."

Finn sah die Szene von damals wieder vor sich. Den Ausdruck im Gesicht seiner neuen Bekanntschaft, der gleichzeitig Ärger und Angst zeigte. Der blonde Mann, der sich zwischen Finn und seiner Begleitung aufbaute, mit dem Rücken zu ihm, und der so laut wurde, dass man seine Stimme trotz der Musik, die aus den Boxen dröhnte, verstehen konnte. Finn wusste sogar noch, welches Lied in dem Moment gespielt wurde: *I just can't get enough* von Depeche Mode.

Finn kehrte in die Gegenwart zurück und sah Andresen an. „Der Kerl wurde recht schnell aufdringlich, packte meine Bekannte am Arm und wollte sie mit sich zerren, offensichtlich nach draußen. Sie wehrte sich und sah mich hilfesuchend an. Also drehte ich ihn an der Schulter zu mir herum und sagte ihm, er solle verschwinden. Daraufhin rammte er mir seine Faust ins Gesicht. Das musste ich persönlich nehmen, schlug zurück, und es entwickelte sich eine Schlägerei." Finn deutete ein Lächeln an. „Sie können sich vorstellen, was daraufhin los war. Barhocker fielen um, die Leute kreischten, Gläser klirrten – es war wie in einem billigen Western."

„Sie handelten also Ihrer Aussage nach aus Notwehr", sagte Kommissar Andresen. Er sah zweifelnd aus. „Dann verstehe ich nicht, wieso man das nicht berücksichtigt, sondern Sie verurteilt hat."

„Wenn Sie mich ausreden lassen, sage ich es Ihnen", bot Finn an.

„Verzeihung." Andresen machte eine auffordernde Handbewegung. „Bitte, fahren Sie fort."

„Die Erklärung für das, was als Nächstes geschah, liegt in meiner Kindheit. Sie müssen wissen, mein Vater war ein Mann, der Streitigkeiten oder Unstimmigkeiten vornehmlich mit den Fäusten regelte. Auch meine Mutter und ich bekamen das zu spüren. Sie können sich vielleicht vorstellen, dass meine Kindheit deshalb nicht gerade unbeschwert war. Ich weiß noch, wann ich das Gefühl, meinen Vater von ganzem Herzen zu hassen, das erste Mal verspürte. Es war am Tag meiner Einschulung. Bevor wir aufbrachen, hatte ihn irgendetwas aufgeregt, es kam zum Streit mit meiner Mutter, und er verpasste ihr einen Schlag aufs Auge. Auf allen Fotos von jenem Tag trägt sie eine Sonnenbrille, obwohl es ein regnerischer und kühler Tag war."

Finn Rohloff machte eine kurze Pause und fuhr dann fort. „Schon aufgrund meiner Erfahrungen in jenen Jahren verabscheue ich Gewalt zutiefst. Aber in diesem einen Moment, als dieser windige Kerl im Sasa mir ins Gesicht schlug, legte sich in meinem Kopf ein Schalter um. Ich sah meinen Vater vor mir, den irren Ausdruck in seinen Augen, sein wutverzerrtes Gesicht …" Finn atmete tief durch und schaute rasch zum Fenster hinaus. Er wollte nicht, dass die Beamten merkten, wie sehr ihn diese Erinnerungen aufwühlten.

„Die Angst, die mich während meiner Kindheit und Jugend wie ein Schatten begleitete, war wieder da. Doch in jenem Moment verwandelte sie sich in unbändigen Zorn. Ich schlug zu, immer wieder. Konnte nicht aufhören. Es war, als würde ich mich für jeden Schlag rächen, den ich als Kind erhalten hatte, und für jeden Angriff auf meine Mutter, den ich mitansehen musste. Nur leider erwischte es nicht meinen Vater, der es verdient hätte, sondern diesen anderen Kerl. Und ich habe ihn ziemlich übel zugerichtet, wenn ich ehrlich sein soll."

„Er musste stationär behandelt werden, nicht wahr?"

Finn nickte. „Eine Woche, wenn ich mich recht erinnere. Ich habe ihn gleich am nächsten Tag besucht und mich aufrichtig entschuldigt. Aber ungeschoren wollte mich der Richter nicht davonkommen lassen. Und ehrlich gesagt, kann ich das verstehen. In diesen paar Minuten im Sasa habe ich mich benommen wie ein wildes Tier. Es schaudert mich noch heute, wenn ich daran denke." Er verspürte einen Kloß in der Kehle und hatte Mühe, ihn hinunterzuschlucken.

„Und so etwas ist seither nie mehr vorgekommen?", fragte Kommissar Andresen.

Finn schüttelte den Kopf. „Nein. Nie. Es ist ein wenig als … Ja, als wäre die Sache damit für mich vom Tisch. Ich habe mit meiner Kindheit und mit meinem Vater abgeschlossen. Mit einem Knall, wenn Sie so wollen, aber Gewalt war von da an für mich kein Thema mehr."

„Tom Jakobs gelang es hin und wieder, Sie zu provozieren, nicht wahr?"

Finn hob das Kinn und hielt dem Blick des Kommissars stand. „Sagen wir, er versuchte es. Tom konnte unsensibel und verdammt taktlos sein. Ich gebe auch gern zu, dass ich hin und wieder vor Wut meine Hände zu Fäusten geballt habe. Doch ich hatte sie zu jeder Zeit im Griff, denn sobald das geschieht, sobald meine Hände zu Fäusten werden, denke ich automatisch an meinen Vater. Das hilft. Ich will seinem Vorbild nicht nacheifern. Mein einmaliger Ausraster damals war schlimm genug, und es war das einzige Mal, dass ich Gewalt angewendet habe. Das schwöre ich beim Grab meiner Frau."

Am Gesicht seines Gegenübers erkannte Finn, dass er damit wohl ein wenig dick aufgetragen hatte, doch es war ihm ernst, und wenn die Wahrheit theatralisch rüberkam, dann war es eben so.

„Herr Rohloff", sagte Kommissar Andresen, in dem geduldigen Tonfall, den Erwachsene gern bei uneinsichtigen Kindern anwendeten, „ich will Ihnen gern glauben, doch Sie müssen verstehen, wie sich die Situation für uns darstellt."

„Nämlich?"

„Das will ich Ihnen sagen: Am Samstagabend hat Jakobs Sie gereizt, es kam zum Streit. Sie hatten also ein Motiv. Vierundzwanzig Stunden später war er tot, sein Körper mit Prellungen und Hämatomen übersät. Sie sind strafrechtlich bereits wegen Körperverletzung in Erscheinung getreten. Und last but not least: Sie haben für die Tatzeit kein Alibi."

„Weil ich in meinem Haus die Sachen meiner Frau sortiert habe!"

„Hat ein Nachbar Sie dort gesehen? Oder kann sonst jemand Ihre Angaben bestätigen?"

Finn massierte mit Daumen und Mittelfinger seine Nasenwurzel. „Das weiß ich nicht. Meine Nachbarn saßen vermutlich vor dem Fernseher und haben meine Anwesenheit nicht zur Kenntnis genommen." Langsam ließ er die Hand wieder sinken und sah die beiden Beamten an. „Hören Sie, ich habe Tom nichts getan. Das ist die Wahrheit! Ich war nicht immer gut auf ihn zu sprechen, das stimmt, doch in erster Linie war er mein Freund. Denn von seinen blöden Sprüchen abgesehen war er ein feiner Kerl. Und ich will ebenso wie Sie, dass der Kerl, der ihm das angetan hat, so schnell wie möglich gefasst wird."

Der Kommissar erhob sich. „Ich möchte Sie bitten, auf die Dienststelle zu kommen und Ihre Aussage protokollieren zu lassen. Am besten noch heute."

Finn stand ebenfalls auf. Er nickte. „Natürlich. Wenn es der Wahrheitsfindung dient."

„Darf ich Sie etwas fragen, Herr Rohloff?", fragte der jüngere Kommissar.

„Sicher."

„Ich nehme an, nach der Prügelei im Sasa hatte sich das mit Ihnen und der jungen Frau erledigt, oder?"

Finn lächelte wehmütig. „Das sollte man glauben, nicht wahr? Zu dem Zeitpunkt, als ihr Ex-Freund – um den handelte es sich nämlich bei dem anderen Mann – und ich aneinandergerieten, wusste ich bereits ihren vollständigen Namen und ihre ungefähre Adresse. Das reichte, um sie ausfindig zu machen. Ich habe mich auch bei ihr entschuldigt, ihr alles erklärt, und sie hat mir meinen Ausbruch verziehen. Ein gutes Jahr später haben wir geheiratet. Ihr Name war Karina."

KAPITEL 10

Andresen klappte die Ermittlungsakte aus dem Jahr 1999 zu. „Seine Aussage von heute stimmt mit der von damals überein. Und jeder, der Rohloff kennt, beschreibt ihn eher als sanftmütig."

„Auch ich bin der Meinung, dass er nicht als Täter infrage kommt", stimmte Weichert zu. „Die Auswertung seiner Telefondaten hat ergeben, dass er nicht in der Nähe des Tatorts war. Offenbar hat er uns die Wahrheit gesagt."

„Ein Telefon kann man auch vergessen – oder absichtlich liegen lassen. Apropos: Mirja, was ist mit dem Handy von Tom Jakobs?"

„Die SIM-Karte wurde leider nicht gefunden, und das Gerät war so kaputt, dass auch die Seriennummer nur bruchstückhaft ermittelt werden konnte. Aber bei seinem Anbieter habe ich herausbekommen, dass er zu dem fraglichen Zeitpunkt von einer Prepaid-Nummer angerufen wurde. Es muss eine alte SIM-Karte sein, sie lässt sich nämlich nicht zurückverfolgen."

„Also älter als … Seit wann gilt die Ausweispflicht bei Prepaidkarten?"

„1. Juli 2017", kam es wie aus der Pistole geschossen von Mirja. „Hab ich gerade recherchiert."

„Wir finden also nicht heraus, wer genau Tom Jakobs am Sonntagabend angerufen hat?"

Mirja zuckte die Achseln. „Sieht so aus."

„Verdammt!" Andresen ließ die flache Hand auf seine Schreibtischplatte sausen. „Das bringt uns also nicht weiter. Was ist mit seinem Notebook?"

„Da wurden einige E-Mail-Adressen gesichert", berichtete Mirja. „Es handelt sich hauptsächlich um Bekannte von Jakobs, die im Ausland leben, sowie um einige Personen, die wie er in dieser Selbsthilfegruppe für Alkoholkranke sind." Sie stand auf und reichte Andresen eine Liste. „Von einigen davon habe ich inzwischen die Anschriften herausgefunden."

Die erste Adresse führte Andresen und Weichert auf die westliche Höhe, zum Timm-Kröger-Weg. Der Wohnkomplex, in dem Detlev Scholz lebte, hatte seine besten Jahre längst hinter sich. Die Wohnung im dritten Stock war klein, unaufgeräumt, und es roch muffig. Andresen registrierte das erwartete Naserümpfen seines Kollegen und konnte es ihm nicht verdenken.

„Kommse rein", sagte Detlev Scholz, fuhr sich mit der Zunge über die Lippen und schloss die Tür hinter ihnen. Dann ging er durch den schmalen und dunklen Flur voraus in Richtung Wohnzimmer. Dort angekommen sah er Andresen und Weichert nacheinander an und zuckte mit den Achseln. „Ich weiß, is nich gerade wie bei ‚Schöner Wohnen' bei mir, aber ich bin schon froh, dass ich wieder ein Dach überm Kopf hab. Bitte." Er wies auf seine Couch, die garantiert aus zweiter, eher noch aus dritter oder vierter Hand stammte.

Sie setzten sich vorsichtig darauf, doch das Möbelstück war stabiler, als es aussah.

Detlev Scholz nahm links von ihnen in einem Sessel Platz, der zwar nicht zur Couch passte, aber ganz gemütlich zu sein schien. Platt gedrückte Kissen und abgewetzte Armlehnen wiesen diese Sitzgelegenheit als Scholz' Favoriten aus.

„Ist das wahr?", fragte Herr Scholz und leckte sich erneut über die schmalen Lippen, „Tom ist tot?"

Andresen nickte. Scholz hatte seine hagere Statur in eine viel zu weite Jeans und ein verwaschenes Sweatshirt gehüllt, dessen Ärmel zu kurz waren. Er zog den Hals ein oder die Schultern hoch, Andresen war sich nicht sicher, was von beidem zutraf. Auf jeden Fall sah er aus, als würde er sich vor irgendwas ducken. Detlev Scholz erinnerte ihn an ein scheues Reh, das in Furcht vor Feinden lebte und pausenlos auf der Hut war. Dazu passte auch der unstete Blick. Er schien jederzeit bereit zur Flucht.

Haare und Fingernägel des Mittfünfzigers benötigten eine dringende Kürzung und sein Kinn eine Rasur. Unter seinen Augen lagen tiefe Schatten.

„Kannten Sie Tom Jakobs gut?", fragte Andresen.

„Nee, erst seit ein paar Wochen. So lange bin ich ja noch nicht dabei. Aber er war ganz in Ordnung. Hatte Humor."

„Wann haben Sie ihn das letzte Mal gesehen?"

„Beim letzten Treffen. Am Donnerstagabend."

„Und ist Ihnen irgendwas an seinem Verhalten aufgefallen? Was machte er auf Sie für einen Eindruck?"

„Einen ganz normalen", sagte Scholz. Er knetete seine Finger und fuhr sich wieder mit der Zunge über die Lippen. „Was ist denn mit ihm eigentlich passiert?"

„Das versuchen wir herauszufinden", sagte Andresen zurückhaltend. „Gab es an dem Donnerstagabend Streit? Oder ist sonst etwas vorgefallen?"

Scholz sah nachdenklich zur Decke. Andresen folgte seinem Blick und dachte, dass die Decke einen Anstrich dringend nötig hatte. Andererseits schrie die gesamte Wohnung nach gründlicher Renovierung.

„Nee", sagte Detlev Scholz schließlich. „Mir ist nix aufgefallen. Alles war wie immer."

„Wann haben Sie Tom Jakobs kennengelernt?"

„Anfang September. Ein paar Wochen zuvor hatte ich meinen Tag X, so nenne ich ihn. Ich hatte so viel gesoffen, dass ich auf offener Straße zusammenbrach. Irgendwer sorgte dafür, dass ich in ein Krankenhaus kam. Dort sagte mir ein Arzt, meine Werte seien so katastrophal, dass ich um ein Haar abgekratzt wäre – und dass das auch definitiv passiert, wenn ich nicht sofort mit dem Saufen aufhöre. Das weckte mich auf, wie Sie sich vielleicht vorstellen können. Ich machte einen Entzug, eine Therapie und seitdem gehe ich regelmäßig zur Selbsthilfegruppe. Dort traf ich Tom." Er machte eine Pause. „Ich mochte ihn."

„Was hat er von sich erzählt?"

Scholz hob die Achseln. „Nur, dass er seit fünf Jahren nicht mehr trinkt, mit ein paar Freunden zusammenwohnt und dass er schon früh mit dem Saufen angefangen hat. In Spanien. Da hat er wohl einige Jahre gelebt."

„Hat er je eine Freundin oder Mitglieder seiner Familie erwähnt?“

Wieder brauchte Detlev Scholz eine Weile zum Nachdenken. Dann schüttelte er den Kopf. „Nee, nich, dass ich wüsste.“

„Sehr ergiebig war das nicht“, bemerkte Weichert auf dem Weg zum Wagen.

Das nächste Gruppenmitglied, das sie aufsuchten, war eine Frau. Anja Sönnichsen wohnte in der Wrangelstraße. Die Altbauwohnung stellte sich als das absolute Gegenteil von Detlev Scholz’ enger Zwei-Zimmer-Wohnung heraus. Hohe, große Räume mit knarrendem Dielenboden, moderne Möbel in trauter Harmonie mit ausgesuchten Antiquitäten, viele Grünpflanzen und vor jedem Fenster ein Traumfänger oder ein Windspiel.

Frau Sönnichsen war Anfang fünfzig und recht kurvig. Eine gepflegte Erscheinung, geschmackvoll gekleidet. Ihre dunkelblonde Kurzhaarfrisur wies keinerlei Grau auf und schmeichelte ihrem rundlichen Gesicht. Die ehemalige Alkoholikerin sah man ihr im Gegensatz zu Detlev Scholz absolut nicht an.

„Nehmen Sie ruhig die Masken ab“, bot sie an. „Was kann ich für Sie tun?“

Andresen und Weichert nannten ihr den Grund ihres Besuchs. Daraufhin trat sie an den rustikalen Küchentisch und blätterte in der Tageszeitung, die dort lag. Als sie den gesuchten Artikel gefunden hatte, legte sie die linke Hand vor den Mund.

„Das ist Tom?“, fragte sie erschüttert. „Ich habe den Bericht vorhin gelesen, wäre aber nie darauf gekommen, dass der Tote von der Autobahn unser Tom ist. Mein Gott …“

Andresen und Weichert schwiegen. Frau Sönnichsen blickte schließlich wieder von der Zeitung hoch, sah ihre Besucher an, als müsse sie überlegen, wer sie waren, und lächelte dann verlegen. „Entschuldigen Sie, es ist nur … ich muss das erst einmal verdauen. Bitte, setzen Sie sich. Möchten Sie etwas trinken? Ein Wasser oder eine Tasse Grünen Tee vielleicht? Er ist frisch aufgebrüht.“

„Kaffee haben Sie nicht zufällig da?“, fragte Andresen, sich unauffällig umschauend. Es war nirgends eine Kaffeemaschine zu sehen, und so überraschte es ihn nicht, als Anja Sönnichsen bedauernd den Kopf schüttelte. „Tut mir leid. Von uns trinkt keiner Kaffee. Aber der Tee ist sehr gut.“

Wenig später saßen sie an dem großen Eichentisch, jeder einen dampfenden blaugrünen Steingut-Becher vor sich. In der Mitte des Tischs stand eine kleine Topfpflanze, und drum herum lagen Medikamentenpackungen, ein Notizblock, verschiedene Kugelschreiber und Buntstifte, Werbeprospekte, Briefe und ein Zuckertopf, der zu den Bechern passte.

„Danke“, sagte Andresen, als sie ihm den Zucker zuschob. „Sagen Sie, wie gut kannten Sie Tom Jakobs?“

„Ziemlich gut. Ich würde sagen, wir waren befreundet.“

Andresen musterte sie erstaunt. „Dafür haben Sie die Nachricht von seinem Tod erstaunlich gefasst aufgenommen.“

„Oh, ich bin tieftraurig, das dürfen Sie mir glauben. Aber ich bin nicht der Typ, der seine Gefühle raushängen lässt. Nicht einmal mein Mann hat mich je weinen sehen." Sie sah wohl, dass Weichert etwas sagen wollte, denn sie nickte ihm zu und sprach gleich weiter. „Mir ist klar, dass das ungesund ist. Ich habe nicht ohne Grund getrunken, wissen Sie? Und genau deshalb arbeite ich daran, meine Gefühle zuzulassen. Aber es gelingt mir nicht immer."

Weichert schenkte ihr ein verständnisvolles Nicken. „Ich verstehe", sagte er und nippte an seinem Tee.

Andresen sah sich ungeniert um. „Frau Sönnichsen, darf ich Ihnen eine persönliche Frage stellen?"

Sie machte eine auffordernde Handbewegung. „Nur zu. Ich glaube allerdings, dass ich sie bereits weiß."

„Tatsächlich?"

„Sie möchten wissen, wie es kommt, dass eine ehemalige Trinkerin wie ich in Verhältnissen lebt, die so gar nicht zu den Vorstellungen passen, die man von ehemaligen Trinkern hat."

Andresen fühlte sich ertappt. „Nun ja", gab er zu, „wir kommen gerade von Herrn Scholz und … Wie soll ich sagen? Die Unterschiede könnten kaum größer sein."

Anja Sönnichsen lehnte sich mit ihrem Teebecher zurück und betrachtete ihre Besucher amüsiert. „Der Unterschied sind zehn Jahre, Herr Kommissar. Ich bin seit 2011 trocken, habe mit meinem früheren Leben abgeschlossen und es hinter mir gelassen. Abgesehen davon hatte ich viel Glück. Das kann nicht jeder behaupten."

„Inwiefern hatten Sie Glück?", wollte Weichert wissen.

Andresen schaltete sich ein. „Bitte entschuldigen Sie die Neugier meines jungen Kollegen. Wenn Sie nicht darüber reden möchten, können wir uns auch gern auf unsere Ermittlungen konzentrieren."

„Nein, nein, das ist schon in Ordnung." Anja Sönnichsen trank einen Schluck und betrachtete den Becher in ihren Händen. „Sie müssen wissen, ich habe nie unter einer Brücke oder auf einer Parkbank genächtigt oder Passanten um ein paar Euro angebettelt. Detlev hat so ein Dasein gefristet, er war buchstäblich ganz unten. Ich dagegen war mit einem gut verdienenden Geschäftsmann verheiratet und schaffte es sogar recht lange, meine Sucht geheim zu halten. Mein Mann fand irgendwann heraus, was mit mir los war, doch zu jener Zeit war unsere Ehe bereits am Ende. Solange ich es schaffte, mich um den Haushalt und die Kinder zu kümmern und mich auf Veranstaltungen zusammenzureißen, war meinem Mann egal, was ich tat. Aber dann geschah etwas, das mein Leben völlig veränderte. Es war ein Dienstag im September, das Datum werde ich nie vergessen. Ich fuhr meine Tochter zum Ballettunterricht. Sie war damals sechs Jahre alt. Natürlich hatte ich getrunken, glaubte aber, ohne Weiteres fahren zu können. Tja, das war ein Irrtum. Ich nahm in einer Kreuzung einem Wagen die Vorfahrt, es kam zu einem grauenhaften Unfall, und meine Tochter wurde schwer verletzt. Ich selbst hatte lediglich ein paar Schrammen und einen gebrochenen Arm. Jana aber musste zweimal operiert werden und fünf Wochen im Krankenhaus verbringen."

Anja Sönnichsen schwieg, sah einen Moment Richtung Fenster, als schaue sie hinaus, doch Andresen merkte, dass ihr Blick in Wirklichkeit auf die Vergangenheit gerichtet war. Auf einen Septembertag im Jahr 2011 und auf ein schwer verletztes kleines Mädchen in einem Krankenbett.

Anja Sönnichsen wandte sich wieder ihren Gästen zu. „Dass ich um ein Haar mein eigenes Kind getötet hätte, selbst aber nahezu unverletzt blieb, hat mich am meisten erschüttert. Ich fühlte mich wie das letzte Stück Dreck, unwürdig zu leben. Wenn ich in einen Spiegel blickte, sah ich eine Rabenmutter der allerschlimmsten Sorte. Ich wäre um ein Haar zur Mörderin meiner eigenen Tochter geworden. So weit hatte der Alkohol mich gebracht. Diese Erkenntnis war die Hölle, aber sie war auch verdammt heilsam. Ich war plötzlich wild entschlossen, den Teufel Alkohol zu besiegen, und machte einen Entzug."

Andresen räusperte sich. „Das war ein mutiger Schritt."

Sie hob die Achseln. „Ja, vielleicht. Für mich war es in dem Moment schlichtweg der einzige Schritt. Und ich habe die Entscheidung nie bereut. Nicht einmal während des Entzugs, und Sie können mir glauben, dagegen ist die Geburt eines Kindes das reinste Kaffeekränzchen. Man wird mit seinem eigenen Dämon konfrontiert und fleht den lieben Gott oder eine andere überirdische Macht an, einen doch bitte endlich sterben zu lassen."

„Ja", sagte Weichert, „ich habe einiges darüber gehört und gelesen. Aber dennoch bleibt es für einen Außenstehenden sehr abstrakt."

„Danken Sie Ihrem Schicksal, dass es so ist. Diese Erfahrung wünscht man nicht einmal seinem ärgsten Feind. Wie dem auch sei, ich zog alles durch, ohne auch nur einen Gedanken daran zu verschwenden, aufzugeben und wieder zur Flasche zu greifen. Ich hatte das dringende Bedürfnis, die Strafe, die ich verdient hatte, in voller Härte zu spüren. Und das tat ich. Anschließend machte ich eine mehrwöchige Therapie und habe seither nie wieder einen Tropfen getrunken. Das Schlimmste war, dass ich in dieser Zeit keine Gelegenheit hatte, meine Tochter im Krankenhaus zu besuchen. Aber ich musste das Problem sofort angehen. Ich wollte nicht angetrunken an ihrem Bett sitzen. Doch nüchtern hätte ich es nicht fertiggebracht, zu ihr zu gehen. Es war ein verdammter Teufelskreis, den ich nur mit einer sofortigen Behandlung durchbrechen konnte."

Andresen und Weichert schwiegen betroffen.

Anja Sönnichsen sprach weiter. „Jana hat lange nicht verstanden, wieso ich sie nie besucht habe. Sie war enttäuscht, fühlte sich von mir nicht geliebt, hat viel geweint. Mein Mann hat mir davon erzählt, und Sie können sich vielleicht vorstellen, wie dreckig es mir dabei ging. Das Verhältnis zu Jana war lange Zeit sehr belastet. Natürlich habe ich versucht, ihr alles zu erklären, doch sie war noch zu klein, um alles zu verstehen."

Sie machte eine Pause und nippte an ihrem Tee. „Mein Mann trennte sich von mir, noch während ich die Therapie machte, und Jana blieb bei ihm. Nach der Scheidung fing ich wieder an, in meinem alten Beruf als Krankenschwester zu arbeiten. Dort lernte ich meinen jetzigen Mann kennen, er ist Anästhesist. Vor acht Jahren haben wir geheiratet, und ein Jahr später bekamen wir unseren Sohn. Jana und ich sehen uns inzwischen regelmäßig. Sie ist ein tolles Mädchen. Inzwischen hat sie vieles verstanden und mir verziehen. Dafür bin ich ihr ausgesprochen dankbar." Ihre Stimme klang ein wenig belegt, doch ansonsten merkte Andresen ihr keine Emotionen an.

„Ein Horrorfilm mit Happy End", meinte Weichert.

Anja Sönnichsen nickte. „So könnte man es ausdrücken, ja. Wie bei einem Film gab es auch in meinem neuen Leben gute und schlechte Zeiten, oft war es verdammt hart. Aber ich habe es überstanden und fühle mich inzwischen stärker als je zuvor." Sie lächelte. „Nun haben wir aber genug von mir geredet. Hier und heute sollte es um Tom gehen. Also stellen Sie mir Ihre Fragen."

„Zunächst einmal danke ich Ihnen für Ihre Offenheit", sagte Andresen. „Sie hätten uns all das nicht erzählen müssen."

„Das macht mir nichts aus. Im Gegenteil. Häufig besuche ich Veranstaltungen oder auch Schulklassen, um meine Erfahrungen weiterzugeben. In der Hoffnung, dass etwas davon auf fruchtbaren Boden fällt und ich so vielleicht dem einen oder anderen einen Schubs in die richtige Richtung geben kann."

„Das finde ich großartig von Ihnen", sagte Andresen ehrlich. „Aber jetzt sollten wir wirklich beginnen, denke ich."

Frau Sönnichsen schaute auf die Uhr. „Dafür bin ich auch. In einer halben Stunde kommt mein Sohn vom Fußballtraining. Es wäre wohl besser, wenn wir bis dahin fertig sind."

Andresen nickte und legte gleich los. „Herr Scholz meinte, Sie wären innerhalb der Gruppe die engste Vertraute von Tom Jakobs gewesen."

Sie nickte und rührte in dem großen Becher. „Ja, ich schätze, das kann man so sagen."

„Seit wann kannten Sie ihn?“

Anja Sönnichsen schaute nachdenklich in Richtung der stuckgeschmückten Zimmerdecke, als stünde dort die Antwort. „Vier oder fünf Jahre dürften es bestimmt sein. Eher fünf.“

„Dann hat er Ihnen Dinge anvertraut, die er anderen gegenüber verschwieg?“

„Gut möglich. Zumindest weiß ich viel von ihm.“

„Was denn zum Beispiel?“, fragte Weichert.

„Erlebnisse aus seiner Kindheit, Erfahrungen, die er während seiner Zeit im Ausland gemacht hat, alles über seine Beziehung zum Alkohol, seine Gefühle, seine Träume, seine Ängste …“

„Hat er Ihnen auch von seiner Familie erzählt?“, fragte Andresen. „Von seinem Bruder zum Beispiel?“

„Von Max? Natürlich. Tom gab seinem Bruder eine Mitschuld daran, dass er getrunken hat. Es gibt keinen Menschen, den er mehr verabscheute.“

„Aber er hatte keinen Kontakt mehr zu ihm, oder?“

„Nein. Tom hätte sich lieber totgesoffen, als noch ein Wort mit seinem Bruder zu wechseln. Das hat er wortwörtlich so gesagt. Und es ernst gemeint.“

„Was ist denn zwischen den beiden so Schreckliches vorgefallen?“, wollte Weichert wissen.

Anja Sönnichsen nippte an ihrem Tee und stellte den Becher wieder ab. „Die Rivalität der beiden zog sich durch ihre gesamte Kindheit und Jugend. Laut Tom hat sich Max stets hervorgetan, durch gute Noten, sportliche Leistungen, einwandfreies Benehmen und so weiter. Tom dagegen war bestenfalls ein durchschnittlicher Schüler und geriet auch mal in Schwierigkeiten. Schon sehr früh behandelten seine Eltern ihn wie das schwarze Schaf der Familie, hoben seinen Bruder aber in den Himmel. Und Max forcierte das noch, indem er Tom Dinge in die Schuhe schob, die er selbst angestellt hatte, oder auf Fehlverhalten seines Bruders hinwies. Zudem gelang es ihm sehr gut, sich als Opfer von angeblichen Streichen Toms darzustellen. Tom erzählte mir von einem Vorkommnis, als die zwei noch nicht zur Schule gingen. Max hatte versehentlich ins Bett gemacht. Weil er das aber nicht zugeben wollte, behauptete er, Tom hätte, als er selbst schlief, seine Hand in eine Schüssel mit warmem Wasser getaucht. Unter Tom Betts fand sich dann auch tatsächlich das Corpus Delicti. Tom schwor, dass Max die Schüssel dorthin gestellt haben musste, doch die Eltern glaubten ihm nicht. Tom wurde daraufhin verboten, an einem Familienausflug teilzunehmen, auf den er sich wochenlang gefreut hatte."

„Verdammt durchtrieben, der gute Max", murmelte Andresen und fühlte sich seltsam bestätigt. Sein Instinkt und seine Menschenkenntnis schienen recht gehabt zu haben.

„Ein anderes Mal waren die beiden Jungen mit der Mutter in einem Kaufhaus", berichtete Anja Sönnichsen weiter. „Als sie es verlassen wollten, ging der Alarm los. In Toms Rucksack fand sich ein teures Videospiel. Tom war davon überzeugt, dass Max es dort hineingeschmuggelt hatte, denn er wusste, dass der es sich seit längerer Zeit wünschte. Wäre der Alarm nicht losgegangen, hätte Max es später heimlich aus dem Rucksack gefischt. So aber konnte er erneut dazu beitragen, dass sein Bruder eine saftige Strafe bekam. Tom erhielt zwei Wochen Hausarrest. Es war ein heißer Sommer in jenem Jahr, und während seine Freunde an den Strand oder ins Freibad fuhren, musste Tom zu Hause bleiben und seiner Mutter bei der Gartenarbeit zur Hand gehen."

Andresen verschränkte die Arme. „Was für ein reizender Bruder, dieser Max. Kennen Sie ihn eigentlich?"

Sie schüttelte den Kopf. „Persönlich? Nein. Nur aus Toms Erzählungen. Aber nach allem, was ich über ihn weiß, lege ich auch keinen Wert darauf, ihn kennenzulernen."

„Sie kennen allerdings nur die eine Seite der Medaille", meinte Weichert.

Sie nickte. „Das stimmt. Aber ich habe Tom jedes Wort geglaubt. Es kommt ja nicht nur darauf an, was jemand sagt, sondern auch, wie er es tut. Dieser Schmerz in seinen Augen, die Verbitterung in seiner Stimme … Er hätte schon ein verdammt guter Schauspieler sein müssen, wenn er alles vorgetäuscht und erfunden hätte."

„Und wegen dieser Streiche seines Bruders hat Tom Jakobs angefangen zu trinken?", fragte Weichert skeptisch. „Ich meine, es haben doch viele unter älteren Geschwistern zu leiden, die sie piesacken. Meine Schwester war auch nicht immer ein Engel. Aber –"

„Wie so oft gibt es auch in dieser Geschichte den berühmten Tropfen, der das Fass zum Überlaufen brachte", unterbrach ihn Anja Sönnichsen. „Möglicherweise ist der Vorwurf, dass Max an Toms Alkoholsucht schuld sei, etwas hart. Aber sein Verhalten löste eine Kettenreaktion aus, die im Alkoholismus endete. Möchten Sie hören, was der Auslöser war? Er hat mir davon mehrmals erzählt, denn der Stachel saß verdammt tief."

Andresen war neugierig geworden. Er nickte.

„Tom war siebzehn und zum ersten Mal so richtig verliebt", begann Anja Sönnichsen. „Sie hieß Lily, wenn ich mich recht erinnere. Nachdem Tom zunächst nur heimlich für sie geschwärmt hatte, nahm er eines Tages all seinen Mut zusammen und lud sie ins Kino ein. Sie sagte zu und sie vereinbarten, sich direkt vor dem Kino zu treffen. Doch als es so weit war, kam sie nicht. Er wartete eine halbe Stunde lang und fürchtete, ihr wäre vielleicht etwas zugestoßen. Irgendwann gab er auf, fuhr nach Hause und versuchte, sie telefonisch zu erreichen. Fehlanzeige. Tom litt Höllenqualen an jenem Abend. Er fürchtete, dass sie es sich anders überlegt und ihn versetzt hatte oder dass ihr etwas passiert war und sie womöglich schwer verletzt im Krankenhaus lag.

Gegen Mitternacht kam Max nach Hause, sichtlich gut gelaunt. Er sei mit einem Mädchen zusammen gewesen, erzählte er. Sie seien spazieren gegangen, hätten eine Pizza gegessen, und anschließend sei er mit zu ihr gegangen, da ihre Eltern ausgegangen waren. Dort war es dann zum Sex mit ihr gekommen."

„Und das Mädchen war diese Lily", ahnte Andresen.

„Genau. Max hatte von der Kinoeinladung Wind bekommen und Lily einen Zettel zukommen lassen, auf dem er sich als Tom ausgab und ihr mitteilte, er würde sie von zu Hause abholen."

„Spätestens da muss diese Lily doch aber gemerkt haben, dass es nicht Tom war, der bei ihr auftauchte", wandte Andresen ein.

Anja Sönnichsen schüttelte den Kopf und sah Andresen verwundert an. „Nein, das hat sie nicht. Die Brüder waren sich doch zum Verwechseln ähnlich. Kommt bei Zwillingen schließlich häufiger vor."

„Wie bitte?", fragte Andresen verblüfft.

„Die beiden sind eineiige Zwillinge. Wussten Sie das nicht?"

Andresen tauschte einen raschen Blick mit seinem Kollegen. Bisher waren sie davon ausgegangen, dass die zwei normale Geschwister waren und lediglich eine gewisse Familienähnlichkeit aufwiesen. Nun sah die Sache völlig anders aus.

Andresen wollte das aber nicht jetzt erörtern. Er wandte sich an Frau Sönnichsen. „Erzählen Sie bitte weiter", bat er.

„Gern. Während also der richtige Tom sich vor dem Kino die Beine in den Bauch stand, überredete Max das Mädchen, zum Italiener zu gehen, statt sich einen Film anzuschauen. Im Laufe des Abends verführte er sie nach allen Regeln der Kunst. Ihm lag nichts an Lily, meinte Tom. Er tat es nur, um ihn zu quälen. Aber das war noch nicht alles. An diesem Abend erzählte Max noch nicht, wer das Mädchen war. Stattdessen behauptete er, Lily mit einem anderen gesehen zu haben. Tom solle sie am besten vergessen. Er wollte offenbar vermeiden, dass Tom zu ihr Kontakt aufnahm und seinem Bruder so auf die Schliche kam. Doch auch so flog Max natürlich auf.

Einige Tage später kam Tom unverhofft nach Hause. Er hatte bei einem Freund übernachten wollen, doch aus irgendeinem Grund wurde daraus nichts. Er betrat also zu später Stunde sein Elternhaus und sah ein leicht bekleidetes Mädchen, dass aus dem Bad gekommen war und im Zimmer seines Bruders verschwand. Er hat Lily sofort erkannt und stürzte hinterher. Es folgte eine lautstarke Auseinandersetzung, die darin mündete, dass Max ein blaues Auge hatte, Tom ein paar Sachen packte und bebend vor Wut sein Elternhaus verließ. Kurz darauf war er unterwegs nach Südeuropa."

„Und dort hat er seinen Kummer in Sangria ertränkt", vermutete Andresen.

Anja Sönnichsen nickte. „In Sangria und allem anderen, was ihn betäubte."

„Wie konnte uns das entgehen?", fragte Andresen, als sie wieder im Auto saßen. Verärgert knallte er seine Handfläche aufs Steuerrad.

„Nun ja, das Gesicht von Tom Jakobs sah reichlich verbeult aus. Eine gewisse Ähnlichkeit ist uns schon aufgefallen, aber …"

„… aber wir gingen davon aus, dass es eine typische Geschwisterähnlichkeit ist. Wie bei den Klitschko-Brüdern. Max Jacoby trägt obendrein diese auffällige Brille. Und einen Bart, im Gegensatz zu seinem Bruder. Aber wieso ist uns nicht das identische Geburtsdatum aufgefallen?"

„Das wundert mich auch", gab Weichert zu.

Die Antwort fanden sie, als sie sich die Unterlagen noch einmal vornahmen. „Tom Jakobs ist am 28. Februar geboren", las Andresen laut vor, „und Max Jacoby am 1. März."

„Sie wurden also um Mitternacht herum geboren", kombinierte Weichert. „Und dann auch noch zum Monatswechsel. Verrückt! Wie oft kommt so was wohl vor? Wir hätten allenfalls über das Geburtsjahr stolpern können."

„Stolpern müssen", korrigierte Andresen, verärgert über sich selbst. „Wie auch immer, ich habe mehr denn je das Gefühl, dass Max Jacoby gelogen hat, als er sagte, dass er seit Jahren keinen Kontakt mehr zu seinem Bruder hatte."

„Sie denken, dass Tom am Tatabend seinen Bruder aufsuchte, um ihn zur Rede zu stellen, es zum Streit kam und Tom sich bei einer körperlichen Auseinandersetzung die prämortalen Verletzungen zuzog?"

„Klingt das so abwegig?"

„Nein, gar nicht. Aber wie passt der Anruf zu Ihrer Theorie?"

„Welcher Anruf?"

„Na, der, den Tom Jakobs erhalten hat, kurz bevor er das Haus in Handewitt verließ. Glauben Sie, der kam von Max Jacoby? Und wenn er es war, was hat er von seinem Bruder gewollt?"

*

Finn wälzte sich während der Nacht unruhig hin und her. Die Tatsache, dass man ihn verdächtigte, seinen Freund umgebracht zu haben, ließ ihn nicht schlafen. Es stimmte, dass Tom und er hin und wieder Differenzen gehabt hatten, doch der Gedanke, ihm deswegen etwas anzutun, war einfach absurd! Leider hielt die Polizei das aber für möglich, und er hatte keine Ahnung, wie er sie von seiner Unschuld überzeugen sollte.

„Das musst du gar nicht", war Olivers Kommentar gewesen, als Finn ihm alles erzählt hatte. Das war am frühen Abend gewesen, nachdem Oliver mit Albas Wagen zu ihrer Adresse gefahren war, um ihr das Auto zurückzubringen, und er selbst ihm in seinem Volvo dorthin gefolgt war.

Oliver hatte ihrer Haushälterin den Schlüssel zurückgebracht und war anschließend in Finns Volvo gestiegen.

„Es ist die Aufgabe der Polizei, dir die Tat nachzuweisen, nicht umgekehrt", hatte er ihm erklärt. „Solange sie das nicht können, brauchst du dir keine Sorgen zu machen."

Das war zwar beruhigend, aber trotzdem hielt Finn die Tatsache wach, dass er unter Mordverdacht stand. Schlimm genug, dass Tom das Opfer eines Gewaltverbrechens geworden war. Doch dass man ihm, Finn, die Schuld dafür gab … Er fühlte sich elend, hilflos und allein.

Was würde er nicht alles dafür geben, in dieser Situation Karina an seiner Seite zu haben. Sie hatte immer genau gewusst, was zu tun war. Ohne seine Frau kam er sich noch immer wie amputiert vor. Seit ihrem Tod fehlte ihm die lebenstüchtige Hälfte. Er bestand nur noch aus dem schäbigen Rest, kam sich vor wie eine Dose Kaviar, deren Inhalt man entnommen hatte. Das Wertvolle war fort, und übrig blieb nur eine hohle Verpackung mit verbeultem Deckel.

Er erinnerte sich genau an den Moment, als er diese Empfindung das erste Mal gehabt hatte. Das war unmittelbar vor Karinas Tod gewesen. Finn hatte an ihrem Krankenbett gesessen, ihre Hand gehalten und ihr bleiches Gesicht betrachtet, das von Schläuchen, die in ihrer Nase steckten, verunstaltet wurde. Obwohl kaum noch Leben in seiner Frau steckte, fand er ihren Anblick noch immer wunderschön. Ihre Augen, deren Farbe an Karamell erinnerte, wirkten größer als sonst. Vermutlich, weil ihr Gesicht so klein und die Wangen eingefallen waren. Ihre zarte Hand besaß kaum noch genug Kraft, um seinen Druck zu erwidern.

„Ich liebe dich", hatte er schluchzend gesagt, sich zu ihr gebeugt und ihre Stirn geküsst. „Ich liebe dich so sehr, mein Engel. Ich kann nicht weiterleben ohne dich."

„Du … schaffst … das", hatte Karina geflüstert, und er spürte, wie viel Kraft es sie kostete, diese Worte auszusprechen. „Ich werde … für immer … bei dir sein."

Nur wenige Stunden später war sie gegangen und hatte ihn gebrochen und verzweifelt zurückgelassen.

Finn hatte in den Jahren darauf dafür gesorgt, dass seine Frau immer in seiner Nähe war. In ihrem gemeinsamen Heim erinnerte alles an sie, jede Ecke schien zu sagen, dass sie nur kurz fort war, vielleicht zum Einkaufen, und gleich wiederkäme. Von den Wänden und Kommoden lächelte sie ihm entgegen. Er konnte jederzeit mit ihr sprechen, in ihr geliebtes Gesicht sehen und wusste, was sie auf seine Fragen geantwortet, welche Ratschläge sie ihm gegeben hätte, wäre sie noch bei ihm.

An jenem Abend vor vielen Monaten, als Tom auf seine direkte und unsensible Weise deutlich gemacht hatte, dass dieses Verhalten nicht mehr normal war, war auch Finn aufgefallen, dass er in beängstigender Weise in der Vergangenheit lebte. Er fand die Kraft, sich aus ihr zu lösen, sich der Gegenwart zu stellen. Ein neues Leben zu beginnen. Mit der größten Willenskraft, die er aufzubringen imstande war, gelang es ihm, mit dem Umzug den wichtigen ersten Schritt zu tun. Vom Schatten des Todes ins lebendige Licht zu treten.

Und nun stand er am Pranger, weil er angeblich schuld war am Tod des Mannes, der ihn auf diesen neuen Weg gebracht hatte. Er hatte sich häufig über Tom geärgert, ja. Aber er hatte ihm auch viel zu verdanken.

Es war bereits nach drei Uhr, als er endlich in einen unruhigen Schlaf fiel. Doch schon eine knappe Stunde später schreckte er wieder hoch. Ihm war etwas eingefallen. Er hatte die Möglichkeit, die Polizei von ihm abzubringen, sie auf eine andere Spur zu bringen. Doch dafür musste er jemanden verraten, einen Freund noch dazu, und der Gedanke behagte ihm gar nicht.

Aber blieb ihm eine andere Wahl, wenn er von diesem grässlichen Verdacht reingewaschen werden wollte?

*

Lutz Weichert hatte Kaffee für Andresen und Ingwertee für sich besorgt und betrat in dem Augenblick das Büro, als Mirja den Hörer des Telefons auflegte. „Das war Finn Rohloff", erläuterte sie. „Er will eine Aussage machen."

„Schon wieder?" Verwundert reichte Lutz seinem Kollegen den vollen Becher. Andresen dankte ihm mit einem Nicken, trank vorsichtig einen Schluck und stellte den Kaffee auf seinem Schreibtisch ab.

„Er wird in der nächsten Viertelstunde auftauchen", fuhr Mirja fort.

„Der scheint es aber eilig zu haben", bemerkte Andresen. „Hat er angedeutet, worum es geht?"

Mirja schüttelte den Kopf. „Er hat nur gemeint, dass es vielleicht wichtig sei."

Weichert setzte sich und rief noch einmal in der Gerichtsmedizin an, um zu erfahren, wann endlich mit dem Obduktionsbericht gerechnet werden könnte.

„Und?", fragte Andresen, kaum dass er aufgelegt hatte.

„Spätestens morgen Vormittag", antwortete Weichert. „Das wurde auch Zeit. So lange haben wir ewig nicht warten müssen."

„Allerdings. Hoffentlich geht es Kalle Schwarzhaupt bald besser."

Es klopfte an ihre Tür.

„Herein!", rief Andresen.

Finn Rohloff erschien in der Tür. Er war bleicher als bei ihrer letzten Begegnung, bemerkte Weichert. Die Augen sahen müde aus, er ließ die Schultern hängen.

Andresen bat den Steuerberater mit einer Handbewegung, sich zu setzen. „Herr Rohloff, danke, dass Sie gekommen sind. Meine Kollegin sagte, Sie wollen eine Aussage machen?"

„Ja, das ist richtig."

Weichert holte sein Smartphone aus der Jacketttasche. „Sind Sie einverstanden, dass wir das Gespräch aufzeichnen?"

Finn Rohloff zögerte nur einen Wimpernschlag lang, dann nickte er.

„Gut." Lutz Weichert drückte die Aufnahmetaste. „Es ist Mittwoch, der 10. November 2021, neun Uhr zweiundvierzig. Ort der Aufnahme: Bezirkskriminalinspektion Flensburg. Es wird eine Ergänzung zu der gestrigen Aussage von Herrn Finn Rohloff aufgezeichnet. Anwesend sind Hauptkommissar Carsten Andresen, Oberkommissar Lutz Weichert sowie Kommissarin Mirja Sommer. Herr Rohloff, bitte." Er hob auffordernd eine Hand.

Finn Rohloff schloss die Augen und holte tief Luft. Dann platzte es aus ihm heraus: „Ich weiß, dass mein Freund und Mitbewohner Oliver Fröhlich kurz vor Toms Tod erfahren hat, dass seine Frau mit ihm eine Affäre hatte. Also, mit Tom." Rohloff öffnete die Augen wieder, presste die Lippen zusammen und sah erst zu Lutz und dann zu Andresen.

Der schwieg und verzog keine Miene. „Bitte, sprechen Sie weiter, Herr Rohloff", bat er. „Woher wissen Sie davon?"

„Freitag am späten Nachmittag bin ich in Olivers Schlafzimmer gegangen, um ihm zu erzählen, dass ich einen Verkehrsunfall hatte. Er ging glimpflich aus, nur Blechschaden."

„Wollten Sie ihm in seiner Eigenschaft als Anwalt davon berichten?", fragte Andresen.

„Nein, ich hatte lediglich das Bedürfnis, mit einem Freund darüber zu reden. Oliver war gerade dabei, für seine Frau Bücher und DVDs in einen Karton zu packen. Er sagte, eine Freundin von Annette wolle diese abholen."

„Mit Annette meinen Sie die getrennt lebende Ehefrau von Oliver Fröhlich?", erkundigte sich Lutz Weichert der Vollständigkeit halber.

Finn Rohloff runzelte die Stirn. Die Unterbrechungen gingen ihm sichtlich auf die Nerven. Doch da, dachte Weichert, muss er durch.

„Ja, Annette ist seine Noch-Ehefrau", fuhr Rohloff fort. Seine Stimme klang gereizt. „Darf ich jetzt zur Sache kommen?"

Andresen nickte und machte eine auffordernde Handbewegung. „Bitte."

„Also, während Olli und ich uns unterhielten, entglitten ihm einige Bücher und fielen auf den Boden. Er bückte sich, um sie aufzuheben. Auf einmal hielt er einen Zettel in der Hand, starrte darauf und schien vollkommen abgelenkt. Als ich ihn fragte, was das sei, meinte er nur, es handele sich um eine Notiz von Annette. Er steckte den Zettel zurück in das Buch, aus dem er gefallen war, und räumte alles in den Karton."

„Was geschah weiter?"

„Er verließ mit dem Karton sein Zimmer, und ich folgte ihm in den Flur. Dort stellte er die Sachen bei der Garderobe ab, wirkte erneut wie in Gedanken versunken, doch dann wandte er sich wieder an mich und schlug vor, dass wir ein Bierchen trinken und damit das Wochenende einläuten sollten. Ich war einverstanden."

„Sie verließen also gemeinsam den Flur?"

„Ja. Wir holten uns Bier aus der Küche, gingen ins Wohnzimmer und sahen ein wenig fern. Irgendeine Wiederholung lief, ich weiß nicht mehr, was. Eine Weile verging, und ich entschuldigte mich, um auf die Toilette zu gehen. Als ich den Karton im Flur stehen sah, packte mich die Neugier. Ich wusste noch, in welches Buch Oliver den Zettel gesteckt hatte, zog ihn hervor und las ihn."

„Nennen Sie uns bitte den Wortlaut dessen, was dort geschrieben stand", sagte Weichert.

„Ich hab den Text nicht auswendig gelernt", stellte Rohloff klar. „Es war ein kurzer Brief von Tom an Annette. Ich habe seine Handschrift eindeutig wiedererkannt. Sinngemäß stand dort, er hätte die Stunden mit ihr sehr genossen, habe aber wegen Olli ein schlechtes Gewissen, deshalb wäre es besser, wenn es eine einmalige Sache bleiben würde und sie das Ganze für sich behielten. Sie sei jedoch eine sehr sinnliche und wunderbare Frau, er würde die Zeit mit ihr nie vergessen."

„Was taten Sie als Nächstes?"

„Ich war sehr überrascht, wie Sie sich vielleicht vorstellen können. Eine kurze Weile stand ich nur da und starrte die Worte an, hatte Mitleid mit Oliver und fragte mich, wie er reagieren würde, wenn Tom nach Hause kam. Dann steckte ich den Zettel wieder an seinen Platz zurück, ging ins Bad und anschließend ins Wohnzimmer."

„Haben Sie Oliver Fröhlich auf den Brief angesprochen?"

Rohloff schüttelte den Kopf. „Nein. Ich mochte nicht zugeben, dass ich der Angelegenheit nachgegangen war, und außerdem ging mich das Alles auch nichts an."

„Wie hat Herr Fröhlich reagiert, als er auf Tom Jakobs traf?"

„Nun, entgegen meiner Erwartung sprach er ihn nicht darauf an. Er war nur ungewohnt wortkarg, und ich bemerkte während des Essens die Blicke, die er Tom zuwarf, wenn er glaubte, niemand würde es sehen."

„Was waren das für Blicke?"

„Ich las Wut darin, aber vor allem Enttäuschung. Ja, ich glaube, er war in erster Linie sehr enttäuscht von seinem Freund."

„Warum erzählen Sie uns heute davon?"

Finn Rohloff senkte den Blick auf seine im Schoß verschränkten Hände. „Weil ich das Gefühl habe, dass mir ein Mord angehängt werden soll. Und ich schwöre, ich habe Tom nichts getan. Dass Oliver es war, kann ich mir auch nicht vorstellen, und es tut mir leid, wenn ich ihn mit meiner Aussage in Schwierigkeiten bringe, doch ich wollte deutlich machen, dass es noch mehr Möglichkeiten gibt. Und außerdem … ich weiß einfach nicht mehr weiter."

„Aufnahme Ende", sagte Lutz Weichert und drückte die Stop-Taste. „Vielen Dank, dass Sie uns davon erzählt haben", meinte er an Rohloff gewandt. „Warum können Sie sich nicht vorstellen, dass Oliver Fröhlich mit dem Tod von Tom Jakobs etwas zu tun hat?"

„Weil ich ihn kenne. Er hätte Tom vermutlich unter vier Augen darauf angesprochen, ihm Vorwürfe gemacht und ihm eventuell nahegelegt auszuziehen, doch er hätte ihm nichts getan. Bevor Olli ausrastet und etwas Unüberlegtes tut, muss schon einiges passieren."

„Dass er von seiner Frau und seinem Freund hintergangen und betrogen wurde, fällt nicht in diese Kategorie?“, fragte Andresen zweifelnd.

Finn Rohloff schwieg. Dann zuckte er unschlüssig mit den Schultern. „Ich kann es mir nicht vorstellen.“

„Und doch sagen Sie gegen ihn aus.“

„Ja“, flüsterte Rohloff mit gesenktem Kopf. „Und ich schäme mich dafür. Olli ist ein feiner Kerl, hilfsbereit, großzügig und ein echter Freund. Ich hätte niemals ein Wort von der Sache erzählt, wenn ich nicht selbst verdächtigt würde. Der Gedanke, womöglich für etwas bestraft zu werden, das ich nicht getan habe, ist so entsetzlich, dass ich …“ Er brach ab, stand abrupt auf und steuerte die Tür an. „Ich hätte nicht herkommen sollen“, sagte er schwach. „Das war dumm und egoistisch. Vergessen Sie alles, was ich gesagt habe.“

Er hatte bereits die Klinke in der Hand, als Andresens Worte ihn aufhielten: „Es tut mir leid, doch das ist nicht möglich. Sie haben Wasser auf die Mühle gegossen, und deshalb wird sie sich drehen, ob es Ihnen gefällt oder nicht.“

*

Die spitznasige Empfangsdame hinter der Plexiglasscheibe schüttelte den Kopf, wobei sich kein Haar ihrer aufgesteckten Frisur bewegte. Der umweltbewusste Lutz Weichert fragte sich unwillkürlich, wie hoch wohl ihr jährlicher Verbrauch an Haarspray sein mochte. Er war sicher, dass er den Durchschnittswert dramatisch in die Höhe schraubte.

„Tut mir leid, soviel ich weiß, ist Herr Fröhlich in einer Besprechung", sagte sie abweisend. „Wenn Sie möchten, können Sie mit seiner Sekretärin einen Termin vereinbaren oder –"

„Das klingt gut", unterbrach Andresen sie und wies mit dem Zeigefinger in die Richtung von Fröhlichs Büro. „Wir kennen den Weg. Haben Sie vielen Dank."

Oliver Fröhlichs Sekretärin, deren Finger in einer atemberaubenden Geschwindigkeit über die Tastatur flogen, sah von ihrem Monitor hoch und erkannte ihre Besucher. „Ach, Sie schon wieder", sagte sie, nahm die In-Ear-Kopfhörer aus ihren Ohren und hängte sich den Bügel, an dem sie befestigt waren, um ihren Hals. „Tut mir leid, Herr Fröhlich –"

„… ist in einer Besprechung, ich weiß." Andresen lächelte breit hinter seiner Maske.

„Wir würden gern warten. Dauert es denn lange?"

„Schwer zu sagen. Bei neuen Mandanten weiß man nie, ob es schnell geht oder nicht."

„Wir geben ihm ein paar Minuten", beschloss Andresen und steuerte Oliver Frhölichs Büro an. Es war verwaist, wie Weichert mit einem schnellen Blick durch die halb offen stehende Tür feststellte. „Wir warten in seinem Büro. Unter Umständen müssen wir die Besprechung unterbrechen, denn die Angelegenheit duldet keinen Aufschub."

„Es tut mir leid, aber Herr Fröhlich sieht es gar nicht gern, wenn jemand ohne seine Erlaubnis sein Büro betritt. Wir haben aber einen Warteraum, es ist die zweite Tür auf der rechten Seite.“ Sie wies in die entsprechende Richtung.

Andresen trat näher an ihren Schreibtisch heran. „Glauben Sie mir, es wäre Ihrem Chef bestimmt lieber, wenn unser Besuch diskret verläuft“, meinte er. „Er wird schon nichts dagegenhaben, wenn wir da drin auf ihn warten.“

Die Sekretärin zögerte, um ihre Mundwinkel zuckte es. Entschlossen rollte sie auf ihrem Stuhl ein paar Zentimeter zurück. Sie sah aus, als wolle sie das Refugium ihres Chefs notfalls mit ihrem Leben verteidigen. „Entschuldigen Sie, aber ich denke nicht, dass Herr Fröhlich –“

Nun beugte sich Weichert vor, stützte die Hände auf ihrem Schreibtisch ab und sah auf die Sekretärin herab. „Keine Angst, liebe Frau …“

„Lechner“, sagte sie abweisend, lehnte sich nach hinten und fügte streng hinzu: „Würden Sie bitte ein wenig Abstand wahren!“

Er richtete sich wieder auf. „Liebe Frau Lechner, Ihr Chef kann froh sein, wenn wir ihn nicht sofort aus seiner Besprechung herausholen. Denn das könnten wir ohne Weiteres tun. Und dann würde das gesamte Büro nebst dem neuen Mandanten Zeuge einer unschönen Szene werden. Also?“

Sie blitzte ihn erbost an, doch er hielt ihrem Blick stand. „Frau Lechner“, fügte er in vertraulichem Ton hinzu, „Sie sind doch eine kluge Frau. Ihr Chef wird es bestimmt zu schätzen wissen, wenn unser Besuch bei ihm nicht an die große Glocke gehängt wird. Und im Wartezimmer träfen wir womöglich auf Kollegen oder Mandanten. Wäre ihm das recht? Was meinen Sie?“

Seufzend gab sie nach. „Na, also gut. Ich schätze, er wäre einverstanden, wenn Sie in seinem Büro warten.“

Lutz Weichert ließ ein weiteres maskiertes Lächeln auf sie herabstrahlen. „Besten Dank, liebe Frau Lechner. Was meinen Sie, könnten wir wohl einen Kaffee oder einen Tee bekommen? Wir sind mit Heißgetränk in der Regel geduldiger als ohne.“

Ihre linke Augenbraue hob sich, und ihre Mundwinkel zuckten vor Ärger. „Wie hätten Sie Ihren Kaffee denn gern?“, fragte sie gallig. „Mit Zucker? Schwarz oder mit Sahne? Dürfen es auch ein paar Plätzchen sein?“

Weichert ignorierte den Sarkasmus und behielt seine Freundlichkeit bei. „Gerne. Das wäre nett von Ihnen. Mein Kollege trinkt seinen Kaffee süß und hell und ich mit einem kleinen Schuss Sahne. Es sei denn, Sie haben Ingwertee im Angebot, dann würde ich den nehmen, mit einem Stück Würfelzucker. Vielen Dank!“

Sie stand ruckartig auf, schenkte Weichert einen eisigen Blick und stob von dannen.

Gemeinsam schauten sie ihr hinterher. „Ich habe nicht gewusst, dass Sie ein solcher Charmeur sein können“, staunte Andresen.

Weichert schob Fröhlichs Bürotür auf und ließ Andresen den Vortritt. „Ich habe an den Spruch gedacht, der auf dem Kalender über Ihrem Schreibtisch steht.“

„Da ist ein Spruch drauf?“

„Jeden Monat ein anderer“, meinte Weichert verwundert. „Haben Sie das noch nie bemerkt?“

„Nee. Wenn ich einen Blick darauf werfe, dann wegen des Datums.“

„Wie auch immer. Diesen Monat können Sie dort lesen ‚Kill them with kindness‘.“

„Töte sie mit Freundlichkeit“, übersetzte Andresen nachdenklich. „Klingt erfolgversprechend.“

„Wenn uns die entzückende Frau Lechner nicht in die Heißgetränke spuckt, dann ist es das auch.“

Die unverdächtig wirkenden Getränke waren bereits geleert, als Oliver Fröhlich endlich aus seiner Besprechung zurückkehrte. Beide Kommissare machten Anstalten, sich zu erheben.

„Bitte, behalten Sie Platz“, sagte Fröhlich zur Begrüßung. „Ich hatte nicht so bald wieder mit Ihnen gerechnet.“

Weichert ließ den Anwalt nicht aus den Augen. Auch heute trug Fröhlich Anzug und Krawatte. Die Klamotten wirkten teuer und waren es vermutlich auch.

Rechtsanwalt Fröhlich ließ sich den Beamten gegenüber nieder und lehnte sich in seinem Bürosessel zurück. „Also?“, erkundigte er sich mit jovialem Lächeln. „Was kann ich für Sie tun?“

„Was war das für ein Gefühl“, fragte Andresen, „als Sie erfuhren, dass Ihre Frau ein Verhältnis mit Tom Jakobs hatte?“

Wie von Andresen sicher beabsichtigt, entglitten Fröhlich für die Dauer eines Wimpernschlags sämtliche Gesichtszüge, doch er hatte sich sofort wieder unter Kontrolle. Respekt, dachte Weichert.

Fröhlich hatte aber offenbar nicht die Absicht, Andresens Frage zu beantworten. Er saß da und schwieg.

„Wir wissen, was zwischen den beiden vorgefallen ist", sprach Andresen weiter. „Und wir wissen auch, dass Sie Kenntnis davon haben. Seit Freitag, um genau zu sein. Und seit Sonntag ist der Mann, mit dem Ihre Frau eine Affäre hatte, tot."

Fröhlichs Gesicht wirkte wie versteinert. „Woher wissen Sie davon? Ich meine, von der Sache mit Tom und Annette?"

„Beantworten Sie nur meine Frage", sagte Andresen streng. „Wie haben Sie reagiert, als Sie davon erfuhren?"

„Wie soll ich schon reagiert haben?" Fröhlich stand abrupt auf und sah aus dem Fenster. Weichert folgte seinem Blick. Draußen war es bereits den ganzen Tag grau, trostlos und karg. Ein typischer Novembertag, an dem es gar nicht richtig hell werden wollte.

„Begeistert war ich nicht, wie Sie sich vorstellen können", sagte Oliver Fröhlich gepresst.

„Das dachte ich mir. Stattdessen waren Sie vermutlich sehr wütend."

„Ja, natürlich."

„Gekränkt", fuhr Andresen fort. „Und verletzt. Enttäuscht –"

„Ja!" Fröhlich fuhr herum und sah beide Kommissare verärgert an. „Ja, ja, ja. All das trifft zu. Ich war stinksauer. Auf meine Frau, auf Tom … und auf mich, weil ich absolut nichts davon geahnt habe. Weil ich so verdammt naiv war!"

„Wie genau haben Sie davon erfahren?"

Fröhlich ließ sich wieder in seinen Bürosessel fallen und bestätigte mit knappen Worten Rohloffs Aussage hinsichtlich des Kartons mit den Sachen seiner Frau und des Inhalts des zufällig entdeckten Briefs.

„Es sei besser, wenn ich nie von dem Vorgefallenen erfahre, hat Tom im P.S. vermerkt", schloss er missmutig seinen Bericht und wirkte, als würde er gern einen deftigen Ausdruck für seinen früheren Freund hinterherschicken. Doch er schwieg.

„Wissen Sie, von wann der Brief war?", fragte Andresen.

Fröhlich schüttelte betrübt den Kopf. „Nein. Es stand kein Datum dabei. Aber da Annette die Nachricht offenbar vergessen hatte, wird es bereits eine Weile zurückliegen. Zwei, drei Jahre, nehme ich an. Damals begann unsere Ehe zu kriseln."

„Glauben Sie, dass Ihren Freund eine Mitschuld daran traf?", wollte Andresen wissen.

„Auf keinen Fall", sagte Fröhlich überzeugt. „Die Gründe lagen woanders. Wir hatten uns schlicht auseinandergelebt. Wäre unsere Ehe noch glücklich gewesen, wäre es vermutlich nie zu dieser Affäre gekommen."

„Seit wann kannten Sie Tom Jakobs?", wollte Weichert wissen. „Und woher?"

Es interessierte ihn wirklich. Jakobs unterschied sich deutlich von den anderen WG-Bewohnern. Diese hatten studiert und waren beruflich erfolgreich. Jakobs dagegen war ein Handwerker ohne Anstellung, er trug Jeans statt Anzug und wirkte neben seinen Freunden auf den ersten Blick wie ein Stück Holzkohle neben geschliffenen Diamanten.

„Er kam eines Tages als Mandant zu mir, vor ungefähr … ja, es muss knapp fünf Jahre her sein. Ein Ermittlungsverfahren war gegen ihn eingeleitet worden, wegen Beleidigung. Keine große Sache. Wir verstanden uns gut, gingen zusammen etwas essen, nachdem ich ihn aus der Angelegenheit herausgeboxt hatte, und freundeten uns an. Ich stellte ihn Finn und Oliver vor, und bald gehörte er zu unserer kleinen Pokerrunde dazu."

„Aber so richtig passte er nicht zu Ihnen, nicht wahr?", hakte Weichert nach.

Oliver Fröhlich lächelte wissend. „Wieso? Weil er nicht mit dem Kopf, sondern mit den Händen gearbeitet hat? Von unserer Sorte gibt es mittlerweile viel zu viele, finde ich. Dass Handwerk goldenen Boden hat, wird sich früher oder später wieder zeigen, glauben Sie mir. Schon jetzt schrauben sich die Stundenlöhne guter Handwerker in die Höhe."

Da war was dran, musste Weichert zugeben. Seine Eltern hatten ein paar Renovierungen vornehmen lassen, und eine gewisse Vene an der Schläfe von Lutz' Vater begann noch immer zu pulsieren, wenn er an die Rechnungen dachte, die er dafür hatte bezahlen müssen.

„Es stimmt", fuhr Fröhlich fort, „Tom baute lieber ein Vogelhaus, als Golf zu spielen oder segeln zu gehen, und er drückte sich nicht so gewählt aus wie viele meiner Kollegen hier im Büro, doch genau das gefiel uns an ihm. Tom war bodenständig, humorvoll, und – wenn ich mal von der Sache mit meiner Noch-Ehefrau absehe – erfrischend ehrlich. Wir mochten ihn."

„Und nun ist er tot", meinte Weichert.

Fröhlich sagte nichts. Er sah wieder zum Fenster hinaus.

Eine Weile schwiegen sie, dann fragte Andresen: „Wo befindet sich der Brief an Ihre Frau jetzt?“

Fröhlich wandte sich ihm zu und hob die Achseln. „In Berlin, nehme ich an. Ich habe ihn wieder zurück in das Buch gelegt, nachdem ich ihn gelesen hatte. Annettes Freundin hat den Karton mit den Sachen noch am Samstag abgeholt.“

„Sie haben also so getan, als hätten Sie diese verräterischen Zeilen nie gelesen. Wollen Sie Ihre Frau nicht mit dem konfrontieren, was Sie erfahren haben?“

Ein gequältes Lächeln umspielte Fröhlichs Mundwinkel. „Ganz ehrlich? Nein. Ich habe keine Lust, ein weiteres Fass im Streit mit Annette aufzumachen. Die Sache ist schon unangenehm genug.“

„Sie wollten die Angelegenheit einfach auf sich beruhen lassen?“, erkundigte sich Weichert ungläubig.

Fröhlich sah ihn an. „Stellen Sie sich vor, genau das ist meine Absicht. Es spielt doch keine Rolle mehr. Annette und ich sind getrennt, Tom ist tot … Wozu wäre es gut, wenn ich darauf herumreite? Und um ehrlich zu sein: Ich habe, als es mit unserer Ehe bergabging, meine Frau auch einmal betrogen. Wir sind also quitt.“

„Ich verstehe.“ Andresen räusperte sich. „Um die Tragweite der bisherigen Fakten einordnen zu können, fasse ich mal kurz zusammen. Sie erlangten am vergangenen Freitag Kenntnis darüber, dass Ihre getrennt lebende Ehefrau im Verlauf Ihrer Ehe eine Beziehung zu Herrn Tom Jakobs unterhielt. Ihrem langjährigen Freund, dem Sie sogar angeboten haben, bei Ihnen einzuziehen. Am Sonntagabend, also nur rund 48 Stunden später, wird ebenjener Tom Jakobs getötet. Sie haben sich zur Tatzeit angeblich hier, in Ihrem Büro, aufgehalten. Allein und ohne Zeugen. Mit anderen Worten: Sie hatten ein Motiv plus die Gelegenheit, können aber kein Alibi nachweisen." Andresen brach ab, dann fügte er hinzu: „Ihnen als Anwalt muss ich wohl nicht sagen, was für Schlüsse wir daraus ziehen müssen."

„Ich habe Tom nicht umgebracht!" Oliver Fröhlichs gerötetes Gesicht spiegelte seinen Ärger, seine Verzweiflung wider. Weichert war fast geneigt, ihm zu glauben.

Andresen aber schien skeptisch zu sein. „Es ist wohl besser", sagte er, „wenn Sie Ihre restlichen Termine für heute absagen."

Fröhlichs Gesichtszüge gefroren. „Wie bitte?"

„Sie haben mich schon verstanden. Sie werden uns auf die Dienststelle begleiten, und zwar jetzt gleich."

Fröhlich ließ ein bitteres, ungläubiges Lachen hören, schüttelte den Kopf, als könne er nicht fassen, was gerade geschah, und stand dann schwungvoll auf. „Schön. Wie Sie wollen. Aber ich sage es noch einmal: Ich war es nicht!"

„Zunächst einmal werden wir uns einfach ein bisschen unterhalten", meinte Andresen beruhigend.

Oliver Fröhlich stand auf, nagte auf seiner Unterlippe herum und wirkte wie ein freilaufendes Tier, das sich überraschend in einem Käfig wiederfand und verzweifelt nach einem Ausweg suchte. „Sagen Sie", knurrte er, „wem habe ich den Ärger eigentlich zu verdanken? Irgendjemand muss Ihnen doch von dem verdammten Brief erzählt haben."

Andresen legte sich wieder seine Maske um, stand auf und öffnete die Bürotür. „Nach Ihnen", sagte er.

Fröhlich schien ihn nicht gehört zu haben. Er sah nachdenklich vor sich hin, dann weiteten sich seine Augen, und er starrte Andresen an. „Es war Finn, oder?", fragte er, wartete aber die Antwort gar nicht ab. „Natürlich war er es! Dieser elende Mistkerl!"

Weichert hatte sich ebenfalls erhoben und zeigte nun mit dem ausgestreckten Arm zur Tür. „Kommen Sie, Herr Fröhlich."

Der Anwalt gab sich einen Ruck und trat an ihnen vorbei über die Schwelle. Dort wandte er sich an seine Sekretärin. „Frau Lechner, sagen Sie bitte all meine restlichen Termine für heute ab." Er drehte sich zu Andresen um. „Die von morgen etwa auch? Ich habe um elf eine Verhandlung."

„Schwierigkeiten, Herr Kollege?", fragte eine muntere Stimme hinter ihnen.

Sie wandten sich um.

„Dr. Thede", sagte Fröhlich, doch es klang wie: *‚Der hat mir gerade noch gefehlt'.*

„Habe ich das richtig verstanden? Sie brauchen morgen Vormittag eine Vertretung? Ich stelle mich gern zur Verfügung. Wie es der Zufall will, habe ich um die Zeit keinen Termin."

Lutz Weichert hatte das Gefühl, zwischen zwei Hunden zu stehen, die zwar noch nicht knurrten, bei denen sich aber bereits das Nackenfell sträubte.

„Das wird nicht nötig sein", wehrte Fröhlich kühl ab. „Ich werde rechtzeitig zurück sein, keine Sorge." Er warf Andresen einen kurzen Blick zu, der ihm beruhigend zunickte.

„Zurück von wo?" Dr. Thede, ein hoch aufgeschossener Mann mit Kinngrübchen, der mit jeder Körperfaser Überheblichkeit ausstrahlte, sah von seinem Kollegen zu Andresen und Weichert und dann wieder zurück. „Ich habe gehört, die Herren seien von der Kripo. Werden Sie etwa verhaftet?" Er lachte, als habe er einen Witz gemacht, doch in seinen Augen bemerkte Weichert ein vergnügtes Aufblitzen, das ihm sagte, dass dieser Dr. Thede die Vorstellung einer Fröhlich-Verhaftung äußerst erheiternd fand.

„Keineswegs", knurrte Fröhlich. „Strafrecht ist nicht Ihr Metier, richtig? Allerdings sollten auch Sie aus dem Jurastudium wissen, dass eine Verhaftung nur von einem Haftrichter angeordnet werden kann. Diese Herren hätten höchstens die Befugnis, mich vorläufig festzunehmen, was einen Unterschied bedeutet und obendrein in diesem Fall nicht zutrifft. Ich begleite sie lediglich auf ihre Dienststelle, um eine Aussage zu Protokoll zu geben, das ist alles. Zufrieden?"

Ein süffisantes Lächeln breitete sich auf dem Gesicht von Dr. Thede aus. „Oh ja. Aber nun will ich Sie nicht länger aufhalten. Wenn Sie meine Hilfe brauchen, kann Frau Lechner die betreffenden Akten gern bei meiner Sekretärin abgeben. Alles Gute, Herr Kollege." Er tippte sich grüßend an die Stirn und schlenderte davon. Seine Bewegungen drückten unverhohlenen Triumph aus.

„Fehlt nur noch, dass dieser Mistkerl vor sich hin pfeift“, kommentierte Oliver Fröhlich den Abgang seines Kollegen. Er klang verbittert. Dann stieß er einen Seufzer aus und nickte den Kommissaren zu. „Lassen Sie uns gehen.“

Sie verließen die Kanzlei. „Was ist das zwischen Ihnen und diesem Dr. Thede?“, fragte Weichert neugierig.

Oliver Fröhlich warf ihm einen Blick zu. Er schien zu überlegen, ob er antworten solle, entschied sich dann aber dafür. „Der Seniorchef hat mir die Partnerschaft angeboten, auf die Thede ebenfalls spekulierte. Und nun wird er in der Kanzlei verbreiten, dass ich in irgendwas verwickelt bin.“

„Er will sie ausbooten?“

„Dafür würde der Kerl über Leichen gehen“, erwiderte Fröhlich grimmig. Kurz stockte er, als ihm aufging, was ihm da herausgerutscht war. „Ich würde das nicht“, versicherte er eilig, „nur dass das klar ist.“

KAPITEL 11

„Ich bin erledigt", stöhnte Andresen eine Stunde später und ließ sich in seinen Bürosessel plumpsen.

„Sie sollten einen neuen Stuhl beantragen", ließ sich Mirja vernehmen. „Ihrer hört sich jedes Mal gefährlich an, wenn Sie sich reinsetzen. Früher oder später bricht er zusammen."

Andresen warf ihr einen verärgerten Blick zu. „Der Stuhl ist völlig in Ordnung. Es sammelt sich Luft, die herausgepresst wird, wenn sich jemand draufsetzt."

„Sie meinen, er schnauft auch, wenn ich mich draufsetze?", hakte sie nach, und Andresen konnte den Zweifel in ihrer Stimme heraushören. Mirja war ein zierliches Persönchen und maß keine eins siebzig.

„Ich weiß, ich bin größer als Sie –", setzte er an.

„Und schwerer. Viel schwerer."

„*Etwas* schwerer. Aber –"

„Ich will ja kein Spielverderber sein, aber haben wir nicht wichtigere Dinge zu erörtern?", mischte sich Weichert in die Unterhaltung.

„Da haben Sie ausnahmsweise mal recht, Herr Kollege." Andresen sah zu seiner jungen Kollegin hinüber. „Mirja, was haben Sie inzwischen herausgefunden?"

„Das Handy von Oliver Fröhlich war am Sonntagabend definitiv nicht in der Nähe des Fundorts, wohl aber in der Umgebung seines Büros", berichtete die junge Kommissarin. „Das von Tom Jakobs war wahrscheinlich ausgeschaltet, denn es wurde von dem infrage kommenden Sendemast ebenso wenig erfasst wie das von Fröhlich."

„Das heißt, er hat höchstwahrscheinlich die Wahrheit gesagt. Er war zur Tatzeit in seinem Büro, und wir müssen ihn wieder laufen lassen", seufzte Andresen.

„Oh ja, das müssen Sie allerdings!"

Die Köpfe der drei Beamten flogen herum. Andresen fasste sich zuerst. „Frau Staatsanwältin! So spät noch am Arbeiten?"

„Erst Max Jacoby, nun Oliver Fröhlich", fuhr sie ihn an, ohne auf seine Frage einzugehen. „Lauter verdiente und angesehene Mitglieder der Flensburger Gesellschaft. Was haben Sie sich bloß dabei gedacht?"

Andresen verschränkte die Arme. „Nur, weil Sie mit den Herren bekannt sind, muss das nicht bedeuten, dass sie keinen Dreck am Stecken haben. Es gibt eindeutige Indizien, die –"

„Konnten Sie Herrn Fröhlich oder Herrn Jacoby *irgendetwas* nachweisen?", unterbrach sie ihn.

„Nein, bisher nicht", musste Andresen zugeben. „Aber es war notwendig, mit ihnen zu reden. Um in dem Fall überhaupt weiterzukommen."

„Nun, immerhin wissen wir nun, wer *nicht* als Täter infrage kommt", erwiderte sie schnippisch. „Wie wäre es, wenn Sie langsam mal Ihren Fokus auf den mutmaßlichen Täter richten, statt unbescholtene Bürger zu brüskieren?"

Doch ehe Andresen ihr eine gepfefferte Antwort entgegenschleudern konnte, drehte sich die Adlerin auf dem Absatz um und rauschte davon.

*

Auf der Fahrt nach Hause war Andresen noch immer stocksauer, doch in einem Punkt musste er Mareike Birk-Johannsen recht geben: Sie waren, was den Täter anging, noch keinen Schritt weiter. Eine Frage quälte Andresen besonders. Es interessierte ihn brennend, wer der ominöse Anrufer war, der Tom Jakobs am Sonntagabend derart alarmiert hatte, dass er seine Pläne umwarf und ohne zu zögern seinem Tod entgegengefahren war. Hatte dieser Anrufer bewusst von einem nicht registrierten Telefon aus angerufen, damit er nicht ermittelt werden konnte? Und war es möglich, dass Max Jacoby der Besitzer jener Prepaid-Nummer war? Fragen über Fragen. Andresen seufzte frustriert, während er am Neumarkt Richtung Exe vorbeifuhr.

„Hey! Nanananana“, trällerte die Stimme des ehemaligen SG-Linksaußen Lars Christiansen über die Lautsprecher, *„jetzt weht der Wind aus Norden. Hier bei uns regiert die Hööölle Nord!“*

Andresen hatte auf Weicherts inständige Bitte vor einiger Zeit seinen früheren SG-Klingelton gegen einen neuen eingetauscht. Seither amüsierte Andresen, sobald das Lied erklang, die Erinnerung an den Gesichtsausdruck seines Kollegen, als dieser die Melodie das erste Mal gehört hatte.

„Das ist ja noch schlimmer!“, hatte er entsetzt ausgerufen. „Wie wäre es zur Abwechslung mal mit einem 08/15-Klingelton? So ein simples Klingeling?“

Schon um Weichert zu ärgern, hatte Andresen die Hymne behalten und ließ seither absichtlich einige Sekunden verstreichen, ehe er ans Telefon ging. Dabei ergötzte er sich am genervten Stöhnen seines Kollegen. Ihm war bewusst, dass sein Verhalten nicht eben freundlich war, doch ein bisschen Spaß muss sein, wie Roberto Blanco schon in den Siebzigern festgestellt hatte.

Er drückte an seinem Lenkrad auf das ‚Anruf annehmen‘-Symbol und schnitt dem trällernden Lars Christiansen damit das Wort ab.

„Andresen.“

„Paps, ich bin’s!“

Die erstickt klingende Stimme seiner Tochter alarmierte ihn. „Desirée, ist alles okay?“

„Nein, gar nicht. Paps, Oma ist im Krankenhaus.“

„Was? Bleib dran, ja?“ Andresen hielt es für besser, nicht weiterzufahren. Also betätigte er den Blinker und hielt nur wenig später am Straßenrand. Dann fragte er: „Was soll das heißen? Wieso ist sie im Krankenhaus?“

„Na, was glaubst du wohl? Sie hat sich mit Corona angesteckt. Es geht ihr gar nicht gut.“

„Ich bin schon unterwegs.“

„Ins Krankenhaus? Vergiss es, da lassen sie dich sowieso nicht rein. Ich bin jetzt bei Mama, weil ich dem

Notarzt ihre Nummer gegeben habe. Sobald sie mehr wissen, rufen sie dort an."

„Ok, dann komme ich eben zu euch. Bis gleich."

Er trennte die Verbindung, wendete bei der nächstbesten Gelegenheit und raste Richtung Engelsby, im Magen einen heißen Stein der Angst.

Von unterwegs rief er Daniela an. Sie war zunächst erschrocken über die Neuigkeit, versuchte dann aber, ihn zu beruhigen, und sagte, sie würde auf jeden Fall auf ihn warten.

Wie immer tat ihm ihre besonnene Art gut. Die Furcht um seine Mutter jedoch blieb, und sie machte – Danielas Worten zum Trotz – aus Carsten Andresen ein Nervenbündel, das sämtliche Autofahrer vor ihm, die ihn durch ihre pure Existenz davon abhielten, im Affenzahn durch Flensburgs Straßen zu heizen, inbrünstig verfluchte.

Seine Ex-Frau Marianne wohnte im dritten Stock eines Mehrfamilienhauses in der Mozartstraße. Andresen keuchte wie eine alte Dampflok, als er endlich vor der Wohnungstür stand und auf den Klingelknopf drückte.

Marianne öffnete ihm. Ihr Gesichtsausdruck war ernst.

„Und", japste er, „hat das Krankenhaus angerufen?"

„Nein, noch nicht." Seine Ex-Frau öffnete die Tür weiter. „Komm rein, Carsten."

Er folgte ihr ins Wohnzimmer. Desirée sah ihn, sprang von der Couch auf und fiel ihm in die Arme. Sie schluchzte.

„Sch-sch, ist schon gut", sagte er sanft und drückte sie an sich. Es dauerte eine Weile, bis sie sich beruhigt hatte. Gemeinsam setzten sie sich auf das Sofa, und Desirée begann zu erzählen, stockend und mit tränenerstickter Stimme.

„Ich wollte sie schon letzte Woche besuchen, aber da kam mir was dazwischen. Darum haben wir uns für heute verabredet. Als ich bei ihr ankam, sah sie aus wie ein Häufchen Elend." Desirée wischte sich eine Träne aus dem Augenwinkel. „Sie hat gehustet und schwer geatmet. Richtig blaue Lippen hat sie gehabt. Ich hab ihre Stirn gefühlt, die war heiß wie 'ne Herdplatte. Es ist ein kleines Wunder, dass sie es überhaupt bis zur Tür geschafft hat."

„Sie hat sich noch immer nicht impfen lassen, oder?", fragte Andresen ahnungsvoll.

Desirée schüttelte den Kopf. „Du kennst doch ihren Sturkopf."

Er hatte ein schlechtes Gewissen. Natürlich hatte er ihr in den vergangenen Wochen, als sich abzeichnete, dass die Infektionszahlen wieder in die Höhe gingen, mehrmals am Telefon geraten, sich endlich einen Impftermin zu holen, und sie hatte jedes Mal versprochen, das zu tun. Damit hatte er es gut sein lassen und bekam nun die Quittung dafür.

„Ich wünschte, ich hätte einen Termin für sie vereinbart", murmelte er und sah hoch, als Marianne ein Flensburger Bier vor ihm abstellte. „Lieb von dir", sagte er, schüttelte aber den Kopf. Ihm war jetzt nicht nach Bier zumute. Abgesehen davon hatte er das Gefühl, es wäre in dieser Situation besser, einen völlig klaren Kopf zu behalten.

Marianne nahm das Bier wieder weg. „Die Sache nimmt dich sehr mit, scheint mir. Solange ich denken kann, hast du noch nie ein Bier abgelehnt."

Schon früher hatte es Andresen gestört, wenn Marianne taktlose oder unsensible Bemerkungen von sich gab. Und sie wusste das. Er warf ihr daher lediglich einen missbilligenden Blick zu, und Marianne ruderte zerknirscht zurück.

„Entschuldige. Möchtest du lieber einen Kaffee? Oder ein Glas Wasser?"

„Gar nichts, danke." Er wandte sich wieder an seine Tochter. „Was passiert denn jetzt?"

„Sie wird isoliert und auf Corona untersucht, und wenn der Test positiv ist, wovon der Notarzt aufgrund der Symptome ausgeht, kommt sie auf die Corona-Station im Franziskus. Wenn das geschieht, werden wir informiert. Und natürlich auch, wenn die Diagnose anders lauten sollte." Desirée schlang beide Arme um ihre hochgezogenen Knie. „Du hättest sehen sollen, in welcher Aufmachung die Notärzte ankamen. Von oben bis unten geschützt, als hätte Oma die Pest. Sie hat einen richtigen Schreck bekommen. Sie wirkte plötzlich so klein und zerbrechlich. So kenne ich sie gar nicht." Desirées Kinn zitterte.

„Wir sollten uns sicherheitshalber auch testen lassen", mischte sich Marianne ins Gespräch. „Jeder von uns ist zwar geimpft, aber trotzdem …"

Andresen war regelrecht übel vor Angst um seine Mutter. „Einverstanden", sagte er. „Aber erst, wenn wir mehr wissen. Ich möchte den Anruf aus der Klinik nicht verpassen."

Marianne und Desirée stimmten sofort zu.

Sie warteten noch länger als eine halbe Stunde. Als das Telefon klingelte, fuhren sie alle zusammen. Marianne wollte rangehen, doch Andresen war schneller. Hastig meldete er sich.

„Hier ist das Franziskus-Hospital Flensburg, Intensivstation“, meldete sich eine geschäftsmäßig klingende weibliche Stimme. „Schwester Andrea. Mit wem spreche ich?“

„Carsten Andresen, ich bin der Sohn von Margarethe Andresen. Wie geht es meiner Mutter?“

„Bei ihr wurde Covid-19 nachgewiesen. Leider ist ihr Allgemeinzustand bedenklich, sie wird intubiert und beatmet.“

Andresen schloss die Augen. „Darf ich …“ Er räusperte sich. „Darf ich zu ihr?“

„Das ist im Augenblick leider nicht möglich, tut mir leid. Aber wir halten Sie telefonisch auf dem Laufenden.“

„Ist sie wach? Ich meine –“

„Sie ist ohne Bewusstsein. Sobald sich an ihrem Zustand etwas ändert, melden wir uns wieder.“

„Danke. Darf ich Ihnen eine andere Telefonnummer geben, bitte? Unter dieser bin ich nur selten zu erreichen, deshalb –“

„Kein Problem.“

Er gab seine Handynummer durch, verabschiedete sich mit brüchiger Stimme und drückte die Taste mit dem roten Telefonhörer. Marianne nahm ihm wortlos das Gerät aus der Hand und stellte es zurück auf seinen Platz.

„Sie ist bewusstlos, liegt auf der Intensivstation“, berichtete er leise. „Sie muss beatmet werden.“ Er legte einen Arm um Desirée und zog sie an sich. „Wie gut, dass du zu ihr gefahren bist. Ich mag mir gar nicht ausmalen, was passiert wäre, wenn …“ Er brach ab und fühlte sich hundeelend. Als Sohn hatte er eindeutig versagt. Er hätte sich mehr um seine Mutter kümmern müssen.

„Mach dir keine Vorwürfe, Carsten“, sagte Marianne, die ihn gut genug kannte, um zu spüren, wie es in ihm aussah. „Du hast getan, was du konntest.“

Müde sah er sie an, dann löste er sich von seiner Tochter und stand auf. „Wie gut, dass wenigstens einer von uns das glaubt. Ich fahre jetzt besser nach Hause. Gute Nacht.“

*

Als Sibylle Moosbach wie jeden Morgen die Tageszeitung durchblätterte, blieb ihr Blick an einem Artikel hängen, der mit dem Mann zu tun hatte, der tot auf der A7 entdeckt worden war. Dem Artikel zufolge gab es jemanden, den man mit dem Tod des Handewitters in Verbindung brachte. Einen Steuerberater aus der näheren Umgebung mit dem Namen Finn R.

Sibylle stieß einen kleinen Laut der Überraschung aus. Sie zweifelte keine Sekunde daran, dass damit Finn Rohloff gemeint war, der höfliche und trotz seiner kräftigen Statur so scheu wirkende Mann mit den melancholischen Augen, der ihren Wagen gerammt hatte.

Der Gedanke, dass an dem Verdacht, der ihm zur Last gelegt wurde, etwas dran war, erschien ihr absurd. Andererseits glaubte sie nicht, dass es in der Nähe einen weiteren Finn R. gab, der ebenfalls als Steuerberater tätig war. Das konnte kein Zufall sein.

Sie atmete tief durch. Eigentlich hatte sie nie über das sprechen wollen, was sie einige Tage zuvor beobachtet hatte, doch nun war es wohl besser, ihr Schweigen zu brechen. Statt aber die Polizei zu informieren, rief sie ihre gute alte Freundin an.

„Büro der Staatsanwaltschaft Flensburg", meldete sich eine geschäftig wirkende weibliche Stimme, die Sibylle gleich wiedererkannte.

„Sibylle Moosbach hier, hallo Frau Schäfer. Ist Frau Birk-Johannsen zu sprechen?"

„Guten Tag Frau Moosbach. Ja, sie müsste eigentlich in ihrem Büro sein. Ich stelle Sie durch, Augenblick."

Sibylle bedankte sich und wartete. Es dauerte nicht lange, bis Mareike sich meldete.

„Sibylle? Hi! Rufst du wegen Samstag an? Ich hatte doch schon zugesagt, dass ich –"

„Nein, darum geht es nicht", unterbrach Sibylle die Freundin. „Ich hab gerade das Tageblatt vor mir liegen. In einem Artikel steht, dass ein Steuerberater namens Finn R Punkt beschuldigt wird, etwas mit dem Tod des Mannes auf der Autobahn zu tun zu haben."

„Ja, und?"

„Heißt der Mann, um den es in diesem Artikel geht, zufällig Finn Rohloff?"

„Warum fragst du? Kennst du ihn?"

„Wenn das sein Name ist, dann ja. Zwar nur sehr flüchtig, aber ich glaube nicht, dass er –"

„Meine Liebe!“, unterbrach sie Mareike, „wenn ich in all meinen Berufsjahren eines gelernt habe, dann, dass man von einer Person niemals alles weiß, schon gar nicht, wenn man sie kaum kennt.“

„Hör mir bitte zu“, sagte Sibylle eindringlich. „Wann genau soll mein Bekannter diese Tat begangen haben? In der Zeitung steht nur, dass der Tote Montagfrüh gefunden wurde. Ich nehme an, er ist am Abend zuvor gestorben, oder?“

„Warum willst du das wissen?“

„Herr Rohloff hat vermutlich ausgesagt, dass er zu Hause gewesen ist, oder? Allein?“

„Darüber darf ich dir nichts sagen, Sibylle. Worauf willst du eigentlich hinaus?“

„Darauf, dass ich bezeugen kann, dass er die Wahrheit sagt.“

Am anderen Ende blieb es still.

„Mareike?“

„Sibylle, überleg dir genau, was du sagst. Ich will nicht, dass du dich mit einer Falschaussage in Schwierigkeiten bringst.“

Sibylles Hand strich über das dünne Papier der Zeitung. Sie musste Finn Rohloff helfen, wenn es in ihrer Macht stand.

Entschlossen holte sie tief Luft. „Wohin soll ich mich wegen einer Aussage wenden?“

*

„Das tut mir wahnsinnig leid“, sagte Lutz Weichert. Er war ehrlich betroffen. „Wie geht es Ihrer Mutter denn jetzt?“

Er hatte Andresen im Flur der Dienststelle angetroffen, als er mit einem Becher Ingwertee aus der Küche gekommen war. Der Gesichtsausdruck seines gerade erschienenen Kollegen hatte ihn zu der Frage animiert, ob alles in Ordnung sei.

Nein, habe Andresen mit einem Kopfschütteln erwidert, im Gegenteil. Und dann hatte er Weichert vor der Tür zu ihrem Büro mit knappen Worten erzählt, dass seine Mutter wegen Corona im Krankenhaus sei.

„Sie wird beatmet", antwortete Andresen. „Wir können nur die Daumen drücken und das Beste hoffen."

„Warum sind Sie dann hier und nicht bei ihr in der Klinik?"

„Na, raten Sie mal!", gab Andresen heftig zurück. „Weil ich nicht zu ihr darf wegen diesem verfluchten Virus!"

Lutz Weichert wusste nicht, wie er reagieren sollte. Ihm war nur klar, dass er seinem ersten Impuls, die Grammatik seines Kollegen zu korrigieren, lieber nicht nachgeben sollte. Der hasste diese Angewohnheit schon, wenn er bester Stimmung war. Also schluckte Lutz die Bemerkung „wegen *dieses* verfluchten Virus" hinunter und fragte stattdessen: „Soll ich Ihnen vielleicht einen Kaffee holen?"

„Am liebsten mit Schuss", gab Andresen verbittert zurück, doch dann rang er sich ein müdes Kopfschütteln ab. „Das war natürlich nicht ernst gemeint."

„Ich weiß."

Andresen legte die Rechte auf die Türklinke und sah Weichert an. „Danke, Herr Kollege."

„Kein Problem."

Weichert drehte sich um und steuerte erneut die Teeküche an. Das waren schlimme Neuigkeiten. Und sie nahmen Andresen offensichtlich sehr mit. Noch nie hatte Lutz ihn so müde und hilflos erlebt. Im Prinzip hätte Andresen in dieser Verfassung zu Hause bleiben müssen, doch Lutz ahnte, dass ihm dort die Decke auf den Kopf fiel und er die Arbeit als Ablenkung brauchte.

Er holte einen Becher aus dem schlichten Hängeschrank und füllte ihn mit Zucker und Kaffeesahne, ehe er den frisch gekochten Kaffee dazugoss.

Ob Andresens Mutter die Krankheit überstehen würde? Viele Monate hatte es in Flensburg keine Corona-Toten mehr gegeben. Die Zahl stagnierte sehr lange bei 39, doch vor Kurzem hatte ein weiterer tragischer Fall die Zahl aufgerundet. Nachdenklich rührte Weichert in der nun hellbraunen Flüssigkeit, sodass der Löffel ein leises Klingeln hören ließ, und nippte gleichzeitig an seinem Tee.

Nach einem Sommer, der Anlass zur Hoffnung gegeben hatte, wurde Corona nun doch wieder gefährlich. Er hatte es geahnt, hätte aber viel dafür gegeben, wenn er falschgelegen hätte. Seine Verlobte kam ihm in den Sinn. Lutz Weichert nahm sich vor, noch einmal mit Verena zu reden, die nach wie vor darum kämpfte, dass im Frühjahr ein großes Hochzeitsfest gefeiert wurde. Vielleicht sah sie ein, dass es klüger war zu warten, wenn er ihr mitteilte, dass auch die Mutter von Andresen einen Kampf ausfocht. Und zwar um ihr Leben.

Sie hatten die Heißgetränke kaum ausgetrunken, da meldete sich Andresens Handy mit der nervigen Handballhymne. Diesmal würgte er die Melodie gleich ab und meldete sich mit angespannter Stimme.

Weichert und Mirja tauschten einen besorgten Blick.

Andresen setzte sich aufrecht hin. „Ja, das bin ich", sagte er. „Wie geht es meiner Mutter?"

Während er der Stimme am anderen Ende der Leitung lauschte, drehte Andresen seinen Bürosessel so, dass er seinen Kollegen den Rücken zuwandte.

„Danke", sagte er schließlich mit erstickter Stimme. „Ja, ich bin in einer Viertelstunde da." Er trennte die Verbindung und wandte sich wieder um. Schwerfällig stand er auf, jegliche Farbe war aus seinem Gesicht gewichen. „Ich nehme mir für den Rest des Tages frei", sagte er heiser. „Und morgen vielleicht auch."

„Was hat der Arzt denn gesagt?", traute sich Weichert zu fragen.

„Dass die Lage … kritisch ist", antwortete Andresen, und seine Augen glänzten verdächtig. Er zog sich mit fahrigen Bewegungen seine Jacke an. „Ich soll hinkommen, weil meine Mutter …", er stockte, atmete tief durch, „… die kommende Nacht vielleicht nicht überleben wird."

Mirja schlug sich erschrocken eine Hand vor den Mund. „Oh, mein Gott", presste sie hervor.

Weichert räusperte sich. „Können wir irgendwas für Sie tun?"

„Nein, ich … ich denke nicht. Arbeiten Sie weiter. Sie schaffen das schon."

Damit ging er zur Tür. Mit hängenden Schultern und schleppendem Gang, als koste jeder Schritt ihn unsagbare Mühe.

„Wir drücken die Daumen, Chef", sagte Mirja mit belegter Stimme, und in ihren Augen schimmerten Tränen. „Bestimmt wird es Ihrer Mutter Kraft geben, dass Sie bei ihr sind."

Andresen wandte sich an der Tür kurz um, doch er sagte nichts. Er nickte nur und verließ das Büro.

Weichert starrte die Tür an, hinter der sein Kollege verschwunden war, und stellte sich vor, es wäre seine Mutter, die lebensgefährlich erkrankt war. Der Gedanke war so furchtbar, dass er ihn gleich wieder von sich schob. Andresen hatte gewiss ein paar schlimme Stunden vor sich.

Eine Weile war es so still, dass man trotz der geschlossenen Fenster das Rauschen des Verkehrs auf den Norderhofenden hören konnte.

Dann gab Mirja einen Seufzer von sich und drückte aus, was auch Weichert empfand: „So eine verdammte Scheiße!"

Der Obduktionsbericht war auch am späten Vormittag noch nicht eingetrudelt. Weichert hängte sich ans Telefon und erfuhr von Frau Möller, der Kollegin von Dr. Schwarzhaupt, dass der Bericht unterwegs sei. Es könne sich nur um Stunden handeln.

„Na, hoffentlich", erwiderte Weichert schlecht gelaunt. „Wir kommen hier nämlich nicht weiter."

Die Tür öffnete sich. Mirja trat ein und machte ihm ein Zeichen, das er nicht kapierte. Er verabschiedete sich von Frau Möller, legte auf und sah Mirja fragend an. „Was ist los?"

„Eine Frau Sibylle Moosbach steht draußen und möchte mit Ihnen reden."

„Moosbach … Moosbach …" Weichert blätterte in der Akte, die aufgeschlagen vor ihm auf dem Tisch lag. „Der Name kommt mir bekannt vor. Sekunde …"

Eine Weile war nur das Blättern der Seiten zu hören. Dann fand er, was er gesucht hatte, und tippte zufrieden mit dem Zeigefinger auf eins der Protokolle. „Ich hatte recht. Hier steht es: Sibylle Moosbach ist die Frau, mit deren Fahrzeug Finn Rohloff neulich kollidiert ist."

„Ich bewundere später Ihr einzigartiges Gedächtnis", versprach Mirja. „Aber vorher sollten wir die Dame hereinlassen, was meinen Sie?"

Sibylle Moosbach war eine eher kleine, aber durch ihre aufrechte Haltung größer wirkende Frau in den Vierzigern, modebewusst und gepflegt. Hellblaue Augen, kurzes blondiertes Haar, dezenter Schmuck, der alles andere als billig aussah. Eine schwarze Schutzmaske bedeckte ihre untere Gesichtshälfte.

„Sie können die Maske gern abnehmen, wenn Sie mögen", bot Weichert an, nachdem sie einander ohne jeglichen Körperkontakt begrüßt hatten und sie auf der anderen Seite seines Schreibtischs Platz genommen hatte.

„Danke, das wäre mir lieb." Sie zog die Maske herunter und steckte sie in ihre Handtasche, die sie auf dem Schoß hielt.

„Möchten Sie vielleicht einen Kaffee?", erkundigte sich Mirja.

Frau Moosbach schenkte ihr ein dankbares Lächeln. „Gern. Ich trinke ihn schwarz, vielen Dank."

„Für mich bitte einen Tee, Mirja", sagte er.

„Schon klar." Sie nickte und verschwand.

„So, Frau Moosbach", begann Weichert. „Dann erzählen Sie mal. Was haben Sie auf dem Herzen?"

„Es ist mir ein bisschen peinlich, um ehrlich zu sein", meinte sie mit einem scheuen Lächeln, das ihrem Gesicht etwas Weiches verlieh. „Die Sache ist die: Ich lernte Herrn Rohloff am vergangenen Freitagnachmittag kennen."

„Ich weiß. Der Verkehrsunfall. Er hat es erwähnt."

Sie nickte. „Genau. Wir tauschten Versicherungsdaten aus. Ich schrieb meine auf einen zusammengefalteten Zettel, den ich am Tag zuvor als Einkaufsliste benutzt hatte. Unter den aufgeführten Lebensmitteln hatte ich nur wenige Stunden vor meinem Zusammentreffen mit Herrn Rohloff noch einen Namen und eine Telefonnummer notiert. Daran dachte ich aber gar nicht mehr, als ich Herrn Rohloff den Zettel gab. Der Unfall hat mich wohl zu sehr abgelenkt."

„Das kann passieren."

„Mag sein. Am Sonntagabend fiel es mir jedenfalls wieder ein. Und weil ich die Person am nächsten Tag anrufen wollte, benötigte ich die Nummer. Ich rief also zunächst meine Freundin an, die sie mir gegeben hatte, damit sie sie mir noch einmal diktiert. Doch sie war nicht zu erreichen. Also rief ich bei Herrn Rohloff an, der mir seine Visitenkarte gegeben hatte, aber auch er ging nicht ans Telefon. Es war wie verhext."

Mirja kam mit einem Tablett herein und verteilte die darauf stehenden Becher.

„Vielen Dank", sagte Frau Moosbach. Sie nippte vorsichtig und stellte den Kaffee dann wieder ab.

„Erzählen Sie weiter", bat Weichert.

„Wo war ich? Ach ja, ich konnte Herrn Rohloff telefonisch nicht erreichen. Allerdings stand seine Anschrift auf der Karte. Sie müssen wissen, ich bin ein ungeduldiger Mensch, der Dinge immer sofort erledigt haben will. Also fuhr ich zu der angegebenen Adresse. Ich sah, dass Licht brannte, und wollte schon klingeln. Vorher warf ich einen kurzen Blick durch den Glaseinsatz an der Tür, um sicherzugehen, dass ich nicht störte."

Weichert gab keinen Kommentar ab, sondern wartete darauf, dass sie fortfuhr.

Sibylle Moosbach trank noch einen Schluck Kaffee. „Im Flur brannte Licht, und auch in einem Raum am Ende, dessen Tür offen stand. Dort sah ich Herrn Rohloff. Er saß am Fußende eines Bettes, hielt ein Kleidungsstück in den Händen und … na ja, er weinte. Sogar ziemlich heftig. Um es kurz zu machen, ich entschloss mich, aus Rücksichtnahme doch lieber wieder wegzufahren. Ich wollte ihn nicht in Verlegenheit bringen. Heute Morgen aber las ich in der Zeitung, was ihm vorgeworfen wird, und mir wurde klar, dass es vielleicht wichtig sein könnte, dass ich ihn an jenem Abend gesehen habe. Also rief ich eine Bekannte von mir an. Sie kennen sie vermutlich. Staatsanwältin Birk-Johannsen."

„Ja, natürlich kennen wir sie", sagte Weichert. Diese Frau Moosbach war also mit der Adlerin befreundet. Nicht zum ersten Mal fragte er sich, was die privat wohl für ein Typ war. Vielleicht hatte sie ja noch eine andere, weniger Furcht einflößende Seite.

„Mareike meinte, ich solle herkommen und eine Aussage machen. Tja, und da bin ich."

Sie straffte die Schultern. Ihre zierlichen und perfekt manikürten Hände hielten nach wie vor die kleine Ledertasche mit Markenlogo auf ihrem Schoß.

„Vielleicht interessiert es Sie noch, dass ich Herrn Rohloff als einen ausgesprochen freundlichen Menschen kennengelernt habe und mir nicht vorstellen kann, dass er auch nur einer Fliege etwas antut. Spätestens seit ich ihn so aufgewühlt und verzweifelt gesehen habe."

Weichert dachte an den zusammengeschlagenen Mann, der vor dem Sasa mit Rohloff aneinandergeraten war, sagte jedoch nichts. Schließlich war die Sache schon eine Ewigkeit her. Im Grunde teilte er die Meinung von Frau Moosbach.

„Sagen Sie, wann genau haben Sie die Beobachtung gemacht?", wollte er wissen. „Wie spät war es?"

Sie überlegte. „Der Tatort lief noch nicht lange, als mir das Missgeschick mit dem Zettel einfiel", sagte sie. „Bis ich aufgebrochen bin, ging höchstens eine halbe Stunde ins Land, die Fahrt dauerte ungefähr zwanzig Minuten ... Ich schätze, es war ungefähr halb zehn, als ich Herrn Rohloff gesehen habe."

Hätte ich jetzt den Obduktionsbericht, dachte Weichert genervt, könnte ich direkt nachprüfen, ob Rohloff nun ein Alibi hat oder nicht. Dann fiel ihm noch etwas ein.

„Sie sagten, auf seiner Visitenkarte sei die Privatadresse von Herrn Rohloff angegeben. Ihre angebliche Beobachtung haben Sie jedoch an seiner früheren Adresse gemacht."

Sie runzelte die Stirn. „Ich fürchte, ich verstehe nicht ganz. Ich bin zu der Anschrift gefahren, die auf der Karte vermerkt war. Da stand Thomas-Lorck-Weg."

„Vielleicht hat er auf seiner Visitenkarte noch seine alte Adresse angegeben", warf Mirja ein.

„Sie meinen, er wohnt gar nicht mehr da?", erkundigte sich Frau Moosbach verwirrt. „Wieso ist er dann dort gewesen?"

„Er hat uns gegenüber ausgesagt, dass er den bewussten Abend damit verbracht hat, die Sachen seiner verstorbenen Frau zusammenzupacken", sagte Weichert.

„Jetzt lebt er in Handewitt", fügte Mirja hinzu.

„Er ist verwitwet?" Frau Moosbach wirkte erschrocken. „Wie schrecklich. Ich hatte keine Ahnung, dass er erst kürzlich seine Frau verloren hat."

„Sie ist bereits vor ein paar Jahren gestorben", klärte Weichert sie auf.

„Oh." Pause. „Ich verstehe. Er vermisst sie sehr, nicht wahr?" Ehe Weichert oder Mirja dazu etwas sagen konnten, winkte Sibylle Moosbach ab. „Ach, das geht mich nichts an. Ich wollte nur aussagen, was ich weiß."

„Das war sehr freundlich von Ihnen. Frau Moosbach, meine Kollegin wird ein Protokoll anfertigen, das Sie bitte unterschreiben."

„Glauben Sie, dass meine Angaben Herrn Rohloff helfen?", erkundigte sie sich, und er konnte sehen, wie sehr sie hoffte, er werde Ja sagen.

„Das kann ich Ihnen leider nicht sagen", antwortete er unverbindlich. „Noch liegt uns nicht der Obduktionsbericht vor. Erst dann wissen wir es ganz genau." Und allzu lange wird es bis dahin hoffentlich nicht mehr dauern, fügte er in Gedanken hinzu.

*

Die Situation kam Carsten Andresen wie ein Albtraum vor. Diese grässliche Alien-Verkleidung, die man ihm verpasst hatte, die piepsenden, rauschenden und blinkenden Apparate und vor allem das bleiche Gesicht seiner Mutter, das zum Teil von der Beatmungsmaske verdeckt wurde. Es wirkte so ungewohnt klein und schmal. Richtig fremd erschien es ihm.

Überhaupt war ihm seine Mutter nie so winzig vorgekommen. Es schien ihm, als wäre sie in den letzten Stunden auf ein Minimum zusammengeschrumpft, und alles, was sie ausgemacht hatte, war verschwunden. Ihre Energie, ihre Tatkraft, ihre Lebenslust, ihre Sturheit. Andresen biss sich auf die Unterlippe, um nicht laut loszuheulen.

Die schmalen Hände mit den vereinzelten Altersflecken, sonst immer rastlos und tatendurstig, lagen wie leblos auf der Decke, unterschieden sich farblich kaum von dieser. Zärtlich betrachtete er die kurz gehaltenen, aber gepflegten Fingernägel. Den hellen Abdruck ihres Eherings, den man ihr abgenommen hatte. Warum, erschloss sich Carsten Andresen nicht, aber es gab sicherlich einen sinnvollen Grund.

Auch wenn sein Vater schon lange tot war, seine Mutter hatte den Ring immer getragen. Nur wenn sie

Hackfleisch knetete, erinnerte Carsten sich, nahm sie ihn stets ab. Er liebte ihre Frikadellen, am liebsten mit Blumenkohl und weißer Soße, und ihm schoss der Gedanke durch den Kopf, dass sie diese Mahlzeit vielleicht nie wieder zubereiten würde. Er konnte ihre Stimme hören. „Nimm noch eine Frikadelle, mien Jung. Du hattest doch erst zwei. Oder schmeckt's dir nicht?" Die letzte Frage wurde regelmäßig von einem schelmischen Zwinkern begleitet, denn sie wusste, dass er dieses Essen liebte.

Carsten biss die Zähne zusammen, doch er konnte nicht verhindern, dass seine Augen überquollen und sich eine Träne löste. Wie albern, dass ihm das ausgerechnet bei dem Gedanken an Frikadellen passierte. Albern und lächerlich. Es gab doch weiß Gott Wichtigeres. Dennoch lief ihm das Wasser aus den Augen, ob er wollte oder nicht. Er konnte die Tränen nicht einmal wegwischen. Über dem üblichen Mundschutz trug er vor dem Gesicht zusätzlich eine halbrunde Plexiglasscheibe, die bis übers Kinn hinausragte.

Er betrachtete wieder die Hände seiner Mutter, auch wenn er sie nur verschwommen wahrnahm. Aus einem Handrücken ragte eine Infusion, die man ihr gelegt hatte. Bläuliche Adern traten hervor. Andresen nahm vorsichtig, als wäre sie zerbrechlich, ihre andere Hand. Sie verschwand fast in seinen großen, mit blauen Einweghandschuhen verhüllten Pranken. Er drückte sie nicht, weil er Angst hatte, seiner Mutter versehentlich wehzutun. Hielt sie nur sacht, wie das verletzte Rotkehlchen, das er damals im Park entdeckt hatte.

„Weißt du noch, Mama?", flüsterte er, und erschrak darüber, wie dumpf und fremd seine Stimme in dieser sterilen Umgebung und hinter all den Schutzmasken klang. Doch er sprach weiter. „Das Rotkehlchen mit dem gebrochenen Flügel. Papa meinte, wir könnten ihm sowieso nicht helfen, aber du hast gemeint, das kriegen wir schon wieder hin, wenn wir uns Mühe geben. Also hast du seinen Flügel mit Klebeband fixiert. Es war so sünde, wie der kleine Kerl herumtaumelte, aber du hattest recht. Er hat sich daran gewöhnt, der Flügel heilte, und wir konnten ihn nach wenigen Wochen wieder freilassen. Ich habe ihn Mäxchen genannt, erinnerst du dich? Und Rotz und Wasser hab ich geheult, als er davonflog."

Er sah seine Mutter an und fühlte sich wieder wie der sechsjährige Junge, der dem Rotkehlchen hinterhersah, mit der aberwitzigen Hoffnung im Herzen, sein Freund würde ihn bestimmt besuchen kommen. Doch Mäxchen kam nie mehr zurück.

„Wirst du mich auch verlassen und nie mehr zurückkommen, Mama?", wisperte er mit erstickter Stimme.

Sie antwortete nicht. Ihre Augen waren geschlossen, ihre Lider, dünner und blasser, als er sie in Erinnerung hatte, zuckten kaum merklich.

Er fühlte sich unfassbar schuldig. Warum nur hatte er nicht früher darauf bestanden, dass seine Mutter sich impfen ließ? Er hätte so viel mehr tun können.

Nun war es womöglich zu spät.

*

Mirja kam zur Tür herein und wedelte mit einem Pappheftter. „Der Bericht ist endlich eingetrudelt."

Lutz Weichert warf automatisch einen Blick auf die Uhr. Es war bereits nach vier. „Und? Was steht zur Todesursache drin?"

„Moment, ich hab doch noch gar nicht reingeschaut." Mirja setzte sich und begann zu blättern, bis sie den entsprechenden Abschnitt gefunden hatte. „Hier ist es. Stauungsblutungen im Bindegewebe der Augen, Läsionen im Halsbereich sowie Plastikpartikel in den oberen Atemwegen deuten auf eine Halskompression mit einem Gegenstand aus Kunststoff hin. Es kann davon ausgegangen werden, dass der Tod dadurch eintrat, dass dem Opfer eine Tüte aus Plastikmaterial über den Kopf gezogen und im Folgenden die Luftzufuhr mutwillig abgeschnitten wurde."

Sie sah hoch. „Hier steht auch, dass Jakobs zu dem Zeitpunkt bewusstlos gewesen sein muss. Und dass er zwischen zehn und elf Uhr abends gestorben ist."

„Erstickt mit einer Plastiktüte", murmelte Weichert nachdenklich. „Ich würde vorschlagen, dass wir diese Info zunächst für uns behalten."

„Glauben Sie, der Chef würde wissen wollen, dass der Bericht endlich da ist?"

Weichert schüttelte den Kopf. „Nee, den lassen wir lieber in Ruhe. Er hat jetzt andere Sorgen."

„Zwischen zehn und elf", wiederholte Mirja nachdenklich. „Sieht so aus, als hätte sich das Alibi von Herrn Rohloff damit zerschlagen. Er hätte ausreichend Zeit gehabt, Tom Jakobs umzubringen."

Weichert nickte. „Kurz vorher war er vor Trauer um seine Frau am Boden zerstört, wie wir jetzt wissen. Ich kann mir allerdings nicht vorstellen, dass er der Täter ist. Schließlich konnte Tom Jakobs nichts dafür, dass seine Frau gestorben ist."

„Sehe ich genauso. Und es passt auch nicht zu dem Anruf, den Jakobs um halb neun erhalten hat."

Sie schwiegen eine Weile. Mirja vertiefte sich wieder in den Bericht. „Das ist interessant", rief sie plötzlich aus.

„Was?"

„An den Händen von Jakobs wurden Farbspuren sichergestellt. Ölfarbe, wie Maler sie benutzen. In Rot. Und Reste von Terpentin."

Weichert sprang auf und ging zu Mirja hinüber, schaute über ihre Schulter. „Ehrlich? Das steht da?"

„Wort für Wort." Sie tippte auf den entsprechenden Absatz. „Überzeugen Sie sich selbst."

Er überflog die paar Sätze. Mirja hatte die Wahrheit gesagt.

„Das würde dem Chef bestimmt gefallen", meinte sie und drückte damit genau Weicherts Gedanken aus. Dennoch verschwendete er keinen Gedanken daran, seinem Kollegen eine entsprechende Nachricht zukommen zu lassen. Nicht jetzt.

Er notierte sich stattdessen die genaue Bezeichnung der aufgeführten Ölfarbe und stand auf. „Kommen Sie, Mirja. Wir fahren Max Jacoby besuchen. Wollen doch mal sehen, ob er nicht eine Erklärung dafür hat, dass an den Fingern des Bruders, den er angeblich seit Jahren nicht gesehen hat, sein Arbeitsmaterial klebt."

Vom Auto aus, nahm Weichert sich vor, würde er sicherheitshalber noch einen Anruf tätigen.

*

„Wow, das klingt ja toll."

Sie standen vor dem Haus des Malers und befestigten ihre Masken vor Mund und Nase. Mirja lauschte sichtlich beeindruckt, denn hinter der roten Tür der Künstler-Villa war klassische Musik zu hören. „Kann Max Jacoby nicht nur malen, sondern auch Klavier spielen?"

„Ich habe keine Ahnung", gab Weichert zu. „Aber ich erinnere mich, dass in dem riesigen Wohnzimmer ein Flügel stand. Ehrlich gesagt habe ich geglaubt, es stünde dort lediglich zu Dekorationszwecken."

„Sie meinen, zum Angeben", vermutete Mirja.

„Ja, genau."

„Vielleicht kommt die Mucke ja auch von einer CD", meinte Mirja und drückte auf den Klingelknopf. „Finden wir's raus."

Die Musik brach mit einem Misston ab.

„Keine CD", flüsterte Weichert. Mirja nickte.

Das Klackern von hohen Absätzen näherte sich. Eliana Nowak öffnete ihnen. „Ach, Herr Weichert", sagte sie, weniger begeistert als beim letzten Besuch. Ein kaum wahrnehmbares Lächeln huschte über ihr Gesicht. „Und wer ist das?"

„Guten Tag, Eliana", sagte Weichert. „Dies ist meine Kollegin, Kommissarin Sommer."

„Gibt es etwas Neues über Max' Bruder?"

„Könnte man so sagen. Dürfen wir reinkommen?"

„Ja, natürlich." Sie trat zur Seite und machte eine einladende Geste.

Mirja sah sich staunend um. Der protzige Luxus, der einen regelrecht ansprang, schien sie zu beeindrucken.

„Wir würden gern mit Herrn Jacoby sprechen", sagte Weichert.

„Er ist in seinem –", begann Eliana, doch Weichert unterbrach sie. „In seinem Atelier, ich verstehe. Führen Sie uns bitte zu ihm."

„Ich sagte Ihnen doch schon, er schätzt es nicht, wenn –"

„Ja, ich weiß. Aber wir sind bereit, uns seinen Unmut zuzuziehen. Die Treppe rauf, nicht wahr? Kommen Sie, Mirja."

Ein Instinkt bewog ihn, Frau Nowak nicht noch einmal die Gelegenheit zu geben, Max Jacoby ihren Besuch anzukündigen. Er wollte den Künstler überraschen.

„Haben Sie einen Durchsuchungsbefehl?", rief Eliana ihm verärgert hinterher. Er konnte ihre Schritte hinter sich hören.

„Das heißt Durchsuchungsbeschluss", korrigierte Weichert, ohne innezuhalten. „Nein, bisher noch nicht, denn wir haben keinesfalls die Absicht, das Atelier zu durchsuchen. Wir möchten lediglich mit Herrn Jacoby sprechen, in seinem Arbeitsumfeld. So schlimm kann das doch nicht sein."

Nun blieb er doch stehen, drehte sich zu ihr herum und schenkte ihr hinter seiner Maske ein strahlendes Lächeln. „Ich werde Herrn Jacoby gegenüber klarstellen, dass Sie keinerlei Schuld trifft, wenn wir in sein Allerheiligstes eindringen.“

Ihr sonst so hübsches Gesicht verschloss sich und verlor dadurch etwas von seiner Attraktivität. „Herr Weichert, so geht das nicht! Max mag es überhaupt nicht, derart überfallen zu werden.“

„Er wird es überleben.“ Weichert wandte sich um und stieg weiter die gewundene Treppe nach oben. Für einen Augenblick glaubte er, das Klappen einer sich schließenden Tür gehört zu haben.

Als er den Treppenabsatz erreicht hatte, sah er sich um. Rechts befand sich eine Galerie, von der aus man nach unten in den Eingangsbereich blicken konnte. Über diesem, in Weicherts Augenhöhe, hing ein imposanter Kronleuchter, dessen gläserne Einzelteile wie Diamanten funkelten. Die Wand entlang der Galerie schmückten mehrere Bilder des Künstlers. Zwei Türen gingen von dort ab, doch das Geräusch, das Weichert zu hören geglaubt hatte, war von links gekommen. Er wies in die Richtung. „Dort lang? Welcher Raum ist es?“

„Die letzte Tür auf der linken Seite“, gab Eliana mürrisch zurück.

„Besten Dank.“

Weichert steuerte den entsprechenden Raum an, klopfte und trat, ohne auf eine Aufforderung zu warten, ein.

Strenger Farbgeruch kroch in seine Nase. Das Atelier von Max Jacoby entpuppte sich als ein großer Raum mit viel Licht von oben. Ungefähr dreißig Quadratmeter, schätzte Weichert. Nicht übel.

In der Mitte befand sich ein großer, grob gezimmerter Tisch, der Platz für mindestens acht Personen bieten würde, wenn er für gesellige Mahlzeiten gedacht wäre. Vielleicht war das vor Jahren seine Bestimmung gewesen, doch heute war er bedeckt mit einer buntbefleckten Wachstischdecke, auf der allerlei Gefäße standen. Aus einigen ragten Pinsel in unterschiedlichsten Größen, andere waren mit Farbe gefüllt.

Lutz Weichert, der sich ja eine Zeit lang mit Malerei beschäftigt hatte, erkannte außerdem weiße Plastikflaschen mit Firnis, einem Lack, der zur Fixierung über fertige Bilder gelegt wurde. Sein Blick schweifte durchs Zimmer. Vor allen Wänden standen Holzkonstruktionen, an denen Leinwände befestigt waren. Sogar auf dem Boden lag eine ehemals weiße Fläche, die nun mit verschiedenfarbigen Linien, Kreisen, Klecksen, Strichen und Wellen bedeckt war. Daneben stand der Künstler, einen Spatel in der Hand, wie beim letzten Mal gehüllt in einen beklecksten Kittel, unter dem ein schwarzer Rolli zu sehen war. Mit gerunzelter Stirn und sichtlich verärgert starrte er seine Besucher an.

„Was fällt Ihnen ein?“, rief er erbost. „Lutz, ich mag Sie, aber niemand …“ Er hob vorwurfsvoll einen Zeigefinger, „*niemand* darf ohne Erlaubnis mein Atelier betreten! Eliana, wieso hast du –“

„Glaub mir, ich hab versucht, es zu verhindern.“

„Eliana trifft keinerlei Schuld“, bestätigte Weichert.

Max Jacoby winkte ab. „Ich hoffe wirklich, Sie haben einen verdammt guten Grund für Ihr gewaltsames Eindringen in mein Allerheiligstes. Denn wenn nicht …“ Er ließ die Drohung unvollendet.

Andresen würde jetzt garantiert eine gepfefferte Antwort parat haben, wusste Lutz. Er selbst tat sich allerdings schwer, jemandem wie dem gefeierten Künstler Max Jacoby die Stirn zu bieten. Sein Blick glitt zu Mirja hinüber, die ihn von der offenen Tür her auffordernd ansah. Fast unmerklich hob sie ihr Kinn an, als wolle sie sagen: ‚Lassen Sie sich das nicht gefallen. Das würde der Chef auch nicht tun. Und wir müssen ihn jetzt vertreten.'

Und damit, wusste Weichert, hatte sie absolut recht. Andresen hatte Sorgen genug. Es war wichtig, dass sie hier in seinem Sinne agierten.

Er holte also tief Luft und hielt dem zornigen Blick des Malers stand. „Tja, nun sind wir hier", sagte er. „Denn wir haben einige Fragen an Sie, Herr Jacoby, die keinen Aufschub dulden."

Jacoby donnerte den Spatel in eine Kiste. Es schepperte vernehmlich. „Also gut", schnauzte er, „wenn es unbedingt sein muss. Aber fassen Sie sich kurz, wenn's geht."

„Was für Ölfarben nutzen Sie? Ich meine, mit welcher Marke arbeiten Sie gewöhnlich?"

Die linke Augenbraue von Max Jacoby hob sich. „*Das* wollen Sie wissen? Ist das Ihr Ernst?"

Weichert schwieg und wartete.

Jacoby seufzte. „Schön, wenn es Ihnen weiterhilft, will ich Ihre Neugier gern befriedigen. Hauptsächlich arbeite ich mit Farben der Marke Schmincke, manchmal nehme ich auch Farben von Mont Marte, falls Ihnen das etwas sagt, was ich allerdings bezweifle."

„Nun, der eine Name sagt mir durchaus etwas", erwiderte Weichert. „Denn Farbe dieser Marke wurde an der Hand Ihres Bruders nachgewiesen."

Max Jacoby blinzelte. Weichert konnte sehen, dass diese Neuigkeit den Maler unvorbereitet getroffen hatte. Doch er fasste sich rasch.

„Und?", fragte er. „Was soll das beweisen? Etwa, dass ich etwas mit Toms Tod zu tun habe? Das ist doch lächerlich! Diese Farben sind für jedermann erhältlich."

„Es wurde auch Terpentin nachgewiesen." Mirja trat an den Tisch heran und nahm ein dosenförmiges Gefäß mit einem kleinen roten Deckel auf. „So was wie dies hier."

„Auch Terpentin kann sich jeder Hans und Franz kaufen", gab Jacoby kalt zurück. „Vielleicht versuchte sich mein Bruder in Malerei, wer weiß? Dann hätten wir zu guter Letzt doch noch eine Gemeinsamkeit gehabt." Er lachte höhnisch auf.

„Davon können wir wohl nicht ausgehen", entgegnete Weichert. „In der Werkstatt, die Ihr Bruder für Handwerksarbeiten benutzte, gibt es lediglich Wandfarbe. Ich habe mit der Haushälterin telefoniert, und sie hat nachgesehen, während wir auf dem Weg zu Ihnen waren."

„Was genau versuchen Sie mir eigentlich zu unterstellen?", fragte Jacoby gereizt.

„Dass Sie uns belogen haben, als Sie behaupteten, Ihren Bruder seit Jahren nicht gesehen zu haben."

„Dann beweisen Sie mir das Gegenteil!"

„Das werden wir, keine Sorge." Weichert holte einige der kleinen Plastiktüten, die er stets in der Innentasche seines Jacketts mitführte, hervor. „Wenn Sie die Wahrheit gesagt haben, stört es Sie gewiss nicht, wenn ich eine Probe Ihrer roten Ölfarbe zu Vergleichszwecken mitnehme."

Jacoby schnaubte und hob mit einer lässigen Geste seinen rechten Arm. „Tun Sie, was Sie nicht lassen können, doch das wird nichts beweisen. Die Zusammensetzung meiner Farbe wird sich von allen anderen dieser Marke nicht unterscheiden. Oder glauben Sie, sie wird für jede Tube und jede Dose neu zusammengesetzt?"

Weichert schaute sich auf dem Tisch um. Natürlich war nicht von der Hand zu weisen, was Jacoby sagte. „Es kommt auch auf den Farbton an", meinte er lahm. „Bekanntlich gibt es unzählige Arten von Rot."

„Ja. Und jeder Maler hat gewöhnlich eine umfangreiche Palette jeder Farbe. War das alles, was Sie vorbringen können?" Triumph breitete sich auf Jacobys Gesicht aus. Er glaubte sichtlich, am längeren Hebel zu sitzen. Weichert spürte, dass er wütend wurde. Irgendwie musste er den Kerl drankriegen. Hilflos sah er sich auf dem vollgestellten Tisch um.

Neben den Dosen und Tuben sah er Schalen, kleine Teller und Paletten, auf denen unter anderem auch die Farbe Rot in den unterschiedlichsten Schattierungen zu sehen war. Natürlich, dachte er, und Erleichterung durchflutete ihn. Künstler mischten sich ihre Farbtöne gern selbst zusammen. Und diese Mischungen waren einzigartig. Weichert gab einige der Tüten an Mirja weiter und würdigte den Künstler keines Blickes. „Frau Kollegin, helfen Sie mir bitte. Wir brauchen von jedem hier auf dem Tisch befindlichen Rot eine Probe."

„Dafür brauchen Sie aber so einen Durchsuchungsbeschluss, nehme ich an", ertönte die eisige Stimme von Eliana Nowak.

„Einen Beschlagnahmebeschluss", antwortete Weichert, während er eine Tüte in eine rote Farbpfütze tauchte, sie umstülpte und verschloss. „Doch gemäß Paragraf 98 Absatz 2 Strafprozessordnung kann dieser binnen drei Tagen nachgereicht werden. Dafür werde ich sorgen, machen Sie sich keine Gedanken."

Während er eine zweite Probe verstaute, sah er, dass Eliana die Arme vor der Brust verschränkt hatte und ihre Lippen zusammenkniff. „Sie haben Tom Jakobs nie getroffen, sagten Sie", meinte er. „Warum stört es Sie so, wenn wir diese Farben untersuchen? Das Ergebnis kann doch nur negativ ausfallen. Oder?"

„Genau so ist es", antwortete Max Jacoby an ihrer Stelle. „Und nun möchte ich Sie bitten, mein Haus zu verlassen. Und zwar sofort!"

„Mirja, haben wir alle roten Proben gesichert?"

Sie verschloss eine letzte Tüte. „Ich denke schon."

„Verschwinden Sie!", brüllte Jacoby.

Weichert nickte ihm betont höflich zu und wandte sich zur Tür. Mirja folgte ihm, als Letztes verließ Eliana Nowak das Atelier und schloss die Tür hinter sich. Wortlos ging sie auf der Galerie an beiden vorbei und voraus die Treppe hinunter. Mit verschlossener Miene riss sie die Haustür auf.

„Auf Wiedersehen", sagte Weichert höflich und trat hinter Mirja über die Schwelle.

Eliana antwortete auf Polnisch, es klang wie eine Verwünschung. Dann knallte die Tür ins Schloss.

„Ich bin ziemlich stolz auf Sie", sagte Mirja auf dem Weg zum Wagen. „Das war richtig beeindruckend."

„Und ich bin froh, dass ich Sie als Zeugin dabeihatte“, erwiderte Weichert grinsend. „Andresen würde mir doch sonst kein Wort glauben.“

Mirja lächelte. „Sie können auf mich zählen.“

KAPITEL 12

Alba hatte eine Lasagne vorbereitet. Obwohl Finn nicht viel Appetit hatte, schaltete er nach einem Blick auf die Uhr den Ofen ein. Björn war bereits zu Hause, nur Oliver fehlte noch. Und dessen Heimkehr sah Finn mit nicht geringer Nervosität entgegen.

Er machte sich auf den Weg nach oben und klopfte an Björns Tür.

„Komm rein."

Finn folgte der Aufforderung. Björn saß auf seinem Bett und blätterte in einer Zeitschrift. Im Hintergrund lief Musik. Ein alte Ballade von Billy Joel, ‚*Honesty*'.

Ehrlichkeit, übersetzte Finn in Gedanken. Wie passend.

„Ich habe den Ofen angemacht", sagte er.

„Danke."

„Die Lasagne wird in einer halben Stunde fertig sein. Stand jedenfalls auf dem Zettel, den Alba dagelassen hat."

„Perfekt. Bis dahin habe ich vielleicht ein bisschen Hunger."

Finn trat näher und setzte sich auf die Bettkante. „Dir ist die Sache mit Tom auch auf den Magen geschlagen, hm?"

Mit einem müden „Was denkst du denn?" klappte Björn die Zeitschrift zu und legte sie neben sich auf der Bettdecke ab. „Die ganze Geschichte ist einfach nur schrecklich.

Und dann kommt die Polizei auch noch auf die verrückte Idee, du könntest etwas damit zu tun haben. Das ist sowas von lächerlich."

Finn lächelte dankbar, wich Björns Blick jedoch aus und begann, mit einem Faden zu spielen, der vom Laken abstand. „Danke. Inzwischen liegt ihr Fokus aber vermutlich nicht mehr nur bei mir."

„Ach nein? Bei wem denn noch?"

Unten knallte die Haustür ins Schloss. „Finn!", brüllte Oliver. „Wo steckst du, du hinterlistiges Arschloch?"

Finn sah wieder hoch und seufzte leise. „Rate mal."

Entgeistert starrte Björn ihn an. „Was hast du getan?"

Ich habe Scheiße gebaut und einen Freund in die Pfanne gehauen, wäre die ehrliche Antwort gewesen, doch Finn brachte diesen Satz nicht über die Lippen. Nicht jetzt. Also winkte er nur ab und erhob sich.

„Ich gehe besser mal runter, ehe er das Erdgeschoss zerlegt", murmelte er und verließ den Raum. Als er die Tür hinter sich schloss, ahnte er, dass sie gleich wieder geöffnet werden würde. Björn würde garantiert herausfinden wollen, weshalb genau Oliver so sauer war.

Bedrückt stieg Finn die Stufen nach unten. Oliver kam gerade wutschnaubend aus dem Wohnzimmer. Er entdeckte Finn auf der Treppe und blieb sofort stehen. „Da ist er ja, mein ehemaliger bester Kumpel."

Die vor Zynismus triefende Stimme ließ Finn schlucken. „Olli, hör zu, es tut mir –"

„Scheiß drauf!" Oliver kam näher und blieb am Fuße der Treppe stehen. Verbittert starrte er zu Finn hinauf, den noch drei Stufen vom Erdgeschoss trennten. „Nie, niemals hätte ich gedacht, dass du mich derart hintergehen könntest“, sagte er enttäuscht. „In der Kanzlei geht jetzt herum, dass mich die Polizei abgeholt hat. Du kannst dir bestimmt vorstellen, wie sich das auf meine Karriere auswirkt.“ Sein Kiefer mahlte, er wandte den Blick ab. „Ich will, dass du ausziehst. Heute noch. Verschwinde aus meinem Haus, hörst du? Ich will dich nie wieder sehen. Nie mehr!“

Damit drehte er sich um und stapfte zurück ins Wohnzimmer. Kurz darauf hörte Finn die Werbemelodie eines Süßwarenherstellers, der seine Weihnachtsspezialitäten anpries.

Finn stand da wie vom Donner gerührt. Mit einem Streit hatte er gerechnet, mit berechtigten Vorwürfen und einer freundschaftlichen Sendepause. Doch dass Oliver ihn hinauswerfen könnte, traf ihn völlig unvorbereitet. Der Gedanke war ihm gar nicht gekommen. Manchmal war er einfach zu naiv.

„Finn? Was hast du getan, um Himmels willen?“

Er wandte sich um. Oberhalb der Treppe stand Björn und sah ihn verwirrt an.

Finn sah sich jedoch außerstande, seinem Freund zu berichten, was er getan hatte.

„Olli wird es dir sicher erzählen“, sagte er traurig. „Entschuldige mich, ich muss ein paar Sachen zusammenpacken. Den Rest hole ich in den nächsten Tagen ab.“

Er ging auf sein Zimmer zu und spürte dabei den ratlosen Blick seines Freundes im Rücken wie einen schmerzhaften Pfeil.

*

Carsten Andresen war erschöpft. Das Plastikschild und die Maske vor seinem Gesicht gaben ihm das Gefühl, allmählich zu ersticken. Die Geräusche, die aus den Apparaten kamen, an die seine noch immer bewusstlose Mutter angeschlossen war, dröhnten in seinen Ohren wie ein nervenzerfetzender Tinnitus, und in dem kleinen blassen Gesicht der Frau, die ihn geboren und aufgezogen hatte, tat sich seit Stunden nichts. Es war, als wäre er in einer Zeitschleife gefangen, in einem Moment, der nie endete.

Ich muss hier raus, sagte er sich, und noch während dieser Gedanke in seinem Kopf sich wie ein Echo wiederholte, ließ er vorsichtig die Hand seiner Mutter los und stand auf, weil er davon überzeugt war, er würde schreien, wenn er nicht sofort an die frische Luft kam.

„Ich bin gleich wieder da, Mama", presste er mühsam hervor, obwohl sie es vermutlich nicht hörte und erst recht nicht verstand. Aber er musste es einfach sagen, sie beruhigen, auch wenn es ihn mit einer solchen Macht nach draußen zog, dass jede Sekunde mehr in diesem Raum wie ein körperlicher Schmerz war.

Er ging zur Tür, riss sie auf und trat in den Gang hinaus. An die Wand des Krankenhausflurs gelehnt atmete er zunächst mehrmals tief ein und aus. Die Scheibe vor seinen Augen beschlug. Er machte die Augen zu und merkte, dass sein Herzschlag sich normalisierte. Eine Schwester half ihm, sich seiner Krankenhauskluft zu entledigen. Nur die Gesichtsmaske musste er aufbehalten.

Erleichtert steuerte er den Ausgang der Intensivstation an.

Als die Tür hinter ihm mit einem vernehmlichen Geräusch ins Schloss fiel, beschleunigte er seinen Schritt. Nur fort von hier, wenigstens zehn Minuten frische Luft atmen, Wind auf der Haut spüren. Und das Leben!

Der Weg hinaus dauerte quälend lange. Die Gänge nahmen wie in einem Albtraum kein Ende, und die Fahrt im Lift kam ihm vor wie eine Ewigkeit. Seine Schritte wurden, als er das Erdgeschoss erreicht hatte, immer schneller, bis er fast rannte. Der Haupteingang erschien ihm wie das Tor ins Paradies, und er konnte es kaum abwarten, es zu erreichen und aufzustoßen.

Er eilte am Empfang, an sich schleppend bewegenden Patienten und hetzendem Personal vorbei, drückte endlich die Tür nach draußen auf. Riss sich die Maske vom Gesicht und hätte heulen können, als er die Nase in die kühle Herbstluft hielt. Befreit atmete er tief ein und aus. Sogar der feine Nieselregen machte ihm nichts aus. Im Gegenteil, es war ein Genuss! Er hatte keine Ahnung, wie lange es schon regnete. Es war ihm auch vollkommen gleichgültig.

Mehrere Minuten stand Andresen nur da, fühlte den Wind auf den Wangen, Sprühregentropfen auf der Stirn, der Nasenspitze und den Lippen, lauschte den Geräuschen um sich herum – entfernter Verkehrslärm, Stimmen, die heulende Sirene eines sich nähernden Krankenwagens, der Schrei einer Möwe – und als der grelle Ton der Sirene verstummte, begann Andresen, sich ein wenig zu entspannen. Sein Atem floss nun ruhiger, nicht mehr wie gehetzt.

Als er seine Augen wieder öffnete und in das triste Grau dieses bewölkten Novembertages starrte, kehrten langsam seine Lebensgeister zurück. Er musste Daniela anrufen, am besten auch Desirée. Und Weichert. Den als Ersten.

Andresen zog sein Handy hervor, schaltete es ein und wählte dann die Nummer seines Kollegen. Der meldete sich bereits nach dem zweiten Klingeln.

„Weichert. Wie geht es Ihrer Mutter?"

„Nicht gut", antwortete Andresen bedrückt. „Aber deshalb rufe ich nicht an. Ich muss etwas anderes sehen und hören, sonst drehe ich durch. Also, was gibt es Neues in unserem Fall?"

„Der Obduktionsbericht ist da. Jakobs wurde mit einer Plastiktüte erstickt. Und an seinen Fingern fand man Farb- und Terpentinreste."

„Ach nee!", sagte er verblüfft.

„Ach ja! Mirja und ich sind gleich zu Max Jacoby gefahren und haben uns in seinem Atelier umgesehen – was dem Meister im Übrigen gar nicht gefiel. Im Gegenteil, er …"

Andresen lauschte mit nicht geringem Vergnügen dem Bericht seines Kollegen. „Sie haben ihn richtig auflaufen lassen?", fragte er, als Weichert fertig war. „Gratuliere, das hätte ich Ihnen gar nicht zugetraut."

„Nun ja, ich dachte, ich müsste Sie würdig vertreten. Und ehrlich gesagt glaube inzwischen auch ich, dass Jacoby mit dem Tod seines Bruders etwas zu tun hat."

„Die Farbproben sind schon im Labor?"

„Zumindest auf dem Weg dorthin, mit dem Vermerk ‚Eilig'. Soll ich Sie benachrichtigen, wenn das Ergebnis da ist?"

„Auf jeden Fall. Wenn ich nicht rangehen kann, weil ich das Handy auf der Station ausschalten muss, sprechen Sie bitte alles auf die Mailbox.“

„Wird gemacht.“

„Gut. Dann bis die Tage.“

„Ja, bis dann. Und … alles Gute. Wir drücken die Daumen, dass Ihre Mutter wieder gesund wird.“

Andresen nickte, obwohl er wusste, dass Weichert es nicht sehen konnte. Es kostete ihn Anstrengung, sich zu bedanken und zu verabschieden. Nachdem er das Gespräch beendet hatte, sah er sich um. Während des Telefonats war er immer weitergelaufen, vom Krankenhausgelände hinunter, ein Stückchen die Waldstraße hinauf, und nun war er fast am Ende des Peter-Christian-Hansen-Weges angelangt.

Er ging den Weg weiter, bis er die nächste Querstraße erreichte. Ein bisschen ratlos schaute er sowohl links als auch rechts den baumbestandenen Marienhölzungsweg entlang. Der Regen hatte inzwischen aufgehört, doch als Andresen in den Himmel sah, ahnte er, dass es sich nur um eine Pause handelte. Von Osten näherte sich wieder eine dunkle Wolkenfront, und das recht zügig.

Nicht nur die Aussicht auf einen Regenguss, auch eine unbestimmte Ahnung sagte ihm, dass es besser war umzukehren. Also machte er sich auf den Rückweg und gönnte sich bei dem Gedanken an den selbstverliebten Pinselschwinger Jacoby und dessen wütenden Gesichtsausdruck, als Weichert sein Refugium enterte, ein leises Triumphgefühl. Natürlich wäre er gern selbst dabei gewesen, doch offenbar hatte Weichert ihn anständig vertreten.

Als er den schmalen Weg erreicht hatte, der zurück auf die Waldstraße führte, rief er Daniela an und teilte ihr mit, dass es ihm einigermaßen gut ging.

„Du musst zwischendurch etwas essen", riet sie ihm. „Sonst kippst du womöglich um."

„Ich habe aber keinen Appetit, wie du dir vielleicht vorstellen kannst."

„Dann trink einen Orangensaft. Oder ein Glas Milch."

Er verzog das Gesicht. Milch mochte er nur über Cornflakes oder Erdbeeren. Doch jetzt war weder Frühstückszeit noch Sommer. „Ich mag keine Milch", sagte er daher. „Das weißt du doch."

Irgendwo in einer Windung seines Gehirns hörte er ein leises Glöckchen bimmeln. Irgendeine Erinnerung, von der er glaubte, dass sie wichtig war, meldete sich, blieb aber nebelverhangen.

„War auch nicht ernst gemeint", erwiderte Daniela leichthin. „Aber denk dran, dein Körper ist wie ein Ofen. Ohne regelmäßiges Holz nachlegen geht er aus."

„Mach dir um mich bitte keine Sorgen", versuchte er Daniela zu beruhigen. „Schließlich befinde ich mich in einem Krankenhaus. Selbst wenn ich umkippen sollte, wird sich gleich jemand um mich kümmern."

„Die haben mit ernsten Fällen genug zu tun", rief ihm seine stets praktisch veranlagte Lebensgefährtin ins Gedächtnis. „Iss und trink lieber etwas, als für eine überflüssige Mehrarbeit der bedauernswerten Pfleger zu sorgen."

Er seufzte. „Du hast ja recht", gab er zu. „Also gut, sobald ich wieder in der Klinik bin, gehe ich in die Cafeteria und hole mir was."

„Braver Carsten", lobte sie. „Was ist mit Schlaf? Kommst du nach Hause, oder kannst du dich dort ein bisschen hinlegen?"

„Das weiß ich noch nicht. Wenn ich nicht nach Hause komme, bin ich in der Klinik. Hör zu, ruf bitte Desirée an und sag ihr, Oma gehe es den Umständen entsprechend gut."

„Ist das die Wahrheit?", fragte Daniela zweifelnd.

„Ich denke schon. Ihr Zustand ist unverändert. Was sonst können wir ihr sagen?"

„Also gut, ich richte es ihr aus. Bis bald, mein Liebling. Ich denke an dich."

„Danke." Schon wieder musste er tief durchatmen. „Ich komme, sobald es Mama besser geht. Tschüss."

„Ciao." Sie schickte ein Küsschen über den Äther.

Mit einem langgezogenen Seufzer steckte Andresen das Telefon zurück in seinen Parka. Die Schultern gegen den auffrischenden Wind hochgezogen, stapfte er das letzte Stück des Wegs dem Krankenhaus entgegen.

Woran hatte ihn dieses Gespräch über Milch erinnert? Hoffentlich fiel es ihm bald wieder ein.

Die Regenwolken waren nun genau über ihm, und erste Tropfen fielen herab. Andresen beschleunigte seine Schritte und erreichte den Eingang gerade noch rechtzeitig, ehe es richtig zu schütten begann. Im Sommer liebte er solche Momente. Die Luft roch dann so besonders. Im November aber war es nur nass und ungemütlich.

Er beschloss, zunächst kurz nach seiner Mutter zu sehen und dann wie versprochen etwas zu essen. Als er die Intensivstation erreichte, kam ihm eine aufgeregte Schwester in blauer Kleidung entgegen. Die weichen Sohlen ihrer Schuhe machten leise Quietschgeräusche auf dem Linoleumboden.

„Herr Andresen, da sind Sie ja!“ Sie blieb vor ihm stehen. Eine Frau Ende vierzig. Glattes Haar, unter der Haube festgesteckt, in einer Farbe, die ihn an Schokolade erinnerte. Fältchen in den Augenwinkeln, die sich bestimmt vertieften, wenn sie lächelte. Das tat sie jedoch nicht, der Blick aus ihren ebenfalls schokoladefarbenen Augen war ernst. Mehr sah er nicht von ihrem Gesicht. Doch die Art, wie sie ihn ansah, sorgte dafür, dass sein Magen abrupt in Richtung Boden rauschte.

Bedauern las er darin. Und Endgültigkeit.

„Es tut mir so leid.“ Sie nahm seine Hand in ihre. Blaues Latex. Unpersönlich. Keimfrei.

Er schüttelte mit Bestimmtheit den Kopf. „Nein, Sie irren sich bestimmt. Ich war bloß ein paar Minuten weg, sie ist nur bewusstlos.“

Ihre Stimme kam von weit weg. „Es geschieht sehr häufig, dass in einem Moment, in dem die Angehörigen gerade nicht da sind …“

„Nein!“ Ihm wurde schwindelig. Sie merkte wohl, dass er schwankte, denn sie führte ihn am Ellenbogen in einen kleinen Raum, wo er sich hinsetzen konnte. „Bleiben Sie eine Weile hier. Ich komme gleich wieder.“

Damit ließ sie ihn allein.

Allein mit dem Gedanken daran, dass seine Mutter tot war. Allein mit der Schuld, dass er es nicht verhindert hatte.

*

Am nächsten Morgen, kaum dass Mirja das Büro betreten und sich an ihren Schreibtisch gesetzt hatte, rief Oliver Fröhlich an.

„Ist Kommissar Andresen da?“, wollte er wissen.

„Nein, tut mir leid. Wahrscheinlich kommt er heute gar nicht rein. Was gibt es denn?“

„Mir ist etwas eingefallen, das vielleicht wichtig sein könnte.“

Sie hörte die Aufgeregtheit in seiner Stimme und angelte automatisch nach einem Kugelschreiber und ihrem Notizblock. „Dann legen Sie mal los.“

„Es geht um Alba, unsere Haushälterin. Alba Engelkamp.“

„Ja?“

„Ich habe mich kürzlich mit ihr unterhalten, und da berichtete sie mir von einem Vorfall, der im Nachhinein betrachtet eventuell von Bedeutung sein könnte.“

„Und was für ein Vorfall war das?“

„Alba erzählte mir, dass sie Tom hin und wieder begleitet hat, wenn er mit meiner Hündin spazieren ging. Und einmal – es ist schon eine Weile her – kam es während eines solchen Spaziergangs dazu, dass Tom sie geküsst hat.“

„Ach was!“

Das war interessant. Zwischen der Haushälterin und Tom Jakobs war doch etwas gewesen. Sie hatte also gelogen. Mirja schrieb fleißig mit.

„Ein Auto fuhr an den beiden vorbei, und Alba glaubte, am Steuer würde ihr Ex-Freund sitzen. Sie hat ihn verlassen, weil er ausgesprochen eifersüchtig war und sie sehr eingeengt hat. Soweit ich weiß, schreckt der Kerl auch vor Gewalt nicht zurück. Er hat zwar Alba nie etwas getan, jedenfalls behauptet sie das, aber sie sagt, dass er der Typ ist, der körperlichen Auseinandersetzungen nicht gerade aus dem Weg geht."

„Und nun meinen Sie, dass dieser Ex-Freund in Tom Jakobs einen Rivalen sah?"

„Wäre doch möglich."

„Wissen Sie den Namen dieses Mannes?"

„Niklas Berger. Seine aktuelle Adresse weiß ich nicht, aber Alba kennt sie vielleicht. Am besten sprechen Sie mal mit ihr."

Das würden sie ganz gewiss tun. „Danke für den Hinweis, Herr Fröhlich. Ich gebe ihn weiter."

Sie konnte hören, dass er erleichtert war, als er sich verabschiedete. Vielleicht hoffte er, dass sie ihn vom Haken lassen würden, wenn ein neuer Verdächtiger am Horizont auftauchte.

Die Tür öffnete sich, und Lutz Weichert kam herein. Mirja wartete nicht ab, bis er sich gesetzt hatte, sondern berichtete ihrem Kollegen sofort von Oliver Fröhlichs Anruf und seinem Hinweis auf den Ex-Freund von Alba Engelkamp.

„Offenbar liegt dem Herrn Rechtsanwalt daran, von sich abzulenken", meinte Weichert.

Mirja nickte. „Genau das hab ich mir auch gedacht."

„Aber nachgehen müssen wir dem Hinweis natürlich. Kommen Sie, Mirja."

In diesem Moment klingelte erneut das Telefon. Mirja griff nach dem Hörer. „Kripo Flensburg, Sommer."

„Hallo Frau Sommer, hier ist Daniela Mücke."

Mirja sah zu Weichert hoch und formte mit dem Mund den Namen von Andresens Lebensgefährtin, doch er hob verständnislos die Achseln. Mirja winkte ab. „Ja, Frau Mücke?"

Nun hatte Weichert kapiert. Er nickte und drückte auf die Lautsprechertaste.

„Ich wollte nur Bescheid sagen, dass Carsten heute nicht kommen wird. Seine Mutter ist gestern verstorben, und er ist … na ja, es geht ihm nicht gut."

Mirja schluckte. Der Ärmste! „Das tut mir wahnsinnig leid. Uns beiden. Bitte richten Sie dem Chef unser Beileid aus. Wir wünschen ihm und der ganzen Familie viel Kraft."

„Danke, Frau Sommer. Es nimmt ihn sehr mit, mehr, als ich befürchtet habe. Aber er wird sich über Ihre Worte sicher freuen."

„Er soll sich die Zeit nehmen, die er braucht", fügte Mirja noch an. „Wir sind mit den Gedanken bei ihm und kümmern uns darum, dass hier alles weiterläuft."

„Vielen Dank. Bis bald."

„Ja. Tschüss." Mirja legte bedrückt auf und sah Weichert an. „Klingt, als wäre der Chef ziemlich fertig."

Lutz Weichert nickte. „Er tut mir wirklich leid."

Sie schwiegen eine Weile, dann stand Mirja auf. „Also los. Sorgen wir dafür, dass er stolz auf uns ist, wenn er wiederkommt."

Die Fahrt verlief schweigsam. Im Radio berichtete irgendein Förster vom Verhalten der Rehe im Winter, der Motor surrte leise vor sich hin, und immer, wenn Weichert den Blinker betätigte, mischte sich ein rhythmisches ‚Tacktack' in den Autosoundtrack. Irgendwann hielt Mirja die Stille nicht mehr aus und beschloss, ein unverfängliches Thema anzuschneiden.

„Hab ich schon erzählt, dass Philipp jetzt einen Job in einer Werbeagentur hat?", fragte sie.

„Nein, bisher nicht."

„Das ist voll sein Ding", fuhr Mirja fort. „Er blüht richtig auf. Und hin und wieder redet er sogar vom Heiraten." Sie musste automatisch lächeln. Der Gedanke, Philipp zu heiraten, machte sie glücklich. Sie waren jetzt schon einige Jahre zusammen und immer noch happy miteinander.

„Wie schön", murmelte Weichert. Mirja hörte einen gereizten Unterton, und ihr wurde klar, dass sie einen wunden Punkt berührt hatte. Bisher war es wohl offen, ob seine Verlobte und er im kommenden Mai die Ringe tauschen würden.

„Noch keine Einigung mit Verena, hm?", fragte sie vorsichtig.

Weichert seufzte. „Sie kann so verdammt dickköpfig sein. Und manchmal erschreckend naiv."

Sie sausten gerade die B 199 Richtung Handewitt entlang. Und das im wahrsten Sinne des Wortes. Weichert war nicht gerade ein defensiver Fahrer, weshalb Andresen sich strikt weigerte, auf dem Beifahrersitz Platz zu nehmen, wenn die zwei unterwegs waren, das wusste Mirja.

Gerade bremste ihr Kollege scharf ab, weil bei dem Wagen vor ihm die Bremslichter aufleuchteten. „Wieso bremst der denn jetzt?", schimpfte Weichert.

Wärst du nicht so dicht aufgefahren, hättest du gar nicht bremsen müssen, dachte Mirja. Laut versuchte sie, lieber an dem vorherigen Thema anzuknüpfen.

„Was meinten Sie damit, Verena verhalte sich naiv?", fragte sie.

Weichert schaltete wieder hoch und gab Gas. „Was? Ach so. Verena wünscht sich sehnlichst eine große Feier und verhält sich nach dem Motto: ‚Da wird schon nichts passieren'. Sie setzt Scheuklappen auf. Um ehrlich zu sein, sie benimmt sich bockig wie ein kleines Kind, und das nervt auf Dauer."

Das klang gar nicht gut.

„Ende Mai wird sich die Lage doch aber bestimmt entspannt haben", versuchte Mirja ihre nicht anwesende Geschlechtsgenossin zu unterstützen.

„Gut möglich. *Herrgott noch mal, wieso schleicht der Kerl denn so? Hat der vergessen, wo das Gaspedal sitzt?*" Weichert schüttelte entnervt den Kopf und sprach dann im normalen Ton weiter. „Im schlimmsten Fall müssen wir damit rechnen, dass einige Maßnahmen noch immer aktuell sein werden. Und ich bitte Sie! Mit Maske ins Standesamt? Ellenbogenstupser statt Umarmungen? Impfausweis vorzeigen und Abstand halten? Was für eine Hochzeit soll das sein? Nach Spaß klingt das nicht, oder?"

„Nein, nicht wirklich." Mirja musste ihrem Kollegen recht geben. Entweder man heiratete coronagerecht, sprich langweilig, oder mit dem Risiko, Teil einer Superspreader-Party zu werden.

„Geht es Verena um die Party oder nur darum, dass sie gern heiraten will?", fragte sie schließlich und sah angelegentlich auf die Uhr. Es war kurz vor zehn. Es würde nur noch ein paar Minuten dauern, dann waren sie beim Haus der Männer-WG angelangt, wo Alba Engelkamp ihrer Tätigkeit nachging.

Er zuckte mit den Achseln. „Um beides, schätze ich."

„Finden Sie es heraus", riet Mirja. „Wenn es ihr in erster Linie darum geht, dass sie vom Status der Verlobten in den einer Ehefrau wechseln möchte, ist das doch jederzeit möglich. Eine Party kann man später immer noch nachholen."

„Das klingt gar nicht übel. Wieso bin ich nicht darauf gekommen?"

„Keine Ahnung", meinte Mirja achselzuckend. „Manchmal sieht man ja bekanntlich den Wald vor lauter Bäumen nicht."

„Danke, Mirja. Ich könnte mir vorstellen, dass Verena auf den Vorschlag eingehen wird."

KAPITEL 13

„Nein. Nein, das glaube ich nicht.“ Alba Engelkamp schüttelte den Kopf, sie wirkte aufgelöst. Ihre linke Hand spielte mit dem Kreuz-Anhänger ihrer Kette.

Sie hatten die Haushälterin vor dem Gebäude angetroffen, als sie gerade aus der Tür trat, um den Müll zu entsorgen. Nun saßen sie zu dritt um den Küchentisch.

„Niklas ist schwierig, ja. Aber er würde doch nicht …“ Alba Engelkamp brach ab. Offenbar fiel es ihr schwer, den Satz zu vollenden.

„Frau Engelkamp“, sagte Weichert ruhig, „es ist gar nicht gesagt, dass Ihr Bekannter mit der Tat in Verbindung gebracht werden kann. Wir sind jedoch gehalten, allen Hinweisen nachzugehen. Wenn Sie so freundlich sind, uns die Anschrift Ihres ehemaligen Partners zu nennen, werden sich etwaige Vorwürfe vermutlich rasch als haltlos erweisen.“

Mirja verkniff sich ein Grinsen. Sie fand es immer wieder amüsant, wenn Weichert redete wie ein behördliches Formular.

Alba Engelkamp schloss die Augen und atmete tief durch, als müsste sie sich zu einer Tat aufraffen, die sie sehr viel Kraft kostete. Das Kreuz war in ihrer Faust verschwunden, und Mirja konnte sich des Eindrucks nicht erwehren, dass die Haushälterin sich an dem Anhänger festhielt.

„Könnten Sie uns von dem Tag erzählen, den Herr Fröhlich meinte?“, fragte sie. „Als Niklas Berger Sie und Tom Jakobs gesehen hat, meine ich.“

„Das war im Sommer, ich weiß nicht mehr genau, wann. Im Juli, glaube ich.“ Sie machte eine Pause, schüttelte den Kopf. „Madre de Dios, ich hätte Herrn Fröhlich doch nie davon erzählt, wenn ich nicht während des Essens Wein getrunken hätte. Und vorher hatte ich sogar noch zwei Cognac, weil mich die Nachricht von Toms Tod so fertiggemacht hat. Wenn ich Alkohol trinke, rede ich immer zu viel, kein Wunder, dass ich –“

„Schon gut, Frau Engelkamp“, unterbrach Weichert sie. „Was ist an dem Tag im Juli passiert?“

Sie wischte über die saubere Tischplatte, als würde sie unsichtbare Krümel hinunterfegen. „Ich war schon am frühen Nachmittag mit der Arbeit fertig. Tom wollte mit Shanty einen Spaziergang machen und fragte mich, ob ich ihn begleiten wolle. Es war ein schöner Tag, also sagte ich Ja, und wir gingen los. Unterwegs unterhielten wir uns. Darüber, wie schwierig es in diesen Zeiten sei, jemanden kennenzulernen. Tom meinte dann, wir könnten uns ja zusammentun, wir seien schließlich beide allein. Ich hielt das für einen Witz und lachte, doch er meinte es offenbar ernst.“ Sie zögerte, fuhr dann mit leiser Stimme fort: „Tom nahm meine Hände und sah mir tief in die Augen. Dann … dann zog er mich an sich und küsste mich. In dem Augenblick näherte sich ein Wagen. Ich löste mich von Tom und merkte, dass das Auto mir bekannt vorkam. Es fuhr an uns vorbei, und mir war, als wäre es Niklas gewesen, der hinter dem Steuer saß. Ich habe mich ziemlich erschrocken."

„Wo genau war das?", wollte Weichert wissen.

„In der Nähe der Brücke, von der Tom … Sie wissen schon. Dort ist so eine Art Kreuzung. Wir standen in der Nähe einer Bushaltestelle mit Wartehäuschen, und der Wagen kam von der Brücke."

„Wie schnell fuhr er?", wollte Mirja wissen.

Alba sah sie an. „Das weiß ich nicht."

„Ich meine, fiel Ihnen auf, dass er sehr schnell oder besonders langsam unterwegs war? Hat er abgebremst oder das Tempo verringert?"

„Ich würde sagen, er fuhr in normaler Geschwindigkeit. Und gebremst hat er nicht, jedenfalls kann ich mich nicht daran erinnern."

„Was ist mit seiner Mimik?", fragte Weichert. „War ihm anzusehen, dass er Sie erkannt hat? Konnten Sie seine Gemütsverfassung erkennen?"

Alba Engelkamp schwieg. Sie presste ihre Lippen zusammen, als fürchte sie sich davor, etwas Falsches zu sagen. „Er sah schon ein bisschen verärgert aus", gab sie schließlich zu.

„Ist Ihr Bekannter berufstätig?"

„Ja, er arbeitet bei Danfoss, als Wartungstechniker. Zumindest war das so, als wir noch zusammen waren."

Mirja notierte die Angaben. „Seit wann sind Sie getrennt?"

„Seit Februar. Und seitdem habe ich ihn auch kaum noch gesehen. Das letzte Mal bei ebendiesem Spaziergang."

„Sie haben Schluss gemacht?“, vergewisserte sich Mirja.

Alba nickte.

„Darf ich fragen, wieso?“

„Er hat mich eingeengt, ich fühlte mich so … unfrei. Wahrscheinlich würde man heute sagen, es war eine toxische Beziehung. Wir haben ständig gestritten, weil er auf jedes männliche Wesen in meiner Nähe eifersüchtig war. Ich konnte meinem Sohn diese angespannte Atmosphäre, diese ständigen Auseinandersetzungen nicht länger zumuten. Leon war schon ganz verstört deswegen. Also habe ich Niklas gebeten, auszuziehen. Indem ich ihm seinen Krempel vor die Tür gestellt habe und das Schloss auswechseln ließ.“

„Das nenne ich eindeutig“, meinte Weichert trocken. „Wie lief die Trennung ab? Friedlich oder eher schwierig?“

Alba zog eine Grimasse. „Eindeutig schwierig. Die ersten Wochen lauerte er mir häufig auf, schwor mir, dass er sich ändern würde, und wollte noch eine Chance. Nachdem ich ihm mehrfach gesagt habe, dass die Beziehung für mich endgültig vorbei ist, hat er irgendwann aufgegeben. Doch noch heute schaue ich mich automatisch um, wenn ich das Haus verlasse.“

„Sie sagten doch eben, Sie hätten ihn nach der Trennung kaum noch gesehen“, wunderte sich Mirja.

„Na ja, ich meinte, nachdem er aufgehört hat, mir nachzustellen.“

„Und wann war das genau?“

„Ich weiß nicht, kurz nachdem ich angefangen habe, hier zu arbeiten. Mitte oder Ende März, würde ich sagen.“

„Hat er Sie je körperlich bedroht oder angegriffen?“, fragte Weichert ernst.

„Eigentlich nicht. Also, er hat mich mal hart am Arm gepackt, wenn ich wegwollte oder so, aber sonst … Nein.“

„Und Sie sind sicher, dass er es war, der an jenem Sommertag an Ihnen und Tom Jakobs vorbeifuhr?“

Alba zögerte. Doch dann sah sie auf und nickte. „In dem Moment war ich sicher, ja.“

Mirja stutzte. „Heute nicht mehr?“

„Sie wissen doch, dass man sich im Nachhinein häufiger fragt, ob man sich nicht vielleicht doch getäuscht hat. So ergeht es mir auch. Im Grunde bin ich sicher, aber ich kann nicht vollkommen ausschließen, dass ich mich geirrt habe.“

„Glauben Sie, er hat – falls er es war – nur auf Sie geachtet?“, fragte Weichert. „Oder hat er auch von Tom Jakobs Notiz genommen?“

„Das weiß ich wirklich nicht“, sagte sie und hob ratlos die Schultern. „Es ging alles sehr schnell.“

Weichert nickte. „Ich verstehe. Aber ich denke, wir können davon ausgehen, dass er in Tom Jakobs einen potenziellen Rivalen gesehen hat.“ Er stand auf. „Das war erst einmal alles, Frau Engelkamp. Vielen Dank, Sie haben uns sehr geholfen.“

„Wie gesagt, ich kann mir nicht vorstellen, dass Niklas etwas mit Toms Tod zu tun hat“, versicherte sie noch einmal.

„Wahrscheinlich haben Sie damit auch recht“, meinte Mirja und betrachtete sie besorgt. „Fürchten Sie, dass wir mit unseren Ermittlungen schlafende Hunde wecken könnten?“

Sie stöhnte entsetzt auf. „Das will ich nicht hoffen."

An der Tür drehte sich Weichert noch einmal um. „Eine Frage habe ich noch, Frau Engelkamp. Bei unserem ersten Gespräch haben Sie betont, dass die Beziehung zwischen Ihnen und Tom Jakobs rein freundschaftlich war."

„Das stimmt auch!", rief sie sofort. „Bis auf diesen einen Kuss ist nichts zwischen uns passiert."

„Aber er hat ja offensichtlich versucht, sich Ihnen körperlich zu nähern."

Sie winkte ab. „Ja, aber nur dieses eine Mal. Ich habe ihm klargemacht, dass ich Berufliches und Privates strikt trenne, und er hat es akzeptiert."

„War das der wahre Grund für Ihre Entscheidung?", fragte Mirja.

Alba lächelte vage. „Ich wusste, dass Tom für mich und meinen Sohn nicht das sein konnte, was wir brauchen. Tom nahm das Leben, wie es kam, dachte nie an morgen. Das ist keine Eigenschaft, die ich mir für meinen Partner wünsche."

„Und er hat die Abfuhr einfach so geschluckt?"

Sie nickte. „Ja, wirklich, das hat er. Wahrscheinlich war ihm von vornherein klar, dass es mit uns nichts werden konnte. Er hat sein unwiderstehliches Grinsen aufgesetzt und gemeint, dass es einen Versuch wert war." Alba Engelkamp lächelte wehmütig. „Er hatte so eine Art an sich … Man konnte ihm einfach nicht böse sein."

Würde das stimmen, wäre er noch am Leben, dachte Mirja.

Sie fuhren in der Husumer Straße vorbei und betraten das Danfoss-Firmengebäude. Mirja wusste nicht viel von dieser Firma, nur, dass sie schon sehr lange existierte und ein früherer Nachbar dort gearbeitet hatte, bevor das Unternehmen von Wassersleben hierher verlegt worden war. Als was genau er dort tätig gewesen war, hatte sie jedoch nie interessiert.

Sie erfuhren, dass Herr Berger Spätschicht hätte und erst um 14 Uhr erwartet wurde. Er wohnte jedoch laut der Angaben von Alba Engelkamp nicht weit von seiner Arbeitsstätte entfernt. Also suchten sie die von ihr angegebene Adresse auf. Niklas Berger lebte in einer Hochparterrewohnung eines Mehrfamilienhauses. Es dauerte eine Weile, ehe er auf ihr Klingeln reagierte.

Der Mann, der im Türspalt erschien, trug ein weißes Unterhemd und eine schwarze Jogginghose. Er war unrasiert und – wie Mirja rasch feststellte – wohl auch ungewaschen. Das blonde Haar stand wild vom Kopf ab, und unter seinen Augen entdeckte sie dunkle Schatten. Niklas Berger hat eine lange Nacht hinter sich, konstatierte sie. In normalem Zustand, also gewaschen, vernünftig gekleidet und ausgeschlafen, war er aber vermutlich recht attraktiv. Sportliche, kräftige Figur, ebenmäßige Gesichtszüge und faszinierend grüne Augen.

„Ja?", fragte er ungehalten.

„Oberkommissar Weichert von der Kripo Flensburg. Das ist meine Kollegin, Kommissarin Sommer." Ehe er weitersprach, atmete Weichert tief durch. „Dürfen wir für einen Moment reinkommen?"

Mirja hatte durchaus bemerkt, dass ihr Kollege, der bekanntlich eine Abneigung gegen üble Gerüche hatte, einen Schritt nach hinten getan und die Nase gerümpft hatte, nachdem Berger die Tür geöffnet hatte. Sie ahnte daher, dass die Bitte, die Wohnung betreten zu dürfen, ihm nicht leichtgefallen war.

„Muss das sein?“, maulte Niklas Berger.

„Wir können uns auch hier unterhalten. So, dass alle Nachbarn mithören können.“

Berger knurrte etwas Unverständliches und ließ seine Besucher über die Schwelle. Dann schloss er die Tür und drehte sich zu ihnen um, die Miene abweisend, die Arme vor der Brust verschränkt. „Also? Was wollen Sie?“

Neben der billig wirkenden Garderobe stapelten sich ein paar Pizzakartons. Gelüftet hatte der Ex von Alba Engelkamp seit längerer Zeit nicht mehr, dessen war sich Mirja sicher.

„Wir möchten Ihnen nur ein paar Fragen stellen“, sagte Weichert.

Mirja musterte ihn, weil seine Stimme ungewohnt klang. Als bemühe er sich, keinesfalls durch die Nase zu atmen. Möglicherweise täuschte sie sich, doch es kam ihr vor, als hätte das Gesicht ihres Kollegen eine leicht grünliche Färbung angenommen. Andresen hätte seinen Spaß an der Situation, schoss es ihr durch den Kopf.

„Hör'n Sie, ich hab nicht viel geschlafen und will wieder ins Bett“, sagte Niklas Berger. „Also komm'n Sie zur Sache, wenn's geht.“

„Sehr gerne. Sagt Ihnen der Name Tom Jakobs etwas?“

„Nee.“

„Sie haben ihn aber schon einmal gesehen“, gab Weichert zurück. „Als Sie im Sommer an Ihrer Ex-Freundin Alba Engelkamp vorbeifuhren. In Gottrupel bei Handewitt. Erinnern Sie sich?“

Niklas Berger schürzte die vollen Lippen und sah nach oben, als dächte er nach. Mirja folgte seinem Blick. Dort oben klebte eine Raufasertapete, die schon lange nicht mehr gestrichen worden war. In den Ecken entdeckte sie Spinnweben samt Herstellern.

Mirja war stolz darauf, dass man sie nicht leicht erschüttern konnte. Eine übel zugerichtete Leiche konnte sie ertragen, ohne mit der Wimper zu zucken, doch diese achtbeinigen Krabbelviecher jagten ihr Gänsehaut über die Arme und lösten ihren Fluchtreflex aus. Unwillkürlich sah sie sich in der näheren Umgebung um. Die nächste Spinne war knapp zwei Meter entfernt. Einen Grund zur Entspannung sah sie darin allerdings nicht. Sie schauderte, machte einen unauffälligen Schritt, um den Abstand zu vergrößern, und versuchte, sich auf Niklas Berger zu konzentrieren.

Der schüttelte den Kopf. „Nee, daran kann ich mich nicht erinnern."

„Es war in der Nähe einer Autobahnbrücke", half Weichert ihm auf die Sprünge. „Frau Engelkamp ging mit Herrn Jakobs und einem Golden Retriever dort spazieren. Sie fuhren vorbei und machten auf Frau Engelkamp einen ungehaltenen Eindruck."

„Einen ungehaltenen Eindruck?", wiederholte Berger amüsiert.

„Sie wirkten sauer", übersetzte Mirja knapp.

„Dann hatte ich wohl 'n schlechten Tag. Worauf woll'n Sie raus?"

„Tom Jakobs wurde vor Kurzem tot aufgefunden", informierte Weichert ihn kühl. „Und zwar unter der eben erwähnten Brücke."

Berger hob angriffslustig sein Kinn. „Und was hab ich damit zu tun?"

„Gegenfrage: Wo waren Sie am Sonntagabend zwischen halb neun und halb elf?"

Niklas Berger stieß ein ungläubiges Lachen aus. „Was soll das denn? Denken Sie etwa, ich hätte den Kerl von der Brücke geschubst, oder was? Ich kenne ihn doch gar nicht!"

„Beantworten Sie einfach meine Frage. Vielleicht hat sich unser Besuch dann schon erledigt."

Mirja ließ die Spinne, die ihr am nächsten war, nicht aus den Augen. Das Biest bewegte sich! Sie machte einen weiteren Schritt in die andere Richtung.

„Ich war hier", behauptete Berger. „Hab Fernsehen geguckt und ein paar Bier getrunken."

„Kann das irgendjemand bestätigen?"

„Nee, ich war alleine. Ist doch nicht verboten, oder?"

„Natürlich nicht. Aber ein gutes Alibi sieht besser aus." Weichert zückte seine Karte und reichte sie Niklas Berger. „Kommen Sie morgen zu uns auf die Dienststelle. Wir müssen Ihre Aussage zu Protokoll nehmen."

Berger machte keine Anstalten, die Karte entgegenzunehmen. „Und wenn ich nicht komme?"

„Dann holen wir Sie notfalls ab. Mit einem Streifenwagen."

„Vielleicht während Ihrer Arbeitszeit", fügte Mirja hinzu, „damit die Kollegen was zum Schnacken haben."

„Geben Sie schon her!" Niklas Berger zupfte die Visitenkarte aus Weicherts Hand. „Sonst noch was? Oder kann ich wieder ins Bett?"

„Das war alles, und Ja", antwortete Weichert und wandte sich zur Haustür um. „Kommen Sie, Mirja."

Erleichtert folgte sie ihrem Kollegen in den Hausflur und schüttelte sich vor Widerwillen, als sie das Gebäude verließen.

„Was haben Sie denn?", fragte Weichert verwundert. „Ich dachte, Sie können so was leicht ab."

„Mit Gestank komme ich klar, und Unordnung ist auch kein Ding. Aber ich *hasse* Spinnen. Und der Typ scheint die zu züchten."

Lutz Weichert blieb stehen und betrachtete sie amüsiert. „Wer hätte das gedacht? Sie fürchten sich vor so kleinen Tierchen?"

„Das ist Ekel, nicht Furcht", korrigierte Mirja schnippisch. „Immerhin könnte *ich* die Biester zertreten, sie mich aber nicht. Aber ich muss zugeben, sollten Spinnen irgendwann zu Riesenmonstern mutieren, hätte ich ein Problem."

*

Carsten Andresen ging es miserabel. Am Mittwochabend, nachdem er vom Krankenhaus wie betäubt nach Hause gefahren war, hatte er Daniela mit wenigen Worten berichtet, was geschehen war, und sie dann gebeten, ihn allein zu lassen. Er wollte keinen Trost, keine Umarmung, keine salbungsvollen Worte. Er wollte sich einfach wegballern, die Tatsache, dass seine Mutter tot war und ihn zumindest eine Teilschuld daran traf, mit Hochprozentigem wegspülen. Das war ihm auch gelungen, zumindest für ein paar Stunden. Als er am Morgen auf der Couch im Wohnzimmer erwachte, war jedoch alles sofort wieder da – und als Zugabe hatte er einen Kater von der Größe eines Sibirischen Tigers.

Er stöhnte vor Schmerzen, als er sich aufrichtete, und auf dem Weg ins Bad konnte er nicht verhindern, dass jammervolle Töne aus seiner Kehle kamen. Ihm tat alles weh. Offenbar hatte ihn jemand auf links gedreht, sodass sämtliche Nervenbahnen freilagen.

In der Küche fand er einen liebevoll gedeckten Tisch und eine Karte mit einem traurig dreinblickenden Teddybär auf der Vorderseite, der mit Pflastern und Verbänden zugekleistert worden war.

Passt, dachte Andresen. Genau so fühle ich mich. Er klappte die Karte auf.

„Mein lieber Schatz,
ich habe bei dir auf der Dienststelle angerufen und mitgeteilt, dass du heute nicht kommen wirst. Also ruh dich aus. Ich versuche, heute früher von der Arbeit zu kommen. Kaffeemaschine ist vorbereitet, du brauchst nur einzuschalten.
Fühl dich gedrückt.
Dany“

Er legte die Karte auf den Tisch, betätigte den Schalter an der Kaffeemaschine und war Daniela unendlich dankbar. Für den Kaffee, die kleine Karaffe mit Orangensaft, in der ein paar bereits leicht geschmolzene Eiswürfel schwammen, das frische Weißbrot in dem Bastkörbchen und den mit Frischhaltefolie abgedeckten Teller mit Goudakäse und Mortadella. Daneben stand eine Schale mit Weintrauben und einer halbierten Kiwi, und auf seinem Teller wartete ein Eierbecher mit einem gekochten Ei unter einem hellblauen Eierwärmer.

Er zog ihn ab, doch als er das Ei sah, wurde ihm übel. Er stürzte zurück ins Bad und erbrach sich würgend.

Nun hatte er nicht einmal mehr Lust auf einen Kaffee. Mit schweißbedeckter Stirn schleppte er sich zurück zur Couch, legte sich stöhnend hin, zog die Wolldecke, die er garantiert auch Daniela zu verdanken hatte, bis zum Kinn hoch und war wenig später wieder eingeschlafen.

„Carsten? Geht es dir gut?"

Er zuckte zusammen und blinzelte. Vor ihm stand Antonia und betrachtete ihn besorgt.

„Was machs' du'n schon hier?", nuschelte er.

„Die letzte Stunde ist ausgefallen." Sie hockte sich auf die Kante. „Mann, siehst du scheiße aus."

„Wärmsten Dank."

„Tut mir echt leid mit deiner Mutter", meinte sie.

Er brummte etwas Unverständliches. Ihm war nicht nach Reden zumute.

„Wenn meine Mutter sterben würde, wäre ich auch am Boden."

Er wusste es zu schätzen, dass seine Quasi-Stieftochter mit ihm fühlte. Noch lieber wäre es ihm aber, wenn sie ihn in Ruhe lassen würde. Er wollte sich in Schuldgefühlen und Selbstmitleid suhlen, bis er die Kraft aufbrachte, dem alltäglichen Wahnsinn wieder die Stirn zu bieten. So weit war er allerdings noch nicht.

„Nix für ungut, Schätzchen, aber ich will mich noch'n büschen ausruh'n. Ok?"

„Ich soll mich verkrümeln?"

„Wenn es dir nicht zu viel Mühe macht …"

„Kann ich irgendwas für dich tun? Einen nassen Waschlappen auf deine Stirn legen, zum Beispiel? Ich könnte dir auch was zu essen oder zu trinken holen, wenn du möchtest. Oder eine Kopfschmerztablette."

Er dachte kurz über das letzte Angebot nach, schloss aber nur müde die Augen. „Danke, ich brauch nix."

Seinem Kopf ging es tatsächlich ein wenig besser. Und ein Aspirin würde nichts daran ändern können, dass er sich wie der hinterletzte Sohn fühlte.

„Na, dann …" Antonia stand auf. „Ich mach mir einen Teller Cornflakes mit Milch. Und du willst wirklich nichts?"

„Nein. Nur Ruhe."

„Hab's kapiert." Sie verließ das Wohnzimmer.

Milch, dachte er. Da war doch irgendwas gewesen mit Milch. Aber was?

Ach, egal!

Er dämmerte erneut weg, von der schmerzhaften Realität in eine neblige Zwischenwelt, in der in rascher Abfolge Bilder auftauchten.

Das kleine, bleiche Gesicht seiner Mutter.

Geräte, die piepsten und brummten.

Die Krankenschwester. *„Es tut mir so leid."*

Danielas mitleidiges Gesicht.

Dann wechselte die Szenerie. Carsten stand auf einer Brücke und sah auf eine Autobahn hinab, auf der ein lebloser Körper lag. Dann tauchte das Gesicht dieser Haushälterin auf, verheult und vom Schreck gezeichnet. Die betroffenen Gesichter der Mitbewohner von Tom Jakobs. Die arrogante Visage von dessen Zwillingsbruder. Das schöne, aber abweisende Gesicht seiner Freundin.

Sie schob ein Kännchen mit Milch zu Jacoby hinüber, doch der schaute sie nur finster an.

Andresen schlug die Augen auf. *Das* war dieser seltsame Augenblick gewesen, in dem eine Glocke in seinem Kopf angeschlagen hatte. Noch immer wusste er nicht, wieso, dafür glich sein Kopf heute zu sehr einer leblosen Wüste, aber er würde es schon noch herausfinden.

Sobald er wieder einigermaßen klar denken konnte.

*

„Ein paar Dinge sind merkwürdig", meinte Mirja.

Lutz Weichert sah hoch. „Was meinen Sie?"

„Laut Obduktionsbericht war die letzte Mahlzeit, die Tom Jakobs zu sich genommen hat, ein Nudelgericht mit Tomatensoße. Laut der Aussagen seiner Mitbewohner hat er aber angeblich Pizza gegessen."

„Möglicherweise hat er nach der Pizza noch Hunger verspürt und sich eine Portion Pasta gegönnt."

„Das ist noch nicht alles“, entgegnete Mirja. „Wie wir wissen, war Tom Jakobs trockener Alkoholiker, er hat seit Jahren nichts mehr getrunken. Doch in seinem Magen fanden sich Spuren von Rotwein.“

„Na, dann ist er eben rückfällig geworden.“ Weichert musterte seine junge Kollegin neugierig. „Worauf wollen Sie hinaus, Mirja?“

„Auf gar nichts, jedenfalls im Moment. Aber mir kommt das seltsam vor.“

„Der komplette Fall ist seltsam“, meinte Weichert seufzend und nahm den Hörer vom Telefon, das eben geklingelt hatte. „Kripo Flensburg, Weichert.“

„Andresen hier.“

Lutz Weichert setzte sich gerade hin. „Herr Kollege, wie geht es Ihnen? Mein herzlichstes Beileid.“

„Danke. Weichert, hören Sie zu. Finden Sie heraus, wie Tom Jakobs seinen Kaffee trank.“

„Wie bitte?“

„Sie wissen schon: Nahm er Sahne, Zucker oder gar nichts? Ich möchte es wissen.“

„Darf ich fragen, wieso?“

„Natürlich. Antworten werde ich Ihnen, sobald Sie herausgefunden haben, was ich wissen will. Ach, und noch etwas …“

Weichert lauschte seinem Kollegen verwirrt, dessen zweite Bitte ähnlich seltsam klang wie die erste, verabschiedete sich dann und legte nachdenklich auf.

„Was wollte er?“, fragte Mirja, die wie üblich gelauscht hatte.

Weichert sagte es ihr.

„Am besten teilen wir uns auf", schlug sie vor. „Ich frage Alba Engelkamp über Tom Jakobs aus, und Sie übernehmen die andere Aufgabe."

Weichert nickte widerspruchslos, obwohl eigentlich er derjenige hätte sein müssen, der die Aufgaben verteilte. Aber da seine Entscheidung genauso ausgefallen wäre, sah er keinen Grund, etwas zu sagen. Stattdessen suchte er die Nummer von Max Jacoby heraus. So langsam dämmerte ihm, was Andresen sich dachte. Gleich würde sich vermutlich herausstellen, ob sein Kollege damit richtiglag.

„Guten Tag, Eliana", meldete er sich. „Lutz Weichert hier. Dürfte ich wohl mit Herrn Jacoby sprechen?"

„Er ist in seinem Atelier", kam es kurz angebunden zurück. „Kann ich ihm etwas ausrichten?"

„Ich müsste ihn schon selbst sprechen. Es ist wichtig", behauptete Weichert, und legte so viel Hartnäckigkeit wie möglich in seine Stimme. Er hörte Eliana seufzen. „Schön, warten Sie bitte."

Es dauerte wieder einmal eine geraume Weile, bis sich endlich der Künstler selbst meldete. „Herr Weichert, was gibt es denn so Dringendes?", fragte er mürrisch.

„Sie hatten darum gebeten, im Hinblick auf den Fall Ihres Bruders auf dem Laufenden gehalten zu werden", sagte Weichert.

„Ja, das ist richtig." Max Jacoby klang nun etwas zugänglicher. „Und? Was für Neuigkeiten haben Sie für mich? Hat sich herausgestellt, dass die Farbe an seinen Fingern nicht aus meinem Atelier kam?"

„Darüber liegen die Ergebnisse noch nicht vor. Nein, ich rufe aus einem anderen Grund an. Es haben sich einige weitere Verdächtige ergeben. Zum einen Oliver Fröhlich, das ist einer der Mitbewohner Ihres Bruders. Wie es scheint, hat dieser kurz vor der Tat erfahren, dass seine Ex-Frau eine Affäre mit Ihrem Bruder hatte. Damit hätten wir ein Motiv. Eifersucht beziehungsweise Rache. Zudem hat Herr Fröhlich kein überzeugendes Alibi."

„Ach, tatsächlich?", kam es tonlos zurück.

„Ja. Des Weiteren kommt als Täter noch der Ex-Freund der Haushälterin in Betracht. Er hat die beiden zusammen gesehen und könnte ebenfalls aus Eifersucht die Tat begangen haben. Auch er hat kein Alibi."

„Ich verstehe. Und was meinen Sie, wer von den beiden es war?"

„Tja, handfeste Beweise gibt es leider noch nicht. Beide Verdächtige behaupten, unschuldig zu sein. Aber wir bleiben dran."

„Gut. Sagen Sie Bescheid, wenn es etwas Neues gibt."

„Das werde ich. Ihnen noch einen schönen Tag. Sie werden ja sicher heute Abend in der Halle sein, nicht wahr? Eine gute Gelegenheit, um sich von all dem ein wenig abzulenken."

„In welcher Halle?", fragte Jacoby, hörbar irritiert.

„Na, in der Flens-Arena! Heute Abend steigt doch das Spiel gegen die Löwen."

„Oh, ach ja, richtig. Aber ich denke nicht, dass ich dort sein werde."

„Dann sehen Sie es sich im Fernsehen an? Das mache ich auch, ich habe keine Lust, während des gesamten Spiels diese lästige Maske zu tragen. Was meinen Sie, wird die Achse Schmid und Kohlbecker unser Team in die Knie zwingen?"

„Nein, das denke ich nicht", meinte Jacoby. „Bestimmt wird die SG gewinnen. Aber jetzt entschuldigen Sie mich bitte, ich habe noch einiges zu tun."

„Das verstehe ich. Frohes Schaffen, Herr Jacoby."

„Danke. Auf Wiederhören."

Weichert legte auf. Sein Puls war merklich angestiegen. Er sah zu Mirja, die ebenfalls gerade den Hörer aufgelegt hatte.

„Tom Jakobs trank seinen Kaffee immer schwarz mit zwei Stück Zucker", sagte sie.

Weichert nickte. „Dann werde ich das unserem Kollegen mal mitteilen." Er nahm den Hörer wieder auf und begann zu wählen.

„Was meinen Sie, warum wollte er das wissen?"

Lutz hob die Achseln. „Genau weiß ich es noch nicht, doch mir dämmert was. Warten wir es ab."

*

Finn saß auf der Couch in seinem Wohnzimmer, das keinerlei Ähnlichkeit mehr aufwies mit dem Raum, der er früher gewesen war. In einer Ecke stapelten sich Kartons, der Schrank war leer geräumt, auf allen Flächen hatte sich Staub angesammelt. Noch am Abend zuvor hatte er das meiste von seinen Sachen gepackt und war gleich am frühen Morgen hierhergefahren, um alles auszuladen. Erst dann hatte er sich ins Büro begeben, musste jedoch bald feststellen, dass er sich nicht auf seine Arbeit konzentrieren konnte. Noch nie hatte er sich so schuldig gefühlt.

Wie hatte er bloß seinem Freund Olli, der ihm in seinen eigenen finstersten Stunden stets beigestanden hatte, so in den Rücken fallen können?

Aus Angst hatte er seinen alten Kumpel ans Messer geliefert, ohne zu wissen, ob er das, was man ihm vorwarf, überhaupt getan hatte. Und Finn war überzeugt, dass Olli mit Toms Tod nicht das Geringste zu tun hatte.

Nur, um seinen eigenen Kopf aus der Schlinge zu ziehen, hatte er Olli angeschwärzt. Dieses schäbige Verhalten ließ ihn sich selbst in einem völlig anderen Licht sehen. Im Grunde hatte er sich als einen anständigen Menschen empfunden, doch kaum wähnte er sich in die Enge getrieben, wurde er zu einem gewissenlosen Verräter. Finn ekelte sich vor sich selbst.

Mehrfach hatte er im Laufe des Tages versucht, Olli zu erreichen, um sich bei ihm zu entschuldigen, doch der hatte sich verleugnen lassen. Auch auf Sprachnachrichten hatte er nicht reagiert. Ehe Finn gegen vier Uhr sein Büro verlassen hatte und in sein früheres Zuhause gefahren war – seiner Sekretärin hatte er gesagt, er fühle sich nicht gut und mache deshalb früher Schluss –, hatte er der Kanzlei, in der Olli arbeitete, einen Besuch abgestattet, doch ohne Erfolg. Herr Fröhlich sei nicht im Hause, wurde ihm von der Empfangsdame mitgeteilt, obwohl Finn Ollis Wagen auf dem Parkplatz gesehen hatte.

Wie ein geprügelter Hund war er davongeschlichen und saß nun hier, stierte vor sich hin und wusste nicht, was er tun sollte.

Sein Handy klingelte. Wie elektrisiert sprang Finn auf. Das Telefon lag auf der Kommode im Flur, neben dem Bild von Karina, das dort immer noch stand.

Olli, war sein einziger Gedanke. Bitte, lieber Herrgott, mach, dass es Olli ist.

Doch die Nummer, die auf dem Display angezeigt wurde, war Finn unbekannt.

„Rohloff", sagte er.

„Guten Tag, Herr Rohloff, hier ist Sibylle Moosbach. Sie erinnern sich vielleicht, wir haben –"

„Natürlich weiß ich, wer Sie sind", unterbrach er sie. „Was macht Ihr Auto?"

„Steht noch in der Werkstatt. Aber deshalb rufe ich nicht an. Was ich wissen will, ist: Sind Sie mir böse? Es tut mir so leid, ich wollte Sie nicht in Verlegenheit bringen."

„Entschuldigen Sie, aber ich fürchte, ich stehe auf dem Schlauch", gestand er. „Warum sollte ich Ihnen böse sein?"

„Wegen meiner Aussage. Bei der Polizei", antwortete sie, in einem Tonfall, als würde sie ihn an etwas erinnern, was er eigentlich wissen müsste.

„Um ehrlich zu sein, weiß ich noch immer nicht, was Sie meinen."

„Hat man Sie nicht informiert?", wunderte sie sich. „Merkwürdig. Ich habe ausgesagt, dass ich Sie am Sonntagabend gesehen habe. In Ihrem Haus. Ich habe mich nicht bemerkbar gemacht, weil Sie … nun ja, nicht in der Stimmung zu sein schienen, Besuch zu empfangen."

Finn schüttelte leicht den Kopf, als wolle er diese seltsamen Informationen sortieren. „Verstehe ich das richtig? Sie waren hier? Am Sonntagabend?"

„Ja." Und dann erzählte sie ihm von einem Zettel, einer wichtigen Telefonnummer, dass sie nicht klingeln wollte, weil er offenbar lieber allein sein wollte. „Ich habe aus der Zeitung erfahren, was man Ihnen vorwirft, und ich dachte, ich könnte Ihnen mit meiner Aussage helfen", schloss sie verlegen.

„Nun, dann möchte ich mich bei Ihnen bedanken", sagte er. „Das war sehr anständig von Ihnen."

„Ich wollte Sie aber nicht in Verlegenheit bringen."

„Das haben Sie nicht", versicherte er ihr. „Es ist kein Geheimnis, dass meine Frau mir noch immer sehr fehlt, und ich schäme mich nicht für meine Trauer."

„Dann bin ich beruhigt", sagte sie und klang tatsächlich erleichtert.

„Hätten Sie vielleicht Lust, heute Abend mit mir essen zu gehen?", fragte er, einer spontanen Eingebung folgend. „Ich würde mich gern noch einmal persönlich bei Ihnen bedanken. Dann kann ich Ihnen auch den Zettel zurückgeben."

*

Björn öffnete auf sein Läuten die Tür. „Hallo", sagte Finn. „Darf ich reinkommen?"

„Ich denke schon." Er klang reserviert, und Finn konnte es ihm nicht übel nehmen. Er hatte sich als schlechter Freund entpuppt und diese Behandlung verdient.

Zögernd trat er an Björn vorbei ins Haus. „Wo ist Olli?"

„In seinem Zimmer."

In diesem Moment trat Oliver auf den Flur, entdeckte Finn, und seine Miene verdüsterte sich. „Was willst du denn hier?"

„Mich entschuldigen."

Oliver schüttelte den Kopf. „Das würde auch nichts ändern."

„Es ist mir aber wichtig, dass du weißt, wie leid mir mein Verhalten tut", sagte Finn eindringlich. „Ich habe dein Vertrauen enttäuscht und mich wie ein Idiot benommen. Nachdem ich diese verfluchte Aussage gemacht habe, wollte ich alles Ganze rückgängig machen, aber … Na ja, da war es zu spät."

„Allerdings." Oliver verschränkte die Arme vor der Brust.

„Wenn es irgendwas gibt, was ich tun kann, um all das wiedergutzumachen, dann sag es mir bitte, Olli. Ganz egal, was es ist. Ich würde alles tun, damit du mir verzeihst."

„Tatsächlich? Dann steig auf das nächste Hochhaus und spring runter."

Stille. Die letzten Worte hingen unschön in der Luft.

Schließlich schien Oliver aufzugehen, dass er zu weit gegangen war, und räusperte sich. „Ach, vergiss es. Ich nehme deine Entschuldigung zur Kenntnis, Finn, aber Freunde werden wir wohl nicht mehr werden. Tut mir leid. Und jetzt wäre ich dir dankbar, wenn du mein Haus verlassen würdest."

Björn schob sich zwischen die beiden. „Hört mal zu", bat er. „Diese letzten Tage haben unser aller Leben durcheinandergewirbelt. Es war eine Ausnahmesituation, und das, was Finn getan hat, war mies, keine Frage. Aber Olli, wir wissen doch beide, dass er normalerweise ein feiner Kerl und ein guter Freund ist. Sollte nicht jeder, dem sein Verhalten ehrlich leidtut, eine zweite Chance bekommen? Wir alle machen Fehler. Und gute Freunde verzeihen sich gegenseitig, wenn die Entschuldigung aufrichtig ist."

„Das hast du wirklich schön gesagt", sagte jemand hinter ihnen. „Ich hoffe, das gilt auch für mich."

KAPITEL 14

Silke Klasen horchte auf, als ein leises ‚Pling' an ihr Ohr drang. Es kam aus dem Flur, wo ihre Handtasche auf der Kommode stand. Jemand hatte ihr eine Nachricht geschickt.

Sie widerstand dem Impuls, hinzugehen und nachzuschauen, von wem sie war, denn sie wusste genau, Basti würde es ihr übel nehmen, wenn sie, statt ihm ihre ungeteilte Aufmerksamkeit zu schenken, nach ihrem Smartphone griff. Also versuchte sie, sich auf ihn zu konzentrieren und auf das, was er sagte. Hoffend, dass er die Küche bald verlassen würde.

Wie in der letzten Zeit häufiger war er spät von der Arbeit nach Hause gekommen. Aus dem Augenwinkel schielte sie zur Uhr. In einer Viertelstunde kamen die Nachrichten im ZDF, die schaute er sich immer an. Man konnte die Uhr danach stellen. In diesen zwanzig Minuten regte er sich mit schöner Regelmäßigkeit auf: über die Corona-Leugner, über die Politiker, sowieso über alle Mächtigen dieser Welt, über Sportergebnisse, die ihm nicht zusagten – sogar über das Wetter. Silke vermutete, dass es eine Art Ventil für ihn war, eine Möglichkeit, sich Luft zu machen. Ihr war das recht. Solange nicht sie sein Ventil war.

Wie immer, wenn er telefonisch angekündigt hatte, dass es später würde, servierte sie ihm zu den Nachrichten ein kaltes Abendbrot. Still, schnell und mit einem kalten Bier zum Runterspülen.

„Eine späte warme Mahlzeit sorgt nur für schlechten Schlaf", sagte Basti gerne. Ein Grund mehr, warum sie es schätzte, wenn er Überstunden machte. Dann brauchte sie nicht zu kochen.

Statt sich, wie sie es sich vorgenommen hatte, auf das, was er gerade erzählte, zu konzentrieren, ging sie gedanklich den Inhalt des Kühlschranks durch. Frisches Schwarzbrot hatte sie heute erst eingekauft, auch seine favorisierte Leberpastete und Fleischsalat waren noch da. Dazu geviertelte Tomaten, ein paar Gurkenscheiben, und er würde zufrieden sein, was einen ruhigen Abend fast schon garantierte.

„… und das bedeutet, dass ich ab kommender Woche wieder im Homeoffice arbeiten werde", sagte er in zufriedenem Ton.

Wie bitte? Was?

Für einen Augenblick vergaß sie zu atmen. Homeoffice? Oh nein, nicht noch einmal!

Anfang des vergangenen Jahres, während des ersten harten Lockdowns, hatte er bereits einige Monate von zu Hause aus gearbeitet, und für Silke war es eine grässliche Zeit gewesen. Mitten im Wohnzimmer, am Esstisch, hatte er sich ausgebreitet, bei Videokonferenzen durfte sie den Raum nicht betreten und keinesfalls etwas tun, das Geräusche verursachte, wie Staubsaugen oder mit Geschirr klappern. Dennoch hatte er mittags eine warme Mahlzeit erwartet und ihr bei seinen häufigen Pausen über die Schulter geschaut, wenn sie sich um den Haushalt kümmerte. Natürlich machte sie alles falsch. Er hatte bemängelt, wie sie bügelte, Staub wischte, Wäsche zusammenlegte oder wohin sie die Einkäufe räumte. Wagte sie es, ihm zu widersprechen, rutschte ihm gern mal die Hand aus, sodass sie rasch lernte, ihm in allem recht zu geben.

Während dieser Wochen hatte sie mehrfach ernsthaft darüber nachgedacht, ihn zu verlassen. Er ließ ihr nicht einmal die Möglichkeit, mit Eliana zu reden, was ihr sonst immer gutgetan hatte. Doch man sollte nach Möglichkeit zu Hause bleiben und sich so gut wie es ging isolieren. Einmal hatte Eliana angerufen, um zu plaudern, denn sie langweilte sich zu Tode, wie sie erzählte. Max sei fast pausenlos in seinem Atelier, und sie vertreibe sich die Zeit mit Yoga oder Netflix-Serien, weil sämtliche Reservierungen für die Ferienwohnungen storniert worden waren und ihr daher nichts zu tun blieb. Die grobe Hausarbeit erledigte einmal wöchentlich eine Putzfrau, und Gartenarbeit war nichts für Eliana. „Manchmal vertreibe ich mir die Zeit mit neuen Rezepten, stell dir vor", hatte sie lachend erzählt. „Dabei hasse ich es zu kochen. Aber Max freut sich, zumindest, wenn das Essen gelungen ist."

Silke hatte sich ins Schlafzimmer zurückgezogen, um mit der Freundin zu plaudern. Es dauerte aber keine drei Minuten, bis Basti in der Tür stand und wissen wollte, wer da am Apparat sei.

„Eliana", hatte Silke gesagt. Sie wusste, Basti mochte Eliana nicht, Max Jacoby konnte er schon gar nicht ausstehen, und dass die beiden Frauen befreundet waren, war ihm suspekt. Dennoch kam ihr nicht für eine Sekunde in den Sinn, ihn anzulügen. Käme er ihr auf die Schliche, würde das schmerzhafte Folgen haben, das wusste sie genau.

Also blieb sie bei der Wahrheit und erreichte damit, dass er ihr einen drohenden Blick zuwarf, der sie dazu bewog, das Gespräch mit der Ausrede, dass sie Essen auf dem Herd habe, rasch zu beenden.

„Wenn diese polnische Schlampe das nächste Mal anruft, gehst du nicht ran“, sagte er in einem Ton, der keinen Widerspruch duldete. „Ich hab's dir schon hundert Mal gesagt, ich will nicht, dass du mit der was zu schaffen hast. Verstanden?“

Sie hatte unglücklich genickt und war mit Tränen in den Augen ins Badezimmer geeilt, um die saubere Wäsche aus der Maschine zu holen.

Zwei Wochen darauf arbeitete Basti wieder in seinem Betrieb, und der Alltag hatte sich normalisiert.

Bis jetzt. Bei der Vorstellung, dass er erneut den ganzen Tag zu Hause sein und ihr auf die Finger schauen würde, verkrampfte sich schmerzhaft Silkes Magen.

Sie ahnte, dass sie dann wie beim letzten Mal zum Blitzableiter seiner Launen werden würde. Und das bedeutete, dass er häufiger als normal zuschlagen würde.

Eliana war die Einzige, mit der sie über ihre häusliche Situation sprach. War Basti aber permanent im Haus, kam das nicht mehr infrage.

Sie wäre völlig auf sich allein gestellt.

Basti zu verlassen und damit die finanzielle Sicherheit aufzugeben, die er ihr bot, das brachte sie nicht fertig. Sie war ohne Ausbildung, hatte als Kellnerin gejobbt, als sie Basti vor zwei Jahren kennenlernte. Bis dahin hatte sie praktisch von der Hand in den Mund gelebt, sich nichts gegönnt und befürchtet, dass sich daran niemals etwas ändern würde.

Doch dann begegnete sie ihm, Sebastian Lange, einem Software-Entwickler, der einen tollen Wagen fuhr, sie zum Essen in die teuersten Restaurants und zu einem Urlaub auf die Malediven einlud. Das erste Jahr war ein einziger Traum gewesen und Silke so verliebt wie noch nie in ihrem Leben. Als Basti sie bat, bei ihm einzuziehen, hatte sie keine Sekunde gezögert. Doch wenige Wochen nach ihrem Umzug schlug er das erste Mal zu.

Silke tat es ab. Er war verärgert gewesen, über etwas, das sie gesagt hatte. Für einen Augenblick war ihm die Kontrolle entglitten, und er hatte sich anschließend aufrichtig entschuldigt, ihr am nächsten Tag sogar ein wunderschönes Armband mit eingearbeiteten Diamanten geschenkt.

Beim nächsten Mal platzte ihre Lippe auf, und das Blut verunreinigte ihre Lieblingsbluse. Er tat reuig und schenkte ihr ein Paar Perlen-Ohrringe. Sie verzieh ihm wieder, denn sie liebte ihn nach wie vor. Silke wusste, dass der Mann, mit dem sie zusammenlebte, großzügig, humorvoll und charmant war. Sie durfte ihn bloß nicht verärgern.

Leider gelang ihr das nicht immer.

„Warum verlässt du ihn nicht?“, hatte Eliana sie erst vor Kurzem gefragt. „Wieso lässt du dir das bieten? Ich kapiere das nicht. Ihr seid nicht einmal verheiratet, du könntest einfach gehen.“

Weil ich zu feige bin, wäre die ehrliche Antwort gewesen. *Weil ich mich vor dem fürchte, was auf mich zukommt, wenn ich es tue. Weil ich nicht wieder arm sein will. Und weil ich ihn trotz allem irgendwie noch immer liebe.*

Aber nun hing dieses Damoklesschwert mit dem Namen ‚Homeoffice' über ihrem Kopf.

Aus dem Wohnzimmer erklang die Erkennungsmelodie der Nachrichtensendung und holte sie in die Gegenwart zurück.

„Ich setze mich vor den Fernseher", verkündete Basti und stand auf. „Mach mir doch ein bisschen was zurecht, ja? Ich habe einen Riesenhunger."

„Na… Natürlich", stotterte sie, erhob sich ebenfalls und steuerte auf steifen Beinen den Kühlschrank an. „Gib mir ein paar Minuten."

Er nickte und verließ endlich die Küche. Sein Handy blieb auf dem Küchentisch zurück. Bei seinem Anblick fiel Silke das leise Geräusch aus dem Flur ein. Die Nachricht, die sie erhalten hatte und die sie so gern lesen würde, doch sie hielt sich zurück.

Nein, sagte sie sich. Erst das Abendessen. Was für eine Nachricht es auch war, sie würde noch ein paar Minuten warten können. Ein Smartphone war geduldiger als Basti.

Also holte sie das Brot, Margarine, Leberpastete, Tomaten, eine Salatgurke und Fleischsalat aus dem Kühlschrank und machte sich an die Arbeit.

Dabei stellte sie sich vor, wie ihr Alltag aussehen würde, wenn Basti nicht ins Büro fahren musste. Die ständige Angst, etwas Falsches zu tun oder zu sagen und damit einen Wutanfall Bastis zu provozieren, würde ihr das Leben vergällen.

Willst du das wirklich, fragte sie sich. Bist du bereit, all das noch einmal zu ertragen, nur um dir keine Sorgen ums Geld machen zu müssen und in einem schönen Haus zu leben statt in einer kleinen Zweizimmerwohnung?

Als sie, um die Tomaten zu schneiden, das Messer in die Hand nahm, betrachtete sie einige Herzschläge lang die glänzende scharfe Klinge. Atmete tief durch und nahm eine Tomate zur Hand.

Sie drapierte die belegten Brotscheiben und die Gemüsestücke auf einem Teller. Holte eine Flasche Flensburger aus dem Kühlschrank und stellte das Bier neben das Glas aufs Tablett, auf dem der Teller bereitstand. Dann brachte sie alles ins Wohnzimmer.

Er reagierte nicht, als sie das Tablett vor ihm abstellte. Sein Interesse galt dem Bericht über die aktuelle Corona-Situation. Sie selbst konnte es nicht mehr ertragen, dieses leidige Thema. Der einzige Vorteil: Dank der Maskenpflicht fiel es niemandem auf, wenn Silkes aufgeplatzte Lippe sich noch nicht völlig von Bastis letztem Schlag erholt hatte oder der blaue Fleck auf ihrer Wange noch nicht verblasst war.

Sie verließ das Wohnzimmer, die Stimme des bayerischen Ministerpräsidenten Markus Söder im Ohr, der wieder einmal betonte, wie wichtig es sei, sich impfen zu lassen.

Silkes Gedanken wanderten zu ihrer Handtasche. Sie war froh, endlich Gelegenheit zu haben, um nachzusehen, wer ihr geschrieben hatte. Die Nachricht war vor einer Viertelstunde eingegangen und bestand nur aus einem einzigen Wort.

Dunkelbunt.

Silkes Herz schlug plötzlich schneller, und ein ungutes Gefühl breitete sich in ihrer Magengegend aus. Sie eilte mit ihrem Handy in den Hauswirtschaftsraum. Dort schlüpfte sie in ihren warmen Wollmantel und in die Winterstiefel, dann verließ sie rasch das Haus. Die Tür lehnte sie an, um unbemerkt zurückkommen zu können.

Novembernachtluft kühlte ihr erhitztes Gesicht. In regelmäßigen Abständen aufgestellte Straßenlaternen warfen helle Kreise auf die ruhige Straße und die fast menschenleeren Bürgersteige. Lediglich eine Frau war zu sehen, die mit ihrem kleinen Hund spazieren ging. Sie kannte die Frau und ihren übergewichtigen Dackel flüchtig. Gerade bogen die zwei um eine Ecke und verschwanden aus ihrem Blickfeld.

Sie wandte sich nach rechts. Ihr Ziel war das Haus, das hinter dem von Basti lag. Der protzige Bau des berühmten Max Jacoby. Silke teilte Bastis Meinung über Eliana in keiner Weise, doch auch sie hielt nichts von dem arroganten Künstler. Und nun schien er zu einer Gefahr für Eliana geworden zu sein. Was hatte der Mistkerl ihr angetan? Die Angst vor der Antwort auf diese Frage trieb Silke weiter.

Hinter einigen Fenstern des stylischen Architektenhauses brannte Licht. Elianas Wagen stand vor der Tür. Die weiße Aufschrift *„Urlaub am Meer – Ferienunterkünfte Eliana Nowak“* stach in der Dunkelheit hervor. Alles sah normal aus. Doch Silke musste annehmen, dass dieser Eindruck täuschte.

Sie zog ihre Jacke enger um den Körper, als sie an der knallroten Haustür ankam, denn der Herbstwind wurde nun schneidend kalt. Ganz nah trat sie an die Tür, lauschte einen Augenblick, konnte jedoch nichts hören. War das ein gutes oder ein schlechtes Zeichen? Sie presste ihren Zeigefinger auf die Klingel und hörte die kurze Melodienfolge im Inneren erklingen. Wartete und trat dabei unruhig von einem Fuß auf den anderen.

Niemand öffnete. Was hatte das zu bedeuten? Oh Gott, hoffentlich ging es Eliana gut!

Sie zog ihr Handy hervor und wählte ihre Nummer. Lauschte, ging dabei nervös auf und ab und hoffte, dass die Tür sich doch noch öffnen würde.

Sie hoffte vergebens.

Die Mailbox sprang an. Sie drückte die rote Taste, die die Verbindung trennte, steckte das Telefon zurück in ihre Jacke und sah sich ratlos um, während der Wind durch ihr Haar fuhr, es ihr ins Gesicht wehte. Mit fahrigen Bewegungen schob sie es zur Seite. Was sollte sie tun?

Eine Möglichkeit blieb ihr noch.

Sie rannte um das Haus herum. Ein Bewegungsmelder sprang an und tauchte die vor ihr liegende, mit nassem Laub bedeckte Rasenfläche in kaltes Licht. Der weiche Untergrund gab leise Geräusche von sich, als sie zur Terrasse eilte. Dort gab es eine Hintertür, die in den Hauswirtschaftsraum führte und – zumindest im Sommer – meistens unverschlossen war.

Heute war sie es nicht.

Silke fluchte leise und begann, heftig gegen die Tür zu klopfen. Keine Reaktion.

Was war bloß passiert? Die Angst und die Ungewissheit schnürten ihr die Kehle zu.

Es blieb ihr keine Wahl. Womöglich ging es um Minuten. Sie zog erneut ihr Handy aus der Jackentasche. Hätte sie die Nachricht doch nur sofort gelesen! Aber nein, sie hatte in aller Seelenruhe Brote für Basti geschmiert. Nun war es vielleicht zu spät.

Tränen brannten in ihren Augen, und ein leises, verzweifelt klingendes Wimmern kroch über ihre Lippen, als sie mit zitternden Fingern zu wählen begann.

„Was treibst du denn hier?"

Silke fuhr zusammen und schob das Telefon instinktiv in ihre Jackentasche, während sie sich umdrehte. „Basti! Du hast mich erschreckt."

„Komm wieder nach Hause." Er packte ihren Arm und zog sie mit sich.

„Aber ich muss –"

„Wie oft soll ich dir noch sagen", zischte er und verstärkte seinen Griff, „dass ich nicht will, dass du mit dieser polnischen Nutte was zu tun hast? Und jetzt beweg dich!"

Eine knappe Stunde vorher …

„Neiiiin!“, schrie Eliana.

Als Antwort fiel mit einem gewaltigen Krachen die Tür ins Schloss.

Durch den Milchglaseinsatz in der Haustür sah sie, dass auf der Auffahrt Licht aufflammte, dann hörte sie einen Motor anspringen, und kurz darauf herrschten draußen wieder Stille und Dunkelheit.

Ungläubig stand sie auf der Galerie, halb über die Brüstung gebeugt, die sie mit beiden Händen umklammerte. Der Gürtel des dicken, cremefarbenen Bademantels, den Max ihr einst geschenkt hatte, hatte sich gelöst. Darunter trug sie nur ein dünnes Negligé, sodass sie die Kälte des Geländers, das sich gegen ihren Bauch drückte, spürte. Noch immer starrte Eliana die Tür an, als könne sie allein durch die Kraft ihrer Gedanken dafür sorgen, dass die letzten paar Minuten wie ein Video zurückgespult werden konnten.

Zurück zu dem Moment, in dem alles in Ordnung war. Ehe das Telefon geklingelt und ihr Kartenhaus zum Einsturz gebracht hatte.

Doch die Haustür öffnete sich nicht.

Als das Gefühl der Ohnmacht wich und das enervierende Dröhnen in ihrem Kopf langsam verebbte, vernahm sie von irgendwoher das gedämpfte Plätschern von Wasser. Richtig, sie hatte sich gerade ein duftendes Schaumbad eingelassen, als ihr Leben zerbrach und einen Haufen Scherben zurückließ.

Er hatte sie tatsächlich verlassen. Diese Erkenntnis war niederschmetternd. Denn ohne ihn blieb ihr nichts mehr.

Eliana klammerte sich noch immer am Geländer fest. Die Knöchel ihrer Hände traten weiß hervor.

Sie schaute nach unten. Die Aussicht von der Galerie, hinab auf den großzügigen und eleganten Eingangsbereich, hatte sie immer geliebt. Der glänzende Marmorboden, die wunderschöne Einrichtung, der extravagante Kronleuchter aus geschliffenem Glas, die üppigen Grünpflanzen und natürlich die Gemälde von Max – alles hier verströmte Stil und guten Geschmack, was nicht zuletzt ihr zu verdanken war.

Gut, Max hatte alles bezahlt, doch sie war es gewesen, die dafür gesorgt hatte, dass jeder Raum in diesem Haus perfekt geworden war. Egal, ob Wohn-, Schlaf- oder Gästezimmer, die Küche oder die Bäder – Eliana hatte diesem Zuhause ihren Stempel aufgedrückt. Es strahlte Anmut aus und einen Hauch von Luxus.

Die Wohnung ihrer Eltern hätte dreimal in dieses Haus gepasst. Mindestens. Vielleicht auch viermal. Und statt Stil und Geschmack verströmte sie Stumpfsinn und den unverwechselbaren Geruch von Armut.

„Ich habe es weit gebracht, nicht wahr, Mama und Papa?", fragte sie mit erstickter Stimme, aber nicht ohne Stolz. Wie von selbst ließ ihre linke Hand das Geländer los und umschloss den Anhänger ihrer Kette. „Sehr viel weiter, als ihr es je hättet bringen können."

Bei dem Gedanken an ihre Eltern, an ihre Vergangenheit, lief eine Träne ihre Wange hinab. Eliane wischte sie nicht fort, und als sie ihre Lippe erreichte, fing ihre Zunge den salzigen Tropfen auf.

Dass sie einmal in einem Haus wie diesem leben würde, war als Kind ein inniger Traum von Eliana gewesen, für den sie regelmäßig belächelt wurde.

„Eher tanzen Feen und Elfen im Hinterhof, als dass du einmal so reich sein wirst", unkte ihr älterer Bruder, wenn Eliana in den glühendsten Farben von ihrer Zukunft schwärmte.

Und es sah tatsächlich so aus, als würde er recht behalten, denn wer wie sie im Warschauer Stadtteil Praga aufwuchs, blieb meist sein ganzes Leben dort.

Die Wohnung, in der sie mit ihrer Familie wohnte, hatte dreieinhalb Zimmer und war nur mit dem Nötigsten eingerichtet. Für hübsche Möbel oder gar einen Hauch von Luxus fehlte das Geld. Nichts passte zusammen, alles war zusammengeschustert und wies die Gebrauchsspuren früherer Besitzer auf.

Ein kleines Zimmer teilte Eliana sich mit ihrem älteren Bruder Marek. Abgesehen von einem Schlafzimmer für ihre Eltern gab es noch das Wohnzimmer und die Kammer neben der Küche, in der das Bett von Elianas Großmutter stand, die alle Babcia nannten. Nach dem Tod ihres Mannes war sie zu ihrem Sohn und dessen Familie gezogen.

Niemand war auch nur ansatzweise glücklich darüber, denn Babcia war herrisch und streng. Täglich beschwerte sie sich darüber, in diesem winzigen Verschlag hausen zu müssen, doch selbst sie sah notgedrungen ein, dass der Platz für zwei Personen nicht ausgereicht hätte und es darum keine Alternative gab, da sie die Einzige war, die allein schlief. Und Eliana schlief sogar lieber mit ihrem Bruder in einem Zimmer als mit Babcia.

Schon als Eliana sehr jung gewesen war, hatte sie nur den einen, riesigen Wunsch gehabt: Sie wollte fort von hier. Irgendwohin, wo das Leben besser war. Praga galt als der schlimmste Stadtteil von Warschau. In den heruntergekommenen Häusern östlich der Weichsel mit den dunklen Treppenhäusern, in denen es nach Kohl und Schweiß roch, lebten all jene, die von einem Tag zum anderen lebten: einfache Arbeiter, Drogenabhängige, Kriminelle.

Elianas Vater schuftete für wenig Geld in der nahen Wodka-Fabrik. Ihre Mutter kümmerte sich um Eliana und deren älteren Bruder Marek sowie um den Haushalt. Sie hatte ein hartes Dasein, weil das Geld stets knapp war, der Ehemann zu oft betrunken, der Alltag arbeitsreich und die Schwiegermutter ein Drachen. Das alles machte aus Elianas Mutter eine unzufriedene, mürrische Frau. Eliana konnte sich kaum an eine Umarmung oder auch nur ein warmes Lächeln von Seiten ihrer Mutter erinnern, geschweige denn an ein fröhliches Lachen.

Sehr bald hatte sie eines gelernt: Wenn in Praga gelacht wurde, dann war es ein höhnisches, ein grausames oder ein bitteres Lachen.

Eliana ging von Anfang an mit Feuereifer zur Schule, denn sie wollte unbedingt lernen, gute Noten bekommen und es zu etwas bringen, wenn sie groß war. Um Praga und dem Leben dort zu entfliehen. Also machte sie fleißig ihre Hausaufgaben, büffelte für Klassenarbeiten und avancierte zur Musterschülerin. Die Lehrer lobten sie regelmäßig, was ihren Ehrgeiz noch anstachelte.

Ihr älterer Bruder Marek dagegen besaß keinerlei Ehrgeiz in dieser Richtung. Aber er war clever und hatte immer neue Ideen, wie er zu Geld kommen konnte. Dass er dabei hin und wieder den Pfad der Legalität verließ, machte ihm nichts aus, solange er dabei nicht erwischt wurde. Eliana wusste, dass er klaute wie ein Rabe, denn in ihrem gemeinsamen Zimmer hatte sie ihn mehrfach dabei überrascht, wie er fremde Geldbörsen leerte. Wenn sie ihn deshalb zur Rede stellte, sagte er nur, das ginge sie nichts an, sie solle den Mund halten und ihn in Ruhe lassen. Manchmal drückte er ihr auch einen Geldschein in die Hand. Als Schweigegeld.

Eliana nahm es und behielt ihr Wissen für sich.

Als sie älter wurde, spürte sie hin und wieder, dass die Blicke ihres Bruders nachdenklich auf ihr ruhten, besonders, wenn sie sich um- oder auszog.

„Schau gefälligst weg!", herrschte sie Marek dann an und wünschte sich sehnlichst ein eigenes Zimmer. Es war unerträglich, den Raum mit seinem 17-jährigen Bruder teilen zu müssen.

Sie war zwei Jahre jünger und wusste genau, dass sie ausgesprochen hübsch war. Ihre Taille war schmal, ihre Brust nicht so flach wie die von vielen ihrer Mitschülerinnen, sondern rund und fest. Sie trug ihr langes Haar, das – wie ein Junge in der Schule mal anmerkte – die Farbe eines Sonnenuntergangs hatte, meist offen und schminkte sich die vollen Lippen. Nicht knallrot, das hätte billig ausgesehen, aber so, dass ihr Mund verheißungsvoll glänzte. Einzig ihre Sommersprossen störten sie, und so versuchte sie, die lästigen Pünktchen mit Puder verblassen zu lassen.

Die anderen Mädchen betrachteten sie voller Neid, die Jungen dagegen bedachten sie mit anzüglichen Blicken oder frechen Sprüchen. Wenn Eliana beim Lernen Hilfe brauchte, war es kein Problem, einen der beiden Klassenstreber dazu zu bringen, ihr Nachhilfe zu geben. Die hätten sich einen Arm ausgerissen, nur um neben ihr sitzen zu dürfen. Und Eliana genoss es in solchen Momenten, die Nervosität des jeweiligen Knaben noch zu steigern, indem sie wie zufällig ihr Bein gegen seines drückte, ihn strahlend anlächelte oder einen Pulli trug, der den Ansatz ihrer Brüste zeigte. Die Jungen begannen zu stottern und zu schwitzen, worüber sich Eliana später mit ihren Freundinnen amüsierte.

„Ich kenne ein paar Typen, die würden gut dafür bezahlen, wenn du ein bisschen nett zu ihnen bist", sagte Marek eines Abends unvermittelt, als Eliana sich ihr Nachthemd überstreifte. Ihr war vollkommen klar, was ihr Bruder mit dem Ausdruck ›Nett sein‹ meinte, schließlich war sie kein Kind mehr.

Sie tippte sich an die Stirn. „Du spinnst wohl!"

„Ich denke, du willst viel Geld verdienen."

Damit traf er einen wunden Punkt. Geld war die Antwort auf die Frage, wie sie am schnellsten von hier verschwinden konnte.

„Das stimmt schon", räumte Eliana ein, „aber doch nicht so."

Marek zuckte mit den Achseln. „Diese Typen, die ich kenne, verdienen nicht schlecht, haben aber keinen Erfolg bei Frauen. Sie sind zu schüchtern oder sehen nicht so gut aus, dass Mädchen bei ihnen anbeißen würden. Für ein junges, hübsches Ding wie dich greifen sie garantiert tief in die Tasche. Du könntest bestimmt von jedem tausend Zlotys kriegen. Wir machen halbe-halbe. Was sagst du?"

Sie schnaubte nur und kroch unter ihre Decke.

„Überleg es dir, Liljanka. Du könntest reich werden."

Sie schaltete ihre Nachttischlampe aus. „Vergiss es!"

Im Dunkeln begann Eliana nachzudenken. Tausend Zlotys! Schon die Hälfte davon war eine Menge Geld. Ein kleiner Schritt in die Welt, die ihre Zukunft sein sollte.

Der Gedanke daran hinderte sie am Einschlafen. Unruhig wälzte sie sich hin und her. Wenn sie genug zusammensparte, konnte das Geld ihr helfen, Polen zu verlassen und in Deutschland ihr Glück zu versuchen. Seit sie als Kind einen deutschen Film gesehen hatte, wollte sie unbedingt dorthin. Die Menschen in jenem Film waren elegant gekleidet, fuhren große teure Autos und lebten in Häusern, die Eliana fast wie Paläste vorkamen.

Babcia, ihre Großmutter, verabscheute dagegen alles, was deutsch war, so sehr, dass ihre von tiefen Falten umkränzten dunklen Augen vor Zorn Funken sprühten, wenn nur das Thema darauf kam. Babcias Familie hatte unter den Nazis sehr gelitten, ihre Eltern waren im KZ hingerichtet worden. Sie selbst hatte dank einer mutigen Bekannten ihrer Mutter knapp überlebt, doch die bitteren Jahre, den bohrenden Hunger und die ständige Angst vor den brüllenden Männern in Uniform hatte sie nie vergessen, und ihr Hass auf alle Deutschen war niemals versiegt.

Für Eliana dagegen bedeutete Deutschland das Paradies. Nur durfte Babcia davon nichts erfahren. Sie würde nicht begreifen, dass das Land und vor allem die Menschen sich seit damals verändert hatten.

Um ihr Ziel zu erreichen, um in dieses sagenhafte Land zu gehen, würde Eliana viel tun, aber das, was Marek da vorschlug … Nein, niemals!

Sie kannte ein paar Mädchen, die sich für Geld mit Männern trafen, und Eliana hatte sie stets dafür verachtet. Ihre eigenen Erfahrungen mit dem anderen Geschlecht waren rudimentär. Mehr als ein paar Küsse, verbunden mit dem ungeschickten Betatschen ihrer Brüste, hatte sie bisher nie zugelassen. Und das waren attraktive Jungen in ihrem Alter gewesen. Sich mit älteren und noch dazu hässlichen Männern einzulassen, der Gedanke ließ sie schaudern.

Doch dann kam der Tag, an dem sie die silberne Kette im Schaufenster entdeckte. Der Anhänger glich einem schön geschwungenen Tropfen, in den eine Perle eingearbeitet worden war. Ein wunderschönes Schmuckstück, das 1800 Zlotys kosten sollte und damit für Eliana unerschwinglich war.

Als sie an dem Abend, nachdem ihr sehnsüchtiger Blick lange auf der schönen Kette im Schaufenster geruht hatte, im Bett lag, starrte sie geraume Zeit nachdenklich in die Dunkelheit. Sie wollte diese Kette unbedingt haben. Eliana sah sie als ein Symbol für das, was sie im Leben erreichen wollte. Und als eine ständige Ermahnung, weiter hart an der Erfüllung ihres Traums zu arbeiten.

Seit einiger Zeit lernte sie sogar heimlich die deutsche Sprache, denn ihr war klar, dass sie in dem fremden Land ohne Sprachkenntnisse keine Chance haben würde. Es war schwierig, doch das schreckte Eliana nicht. Es spornte sie sogar an.

Ohne Geld würde ihr Traum jedoch genau das bleiben: ein Traum.

Sie räusperte sich und merkte, dass ihr Herzschlag sich beschleunigte.

„Marek?“, flüsterte sie, und ein Teil von ihr wünschte, dass er schon schlief und sie nicht hörte.

Aus dem anderen Bett kam ein träges Grunzen.

Sie holte tief Luft. „Glaubst du, deine Freunde würden auch zweitausend Zlotys zahlen? Tausend für jeden von uns?“

Eliana vernahm die typischen Geräusche, die immer dann zu hören waren, wenn Marek sich in seinem Bett bewegte. Ein leises Knarren von Holz, das Quietschen von Sprungfedern. Er schaltete seine Nachttischlampe ein, stützte sich auf einem Ellenbogen ab und starrte sie überrascht an. Offenbar hatte ihre Frage jede Müdigkeit verscheucht.

„Durchaus möglich“, meinte er gedehnt. „Heißt das, du …?“

„Frag sie“, unterbrach ihn Eliana knapp.

Er grinste. „Wird gemacht.“

Der Mann, den er als Erstes fragte und der Pawel hieß, war mit den Bedingungen einverstanden. So fuhren Eliana und Marek eines trüben und regnerischen Spätnachmittags im Herbst mit der Bahn auf die andere Seite der Weichsel.

Sie betraten ein Hochhaus, das zwar keinerlei Luxus ausstrahlte, aber deutlich weniger heruntergekommen war als die Mietshäuser drüben in Praga. Marek führte seine Schwester zum Fahrstuhl und drückte einen Knopf.

„Denk dran, verlange zuerst das Geld", trichterte er ihr zum wiederholten Male ein.

„Ich weiß", entgegnete Eliana gereizt. Ihr wurde schlecht bei dem Gedanken daran, was ihr bevorstand.

Denk einfach nur an die Kette, sagte sie sich vor. *Und an deine Zukunft in Deutschland.*

Sie fröstelte und schlang die dünne Jacke fester um ihren Körper. Darunter trug sie nichts weiter als ihre beste Unterwäsche und ein knielanges Kleid. Sie kam sich unvorstellbar billig vor, aber Marek hatte die Sachen für sie ausgesucht und gesagt: „Das ist perfekt, zieh das an."

Die Fahrstuhltür öffnete sich. „Dritter Stock", flüsterte Marek Eliana zu und schob sie in die Kabine. „Nummer 332. Ich warte gegenüber im Café auf dich."

Als sie allein war und der Lift sich nach oben bewegte, fühlte Eliana sich so elend, als hätte sie die Grippe. Ihre Knie waren weich, ihr Magen revoltierte, Schweiß stand auf ihrer Stirn, und ihre Hände waren kalt und klamm.

Im dritten Stock angekommen, verließ sie mit steifen Beinen die Kabine und ging den langen Korridor entlang, bis sie die Tür mit der Nummer 332 erreicht hatte. Eine schlichte Klingel war an der Seite angebracht. Kein Namensschild.

Oh Gott, sie wollte das nicht tun! Alles in ihr sträubte sich dagegen, die Hand zu heben und den Klingelknopf zu drücken.

Kette, Deutschland, dachte sie und wiederholte diese beiden Worte wie ein Mantra. *Kette, Deutschland, Kette, Deutschland.*

Sie streckte den Zeigefinger aus. Hinter der Tür erklang ein schepperndes Läuten. *Kette, Deutschland, Kette, Deutschland.*

Es dauerte nur wenige Sekunden, bis die Tür sich öffnete. Vor Eliana stand ein Mann Anfang zwanzig, mit strähnigen dunklen Haaren, die ihm bis über die Ohren reichten, einer breiten Nase unter dunklen, tief liegenden Augen, die asiatische Vorfahren verrieten, und einem Mund, der durch eine Hasenscharte entstellt war.

Eliana starrte entsetzt auf den Mann, und besonders auf den fehlgestalteten Mund. Am liebsten hätte sie auf der Stelle kehrtgemacht, doch ihre Beine schienen angewachsen zu sein.

Ihr Herz hämmerte. Sie hatte Schwierigkeiten, ruhig zu atmen.

„Komm doch rein." Der Mann hatte eine dunkle, durchaus freundliche Stimme, die aber seine Nervosität verriet. Das wiederum half Eliana, ihre eigene Unsicherheit zu verbergen. Sie hob das Kinn und schwieg.

Er machte die Tür weiter auf, sodass sie eintreten konnte.

Eliana trat zögerlich über die Schwelle und schaute sich um. Die Wohnung roch verqualmt und ein wenig muffig, doch sie war modern geschnitten. Es gab weder Pflanzen noch Bilder, nur ein altes Sofa, einen quadratischen Holztisch davor und ein Regal, auf dem ein Fernseher stand. Auf dem Tisch bemerkte Eliana einen Aschenbecher, eine angebrochene Schachtel Zigaretten und ein leeres Glas.

Links ging es in die Küche, rechts war ein weiteres Zimmer, in dem ein breites, halbherzig gemachtes Bett stand.

Eliana schluckte und schaute rasch wieder weg.

„Ich bin Pawel", sagte der Mann mit der Hasenscharte.

„Ich weiß", erwiderte sie mit belegter Stimme. Ihr war schlecht. Warum hatte Marek ihr nicht gesagt, was sie erwartete? Sie empfand eine heftige Wut auf ihren Bruder und nahm sich fest vor, ihn dafür büßen zu lassen.

Ihre Stimme klang scharf, als sie die Hand ausstreckte. „Erst das Geld."

„Ja. Ja, natürlich." Pawel blinzelte, ging zu dem Regal hinüber und nahm einen Umschlag, der dort neben dem Fernseher gelegen hatte. Er reichte ihn Eliana, ohne sie anzusehen.

Sie öffnete den Umschlag und überprüfte den Inhalt. Tatsächlich lagen darin zehn der braungelben Zweihundert-Zloty-Scheine mit dem Bild von König Sigismund. Noch nie hatte Eliana so viel Geld auf einmal gesehen, doch sie bemühte sich, gelassen zu bleiben, und steckte den Umschlag wie beiläufig in die Innentasche ihrer Jacke.

Die Tatsache, dass er bezahlt hatte, schien Pawel etwas Selbstvertrauen zu geben. Er nickte Eliana zu. „Gehen wir ins Schlafzimmer. Oder möchtest du zuerst etwas trinken?"

„Nein." Sie wollte es nur hinter sich bringen.

Er ließ ihr den Vortritt, und als sie vor dem Bett stehen blieb, verschloss er die Tür.

Eliana hatte plötzlich einen gewaltigen Kloß im Hals.

Pawel schaute sie an. Schluckte. Sie sah es, weil sein Adamsapfel auf und ab hüpfte. Seine Augen glänzten. „Zieh dich aus", befahl er heiser.

Oh Gott, es war so weit! Langsam streifte sie ihre Jacke ab und hängte sie sorgfältig über eine Stuhllehne.

„Schneller", sagte Pawel. Seine Zunge fuhr über die Lippen seines deformierten Mundes.

Ekel schüttelte Eliana. Sie stand da, in ihrem kurzen Kleid, in ihrer dünnen Unterwäsche, und war unfähig, sich zu rühren.

Er begann, an seiner Hose zu nesteln. „Ich will dich nackt sehen. Mach schon."

In Gedanken wiederholte Eliana erneut die beiden magischen Worte ihres Mantras, während sie sich das Kleid über den Kopf zog. Er entledigte sich inzwischen seiner Jeans, und für einen kurzen Moment fiel Elianas Blick auf die Beule in seiner Unterhose. Rasch schaute sie weg und legte ihr Kleid auf den Stuhl.

Als sie nur in Unterwäsche und auf halbhohen Hackenschuhen vor ihm stand, trat er auf sie zu und drehte sie um, sodass sie mit dem Rücken zu ihm stand. Sie spürte, dass er an dem Verschluss ihres BHs herumfummelte.

Als er ihn geöffnet hatte, drehte er sie wieder zu sich herum, ließ den BH achtlos zu Boden fallen und zog ihre Hände fort, die sich instinktiv gehoben hatten, um ihre Blöße zu bedecken. Eine Weile betrachtete er ihre nackten Brüste, dann begann er, sie unerwartet sanft zu streicheln. „Fühlt sich schön an", murmelte er und klang dabei ein wenig verträumt. „So weich und glatt."

Er hat schmutzige Fingernägel, bemerkte Eliana angewidert und hob den Kopf, um nicht sehen zu müssen, wie Pawel sie berührte. Seine Daumenkuppen strichen über ihre Brustwarzen, sein Atem wurde schwer.

Sie schloss die Augen und versuchte, an etwas anderes zu denken, als er ihr zwischen die Beine griff und leise aufstöhnte. An die Kette im Schaufenster, die bald ihren Hals zieren würde. An ihr wunderbares Leben in Deutschland …

Abrupt ließ Pawel sie los. „Leg dich hin", sagte er, als er sein Hemd auszog.

Eine halbe Stunde, nachdem sie an Pawels Tür geklingelt hatte, trat Eliana aus dem Haus und steuerte das Café auf der anderen Straßenseite an. Sie blieb vor dem Schaufenster stehen. Mareks Gesicht hellte sich auf, als er sie erblickte. Er erhob sich, ging zum Verkaufstresen, zahlte und verließ das Café.

„Und?", fragte er, kaum dass die Tür sich hinter ihm geschlossen hatte, „wie war's?"

Als Antwort schlug Eliana ihm hart ins Gesicht. „Du verdammtes Riesenarschloch", zischte sie.

Er schien zu wissen, was sie verärgert hatte. Mit einem verlegenen Grinsen rieb er sich die Wange. „Wärst du hingegangen, wenn ich dir gesagt hätte, wie er aussieht?"

„Natürlich nicht!"

„Siehst du! Wo ist das Geld?"

Sie schüttelte den Kopf und bedeutete ihm, ihr zu folgen. Hier waren zu viele Leute.

Ein paar Meter vom Café entfernt betraten sie eine leere Toreinfahrt. Eliana gab ihm achthundert statt der vereinbarten tausend Zloty.

„Du weißt, wieso", sagte sie nur und strebte der Straße zu. Sie wollte nur noch fort von hier.

Marek widersprach nicht.

Auf dem Weg zur Bahn fragte er, ob es schlimm gewesen sei, doch sie antwortete nur: „Das geht dich nichts an."

Er musste ja nicht wissen, dass sie sich fast die Unterlippe blutig gebissen hatte, als Pawel laut stöhnend auf ihr gelegen hatte, und sie sich vorgekommen war wie der letzte Dreck. Kaum war er von ihr heruntergerollt, war sie ins angrenzende Badezimmer gerannt und hatte sich übergeben.

Es war ihr gleich gewesen, ob Pawel sie hören konnte. Als sie das Bad verließ, schien er eingeschlafen zu sein. Eliana hatte sich zitternd angezogen und fluchtartig die Wohnung verlassen.

Das war also dein erstes Mal, dachte sie nüchtern, als sie neben Marek in der Bahn saß und nach Praga zurückfuhr. Sie hatte immer davon geträumt, dass sie dieses besondere Erlebnis mit einem Mann haben würde, der gutaussehend und zärtlich war, und dass er so verliebt in sie war wie sie in ihn.

Die Realität sah brutal anders aus.

Als Marek sie am gleichen Abend fragte, ob sie noch mehr Geld auf diese Art verdienen wolle, hatte sie strikt abgelehnt. Doch noch hatte sie das Geld für die Kette nicht zusammen, und im Laufe der nächsten Tage verschwamm die Erinnerung an das Erlebte so weit, dass sie sich vorsagte, so schlimm sei es gar nicht gewesen. Nun wusste sie ja, was auf sie zukam, und Bilder wie das, als Pawel sich ein Kondom über sein erigiertes Glied gezogen hatte, oder an seinen Gesichtsausdruck, als er in sie eingedrungen war, schob Eliana ebenso beiseite wie den Schmerz, als er ihr Jungfernhäutchen durchstieß.

Zumindest hatte Pawel es nicht gewagt, sie mit seinem entstellten Mund zu küssen.

Sie würde beim nächsten Mal die Augen schließen, nahm sie sich vor, an ihre Zukunft denken, und ansonsten ihren Kopf komplett ausschalten.

Marek hatte versprochen, Eliana zukünftig genau darüber zu informieren, was sie erwartete, damit ähnliche unangenehme Überraschungen wie Pawels Hasenscharte ihr erspart blieben. In den folgenden Monaten lernte sie weitere Freunde ihres Bruders ebenso wie deren Vorlieben kennen. Da war zum Beispiel Jakub, ein kleiner, stämmiger Mann mit extrem behaartem Rücken und einem bärtigen, pockennarbigen Gesicht, der ein Faible für Rollenspiele hatte. Am liebsten war es ihm, wenn Eliana sich vor dem Sex ein Krankenschwester-Kostüm anzog und ihn gründlich untersuchte.

Mateusz dagegen, ein langer, dürrer Kerl, der so schlimm stotterte, dass Eliana anfangs Schwierigkeiten hatte, ihn zu verstehen, wollte, dass sie ihm dem nackten Hintern versohlte. Häufig reichte das schon aus, sodass Eliana sich für ihn nicht mehr hinlegen musste. Anfangs hatte er versucht, in dem Fall den Preis zu drücken, doch Eliana blieb hart.

Adrian war ihr der liebste Freier. Er schielte so schlimm, dass Eliana sich bei ihrem ersten Zusammentreffen das Lachen hatte verkneifen müssen, aber er war ein netter Kerl, der stets darauf bedacht war, es für sie so leicht wie möglich zu machen.

Sie hatte sich längst die Kette gekauft, und während sich Adrian oder einer der anderen Männer auf ihr abmühten, umklammerte sie den wunderschönen Anhänger und träumte sich an einen anderen Ort.

Ausgerechnet Pawel lehrte sie am meisten. Einmal reichte er ihr ein Glas mit warmem Wasser.

„Trink das, aber behalte es im Mund", sagte er.

Dann musste sie ihn oral befriedigen. Die Wärme des Wassers sorgte dabei wohl für einen besonderen Kick. Er stöhnte und keuchte so laut, dass Eliana fürchtete, die Nachbarn würden erbost gegen die Wand hämmern.

Doch nebenan blieb es ruhig.

Ein anderes Mal sollte sie sein Glied vor dem Sex mit einer Salbe einreiben, die kühlende Minze enthielt und so die Lust angeblich ins Unermessliche steigen ließ. Pawels Begeisterungsrufe jedenfalls sorgten dafür, dass Eliana sich die Salbe besorgte und ihre Wirkung auch bei den anderen Männern ausprobierte.

Der Erfolg brachte ihr das eine oder andere großzügige Trinkgeld ein.

Doch Eliana lernte bei ihren Besuchen auf der anderen Seite der Weichsel nicht nur die Kunst der körperlichen Liebe.

Mateusz beispielsweise brachte ihr das Schachspielen bei.

Nahe beim Wohnzimmerfenster seines kleinen Appartements befand sich ein kleiner Tisch mit zwei Stühlen, und auf dem Tisch stand ein Schachspiel. Jedes Mal, wenn Eliana den stotternden Mateusz besuchte, fiel ihr Blick auf das Spiel und die wunderschön gearbeiteten Figuren.

Und irgendwann fragte sie ihn, ob er ihr beibringen könnte, wie man spielt.

Mateusz freute sich sehr über ihr Interesse und war ganz wild darauf, ihr die Regeln zu erklären. Denn normalerweise, vertraute er ihr stotternd an, spielte er nur gegen sich selbst. Und das sei nun einmal nicht dasselbe wie gegen jemand anderen.

„Das Spiel gibt es be-be-bereits seit dem Mit-mit-mittelalter", erzählte Mateusz. „Je-je-jede Figur bewegt sich auf be-be-bestimmte Weise."

Er brachte ihr bei, wie Läufer, Springer, Bauern und die anderen Spielfiguren auf dem Feld gezogen werden durften, erklärte ihr Begriffe wie Rochade, Remis oder en passant. Mateusz ging so darin auf, ihr das Spiel näherzubringen, dass sein Stottern dabei weniger wurde, was Eliana sowohl wunderte als auch freute.

Beim Schach musste man sich konzentrieren und strategisch vorgehen. Eliana fand es faszinierend, wie weit Mateusz imstande war vorauszudenken. Sie merkte, dass er viel klüger war, als man auf den ersten Blick meinte, und nahm sich fest vor, zukünftig nicht mehr vorschnell zu urteilen, wenn sie jemanden kennenlernte.

Sie spielten nun immer mindestens eine Partie Schach, wenn Eliana Mateusz besuchte. Sie schaffte es nie, ihn zu besiegen, doch im Laufe der Zeit wurde sie so gut, dass Mateusz meinte, gegen einen durchschnittlichen Spieler könnte sie durchaus gewinnen.

Adrian, ihr Freier mit dem Silberblick, hatte ebenfalls eine Seite, die man niemals an ihm vermutet hätte. Als Eliana eines Tages zur verabredeten Zeit an seiner Wohnung ankam, hörte sie Klaviermusik durch die Tür. Es klang wunderschön, und sie lauschte einige Minuten, ehe sie sich bemerkbar machte.

Abrupt verklang die Melodie, und Adrian öffnete ihr die Tür.

„Was war das für eine Musik?", wollte Eliana wissen.

Adrian wies stolz auf ein altes, unscheinbar wirkendes Klavier mit von häufiger Benutzung blanken Tasten. „Habe ich mir gestern gekauft", berichtete er mit glänzenden Augen.

„*Du* kannst Klavier spielen?" Eliana war verblüfft. Sie hätte nicht gedacht, dass man dazu fähig war, wenn man so extrem schielte wie Adrian.

„Ach, du meinst wegen meiner Augen?" Adrian lächelte vage. „Ich weiß genau, welche Tasten ich wann spielen muss und wo sie sich befinden. Ich lerne nach Gehör, nicht nach Noten."

Sie zog ihre Jacke aus. „Darf ich?", fragte sie und wies auf das Instrument.

Adrian nickte, offenbar überrascht von ihrer Reaktion. „Natürlich."

In der Schule gab es ein Klavier, doch Eliana hatte noch nie darauf gespielt. Nun setzte sie sich vorsichtig auf die schmale Bank vor dem Instrument und ließ sacht die Finger über die schwarzen und weißen Tasten gleiten, drückte mal die eine, mal die andere und lauschte den Tönen, die sie dadurch erzeugte.

„Die Melodie, die ich gerade gehört habe", sagte sie, ohne von der Tastatur aufzusehen, „die hast wirklich du gespielt?"

„Ja, natürlich. Wer denn sonst?"

„Ich meine nur, weil … es hörte sich so …" Sie suchte nach dem richtigen Wort. „… perfekt an."

„Danke", sagte Adrian geschmeichelt. „Das war ‚Für Elise' von Beethoven. Ein sehr bekanntes und nicht allzu schwieriges Stück."

„Das würde ich auch gern spielen können", meinte Eliana. „Bringst du es mir bei?"

Adrian lehrte sie nicht nur die Techniken des Klavierspiels, sondern auch viel über klassische Musik und deren Komponisten. Sie hörte andächtig zu, wenn er ihr von Künstlern wie Haydn, Bach, Mozart und Schubert erzählte und dabei deren bekannteste Stücke auf dem Klavier lebendig werden ließ. Besonders gern mochte Eliana die Musik von Frederic Chopin. Seine Melodien, egal ob ruhig und verträumt oder schnell und dramatisch, schafften es, dass Bilder vor ihrem inneren Auge auftauchten, und gaben ihr stets ein Gefühl von Ruhe. Adrian brachte ihr den Walzer A-Moll bei, und nach jeder Unterrichtsstunde bei ihm klang es ein wenig besser als in der Woche davor.

Jakub, der kleine stämmige Mann mit dem haarigen Rücken, der Eliana so gern als Krankenschwester mochte, war sehr belesen. In seinem Wohnzimmer nahm ein Bücherregal eine gesamte Längsseite ein, und Eliana brachte ihn bald dazu, ihr aus den Büchern vorzulesen, nachdem sie mit ihm geschlafen hatte.

Das erste Buch, das er ihr näherbrachte, war ‚Die Liebe in Zeiten der Cholera' von Márquez, und Eliana war fasziniert. Jakub konnte wunderbar vorlesen, er machte mit seiner Stimme die Figuren so lebendig, die Handlung so interessant, dass Eliana alles vor sich sehen konnte. Nebenbei lernte sie einiges über den Bürgerkrieg in Kolumbien, der vom Ende des 19. Jahrhunderts an dort getobt hatte.

‚Schuld und Sühne' von Fjodor Dostojewski, das Buch, das sie anschließend lasen, fesselte Eliana so sehr, dass sie manchmal so lange bei Jakub blieb, bis er entweder heiser war oder die letzte Bahn fuhr.

Auf dem Weg nach Hause dachte Eliana eines Tages darüber nach, wie wenig Mateusz, Pawel, Jakub und Adrian doch mit ihrem Bruder Marek gemeinsam hatten. Er war ein gut aussehender Bursche, der keine Schwierigkeiten hatte, Frauen kennenzulernen. Dafür hatten die anderen vier ihm in Sachen Bildung einiges voraus. Und sie verfügten über deutlich mehr Geld als Marek, wohnten in Gegenden wie Wilanow oder nahe dem Stadtzentrum. Orte, die nicht die Schäbigkeit und Hoffnungslosigkeit ausdünsteten, die in Praga allgegenwärtig waren.

Bei ihren nächsten Besuchen fragte sie Pawel und die anderen möglichst beiläufig, wo sie Marek begegnet waren. Keiner von ihnen rückte gern mit der Sprache heraus, doch irgendwann gaben sie doch zu, Mareks Bekanntschaft im Gefängnis gemacht zu haben.

Elianas Bruder war drei Jahre zuvor bei einem Einbruch erwischt worden und für mehrere Monate inhaftiert gewesen. Das Thema wurde zu Hause gemieden, denn Marek reagierte aggressiv, wenn jemand die Sprache darauf brachte.

Eliana wusste, dass er sich nicht dafür schämte, sein Geld mit unlauteren Mitteln zu verdienen. Aber er empfand es als Niederlage, erwischt und eingesperrt worden zu sein. Und die Zeit hinter Gittern waren offenbar so traumatisch für ihn gewesen, dass er nicht mehr daran denken wollte.

Drei Monate nach ihrem ersten Besuch bei Pawel beschloss Eliana, ihrem Bruder fortan von ihren Einkünften nichts mehr abzugeben. Als sie es ihm sagte, reagierte er genau so, wie sie es erwartet hatte. Er wurde wütend und drohte ihr.

„Ich sage Mama und Papa, was du treibst."

„Dann sage ich ihnen, dass du mich dazu gezwungen hast", konterte Eliana.

„Das stimmt doch gar nicht!"

Sie zuckte mit den Schultern. „Na und?"

„Ohne mich hättest du die Typen gar nicht kennengelernt."

„Ich weiß, und dafür habe ich ausreichend bezahlt. Aber nun ist Schluss. Schließlich mache ich die Beine breit, nicht du!"

Eliana konnte sehen, dass Marek sie am liebsten geschlagen hätte. Er hatte die Hände zu Fäusten geballt und seine Wangen glühten vor Zorn.

„Finde dich damit ab, Knasti", sagte sie nur noch, ehe sie rasch den Raum verließ.

Für Adrian und die drei anderen war der Aufenthalt im Gefängnis heilsam gewesen. Sie hatten wegen Körperverletzung, Steuervergehen oder Unfallflucht gesessen und legten allesamt Wert darauf, dass sie nun ein ehrliches

Leben führten und einem normalen Job nachgingen. Pawel und Mateusz arbeiteten beim Bau, Pawel als Maurer, Mateusz als Dachdecker. Adrians Arbeitsplatz befand sich nicht weit von Elianas Zuhause: Er kümmerte sich im Zoologischen Garten in Praga-Polnoc um die Elefanten und liebte diese Tiere sehr.

„Es macht mir nichts aus, ihren Mist einzusammeln", erzählte er Eliana, „aber natürlich macht es mir mehr Spaß, sie zu füttern, zu waschen oder kleine Kunststücke mit ihnen einzuüben. Sie finden das toll, es ist eine Abwechslung für sie. Einen unserer Jungbullen habe ich jetzt so weit, dass er mir Karotten aus der Hosentasche zieht. Leider versucht er das auch, wenn keine darin sind, und gibt mir dann enttäuscht einen Stoß mit seinem Rüssel. Vor ein paar Tagen landete ich deshalb mit beiden Händen in der mit Mist gefüllten Schubkarre."

Er lachte bei der Erinnerung, und auch Eliana war amüsiert. Sie versprach, ihn mal im Zoo zu besuchen.

Jakub schuftete genau wie Elianas Vater in der Wodka-Fabrik, trank das Zeug selbst jedoch nicht. „Ich mag es einfach nicht", sagte er achselzuckend. „Bier schmeckt mir besser. Und zu viel Alkohol war schuld daran, dass ich im Gefängnis war. Also trinke ich jetzt nur noch wenig."

Jakub war derjenige, der wegen Unfallflucht gesessen hatte. Die Frau, deren Fahrzeug Jakub gerammt hatte, war einige Wochen lang im Krankenhaus gewesen und nur knapp mit dem Leben davongekommen.

„Wäre sie gestorben, würde ich garantiert noch immer sitzen", hatte er Eliana einmal schaudernd erzählt. „Ich sehe die Sache inzwischen als Warnung von Gott. Noch einmal lässt er mich bestimmt nicht so leicht davonkommen. Also baue ich keinen Mist mehr und setze mich nur noch nüchtern ans Steuer." Er griff nach dem Dostojewski, der auf dem Nachttisch bereitlag. „Wollen wir?"

Eliana stützte einen Ellenbogen auf und nickte. „Sehr gern."

*

Als sie mit der Schule fertig war – sie hatte mit Bestnoten abgeschlossen –, hielt sie den Zeitpunkt für gekommen, ihren lang gehegten Plan zu verwirklichen und ihrer Familie, Praga und allem, was damit zusammenhing, endlich den Rücken zu kehren. Der Abschied von den Jungs, wie sie Adrian und die anderen für sich nannte, fiel ihr schwerer, als sie vermutet hatte. Sie verdankte ihnen einiges. Ihr Talent für das Klavierspielen war zwar nicht so ausgeprägt wie das von Adrian, doch sie hatte die klassische Musik lieben gelernt, und im Schach war sie ziemlich gut. Bei ihrer letzten Partie mit Mateusz war es ihr gelungen, ein Remis herauszuholen.

Jakub schenkte ihr zum Abschied den Dostojewski. Eliana war gerührt. „Wenn ich das Buch lese, werde ich bestimmt deine Stimme dabei im Ohr haben", sagte sie und gab ihm einen dankbaren Kuss auf die pockennarbige Wange.

Wieder zu Hause war sie dankbar, dass Marek sich irgendwo herumtrieb. So konnte sie ihre Ersparnisse aus ihrem Versteck holen. Und es war eine Menge Geld. Das

Rascheln der Scheine war für Eliana fast so schön wie Musik von Chopin. Sie liebte es, die Banknoten zwischen ihren Fingern zu spüren und sich vorzustellen, was sie sich davon kaufen würde, wenn sie erst in Deutschland war.

Im Internet hatte sie im Laufe des vergangenen Jahres einige deutsche Männer kennengelernt, und einer von ihnen, Helge hieß er, hatte Eliana eingeladen, ihn zu besuchen. Er war Redakteur bei einer Modezeitschrift und lebte in Hamburg. „Ich habe eine große Wohnung", hatte er geschrieben. „Du kannst gern eine Weile hier wohnen."

Eliana wusste, dass Hamburg genau wie Warschau eine Großstadt war und an einem Fluss lag. Eigentlich sogar an zwei Flüssen, der Elbe und der Alster. Sie schrieb Helge, dass sie sein Angebot nun endlich annehmen könne, und teilte ihm ihre Ankunftszeit mit.

Helge schrieb erfreut zurück und versprach, sie am Bahnhof Altona abholen.

Es wurde Zeit, ihrer Familie reinen Wein einzuschenken. Heimlich packte sie ihren Koffer, dann ging sie ins Wohnzimmer, wo ihre Eltern, Babcia und Marek vor dem Fernseher saßen.

„Ich habe euch was zu sagen", begann sie, schaltete trotz der empörten Rufe ihres Bruders und Vaters das Gerät aus und verkündete, sie werde noch am selben Abend fortgehen. Nach Deutschland.

Babcia schnappte nach Luft. „Ausgerechnet zu den Hitleristen!", rief sie entsetzt und griff sich an die Kehle. „Wie kannst du nur! Du weißt doch, was die Deutschen uns angetan haben!"

„Das ist lange her, Babcia", erwiderte Eliana ruhig. „Glaub mir, sie sind nicht mehr so wie damals."

„Die Deutschen ändern sich nie", war Babcia überzeugt und erwiderte den Abschiedsgruß ihrer Enkelin nicht, sondern sah mit verschränkten Armen demonstrativ in die andere Richtung.

Eliana umarmte ihre Eltern kurz, versprach, sich bald zu melden, und nickte Marek, der sie finster anschaute, zu. Dann holte sie ihr Gepäck und winkte ein letztes Mal. „Do widzenia!"

Als sie aus dem Haus trat, atmete sie tief durch. Endlich war der Tag, den sie so herbeigesehnt hatte, gekommen. Sie fühlte sich frei. Beinahe schwerelos.

KAPITEL 15

Bei ihrer Ankunft im frühlingshaften Hamburg stellte sie als Erstes fest, dass Helge in natura wenig Ähnlichkeit hatte mit dem Bild, das sie kannte, doch das war für Eliana nicht wichtig. Verglichen mit Pawel und den anderen sah er immer noch recht ansprechend aus.

Was seine Wohnung anging, hatte er sogar noch untertrieben. Sie war ein Traum! Mit Blick auf die Alster, ausgestattet mit einer großen Dachterrasse und einem Badezimmer, in dem Eliana Stunden hätte zubringen können. Es besaß eine Fußbodenheizung, eine Badewanne mit Sprudelfunktion und eine riesige Dusche, die einem das Gefühl gab, im Tropenregen eines Dschungels zu stehen. Das große Handtuch, in das sie sich anschließend hüllte, war wunderbar weich und stets vorgeheizt, und in dem geräumigen Spiegelschrank standen für Eliana teure Cremes und duftende Parfüms bereit. Sie fühlte sich wie eine Königin, wenn sie aus dem Bad trat.

Nach ihrer ersten gemeinsamen Nacht führte Helge sie in die edelsten Boutiquen, und als sie ihm abends die gekauften Kleider vorführte, machte er Fotos von ihr und behauptete, sie hätte durchaus das Zeug zum Model.

„Könntest du mir helfen dabei?“, fragte sie.

„Warum nicht?“ Er legte die Kamera zur Seite, trat mit einem lüsternen Lächeln hinter sie und schob die dünnen Träger des Kleides, das sie trug, von ihren Schultern. Küsste ihren Hals und legte besitzergreifend seine Hände auf ihre Brüste.

Eliana schwieg, schloss die Augen und hielt still.

Helge verschaffte ihr mehrere Aufträge, und das Modeln machte Eliana Spaß. Die Kamera liebte sie, und sie lernte schnell. Auch ihr Deutsch wurde immer besser. Bald folgten weitere Jobs, die sie nach Sylt, München, Berlin, und später sogar nach Rom, Paris und New York führten. Sie lernte die englische Sprache, genoss ihr neues Leben und verdiente genug Geld, dass sie sich zwei Jahre nach ihrer Ankunft eine eigene Wohnung in Hamburg leisten konnte.

Sie war Helge dankbar für seine Hilfe, doch inzwischen langweilte er sie. Außerdem hatte sie Jonas kennengelernt, einen Modefotografen, und war zum ersten Mal in ihrem Leben hoffnungslos verliebt.

Keinem Mann war es jemals gelungen, sie so zu erregen, wie er es vermochte. Er brauchte sie nur auf diese gewisse Art anzusehen oder sie auf eine bestimmte Art zu berühren, schon hatte sie das Gefühl, in Flammen zu stehen. Mit ihm war Sex keine geschäftliche Transaktion, sondern ein Riesenspaß.

Jonas sah wahnsinnig gut aus. Er trug sein hellbraunes Haar kinnlang, hatte ein schmales, sensibles Gesicht und warme braune Augen, die immer ein wenig schelmisch dreinblickten.

Den Gerüchten, die ihr bald zu Ohren kamen und die behaupteten, dass Jonas nichts, aber auch gar nichts anbrennen ließ, schenkte sie keine große Beachtung. Das war nur dummes, neidisches Gerede, sagte sie sich. Jonas liebte sie und war ihr so treu wie sie ihm. Davon war sie überzeugt. Schließlich hatte er es ihr immer wieder beteuert.

Als sie eines Tages früher als erwartet von einem Shooting zurückkam und ihn mit einem blonden Nachwuchsmodel im Bett erwischte, fiel sie aus allen Wolken.

Für Eliana bracht eine Welt zusammen. Drei Wochen lang zog sie sich zurück, ließ Jobs platzen und heulte sich die Augen aus.

Als ihre Agentur mit Kündigung drohte, riss sie sich zusammen. Kein Mann, sagte sie sich, war es wert, dass sie seinetwegen ihren jahrelang hart erkämpften Erfolg aufs Spiel setzte!

Von da an hielt sie Männer auf Distanz. Sie betrachtete sie als nützlich, wenn es darum ging, neue Aufträge an Land zu ziehen oder sich zum Essen, zu einem Urlaub oder zu einer Shopping-Tour einladen zu lassen, doch ihre Gefühle hielt sie unter Verschluss und fuhr gut damit. Auch wenn sie sich manchmal in ihrer schönen Wohnung ein wenig einsam fühlte. Sie kaufte sich ein Klavier und spielte darauf die Stücke, die sie von Adrian gelernt hatte. Außerdem füllte sie ihr Bücherregal mit Klassikern, die sie von Jakub kannte, sowie den angesagtesten Neuerscheinungen und las sie vor dem Schlafengehen. Als sie eines Tages ein Schachspiel entdeckte, das dem von Mateusz ähnelte, erwarb sie es und merkte bald, dass es – wie Mateusz gesagt hatte – tatsächlich mehr Spaß machte, wenn man zu zweit spielte. Ja, sie war viel allein, und irgendetwas fehlte in ihrem Leben, doch unglücklich war sie nicht.

Gemeinsam mit ihrer Agentin besuchte sie einige Jahre nach der Trennung von Jonas eine Vernissage in Hamburg und lernte bei der Gelegenheit Maximilian Jacoby kennen.

Mit dieser Begegnung änderte sich ihr Leben ein weiteres Mal drastisch. Max war fasziniert von ihr, verwöhnte sie von Anfang an und brachte sie dazu, ihre Arbeit als Model aufzugeben und zu ihm an die dänische Grenze, nach Flensburg, zu ziehen. Eliana ging inzwischen auf die dreißig zu. Neue Models strömten auf den Markt, sodass die Aufträge weniger wurden. Da kam ihr das Angebot von Max gerade recht. Er war ein Künstler, der jedes Klischee erfüllte. Äußerst überzeugt von sich und seinem Können, stets darauf bedacht, im Mittelpunkt zu stehen. Er genoss es, erfolgreich zu sein, und protzte gern mit dem, was er sich leisten konnte. Eliana hatte einiges mit ihm gemeinsam, wie sie feststellte. Sie waren beide ausgesprochen ehrgeizig, und wenn sie etwas wollten, taten sie alles, um es zu bekommen.

Max spielte genau wie sie gern Schach, und sie lieferten sich so manche erbitterte Schlacht. Verlor er, war er für den Rest des Tages ungenießbar. Fortan ließ Eliana ihn meist gewinnen und hasste sich dafür.

Zu Beginn ihrer Beziehung hatte sie noch gehofft, dass Max ihr einen Antrag machen würde. Sie wäre zu gern Frau Jacoby geworden. Mit einem vermögenden Mann wie ihm verheiratet zu sein bedeutete Sicherheit und Wohlstand. Doch ein Jahr nach dem anderen ging ins Land, ohne dass er sie bat, seine Frau zu werden.

Ihm reichte es, dass sie an seiner Seite hübsch aussah, seine Freunde mit ihrem intellektuellen Wissen beeindruckte und ihn sexuell befriedigte. Dafür bot er ihr ein Leben im Luxus, schöne Urlaubsreisen und seine Zuneigung.

Er fragte nie nach ihrer Familie oder ihrer Vergangenheit. Anfangs dachte sie, er ahne womöglich, aus welch ärmlichen Verhältnissen sie geflohen war, und wollte sie mit übermäßiger Neugier nicht in Verlegenheit bringen. Doch irgendwann wurde ihr klar, dass er nur deshalb nicht fragte, weil es ihn schlicht nicht interessierte. Er lebte im Hier und im Jetzt. Alles, was davor gewesen war, spielte keine Rolle. Darum antwortete er auch auf entsprechende Fragen ihrerseits so einsilbig und unwillig, dass sie schließlich aufgab.

Auch das Thema Kinder war nichts, worüber Max gerne sprach. Recht früh hatte er deutlich gemacht, dass er keinen Nachwuchs wolle. Kinder seien anstrengend, teuer und laut. Seine Bilder seien seine Babys, betonte er, mehr brauche er nicht.

Er überprüfte sogar, ob sie auch regelmäßig die Pille nahm, was Eliana mehr und mehr fuchste. Sie spielte mit dem Gedanken, die Pillen nicht zu schlucken, sondern im Klo hinunterzuspülen, doch zu jenem Zeitpunkt war ihre Beziehung bereits so weit abgekühlt, dass sie die Idee verwarf, obwohl sie bereits Mitte dreißig war und ihr nicht mehr viel Zeit blieb. Aber mit Max wollte sie kein Kind. Sie wünschte sich für ihren Nachwuchs ein warmes, harmonisches Zuhause. Keine zwar luxuriöse, aber kalte und lieblose Umgebung, mit einem Vater, der seine Bilder mehr liebte als alles andere.

*

Um nicht nur zu Hause herumzusitzen, hatte sie Max gefragt, ob sie die zwei Wohnungen am Strand von Wassersleben, die er sich kurz zuvor als Geldanlage angeschafft hatte, als Ferienwohnungen vermieten dürfe.

Max fand die Idee großartig. Kapital aus den Immobilien zu schlagen sei sinnvoller, als sie leer stehen zu lassen, meinte er.

Also begann Eliana, die Appartements einzurichten und sich in die Materie einzuarbeiten. Es galt, eine Website zu errichten, Werbung zu machen, auf den entsprechenden Internetseiten präsent zu sein, Termine abzustimmen, dafür zu sorgen, dass die Wohnungen gereinigt wurden, ehe neue Gäste eintrafen, und verbrauchte Dinge wie Toilettenpapier, Kaffeefilter und Spülmaschinentabs zu ersetzen.

Die Arbeit machte Eliana Spaß und hielt sie einigermaßen beschäftigt. Sie sorgte dafür, dass frische Blumen bereitstanden, ehe neue Gäste eintrafen, und stand für Fragen oder Beschwerden zur Verfügung.

Doch dann kam Corona, und es trudelten jede Menge Absagen ein, obwohl Flensburg zu Beginn der Pandemie nicht so schwer betroffen war wie andere Gegenden Deutschlands. Elianas Wohnungen standen nun meist leer, da Urlauber, wenn überhaupt, mit ihrem eigenen Wohnwagen an die Küste kamen. Camping boomte, und Eliana hatte nicht mehr viel zu tun.

An einem sonnigen Tag Anfang August 2021 fuhr sie nach Wassersleben, um in den Wohnungen nach dem Rechten zu sehen, den gröbsten Staub zu entfernen und ausgiebig alle Räume zu lüften. Anschließend lockte sie das schöne Wetter an die Strandpromenade.

Und dort begegnete ihr Tom.

Max hatte ihr nie von einem Zwillingsbruder erzählt, sodass sie verwundert und mit offenem Munde stehen blieb, als sie auf der Grünfläche neben dem Spielplatz einen Mann sah, der auf einer niedrigen Mauer saß, neben sich einen Golden Retriever, und aufs Meer hinaussah. Der Fremde wies eine verblüffende Ähnlichkeit mit ihrem Lebensgefährten auf. Er trug sein Haar ein wenig kürzer, war glatt rasiert und hatte nicht die für Max so typische rote Brille auf der Nase, außerdem war er viel lässiger gekleidet.

Aber von diesen Kleinigkeiten abgesehen war die Ähnlichkeit frappierend.

Irgendwann hatte er gemerkt, dass er beobachtet wurde, stand auf und kam mit einem jungenhaften Grinsen auf sie zu. „Finden Sie Shanty so faszinierend?“, fragte er, den Hund an seiner Seite tätschelnd, „oder doch eher mich?“

„Ehrlich gesagt, Sie“, hatte sie erwidert. „Sie erinnern mich an jemanden.“

„So? An wen denn?“

„An Maximilian Jacoby.“

„Oh“, hatte er erwidert. „Kein Wunder, das ist mein Zwillingsbruder. Ich bin Tom.“

Sie stupsten coronakonform die Ellenbogen aneinander.

„Eliana Nowak.“

„Es ist mir ein Vergnügen, Eliana“, sagte Tom und setzte sich ungefragt ans andere Ende der Bank, auf der sie Platz genommen hatte. „Ein schöner Name. Sagen Sie, woher kennen Sie meinen Bruder?“

„Wir leben zusammen.“

„Das tut mir leid“, sagte er, und es klang seltsam aufrichtig. Er musterte sie neugierig. „Warum tut eine schöne Frau wie Sie sich so etwas an?“

Trotz des Kompliments fühlte sie sich angegriffen. „Ich verstehe nicht, was Sie meinen“, erwiderte sie kühl und betrachtete ihn verärgert.

Er hielt ihrem Blick stand und lächelte sanft. „Oh doch, Sie verstehen sehr gut.“

Sie blieb nicht lange ungehalten, denn Tom entpuppte sich als herrlicher Kontrast zu seinem Bruder. Er nahm sich selbst überhaupt nicht wichtig, legte wenig Wert auf Statussymbole und versprühte Lebensfreude pur. Eliana war hingerissen von ihm. Seit Jonas, diesem verfluchten Mistkerl, hatte sie nicht mehr so für einen Mann empfunden, und daher dauerte es nicht lange, bis sie und Tom ein Paar wurden und sich ebenso regelmäßig wie heimlich in einer der leer stehenden Ferienwohnungen trafen.

Fortan sorgte Eliana dafür, dass höchstens eine von ihnen vermietet war. Da Max ihr völlig freie Hand ließ und auch keinerlei Interesse an ihrer Tätigkeit oder seinen Immobilien zeigte, war das kein Problem.

Eliana war selig. Sie fühlte sich geliebt und genoss die gemeinsamen Stunden mit Tom mit jeder Körperfaser. Waren sie getrennt, verzehrte sie sich nach ihm. Wenn sie nach dem Sex in seinem Arm lag, fühlte sie sich rundum glücklich und zufrieden.

„Weißt du, welcher Gedanke mich rasend macht?", fragte er eines Tages.

Sie ahnte die Antwort, verneinte aber.

„Dass Max, dieser widerwärtige Mistkerl, dich ebenso berührt wie ich", sagte er, während seine Finger sacht über die nackte Haut an ihrer Schulter strichen. „Dass er mit dir dasselbe erlebt. Dass er dein Gesicht sieht, in der Sekunde, in der du kommst. Bei der Vorstellung könnte ich in die Luft gehen, denn in dem Augenblick siehst du am allerschönsten aus. Diese Momente sollten nur mir allein gehören."

Sie schmiegte sich noch enger an ihn. „Mach dir darüber keine Sorgen. Max und ich schlafen nicht mehr miteinander. Wir leben nebeneinanderher, das ist alles."

Tom schien besänftigt, und Eliana hatte wegen dieser Lüge kein schlechtes Gewissen. Es kam tatsächlich nicht mehr sehr häufig vor, dass Max nach Zärtlichkeiten verlangte. Und wenn es geschah, dann schloss Eliana die Augen und stellte sich vor, es wäre Tom, mit dem sie schlief.

Der Sommer ging vorbei, und im Herbst buhlte das Virus wieder verstärkt um Aufmerksamkeit. Die gefürchtete zweite Welle rollte an, und Tom wurde zusehends ungnädiger, weil Eliana ihre Beziehung geheim hielt und auch nicht wollte, dass Tom mit jemandem über sie sprach. Aus Angst, Max könnte etwas erfahren.

„Warum trennst du dich nicht von ihm?“, fragte Tom verständnislos.

„Das weißt du genau.“

„Weil er dir mehr bieten kann als ich, schon gut. Entschuldige die Frage.“

Es war nicht die erste Diskussion dieser Art, doch Tom war hörbar gekränkt, und das tat ihr leid.

„Ich denke darüber nach“, versprach sie deshalb und zeichnete mit dem Fingernagel ein Herz auf seinen Brustkorb.

„Wirklich?“

Sie holte tief Luft. „Ja, wirklich.“

„Du weißt, dass ich dich liebe“, sagte Tom. „Und du bist die erste Frau auf diesem Planeten, zu der ich das jemals gesagt habe.“

Er machte eine kurze Pause und fügte dann augenzwinkernd hinzu: „Na, sagen wir, die erste, bei der ich es auch so meine.“

„Vielen Dank“, erwiderte sie und gab ihm einen Kuss. „Ich liebe dich auch, und ich meine es ebenfalls ernst.“

„Aber ich möchte es in die Welt hinausschreien.“ Tom machte Anstalten, aus dem Bett zu springen, als wolle er auf den kleinen Balkon hinaustreten und seinen Worten Taten folgen lassen.

Lachend hielt Eliana ihn am Arm fest. „Hör auf“, bat sie, „und komm wieder her. Na los!“

Widerspruchslos legte er sich neben sie und zog sie in seine Arme.

„Wenn ich Max verlasse, muss ich auch diese Wohnungen aufgeben", erklärte sie Tom nicht zum ersten Mal. „Ich hätte keinerlei Einkommen, genau wie du. Und glaub mir, ich weiß, dass ständige Geldsorgen unsere Beziehung belasten würden. Unser Glück hätte ein Ablaufdatum."

„Das ist doch Blödsinn", gab er zurück. „Wir würden schon irgendwie durchkommen. Ich suche mir einen Job –"

„Tom!" Sie setzte sich auf. „Das reicht mir nicht. Ich habe eine Kindheit in Armut erlebt und will die finanzielle Sorglosigkeit, die ich dank deines Bruders habe, nicht aufs Spiel setzen. Auf keinen Fall will ich wieder dahin, wo ich war. Nicht einmal in die Nähe. Begreif das endlich!"

Sie hatte ihm in Ansätzen von ihrem Leben in Polen erzählt. Nur ihre Treffen mit Pawel und den anderen hatte sie ihm verschwiegen.

„Es gibt noch einen Grund, warum ich froh wäre, wenn du ihm endlich die Wahrheit über uns sagst", erwiderte Tom.

Eliana wusste, dass das Verhältnis zwischen den Brüdern nie herzlich, sondern ein ständiger Konkurrenzkampf gewesen war. Auch den Grund, weshalb Tom damals Hals über Kopf nach Spanien geflohen war, kannte sie.

„Du möchtest am liebsten dabei sein und sein Gesicht sehen", erwiderte sie wissend. „Als Rache für das, was er dir damals angetan hat."

Tom atmete tief aus. „Ganz genau."

Sie gab ihm einen Kuss. „Schlag dir das aus dem Kopf, mein Schatz."

*

Am Sonntag nach dieser Unterhaltung geschah jedoch etwas Unvorhergesehenes.

Sie und Max saßen vor dem Fernseher. Es lief vor dem Sonntagskrimi eine Sondersendung zum Thema Corona, und Max schimpfte wie ein Berliner Taxifahrer im Stau, nörgelte über die Maßnahmen und schwamm im Selbstmitleid, weil geplante Ausstellungen ins Wasser fielen und er weit weniger verkaufte als in normalen Zeiten.

Irgendwann hatte Eliana genug.

„Hör endlich auf zu jammern", fuhr sie ihn an. „Dir geht es immer noch wesentlich besser als den vielen Kleinunternehmern, und das weißt du genau. Von dem, was du auf dem Konto hast, können die nur träumen. Du hast weder Personal- noch Mietkosten und kannst die Zeit nutzen, um in aller Ruhe weitere Bilder zu malen, die du nach dem Lockdown verkaufen kannst. Also lass das alberne Gezeter, du machst mich wahnsinnig damit!"

Das war der Anfang einer Auseinandersetzung geworden, in der sie sich gegenseitig alles vorwarfen, was sich in den vergangenen Jahren angestaut hatte. Max behauptete, er fühle sich unverstanden und überhaupt wäre Eliana in der letzten Zeit so kalt und unnahbar, dass es ihn an ihrer Seite fröstele.

Sie konterte, er sorge sich sowieso nur um sich selbst, sei ein arroganter Mistkerl und gehe ihr mit seinem Narzissmus schon lange auf die Nerven.

„Dann bin ich ja froh, dass wir nie geheiratet haben", erwiderte er, sprang auf und zeigte anklagend auf Eliana. „Das war es doch von Anfang an, worauf du spekuliert hast. Damit du versorgt bist, ohne je wieder einen Finger rühren zu müssen. Aber das kannst du dir endgültig abschminken, meine Liebe." Er hob den Kopf und sah sie von oben herab an. „Ich habe Mittwochmorgen einen Termin bei Jürgen."

Eliana horchte auf. Jürgen war ein befreundeter Anwalt und Notar.

„Was willst du von ihm?"

„Er soll mein Testament aufsetzen. Ich werde nicht jünger und finde, es ist an der Zeit, darüber nachzudenken. Eigentlich wollte ich alles, was ich besitze, dir hinterlassen. Aber die letzten Wochen haben mir gezeigt, dass unsere gemeinsame Zeit zu Ende ist."

Sie runzelte irritiert die Stirn. „Zu Ende?"

„Genau. Es ist vorbei, Eliana. Ich vermache mein Vermögen einer Stiftung für notleidende Künstler, und du ziehst aus. Von mir aus kannst du in eine der Ferienwohnungen ziehen, bis du etwas anderes gefunden hast."

Die Gönnerhaftigkeit, mit der er ihr dieses Angebot unterbreitete, war wie ein Schlag ins Gesicht. Eliana erhob sich langsam vom Sofa und ging auf Max zu. „Du wirfst mich raus? Einfach so?"

Aus dem Fernseher erklang die Tatort-Titelmelodie und gab der Szene, die sich abspielte, eine noch dramatischere Note.

„Du bist ein helles Köpfchen, meine Liebe. Ja, ich werfe dich raus. Am liebsten wäre es mir ehrlich gesagt, wenn du heute noch verschwindest. Oder zumindest mit dem Packen anfängst und im Gästezimmer schläfst."

Eliana starrte ihn ungläubig an. Jahrelang hatte sie seine Launen ertragen, war ihm eine loyale Partnerin gewesen, eine Schulter zum Ausweinen und eine willige Bettgefährtin. Und als Dank für all das stellte er ihr für begrenzte Zeit eine winzige Zwei-Zimmer-Ferienwohnung zur Verfügung?

„Du elender Mistkerl!" Sie spürte, dass ihre Hände vor Wut bebten, und ballte sie zu Fäusten. „Ich brauche deine Almosen nicht. Ich werde …" Sie überlegte kurz und behauptete dann: „Ich ziehe zu Tom."

Sie konnte sehen, dass sie ihn mit dieser Ankündigung kalt erwischt hatte, und fühlte Triumph in sich aufsteigen. Schade, dass Tom nicht hier war, sie hätte ihm diesen Moment der Rache wahrlich gegönnt. Der Gesichtsausdruck von Max, diese Mischung aus Schock, Unglauben und Misstrauen, hätte ihm garantiert Freude bereitet.

„Tom?, fragte Max argwöhnisch. „Welcher Tom? Wen meinst du?"

Eliana konnte sehen, dass es nach wie vor in ihm arbeitete. Sie schwieg und hielt seinem Blick stand. Wollte ihn noch ein wenig zappeln lassen und den Anblick genießen.

„Welcher Tom?", wiederholte er, nun lauter als zuvor und jede Silbe betonend.

Jetzt war es an ihr, ihn von oben herab zu mustern, obwohl sie kleiner war als er. „Ich glaube, du weißt sehr genau, welchen Tom ich meine."

Er nahm seine Brille ab und putzte die Scheiben halbherzig mit dem Bündchen seines Pullovers. Das tat er unbewusst, wenn er überrumpelt war und sich hilflos fühlte, das wusste Eliana. Diese bescheuerte Brille war nichts weiter als ein albernes Accessoire. Max hatte, genau wie Tom, völlig gesunde Augen und benötigte ebenso wenig eine Brille wie ein Falke.

Vermutlich, so überlegte sie, ging er in Gedanken jeden Tom durch, den sie kannten. Viele gab es nicht. Da war Tom Bruckner aus dem Golfklub, Tom Wiese aus der Nachbarschaft und Thomas Petersen, ein Freund von Max und ebenfalls Maler, der sich Tom nannte, weil er Thomas so spießig fand. Aber die ersten beiden waren verheiratet und gut und gern fünfzehn Jahre älter als Eliana. Tom Petersen dagegen war zwar in ihrem Alter, stand aber auf Männer.

Max setzte seine Brille wieder auf und fixierte Eliana mit finsterer Miene. „Jetzt sag endlich, wen du meinst."

„Ich meine Tom Jakobs", sagte sie, ohne ihn aus den Augen zu lassen, „deinen Bruder."

Max schnappte nach Luft. „Mei… meinen Bruder? Aber woher –?", begann er.

„Woher ich ihn kenne? Durch einen Zufall." Sie schüttelte leise lachend den Kopf. „Ich kann nicht begreifen, dass zwei Menschen sich so ähnlich sehen und so grundverschieden sein können."

Max schnaubte. „Da hast du allerdings recht. Mein Bruder ist ein versoffener Versager, ungebildet und leichtlebig."

„Ich muss dir widersprechen", sagte Eliana und konnte sich ein zufriedenes Lächeln nicht verkneifen. „Tom trinkt seit Jahren nicht mehr, außerdem ist er im Gegensatz zu dir sensibel, großherzig und humorvoll."

Max lachte, als hätte sie einen großartigen Witz gemacht. „Köstlich!", rief er. „Mein Bruder und sensibel. So einen Blödsinn habe ich noch nie gehört. Wie lange kennst du ihn schon, hm?"

„Seit fast vier Monaten. Und glaub mir, ich kenne ihn besser als du. Schließlich habt ihr seit Ewigkeiten keinen Kontakt mehr."

Max war das Lachen vergangen.

Lauernd sah er Eliana an. „Hast du etwa mit ihm …?"

„Aber natürlich." Sie hielt seinem Blick stand. „Und jetzt halt dich fest, mein Lieber. Er ist von euch beiden bei Weitem der bessere Liebhaber."

Max' Kopf wurde puterrot. Er machte zwei große Schritte in ihre Richtung, sein Blick loderte vor Zorn. Sie fürchtete, er würde sie schlagen, also wich sie ihm rasch aus und lief aus dem Wohnzimmer. Erreichte mit rasendem Puls den Eingangsbereich. Max kam hinter ihr her.

„Bleib stehen, du billiges Flittchen", brüllte er und rutschte fast auf dem glatten Marmorboden aus, weil er, wie meistens, nur Socken an den Füßen trug. Sie selbst hatte im Haus immer Schläppchen mit gummierter Sohle an.

Eliana erreichte die Treppe, die ins Obergeschoss führte. Immer zwei Stufen auf einmal nehmend, rannte sie nach oben. Jähe Angst beschleunigte ihren Herzschlag, ihr Mund wurde trocken. Dicht hinter sich hörte sie Max. Er fluchte, brüllte, drohte, und Eliana wusste, es würde böse enden, wenn er ihrer habhaft wurde.

Der Treppenabsatz kam näher, sie hatte ihn fast erreicht, als er plötzlich ihr Handgelenk packte. Eliana schrie auf.

„Hab' ich dich!", rief er triumphierend und riss sie zurück. Sie drohte das Gleichgewicht zu verlieren, konnte sich aber mit der freien Hand gerade noch am Treppengeländer festhalten.

Dann standen sie sich gegenüber. Eliana eine Stufe über Max, auf ihn herabschauend. Seine Finger krallten sich so schmerzhaft in ihre Haut, dass sie das Gesicht verzog. Vergeblich versuchte sie, sich loszureißen. Er war stärker als sie.

Er brüllte sie an, doch seine Worte wurden zu einem Rauschen in ihrem Kopf. Sie sah den brennenden Hass in seinen Augen. So außer sich vor Wut hatte sie ihn noch nie erlebt, und sie hatte sich auch noch nie so vor ihm gefürchtet.

Ihre Freundin Silke kam ihr in den Sinn. War es wirklich möglich, dass sie Ähnliches beinahe täglich durchmachte? Wie ertrug sie das nur?

Plötzlich holte Max aus und schlug Eliana hart ins Gesicht. Ein lauter werdender Summton dröhnte in ihrem Kopf. Eliana hob ihre freie Hand an die brennende Wange und stand da wie erstarrt.

Noch nie war Max ihr gegenüber handgreiflich geworden.

Als Kind hatte sie mehrfach erlebt, wie ihrem Vater die Hand ausgerutscht war. Eliana sah wieder ihre Mutter vor sich, verzweifelt schluchzend, den Kopf gesenkt.

Hilflos.

Wehrlos.

Damals hatte sich die kleine Eliana geschworen, dass niemals ein Mann so mit ihr umspringen würde.

Und nun hatte Max die Hand gegen sie erhoben.

Zorn übermannte sie. Zorn gegen ihn, gegen ihren Vater, gegen Silkes Freund – ja, gegen alle Männer, die ihre körperliche Überlegenheit ausnutzten, weil sie sich anders nicht zu helfen wussten.

Diese Wut erfüllte sie und machte sie gleichzeitig seltsam ruhig. Als spüre sie instinktiv, dass ihre Gelassenheit Überlegenheit demonstrierte und Max ihr genau dies übel nehmen würde.

Dieses Wissen wiederum gab ihr Kraft.

Das Summen zwischen ihren Ohren wurde leiser, das Brennen auf ihrer Wange ebbte ab, und Max stand schwer atmend vor ihr. Sein rechter Arm war herabgesunken und hing schlaff an seiner Seite, als hätte der Schlag ihn jeder Energie beraubt. Mit der linken Hand hielt er nach wie vor Elianas Handgelenk fest, doch der Druck hatte nachgelassen.

Mit einem kräftigen Ruck riss sie sich los.

„Das wagst du nicht noch einmal", sagte sie leise, jedes Wort betonend. „Hast du gehört? *Nie wieder* wirst du mich schlagen."

Max' Augen flackerten, sein Kinn hob sich. Dies war ein Machtkampf, und er drohte zu verlieren. Eliana wusste, wie sehr er das hasste. Besonders gegen vermeintlich Schwächere.

Sie sah, wie er die Lippen zusammenpresste, beobachtete mit wachsender Unruhe, dass sich seine Augen verengten. Zwischen seinen Brauen hatte sich die kleine steile Falte in die Haut gegraben, die sich immer dann blicken ließ, wenn er ausgesprochen wütend wurde.

„Du hast mich betrogen", sagte Max kalt. „Und das noch dazu mit meinem Bruder, dem größten Versager, der herumläuft. Weißt du, was du verdienst, hm?"

Seine Stimme nahm einen bösartigen Klang an. „Ich nehme dich jetzt mit nach oben, und dann werden wir ja sehen, wer es dir besser besorgt. Mein Bruder oder ich!"

Er wollte wieder ihren Arm ergreifen, doch Eliana ging rechtzeitig rückwärts die letzte Stufe nach oben, eine Hand weiterhin am Treppengeländer. Max machte eine rasche Bewegung und packte ihren Unterschenkel.

„Lass mich los!", zischte sie und zappelte mit dem Bein, trat wild in die Luft.

Seine Hand rutschte tiefer, umklammerte ihren Knöchel. Sie wehrte sich weiter, bedachte Max mit den übelsten polnischen Schimpfwörtern und strampelte so heftig, dass sein Griff sich lockerte.

Ein letzter Ruck.

Sie war frei. Die Erleichterung wich einem heftigen Hassgefühl. Sie hob das Bein und stieß Max mit einem erlösenden Schrei ihren Fuß gegen die Brust.

Er riss die Augen auf, ruderte ein paar Herzschläge lang hilflos mit den Armen und verlangte, sie solle ihn festhalen, ihm helfen. Seine linke Hand streckte sich ihr entgegen, doch Eliana rührte sich nicht.

Fasziniert beobachtete sie, wie Max mit einem lauten „Neiiiin!" die Treppe hinunterstürzte. Sein Kopf knallte gegen eine der Stufen, dann folgte ein unschönes Poltern, gefolgt von einem dumpfen Aufschlag und plötzlicher, vollkommener Stille.

Von weit her hörte sie auf einmal eine Stimme brüllen: „Polizei! Hände hinter den Kopf."

Ein Schuss knallte. Eliana zuckte zusammen, doch dann verstand sie, woher der Lärm kam.

Ich sollte den Fernseher ausschalten, dachte sie mechanisch.

Dramatische Musik setzte ein.

Sie schaute nach unten, ging langsam, beinahe zögernd, zwei Stufen hinab, blieb stehen. Räusperte sich und fragte dann vorsichtig: „Max?"

Er sagte nichts. Rührte sich auch nicht. Lag da am Fuße der Marmortreppe und gab keinen Mucks von sich. Einer seiner Füße lag auf der untersten Stufe. Max war tot.

Eliana zitterte. Sie musste sich setzen. Also hockte sie sich auf eine Stufe, umklammerte mit der rechten Hand eine Strebe des Geländers und starrte zu Max hinunter. Er würde ihr nun nichts mehr tun, davon war sie überzeugt.

Ein paarmal atmete Eliana tief ein und aus. Sie musste überlegen, was nun zu tun war. Logisch wäre, die Polizei zu rufen. Es handelte sich schließlich um einen Unfall, sie hatte sich nur gewehrt. Er hatte sie geschlagen und gedroht, sie zu vergewaltigen.

Doch würde man ihr glauben?

Ihr Verstand arbeitete jetzt, da ihr Puls sich langsam normalisierte und ihr Adrenalinspiegel sank, mit dem kühlen Pragmatismus einer Maschine.

Punkt eins: Max hatte einen Termin mit seinem Notar vereinbart, um sein Testament zu ändern. Wie viel von seinen diesbezüglichen Plänen er Jürgen gegenüber bereits angedeutet hatte, wusste Eliana nicht. Sie musste also davon ausgehen, dass Jürgen über den Stand ihrer Beziehung im Bilde war.

Punkt zwei: Sie durfte nicht vollkommen ausschließen, dass ihre Affäre mit Tom ans Licht kam, egal, wie vorsichtig sie gewesen waren.

Das Ergebnis dieser Überlegungen war: Die Möglichkeit, dass sie wegen Totschlags ins Gefängnis kam, war gegeben. Und das war der letzte Ort, wo sie hinwollte. Sie musste an ihren Bruder denken. Marek war im Gefängnis gewesen, und die Zeit dort hatte ihn nachhaltig geprägt. Sie musste furchtbar gewesen sein.

Die Polizei war also keine Option.

Sie könnte Max verschwinden lassen. Aber wo? Sollte sie seinen Leichnam im Garten vergraben? Ihn verbrennen? Eliana verzog das Gesicht. Nein, das war keine gute Idee. Man würde ihr Fragen stellen und wissen wollen, wo Max Jacoby, der berühmte Künstler, sich aufhielt. Die Gefahr, sich in Lügen zu verstricken, war zu groß.

Und wenn sie selbst verschwand?

Doch wohin sollte sie gehen? Am besten ins Ausland. In die Schweiz vielleicht. Sie war vor Jahren für ein Shooting dort gewesen. Die Berge, die Luft und die Menschen hatten ihr sehr gefallen. Aber was sollte sie in der Schweiz tun? Ihre Zeiten als Model waren längst vorbei, da machte sie sich keine Illusionen. Etwas anderes, als für Fotos zu posieren oder Kleider auf einem Catwalk zu präsentieren, beherrschte sie nicht. Wovon sollte sie leben? Max hatte ihr nie Vollmacht über seine Konten gegeben. An sein Geld kam sie also nicht heran.

Sie konnte nach Polen zurückgehen, sich fürs Erste bei ihrer Familie verkriechen und sich einen Job suchen.

Sie zog eine Grimasse und verwarf den Gedanken sofort wieder. Als sie Praga und allem, was mit diesem Stadtteil und ihrem damaligen Leben zusammenhing, den Rücken gekehrt hatte, war dies für sie ein endgültiger Schritt gewesen. Niemals würde sie zurückgehen, hatte sie sich damals geschworen.

Genau wie Max fiel es ihr schwer, eine Niederlage zu akzeptieren. Ihre Familie um Hilfe bitten zu müssen liefe aber darauf hinaus. Seit sie Warschau verlassen hatte, war der Kontakt zu ihren Eltern auf ein Minimum geschrumpft. Sie riefen an ihrem Geburtstag an, Eliana schickte ihnen im Gegenzug Glückwunschkarten, legte etwas Geld hinein und meldete sich lediglich zu Weihnachten telefonisch. Nicht einmal zur Beerdigung von Babcia vor drei Jahren war sie nach Polen gereist.

Sie war sicher, ihre Eltern würden ihr mit Kühle und einer gewissen Herablassung begegnen, wenn sie plötzlich mit einem Koffer und arm wie eine Kirchenmaus bei ihnen vor der Tür stünde.

„Du hast geglaubt, du wärst etwas Besseres als wir? Und nun sind wir auf einmal wieder gut genug für dich. Wenn du bleiben willst, dann wirst du arbeiten müssen. In der Fabrik werden immer Leute gesucht."

Und Marek, ihr Bruder? Nein, den Triumph in seinen Augen, wenn sie mit hängendem Kopf in den Schoß der Familie zurückkehrte, könnte sie nicht ertragen.

„Lieber wäre ich tot", murmelte Eliana.

Sie sah wieder zu Max hinab. Der Anblick ließ sie schaudern. Etwa einen halben Meter von seinem Kopf entfernt lag seine rote Brille. Das bekannte Markenzeichen von Maximilian Jacoby schien unversehrt zu sein.

Doch jetzt, ohne dieses Accessoire, sah er beinahe aus wie Tom. Nur sein Bart unterschied die Brüder voneinander.

Und einen Bart konnte man entfernen …

Eliana straffte sich. Die Lösung ihres Problems erschien ihr plötzlich so klar wie Wodka. Ein paar Meter unter ihr lag der leblose Körper des Mannes, den sie so gut kannte wie niemand sonst. Und der einen Bruder hatte, der ihm zum Verwechseln ähnlich sah.

Ein Plan nahm Gestalt an. Die einzige Unbekannte in der Gleichung war Tom. Doch wenn sie ihn überzeugte, waren all ihre Probleme gelöst, und ihre Zukunft war gesichert.

Tom liebte sie. Er würde sie beschützen und dieses Opfer für sie bringen. Zumindest hoffte sie das inständig.

Sie musste ihn anrufen. Ihr iPhone war unten, fiel ihr ein, es lag auf dem Couchtisch. Doch das benutzte sie nie, wenn sie mit Tom sprach. Dafür hatte sie ein anderes, ein altes Nokia, das zwar unmodern, aber absolut funktionstüchtig war.

Mateusz hatte es ihr zum Abschied geschenkt. „Hehlerware", hatte er gesagt. „Die Karte ist nicht registriert, Anrufe können nicht nachverfolgt werden. Ich brauche es nicht mehr, aber vielleicht kannst du es verkaufen. Marek kennt bestimmt jemanden, der dafür 500 Zlotys hinlegt. In der Fremde kannst du das Geld gut brauchen."

Sie hatte das altmodische Handy nicht verkauft, sondern behalten, aus einem instinktiven Gefühl heraus. Und es lange Zeit vergessen. Erst als sie Tom kennenlernte, war es ihr wieder eingefallen, denn Max studierte regelmäßig den Verbindungsnachweis, der ihrer Mobilfunkrechnung beilag.

Sie wusste nicht, weshalb er ihr gegenüber ein solches Misstrauen an den Tag legte. Auf ihre diesbezüglichen Fragen war er nie eingegangen. Seine stereotype Antwort war, solange sie nichts zu verbergen habe, könne es ihr schließlich egal sein.

Jemand hatte mal zu ihr gesagt, dass nur die Menschen von anderen Böses annahmen, die selbst böse waren. Vielleicht hatte also Max etwas vor ihr verborgen. Wenn dem so war, konnte es Eliana nun von Herzen gleichgültig sein. Das Kapitel Max war mit seinem unverhofften Tod beendet worden.

Langsam erhob sie sich. Ihre Beine fühlten sich an wie Wackelpudding. Sehr vorsichtig, Stufe für Stufe, stieg sie nach unten, hielt sich mit einer Hand am Geländer fest, weil sie ihren Muskeln nicht so recht über den Weg traute.

Unten angekommen stand sie neben dem toten Max, doch so aus der Nähe widerstrebte es ihr, ihn sich genau anzusehen. Das konnte sie nicht, zumindest jetzt noch nicht.

Rasch wandte sie den Kopf ab und ging ins Wohnzimmer. Dort lag auf einem Stuhl am Esstisch ihre Handtasche. Das Handy, das sie brauchte, verbarg sich in einer fast unsichtbaren Seitentasche. Sie hatte nicht befürchten müssen, dass Max es zufällig hören könnte, wenn Tom sie anrief. Der Klingelton war ausgeschaltet. Es vibrierte nur sachte, wenn ein Anruf einging.

Sie holte das Nokia hervor und blieb eine Weile nachdenklich stehen. Es war immens wichtig, dass sie keinen Fehler machte. In Gedanken ging sie durch, was als Nächstes zu tun war und worauf sie würde achten müssen. Wie bei einem Schachspiel überdachte sie ihre nächsten Züge.

Als sie endlich Toms Nummer wählte, war sie einigermaßen sicher, alle Eventualitäten bedacht zu haben.

Tom klang vergnügt, als er sich meldete. Im Hintergrund hörte sie Actionfilm-Geräusche. Mitreißende Musik, untermalt von quietschenden Reifen, Schüssen und gebrüllten Befehlen.

„Tom, hör mir genau zu", sagte sie.

„Was ist denn, Baby? Du klingst so ernst."

„Geh irgendwohin, wo niemand zuhören kann", sagte sie. „Jetzt gleich. Und sag niemandem, mit wem du sprichst."

„Keine Panik, Björn sieht fern und hört mich nicht. Was ist denn los?"

„Am besten gehst du in dein Zimmer."

„Ich sagte doch, er kann mich nicht –"

„Tu es einfach! Bitte!"

„Ist ja schon gut." Eine Weile hörte sie leise Geräusche, dann nahm sie wahr, dass sich eine Tür schloss. Die Hintergrundgeräusche verschwanden. Im nächsten Moment erklang wieder Toms Stimme, die der von Max so stark ähnelte, dass Eliana unwillkürlich eine Gänsehaut bekam.

„Ich bin in meinem Zimmer. Verrätst du mir jetzt, was los ist?"

Eliana holte tief Luft. „Max und ich haben uns gestritten“, sagte sie. „Er fiel die Treppe hinunter, und nun ist er … tot.“

Stille. Dann fragte er kaum hörbar: „Wie bitte?“

„Du hast mich richtig verstanden. Er ist tot, ich bin sicher. Es war ein Unfall, ich … ich erzähle dir die Einzelheiten, wenn du hier bist. Fahr gleich los, hörst du? Parke nicht direkt vor der Tür, sondern irgendwo an der Straße. Und schalte dein Handy aus, ehe du dich auf den Weg machst.“

„Mein Handy ausschalten? Ich kann es auch hierlassen.“

„Nein, nimm es mit. Unbedingt. Es ist wichtig.“

„Aber wieso …? Eliana, was hat das alles –“

„Nicht jetzt. Tom, tu einfach, worum ich dich bitte. Ich kann …“ Sie schloss die Augen, drängte die Tränen zurück, die sich plötzlich sammelten, und hatte Mühe weiterzusprechen. Als sie es tat, kamen die Worte wie ein Schluchzen. „Ich brauche dich hier bei mir.“

„Schon gut, ich komme“, versicherte er eilig. „Ich komme, so schnell ich kann. Bleib ruhig, Baby, ja?“

„Ich versuch’s.“ Sie atmete tief durch. „Bitte, beeil dich.“

Als sie das Gespräch beendet hatte, löschte sie Toms Kontakt und alles, was auf ihn hinweisen könnte. Unruhig ging sie im Wohnzimmer auf und ab und ging noch einmal alles durch, was als Nächstes zu tun war.

Bis ein Geräusch sie zusammenfahren ließ.

Aufgeschreckt hob sie den Kopf. Es hatte sich wie ein Stöhnen angehört.

Eliana sah sich beunruhigt um. Nichts. Noch einmal hörte sie dieses Stöhnen, und ein grässlicher Verdacht keimte in ihr auf. Langsam erhob sie sich und ging auf Zehenspitzen in den Eingangsbereich. Max lag noch genauso da, wie sie ihn verlassen hatte, doch zu ihrem Entsetzen erkannte sie, dass die Finger seiner linken Hand zitterten.

„Oh, mein Gott“, flüsterte sie und trat näher.

Sein Brustkorb hob und senkte sich kaum wahrnehmbar. Das war ihr zuvor nicht aufgefallen, weil sie vermieden hatte, zu genau hinzuschauen. Sie schalt sich für diese Nachlässigkeit. Dass Max den Sturz überlebt hatte, brachte alles ins Wanken.

Das durfte sie nicht zulassen.

Eliana fluchte leise, presste dann die Lippen fest aufeinander, überlegte und eilte in den Hauswirtschaftsraum neben der Küche. Dort bewahrten sie Einkaufstaschen und Plastiktüten auf. Letztere bekam man aus Umweltschutzgründen kaum noch, sodass ihr Vorrat dramatisch geschrumpft war. Doch eine lag noch in der Schublade. Es war eine stabile, weiße Tüte mit dem Aufdruck einer Boutique.

Aus der Küche holte Eliana Paketklebeband und Einweghandschuhe. Die nutzte sie oft, wenn sie einkaufen ging. Wer konnte schon sagen, wie viele Leute die Waren und Einkaufswagen angefasst und dort vielleicht das Coronavirus verbreitet hatten?

Sie warf das Klebeband in die Tüte und klemmte sie sich unter den Arm. Sich die Handschuhe über die bebenden Finger streifend hastete sie zurück zu Max. Er war zweifellos schwer verletzt. Aus einer Wunde am Hinterkopf quoll Blut und färbte den Marmor rot. Hoffentlich ließen sich die Flecken entfernen. Notfalls musste sie einen Teppich besorgen, der die Reste verbarg.

Sie betrachtete ihn. Max lag völlig ruhig da, vermutlich war er wieder bewusstlos. Sie musste es zu Ende bringen, ehe er noch einmal zu sich kam.

Und ehe Tom auftauchte. Das konnte sehr bald der Fall sein, wie sie mit einem raschen Blick auf die Uhr feststellte.

Sie biss die Zähne zusammen, als sie Max' Kopf behutsam anhob und mit der anderen Hand versuchte, ihm die Tüte überzustülpen. Eine Welle der Übelkeit erfasste sie, als sie merkte, dass die Plastikkuppen ihrer Finger mit dem Blut in Berührung gekommen waren. Sie hielt inne und atmete ein paarmal ein und aus. Die Übelkeit ließ nach, und sie machte weiter. Zog das Plastik über sein Gesicht und befestigte die Tüte mit dem Paketklebeband so um seinen Hals, dass alles luftdicht war, aber der Druck vermutlich kaum Spuren auf der Haut hinterlassen würde, zumal Max wie fast immer einen schwarzen Rollkragenpullover trug.

Es konnte nicht lange dauern, bis es vorbei war, schließlich war er schon fast tot. Doch zusehen wollte Eliana nicht, das brachte sie nicht fertig. Also ging sie zurück ins Wohnzimmer, schloss die Tür und lief nervös auf und ab.

Hoffentlich war Tom mit dem, was sie sich überlegt hatte, einverstanden. Alles hing von ihm ab. Wenn er ablehnte, musste sie ihn eben überzeugen. Sie hegte keinerlei Zweifel, dass ihr das gelingen würde. Wenn sie etwas beherrschte, dann die Fähigkeit, Männer dazu zu bringen, das zu tun, was sie wollte.

Eliana sah erneut auf die Uhr. Es war jetzt zehn vor neun. Seit ihrem Anruf bei Tom waren vermutlich fünfzehn Minuten vergangen, er musste jeden Moment eintreffen.

Vor fünf Minuten hatte sie Max die Plastiktüte übergestreift. Die Wahrscheinlichkeit, dass er noch lebte, ging gegen null. Es wurde Zeit, die Spuren zu beseitigen.

Eliana kehrte in die Eingangshalle zurück, hockte sich neben Max und betrachtete seinen Brustkorb. Nichts. Keinerlei Bewegung. Sie holte eine Nagelschere aus dem anliegenden Gästebad und zerschnitt behutsam das Klebeband. Ihre Finger zitterten dabei und Eliana hatte Angst, versehentlich seine Haut anzuritzen.

Zu ihrer Erleichterung blieb sein Hals unversehrt.

Als Tom leise an die Tür klopfte, hatte sie die Schere längst wieder an ihren Platz gelegt, die blutbesudelte Plastiktüte gründlich abgespült, mit Küchentüchern trockengetupft und anschließend im Gelben Sack entsorgt. Außerdem hatte sie eine Wolldecke über Max' toten Körper gelegt. Zum einen, weil sie den Anblick nicht länger ertragen konnte, zum anderen, um Tom nicht mehr zu schockieren als unbedingt nötig.

Einigermaßen gefasst ging sie zur Tür, öffnete sie gerade so weit, dass er hereinschlüpfen konnte, und schob sie sofort wieder zu.

Dann stürzte sie sich in seine Arme. „Halt mich fest", flüsterte sie.

Er tat es, strich ihr sacht über das Haar und murmelte beruhigende Worte, bis sie sich gefangen hatte und bereit war, das zu tun, was getan werden musste. Langsam löste sie sich von ihm und sah ihn an.

„Wo ist er?“, fragte Tom mit rauer Stimme.

Sie zeigte in die Richtung. „Da drüben. Neben der Treppe.“

Er schaute über ihre Schulter hinweg zu dem mit einer Decke verhüllten Leichnam. Seine Augen weiteten sich vor Entsetzen. „Oh, mein Gott“, sagte er und machte ein paar Schritte in die Richtung. Zaghaft, als fürchte er sich vor dem, was dort lag. Dann blieb er stehen und fragte tonlos: „Wie ist das passiert?“

Sie erzählte Tom von dem Streit und davon, dass sie Max ihre Affäre gebeichtet hatte.

„Er ist völlig ausgeflippt und wollte auf mich losgehen“, berichtete sie. „Also rannte ich weg, die Treppe rauf. Ich hatte ehrlich Angst, ich dachte, er bringt mich um. Gedroht hat er jedenfalls damit. Und auf der Treppe erwischte er mich dann. Zuerst packte er meinen Arm. Ich konnte mich losreißen, aber dann hielt er mein Bein fest. Ich habe mich wie verrückt gewehrt und konnte mich befreien, doch er verlor das Gleichgewicht und …“ Sie verstummte.

Tom sagte nichts. Er schien sich die Szene vorzustellen. „Ich hatte keine Ahnung, dass er so … gefährlich ist“, sagte er, den Blick noch immer auf den mit einer Decke verhüllten Hügel am Boden gerichtet.

„Bis heute ging es mir genauso“, sagte Eliana schaudernd. „Wir haben uns oft gestritten, doch immer auf Augenhöhe. Angst hatte ich nie vor ihm. Heute aber …“

Tom drehte sich zu ihr um, zog sie erneut in seine Arme. Sie schmiegte sich an ihn, dankbar, dass er sie festhielt. „Das ich mich ausgerechnet in dich verliebt habe, muss irgendetwas ausgelöst haben.“

Er räusperte sich. „Und er war gleich …?"

Eliana zögerte einen Herzschlag lang, dann nickte sie an seiner Schulter. War froh, dass sie ihm nicht in die Augen sehen musste. „Ja. Er war sofort tot."

„Ist es okay für dich, wenn ich … einen Blick auf ihn werfe?", fragte er, sie loslassend.

„Natürlich", brachte sie mühsam hervor, obwohl der Gedanke, in Max' starres Gesicht zu blicken, ihr Übelkeit bereitete.

Tom trat zu dem verdeckten Leichnam und ging in die Hocke. Nahm mit Daumen und Zeigefinger eine Ecke der Wolldecke und zog sie vorsichtig zurück.

„Aber fass ihn auf keinen Fall an!", warnte Eliana.

Er hielt mitten in der Bewegung inne und schaute zu ihr hinüber. „Das habe ich nicht vor, keine Sorge."

„Gut."

Tom legte das Gesicht seines toten Bruders vollständig frei und betrachtete es. Zu gern hätte Eliana gewusst, was gerade in ihm vorging. Freute er sich darüber, dass Max tot war? Empfand er Trauer, Bedauern oder Erleichterung? Sie konnte seinem Gesicht nichts entnehmen, was ihr Aufschluss über seine Gefühlslage gegeben hätte.

„Er trug einen Dreitagebart", sagte er verwundert.

Mit allem hatte Eliana gerechnet, aber damit nicht. Sie schwieg.

Tom verdeckte das Gesicht wieder und erhob sich. „Was sollen wir jetzt tun?"

Das war das Stichwort.

„Lass uns ins Wohnzimmer gehen", bat sie. Am liebsten würde sie sich einen Cognac einschenken, doch zum einen wäre das Tom gegenüber reichlich unsensibel, und zum anderen musste sie unbedingt einen klaren Kopf behalten. Also holte sie Cola und zwei Gläser aus der Küche und schenkte ihnen ein.

Tom griff zu und trank einen großen Schluck. Als er das Glas abgesetzt hatte, nahm Eliana seine Hand in ihre. „Ich habe eine Idee, wie wir verhindern können, dass ich womöglich wegen Mordes im Gefängnis lande."

„Wieso Mord?", fragte Tom verwirrt. „Es war doch ein Unfall. Und außerdem hast du in Notwehr gehandelt."

„Das ist richtig", räumte sie ein. „Aber dafür gibt es keinen Beweis. Außerdem würde man schnell herausfinden, dass ich ein Motiv gehabt hätte."

Er stutzte. „Was für ein Motiv?"

Zwischen seinen Brauen bemerkte Eliana dieselbe steile Falte, die auch bei Max so gern aufgetaucht war. Sie verscheuchte den Gedanken rasch und konzentrierte sich.

„Dein Bruder wollte sein Testament aufsetzen." Sie erzählte ihm von dem Notartermin bei ihrem gemeinsamen Bekannten. „Ich weiß nicht, wie viel Max ihm erzählt hat", schloss sie. „Möglicherweise hat er bei seinem Gespräch mit Jürgen angedeutet, dass er sein Vermögen dieser albernen Stiftung hinterlassen wollte. Wenn es so ist, wird die Polizei das schnell herausfinden und davon ausgehen, dass ich genau das verhindern wollte."

„Aber du bist nicht mit Max verheiratet", wandte Tom ein. „Also gab es kein Motiv, denn ohne Trauschein hast du keinen Anspruch auf sein Vermögen. Olli hat mal so was erwähnt, wenn ich mich recht erinnere."

Eliana schwieg, denn Tom hatte recht. Die einzige Person, die einen Erbanspruch besaß, war der Mann direkt neben ihr. Anscheinend hatte Tom das noch gar nicht realisiert, und wenn es nach Eliana ging, durfte das vorerst auch gern so bleiben.

„Max hat mir gesagt, dass er eigentlich vorhatte, mich als Alleinerbin einzusetzen", vertraute sie ihm an. „Doch in der letzten Zeit ist er von dem Gedanken wieder abgekommen. Weil sich zwischen ihm und mir etwas geändert hat. Kannst du dir denken, was der Auslöser dafür war?"

„Ich vermute, das war ich", antwortete Tom mit dem Anflug eines schlechten Gewissens. „Wären wir uns nicht begegnet, hättet ihr euch wahrscheinlich nicht entfremdet."

„Nicht so bald jedenfalls", stimmte Eliana zu. „Wir müssen leider davon ausgehen, dass dein Bruder Jürgen gegenüber auch diese Tatsache angedeutet hat. Somit könnte man mir doch ein Motiv unterstellen."

Tom atmete tief ein. „Also, was schlägst du vor?"

Sie unterbreitete ihm ihren Plan. Er ließ sie ausreden, unterbrach sie kein einziges Mal. Doch als sie fertig war, starrte er sie ungläubig an. „Ist das dein Ernst?"

„Aber natürlich. Es ist die beste, die einzige Lösung."

„Lass mich zusammenfassen", bat er. „Du willst, dass ich mich als Max ausgebe, damit alle denken, *ich* hätte Selbstmord verübt?"

Sie nickte. „Ich weiß, es klingt kompliziert, aber du darfst die Vorteile nicht außer Acht lassen. Wir könnten endlich für immer zusammen sein und sogar heiraten, wenn wir möchten! Du hättest keine Geldsorgen mehr, wärst als erfolgreicher Künstler anerkannt, und ich wäre aus dem Schneider, denn wir zwei …" Sie wies erst auf ihn und dann auf sich selbst, „… kennen uns offiziell überhaupt nicht. Max wäre am Leben, und somit kann ich mit seinem Tod auch nichts zu tun haben." Sie drückte Toms Hand und lächelte ihm aufmunternd zu. „Es wäre perfekt! Ein Happy End, wenn du so willst."

Er nagte an seiner Unterlippe und schüttelte den Kopf. „Ich fürchte, du vergisst so einiges."

„Was meinst du damit?"

„Dass ich von Kunst keine Ahnung habe, zum Beispiel."

Eliana winkte ab. „In den Jahren mit Max habe ich vieles gelernt und könnte dir das Wesentliche in der Theorie beibringen. Und was das Malen angeht, musst du dir auch keine Gedanken machen. Max hat eine große Sammlung von Bildern, die kein Mensch kennt, weil sie ihm nicht perfekt genug waren. Wir könnten diese Gemälde nach und nach als seine, beziehungsweise deine, neuesten Werke präsentieren."

„Aber was ist mit meinen Freunden?"

„Deine Kontakte müsstest du natürlich abbrechen", räumte sie ein und strich tröstend über seine Wange. „Schließlich bist du für alle, die dich kennen, nicht mehr am Leben."

Sie spürte, dass ihm diese Tatsache zu schaffen machte, und rückte näher an ihn heran. „Dafür hast du aber mich", erinnerte sie ihn. „Tag – und Nacht." Sie beugte sich zu ihm und küsste ihn sanft auf den Mund, zweimal, dreimal, und spürte, dass seine Lippen nachgiebiger wurden. Als er sie leicht öffnete, wagte sich ihre Zunge vor und fing an, die seine zu umspielen. Tom stöhnte auf und begann, ihre Brust zu streicheln. Sie gab einen kehligen Laut von sich, setzte sich rittlings auf ihn und küsste ihn mit wilder Leidenschaft.

Obwohl der Gedanke, nur wenige Meter von dem toten Max entfernt mit Tom zu schlafen, etwas Morbides an sich hatte, war sie dazu bereit – solange sie damit ihr Ziel erreichte. Doch als sie ihren Unterleib aufreizend auf seinem bewegte, löste Tom sich plötzlich mit einem Keuchen von ihr. „Nein!", stieß er hervor und schob sie sanft, aber energisch von sich hinunter. „Vergiss es, Eliana. Das kann ich nicht tun. Es ist zu verrückt!"

„Was kannst du nicht tun?", hauchte sie, beugte sich erneut vor und knabberte sacht an seinem Ohrläppchen. „Mit mir schlafen? Das wäre neu."

„Lass das!" Er entzog sich ihr und musterte sie argwöhnisch. „Du benutzt Sex, um deinen Kopf durchzusetzen. Und das, obwohl …" Er wies mit dem Daumen hinter sich und suchte offenkundig nach den richtigen Worten, „… er da drüben liegt. Das ist widerlich, Eliana. Deiner nicht würdig."

„Du hast recht", sagte sie schuldbewusst. „Es tut mir leid. Ehrlich."

Sie ärgerte sich über sich selbst. Der Versuch war zu plump gewesen. Sie musste subtiler vorgehen. Tom war nicht so leicht zu steuern, wie sie geglaubt hatte.

„Ich kann nicht mein Leben aufgeben und das meines Bruders weiterführen", sagte er eindringlich. „Früher oder später wird die Sache auffliegen."

„Unsinn!", widersprach sie. „Außer uns beiden weiß keine Seele, was geschehen ist. Solange wir darüber schweigen, kann uns gar nichts passieren!"

Er blieb hart. „Ich sagte Nein! Schlag dir diese Schnapsidee aus dem Kopf."

Verflucht, das war schwieriger, als sie erwartet hatte. Eliana beschloss, ihre Taktik zu ändern.

„Es tut mir leid", wisperte sie reuig. „Es ist nur so, dass ich panische Angst davor habe, ins Gefängnis zu müssen, verstehst du? Aber du hast natürlich recht, Max' Tod war ein Unfall. Er wollte mir Gewalt antun, und ich habe mich gewehrt. Es war Notwehr. Man wird mir schon glauben." Sie seufzte. „Das hoffe ich jedenfalls."

„Bestimmt wird es so sein. Du hast nichts zu befürchten."

„Danke." Sie lächelte traurig. „Vergiss, was ich vorgeschlagen habe. Ich kann nicht von dir verlangen, dass du meinetwegen dein jetziges Leben aufgibst."

„Das sehe ich auch so."

„Aber die Vorstellung hatte durchaus ihren Reiz", fügte sie verträumt hinzu. „Ich meine, was würde Max wohl sagen, wenn ausgerechnet du, der Bruder, auf den er immer voller Verachtung herabgesehen hat, in seinem Haus und von seinem Geld lebt?" Sie lachte leise. „Er würde sich im Grab umdrehen!"

Tom erwiderte nichts, doch sie konnte sehen, dass ihn der Gedanke nicht kaltließ. Seine Mundwinkel bogen sich kaum merklich nach oben.

Hatte sie ihn etwa an der Angel?

Rasch sprach Eliana weiter. „Es wäre die perfekte Rache gewesen für alles, was er dir je angetan hat." Sie rutschte näher und schmiegte sich an Toms Schulter. „Für all die Streiche, die er dir als Kind gespielt hat. Die Demütigungen. Den Verrat, als er dir dieses Mädchen ausspannte. Wie hieß sie noch? Lily, nicht wahr?“

Er antwortete nicht.

Sie hob den Kopf und musterte unauffällig sein Profil. Tom starrte mit finsterer Miene vor sich hin. Seine Kieferknochen traten hervor, die dunklen Augen funkelten wie nasse Kohlestückchen. Die Wut auf Max, die gerade noch so schwach geflackert hatte wie ein Kerzenlicht im Wind, wurde bei der Erinnerung an die Kränkungen in seiner Jugend zu einem gewaltigen, tosenden Feuer, das in seinem Inneren wütete.

„Mein Bruder nannte mich immer Liljanka“, sagte sie im Plauderton. „Klingt fast genauso wie Lily. Glaubst du, das ist ein Zufall?“

„Ich denke schon.“ Er betrachtete sie, und es war offensichtlich, dass die Ähnlichkeit der beiden Namen ihm gefiel. Er wollte sich an seinem Bruder rächen. Auch wenn dieser tot war. Sie spürte, dass der richtige Moment gekommen war, um ihren finalen Zug zu machen.

„Du hast immer gesagt, du wärst gern ein Schauspieler“, flüsterte sie. „Wie James Dean. Dies, mein geliebter Rebell, könnte die Rolle deines Lebens sein.“

KAPITEL 16

Als Tom eine knappe halbe Stunde später die Treppe herunterkam, hielt Eliana verblüfft die Luft an. Er trug nun eine dunkle Designerjeans und einen schwarzen Rollkragenpullover, dazu die rote Brille seines Bruders. Ja, er hatte sogar diesen selbstgefälligen Gesichtsausdruck aufgesetzt, der für Max so typisch gewesen war. Es kam Eliana vor, als wäre er von den Toten auferstanden, so überzeugend war Tom in seiner Darstellung. Einzig das glatt rasierte Kinn störte den Gesamteindruck. Doch der Bart würde rasch wachsen, und dann unterschied Tom nichts mehr von seinem Bruder.

Unten angekommen reichte er Eliana das Bündel Klamotten, das er in den Händen gehalten hatte. Seine verwaschene Jeanshose, das blassblaue T-Shirt und der Kapuzenpulli.

„*Ich* ziehe ihm das Zeug nicht an", sagte er entschieden.

Sie gab nach. Schließlich verlangte sie auch so schon genug von ihm. „In Ordnung. Eventuell musst du mir ein wenig zur Hand gehen."

Tom brummte unwillig. „Aber nur, wenn's unbedingt sein muss …"

Sie legte die Sachen auf den Boden und schlug die Decke zur Seite. Während Tom sich oben umgezogen hatte, war sie am Computer gewesen und hatte ein wenig recherchiert. Während sie nun Max die Socken von den leblosen Füßen zog, berichtete Eliana, was sie herausgefunden hatte. „Das Gute ist, dass ihr zwei die gleiche DNA habt, doch wir müssen trotzdem aufpassen, denn die Fingerabdrücke sind auch bei Zwillingen einzigartig. Also wirst du dir genau wie ich Handschuhe anziehen." Sie zog Einweghandschuhe aus ihrer Hosentasche und warf ihm zwei davon zu. „Gib mir deine Papiere."

„Was willst du damit?"

„Du wirst sie nicht mehr brauchen, richtig? Dein Ausweis und dein Führerschein werden dafür sorgen, dass alle davon ausgehen, dass der Mann, der sich das Leben genommen hat, niemand anders als Tom Jakobs ist. Wo sind die Papiere?"

„In meiner Jacke." Er sprang auf. „Ich hole sie."

Eliana schüttelte den Kopf. „Wir werden ihm die Jacke anziehen. Dann hat er alles bei sich."

„Stimmt." Tom nahm die Brille ab und rieb sich die Nasenwurzel. „Wie kann man nur freiwillig so ein Ding tragen?", fragte er sich.

Sie schob den Pullover, den Max trug, über seinen Brustkorb. „Du wirst dich dran gewöhnen. Die Brille ist nun mal sein Markenzeichen. Aber Markenzeichen kann man irgendwann ablegen. Wenn Gras über die Sache gewachsen ist, kommen wir darauf zurück. Komm, pack mal mit an, ja?"

Es dauerte eine Weile, bis sie den Leichnam aus- und wieder angezogen hatten. Sie atmeten beide schwer, als es endlich geschafft war.

Sie erhob sich und ging zur Treppe.

„Wo willst du hin?“, fragte Tom und sah widerwillig auf seinen leblosen Bruder. „Ich will nicht mit ihm alleine sein.“

„Keine Sorge, ich bin gleich zurück. Ich hole nur rasch seinen Rasierapparat. Du trägst schließlich keinen Bart, also muss das Ding weg.“

„Richtig.“

„Während ich ihn rasiere, kannst du aus deinem Handy alles löschen, was auf mich hinweist. Kontakt, Textnachrichten, Fotos … alles eben.“

Tom nickte und ging ins Wohnzimmer hinüber.

Eliana stellte den Rasierer so ein, dass eine kleine Stoppelschicht blieb. Es wäre zu auffällig, wenn Max’ Haut so glatt wäre, als läge die Rasur erst kurze Zeit zurück. Gestorben war er schließlich am Abend, ein frisch rasiertes Kinn hätte Fragen aufgeworfen.

Es war bereits nach Mitternacht, als alle Vorbereitungen abgeschlossen waren. Gemeinsam trugen sie den toten Max in die Garage und wuchteten ihn in den geräumigen Kofferraum von Elianas Opel Zafira. Dafür musste Eliana die Rückbank nach vorn klappen, da die Totenstarre bereits einsetzte.

Toms Gesicht war in dem grellen Neonlicht erschreckend blass. Mehrmals hörte sie, dass er würgte.

Auch an ihr ging all das nicht spurlos vorbei, doch da es getan werden musste, schob sie alle Gefühle zur Seite und handelte. Schließlich ging es um ihre Zukunft.

„Ist alles in Ordnung?“, erkundigte sie sich besorgt und ließ den Deckel zufallen.

„Geht schon", brachte er mühsam hervor.

Eliana ließ das elektrische Garagentor hochfahren. Das dezente Summen des Motors war zu ihrer Erleichterung kaum zu hören. Max hatte stets Wert darauf gelegt, keinen billigen Plunder zu kaufen. Das rentierte sich jetzt.

„Ich habe mich noch nicht entschieden, wo wir ihn am besten loswerden können", gab sie flüsternd zu. „Es müsste irgendwo sein, wo man sich das Leben nehmen kann."

„Ich glaube, ich weiß den perfekten Ort."

Sie war überrascht. „Tatsächlich?"

Tom nickte. „Lass dich überraschen. Fahr einfach hinter mir her."

Ohne ihre Reaktion abzuwarten, machte er sich auf den Weg Richtung Straße, wo sein Wagen parkte. Sie schaute ihm nach und warf gleichzeitig aufmerksame Blicke nach links und rechts. Auch wenn er nun aussah wie Max, war es besser, wenn ihn niemand um diese Uhrzeit auf der Straße bemerkte. Glücklicherweise war es bereits sehr spät. Niemand war um diese Zeit unterwegs.

Wenig später fuhr sie hinter seinem Golf her, hatte aber kein gutes Gefühl dabei. Lieber wäre es ihr gewesen, wenn sie den Ort ausgesucht hätte, doch Tom hatte ihr keine Gelegenheit gegeben, ihn über seine Idee auszufragen. Eliana versuchte sich einzureden, dass Tom schon den richtigen Platz ausgesucht hatte, doch Zweifel blieben.

Sie folgte ihm über die Umgehung bis zur Ausfahrt Zentrum, bei McDonald's bog Tom links ab. Wenig später waren sie auf der Schnellstraße Richtung Niebüll, fuhren an der Autobahnauffahrt nach Dänemark vorbei, und passierten kurz darauf den Scandinavian Park.

Handewitt, dachte Eliana. Sie wusste, dass Tom hier wohnte. Was hatte er vor, zum Teufel?

Kurze Zeit später leuchtete sein rechter Blinker auf. Eliana kannte sich in dieser Gegend überhaupt nicht aus. Wenig später schienen sie bereits ihr Ziel erreicht zu haben. Mitten auf einer unbeleuchteten Brücke hielt Tom an. Eliana parkte hinter ihm. Sie stieg aus und ging auf ihn zu. „Wo sind wir hier, zum Kuckuck?"

„Ich wohne ganz in der Nähe, da drüben ungefähr." Er wies mit dem ausgestreckten Arm irgendwohin in die Dunkelheit. „Hier bin ich oft mit Shanty gewesen."

Er brach ab. Die Scheinwerfer eines unter ihnen vorbeifahrenden Lkws ließen Eliana Toms Gesicht sehen, und sie bemerkte, dass er auf einmal bedrückt aussah. Sie ahnte, was in ihm vorging. Der Hund hatte ihm viel bedeutet, und nun würde er ihn nie mehr wiedersehen. Hatte sich nicht einmal verabschieden können.

Eliana verstand ihn und hätte ihn gern getröstet, doch dies war weder der richtige Ort noch der perfekte Zeitpunkt. Sie musste ihn daran erinnern, weshalb sie hier waren. Außerdem sprach nichts dagegen, dass sie sich einen eigenen Hund zulegten. Noch nicht, aber bald. Sie würde ihn damit überraschen.

Sie musterte ihre Umgebung. Dabei blieb ihr Blick am Brückengeländer hängen.

„Du meinst, wir sollen ihn …?" Sie machte eine Geste, als werfe sie mit beiden Händen etwas Unbestimmtes hinunter auf die Autobahn.

Tom nickte, trat auf das Geländer zu und schaute hinunter. „Das sind ungefähr fünf Meter“, schätzte er. „Müsste reichen, oder?“

„Sollten wir nicht leiser reden?“, schlug Eliana vor, zog ihre Jacke enger um den Körper und sah sich furchtsam um.

Tom beruhigte sie. „Keine Sorge, um diese Uhrzeit ist hier garantiert niemand.“

Ein weiterer Lkw fuhr donnernd unter der Brücke durch und machte eine Unterhaltung für wenige Sekunden unmöglich. Die Scheinwerfer schnitten Leuchtkegel in die Dunkelheit. Tom und Eliana warteten, bis er verschwunden war. Dann trat sie entschlossen an den Kofferraum ihres Wagens. „Okay. Lass es uns hinter uns bringen.“ Tom hatte sich einen guten Ort ausgesucht, musste sie zugeben. Besonders die Tatsache, dass er hier in der Nähe wohnte, würde viele eventuelle Zweifel zerstreuen.

Sie öffnete den Deckel. Tom trat neben sie, und gemeinsam hoben sie Max heraus. „Oh Gott, er fühlt sich schon ganz steif an“, flüsterte Tom entsetzt. „Ich glaub, mir wird schlecht.“

„Reiß dich zusammen und atme tief durch“, riet Eliana keuchend, obwohl auch sie mit Grausen erfüllt war. Sie versuchte sich einzureden, dass diese Last, die sie trugen, nicht Max’ toter Körper, sondern eine ziemlich schwere Schaufensterpuppe war.

Doch so leicht ließ sich ihr Gehirn nicht austricksen. Ihr war durchaus bewusst, dass sie dabei war, den Menschen, mit dem sie jahrelang gelebt, gelacht, gestritten und geschlafen hatte, wie Abfall zu entsorgen. Der Mann, in den sie lange Zeit sehr verliebt gewesen war und der ihr seine Hand gereicht hatte, als sie Hilfe brauchte.

Jetzt bloß nicht sentimental werden, schalt sie sich und packte fester zu. *Mir bleibt keine andere Wahl. Und tot ist er sowieso, daran lässt sich nichts ändern.*

In dem Moment begann es zu regnen. Zuerst fielen nur wenige Tropfen, doch sie wurden rasch mehr. Binnen Kurzem wurde aus den einzelnen Tropfen ein dichter Vorhang.

„Mistwetter", schimpfte Tom.

„Freu dich lieber", entgegnete Eliana. „Der Regen spült alle Spuren weg. Für uns ist er ein Segen, also beschwere dich nicht."

„Mir war bis heute nicht klar, wie pragmatisch du sein kannst", erwiderte er. Er klang erstaunt und ernüchtert zugleich.

Regentropfen rannen ihr aus dem Haar in die Augen, der Wind, der immer stärker wurde, blies ihr kalt ins Gesicht. Sie blinzelte und biss die Zähne zusammen.

Am Geländer angekommen, lehnten sie ihre Last zunächst dagegen, sodass Kopf und Oberkörper sich leicht darüberbeugten. Tom schaute erneut hinunter auf die Autobahn. Eliana folgte seinem Blick.

„Es ist zu dunkel", sagte er. „Ich kann nicht erkennen, wo genau die Fahrbahn ist."

Ein Wagen näherte sich. Tom und Eliana duckten sich hinter dem Geländer und beobachteten die Lichtkegel der Scheinwerfer durch die Streben, die auch den vornübergebeugten Max für eine Sekunde erfassten. Falls der Fahrer heraufgeschaut hatte, würde er vermutlich denken, dass ein Nachtschwärmer nach unten auf die Autobahn schaute, und vielleicht hoffen, dass – falls es ein Betrunkener war – dieser sich nicht gerade dann übergab, wenn er unter ihm vorbeifuhr. Eliana stellte sich vor, wie der Fahrer bei der Vorstellung intuitiv den Kopf einzog. Ein Gedanke, der zum Schmunzeln wäre, wenn sie nicht gerade in dieser schaurigen und bizarren Situation stecken würden.

Kaum war das Auto verschwunden, sagte Tom: „Alles klar. Wir müssen noch ein Stückchen weiter in die Mitte."

Nach wenigen Schritten mussten sie sich ein weiteres Mal wegducken, weil ein Lkw sich näherte, doch kaum war dieser verschwunden, herrschte eine so vollkommene Ruhe und Finsternis, dass es Eliana vorkam, als wären sie weit fort von jeglicher Zivilisation.

Ihr schlug das Herz schmerzhaft gegen die Rippen, als sie endlich anhielten. „Okay", sagte sie, „bist du bereit?"

„Ja."

„Dann auf drei. Eins. Zwei. Drei!"

Sie hievten den schweren Körper mit aller Kraft über das Brückengeländer. Im nächsten Moment hörten sie den dumpfen Aufschlag.

„Er ist im Gras neben der Standspur gelandet", ahnte Tom. „Nicht gerade sinnvoll, wenn es wie ein Selbstmord aussehen soll."

„Mag sein", entgegnete Eliana. „Aber sie werden sowieso schnell herausfinden, dass er nicht an dem Sturz gestorben ist. Wichtig ist nur, dass man uns mit der Sache nicht in Verbindung bringt. Und da, wo er jetzt liegt, fällt er mit etwas Glück erst auf, wenn es hell wird. Bis dahin dauert es noch ein paar Stunden."

„Auch wieder wahr. Komm, lass uns hier verschwinden."

Eliana warf einen letzten Blick in die Düsternis unter sich und fröstelte plötzlich. Sie steckte die kalt gewordenen Hände in ihre Jackentasche und erstarrte. Um ein Haar hätte sie etwas Wichtiges vergessen. Sie zog Toms Handy, das sie eingesteckt hatte, hervor und trat an einen ihrer Scheinwerfer heran. Verdammt, um das Ding zu öffnen, brauchte sie etwas Spitzes, so was wie eine Büroklammer. Warum hatte sie die SIM-Karte nicht schon zu Hause entfernt?

„Was machst du da?", wollte Tom wissen. „Ich dachte, wir wollen hier weg?"

„Gleich. Vorher müssen wir dein Handy entsorgen. Hast du zufällig eine Büroklammer in deinem Auto? Ich will die Karte nicht hierlassen."

Er schüttelte den Kopf. „Eine Büroklammer hab ich nicht. Aber in meinem Portemonnaie steckt für Notfälle so ein Drahtding, mit dem man Handys öffnen kann."

Ihr Gesicht hellte sich auf. „Perfekt! Her damit!"

Er griff in seine Jacke und verzog das Gesicht. „Ach, verdammt."

Sie hatte ihren Fehler bereits bemerkt. „Max hat dein Portemonnaie."

„Ich gehe rasch runter und hole es", schlug Tom vor. „Da vorn ist eine Treppe."

Wie gut, dachte sie, dass er sich hier so gut auskennt.

„Du holst nur den Öffner!", sagte sie warnend. „Sonst nichts. Weiß jemand, dass du so ein Ding mit dir führst?"

Tom schüttelte den Kopf. „Wen sollte das interessieren?"

„Stimmt."

Sie trat ans Geländer und beobachtete, wie Tom fluchend in der Dunkelheit die Treppe hinabstieg. „Scheiße, ich kann überhaupt nichts sehen! Um ein Haar wäre ich ausgerutscht."

„Sei bloß vorsichtig!"

Ein Wagen näherte sich, und Elianas Puls schoss in die Höhe. Als die Scheinwerfer näherkamen, konnte sie erkennen, dass Tom sich geduckt hatte. Es war unwahrscheinlich, dass der Fahrer ihn bemerken würde. Schon war das Auto am Horizont verschwunden, und Eliana atmete auf.

Sie sah und hörte rein gar nichts. Ruhelos ging sie ein paar Schritte auf und ab.

Auf einmal hörte sie Tom erneut unterdrückt fluchen.

„Ist alles okay?", rief sie leise.

„Ja, ist nur so verdammt dunkel hier."

Dann war er endlich zurück und hielt ihr schwer atmend ein winziges Stück Draht entgegen. „Erledigt."

Sie wollte es ihm abnehmen, doch er ließ einen winzigen Moment zu früh los, und das Ding fiel runter.

„Oh, verflucht noch mal!", stöhnte sie genervt. „In meinem Kofferraum ist eine Taschenlampe, links, in einem Ablagefach. Hol sie."

Es dauerte eine Weile, bis sie auf der vom Regen glänzenden Straße den Draht gefunden hatten. Und dann waren ihre Finger eiskalt. Sie spürte sie kaum und hatte Mühe, die Spitze des Drahtes in das schwer zu erkennende Loch zu stecken. Als sich endlich der kleine Schacht mit der SIM-Karte öffnete, stieß Eliana einen lang gezogenen

Seufzer der Erleichterung aus. „Gott sei Dank! Das wurde auch Zeit." Sie steckte die Karte in ihre Jackentasche, trat ans Geländer und warf das Handy auf die Fahrbahn. Schon jetzt war es durch den Aufprall vermutlich zerstört. Darüber rollende Autoreifen würden hoffentlich dafür sorgen, dass die Einzelteile überall verstreut wurden. Die SIM-Karte würde sie zerschneiden und im Hausmüll entsorgen.

Zum Schluss parkte Tom seinen Golf in einer kleinen Einbuchtung am Rande der Brücke, und wischte auf ihre Anweisung hin mit einem im Regen angefeuchteten Lappen, den Eliana zu diesem Zweck eingesteckt hatte, gründlich alle Flächen und Knöpfe, den Schaltknüppel, das Lenkrad, sämtliche Türgriffe von innen und außen und sogar den Tankdeckel und den Kofferraum ab. Wenn die Spurensicherung Haare oder Hautschuppen von Tom fand, war das nicht schlimm, aber Fingerabdrücke durften sie nicht sicherstellen. Natürlich würde man sich wundern, wenn man gar keine fand, das war ihr bewusst. Diese Tatsache wäre eben eine Nuss mehr, die die Bullen würden knacken müssen. Umso besser.

Schließlich stiegen sie beide in den Zafira, und Eliana gab Gas. „Wie gut, dass dir diese Brücke eingefallen ist", lobte sie Tom, der schweigend neben ihr saß. „Sie ist perfekt."

Er schwieg immer noch.

„Ist alles in Ordnung mit dir?", fragte sie besorgt.

Er schüttelte den Kopf. „Wie würdest du dich fühlen, wenn du in meiner Haut stecken würdest?", wollte er wissen. „Ich meine, ich habe mir sozusagen gerade selbst beim Sterben zugesehen. Von nun an bin ich ein anderer. Noch dazu jemand, denn ich mein ganzes Leben lang verabscheut habe."

Sie legte ihre Rechte auf sein Bein. „Ich weiß, entschuldige. Das ist bestimmt schwer für dich. Ich bin dir unendlich dankbar, dass du dieses Opfer mir zuliebe auf dich nimmst. Aber ich werde dich unterstützen, so gut ich kann, das verspreche ich dir. Und du wirst sehen, dein neues Leben hat auch sehr angenehme Seiten. Sobald wir zu Hause sind, werde ich dir zeigen, *wie* angenehm sie sein können." Ihre Hand auf seinem Bein schob sich ein bisschen höher hinauf. Im schwachen Licht der Armaturen konnte sie erkennen, dass Tom seine Lippen zu einem kaum wahrnehmbaren Lächeln verzog. „Ich glaube, heute bin ich ausnahmsweise nicht in der Stimmung", entgegnete er dumpf.

Sie verstand ihn und war insgeheim erleichtert. Auch ihr war nicht danach zumute. „Aber du lässt mich in deinem Arm einschlafen, ja?", bat sie ihn.

„Das wäre eine Premiere", sagte er. „Die Gelegenheit hatten wir noch nie."

„Von jetzt an", sagte sie, und es klang fast feierlich, „werden wir jede Nacht zusammen einschlafen und jeden Morgen gemeinsam aufwachen."

Er seufzte leise und drückte ihre Hand. „Das klingt gut."

Doch so harmonisch, wie sie sich das Zusammenleben vorgestellt hatten, war es anfangs nicht. Während der folgenden zwei Tage hatte Eliana ständig das Gefühl, mit verbundenen

Augen am Rande eines Abgrunds entlangzubalancieren. Die Angst vor Entdeckung, so unwahrscheinlich sie auch schien, verbunden mit der nervenaufreibenden Aufgabe, Tom auf seine Rolle als den Künstler Maximilian Jacoby vorzubereiten, führte dazu, dass sie ihn immer wieder gereizt anfuhr und hinterher ein schlechtes Gewissen hatte.

Tom hatte nicht nur seinen Bruder verloren, sondern zusätzlich seine Identität, seine Freunde und sein gewohntes Umfeld, was auch bei ihm zu einer gewissen Ungeduld und Rastlosigkeit führte. Zweimal hatte sie mitbekommen, dass er weinte und dies vor ihr zu verbergen versuchte. Ob er um seinen toten Zwillingsbruder trauerte oder ob er wegen der Tatsache, dass er nie mehr in sein altes Leben zurückkehren konnte, Tränen vergoss, wusste Eliana nicht. Sie scheute sich, ihn zu fragen, denn sie fürchtete sich davor, dass er ihr Vorhaltungen machte. Die natürlich berechtigt wären. Sie hatte ihn mit ihrem Plan überrumpelt, dessen war sie sich bewusst.

Den Umstand, dass Tom in sie verliebt war, hatte sie für ihre Zwecke ausgenutzt. Um zu verhindern, für den Tod von Max zur Verantwortung gezogen zu werden, nahm sie in Kauf, das Leben eines anderen Menschen so zu gestalten, wie es für sie selbst am besten war. All das wusste sie genau, und ein Teil von ihr schämte sich dafür.

Der andere Teil zuckte mit den Schultern und fand sich mit den Gegebenheiten ab. Vielleicht war sie wirklich pragmatischer, als ihr bewusst gewesen war.

Nun musste sie das Beste aus der Situation machen, damit alles glattging. Also bemühte sie sich, Tom nicht spüren zu lassen, wenn er ihre Nerven strapazierte.

Am Morgen nach ‚der Nacht' hatte sie ihm Frühstück ans Bett gebracht, und sie hatten darüber gesprochen, worauf sie in der nächsten Zeit würden achten müssen. Tom sollte sich zunächst vollkommen rarmachen und das Haus möglichst nicht verlassen. Mit privatem Besuch war wegen Corona ohnehin kaum zu rechnen. Lediglich die Haushaltshilfe, die zweimal in der Woche kam, könnte ihm begegnen. Sie vereinbarten, dass er in seinem Atelier bleiben sollte, solange Frau Schmitz sich im Haus aufhielt. Max hatte ihr ohnehin nie erlaubt, in seinem Reich sauber zu machen.

„Das fehlt mir noch!", hatte er mit gefurchter Stirn gesagt. „Sie würde mir nur alles durcheinanderbringen."

Als Tom mit dem Frühstück fertig war, hatte sie ihm den lichtdurchfluteten Raum unter dem Dach gezeigt. „Bitte sehr, dies ist jetzt dein Atelier."

„*Mein* Atelier", hatte Tom wiederholt, während er über die Schwelle trat und sich genauestens umsah. „Das klingt merkwürdig, aber ich werde mich schon daran gewöhnen. Das Blöde ist nur, dass ich nicht das Talent meines Bruders habe. Ich hätte lieber wieder eine Werkstatt. Mit Holz arbeiten kann ich, aber mit Pinsel und Farbe ..."

„Wie gesagt, du musst hier nicht malen. Max hat Dutzende von fertigen und angefangenen Bildern hier oben, die kein Mensch kennt. Aber du kannst es natürlich versuchen. Vielleicht entdeckst du verborgene Talente." Sie zwinkerte ihm zu und öffnete die Tür zu einem kleineren Nebenraum. Mit ausgestrecktem Arm wies sie hinein. „Hier, schau dir das an."

In dem Zimmer lagerten mehrere unterschiedlich große Bilder, angelehnt an die Wand, zum Teil bis zu fünf hintereinander. „Mehr als genug unbekannte Bilder des großen Künstlers", sagte Eliana zufrieden. „Hin und wieder werden wir eines davon als dein neuestes Werk vorstellen und es möglichst teuer verkaufen."

Tom hatte sie bewundernd angesehen. „Du hast wirklich an alles gedacht, oder?"

Sie lächelte stolz. „Das will ich doch stark hoffen."

Damit Tom sich beschäftigen konnte, wenn Frau Schmitz im Haus war, statteten sie den Nebenraum mit einem gemütlichen Sessel und einem Fernseher aus, richteten auch Netflix ein, damit er seine Lieblingsserien schauen konnte.

Zwei Tage später aber hatte er eine Überraschung für Eliana. „Ich hab mir eines der angefangenen Bilder geschnappt und es vollendet", verkündete er stolz, als sie nach oben kam, um ihm zu sagen, dass Frau Schmitz ihre Arbeit erledigt und das Haus verlassen hatte.

„Ich finde es gar nicht so schlecht", meinte Eliana, als sie sein erstes Werk betrachtete. „Es unterscheidet sich allerdings gravierend von denen, die dein Bruder gemalt hat." Sie wies auf die Bilder, die im Raum verteilt hingen und an der Wand lehnten. „Siehst du? Um keinen Verdacht zu erregen, wäre es wohl besser, deins zunächst niemandem zu zeigen."

Tom musterte die Gemälde und schien sie mit dem zu vergleichen, das er fertiggestellt hatte. „Nein, ich sehe es nicht. Worin liegt der Unterschied, wenn ich fragen darf? Er hat doch auch nur wirr drauflosgepinselt."

„Das mag jemandem, der sich mit der Materie nicht auskennt, so vorkommen", räumte Eliana ein. „Aber Profis würden sofort erkennen, dass dies kein typischer Max Jacoby ist. Schau dir zum Beispiel dieses Bild an.“ Sie ging auf eines der Gemälde an der Wand zu. Schwarzer, glänzender Hintergrund, darauf eine Menge roter und gelber Kleckse von unterschiedlicher Größe. Diese wiederum wurden zum Teil von gelben Linien, Schleifen und Strichen bedeckt.

„Auf den ersten Blick wirkt das Bild unstrukturiert, ja, sogar chaotisch“, gab Eliana zu, „doch wenn man genauer hinschaut, kann man einiges hineininterpretieren. Die gelben und braunen Linien oben in der Ecke sollen die sich verdunkelnde Sonne darstellen, die farbigen Kleckse erinnern an eine Blumenwiese, über der eine graue Wolke schwebt, und diese große gelb gestrichelte Fläche über dem Schwarz hier“, sie zeigte, was sie meinte, „hat was von einem Weizenfeld, das in eine düstere Tiefe gezogen wird.“

Tom wirkte nicht überzeugt. Mit skeptisch verzogenem Mund betrachtete er das Bild. „Also, wenn du mich fragst, braucht man einen Haufen Fantasie, um das zu sehen, was du da drin siehst.“

„Ich weiß aber, dass Max damit Missstände ausdrücken wollte. Er malte oft diese subtilen apokalyptischen Szenarien. Ich selbst verstehe auch wenig von Malerei. Aber ich habe mir Hunderte Male Erklärungen zu seinen Bildern angehört, darum kannst du mir vertrauen, wenn ich sage: Dein Bild würde nicht als ein Max Jacoby durchgehen. Du hast gemalt, und das Ergebnis ist okay. Aber Max hat sich bei jedem Strich und jedem Klecks etwas dabei gedacht. Er hat versucht, seinen Bildern eine Aussage zu geben.“

„Ich glaube, ich verstehe", sagte Tom langsam, während er sein eigenes Kunstwerk prüfend in Augenschein nahm. „Aber ob ich so was kann, weiß ich nicht." Er nahm das Bild von der Staffelei und stellte es gegen ein anderes, das an der Wand lehnte.

„Und was hast du jetzt vor?", fragte Eliana. „Ein anderes Bild deines Bruders vollenden?"

Tom ließ sich auf die Couch fallen. „Nee, lass man. Ist Frau Schmitz noch unten?"

„Nein. Eigentlich bin ich heraufgekommen, um dir zu sagen, dass sie wieder weg ist."

„Perfekt." Tom sprang auf. „Ich habe Hunger. Komm, wir machen uns was zu essen."

Just in diesem Augenblick klingelte es an der Haustür. Wie erstarrt blieben sie beide stehen.

Eliana Herz raste. „Du bleibst hier", befahl sie im Flüsterton.

Dann verließ sie ohne ein weiteres Wort den Raum. Die Tür ließ sie offen, damit Tom hören konnte, was vorging.

Auf dem Weg nach unten versuchte sie, sich zu beruhigen. Wahrscheinlich war es nur Silke, ihre Nachbarin und Freundin, die auf einen Kaffee vorbeikam oder um sich etwas Zucker zu borgen.

Durch die Milchglasscheibe in der Haustür konnte Eliana die Umrisse von zwei Personen erkennen. Eine davon war groß und kräftig, der andere kleiner und schmaler. *Die Polizei,* dachte sie, so sicher, als hätte ihr Besuch sich bereits ausgewiesen. *Das ging schneller, als ich vermutet habe.*

Sie blieb einen Augenblick unbeweglich stehen, schloss die Augen und atmete tief durch. Dies würde die Bewährungsprobe für Tom alias Max sein. Oh Gott, hoffentlich ging alles gut!

Ihre Panik verschlimmerte sich, als sie, nachdem sie geöffnet hatte, hinter den Schutzmasken den Verlobten von Harald Christens Tochter erkannte, Lutz Weichert, und seinen Kollegen, den Max und sie auf dieser Lesung in Holnis kennengelernt hatten. Dessen Lebensgefährtin hatte ihre Kette bewundert, erinnerte sie sich, und automatisch schloss sich ihre linke Hand um den Anhänger.

Sie bat die Kommissare herein, gab ein paar unverfängliche Freundlichkeiten von sich und erbot sich, ‚Max' zu holen, der in seinem Atelier sei.

Am ganzen Körper zitternd stieg sie die Treppe hinauf und eilte, als sie außer Sichtweite war, zurück ins Atelier. Leise drückte sie die Tür ins Schloss und sah Tom mit ernster Miene an. „Hör mir jetzt genau zu", begann sie.

Drei Minuten später gingen sie gemeinsam nach unten. Sie hatte, während sie Tom die Lage erklärt hatte, bemerkt, dass die Aufgabe, die vor ihm lag, ihn nervös machte, doch er schlug sich großartig! Er spielte den selbstsicheren und arroganten Künstler so bravourös, dass Eliana ein Schauer über den Rücken lief, weil sie das unheimliche Gefühl hatte, Max stünde neben ihr.

Sie wurden beide immer sicherer, doch dann machte Eliana einen Fehler. Es geschah, als sie gemeinsam mit den Beamten bei einer Tasse Kaffee am Esstisch saßen. Gedankenverloren hatte Eliana ‚Max' das Sahnekännchen zugeschoben. Der finstere Blick, mit dem er sie bedachte, ging ihr durch und durch. Sie wusste sofort, was sie falsch gemacht hatte. Tom trank seinen Kaffee immer schwarz, mit zwei Stück Zucker. Er hasste Milch im Kaffee. Max dagegen hatte seinen immer sehr hell getrunken. Dank Toms perfekter Imitation seines Bruders hatte Eliana für einen winzigen Augenblick vergessen, dass es Tom war, der neben ihr saß, und war in alte Gewohnheiten verfallen. Ein grober Schnitzer, dem niemand Beachtung geschenkt hätte, wäre Tom über seinen Schatten gesprungen, indem er einen Tropfen Kaffeesahne in seine Tasse gegeben hätte.

Doch auch so schien keiner der beiden Beamten etwas gemerkt zu haben. Eliana musste sich sehr zusammenreißen, damit man ihr die Erleichterung darüber nicht ansah, als sie und ‚Max' ihre Besucher zur Tür brachten.

Als die zwei verschwunden waren, hatten Tom und sie sich dennoch heftig gestritten und anschließend den wildesten Versöhnungssex gehabt.

Auch wenn den Polizisten ihr Blickwechsel mit Tom in dem entscheidenden Moment entgangen war oder sie nicht begriffen hatten, worum es ging, Eliana hatte etwas gelernt: Sie durfte in vergleichbaren Situationen nie wieder in ihrer Aufmerksamkeit nachlassen. Wenn Tom einen Fehler machte, musste sie ihn umgehend glattbügeln. Sonst würde ihr falsches Spiel früher oder später doch noch auffliegen.

Beim zweiten Besuch der Polizei – diesmal war Lutz Weichert mit einer jungen Polizistin im Schlepptau aufgekreuzt – spielte Tom seine Rolle wieder perfekt. Doch Eliana hatte bald das Gefühl, dass die Schlinge um ihren Hals sich mehr und mehr zuzog. Sie selbst hatten Lutz und seine Kollegin zwar nicht auf dem Schirm, aber sie verdächtigten ‚Max', etwas mit dem Tod seines Bruders zu tun zu haben. Lutz Weichert spielte sich ziemlich auf und schien sicher, dem Künstler etwas nachweisen zu können.

Eliana war so überzeugt gewesen, dass sie alle Farbreste von Max' Fingern entfernt hatte, doch sie musste winzige Flecken übersehen haben. Ein weiterer Fehler, der alles kaputt machen konnte.

Der schwerwiegendste Fehler war es jedoch gewesen, Tom anzulügen. Doch blieb ihr zu jenem Zeitpunkt eine andere Wahl? Tom hätte sich niemals auf ihren Plan eingelassen, wenn sie ihm die Wahrheit über den Tod seines Bruders gesagt hätte.

Eliana seufzte. Inzwischen war ohnehin alles aus.

Das kalte Metall der Brüstung, das durch den dünnen Stoff ihres Negligés drang und sie frösteln ließ, holte Eliana in die Gegenwart zurück. Sie ließ das Geländer los und schloss ihren Bademantel. Hinter ihr plätscherte es immer noch. *Das Wasser,* schoss es ihr durch den Kopf. *Ich muss das Badewasser abstellen.*

Obwohl, was spielte das noch für eine Rolle? Es war ohnehin alles verloren. Tom hatte sie verlassen, gleich würden die Bullen vor der Tür stehen, sie mitnehmen und einsperren.

Es war nur ein Anruf gewesen. Ein einziger Anruf, der alles zunichtegemacht hatte.

Fünf Minuten, ehe Tom das Haus verließ, war er zu ihr ins Badezimmer gestürmt. „Du hast mich die ganze Zeit belogen!"

Eliana, die eben Badezusatz in die Wanne gegeben hatte, hatte sich zu ihm umgewandt. „Was um alles in der Welt redest du da? Und mach bitte die Tür zu, es wird kalt hier drin."

Er drehte sich um und donnerte die Tür ins Schloss. „Diese Staatsanwältin hat angerufen."

Sie schaltete sofort. „Mareike Birk-Johannsen meinst du? Die Bekannte von Max?"

„Allerdings. Sie wollte mir ihr Beileid zum Tod meines Bruders aussprechen und erzählte mir wie nebenbei, dass Max keineswegs gestorben ist, weil er den Treppensturz nicht überlebt hat." Seine Stimme hob sich. „Du hast ihn mit einer Plastiktüte erstickt? Wann wolltest du mir davon erzählen, hm?"

In Elianas Kopf begann es zu rauschen. Das Geräusch vermischte sich mit dem Plätschern des Wassers. Sie zwang sich zur Ruhe.

„Was macht es für einen Unterschied, wie er starb?", fragte sie. „So oder so, Max ist tot, und wir sind frei!"

„Der Unterschied ist", gab er mühsam beherrscht zurück, „dass ich davon ausging, es sei ein Unfall gewesen."

„Das war es ja auch – zunächst." Eliana hielt seinem finsteren Blick stand, auch wenn es ihr schwerfiel. „Ich … ich dachte wirklich, er sei tot", sagte sie leise. „Doch nach unserem Telefonat begann er sich plötzlich zu rühren." Mitleidheischend sah sie ihn an. „Versteh doch, Tom, ich war in Panik! Er hätte …"

„Du hast ihn eiskalt umgebracht und mir die ganze Zeit etwas vorgemacht!" Tom betrachtete Eliana, als wäre sie ein ekliges Insekt. „Ich habe dich geliebt, habe mich zu deinem Instrument machen lassen, weil ich dachte, dass dir etwas an mir liegt. Doch ich hab mich getäuscht. Dir liegt nur etwas an dir selbst. Alles, was du wolltest, war das Vermögen und das Haus meines Bruders. Doch dieser Traum ist ausgeträumt, meine Liebe. Denn ich werde garantiert keine Mörderin decken. Das Spiel ist aus.“ Er ergriff die Türklinke, wollte das Bad verlassen.

Eine kalte Hand griff nach ihrem Herzen. „Halt!“, rief sie. „Tom, bleib hier! Wo willst du denn hin?“

Er öffnete die Tür weit. Auf der Schwelle drehte er sich noch einmal um. Pure Gleichgültigkeit stand in seinem Blick, als er sie musterte. „Ist das nicht sonnenklar? Ich werde hier verschwinden, zu meinen Freunden zurückkehren und der Polizei alles sagen, was ich weiß. Leb wohl, Eliana.“

Sie lief hinter ihm her, ergriff seinen Arm. „Nein! Bitte, ich … Es tut mir leid! Ich wollte dich nicht belügen, aber –“

„Fass mich nicht an!“, zischte er und riss sich los. „Ich will nichts mehr hören.“

Und dann war er die Marmortreppe hinuntergeeilt und hatte er mit einem lauten Krachen das Haus verlassen.

Eliana warf noch einen letzten Blick in die wunderschöne Eingangshalle, nahm in Gedanken Abschied von ihr, vom Haus, von ihrem Leben.

Dann ging sie ins Badezimmer zurück. Das Wasser war noch nicht über den Wannenrand gelaufen, doch lange hätte es nicht mehr gedauert. Sie drehte es ab. Schaumkronen wippten auf der Oberfläche und verströmten einen anregenden Duft.

Sie nahm ihr iPhone, das sie auf den flauschigen Handtüchern im Regal neben der Wanne abgelegt hatte. Das Display war genauso beschlagen wie der Spiegel. Sie wischte es mit einem Handtuch trocken.

Eigentlich hatte sie nicht damit gerechnet, diese Nachricht je abschicken zu müssen. Viel eher war sie davon ausgegangen, sie zu erhalten. Doch manchmal, dachte sie, kommt es eben anders.

Vor einigen Wochen, kurz nach der Lesung im September, hatte sie Silke abends besucht, als deren Freund geschäftlich unterwegs war. Die hatte für Eliana ein Glas geholt und ihr von der angebrochenen Flasche Rotwein etwas eingeschenkt.

„Auf die Ruhe und die Freiheit." Silke hob ihr Glas und stieß mit Eliana an.

„Warum verlässt du Basti nicht endlich?", fragte Eliana wenig später, obwohl sie die Antwort längst kannte.

Silke gab sich stets eine Mitschuld daran, wenn ihr Freund die Kontrolle über sich verlor. Sie liebte ihn und war fest davon überzeugt, dass er mit ihrer Hilfe wieder der werden könnte, der er am Anfang ihrer Beziehung gewesen war.

Eliana versuchte ihrer Freundin deutlich zu machen, dass sie sich etwas vormachte, doch Silke blieb stur.

„Wenn ich ihn verlasse, werde ich hier wegziehen und arbeiten müssen. Aber ich habe nie was Richtiges gelernt. Du weißt doch, dass ich, als ich Sebastian kennenlernte, nur eine Kellnerin mit einem miesen Einkommen war. Dahin will ich nicht zurück. Außerdem liebe ich Basti. Er ist im Grunde ein toller Mann."

Dennoch war sie froh, wenn er so wie an jenem Abend nicht zu Hause war. Und Eliana war etwas eingefallen. „Ich habe von einer Aktion gehört, bei der sich Frauen gegenseitig dadurch unterstützen, dass sie sich im Notfall eine Nachricht schicken, die der Empfängerin deutlich macht, dass die andere dringend Hilfe braucht. Der Clou ist, dass niemand anderes die Message versteht, weil es sich um ein Codewort handelt, das in einem harmlosen Satz vorkommt."

„Und was für ein Codewort ist das?"

„Das kann alles sein." Eliana überlegte kurz. „Kohlrabi zum Beispiel. Angenommen, du schreibst mir: ‚Heute Abend koche ich Kohlrabi-Auflauf', dann weiß ich, dass Sebastian wieder durchdreht und du meine Hilfe brauchst."

„Klingt gut", meinte Silke mit einem dünnen Lächeln. „Die Sache hat aber gleich zwei Haken. Erstens kann ich Kohlrabi nicht ausstehen, und zweitens glaube ich nicht, dass ich Gelegenheit haben würde, dir eine WhatsApp zu schicken."

„Du kannst die Sprachfunktion nutzen. Schnapp dir das Handy und schließ dich irgendwo ein –"

„Er hat die Schlüssel sämtlicher Türen versteckt."

„Ist das dein Ernst?"

Silke sagte nichts, sie nickte nur bedrückt.

Eliana seufzte. „Schön. Dann renn so schnell du kannst und versteck dich irgendwo. Und wenn es nur für eine Minute Sicherheit bedeutet."

Silke kaute nachdenklich auf ihrer Unterlippe herum. „Das könnte klappen. Aber welches Wort nehmen wir?"

Eliana straffte sich. Ihr war das perfekte Wort eingefallen. Sie hatte es kurz zuvor gehört, und es gefiel ihr so gut, dass sie es nicht mehr vergessen konnte. Sie schlug das Wort vor, und Silke war einverstanden.

Beim Abschied hatte sie Eliana einen Ersatzhausschlüssel in die Hand gedrückt. „Hier, nimm den mit. Sicher ist sicher."

Seitdem lag der Schlüssel in Elianas Handtasche. Benutzt hatte sie ihn bisher nicht, denn von Silke war kein Notruf gekommen. Eliana zweifelte daran, dass Sebastian sich inzwischen besser unter Kontrolle hatte. Viel realistischer erschien ihr die Möglichkeit, dass Silke die Momente, in denen er zuschlug, nicht als so ernst interpretierte, dass sie ihre Freundin hätte alarmieren müssen.

Eliana öffnete die WhatsApp und atmete tief durch. Nun würde sie eben diejenige sein, die das Codewort benutzte. Um zu verhindern, dass sie ins Gefängnis musste. Und als kleinen Nebeneffekt konnte sie Tom dafür bestrafen, dass er sie so schmählich im Stich gelassen hatte.

Sie streifte den Bademantel ab, setzte sich nackt auf dem Wannenrand und überlegte kurz. Dann tippte sie einen kurzen Text und drückte auf ‚Absenden'.

Anschließend legte sie das iPhone zurück auf den Handtuchstapel, und umklammerte mit der linken Hand den Anhänger ihrer Kette. Den Silbertropfen mit der Perle. Von all den Schmuckstücken, die im Laufe des Jahres ihren Hals geziert hatten, war ihr diese Kette noch immer die liebste, weshalb sie sie fast täglich trug. Und nun würde sie sie mitnehmen. Nichts anderes, nur diese Kette.

Sie öffnete den Badezimmerschrank, entnahm ihm ihren Haartrockner und steckte den Stecker in eine Steckdose nahe der Wanne.

Dann ließ sie sich langsam in das heiße Schaumbad gleiten. Eine ganze Weile lag sie da, genoss die Wärme auf der Haut und atmete den himmlischen Duft ein. Sie sah zum Haartrockner, der auf dem breiten Wannenrand lag und so harmlos aussah, dem es aber dennoch gelang, ihr Herz zum Flattern zu bringen. Aber ihr Entschluss stand fest. Sie schloss die Augen und tauchte unter.

Ein wenig Zeit hatte sie noch, ehe eine aufgelöste Silke erscheinen würde. Eliana beschloss, das Bad so lange wie möglich zu genießen. Es würde schließlich ihr letztes sein.

KAPITEL 17

Shanty kläffte und wedelte so heftig mit dem Schwanz, dass sich ihr Hinterteil hin und her bewegte. Begeistert sprang sie an dem unverhofften Besucher hoch, der sie freudig begrüßte und ihr durch das Fell wuschelte. „Ja, meine Süße", lachte er, „ich bin wieder da!"

„Oh, mein Gott!", sagte Finn.

„Tom?", brachte Olli verblüfft hervor.

Björn hatte die Augen weit aufgerissen. „Du lebst?"

„Wie ihr seht. Sagt mal, seit wann lasst ihr die Tür offen stehen? Da kann ja jeder Idiot hereinkommen."

„Einer ist schon drin", sagte Oliver knapp, dann schüttelte er den Kopf und starrte Tom ungläubig an. „Was ist passiert? Wo bist du gewesen? Wir dachten, du –"

„Ich weiß, ich weiß!" Tom hob eine Hand. „Habt ihr was zu trinken da? Ich schlage vor, wir setzen uns, und dann erzähle ich euch alles der Reihe nach."

Björn holte Cola und drei Bier aus dem Kühlschrank, und alle vier setzten sich an den Küchentisch. Dann begann Tom zu berichten, trank hin und wieder einen Schluck und sprach weiter. Die anderen lauschten fassungslos, unterbrachen ihn jedoch nicht.

„… und als ich das hörte, wurde mir klar, dass ich wegmusste. Ich habe Eliana mit jeder Körperzelle geliebt, ja, es war das erste Mal seit meiner Pubertät, dass ich so für eine Frau empfunden habe, doch als mir klar wurde, dass sie eine Mörderin ist, dass sie meinen Bruder eiskalt umgebracht hat, wollte ich nur noch weg."

„Verständlich", murmelte Björn.

Tom wandte sich an Oliver. „Wie ich außerdem erfahren habe, weißt du inzwischen von dem Fehler, den ich vor einigen Jahren gemacht habe. Du weißt schon, die Sache mit Annette. Es tut mir wahnsinnig leid, ich möchte mich aufrichtig bei dir entschuldigen. Das Ganze war rücksichtslos und dumm. Ich könnte es dir nicht verübeln, wenn du nichts mehr mit mir zu tun haben willst. Aber es würde mich sehr freuen, wenn du mir irgendwann verzeihst."

Er klang ehrlich kleinlaut und schien ein schlechtes Gewissen zu haben.

Oliver und die beiden anderen staunten Tom sprachlos an. Solche Reden war man von ihm nicht gewohnt.

Oliver fand als Erster seine Sprache wieder. „Ich sammle heute Entschuldigungen wie andere Leute Briefmarken", murmelte er, dann sah er erst zu Finn und dann zu Tom. „Ihr zwei habt euch wie riesengroße Arschlöcher verhalten und mich damit sehr verletzt. Ich meine, ich war euch immer ein fairer Freund. Womit hab ich dieses Verhalten verdient, hm?"

„Gar nicht", antwortete Finn niedergeschlagen. „Das ist ja der Punkt. Du hast nichts davon verdient. Wir haben Fehler gemacht, die nicht zu entschuldigen sind, aber sie tun uns ehrlich leid. Du musst uns nicht verzeihen, aber wenn du es tust …" Er brach ab, weil ihm die Stimme versagte und Tränen seine Augen füllten.

„… dann werden wir von heute an die besten, ehrlichsten und dankbarsten Freunde sein, die du dir vorstellen kannst“, vollendete Tom seinen Satz.

„Ich finde diese Szene ja äußerst rührend“, warf Björn ein, „und es ist gut, dass ihr euch aussprecht und so, aber meint ihr nicht, wir sollten die Polizei informieren? Wer weiß, was diese Elena –“

„Eliana“, verbesserte Tom.

„Von mir aus. Ich meine nur, sie sollte schnellstmöglich gefasst werden, ehe sie von hier verschwindet oder irgendeine Dummheit begeht.“

Oliver stand auf und holte sein Handy, das auf der Arbeitsplatte lag, weil es gerade auflud. „Du hast völlig recht“, sagte er. „Ich rufe diesen Kommissar Andresen an.“

Finn sah auf die Uhr. „Ich muss auch telefonieren.“

„Ach ja“, fragte Tom. „Mit wem denn?“

Finn sah ihn herausfordernd an. „Mit einer Frau, stell dir vor. Wir waren heute Abend zum Essen verabredet. Ich schätze, ich muss das verschieben.“

*

Nachdem Mirja und Weichert ihrem Chef das Ergebnis ihrer Nachforschungen mitgeteilt hatten, dauerte es nicht lange, bis Andresen im Büro auftauchte. Weichert erschrak, als er seinen Kollegen erblickte, denn er sah schlimm aus. Unter seinen dunkel umschatteten Augen hingen ausgeprägte Tränensäcke, die Stoppeln auf Kinn und Wangen wirkten nicht wie ein gepflegter Dreitagebart, sondern als hätte Andresen mehrere Nächte nicht geschlafen. Als Widerspruch dazu vermittelte seine Frisur den Eindruck, er sei gerade aus dem Bett gestiegen – und das, obwohl er kaum noch über eine nennenswerte Haarpracht verfügte.

Ohne sich die Jacke auszuziehen nahm Andresen hinter seinem Schreibtisch Platz.

„Gibt's was Neues? Mirja, was ist mit dem Haftbefehl."

Sie wedelte mit einem Blatt Papier. „Erledigt. Fahren wir jetzt zu ihm und konfrontieren ihn mit dem, was wir herausgefunden haben?"

„Und ob", meinte Andresen grimmig. „Aber Sie bleiben hier."

„Was?", entgegnete sie enttäuscht. „Aber ich …"

„Keine Widerrede!", fuhr er sie an, so laut, dass sie zusammenzuckte.

Etwas gemäßigter fuhr er fort: „Für den Fall, dass Jakobs uns zuvorgekommen und entwischt ist, brauche ich hier jemanden. Weichert, kommen Sie."

Gemeinsam machten sie sich auf den Weg zu Andresens Mercedes. Weichert sagte nichts. Die Gemütsverfassung seines Kollegen erinnerte ihn an eine Flasche Nitroglyzerin. Andresen war, seit er das Büro betreten hatte, wortkarg gewesen, und hatte seinen Kollegen das Gefühl vermittelt, dass man in physischer Gefahr schwebte, wenn man es wagte, ihn anzusprechen.

„Wie sind Sie darauf gekommen, dass Tom Jakobs seinen Bruder spielt?", wagte Weichert schließlich doch zu fragen, als sie in den Wagen stiegen.

Zunächst antwortete Andresen nicht. Seine Miene verriet finstere Entschlossenheit, sonst nichts.

„Mir fiel der Augenblick ein, als Frau Nowak ihm das Kännchen mit Milch zuschob und dafür einen vernichtenden Blick erntete", ließ er sich schließlich zu einer Antwort herab, als Weichert schon nicht mehr damit rechnete.

„Ich habe mir erst nichts dabei gedacht, doch heute wurde mir klar, was er damit ausdrücken wollte. Nämlich, dass sie einen Fehler gemacht hat."

„Weil Jakobs seinen Kaffee immer nur mit Zucker trank", kapierte Weichert. „Und meine kleine Falle bezüglich der SG sollte den Verdacht untermauern."

„Sie sagen es." Sie fuhren am Hafen entlang Richtung Neustadt. Andresen gab Gas und brauste gerade noch bei Dunkelgelb über die Ampel an der Neuen Straße.

„Ich meine, jeder Handballfan weiß, dass der Spieler bei den Löwen nicht Jannik Kohlbecker sondern Kohlbacher heißt", redete Weichert weiter.

Vom Fahrersitz kam nichts weiter als ein zustimmendes „Hmhm."

„Nur Jakobs nicht, denn der interessiert sich nicht für Handball, wie Mirja von Alba Engelkamp erfahren hat."

Diesmal kam gar keine Reaktion mehr. Weichert schwieg. Er war ein bisschen beleidigt, denn eigentlich hatte er ein Wort des Lobes für seine Improvisation erwartet. Aber Undank war der Welten Lohn, das kannte er schon. Seufzend sah er aus dem Seitenfenster. Draußen herrschte bereits Dunkelheit, abgesehen von der Straßenbeleuchtung und den Scheinwerfern der entgegenkommenden Autos, die Lichtkegel in die Nacht schickten. Sie fuhren am Schiffsmuseum vorbei und wenig später am Busdepot in der Apenrader Straße.

Die Freisprechanlage meldete einen eingehenden Anruf. Andresen drückte auf die entsprechende Taste. „Andresen", bellte er.

Weichert wandte ihm das Gesicht zu und betrachtete ihn besorgt. Der Tod seiner Mutter machte aus ihm eine gereizte Wildkatze, die ihre Krallen nach jedem ausfuhr, der den Fehler machte, ihr zu nahe zu kommen.

„Hier … hier ist Silke Klasen", meldete sich eine eingeschüchtert klingende Stimme. „Spreche ich mit der Polizei? Man hat mir Ihre Nummer gegeben."

„Hier ist die Kripo Flensburg, Frau Klasen", sagte Andresen, nur unwesentlich freundlicher. „Was gibt es denn?"

„Ich bin die Nachbarin von Max Jacoby und Eliana Nowak. Und ich fürchte, Herr Jacoby hat meiner Freundin was angetan."

Weichert und Andresen tauschten einen überraschten Blick.

„Wie kommen Sie darauf, Frau Klasen?", fragte Andresen wachsam.

„Sie hat mir eine Nachricht geschickt. Ich bin zu ihr rübergelaufen, nachdem ich sie bemerkt habe, doch auf mein Klingeln und Klopfen hat sie nicht reagiert. Auch auf meine Anrufe nicht."

„Wie lautete die Nachricht?"

„Es war nur ein Wort: Dunkelbunt"

„Aha", meinte Andresen vielsagend. „Und inwiefern entnehmen Sie diesem Wort, dass –?"

„Das bedeutet, dass sie sich fürchtet. Vor Max."

Sie bogen nach rechts ab in die Annenstraße. „Könnten Sie das freundlicherweise erläutern?" Andresen klang, als könne er sich nur mühsam beherrschen.

„Dunkelbunt!", wiederholte Frau Klasen eindringlich. „Das hatten wir als Codewort vereinbart, für den Fall, na ja, dass uns Gefahr droht. Von unseren Partnern. Es ist ein Hilferuf, verstehen Sie? Bitte kommen Sie schnell! Eliana ist meine beste Freundin. Ich werde es mir nie verzeihen, wenn –"

„Wir sind gleich bei Ihnen", unterbrach Andresen sie, beendete das Gespräch und ließ das Handy in die Ablage am Armaturenbrett poltern.

„Was hat das zu bedeuten?", fragte Weichert.

„Woher soll ich das wissen, verdammt noch mal!", schnauzte Andresen gereizt. „Wir werden es gleich erfahren, nehme ich an. Fordern Sie Verstärkung an. Wir müssen vielleicht die Tür aufbrechen."

„In Ordnung."

„Und einen Rettungswagen." Andresen schaute konzentriert durch die Windschutzscheibe, blinkte links und bog in den Weg ein, der zu Jacobys Haus führte.

Eine kleine blonde Frau in einem teuer wirkenden Mantel stand vor dem Haus und kam nun aufgelöst auf sie zu. Andresen parkte neben dem einzigen Fahrzeug auf der Auffahrt: dem Opel mit Werbeaufdruck, den Eliana Nowak fuhr.

„Jacobys Wagen ist nicht da", stellte Weichert fest und schnallte sich ab.

„Sie sind ein Blitzmerker“, kam es zynisch von Andresen, ehe er die Fahrertür aufstieß. „Vermutlich müssen wir ihn zur Fahndung ausschreiben“, fügte er hinzu.

„Aber vorher schauen wir uns um. Vielleicht steht der Wagen in der Garage, und Jakobs ist doch noch im Haus.“

Die Blondine hatte die blauen Kulleraugen aufgerissen, und Weichert erkannte, dass sie den Tränen nahe war.

„Oh, endlich sind Sie da!“, rief sie aus. „Bitte kommen Sie schnell!“

„Wie lange ist es her, seit Sie die Nachricht von Frau Nowak erhalten haben?“, fragte Andresen, ohne stehen zu bleiben.

Silke Klasen eilte nervös neben ihm her. „Ich … ich weiß nicht genau. Vielleicht eine halbe Stunde. Höchstens fünfundvierzig Minuten. Aber geschickt hat sie sie schon früher, so gegen Viertel vor sieben.“

Andresen warf einen Blick auf die Uhr. Es war fast acht. „Haben Sie einen Schlüssel?“

Sie schüttelte den Kopf. „Natürlich nicht. Sonst hätte ich ihn doch längst benutzt.“

*

Oliver lauschte dem automatischen Text am anderen Ende der Leitung und hinterließ eine Nachricht. Dann stand er auf. „Ich muss noch mal weg“, sagte er zu Finn und Tom. „Wo ist Björn?“

„In seinem Zimmer, glaube ich", erwiderte Finn. „Er wollte telefonieren. Wahrscheinlich mit seinen Kids. Die kommen doch am Wochenende."

„Ach so." Oliver ging in den Flur, schlüpfte in seinen dunkelgrünen Parka und zog den Reißverschluss zu. Dann warf er noch einen schnellen Blick in die Küche und verabschiedete sich von seinen Freunden. „Bis später."

„Wo willst du denn jetzt hin?", wunderte sich Tom.

„Ich möchte jemandem eine Freude machen. Bin bald wieder da."

Auf dem Weg nach Flensburg überlegte er, ob er vorher anrufen sollte, verwarf den Gedanken jedoch wieder, weil er fürchtete, die unfassbare Neuigkeit würde einfach so aus ihm herausplatzen. Er wollte Albas Gesicht sehen, wenn er ihr erzählte, was geschehen war.

Seit dem gemeinsamen Abendessen mit ihr und ihrem Sohn hatte sich Oliver häufig dabei ertappt, dass er an Alba dachte. Zu seiner eigenen Verwunderung war sie in seinen Gedanken nicht mehr die Haushälterin, die für Ordnung und warme Mahlzeiten sorgte, sondern eine attraktive, kluge und warmherzige Frau, die es im Leben nicht leicht gehabt hatte.

Nachdem Leon an dem Abend im ‚Isabella' seine Pizza vertilgt hatte, hatte Alba ihn mithilfe von Kopfhörern („Die hab ich immer dabei, man weiß nie, wozu es gut ist") ein Video auf ihrem Handy anschauen lassen, sodass sie ungestört reden konnten. In seinem Beruf hatte Oliver das Zuhören gelernt, und Alba lauschte er gern. Ihre lebhafte Mimik faszinierte ihn, und er fand es bezaubernd, wie sie immer wieder mit dem Zeigefinger die Brille zurück auf den Gipfel ihrer Nase schob.

Zum ersten Mal nahm er an jenem Abend Anteil an ihrem Leben, über das er sich zuvor nie Gedanken gemacht hatte. Zum Beispiel erfuhr er, dass der Vater von Leon sie bereits während der Schwangerschaft verlassen hatte. Seither versuchte sie, sich und ihren Sohn allein durchzubringen, von der kurzen Beziehung mit ihrem Ex-Freund abgesehen.

„Diese Erfahrung hätte ich Leon gern erspart", hatte sie Oliver anvertraut und mit einem liebevollen Blick auf ihren in das Video vertieften Sohn hinzugefügt: „Lieber bleibe ich für den Rest meines Lebens allein, als ihm noch einmal so etwas anzutun. Die Streitereien mit Niklas haben Leon stark verunsichert. Ich bin glücklich, dass er sich inzwischen davon erholt hat, und werde alles tun, damit das so bleibt."

Erst an diesem Abend erfuhr Oliver zudem, dass Alba eine abgeschlossene Ausbildung zur Bankkauffrau vorweisen konnte. Bei ihrem Vorstellungsgespräch war das nicht zur Sprache gekommen, wofür sich Oliver schämte. Er hatte nur wissen wollen, ob sie kochen konnte und ob ihr die Arbeitszeiten zusagten. Wie uninteressiert und gleichgültig musste er auf sie gewirkt haben!

Er verlieh seinen Gedanken Ausdruck, doch Alba schüttelte lachend den Kopf. „Inwiefern hätte mein gelernter Beruf für Sie relevant sein sollen? Hat eine Bankkauffrau besondere Kenntnisse beim Wäschewaschen oder Staubwischen? Ich denke nicht. Für Sie war wichtig, dass ich fleißig, ehrlich und pünktlich bin."

Er nickte zustimmend. Alle diese Eigenschaften trafen eindeutig auf Alba zu.

Nach der Geburt von Leon, erzählte sie weiter, fand sie in ihrem Beruf keine Anstellung, die sich mit der Betreuung ihres Sohnes vereinbaren ließ. Über einige Umwege war sie schließlich dazu gekommen, als Haushaltshilfe zu arbeiten, und sehr dankbar für den angenehmen Job bei Oliver und seinen Freunden.

Er wiederum dankte dem Schicksal, dass es ihn mit dieser liebenswerten Frau zusammengebracht hatte.

Was sie wohl für ein Gesicht machen würde, wenn er ihr erzählte, was geschehen war?

Er fand einen Parkplatz direkt vor dem Haus, in dem sie wohnte, eilte mit großen, ungeduldigen Schritten den kurzen Weg bis zur Eingangstür entlang und drückte den Klingelknopf mit der Aufschrift ‚Engelkamp'.

Nervös auf den Absätzen wippend, wartete er auf eine Reaktion. Er fragte sich bereits, ob Alba gar nicht zu Haus sei, doch wo hätte sie um diese Uhrzeit sonst sein sollen? Ehe er den Gedanken vertiefen konnte, knackte es leise, dann hörte Oliver Albas Stimme aus der Sprechanlage. „Ja?"

„Hier ist Oliver. Oliver Fröhlich. Darf ich raufkommen?"

Er musste ein paar Herzschläge abwarten, ehe Alba „Natürlich" sagte und den Öffner drückte. „Zweiter Stock", fügte sie noch hinzu.

Er stieß die Eingangstür auf, schaltete das Treppenhauslicht ein und rannte die Stufen nach oben. In der zweiten Etage stand Alba in der Tür rechts von Oliver und blickte ihm angespannt entgegen. Natürlich musste sie sich fragen, wieso er sie privat aufsuchte. Ihre Miene verriet Neugier, gepaart mit Argwohn, doch bildete er sich ein, in den dunklen Augen hinter den Brillengläsern auch eine Spur von Freude zu erkennen. Vielleicht handelte es sich aber auch nur um einen Lichtreflex.

Sie sah anders aus als sonst. Ihr üblicherweise zurückgebundenes dunkles Haar fiel locker über die Schultern. Er trat auf sie zu und schenkte ihr ein entwaffnendes Lächeln. „Bitte entschuldigen Sie die Störung, aber –"

„Kommen Sie erst einmal herein", unterbrach sie ihn. „Es ist ja nicht nötig, dass sämtliche Nachbarn mithören."

Also trat er in den kleinen, warmen Flur ihrer Wohnung und schnupperte. Es roch nach Pfannkuchen. Mein Gott, dachte Oliver, wie lange habe ich keine Pfannkuchen mehr gegessen? Dabei war das als Kind seine Leibspeise gewesen. Dieser Duft katapultierte ihn zurück in seine Kindheit, und prompt hatte er den Geschmack von Apfelmus und Zimt im Mund.

Aus dem Augenwinkel bemerkte er die schmale Garderobe aus Buche, an der zwei Kinderanoraks, ein Mantel und eine rosa Daunenjacke hingen, den passenden, hüfthohen Schuhschrank, auf dem eine weiße Orchidee stand, und mehrere weiß gerahmte Bilder von Leon an der Wand. Als Baby auf Mamas Schoß, als Kleinkind beim Torteessen, das Einschulungsfoto mit Schultüte und Zahnlücken. An einer Pinnwand neben dem schmalen Spiegel hatten ein paar bunte Kinderzeichnungen Platz gefunden.

Aus dem Zimmer am Ende des Flurs erklang die Titelmelodie einer Serie.

Leon erschien im Türrahmen des Raums rechts von ihnen.

„Schätzchen, das ist Herr Fröhlich, du kennst ihn doch noch, oder?“

Leon nickte.

„Willst du nicht ‚Hallo‘ sagen?“

Er sah zu Oliver. „Hallo.“ Dann wandte er sich wieder Alba zu. „Mama, darf ich fernsehen, wenn du Besuch hast?“

Sie schüttelte den Kopf. „Nein. Du wirst dich jetzt waschen und die Zähne putzen. Es ist schon spät, mein Schatz. Du musst ins Bett.“

Maulend und mit gesenktem Kopf drehte Leon sich um und zog die Tür hinter sich zu.

„Kommen Sie mit ins Wohnzimmer“, bat Alba. „Möchten Sie etwas trinken? Ich glaube, ich habe noch eine angebrochene Flasche Weißwein im Kühlschrank.“

Sie wandte sich zur Küche, doch ehe sie sie betreten konnte, drehte Oliver sie an einer Schulter sanft zu sich herum. Er konnte nicht mehr warten, hatte nicht die Ruhe für einen einleitenden Small Talk über einem Glas Wein.

„Vielen Dank, aber ich will nichts trinken, Alba. Ich bin hier, weil ich Neuigkeiten habe, mit denen Sie bestimmt nicht rechnen, die Sie aber garantiert freuen werden.“

Sie musterte ihn fragend und entzog sich mit einer kleinen, unabsichtlich wirkenden Bewegung der Hand auf ihrer Schulter. „Was für Neuigkeiten?“

Er holte tief Luft. „Es geht um Tom. Er ist nicht tot. Er lebt!“

Sie machte einen Schritt nach hinten, als wolle sie instinktiv auf Abstand gehen. Auf ihrer Stirn bildeten sich ein paar dünne, waagerechte Striche, und ihre Augen wurden schmal. Ihr rechter Zeigefinger schob die Brille an ihren angestammten Platz. „Entschuldigen Sie die Frage, Herr Fröhlich, aber sind Sie betrunken?"

„Ich bin stocknüchtern. Alba, ich sage die Wahrheit. Tom ist so lebendig wie Sie und ich."

Sie schüttelte den Kopf. „Das ist unmöglich, ich habe ihn doch gesehen. Den Anblick werde ich den Rest meines Lebens nicht mehr los. Er verfolgt mich seitdem jede Nacht …" Sie umschlang ihren Oberkörper, als würde sie frieren.

„Das tut mir sehr leid", meinte Oliver ehrlich, „aber glauben Sie mir, der Tote war nicht Tom. Es war sein Zwillingsbruder, den Sie gefunden haben."

„Zwillingsbruder?", hauchte sie ungläubig.

Oliver nickte.

Sie starrte ihn an. „Entschuldigung", flüsterte sie, „aber ich glaube, ich muss mich hinsetzen."

Sie standen noch immer im Flur. Oliver führte Alba ins Wohnzimmer und weiter bis zu einer gemütlich wirkenden Couch, auf der viele bunte Kissen lagen. Kraftlos ließ sie sich in die Polster fallen.

„Ist das wirklich wahr?", flüsterte sie zu ihm aufblickend, und ihre Augen wirkten noch größer, als sie ohnehin waren. „Tom lebt?"

Erst jetzt registrierte Oliver, dass Alba einen blassblauen Sweater zu einer passenden bequemen Hose trug und an den Füßen dicke lilafarbene Flauschsocken. Sie wirkte in dem Aufzug wie ein junges Mädchen. Der Anblick berührte sein Herz.

„Ich schwöre, es ist wahr", versicherte er, ließ sich auf dem Sessel neben Alba nieder und ergriff ihre warme, weiche Hand. „Der gute alte Tom sitzt im Augenblick bei uns zu Hause am Küchentisch und trinkt Cola."

Ihre Hände begannen zu zittern, und in ihren Augen schimmerten Tränen. Eine löste sich und rann über ihre Wange. Alba nahm die Brille ab und wischte sie und jede weitere, die sich aus ihrem Augenwinkel löste, mit dem Ärmel ihres Sweaters fort, während Oliver berichtete, was er bisher erfahren hatte.

Als er geendet hatte, setzte Alba schniefend ihre Brille wieder auf. „Ich kann es nicht glauben", sagte sie mit erstickter Stimme. „Natürlich ist es furchtbar, was er getan hat, doch ich bin einfach nur froh, dass er noch lebt." Sie lachte erleichtert. „So unendlich froh!"

„Wir haben schon versucht, den Kommissar anzurufen, doch es ging nur seine Mailbox ran", berichtete er. „Wir haben ihm eine Nachricht hinterlassen, und ich hoffe, er meldet sich bald, damit er Toms Komplizin fassen kann, ehe sie sich aus dem Staub macht. Wenn es nicht schon zu spät ist", fügte er düster hinzu.

„Komplizin", wiederholte Alba und machte ein Gesicht, als hätte sie einen üblen Geschmack im Mund. „Das klingt so nach, ich weiß nicht, nach Bonnie und Clyde."

„Ja, ein bisschen schon", musste Oliver schmunzelnd zugeben. „Laut Tom war seine Freundin aber diejenige mit der kriminellen Energie. Tom wird sich sicherlich verantworten müssen für das, was er getan hat, doch ich denke, er wird glimpflich davonkommen."

Alba lächelte ihn an. „Das denke ich auch. Er hat schließlich einen großartigen Anwalt an seiner Seite."

Oliver stand auf. „Was ist, möchten Sie mitkommen und sich davon überzeugen, dass ich Ihnen keinen Bären aufgebunden habe?"

Sie überlegte kurz, dann nickte sie und erhob sich ebenfalls. „Vorher werde ich Leon ins Bett bringen müssen und meine Nachbarin fragen, ob sie auf ihn aufpasst, während ich weg bin. Sie ist eine sehr hilfsbereite ältere Dame und hat bestimmt nichts dagegen. Aber es wird ein bisschen dauern. Sie können gern in der Zwischenzeit fernsehen, wenn Sie wollen."

„Nur, wenn wir endlich das alberne ‚Sie' weglassen", sagte er bittend. „Ich bin Oliver."

Sie hob das Kinn und zeitgleich eine Augenbraue, als müsse sie über seinen Vorschlag erst nachdenken. Dann lächelte sie ihn an, auf eine Weise, die sein Herz höherschlagen ließ.

„Schön. Mach es dir gemütlich, Oliver. Ich beeile mich!"

*

Es dauerte nicht lange, bis die Feuerwehr eintraf. Weichert und Andresen hatten die Wartezeit dafür genutzt, zu klingeln und zu klopfen, jedoch ohne Ergebnis. Dann hatten sie das Haus umrundet und in jedes Fenster gesehen, aber im Erdgeschoss schien sich niemand aufzuhalten. Sie konnten auch sonst nichts Ungewöhnliches feststellen. Nun standen sie ungeduldig und mit Schutzkleidung versehen neben dem Feuerwehrmann, der sich an der Tür zu schaffen machte.

Endlich sprang die rote Tür auf.

„Danke!“, sagte Weichert, zog wie sein Kollege seine Dienstwaffe aus dem Holster und folgte Andresen ins Innere.

Obwohl sie zumindest oberflächlich bereits festgestellt hatten, dass das Erdgeschoss verwaist war, überprüften sie umsichtig jeden Raum, und stiegen schließlich langsam die Marmortreppe hinauf ins Obergeschoss.

Oben angekommen wies Andresen mit dem Kinn nach links.

„Sie überprüfen das Atelier“, befahl er mit gesenkter Stimme. „Ich schaue mich auf der anderen Seite um.“

„Augenblick! Riechen Sie das nicht?“, fragte Weichert und schnupperte. So ähnlich roch es immer, wenn Verena sich ein Bad einließ. Er folgte dem Geruch, hielt vor einer verschlossenen Tür an und ging in die Hocke. Aus dem Schlüsselloch drang der parfümierte Geruch. Weichert kam wieder hoch und wies nickend auf die verschlossene Tür. Andresen stellte sich mit erhobener Waffe neben ihn.

Vorsichtig drückte Weichert die Klinke hinunter. Die Tür war nicht verschlossen. Er stieß sie mit Schwung auf, und zeitgleich zielten sie mit gestreckten Armen in den Raum, der sich als geräumiges Badezimmer entpuppte. Einen Herzschlag später ließen sie die Waffen sinken.

Das Bad war in schmeichelndes Licht getaucht. Links befanden sich eine Dusche, in der bequem zwei Personen gleichzeitig Platz hatten, und direkt dahinter eine Badewanne.

Eliana Nowak lag darin. Vereinzelte kleine Schaumkronen umspielten ihren nackten Körper. Ihre Augen waren geschlossen, das Gesicht lag an ihrer rechten Schulter, und der Wasserspiegel reichte ihr bis über die Oberlippe.

Ein Stromkabel führte von der nahen Steckdose bis in die Wanne. Am anderen Ende des Kabels befand sich, wie Weichert mit einem Blick ins Wasser feststellte, ein Haartrockner.

Blaulicht zuckte in der Dunkelheit. Als zwei Sanitäter den Leichnam von Eliana Nowak auf einer Trage zum Rettungswagen schoben, folgten Andresen und Weichert ihnen nach draußen und hörten als Erstes einen spitzen Schrei des Entsetzens.

„Eliana!“ Silke Klasen rannte entsetzt auf die leblos daliegende Freundin zu. Weichert fing sie ab. „Bleiben Sie hier, Frau Klasen“, riet er sie. „Es tut mir leid, Sie können nichts mehr für sie tun.“

Frau Klasen fing heftig an zu weinen. Weichert zog sie an sich und hielt sie tröstend fest.

„Dieser Schweinehund“, brach es aus ihr hervor.

„Wir wissen doch noch gar nicht, ob Herr Jacoby etwas mit ihrem Tod zu tun hat“, wandte er ein und berichtigte sich in Gedanken. Max Jacoby war mit Sicherheit unschuldig am Tod seiner Lebensgefährtin. Aber galt das auch für Tom Jakobs? Weichert hatte seine Zweifel.

Frau Klasen hob den Kopf. „Ich meine doch gar nicht Max Jacoby. Obwohl er auch ein Schweinehund ist. Nein, ich meine Basti. Vielleicht wäre Eliana noch am Leben, wenn er nicht wäre."

„Wer ist Basti?", fragte Weichert verwirrt.

„Mein Freund. Wir wohnen da vorne, in dem gelben Haus. Da fällt mir ein, vielleicht könnte einer der Ärzte ihn sich mal anschauen."

„Wieso? Was ist mit ihm?"

Sie hielt seinem Blick stand. „Ich musste ihn niederschlagen. Mit einer Flasche Olivenöl. Er mag Eliana nicht und hat verhindern wollen, dass ich ihr helfe."

Weichert starrte sie an. Reue oder ein schlechtes Gewissen las er nicht in ihrem Gesicht. Sie wirkte stattdessen beinahe stolz.

„Hallo, Herr Kommissar, hier ist Oliver Fröhlich", klang es von Andresens Mailbox. *„Tom ist gerade bei uns angekommen. Er lebt! Der Tote ist sein Bruder. Dessen Lebensgefährtin hat ihn getötet, sagt Tom. Am besten rufen Sie uns zurück. Danke."*

„Verflucht!", schimpfte Andresen, während er die Verbindung zu Oliver Fröhlich aufnahm. „Sonst hab ich mein Handy immer dabei, nur diesmal …" Er schüttelte, verärgert über sich selbst, den Kopf und schaltete auf Lautsprecher. Es klingelte nur zweimal, dann hörten sie die Stimme von Fröhlich.

„Andresen hier. Ich habe gerade Ihren Anruf abgehört. Ist Herr Jakobs noch bei Ihnen im Haus?"

„Ja, ich denke schon."

„Was soll das heißen?“, fragte Andresen scharf. „Ist er da oder nicht?“

„Ich bin im Augenblick nicht zu Hause, fahre aber gleich wieder hin.“

„Verstehe. Wenn er sich noch bei Ihnen aufhält, lassen Sie ihn keinesfalls gehen“, sagte Andresen eindringlich und drehte den Zündschlüssel. „Wir haben die eine oder andere Frage an ihn und sind bereits auf dem Weg.“

„Alles klar. Bis gleich.“

Andresen trennte die Verbindung und schaltete in den Rückwärtsgang.

„Einen Moment noch“, sagte Weichert ernst. „Machen Sie bitte den Motor aus.“

Perplex tat Andresen, was sein Kollege gesagt hatte. „Was ist?“

„Ich weiß, dass Sie einen schlimmen Verlust erlitten haben“, begann Weichert, und als Andresen ihn unterbrechen wollte, hob er abwehrend eine Hand. „Lassen Sie mich ausreden. Ich kann Ihren Schmerz, die Wut und die Trauer nachempfinden, glauben Sie mir. Und ich kann auch verstehen, dass Sie sich Vorwürfe machen – unberechtigterweise, wie ich hinzufügen möchte –, aber ich kann nicht akzeptieren, dass sie momentan auf jeden, der sich muckt, verbal einprügeln.“

„Das tue ich doch gar –“

„Und ob Sie das tun“, unterbrach ihn Weichert. Er zitterte ein wenig. Ob vor Zorn auf seinen Kollegen oder aus Angst vor seiner eigenen Courage, vermochte er nicht zu bestimmen. Aber ihm war bewusst geworden, dass seinem Chef der Spiegel vorgehalten werden musste.

Und außer ihm war niemand da, der das übernehmen konnte.

„Sie sind ja schon im Normalzustand kein Ausbund an Höflichkeit, und wie gesagt, ich habe durchaus Verständnis für Ihre Lage. Aber wir haben hier einen Mordfall zu lösen. Ich möchte Ihnen deshalb dringend ans Herz legen, dass Sie sich und Ihre Wut auf die Welt ab sofort zurücknehmen und sich wieder halbwegs normal verhalten. Anderenfalls möchte ich Ihnen raten, nach Hause zu fahren und mich die Sache allein zu Ende bringen zu lassen, ehe es zu weiteren Gewalttaten kommt, wenn Sie verstehen, was ich meine." Er betrachtete seinen Chef eindringlich.

Andresen erwiderte seinen Blick mit Zorn. Doch dann verzog sich sein Gesicht, es zuckte darin, und er schloss die Augen. Weichert erschrak richtig, als ein heftiges Schluchzen aus der Kehle seines Kollegen drang. Verstört ruderte er zurück. „Oh, ich … bitte entschuldigen Sie, ich wollte nicht …", stammelte er, doch Andresen schüttelte den Kopf und winkte ab. „Sie haben ja recht", gab er mit erstickter Stimme zu.

Weichert öffnete das Handschuhfach. Dort fanden sich zwar keine Taschentücher, wie er gehofft hatte, aber immerhin eine Gesichtsmaske. Er reichte sie seinem Kollegen.

„Danke", stieß Andresen hervor, rieb sich die Augen und schnäuzte sich die Nase. Dann holte er tief Luft. „Der Gedanke, dass ich als Sohn versagt habe, dass ich eine Mitschuld trage am Tod meiner Mutter, macht mich fertig", gab er zu und lachte kurz und bitter auf. „Nicht einmal Daniela gegenüber habe ich davon ein Wort gesagt, und nun schütte ich ausgerechnet Ihnen mein Herz aus."

„Das ist absolut in Ordnung", sagte Weichert, der sich sicher war, dass Daniela Mücke längst wusste, was in ihrem Partner vorging. „Ich bin froh, dass Sie sich überhaupt öffnen", fuhr er fort. „Und Sie tragen keinerlei Schuld daran, dass Ihre Mutter sich infiziert hat. Sie war eine erwachsene und gut informierte Frau und hätte selbst für sich sorgen müssen. Machen Sie sich keine Vorwürfe, Herr Kollege. Sie sind ein besserer Sohn als ich. Meine Eltern hören manchmal wochenlang nichts vor mir."

Noch während er das aussprach, nahm Lutz Weichert sich vor, daran etwas zu ändern. Denn irgendwie konnte er verstehen, dass sein Kollege sich schuldig fühlte.

Andresen stopfte die feuchte Maske in die Ablage der Fahrertür, atmete noch einmal tief durch und startete den Motor.

„Ich reiße mich ab sofort zusammen", versprach er. „Und nun holen wir uns den falschen Künstler."

„Einverstanden", sagte Weichert erleichtert.

Andresen schaltete das Radio ein. „Ich brauche jetzt ein bisschen Kawumms", sagte er und suchte die Sender durch, bis er das Richtige fand. „Ist es okay, wenn ich die Musik auf Laut drehe?"

Es war irgendwas mit viel E-Gitarre und Gebrüll statt Gesang. Nicht gerade die favorisierte Musik von Lutz Weichert, der lieber ruhige Töne mochte. Aber er nickte gottergeben. Für ein paar Minuten würde er das schon überstehen.

Mit dröhnenden Boxen brausten sie Richtung Umgehung.

Als das Lied zu Ende war, drosselte Andresen die Lautstärke auf ein erträgliches Maß.

„Das tat gut“, sagte er ausatmend.

„Mir klingeln zwar die Ohren“, Weichert zog eine Grimasse, „aber Hauptsache, Sie fühlen sich ein wenig besser.“

Sie erreichten die Schnellstraße nach Handewitt. „Diese Seite kannte ich noch gar nicht an Ihnen“, bemerkte Andresen. „Es hat Sie bestimmt Überwindung gekostet, derart Tacheles mit mir zu reden.“

„Es erschien mir notwendig“, gab Weichert knapp zurück. Insgeheim war er jedoch unendlich erleichtert darüber, dass sein Chef so einsichtig reagiert hatte. Denn wenn er ehrlich war, hatte er damit nicht wirklich gerechnet.

Der Wagen von Oliver Fröhlich fehlte auf der Auffahrt, als sie in Gottrupel ankamen.

Tom Jakobs selbst öffnete ihnen die Tür. Er hatte die rote Brille abgelegt, doch davon abgesehen sah er seinem Bruder noch immer erschreckend ähnlich.

„Da sind Sie ja. Haben Sie Eliana verhaftet?“, fragte er Andresen zur Begrüßung.

Lutz Weichert wollte schon etwas sagen, doch sein Kollege warf ihm einen Blick zu, der Weichert bewog, seinen Mund schnell wieder zuzuklappen.

„Können wir uns irgendwo hinsetzen und reden?“, fragte Andresen.

„Ja, natürlich. Kommen Sie rein.“ Tom ging voraus ins Wohnzimmer und bot ihnen einen Platz am Esstisch an.

Finn Rohloff und Björn Steiner saßen bereits dort. Sie hatten ein Flensburger Bier vor sich stehen. Steiner sprang auf und fragte, ob die Kommissare auch etwas trinken wollten. Sie verneinten und nahmen Platz.

„Herr Jakobs, bitte schildern Sie uns, was heute passiert ist“, begann Andresen.

Tom nickte. „Gerne. Am späten Nachmittag klingelte im Haus das Telefon. Ich ging ran. Es war diese Staatsanwältin, den Namen habe ich vergessen.“

„Frau Birk-Johannsen?“, fragte Andresen.

„Ja, ich glaube, so hieß sie. Sie war mit Max befreundet und glaubte natürlich, mit ihm zu reden. Sie sagte, wie leid es ihr täte, dass mein Bruder so unschön verstorben sei. Dabei erwähnte sie, dass er mit einer Plastiktüte erstickt worden ist. Das war für mich ein ziemlicher Schock.“

„Und wieso das?“

„Weil Eliana immer behauptet hat, dass Max bei dem Sturz von der Treppe gestorben sei. Es sei ein Unfall gewesen. Nach dem Anruf der Staatsanwältin wurde mir klar, dass sie mir die ganze Zeit etwas vorgemacht hat.“

Andresen nickte und machte eine auffordernde Handbewegung. „Weiter.“

„Ich war unheimlich wütend auf Eliana“, sagte Tom. „Also bin ich nach oben gerannt, um sie zur Rede zu stellen. Eliana war im Badezimmer. Ich warf ihr an den Kopf, was ich erfahren hatte, und teilte ihr mit, dass ich nicht mehr mitmachen würde. Ich wolle zurück in mein altes Leben, zurück zu meinen Freunden, und ich sagte ihr, dass ich der Polizei alles erzählen würde. Dann habe ich mich umgedreht und bin gegangen. Sie rannte mir hinterher, hat mich angefleht zu bleiben, doch ich wollte nur noch weg von ihr."

„Sie sagten gerade, Frau Nowak sei Ihnen hinterhergerannt", wiederholte Andresen.

„Ja. Und?"

„Haben Sie nicht eben behauptet, dass sie in der Badewanne lag?"

„Nein", erwiderte Tom. „Ich sagte, sie sei im Badezimmer gewesen. Sie ließ sich gerade ein Bad ein, aber sie lag noch nicht in der Wanne. Warum? Ist das wichtig?"

Andresen schwieg und sah zu Weichert.

Der zuckte kaum merklich mit den Achseln. Ihm erschien die Aussage von Tom Jakobs glaubhaft, doch in den vergangenen Tagen hatte dieser mehrfach bewiesen, dass er ein guter Schauspieler war. Weichert musste daran denken, wie er als Max Jacoby über sich selbst hergezogen war, und kein gutes Haar an seinem ‚Bruder' Tom gelassen hatte. Das war verdammt überzeugend gewesen.

In der Haustür drehte sich ein Schlüssel, Shanty rannte bellend zur Tür, und wenig später kam Alba Engelkamp ins Wohnzimmer gestürzt. Hinter ihr erschien Oliver Fröhlich. Er blieb ihm Türrahmen stehen.

„Tom!", rief Alba. Tränen rannen wie Sturzbäche über ihre Wangen. „Oh, mein Gott!"

Tom stand so schnell auf, dass um ein Haar sein Stuhl umgekippt wäre. Strahlend öffnete er seine Arme, und Alba fiel hinein. „Du lebst", schluchzte sie. „Ich wollte es nicht glauben, aber es ist wahr! Du lebst!" Sie küsste ihn auf die Wange und lachte unter Tränen. „Seit wann hast du einen Bart?"

„Es tut mir leid, was ich dir angetan habe", murmelte er. „Niemals hätte ich damit gerechnet, dass ausgerechnet du …" Er räusperte sich unbehaglich. „ nun ja … dort auftauchen würdest."

Sie sagte nichts, atmete nur tief ein und aus. Dann löste sie sich von ihm und wischte sich die Tränen aus den Augen. „Es war der Schreck meines Lebens", gab sie zu. „Aber nun ist alles wieder gut. Es war nicht mehr dasselbe hier ohne dich."

Er nickte. „Ich bin auch froh, wieder zu Hause zu sein."

Andresen räusperte sich vernehmlich, sodass sich alle ihm zuwandten. Tom hatte Alba einen Arm um die Schultern gelegt. „Bitte entschuldigen Sie, Herr Kommissar", sagte er mit einem seligen Lächeln im Gesicht. „Es ist so schön, wieder bei den Menschen zu sein, die mir wichtig sind. Und es tut so gut, wieder ich selbst zu sein."

„Das verstehe ich", sagte Andresen, „und es tut mir leid, die Wiedersehensfeier zu trüben, doch es gibt etwas, das Sie wissen sollten."

„Und das wäre?"

„Herr Jakobs, Frau Nowak ist tot. Wir fanden sie leblos in der Badewanne. Neben ihr im Wasser lag ein ans Netz angeschlossener Haartrockner. Können Sie uns das erklären?"

„Nein, kann er nicht", meldete sich Oliver Fröhlich zu Wort, der nun näher kam. Er blieb neben Tom stehen. „Mein Mandant wird vorerst keine Aussage mehr machen."

Andresen nickte widerstrebend. „Das ist sein gutes Recht."

„Tom, was hat das zu bedeuten?", fragte Alba verwirrt.

Andresen antwortete ihr. „Das bedeutet, Sie müssen bereits wieder Abschied nehmen. Wir müssen Herrn Jakobs vorläufig festnehmen. Er steht im Verdacht, Frau Nowak getötet zu haben.“

KAPITEL 18

Das vertraute leise Klackern von Fingern auf der Tastatur eines Laptops empfing Lutz Weichert, als er an diesem Abend nach Hause kam. Verena saß offenbar wieder an ihrem Manuskript.

Sie war wirklich fleißig, musste er zugeben. Dies war bereits ihr dritter Krimi, und er nahm an, die Arbeit daran neigte sich dem Ende entgegen. In diesen Phasen kam Verena kaum weg von ihrem PC, das kannte er schon.

Lutz sah seufzend auf die Uhr. Es war spät geworden, er war todmüde, und ihm knurrte der Magen.

Mit einem erschöpften „Bin wieder da“ machte er sich bemerkbar.

Das Klappern verstummte. Lutz zog sich gerade die Schuhe aus, als Verena zu ihm ins Wohnzimmer kam.

„Na endlich“, sagte sie, aber ohne Vorwurf in der Stimme. Sie wusste, dass Lutz’ Arbeitszeiten je nach Dringlichkeit variieren konnten. „Erzähl, was ist passiert?“

„Ziemlich viel. Wir konnten den Mord aufklären, die Mörderin aber nicht festnehmen, weil sie das Zeitliche gesegnet hat. Jemand hat ihr einen tödlichen elektrischen Schlag verpasst. Aber immerhin konnten wir den Hauptverdächtigen festnehmen. Und nun bin ich kaputt. Hast du was Essbares eingekauft? Ich sterbe vor Hunger.“

Verena zog die Stirn kraus. „Das ist hoffentlich ein Witz."

„Wieso? Denkst du, ich bin so spät, weil ich mir unterwegs eine Currywurst gegönnt habe?"

„Gegenfrage. Weißt du, welcher Tag heute ist?"

Lutz grübelte. All ihre Feiertage lagen im Sommer. Die erste Verabredung, ihre Verlobung … Was konnte es sonst noch für einen besonderen Anlass geben?

„Hilf mir auf die Sprünge", bat er.

„Heute vor drei Jahren sind wir zusammengezogen! Hast du diesen Jahrestag etwa schon wieder vergessen?" Verena setzte ihr Schmollgesicht auf und verschränkte die Arme.

„Ehrlich gesagt, ja", gab Lutz zurück. „Dieses Jubiläum ist dir offenbar wichtiger als mir." Dann hatte er eine Idee. Obwohl ihm keineswegs der Sinn danach stand, seine gemütlichen vier Wände schon wieder zu verlassen, ging er auf Verena zu, hob ihr Kinn an und küsste ihren Schmollmund. „Na komm, wir fahren zu unserem Chinesen. Vielleicht sind noch ein paar Reste vom Buffet übrig."

Im Restaurant angekommen, setzten sie ihre Masken auf und hielten ihre Handys bereit. Sie mussten ihre Impfungen nachweisen, um einen Tisch zu bekommen. Verrückte Zeiten, dachte Lutz nicht zum ersten Mal. Ob Essengehen jemals wieder so sein würde wie früher? Falls es dazu kam, nahm er sich sogleich vor, würde er Verena in ein besonderes Restaurant einladen. In den Alten Meierhof zum Beispiel, oder ins La Vela in Sonwik, das an warmen Sommerabenden einen herrlichen Blick über den Hafen bot und dessen spanische Küche ein Genuss für den Gaumen war. Es war lange her, dass sie dort gewesen waren, aber er erinnerte sich lebhaft daran, wie sehr sie den Abend genossen hatten. Es war wie ein kleiner Urlaub gewesen.

Verena, die es gewohnt war, dass Lutz sie zum Griechen oder in das chinesische Restaurant in Harrislee zum Buffet einlud, war regelrecht aufgeblüht.

Teure Restaurants konnte er sich nicht allzu häufig leisten. Verena akzeptierte das, doch hin und wieder – das wusste er – ging sie gern mal etwas exquisiter speisen.

Der Kellner brachte Verenas Cola light und Lutz' Ginger Ale, dann standen sie auf und bedienten sich an dem umfangreichen Buffet.

Sie saßen im hinteren Teil des Restaurants. Hier war nur noch ein weiterer Tisch besetzt, und das Pärchen, das dort Platz genommen hatte, schwieg sich an und war während des Essens mit seinen Handys beschäftigt.

„Schwör mir", verlangte Verena mit gesenkter Stimme, „dass wir niemals so sein werden."

„Keine Handys bei den Mahlzeiten", wisperte Lutz zurück. „Daran halten wir uns bis zu unserem letzten Atemzug."

Verena nickte. „Schlimmer geht's echt nimmer."

„Schatz, ich habe eine Frage", wechselte Lutz das Thema. „Es geht um unsere Hochzeit."

Verena sah überrascht auf, und Lutz konnte ihr diesen Blick nicht verdenken. Dass er die Sprache auf ihre Heirat brachte, war neu. Üblicherweise machte er darum einen großen Bogen.

Verena nahm ihre Cola, trank einen Schluck und ließ Lutz währenddessen nicht aus den Augen.

„Ich habe mich gefragt", sagte er, „was das Wichtigste ist: dass wir heiraten, oder die damit zusammenhängende Party."

„Dass wir heiraten, natürlich", antwortete Verena prompt und stellte ihr Glas wieder ab. „Die Feier ist nur – na ja, ein Bonus. Es gehört eben dazu, dass man mit der Familie und den Freunden den Anlass feiert."

„Das bedeutet doch", meinte Lutz vorsichtig, „dass wir sie im Prinzip auch nachholen könnten, oder?"

„Moment!" Verena richtete ihre Essstäbchen auf Lutz. Sie sah ihn an wie ein Staatsanwalt in einer amerikanischen Fernsehserie, der den Kronzeugen in die Zange nahm. „Willst du vorschlagen, dass wir zeitnah heiraten und erst dann feiern, wenn es wieder ohne Einschränkungen möglich ist?"

„Besser hätte ich es nicht formulieren können", lobte Lutz und lächelte sie verliebt an. „Und, was meinst du dazu?"

Verena schien einen Augenblick darüber nachzudenken, doch dann hellte sich ihr Gesicht auf. „Wieso sind wir nicht früher auf die Idee gekommen? Das ist *die* Lösung!"

„Wie wäre der 12. Dezember?", fragte Lutz, der gleich Nägel mit Köpfen machen wollte.

Ihn traf ein wissender Blick. „Weil du dir den 12.12.21 gut merken kannst?"

„Vielleicht", räumte er schmunzelnd ein. „Oder einfach, weil es ein hübsches Datum ist."

*

„Schön, dass es endlich geklappt hat“, sagte Sibylle Moosbach, als sie und Finn Rohloff sich endlich im Fischrestaurant ‚Mäders‘ gegenübersaßen. Nachdem er ihre erste Verabredung abgesagt hatte, war sie nicht sicher gewesen, ob es doch noch dazu kommen würde. Sie befürchtete, er hätte es sich anders überlegt und seine Entschuldigung nur vorgeschoben. „Ehrlich gesagt, so ganz habe ich nicht verstanden, wieso Sie an dem Abend nicht kommen konnten.“

Finn lächelte verlegen. „Ich schätze, ich war ein wenig durcheinander, als ich Sie anrief. Ich meine, auf einmal steht mein Freund Tom in der Tür, von dem wir alle dachte, er sei tot. Das war ein echter Schock für uns alle.“

„Ein positiver Schock, hoffe ich.“

„Ja, natürlich.“

Der Kellner kam, reichte ihnen die Menükarten und erkundigte sich nach ihren Getränkewünschen. Finn bestellte nach kurzer Absprache mit Sibylle eine Flasche Weißwein und eine weitere mit Mineralwasser.

Kaum war der Kellner fort, beugte Sibylle sich neugierig vor. „Erzählen Sie mir, wie genau es kam, dass Ihr Freund von den Toten auferstanden ist? Ich will alles ganz genau wissen.“

Finn berichtete, und Sibylle hörte zu. Es gefiel ihr, wie er mit den Händen redete, und immer, wenn sein Gesicht sich zu einem Lächeln verzog, ging ihr Herz ein klein wenig weiter auf. Sie mochte seine Stimme, die Art, wie er sprach, seine hellen, so freundlichen Augen, die noch immer ein wenig melancholisch dreinblickten.

„… tja, und seither befindet Tom sich in Untersuchungshaft“, schloss Finn und trank einen Schluck Weißwein. „Oliver versucht alles, um ihn bald dort herauszuholen. Montag ist Haftprüfungstermin, und Olli ist zuversichtlich, dass er den Richter überzeugen kann, Tom auf Kaution freizulassen.“

„Sind Sie sich sicher, dass er unschuldig ist?“, wagte Sibylle zu fragen. „Ich meine, es spricht doch eindeutig alles gegen ihn.“

„Tom kann zwar mit seiner scharfen Zunge bösen Schaden anrichten“, räumte Finn ein, „mit den Händen aber nicht, da bin ich sicher. Und er mag ein recht guter Schauspieler sein, schließlich hat er sogar die Polizei an der Nase herumgeführt. Aber niemand, der gerade jemanden getötet hat, kann so unbefangen bei seinen Freunden auftauchen, wie er es getan hat. Nein, ich bin davon überzeugt, dass er die Wahrheit sagt.“

„Er kann sich glücklich schätzen, einen Freund wie Sie zu haben.“

Die Vorspeise kam, und Sibylle schien es, als sei Finn darüber sehr erleichtert. Ihre Bemerkung schien ihn verlegen gemacht zu machen.

„Hm, das sieht köstlich aus“, sagte Sibylle. Sie hatten sich Kürbissuppe mit Zucchinispieß bestellt, dazu wurde Baguette serviert. Sie begannen zu essen. Die Suppe war wunderbar heiß, und sie schmeckte so gut, wie sie duftete, stellte Sibylle zufrieden fest.

„Jetzt haben wir genug über Tom und mich geredet", sagte Finn. „Erzählen Sie mir etwas über sich. Egal was."

Sibylle riss ein Stück von dem warmen Baguette ab und erzählte, dass sie auf Jobsuche sei. „Jetzt, wo ich alleinstehend bin, möchte ich auch selbst etwas verdienen. Mein Mann zahlt zwar einen anständigen Unterhalt, und zwar freiwillig, weil er ein schlechtes Gewissen hat, doch mir geht es darum, mich sinnvoll zu beschäftigen."

„Was ist Ihr Beruf?", fragte Finn interessiert.

„Bevor ich geheiratet habe, war ich als Kosmetikerin tätig. Aber ob ich nach der langen Pause in dem Bereich etwas finden werde …" Sie schüttelte zweifelnd den Kopf.

Finn schob sich einen Löffel Kürbissuppe in den Mund. „Was schwebt Ihnen stattdessen vor?"

„Das ist es ja, ich weiß es nicht", antwortete sie mit gespielter Verzweiflung.

„Nun, dann müssen wir herausfinden, was Ihnen liegt", schlug Finn vor. „Was haben Sie für Hobbys?"

„Nun, ich lese viel, mache gern Sport und liebe es zu nähen", zählte sie auf. „Diese Bluse habe ich zum Beispiel selbst entworfen." Sie sah an sich herunter.

„Wirklich?" Finn wirkte verblüfft. „Das hätte ich niemals vermutet. Sie ist sehr schön."

„Danke." Sibylle freute sich über das Lob. „Mein Schrank ist voll mit selbst genähten Kleidern, Hemden, Röcken …"

„Na, da haben wir es doch!" Finn ließ den Löffel sinken, und seine Augen leuchteten auf. „Sie entwerfen Ihre eigene Kollektion und werden Modedesignerin."

„Ja, natürlich!“ Sibylle lachte amüsiert auf. „Und bei der nächsten Fashion Show in Paris werde ich die Sachen präsentieren.“ Sie schüttelte den Kopf. „Ich fürchte, für so etwas bin ich inzwischen zu alt.“

„Unsinn! Ich kenne mich in der Branche nicht aus, aber die meisten Designer sind doch alte Tattergreise. Daneben wirken Sie wie ein Teenager. Und es muss ja auch nicht gleich Paris sein. Wie wäre es für den Anfang mit einem Internet-Shop?“

Sie schüttelte abwehrend den Kopf. „Ich fürchte, in dem Metier kenne ich mich nicht gut genug aus.“

„Ich helfe Ihnen gern“, bot er an. „Immerhin habe ich die Website für mein Büro selbst gestaltet.“

„Tatsächlich?“ Sibylle musste zugeben, dass die Idee einen gewissen Reiz auf sie ausübte. Heutzutage wurde im Netz praktisch alles angeboten. Warum nicht selbst genähte Mode mit Stil? Und der Gedanke einer Zusammenarbeit mit Finn Rohloff gefiel ihr.

„Das ist sehr nett von Ihnen. Ich denke darüber nach“, versprach sie.

Nach dem Essen machten sie noch einen Bummel am Hafen entlang. Es war kühl, aber windstill und trocken, und die frische Luft tat Sibylle gut.

„Erzählen Sie mir von Ihrer Frau“, bat sie Finn.

„Von Karina?“ Er sah kurz zu ihr hinüber und schmunzelte. „Um ehrlich zu sein, war ich heute Vormittag bei ihr. Auf dem Friedhof. Ich habe ihr von Ihnen erzählt.“

„Tatsächlich?“

„Ja. Es war mir ein Bedürfnis. Und ich weiß, es klingt verrückt, aber ich habe gespürt, dass sie sich für mich freut."

Sibylle ergriff instinktiv seine Hand. Sie war groß, warm und fest. „Ich finde nicht, dass das verrückt klingt", sagte sie leise.

Finn blieb stehen und wandte sich ihr zu. „Ich habe gerade Herzklopfen wie ein Dreizehnjähriger", gestand er ihr beschämt lächelnd.

Sie reichte ihm nur bis zur Schulter, daher musste sie den Kopf heben, um ihn anzusehen. „Mir geht es ähnlich", gab sie leise zu. „Ein schönes Gefühl, oder?"

Er nickte. Dann beugte er sich langsam zu ihr hinunter und küsste sie. Ganz sacht, beinahe vorsichtig. Seine Lippen waren so weich, wie sie vermutet hatte, und sein Bart kitzelte sie auf erregende Weise. Ihre Knie wurden weich, als sie seine Zunge spürte. Das Gefühl hatte sie seit Ewigkeiten nicht mehr gehabt, und sie genoss es.

Himmel, dieser Mann konnte großartig küssen. Sie schlang die Arme um seinen Nacken.

Als Finn sich von ihr löste, war sie direkt ein bisschen enttäuscht. Das Gefühl schwand rasch, als er leise lachte und sie an sich drückte. „Es liegt bestimmt am Wein, dass ich das gewagt habe."

„Dann bin ich froh, dass wir ihn getrunken haben", sagte Sibylle trocken und fügte mit einem schelmischen Lächeln hinzu: „Ich hoffe übrigens, dass die Wirkung nicht allzu schnell verfliegt."

*

Als das Wochenende, dass er in U-Haft verbracht hatte, vorbei war, erklärte sich Tom Jakobs nach einem Gespräch mit Oliver doch bereit auszusagen. Ein Geständnis gab er aber nicht ab. Im Gegenteil, er blieb bei der Behauptung, Eliana Nowak hätte noch gelebt, als er aus dem Haus gestürmt war. Er habe nur noch verschwinden wollen, gab er zu Protokoll, nachdem er die Wahrheit über den Tod seines Bruders erfahren hatte. Nicht für eine Sekunde habe er mit dem Gedanken gespielt, Eliana etwas anzutun. Er könne sich weder den Haartrockner im Wasser erklären noch die ominöse Nachricht, die Eliana angeblich an ihre Freundin gesandt hatte.

Oliver, der ihn anwaltlich vertrat, glaubte ihm, konnte aber nicht verhindern, dass der Haftbefehl aufrechterhalten blieb. Die Richterin vertrat die Ansicht, dass Fluchtgefahr bestand. Schließlich habe der Beschuldigte durch sein bisheriges Verhalten bewiesen, dass er seinem Leben ohne große Schwierigkeiten den Rücken kehren konnte und eine neue Identität anzunehmen bereit war.

Oliver forderte die Akten von der Staatsanwaltschaft an, fand jedoch nichts Entlastendes.

Es war zum Verrücktwerden. Minutiös ging er die Vorkommnisse jenes Abends durch. Zwischen dem Zeitpunkt, an dem Tom das Haus verlassen hatte, und dem Auffinden von Eliana lagen ungefähr eineinhalb Stunden. Er war direkt nach Gottrupel gefahren und dort um kurz nach achtzehn Uhr eingetroffen. Rund fünfzehn Minuten zuvor hatte Eliana die belastende Nachricht an ihre Freundin geschickt. Die Zeitspanne, in der Tom die Tat begangen haben konnte, war demnach kurz bemessen. Doch es gab eine, und das war der springende Punkt.

Ein Summton unterbrach seine Gedanken. Seine Sekretärin. Er nahm den Hörer ab. „Was gibt es?"

„Dr. Hoffmann möchte Sie sprechen", sagte Frau Lechner. „Es scheint dringend zu sein."

„Danke." Er trennte die Verbindung und erhob sich mit einem mulmigen Gefühl im Magen.

Seine Vorahnung hatte ihn nicht getäuscht. Das ‚Herein!' seines Chefs als Antwort auf Olivers Klopfen klang alles andere als freundlich. In Olivers Magen bildete sich ein heißer Knoten. Stand nach den Ereignissen der letzten Tage seine Partnerschaft auf dem Spiel? Vermutlich. Schließlich hatte der Alte unmissverständlich durchblicken lassen, dass das Saubermann-Image der Kanzlei erhalten bleiben musste. Ein zukünftiger Partner, dessen Mitbewohner wegen Mordverdachts in Untersuchungshaft saß und der selbst eine Zeit lang verdächtigt worden war, eine Straftat begangen zu haben, war für eine Anwaltspraxis nicht tragbar.

Andererseits, rief sich Oliver ins Gedächtnis, hatte er sich nichts vorzuwerfen. Er hatte zu keinem Zeitpunkt gegen das Gesetz verstoßen oder etwas anderes getan, was eine Rücknahme des Partnerschaftsangebotes rechtfertigen konnte.

Mit diesem Gedanken im Kopf öffnete er die Tür.

Dr. Hoffmann saß an seinem Schreibtisch und kritzelte irgendwelche Notizen in eine Akte. Er sah nicht auf, und er bat Oliver nicht, Platz zu nehmen. Sein Angestellter sollte sich fühlen wie ein Schuljunge, der etwas ausgefressen hatte. Zorn wallte in ihm auf.

„Sie wollten mich sprechen?", fragte er und bemühte sich, unbefangen zu klingen.

Der Alte kritzelte den Satz zu Ende, legte den Stift sorgsam in die längliche Schale vor sich und verschränkte die mit Altersflecken übersäten Hände auf dem Schreibtisch. Erst dann hob er den Kopf.

„Herr Fröhlich", begann er, „wir sollten uns noch einmal über die Überlegung unterhalten, Sie als Partner in die Kanzlei aufzunehmen."

Oliver schwieg. Selbst jetzt bot der Alte ihm keinen Stuhl an, und das war ein verdammt schlechtes Zeichen.

„Ich fürchte, wir müssen dieses Vorhaben noch eine Weile aufschieben", sagte Dr. Hoffmann.

„Könnten Sie das ‚Weilchen' genauer definieren, Herr Dr. Hoffmann?"

„Bedauerlicherweise nicht. Wir werden Ihre Arbeit und Sie noch eine Zeit lang beurteilen müssen. Ich hörte, Ihr Mitbewohner, dieser … was war es noch gleich? Ein Dachdecker oder Zimmermann …"

„Tom ist Tischler", korrigierte Oliver.

„Richtig. Er soll festgenommen worden sein und im Verdacht stehen, eine Frau getötet zu haben. Ist das korrekt?"

„Er ist unschuldig", sagte Oliver bestimmt. „Und das werde ich auch nachweisen."

„Soso. Sie haben Beweise für seine Unschuld?"

„Noch nicht", musste Oliver zugeben. „Aber es muss welche geben, denn Tom hat es nicht getan, da bin ich sicher."

„Ja, das vermitteln Sie. Da es aber keine Beweise gibt, könnten Sie sich irren, nicht wahr?"

„Dürfte auch ich eine Frage stellen?"

Mit einer leichten Handbewegung gewährte sein Chef ihm die Bitte.

„Woher sind Sie über das, was gerade erst geschehen ist, so gut im Bilde?"

„Ich habe meine Quellen", antwortete Dr. Hoffmann ausweichend.

Oliver ahnte, wer diese Quelle war, nickte aber nur.

„Eine letzte Frage", sagte er. „Besteht für mich noch die Möglichkeit, eines Tages Partner zu werden, oder kann ich meine diesbezüglichen Ambitionen begraben?"

„Nun, die vakante Stelle habe ich bereits mit einem Ihrer Kollegen besetzt. Andere, jüngere Kollegen, die ebenfalls gute Arbeit leisten, stehen hufescharrend in den Startlöchern. Ich würde sagen, es wird schwer für Sie werden, sich durchzusetzen, Herr Fröhlich. Sehr schwer."

„Danke, das war deutlich", erwiderte Oliver verbittert. Das war es also mit einer Partnerschaft. Die Enttäuschung, die er empfand, war gewaltig.

„Nehmen Sie es mit Würde", riet Dr. Hoffmann, „denken Sie an die großen Worte von David Lloyd George: ‚Der Beweis von Heldentum liegt nicht im Gewinnen einer Schlacht, sondern im Ertragen einer Niederlage.' Und nun muss ich Sie bitten, mich zu entschuldigen. Ich habe noch zu arbeiten."

Damit senkte er den Blick wieder auf die vor ihm liegende Akte.

Oliver schluckte. Dann drehte er sich wortlos um und verließ den Raum.

Auf dem Weg in sein Büro kam ihm Dr. Magnus Thede entgegen. Sein Gesicht zierte ein süffisantes Lächeln.

„Sie kommen gerade vom Chef, nicht wahr? Tut mir wahnsinnig leid", meinte er und schnalzte bedauernd mit der Zunge. „Manchmal spielt einem das Schicksal übel mit. Übrigens, nächste Woche Freitag werde ich einen kleinen Empfang geben, um meine Ernennung zum Partner zu feiern. Sie kommen doch hoffentlich auch?"

Oliver holte tief Luft. Dann setzte er sein freundlichstes Lächeln auf. „Ich gratuliere, Sie haben ganze Arbeit geleistet. Wo sitzt eigentlich Ihr Spion, der Sie über die vergangenen Tage so gut informiert hat?"

„Ich habe keine Ahnung, wovon Sie reden", behauptete Dr. Thede, empört über diese Anschuldigung.

„Dr. Thede, da sind Sie ja!", rief jemand hinter Olivers ehrgeizigem Kollegen. Es war dessen Sekretärin, eine junge Brünette, die in der Kanzlei hinter vorgehaltener Hand gern ‚der hübsche Hohlkopf' genannt wurde. „Ihre Schwester lässt Ihnen ausrichten, dass der Haftbefehl dieses Herrn Jakobs aufrechterhalten bleibt."

„Das hätten Sie mir auch unter vier Augen mitteilen können!", zischte Dr. Thede. Dabei funkelte er sie so erbost an, dass sie erschrocken die stark geschminkten Augen aufriss, auf dem Absatz kehrtmachte und im Laufschritt davoneilte.

„Hab ich es doch geahnt", meinte Oliver kopfschüttelnd. „Sie schrecken auch vor gar nichts zurück, was?"

„Der Zweck heiligt die Mittel“, entgegnete Dr. Thede kühl.

„Glücklicherweise bin ich kein nachtragender Mensch“, sagte Oliver leichthin. „Und wie der Zufall es will, habe ich zur Feier Ihrer Beförderung bereits ein Geschenk für Sie.“

„Ach ja?“ Dr. Thede musterte ihn misstrauisch. „Was denn?“

„Das hier!“ Oliver holte aus und ließ seine Faust in das schmierige Gesicht von Magnus Thede krachen. Der schrie vor Schmerz auf, riss beide Hände vor sein Gesicht und gab jammervolle Töne von sich.

Oliver schüttelte seine Faust aus, die ziemlich wehtat, doch gleichzeitig erfüllte ihn ein Gefühl der Genugtuung. Das hatte verdammt gutgetan!

„Was ist denn hier los?“, polterte die Stimme seines näher kommenden Chefs.

„Kollege Fröhlich hat mich körperlich angegriffen!“, beschwerte sich Dr. Thede in näselndem Tonfall. „Meine Nase blutet! Bestimmt ist sie gebrochen.“

„Herr Fröhlich! Was fällt Ihnen ein?“, fragte Dr. Hoffmann entrüstet.

„Was mir einfällt? Ein Zitat von Götz von Berlichingen, leicht abgeändert: Lecken Sie mich gepflegt am Arsch, alle beide! Ich kündige!“

Damit drehte Oliver sich um und ließ die zwei stehen. Das erboste Gezeter seines Chefs und das beleidigte Greinen von Magnus Thede im Rücken hörte er kaum. Selten hatte Oliver sich leichter und zufriedener gefühlt. Nur die Faust tat wirklich verflucht weh!

Eine Stunde später kam er zu Hause an, im Kofferraum ein paar Kartons mit seinen persönlichen Sachen und der Akte von Tom. Er würde eine eigene Kanzlei eröffnen, hatte er sich überlegt. Vielleicht sogar zusammen mit Finn, denn Steuerberater und Anwalt – das harmonierte in der Regel gut. Er war noch immer enttäuscht von seinem Freund, doch andererseits hatte dessen aufrichtige Entschuldigung Oliver deutlich gemacht, dass er in Zukunft auf dessen Loyalität bauen konnte. Was er kurz zuvor zu Magnus Thede, diesem intriganten Mistkerl, gesagt hatte, entsprach der Wahrheit. Oliver war nicht nachtragend, war es nie gewesen. Er konnte gut verzeihen. Zumindest Menschen, die ihm wichtig waren. Sowohl Finn als auch Tom gehörten in diese Kategorie. Ihre jahrelange Freundschaft bedeutete Oliver viel.

Er stieg aus, wuchtete zwei der Kisten auf die Arme und drückte mit dem Ellenbogen auf den Klingelknopf.

Alba öffnete ihm. „Nanu“, sagte sie verwundert. „Oliver. Um diese Zeit bist du doch sonst immer in der Kanzlei.“

„Ich habe gekündigt“, erwiderte er knapp. „Lass mich bitte rein, Alba, die Kisten sind schwer.“

„Entschuldige!“ Rasch machte sie die Tür weiter auf, und Oliver ging an ihr vorbei bis ins Esszimmer, wo er die Kisten abstellte.

„Ich habe Kaffee gemacht“, meinte Alba, die ihm gefolgt war, „ihn dann aber vergessen, weil ich mit der Wäsche beschäftigt war. Vermutlich ist er inzwischen kalt. Wenn du willst, koche ich dir einen frischen.“

„Nein, danke.“ Oliver holte Toms Akte aus der obersten Kiste und hielt plötzlich mitten in der Bewegung inne. Aufgeregt sah er Alba an. „Was hast du gerade gesagt?“

„Dass ich dir frischen Kaffee kochen kann, wenn du magst“, wiederholte sie unsicher.

Oliver warf die Akte auf den Tisch, trat auf sie zu und nahm ihr Gesicht in beide Hände. „Du hast mich eben auf eine geniale Idee gebracht“, sagte er strahlend und drückte ihr einen dankbaren Kuss auf die Lippen, ehe er sie wieder losließ.

Sein Herz schlug schneller vor Aufregung. Dies war vermutlich ihre einzige Chance, Toms Unschuld zu beweisen.

„Was ist denn los?“, fragte Alba. Sie starrte ihn an, als hätte er plötzlich den Verstand verloren. Er schenkte ihr ein liebevolles Lächeln und strich mit der rechten Hand sacht über ihre Wange. „Ich erkläre dir später alles“, versprach er, ehe er sich abwandte. „Entschuldige mich, aber ich muss dringend telefonieren.“

*

Hauptkommissar Andresen hatte sich für diesen Tag entschuldigt. Weichert und Mirja war das nur recht. Momentan war die Stimmung im Büro entspannter, wenn sie unter sich waren.

Voller Stolz berichtete Weichert von der Standpauke, die er Andresen gehalten hatte, und von dem Gespräch mit Verena.

„Dann heiratet ihr doch bald?“, rief Mirja begeistert aus. „Das ist ja klasse!“

Im nächsten Moment schlug sie sich erschrocken eine Hand auf den Mund. „Ich meinte natürlich, *Sie* heiraten bald“, verbesserte sie sich.

Lutz Weichert winkte ab. „Schon gut. Ich finde, wir könnten langsam wirklich zum Du übergehen. Es reicht doch, dass wir Andresen siezen.“

„Das finde ich auch“, gab Mirja erleichtert zurück.

Das Telefon klingelte, und Mirja nahm ab. „Kripo Flensburg, Sommer.“ Sie lauschte einen Moment. „Ich verbinde Sie am besten mit Oberkommissar Weichert“, schlug sie vor und drückte eine Taste. „Für dich, Lutz“, meinte Sie augenzwinkernd. „Oliver Fröhlich. Er klingt ziemlich aufgeregt.“

Er nahm das Gespräch an. „Oberkommissar Weichert.“

„Oliver Fröhlich hier. Ich glaube, ich habe nun den Beweis für Toms Unschuld gefunden.“

„Aha. Und der wäre?“

„Eliana Nowak hat um kurz vor sechs die Nachricht an ihre Freundin geschickt, die aussagen sollte, dass sie sich von Tom bedroht fühlt. Tom traf gegen Viertel nach sechs bei uns zu Hause ein. Als Eliana Nowak entdeckt wurde, war es knapp acht.“

„Das ist mir so weit alles bekannt“, gab Weichert zurück.

„Wenn Tom den Haartrockner in Elianas Badewasser geworfen haben soll, muss das also gegen achtzehn Uhr passiert sein, richtig?“

„Ja. Worauf wollen Sie hinaus?“

„Ich habe eben mit den Sanitätern gesprochen, die Eliana Nowak aus der Wanne geborgen haben. Beide haben ausgesagt, dass das Badewasser noch warm war. Eineinhalb Stunden, nachdem Tom das Haus verlassen hat."

Weichert schaltete. „Sie meinen –"

„Genau. Hätte Tom die Tat begangen, hätte das Wasser längst kalt sein müssen."

„Aber wer hat dann den Haartrockner in die Wanne –?"

„Eliana selbst!", unterbrach ihn Oliver Fröhlich. „Es war Suizid. Mit der Nachricht an ihre Freundin und dem Haartrockner wollte sie Spuren zu Tom legen und sich auf diese Weise dafür rächen, dass er sie verlassen und bei der Polizei ausgepackt hat."

„Eine Rache, von der sie selbst dann aber nicht mehr viel hatte, oder?", wagte Weichert einzuwenden.

„Ich weiß, es klingt unwahrscheinlich, aber Tom hat mir erzählt, wie viel Eliana Nowak an dem Luxusleben lag, das sie führte. Der Gedanke, vor dem Nichts zu stehen oder gar ins Gefängnis zu müssen, war ihr unerträglich."

„Nun, ich würde sagen, Ihre Nachforschungen legen tatsächlich nahe, dass Tom Jakobs unschuldig ist. Die Sanitäter würden ihre Aussage vor Gericht wiederholen, nehme ich an?"

„Das haben sie mir zugesagt, ja."

„Gut. Wir werden noch die Obduktion abwarten müssen, doch wenn diese Ihre Angaben bestätigt, sehe ich keinen Grund, warum Herr Jakobs nicht wieder freikommen sollte. Ich kümmere mich darum."

„Danke, Herr Weichert." Oliver Fröhlich klang ehrlich erleichtert.

„Erreiche ich Sie in Ihrem Büro, wenn ich Neuigkeiten habe?“

„Lieber auf dem Handy“, sagte Fröhlich. „Ich arbeite nicht mehr in der Kanzlei Dr. Hoffmann, Schmitt und Vogel.“

„Nanu! So plötzlich?“

„Ja. Manchmal ändern sich die Dinge schneller, als man denkt. Ich höre von Ihnen?“

„Versprochen. Tschüss, Herr Fröhlich.“

„Ja. Tschüss!“

Weichert legte auf. „Nachdem wir zunächst dachten, dass Tom Jakobs Suizid begangen hat, müssen wir jetzt wohl davon ausgehen, dass Eliana Nowak auf diese Weise gestorben ist“, sagte er nachdenklich und berichtete Mirja, was er eben erfahren hatte.

Dann rief er in der Gerichtsmedizin an.

*

Margarete Andresen wurde auf dem Friedhof am Friedenshügel beigesetzt. Es war ein trüber, wolkiger Novembertag. Die kahlen Äste der umstehenden Bäume, der graue Himmel und die unwirtliche Kälte, die bis in die Knochen drang, passten genau zu Andresens Gemütslage. Daniela stand an seiner rechten Seite, seine Tochter Desirée links von ihm. Beide hatten sich bei ihm eingehakt, als wollten sie sich an ihm festhalten, doch Andresen wusste, dass sie stattdessen ihn stützten. Was nicht nötig war. Seelisch mochte er derzeit ein Krüppel sein, doch körperlich war er in Ordnung. Dennoch war er dankbar für die wortwörtliche Unterstützung. Es tat ihm gut, seine Lebensgefährtin und seine Tochter an seiner Seite zu wissen.

Auch Marianne, seine Ex-Frau, war gekommen. Sie trug ein schwarzes Kostüm und tupfte sich in regelmäßigen Abständen die Tränen aus den Augen. Sie hatte sich mit ihrer Schwiegermutter meistens gut verstanden, erinnerte sich Andresen. Nach der Scheidung war der Kontakt irgendwann abgerissen, doch er hatte nie mitbekommen, dass die eine schlecht über die andere gesprochen hätte.

Mehr Personen waren nicht anwesend, als der Sarg langsam in die Erde gelassen wurde. Wegen Corona musste, wie es so schön hieß, ‚im kleinsten Kreis Abschied genommen werden'. Dabei war Andresen sicher, dass seine Mutter sich eine Trauerfeier gewünscht hätte, an der alle ihre Freunde, Bekannten und Nachbarn hätten teilnehmen können.

Mach's gut, Mama, dachte er, als er eine Schaufel voll Erde auf den Sargdeckel fallen ließ. *Grüß Papa von mir.*

Vergeblich versuchte er, den zähen Kloß in seiner Kehle hinunterzuschlucken, als er sich umwandte und die Schaufel an seine hemmungslos schluchzende Tochter weitergab.

Daniela hatte im Mariencafé einen größeren Tisch bestellt, denn auch Mirja und Lutz Weichert wollten vorbeikommen. Andresen winkte die zwei an seine Seite, als sie den anheimelnden Raum mit den bunt gemusterten und schön geschwungenen Sofas betraten. Überall, an den Wänden, auf Regalen und von der Decke baumelnd waren die berühmten Kaffeekannen präsent, die Markenzeichen des Mariencafés.

„Und?", wollte er wissen, nachdem alle Tassen mit Kaffee gefüllt und hausgemachte Tortenstücke verteilt waren. Andresen selbst hatte zwar keinen Appetit, stach die Kuchengabel dennoch in das Stück Käsesahne, das er an normalen Tagen genüsslich verspeist hätte. Nun schob er sich ein klitzekleines Stückchen in den Mund und schmeckte gar nichts. „Gibt es etwas Neues in der Sache Nowak?"

„Allerdings", berichtete Lutz Weichert, vor dem ein Stück Schwarzwälder Kirschtorte stand. „Tom Jakobs wurde aus der U-Haft entlassen. Alles weist darauf hin, dass Eliana Nowak Suizid begangen hat. Zum einen, weil sie sich vor dem Gefängnis fürchtete, zum anderen, um sich an dem Mann zu rächen, den sie so sehr geliebt und der sie verlassen hat."

„Und auch, weil sie offenbar fürchtete, ein Leben in Armut führen zu müssen", fügte Mirja hinzu. „Laut Tom Jakobs waren ihr Luxus und ein sorgenfreies Leben überaus wichtig, weil sie wohl aus ärmlichen Verhältnissen stammte. Sie war sehr stolz darauf, dem entkommen zu sein, und ein Abstieg zurück in die frühere Zeit hätte ihr, so meinte Herr Jakobs, noch mehr zugesetzt als eine Haftstrafe."

„Die einzige Person, die aufrichtig um sie trauert, ist diese Silke Klasen", meinte Weichert. „Deren Lebensgefährte ist übrigens wieder in Ordnung. Er hatte eine Platzwunde am Kopf, die genäht werden musste."

Andresen schüttelte verwirrt den Kopf. „Wer? Wieso Platzwunde?“

„Ach so, davon wissen Sie noch gar nichts!“ Mirja schob sich ein gewaltiges Stück Schokotorte in den Mund, kaute und schluckte, während Andresen ungeduldig auf Aufklärung wartete. „Tschuldigung“, murmelte sie schließlich, „die ist so lecker.“

„Danke, das freut mich. Ich war die ganze Nacht auf und hab gebacken. Nun reden Sie schon, Mirja!“

Sie berichtete von der toxischen Beziehung der Künstler-Nachbarn, dem Versuch von Silke Klasen, ihrer Freundin zu Hilfe zu kommen, und dass ihr Lebensgefährte sie davon hatte abhalten wollen. „Nachdem er Frau Klasen wieder ins Haus verfrachtet hatte, passte sie einen günstigen Augenblick ab und schlug ihm eine halb volle Flasche Olivenöl über den Schädel.“ Mirja grinste schadenfroh. „Verdient hatte der Kerl das allemal, wenn Sie mich fragen.“

„Es fragt Sie aber niemand“, gab Andresen zurück. „Körperverletzung bleibt Körperverletzung.“

„Der Geschädigte sieht von einer Anzeige ab“, informierte ihn Weichert. „Und der Hieb mit der Olivenölflasche war für Frau Klasen offenbar so eine Art Befreiungsschlag. Sie hat beschlossen, ihren Lebensgefährten, der plötzlich ganz klein mit Hut zu sein scheint, endlich zu verlassen und auf eigenen Beinen zu stehen. Vorerst wird sie wohl bei ihrer Mutter unterkommen.“

„Und das riesige Haus nebenan steht nun leer“, überlegte Andresen. „Als einziger Angehöriger des Besitzers wird es wohl an Tom Jakobs gehen.“

Weichert nickte. „Ich nehme an, der plötzliche Reichtum wird ihn etwas aus der Bahn werfen. Nehmen Sie nur mal die noch nicht verkauften Bilder von Max Jacoby: Durch dessen Tod steigt der Wert natürlich noch mal kräftig an."

„Ob er wohl aus seiner Kumpel-WG ausziehen und in das Prachthaus seines reichen, aber ungeliebten Bruders ziehen wird?", fragte Mirja nachdenklich, ehe sie sich einen weiteren Bissen Schokotorte einverleibte.

KAPITEL 19

„Auf gar keinen Fall!“ Tom schüttelte energisch den Kopf. „Ich will hierbleiben. Es sei denn, ihr schmeißt mich raus.“

„Tja, da du nun endlich in der Lage bist, dich angemessen an den anfallenden Kosten zu beteiligen, darfst du wohl bleiben“, meinte Oliver augenzwinkernd.

„Und diese Kosten werden steigen“, warnte Björn. „Ich werde nämlich bald ausziehen. Tut mir leid, Jungs.“

Sie starrten ihn an. „Wieso?“, fragte Finn.

„Wohin?“, wollte Tom wissen.

„Wann?“, kam es von Oliver.

In dem Moment klingelte es an der Tür. Shanty bellte einmal, und Björn sprang auf. „Sekunde“, sagte er und verschwand.

Die drei anderen schauten sich ratlos an.

„Er wirkt irgendwie nervös“, bemerkte Oliver.

Sie hörten, wie Björn die Haustür öffnete und jemanden begrüßte. Die Bügel an der Garderobe klapperten, dann näherten sich Schritte, und ihr Freund kam zurück in die Küche. Ihm folgte ein hochgewachsener, schlanker Mann in Jeans und schwarzem, langärmligem Poloshirt. Dunkelblondes, kurzes Haar, ein offenes Gesicht mit freundlich dreinblickenden blauen Augen.

„Ich möchte euch gern jemanden vorstellen", sagte Björn, und Tom glaubte, einen Hauch von Stolz in der Stimme seines Kumpels zu erkennen.

Björn lächelte in die Runde und wies auf den Fremden. „Das ist Dr. Jürgen Mischewski."

„Hallo", sagten Tom und Oliver abwartend.

„Moin", meinte Finn und nickte ihm zu.

Dr. Jürgen Mischewski lächelte ihnen zu. „Hi. Schön, euch endlich kennenzulernen."

„Jürgen ist mein Freund", erklärte Björn und fuhr dann mit hoch erhobenem Kopf fort: „Mein fester Freund. Ich bin nämlich schwul. So, jetzt ist es raus."

Stille senkte sich über den Raum. Niemand sagte etwas.

Björn räusperte sich. „Setz dich doch, Jürgen." Damit wies er auf einen der freien Stühle am Tisch.

Das Schaben von Stuhlbeinen auf dem Fliesenboden war für einige Momente das einzige Geräusch im Raum. Dann saßen Björn und sein Freund nebeneinander am Tisch und lächelten sich verlegen an, ehe Björn die Unterarme aufstützte und nervös seine Hände knetete. „Ich weiß, das kommt überraschend für euch. Aber wir haben keine Lust mehr auf das Versteckspiel."

Tom schlug mit der flachen Hand auf die Tischplatte, sodass alle zusammenzuckten. „Na endlich!", sagte er laut.

Björns Gesichtsausdruck spiegelte seine Verblüffung wider. „Wie bitte?"

„Na hör mal, denkst du, ich bin von gestern?", fragte Tom lachend. „Du bist seit Ewigkeiten von Simone getrennt, machst aber trotzdem um jede Frau einen Riesenbogen. Ich habe allerdings bemerkt, mit welchem Blick du meine James-Dean-Poster angesehen hast. Seitdem hatte ich eine vage Vermutung. Als ich deine Ricky-Martin-CDs entdeckt habe, wurde aus der Vermutung eine Ahnung. Die Sammlung ist beeindruckend."

„Dann hatte ich also doch recht mit meiner Vermutung", erwiderte Björn, „du wusstest Bescheid. Ich dachte es mir wegen der seltsamen Bemerkungen, die du in der letzten Zeit vom Stapel gelassen hast."

„Was für Bemerkungen?", wollte Finn wissen.

Björn wandte sich ihm zu. „Tom hat mich gefragt, ob es richtig ist, wenn man als Freunde Geheimnisse voreinander hat, oder ob es schon eine Lüge ist, wenn man Dinge für sich behält, nur um unangenehmen Konsequenzen aus dem Weg zu gehen."

„Stimmt, das hab ich dich gefragt", erinnerte sich Tom. „Aber damit habe ich meine Beziehung zu Eliana gemeint. Sie wollte nicht, dass ich irgendwem von uns erzähle, aus Angst, Max könnte erfahren, dass sie ihn betrügt – noch dazu mit mir. Nicht mal euch durfte ich etwas sagen. Und ich tat mich sehr schwer damit. Es hat mich beinahe zerrissen, ich hätte euch so gern eingeweiht."

„Das kann ich mir vorstellen", sagte Oliver grinsend. „Wo du doch immer so gern mit deinen Frauengeschichten angibst."

„Wusstet ihr auch Bescheid?", wollte Björn nun von Finn und Oliver wissen.

Die beiden schüttelten den Kopf.

„Warum hast du nichts gesagt?", fragte Finn an Tom gewandt.

„Ich war mir ja nicht völlig sicher", gab Tom zu. „Und ich ging davon aus, dass Björn einen guten Grund hatte, warum er ein Geheimnis daraus gemacht hat."

Björn nickte ernst.

„Den gibt es auch. Jürgen ist Urologe, ich bin Kinderarzt, und nicht alle Patienten sind frei von Vorurteilen."

„Und ihr wollt euch nun trotzdem öffentlich outen?", erkundigte sich Oliver.

„Wir werden nicht an die große Glocke hängen, dass wir zusammen sind", stellte Björn klar. „Aber wir werden es auch nicht mehr geheim halten. Wenn der eine oder andere Patient deswegen woanders hingeht, müssen wir eben damit leben. Das Beste ist, dass Simone mich damit nun nicht mehr erpressen kann."

„Sie hat dich erpresst?", fragte Finn entsetzt.

„Das kann man so sagen. Sie hat immer wieder Extrageld verlangt und damit gedroht, herumzuerzählen, dass ich homosexuell bin, wenn ich nicht zahle."

„Was für ein Miststück!", empörte sich Oliver. „Du kannst froh sein, dass du sie los bist. Aber da wir gerade so schön zusammensitzen, wollte ich euch was erzählen. Ich glaube, ich habe mich verliebt." Verlegen sah er in die Runde.

Tom grinste. „In Alba?"

„Ja", bestätigte Oliver. „Ist das ein Problem?"

„Für mich bestimmt nicht. Ich finde, ihr zwei passt perfekt zusammen."

„Weiß sie es denn schon?", wollte Finn wissen.

Mit wenigen Worten berichtete er von dem ersten spontanen Kuss, nachdem Alba ihn auf die Idee mit dem erkalteten Badewasser gebracht hatte. „Sie wusste gar nicht, wie ihr geschieht, fürchte ich“, gestand er. „Für heute Abend habe ich sie zum Essen eingeladen, um ihr alles zu erklären. Und ich hoffe, dass sich alles Weitere dann schon ergibt.“ Er trank einen Schluck Bier. Beim Absetzen fügte er hinzu: „Leute, ich bin ziemlich nervös.“

„Das wird schon“, versuchte Finn ihn zu beruhigen. „Mir ging es mit Sibylle ähnlich. Aber auf einmal war es ganz leicht.“

„Ich habe ja von Anfang an gesagt, dass sie die Richtige für dich ist“, meinte Tom triumphierend. „Und du wolltest nichts davon hören.“

„Ja, du hattest recht“, gab Finn zu.

„Für uns alle hat sich etwas geändert in der letzten Zeit“, stellte Oliver fest. „Aber die krasseste Veränderung hast wohl du erlebt, Tom.“

Der Angesprochene sah ihn fragend an. „Wie meinst du das?“

„Na, wie wohl? Du bist kein armer Schlucker mehr, sondern ein vermögender Erbe.“ Oliver grinste. „Ich fürchte, ich muss dir die Miete erhöhen.“

„Verstehe ich“, kam es ungerührt von Tom. „Schließlich bist du jetzt arbeitslos.“

„Ich hoffe, nicht allzu lange.“ Oliver wandte sich an Finn. „Du hast mal erzählt, in deinem Büro gibt es ein leeres Zimmer. Würdest du womöglich einen in Ungnade gefallenen Anwalt bei dir einsteigen lassen?“

„Die sind mir die liebsten“, antwortete Finn grinsend und streckte Oliver seine Hand entgegen. „Willkommen im Team.“

Oliver schüttelte seine Hand und schaute erleichtert in die Runde. „Wow, das war leichter, als ich gedacht hätte."

„Genug gesülzt, kommen wir zu den wichtigen Fragen." Tom wandte sich an Dr. Jürgen Mischewski. „Spielst du Poker?"

EPILOG

„Du hattest tatsächlich recht“, sagte Carsten Andresen, ehe er mit einem leisen Seufzer das Telefon zurück auf die Basisstation stellte.

Daniela, die die Weingläser für den Abend polierte, sah auf. „Womit diesmal?“

„Desirée hat sich von Mads getrennt. Er sei nicht der Richtige, meinte sie.“

Daniela betrachtete prüfend das Glas, das sie in den Händen hielt, und stellte es auf dem Tisch ab. Dann warf sie das Poliertuch über eine Stuhllehne und trat auf ihn zu. Als sie vor ihm stand, strich sie ihm tröstend über die Wange. Ihr Blick war voller Wärme und Bedauern. „Das tut mir leid, mein Schatz“, sagte sie. „In diesem speziellen Fall hätte ich nichts dagegen gehabt, mich zu irren.“

„Er wird mir fehlen“, sagte Carsten seufzend. „Endlich gab es jemanden in dieser Familie, mit dem ich über Handball reden konnte.“

„Flensburg ist voller SG-Fans“, meinte Daniela zuversichtlich und nahm ihre Poliertätigkeit wieder auf. „Mit etwas Glück ist der nächste Freund deiner Tochter ebenfalls handballbegeistert.“

Er verzog skeptisch das Gesicht.

„Aber sie kommt doch heute Abend, oder?", fragte Daniela. „Ich habe extra vegane Schnitzel gekauft und eine entsprechende Soße vorbereitet."

„Ja, Desirée kommt", beruhigte er sie. „Zwar allein, aber sie kommt."

„Da wird Toni sich freuen."

Andresen betrachtete seine Lebensgefährtin misstrauisch. „Was hat dieses seltsame Lächeln zu bedeuten?"

Daniela sah arglos von dem Weinglas in ihrer Hand auf. „Was für ein Lächeln meinst du?"

„Das auf deinem Gesicht natürlich. Führst du etwas im Schilde?"

„Tu mir den Gefallen und bring den Hauptkommissar in dein Büro zurück", bat sie, betrachtete auch dieses Glas kritisch gegen das Licht und stellte es in perfektem Abstand neben einen der Teller auf dem Esstisch. Sie legte stets große Sorgfalt an den Tag, wenn sie bei feierlichen Anlässen den Tisch deckte. Doch an Weihnachten gab sie sich besonders große Mühe. Andresen konnte nicht verstehen, warum es wichtig war, dass jedes Glas soundso viele Zentimeter vom Teller entfernt stehen musste, aber er ließ ihr die Freude. Und er musste zugeben, dass die fertig vorbereitete Tafel immer wunderschön und einladend aussah.

„Es gibt keinen weiteren Grund für Heimlichkeiten als die Tatsache, dass heute Heiligabend und damit Bescherung ist", sagte Daniela und holte ein Paket mit weihnachtlichen Servietten aus dem Wohnzimmerschrank. „Gönn mir also ein wenig Geheimniskrämerei, sei so gut."

„Von mir aus." Er sah auf die Uhr. Es war zwei Uhr nachmittags. Antonia saß in ihrem Zimmer, spielte vermutlich irgendein Videospiel oder ‚schrieb' mit ihren Freundinnen, wie sie das unermüdliche Tippen von Nachrichten nannte. In einem Telefonat ließ sich alles viel schneller und unkomplizierter besprechen, fand Andresen, aber was verstand er schon davon? Er selbst hatte vorhin seinen Freund Kalle Schwarzhaupt angerufen, um ihm frohe Weihnachten zu wünschen und sich nach seinen Rückenbeschwerden zu erkundigen. Kalle ging es besser, und sie hatten verabredet, zwischen den Tagen bei der Hansens Brauerei ein Bierchen zu zwitschern.

Andresen schnupperte.

Seit einer halben Stunde brutzelte die Pute im Ofen, der Baum war bereits seit zwei Tagen geschmückt, und Daniela begann die Servietten, mit denen sich später alle den Mund abwischen würden, kunstvoll zu falten.

Carsten fühlte sich unnütz. Im Fernsehen lief der übliche Mist, garniert mit kitschigen Weihnachtsfilmen und den alljährlichen Wiederholungen. Ihm stand weder der Sinn nach Haselnüssen für Aschenbrödel noch nach Sissi.

Schade, dass das SG-Spiel gegen Magdeburg erst am zweiten Weihnachtsfeiertag stattfand. Er hätte es sich gern schon jetzt angesehen. Die Magdeburger spielten bisher eine fantastische Saison. Es wurde Zeit, dass das Team sich mal Minuspunkte einfing. Und Carsten war sicher, dass es der SG gelingen würde, gegen die Mannschaft aus Sachsen-Anhalt zu gewinnen.

Andresen warf einen Blick auf die Uhr. Letztes Jahr um diese Zeit hatte er seine Mutter abgeholt, damit sie mit ihnen feierte. Das würde er nie wieder tun, ging ihm auf, und der Gedanke schmerzte so sehr, dass er die Lippen aufeinanderpressen musste. Dieses Jahr kamen Danielas Eltern zu Besuch. Außerdem ihr Bruder mit seiner Frau und dem halbwüchsigen Sohn, ein bisschen jünger als Antonia.

„Wenn du dich langweilst, könntest du mir helfen, die Servietten zu falten", schlug Daniela vor, die wie immer zu wissen schien, was in ihm vorging.

Er zuckte die Schultern. „Sicher, wieso nicht."

Sie zeigte ihm mit gekonnten Handgriffen, wann er die Servietten wie und wo falten musste, und überließ ihn dann seinem Schicksal, weil die Pute übergossen werden musste.

„Ich fahre noch einmal kurz zum Supermarkt", verkündete sie kurz darauf.

„Du hast tatsächlich was vergessen?", wunderte er sich und ließ die Serviette, die nicht so wollte wie er, sinken.

Sie zögerte. „Sozusagen."

„Was soll das nun wieder heißen?"

Daniela warf ihm eine Kusshand zu und verschwand. Er machte sich seufzend wieder an die Arbeit, doch dann fiel ihm die fast fertig gefaltete Serviette aus den Händen und landete auf dem Boden.

Wütend trat er darauf, schimpfte mit dem „verfluchten Mistding" und hob es dann doch wieder auf, um es noch einmal zu versuchen.

Das Ergebnis seiner Bemühungen war – so empfand er es – perfekt in seiner Unvollkommenheit. Jede Serviette hatte ihre Individualität hervorgehoben. Andresen beschloss, etwaige Kritik von Danielas Seite mit dieser Begründung abzuschmettern. Er war nun einmal kein Origami-Profi.

Nachdem er auf jedem Teller ein Exemplar abgelegt hatte, betrachtete er sein Werk mit einer Mischung aus Trotz und Scham. Just in diesem Augenblick hörte er die Haustür zuklappen. Daniela war zurück. Rasch richtete er die gefalteten Kunstwerke noch ein wenig gerader, was allerdings am Gesamteindruck nicht viel änderte.

Wenn Daniela nicht gefiel, wie er diese Aufgabe bewältigt hatte, musste sie es eben selbst machen.

Die Wohnzimmertür öffnete sich. Daniela trat ein, mit leuchtenden Augen und in den Armen einen Korb. „Ich dachte, ich gebe dir ein Geschenk schon jetzt", sagte sie. „Es hebt deine Laune vielleicht ein wenig."

Gespannt ging er auf sie zu. „Was ist das?"

„Sieh nach", forderte sie ihn auf und hielt ihm den Korb hin, der mit einer Decke verhüllt war. Aus unerfindlichen Gründen begann Andresens Herz schneller zu schlagen. Vorsichtig hob er eine Ecke des Tuchs an. Ein kleiner Kopf kam aus dem Korbinneren hervor. Ein überaus niedlicher Kopf, mit braunen Schlappohren, einer weißen Schnauze und dunklen Samtaugen.

„Oh, mein Gott!" Andresen warf das Tuch zur Seite und nahm den kleinen Hund heraus, der sofort anfing, seine Hand zu lecken. „Das ist ein Beaglewelpe!", rief er begeistert. „Du schenkst mir einen Hund?"

Daniela streichelte sanft über den weichen Welpenkopf. „Du warst so niedergeschlagen nach dem Tod deiner Mutter", sagte sie. „Eine Freundin erzählte mir, ihre Nachbarin suche Besitzer für einen Wurf Welpen. Sie erwähnte das Datum ihrer Geburt, und stell dir vor: Sie erblickten das

Licht der Welt an dem Tag, an dem deine Mutter starb. Das erschien mir wie ein Zeichen."

Er wollte etwas einwenden, doch sie winkte ab. „Ja ja, ich weiß, dass du an so was wie Seelenwanderung nicht glaubst, aber darauf kommt es auch nicht an. Ich ging mit ihr zu ihrer Nachbarin, sah dieses süße Ding und wusste in dem Augenblick, was ich dir zu Weihnachten schenken wollte."

„Aber du hast dich doch immer gegen einen Hund ausgesprochen."

„Ich bin eine Frau. Ich darf meine Meinung ändern. Aber das ändert nichts daran, dass es dein Hund ist, um den in erster Linie du dich kümmerst wirst."

Andresen hielt das Bündel Hund hoch, um zu verhindern, dass der Welpe ihm das Gesicht abschleckte, und lachte glücklich. „Darauf kannst du wetten!"

„Es ist übrigens ein Mädchen", berichtete Daniela. „Ich habe sie nach deiner Mutter benannt."

Entsetzt starrte er sie an. „Wir können sie doch nicht Margarete nennen!"

„Natürlich nicht", beruhigte Daniela ihn schmunzelnd. „Ich dachte an Maggy."

„Maggy." Andresen musterte die Mini-Hündin und nickte. „Das gefällt mir. Es passt zu ihr."

Als ob Maggy ebenfalls zustimmen wollte, gab sie einen Ton von sich, der wohl ein Bellen sein sollte. Im nächsten Augenblick stand Antonia in der Tür.

„Was ist denn hier los? Oh, der ist ja süß!" Strahlend trat sie auf Andresen und den Beaglewelpen zu.

„Das ist meine Hündin", stellte er stolz vor. „Darf ich vorstellen? Maggy."

Antonia hielt Maggy eine Hand hin, in die Maggy spielerisch biss.

„Aua!", lachte Antonia. „Darf ich sie auch mal halten? Bitte!"

Wortlos reichte Andresen ihr die Hündin. Er wollte sich ohnehin bei Daniela bedanken. Die betrachtete mit einem zufriedenen Lächeln ihre Tochter, und Andresen folgte ihrem Blick. Antonia schien schon jetzt völlig vernarrt in das neue Familienmitglied zu sein.

„Ich habe Hoffnung, dass Maggy sie hin und wieder von ihrem Handy fernhält", flüsterte Daniela ihm zu.

Er beugte sich zu ihr hinab und drückte ihr einen Kuss auf die Lippen. „Danke", sagte er. „Das ist das beste Geschenk, das ich je bekommen habe. Du bist eine ganz besondere Frau."

Sie grinste keck. „Ich weiß! Gut, dass du es auch endlich bemerkt hast."

Danksagung

Es ist mir ein Anliegen, mich bei einigen Personen zu bedanken.

Das erste Dankeschön geht an die liebe Wiebke-Sophie Volquardsen, aka ‚Johanna Marquardsen' vom Ostseecamp Holnis, für die fantastische Unterstützung während der letzten paar Jahre. Ich freue mich schon auf weitere Lesungen bei dir!

Des Weiteren danke ich ganz herzlich Dr. Manfred Lukaschewski, meinem Kripomann für alle Fälle, der mir prompt und unkompliziert all meine Fragen beantwortet. Manfred, du bist ein Geschenk für uns Krimi-Autoren!

Natürlich gebührt auch dem gesamten Team von den CW Niemeyer Buchverlagen mein Dank. Ich bin sehr glücklich über die entspannte und wunderbare Zusammenarbeit. Möge sie noch lange anhalten!

Ein weiteres Dankeschön geht in diesem Zusammenhang auch an den Coverdesigner Carsten Riethmüller. Ich bin immer wieder begeistert von Ihren Ideen. Das Cover ist so schön geworden. Vielen Dank dafür!

Last but not least danke ich meiner Familie für ihre Geduld, wenn mein Kopf mal wieder in den Wolken war statt

 510

auf der Erde, und für ihre Unterstützung, die mir so vieles ermöglicht. Danke! Ich kann euch leider nicht versprechen, dass es besser werden wird, denn nach dem Buch ist vor dem Buch. Aber ich liebe euch!

Eure Britta Bendixen
im Juni 2022